Colère

Denis Marquet

Colère

ROMAN

Albin Michel

© Éditions Albin Michel S.A., 2001
22, rue Huyghens, 75014 Paris
www.albin-michel.fr

ISBN 2-226-12121-8

Prologue

Le vieux Cliff écrasa son mégot dans la poussière et cligna des yeux. Le soleil n'était pas haut à l'horizon, mais ses rayons étaient déjà brûlants. Tout semblait normal. On allait au travail, les magasins ouvraient. Il y avait du monde dans la rue principale. L'atmosphère était juste un peu lourde, pour un matin clair de juin.

Mais à part ça, tout semblait normal.

Tout semblait normal, mais il y avait quelque chose qui chiffonnait Cliff. Mais il ne voyait pas quoi. Et ça commençait à l'énerver.

Il alluma une cigarette.

Le vieux Cliff, comme on l'appelait ici, ça faisait quinze ans qu'il passait ses journées à fumer, assis sur une chaise en bois qu'il apportait de chez lui tous les matins, à neuf heures, et qu'il posait là, devant le mur de chaux de la petite école où il avait travaillé durant près de quarante ans. Instituteur. Il posait sa chaise là, il s'asseyait, et il regardait. Les gens passaient. Et c'était bien le diable si, au bout de cinq minutes, il n'y avait pas un de ses anciens élèves qui venait le saluer, et tailler un peu la bavette... Il avait donné des fessées aux trois quarts de la ville, à peu près, alors évidemment, il ne restait pas longtemps tout seul...

Et il connaissait la rue comme le fond de sa poche, évidemment.

Et aujourd'hui... Tout était là, bien en place, les maisons de bois construites à l'identique, ou presque, la petite supérette où tout Hurston venait s'approvisionner en à peu près tout, les gens qui marchaient, un peu pressés...

Tout semblait normal...

Et pourtant...

Il y avait quelque chose...

Mais quoi ?

7

Ça me chiffonne, se dit Cliff. Quelqu'un venait de lui faire un signe amical depuis l'autre côté de la rue, il y avait à peine répondu. Il y avait quelque chose d'inhabituel.

Cliff leva la tête et regarda le ciel, comme pour lire une réponse dans les nuages qui s'étiraient paresseusement au-dessus de la petite ville.

Alors il comprit.

C'était l'heure des moineaux. L'heure où les moineaux, en cette saison, venaient s'aligner en rangs serrés sur les branches du grand arbre qui dominait la rue, comme pour compter les troupes avant de s'élancer pour la chasse aux insectes...

C'était l'heure des moineaux.

Mais il n'y avait pas de moineaux. Pas un. Le ciel était totalement vide. Il y avait seulement la trace d'un avion de ligne, très blanche, très haut. Mais pas un oiseau.

Et pas un insecte non plus.

C'était extraordinaire.

Extraordinaire comme on ne remarquait plus ce qui faisait la trame la plus subtile du quotidien. Les insectes, c'étaient comme ces taches rétiniennes qui voltigent devant notre vue, si proches et familières qu'on n'y prête plus attention, car elles ne font pas vraiment partie de la réalité... Les insectes volants, mouches, moucherons, moustiques, guêpes, abeilles, frelons, qui découpaient l'air du matin de leur sillon de vitesse pure étaient tellement habituels qu'on ne les remarquait plus. Mais ce matin... Ce matin, l'air était vide, et le silence, en l'absence de bourdonnements, de chants d'oiseaux, le silence où ne se découpaient plus que des voix d'humains devenait soudain pesant... Angoissant...

Et les chiens ? se dit Cliff.

Où était le chien du vieux Bart ? Le vieux Bart habitait la maison d'en face, et son chien restait toute la journée à regarder les gens passer, un peu comme Cliff, c'était un très vieux chien, qui avait fait son temps, comme Cliff, et qui le savait... Il était là hier matin, se dit le vieil homme, qui s'en souvenait très bien, il avait encore bien toute sa tête, dans sa mémoire les images étaient claires... Il revoyait la vieille bête et son museau baveux, trop fatiguée pour quêter encore son lot de caresses...

Et la chatte de Mlle Brondby ?

Et...

Cliff avait compris. Il y avait bien quelque chose de très inhabituel. Ce n'était pas un tour de son imagination fatiguée.

Il n'y avait plus un animal dans la rue.

Il n'y avait plus ces chiens solitaires, qui trottinaient, l'air important, comme s'ils vaquaient à des occupations connues d'eux seuls... Ni ces chats craintifs et fiers, qui s'insinuaient le long des murs, prêts à voler quelque nourriture...

Il n'y avait plus que des êtres humains.

Et Cliff réalisa combien la présence des animaux était précieuse. Car, en leur absence, c'était un sentiment de solitude qui l'envahissait. La solitude de l'espèce humaine...

Puis Cliff se demanda sérieusement ce qui se passait.

Il se sentait inquiet.

Il eut envie de parler à quelqu'un. Mais il avait peur qu'on le prenne pour un fou... — Et pourtant, tout cela n'était vraiment pas normal. Parler à quelqu'un...

Mais, tout de suite, un homme s'écroula dans la rue. À peine l'attroupement s'était-il formé que deux autres personnes, une jeune femme et son petit garçon, tombèrent à leur tour.

Cliff se leva de sa chaise. Il était fatigué.

Il y avait des cris.

Le vieil homme croisa une femme, encore jeune. Elle était livide, le tour de ses yeux était d'un noir profond, comme passé au charbon. Alors il reconnut la petite Kate. La meilleure élève de sa dernière promo. Devenue ingénieur à Bangor, elle était là pour un congé...

La jeune femme s'était arrêtée en face de Cliff. Sa bouche était ouverte, et de ses yeux exorbités, un peu de sang coulait.

Puis elle tomba.

Cliff se précipita sur elle.

En un dernier spasme, elle expulsa un mélange de morve et de sang par les narines, puis mourut.

Le vieil homme regarda autour de lui.

Il y avait des morts partout, des gens couraient, des femmes, immobiles, hurlaient. On traînait des corps inertes.

Cliff sentait sa poitrine le brûler, de plus en plus fort. Une faiblesse envahissait ses membres. Il tomba à genoux.

Il comprit qu'il allait mourir.

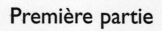

Première partie

I

Cape May, mardi 3 juin

Les trois connards s'étaient rapprochés du rivage, et le bruit devenait franchement insupportable. Amy se surprit à s'arracher frénétiquement la peau par petits bouts autour de l'ongle de son index, et cela accrut son énervement. Ce n'étaient plus des doigts, c'étaient des moignons, disait Tom d'un air de dégoût, et il menaçait de ne plus lui prendre la main. Elle s'excusait alors, ou lui faisait la gueule, selon l'humeur du moment, mais il n'avait pas tort. Il était juste un peu lourd, il n'avait pas trop la manière pour dire les choses, et peut-être qu'au fond il s'en foutait de la manière, mais il n'avait pas tort. Elle ne s'aimait pas comme ça. Trop nerveuse. Elle n'était peut-être pas faite pour les études. Tout simplement. Peut-être que quand on ne prend aucun plaisir à quelque chose, c'est qu'on n'est pas fait pour ça, se dit-elle, et elle eut envie d'éclater de rire. Mais elle se retint. Aucune envie de passer pour une folle, en plus. La plage était noire de monde, pas la peine de se faire remarquer. Pas faite pour les études. Il serait peut-être temps de s'en apercevoir ! À trois jours de l'examen... À trois jours de l'examen, et elle n'avait rien trouvé de mieux que de venir se dorer sur le sable fin ! Je sature complètement, il faut que je me détende, avait-elle pensé en jetant contre un mur le recueil de ce pauvre Milton, *Paradis perdu*, qu'elle était censée connaître sur le bout des doigts ce vendredi à partir de huit heures du matin. Il faut que je me détende ! Elle avait vingt ans, et cherchait vainement le souvenir d'un moment où elle s'était sentie vraiment détendue. Si encore elle avait pu nager, se laisser aller dans l'eau fraîche et salée, sentir le sel et la fraîcheur sur sa peau, oublier un peu... Mais les trois connards étaient arrivés, avec leurs jet-skis à trente mille dollars, leurs Ray Ban et leur frime à dix cents, à semer la panique au milieu des nageurs, en plus ils pouvaient en bousiller un d'un coup d'hélice, tuer un gosse ou lui couper

13

une jambe, et ils n'avaient pas l'air de vouloir arrêter leur vacarme ! Elle était presque en train d'oublier tout, à faire la planche, les oreilles dans le coton des vagues, deux minutes à peine qu'elle était entrée dans l'eau... Et y en avait même un qui s'était approché d'elle, le plus blaireau des trois, clin d'œil par-dessus les lunettes, un p'tit tour ma jolie ? C'est ça ! Et après tu me sautes au fond de la crique, tu me ramènes et, si j'ai été bien gentille, tu me laisses même un gros billet vert ! Connard ! Connard... Elle avait quitté l'eau, comme la plupart des baigneurs. Et maintenant il fallait écouter leur concert de moteurs...

Amy rejeta la tête en arrière et ferma les yeux. Si seulement on pouvait fermer les oreilles comme on ferme les yeux... Et ne plus rien entendre, à volonté, ne plus être attaqué par l'insondable et retentissante connerie du monde. Connerie du monde... Connerie des mecs... Tom encore n'était pas trop con. Un peu lourd, mais pas trop con... Émouvant, au moins. Assez fin, parfois, même... Mais Tom, qui n'avait pas de problème existentiel, était en train de réviser ses maths, et il aurait son examen les mains dans les poches, lui. Amy avait sommeil. Si les trois connards foutaient le camp ? Le boucan s'éloignerait, finirait par s'estomper, elle s'assoupirait doucement... Ou bien le bruit des moteurs s'interromprait, brusquement, et ce serait le silence, profond, reposant... Il suffirait d'un gros remous, un petit raz de marée bien ciblé qui les engloutirait d'un coup, dans un gros bloub de lavabo... L'océan serait un grand lavabo, elle tirerait la bonde, hop ! Les connards tournoieraient un peu, puis disparaîtraient dans le siphon...

Lorsque Amy prit conscience du silence, elle sursauta. Les moteurs s'étaient tus. Puis il y eut des cris, de plus en plus nombreux. Amy regardait la mer. Elle eut le temps de reconnaître le visage du garçon qui, tout à l'heure, s'était approché d'elle. Il était dans l'eau, il n'avait plus ses lunettes, ni sa machine, la mer était bizarre. Il bougeait, comme s'il luttait. Puis il disparut. La mer était calme. Et vide.

Elle prit sa serviette, son petit sac de cuir rouge, et se mit à courir vers la route. Elle croisait des hommes en maillot qui couraient vers l'eau, des mamans retenant leurs enfants, des visages bouleversés. Elle courait. Ils se sont noyés. Ce n'est pas moi. Quitter cette plage. Je n'ai pas tiré la bonde, c'est un accident. La mer n'est pas un lavabo. La mer n'est pas un lavabo.

Le gros Bobby vendait ses glaces avec un air de circonstance, un air de catastrophe. Autour de lui se pressaient les badauds. Douze ans. Douze ans qu'il vendait ses glaces dans sa roulotte, au même endroit, sur cette petite route qui surplombait la plage, il n'avait jamais vu ça... Ils avaient été comme aspirés... Des jeunes, pas d'ici, non, des gosses de riches avec leurs espèces de motos de mer, aspirés... Un courant sans doute... Non, pas un requin, ils avaient coulé presqu'en même temps, avec leurs machines, pas un requin, ou alors un qu'avait pris des anabolisants ! Bobby aspira une large goulée d'air comme lorsqu'il s'apprêtait à faire éclater sa grosse carcasse de rire, mais personne ne semblait goûter le sel de sa remarque, il reprit donc l'air grave et concerné qu'exigeait le moment. Quel malheur ! Les pauvres enfants... Et leurs parents qui n'étaient pas encore au courant... Il n'avait jamais vu ça... Aspirés, littéralement !

À quelques pas de là, le dos appuyé contre un poteau électrique, Amy reprenait son souffle. La plage était balayée par la lumière tournoyante et bleutée d'une camionnette de pompiers qui s'était avancée jusqu'à la mer. Un attroupement, maintenu à bonne distance, dissimulait aux yeux d'Amy les secours inutiles prodigués aux trois garçons. Il avait fallu plus d'un quart d'heure pour les ramener sur la berge. Aucun espoir. Ils sont morts, Amy... Comme tu le souhaitais, non ? Un gros remous bien ciblé, puis le silence, si reposant... C'est bien ce que tu voulais, non ? Dis-moi, Amy, quel pouvoir ! Il a suffi d'y penser une fois ! Le pouvoir de la pensée négative, Amy... Bravo !

Elle se mit à marcher en direction de chez elle.

Faire taire cette voix. Rentrer. Dormir, se réveiller, et rien de tout ça n'aurait existé, un cauchemar, comme quand elle avait rêvé, enfant, que son petit frère était mort et qu'elle

15

l'avait tué, mais elle ne l'avait pas fait exprès, c'était un accident, elle le tenait dans ses bras, il était si petit, si mignon, puis elle l'avait lâché par inadvertance, un moment de distraction, sa tête fragile au fin duvet blond qui heurtait le carrelage de la cuisine, et elle pleurait, hurlait, elle l'aimait tant, ce bébé ! Elle s'était réveillée, elle avait couru dans la chambre de son petit frère, qui dormait de son sommeil d'ange... Elle ne s'était pas rendormie.

C'est impossible. C'est une coïncidence. Ce n'est pas moi qui ai fait ça. Je ne le voulais pas vraiment. C'était pour rire, un défoulement, tout le monde a des pensées comme ça, ils étaient tellement cons... Ils étaient cons, et ils sont morts, Amy ! Bravo, mort aux cons, comme tu dis souvent, c'est ta phrase, Amy, non ?

Elle s'arrêta net. Il y avait le grand sapin sur le bord de la route, celui qu'on apercevait depuis la fenêtre de sa chambre, et depuis la plage aussi, le grand sapin centenaire qui pointait vers le ciel son vert profond. Elle ferma les yeux. Tendant son imagination, elle se représenta l'arbre, avec le plus grand luxe de détails, debout dans la lumière du jour, puis vacillant comme sous l'effet d'une force surnaturelle, se fendant en son milieu, coupé en deux, et l'écroulement de la flèche de verdure dans un fracas de bois et d'aiguilles...

L'image était criante de réalité.

Terrifiée, Amy gardait les yeux fermés, les poings serrés au fond de ses poches. Une voiture passa. La mer laissait entendre sa rumeur par-delà la colline, et des oiseaux chantaient leur chant du soir. Une autre voiture, dont le moteur s'éloignait doucement. Amy ouvrit les yeux. À ses pieds, un petit garçon la contemplait de son regard écarquillé d'enfant, étonné, impudique. Un peu gênée, Amy lui sourit. Tu deviens folle, ma vieille. L'arbre était toujours là, bien sûr, dressé vers les nuages du soir poussés par le vent qui lui donnaient l'air de basculer. Mais il ne basculait pas, bien planté, enraciné, digne. Une voix de mère inquiète héla l'enfant qui partit en courant. Je deviens folle, se dit-elle, et elle éclata de rire. Pas faite pour les études, décidément ! Direction la maison, un petit verre de vin rouge devant la télé, au lit à dix heures... Demain, je bosse !

Sur l'écran s'agitait en silence un chanteur à minettes, qui devait être pédé comme un phoque, et qui avait l'air de beaucoup souffrir. Qu'on l'achève, pensa Amy qui avait coupé le son de la télé, et elle fit descendre la bouchée de pop-corn qu'elle venait d'engouffrer avec la dernière gorgée de son verre de vin. Puis elle eut peur. Non, je retire. Le doigt sur la télécommande, elle monta le son. Le chanteur à minettes se mourait d'amour, yeux d'azur pâmés, brushing au désespoir. Mais bien vivant, comme en témoignait la fêlure étudiée de sa voix haut perchée. Arrête avec ça, pensa-t-elle. Ridicule. C'est une coïncidence, tu ne vas pas te laisser impressionner ! Le sapin est debout, le chanteur chante, et ta pensée est aussi impuissante que Tom après trois verres de vin ! Ce qui la fit pouffer... Tom... Si je l'appelais ? Non, il révise.

Oui, mais l'émission n'est peut-être pas en direct...

Amy se leva pour chasser cette pensée. Quelle idiote ! Allez, au lit, on y verra plus clair demain ! Elle prit l'escalier. — Et puis le sapin, tu l'aimes... — Comment ça ? — Tu aimes le regarder en ouvrant tes volets, le matin, surplomber le paysage, sa pointe qui domine la petite colline derrière lui... Non ?... — Et alors ? — Eh bien, c'est pour ça qu'il n'est pas tombé... Tu ne le détestes pas... Mais les « trois connards »...

Amy était au milieu de l'escalier, immobile, la tête entre les mains. Je suis en train de craquer. Je suis en train de craquer. Ce sont des idées de folle, de folle à lier ! Ça n'existe pas ! Ce n'est pas moi qui ai fait ça, je n'y suis pour rien, je ne suis pas Dieu le Père ! S'il suffisait que je haïsse quelqu'un pour qu'il lui arrive malheur, avec le nombre de gens qui me font chier, il y aurait une crise démographique dans la région, à commencer par ma vieille amie Linda qui envoie des lettres à Tom, elle a toujours été jalouse de moi, chaque fois qu'il y a quelque chose qui me réussit, c'est pas si souvent pourtant, elle veut l'avoir cette pouf... Amy se mit à frémir. Ce matin, elle avait fait une scène à Tom au téléphone à ce propos, il

17

n'y pouvait pourtant rien le pauvre, en plus Linda ne devait pas être trop son type, ce qui ne l'avait pas empêchée de la traiter de toutes sortes de noms d'oiseaux, et de souhaiter... Une main glacée lui étreignit le cœur. Qu'elle crève la bouche ouverte. C'est ce qu'elle avait dit à Tom au téléphone, mais elle ne le pensait pas vraiment, c'était juste une façon de parler... — Comme elle ne souhaitait pas vraiment la mort des trois connards, juste une façon de parler, Amy, juste une façon de penser...

Il fallait en avoir le cœur net. Amy redescendit les marches, ouvrit la porte du salon, décrocha le téléphone. Elle connaissait le numéro de Linda par cœur. Elles s'étaient tellement téléphoné, jusqu'à trois heures du matin parfois, à refaire un monde meilleur, ou tailler un costard à machine ou à truc, en matière de sur-mesure elles étaient spécialistes : le « spécial Linda », tout en vicieuse finesse, style vipère innocente ou le « Amy prêt-à-porter », genre un peu plus rentre-dedans, au napalm, disait Linda... Troisième sonnerie... Décroche, Linda... Décroche ! Amy sentit une goutte de sueur tracer son chemin d'insecte le long de sa tempe, puis de sa joue... Cinquième sonnerie... Sixième...

— Linda Evans...

— Linda, c'est toi ?

— Amy ? Qu'est-ce qui se passe ? Tu as l'air affolée...

— ...

— Amy ?

— ... Tout va bien. Linda, je voulais juste savoir si tu allais bien, toi... Ça va ?

— Ben oui, ça va... Tu as l'air drôle... Enfin ça va comme à deux jours d'un examen, quoi... Je sais rien...

Amy sortit de la maison et fit trois pas dans le jardin. L'air de la nuit, humide et vif, sentait bon, comme un début d'été. Elle avait bien fait de venir passer les dix jours précédant son examen dans la résidence secondaire de ses parents, au bord de l'océan, une maison qui lui rappelait tellement de bons souvenirs, les vacances, les cousins qui débarquaient, les jeux, les rires, les chahuts... Amy s'avança doucement sous les arbres, écoutant le silence, où se détachait le chant strident des criquets... Aujourd'hui, la maison était bien vide... Jess, le gros berger allemand qui gardait la propriété, en apparence au moins (trop bon, trop con pour ça, disait Amy...), vint joyeusement à sa rencontre. Brave grosse bête... Il avait fallu se farcir une heure de discussion avec Linda, sur Milton et les incertitudes de l'examen, mais maintenant elle était rassurée. Elle s'en voulait aussi. Se laisser emporter comme ça par son imagination... Amy caressait Jess à l'encolure, le chien fermait les yeux de bonheur, et soudain, elle n'eut pas envie de passer la nuit seule. Une semaine que les parents étaient partis avec Joe, dans le Sud, chez les grands-parents. Joe s'en faisait une joie, il adorait son grand-père, mais il avait embrassé Amy en pleurant au moment de partir... Elle l'avait peu vu finalement, cette année, à l'université elle passait son temps sur le campus, il faut dire que c'était la première année qu'elle n'habitait plus chez ses parents, et elle s'était tout de suite sentie tellement plus libre dans sa petite chambre d'étudiante que dans le grand appartement familial, avec sa vue imprenable sur Washington Square... Son petit frère lui manquait, en fait, et les parents, aussi, les colères de sa mère, si familières, et le froissement du journal de son père...

— Allez viens, Jess ! Une fois n'est pas coutume...

Elle ouvrit la porte de la maison et fit signe à son chien de rentrer. Jess hésita un bref instant, puis s'engouffra dans l'ouverture, tout heureux de l'aubaine.

J'aurais besoin d'une bonne cure de sommeil, se dit Amy en se déshabillant devant son miroir. Barge... Il faut dire que voir trois personnes se noyer c'est ce qu'on appelle un choc, non ? Un peu d'indulgence, ma vieille ! Si tu ne t'aimes pas, comment veux-tu qu'on t'aime, lui disait parfois Tom. Et il n'avait pas tort... Tom avait rarement tort, finalement, et ce serait bon qu'il soit là, maintenant. Amy se sentait vulnérable. Elle jeta un coup d'œil à son chien par-dessus son épaule.

Jess était assis, très droit, et la regardait. Un drôle de regard, qu'elle ne lui avait jamais vu. Ce n'étaient plus les grands yeux doux, humides d'amour et de dévotion, il y avait comme une fixité dans ce regard, quelque chose de mort. Et comme un intérêt, froid.

Amy frissonna. Puis elle se donna une gifle. Arrête ! Arrête tes conneries ! Tu es en plein délire... Avoir peur de Jess ! Cette pauvre bête... Linda avait peut-être raison, elle aurait besoin de voir un psy. Elle en parlerait à Tom, qui lui avait indiqué une bonne adresse.

Décidément, tout le monde veut me faire soigner la tête, se dit-elle. Mais elle n'avait pas envie de rire. Elle avait vraiment tendance à prendre ses délires pour la réalité, et ça n'avait pas tendance à s'arranger... C'est le choc, ma vieille, c'est normal... En pleine période d'examens, en plus ! Au lit, ça ira mieux demain ! Une bonne nuit de sommeil... Ça allait déjà mieux, en fait. Amy se dirigea vers son lit, un peu calmée.

Mais elle fit d'abord sortir son chien.

2

Journal de David Barnes, mardi 3 juin
Coupures de presse

UNE ACTIVITÉ SISMIQUE INHABITUELLE EN VIRGINIE

Une série de faibles séismes a frappé le sud de la Virginie, entre Martinsville et Norfolk. Les secousses n'ont pas dépassé 4,2 sur l'échelle de Richter, et n'ont causé que quelques dégâts matériels. Mais cette activité sismique ne manque pas de susciter des interrogations dans une région qui n'est pas réputée « à risque ». Faut-il s'attendre à une aggravation du phénomène ? Le professeur Berkamp, chef du laboratoire de physique du globe à la Virginia Commonwealth University de Richmond, s'il avoue ne pas être en mesure de donner une explication à cette série d'événements, se veut pourtant rassurant : « Il n'y a aucune raison de penser qu'il pourrait s'agir du début d'une série, ni du signe précurseur d'un tremblement de terre plus important. »

Néanmoins, une catastrophe importante n'est jamais à exclure, y compris dans une région considérée comme stable. Ainsi à Charleston, en Caroline du Sud, en août 1886, un séisme d'une très forte magnitude avait provoqué plusieurs dizaine de morts, et marqué les mémoires... Les scientifiques reconnaissent que les causes du tremblement de terre de Charleston, et des autres séismes de moindre amplitude qui se sont produits depuis dans les Carolines, sont toujours inconnues.

Pour autant il n'y a pas de raison de s'inquiéter dans un proche avenir puisqu'on sait que les durées géologiques ont pour unité le millier, voire la dizaine de milliers d'années !

The Virginian Pilot, p. 5, mardi 3 juin.

Commentaire : néant.

3

Locust Street, Philadelphie

— Attends, Peter, tu en fais des mystères ! C'est Secret Défense, ton truc ?

— Tu ne crois pas si bien dire. Je peux pas trop te parler au téléphone, là. Je suis un peu pressé, et puis...

Greg battit en retraite.

— OK, OK ! Alors on fait comme on a dit, hein, on se voit mardi, et tu m'expliques tout ça. Bon. À part ça, ça va ?

— Ça va, ça va. Et toi ? Mary est partie, non ?

— Hier. Deux mois.

— Alors Greg est un homme libre ! Tu vas en profiter, non ? Tu dois avoir des groupies enamourées dans tes amphis...

— Tu parles... Boutons-lunettes-inhibitions...

— Quel salaud ! Et menteur en plus ! C'est un âge où ça bourgeonne, je te l'accorde, mais t'as aussi des beaux printemps, non ? — les yeux qui brillent, un peu de rose aux joues, sensualité maladroite mais prête à tout et...

Greg éclata de rire.

— Tu racontes ta vie, là ! Alors comme ça tu t'envoies tes étudiantes ! Mais je pourrais te faire chanter, dis-moi... Quel dommage que tu sois tout le temps fauché ! Peter Basler, le séducteur, le bourreau des jeunes cœurs...

— Jaloux ! C'est que je suis libre, moi, je n'ai pas une Mary qui surveille l'heure de mon retour tous les soirs dans la cuisine...

— Oh, c'est pas son genre ! Elle rentre souvent plus tard que moi...

— De toute façon, tu as deux mois pour rattraper le temps perdu...

— Écoute, c'est pas mon genre non plus, j'ai pas le cœur à ça, en fait. Je me sens drôle en ce moment... Nerveux... Et puis je sens les gens bizarres aussi... Comme s'il y avait de l'électricité dans l'air... Je dois être un peu surmené...

— Oui... Moi aussi je me sens un peu comme toi... Et y a pas que les êtres humains, mon cher ! D'ailleurs, ce n'est pas sans rapport avec ce dont je veux t'entretenir...

— Oh ?

— Pas un mot de plus ! Il faut que j'y aille. Je te fais mes amitiés, je sais que tu me fais les tiennes, on s'aime et je raccroche.

Il raccrocha.

Greg Thomas était songeur. Il connaissait Peter depuis quinze ans, ils avaient fait des centaines de morpions sur les bancs des amphis, découvert ensemble les joies que donnent les femmes, la science et une bonne fumette en psalmodiant Jim Morrison, et Peter n'était pas du genre à se faire mousser avec des petits secrets... Ça l'intriguait.

Greg était un homme curieux, ce qui dans sa branche était plutôt une qualité. Il aimait apprendre, il aimait découvrir. Il aimait chercher. Alors il était devenu chercheur. Tout petit déjà... Greg sourit. Il se revoyait enfant, courir la campagne tout le jour, observer les plantes et les bêtes, pour rentrer à la nuit tombée, heureux et crotté, nanti parfois de petits échantillons de flore ou de faune... Sa mère debout sur une chaise, quand il avait lâché, sans le faire exprès, le serpent totalement inoffensif qu'il était si fier d'avoir capturé... Au fond, les mêmes qualités, qui lui valaient enfant réprimandes et punitions, faisaient à présent de lui un homme respecté et admiré. Il ne faut jamais changer, se dit-il.

Il eut soudain envie d'un verre de whisky. Dure journée. Dure période. Quand ça voulait pas rigoler... Sa main lui faisait mal. Il regarda la plaie. Impressionnante... Sa main avait été sérieusement charcutée à la liaison du pouce et de l'index, puis recousue. Du sang séché dessinait autour des points de suture comme une auréole maladroite. Le maître des douleurs... C'est ainsi que Mary qualifiait ce point, en effet très sensible, et c'est vrai qu'elle lui massait merveilleusement la main, et pas seulement la main, Mary n'avait pas son pareil pour endormir un homme avec ses mains, avec toutes ses techniques farfelues, taoïstes ou je ne sais quoi, mais diaboliquement efficaces, ou divinement (elle aurait sans doute préféré...), et elle ne « rendait jamais visite au maître des douleurs », comme elle disait, sans incliner doucement la tête en signe de respect, merveilleuse et fêlée... Et c'était là qu'avait mordu cet imbécile de chien... Pourtant Greg aimait les chiens, mais celui-là, un bel husky, aux yeux vairons, n'avait pas l'air de le savoir, il lui avait sauté dessus, heureusement qu'il avait eu le bon réflexe, il s'était protégé de la main droite, sinon c'était la gorge, ce chien-chien à sa mémère avait eu soudain comme une fringale de carotide, d'ailleurs il avait mordu sa mémère après, quand il avait compris que la carotide de Greg n'était pas au menu... La pauvre femme... Il lui avait quand même bouffé un bout de mollet... Greg l'avait emmenée à l'hôpital, il pourrait refaire les sièges de sa voiture, le sang c'est ce qu'il y a de pire à ravoir disait sa mère, Dieu ait son âme... Et la pauvre femme, qui aurait pu être sa mère, pleurait comme une madeleine, pas tant de la douleur que de ne pas comprendre... Une si brave bête... Si affectueuse, elle aime tellement jouer — oui, avec la carotide des passants, avait pensé Greg, qui avait consolé sa passagère : ça arrive vous savez, j'étudie le comportement des animaux, oui, c'est mon métier, eh bien, on constate des cas, effectivement, où des chiens très bien domestiqués redeviennent sauvages, brutalement, oui, même des bêtes très affectueuses, très tendres, oui...

Greg se servit un second verre. Il en avait besoin. Est-ce qu'on peut avoir « besoin » d'un poison comme ça, demanda une voix dans sa tête, et il reconnut la voix de Mary. La ferme. Le whisky est bon, t'avais qu'à pas partir. C'est pour oublier, que je bois. Fallait pas me laisser. Et si j'ai envie de me bourrer la gueule, je vais me bourrer la gueule, et je ne reconnais aucun droit à une absente de surveiller mon comportement depuis son avion ! Puisque tu préfères tes Indiens à l'homme qui t'aime, tu peux rester dans ta jungle !

Greg sentait que ses idées perdaient de leur légendaire clarté. Le nez dans son verre, il se laissait hypnotiser par les reflets dorés du liquide, dont l'odeur baignait son cerveau dans une souriante torpeur. Mary. Il aimait bien, au fond, quand elle prenait sa voix sévère et fronçait les sourcils, il sentait bien qu'elle n'y croyait pas vraiment, elle n'y croyait jamais vraiment, Mary, toujours cette étincelle au fond des yeux, sauf peut-être quand il ne la voyait plus, mais qu'il la devinait des yeux, ils faisaient toujours l'amour dans la pénombre, c'est pour se voir avec la peau disait-elle, et c'est vrai que sa peau lui disait, dans ces moments-là, qu'elle s'abandonnait... Elle y croyait peut-être, alors, une tout autre étincelle au fond des yeux... Elle n'était vraiment sérieuse qu'au moment de faire l'amour, Mary, et c'était peut-être la seule chose qui méritait le sérieux, faire l'amour à Mary...

Merde, elle me manque... Ça fait pas huit heures qu'elle est partie, elle me manque déjà, ça promet... Deux mois ! Greg sentit monter dans sa poitrine l'haleine d'une compagne trop familière, la vieille tristesse insondable et profonde qui le prenait enfant, sans vraie raison, cet animal se nourrissait des peines et des chagrins du jour, mais son royaume était la nuit, et c'est la nuit qu'elle le prenait, lui faisant visiter des puits sans fond, des abîmes intérieurs peuplés de formes sombres et mouvantes, il attendait l'aube alors, les yeux ouverts, le cœur serré à en mourir, l'heure où l'on avait le droit de trouver refuge dans les bras de sa mère, mais sa mère avait rarement le temps de le serrer longtemps, il s'en nourrissait pourtant, de ces brèves étreintes avant de retrouver le jour...

Ce matin, Mary, levée avant lui, était revenue se blottir contre lui, quelle heure était-il ? Huit heures moins le quart peut-être, elle l'avait réveillé doucement, et le jour avait bien commencé. C'est bizarre, se dit Greg, comme tout se détraque vite... C'était le jour de son départ, c'est vrai, mais ils s'y étaient préparés, tous les deux, au départ de Mary. Depuis leur mariage ils n'avaient jamais été séparés si longtemps, mais là c'était une occasion, il fallait la saisir, une expédition financée par le Centre de recherche en anthropologie culturelle de l'université de Pennsylvanie où travaillait

Mary, et on lui confiait la direction scientifique de l'opération, un projet qui lui tenait tellement à cœur... Il savait qu'elle allait partir, depuis quatre mois déjà, et il en était heureux pour elle, sincèrement, il avait conscience que c'était important, son travail, une passion, qu'elle rendait passionnante d'ailleurs quand elle en parlait, ce devait être une enseignante hors pair, drôle en plus, ses étudiants devaient être fous d'elle, il s'était souvent dit qu'il adorerait assister à un de ses cours, un jour...

Greg avala la dernière gorgée de son verre, qu'il remplit à nouveau. Alors pourquoi avait-il fallu qu'il se montre de mauvais poil ?... Désagréable. Car c'est lui qui avait été désagréable, même s'il n'avait pas voulu en convenir un seul instant, plutôt mourir, et surtout qu'elle ne voie pas que je suis triste qu'elle parte... Je suis un gamin, se dit Greg. Il éprouvait du remords. Il s'était montré froid, et ils s'étaient quittés froidement, et maintenant il aurait tout donné pour la serrer contre lui, sentir son souffle et la caresse de ses cheveux... Et lui dire qu'il l'aimait, comme c'est simple pourtant. Pourquoi faut-il qu'on se gâche l'existence ? Elle devait être triste, dans son avion... À quelle heure arrive-t-elle ? Si elle pouvait m'appeler... Mais ça sera en pleine nuit, elle n'osera pas... Quel idiot ! Après, tout s'était enchaîné... Le chien qui l'avait mordu, la matinée perdue à l'hôpital... Résonance, dirait Mary. Rien n'arrive par hasard, c'est ça ? Les événements de notre vie, nos rencontres, correspondent à ce que nous sommes, à un état de notre être, plus ou moins profond. Elle disait qu'il y avait toujours une leçon à tirer de ce qui nous arrive, quelque chose à apprendre... Greg avait tendance à penser que c'était un truc de femmes, ça, une déficience de l'esprit analytique, une tendance à tout mélanger — il ne lui avait jamais dit comme ça bien sûr... Mais maintenant, il n'était plus certain de rien. Qu'est-ce que cet imbécile de chien a voulu m'apprendre ? Cet imbécile de chien...

Quand Greg rouvrit les yeux, il était toujours assis sur le canapé du salon, un verre vide posé sur les genoux, une odeur de whisky quelque peu nauséeuse flottant autour de lui. Il était une heure du matin. Greg n'avait pas très envie de regagner le lit trop vide, mais il avait du plomb sur les paupières, et l'idée d'être réveillé par le petit jour sur le canapé du salon lui était insupportable. Il monta se coucher.

4

University City, Philadelphie

Tri-vial ! s'écria Tom, et il se mit à couvrir frénétiquement sa feuille blanche de signes mathématiques, ponctuant chaque étape de sa démonstration de petits jappements d'autosatisfaction. Puis il tira un trait rageur et se leva brusquement de sa chaise, qui bascula. Les bras au ciel, il entama un tour d'honneur le long des murs de sa chambre, contournant le placard, piétinant le lit, renversant une deuxième chaise, et s'arrêta devant le miroir en pied. Il se faisait face d'un air admiratif. Génie. Tom est un génie. Euclide, Newton, Einstein... Tom Altman ! « Dès sa plus tendre enfance, Tom Altman se signala par des dons extraordinaires dans les matières scientifiques, et particulièrement les mathématiques. À dix ans, il sidérait son professeur par la hardiesse de ses raisonnements et la fulgurance de ses intuitions. Ses découvertes furent multiples tout au long de sa riche existence, mais son nom mérite particulièrement de figurer au panthéon des plus grands mathématiciens de tous les temps grâce au fameux théorème d'Altman, qu'il formula à vingt-huit ans — euh, non, se dit Tom, à... vingt-six ans —, et dont il n'est besoin de rappeler ni le caractère révolutionnaire ni l'extrême fécondité pour les sciences de la nature. Il mourut riche et honoré dans sa... quatre-vingt... dix-neuvième année décida Tom, en possession de toutes ses facultés. »

Épuisé par les quatre heures matinales qu'il avait consacrées à travailler ses exos, et par une biographie si bien remplie, Tom s'aperçut qu'il avait faim. D'ailleurs, il était treize heures, il avait bien mérité un break. Il restait un croque-monsieur dans le mini-réfrigérateur, peut-être un peu dur, mais Tom adorait les croque-monsieur, et il les achetait par paquets de douze, un coup de micro-ondes, ça les rendait un peu élastiques, mais la consistance il s'en fichait, c'était le goût qu'il aimait, et puis c'était vraiment pratique le micro-ondes, durant ses six premiers mois sur le campus il n'avait qu'une plaque chauffante, il voulait économiser sur le restaurant, résultat il avait galéré avec les conserves au bain-marie, la moitié de l'année à tourner avec les mêmes plats, une demi-douzaine, pas très varié, pas très diététique, disait Amy ! Cela dit, depuis qu'il avait son micro-ondes, il mangeait surtout des croque-monsieur... Amy ne serait pas ravie si elle l'apprenait, d'autant qu'elle l'avait largement aidé à financer son micro-ondes !

Son euphorie pas tout à fait dissipée, Tom engloutit d'un coup le premier quart du croque-monsieur. Il recevait une bourse pour payer ses études, mais il fallait qu'il bosse à mi-temps pour manger et dormir, et s'offrir un ciné de temps en temps avec Amy. Elle proposait bien de lui payer sa place mais Tom n'avait pas envie de se faire entretenir par Amy. Une fois de temps en temps d'accord, il n'avait pas l'orgueil mal placé, mais systématiquement, non ! Il aimait bien aussi lui faire un petit cadeau, pas très souvent, de toute façon elle comprenait, mais au moins pour les occasions, anniversaire, Noël ou Thanksgiving... Tiens, pour son anniversaire, en avril dernier, le 5 avril, il savait ça par cœur, il lui avait offert un petit foulard hyper-joli, pas un truc de luxe, mais bien choisi, il avait traîné une journée entière dans les magasins de la ville, et c'est à Chinatown qu'il l'avait trouvé, un beau tissu bleu ciel, elle avait adoré, elle le portait souvent, quand ils flânaient dans Fairmount Park, ou allaient s'avaler un bon chili au Smoky Joe's... C'était leur resto, le Smoky Joe's, c'est là qu'ils s'étaient rencontrés, début octobre — le 7 octobre, se récita fièrement Tom... Elle était assise à la terrasse, avec une copine, Linda, elles discutaient, une sacrée chaude cette Linda apparemment... Mais c'était Amy qu'il avait remarquée, non pas que Linda ne soit pas bien roulée, Linda est plutôt bien roulée, mais c'était autre chose... Amy... D'abord elle était bien roulée aussi, dans un genre moins... « pulpeux » que Linda, d'accord, mais fine, élancée, et avec ce qu'il faut là où il faut... Mais c'était surtout autre chose. Chaque fois que Tom évoquait sa rencontre avec Amy, il s'efforçait de mettre des mots sur ce qu'il avait ressenti, mais c'était dur. Il était plus matheux que littéraire, c'est sûr, mais c'est surtout qu'il ne

29

comprenait pas vraiment... Elle était jolie de visage, avec une jolie bouche, des commissures fines et adorables, Tom aimait beaucoup l'embrasser sur les commissures, et puis des super-yeux bleus, comme le ciel, vraiment mortels, ses yeux, mais c'était pas seulement ça... En fait elle avait un petit air... qui l'avait tout de suite fait craquer... un petit air farouche, d'une totale insolence, et en même temps quelque chose de complètement désarmé. C'est ça ! se dit Tom, la bouche remplie de la dernière bouchée de son croque-monsieur. Quelque part, c'est une ravissante petite brute, et en fait, si on regarde bien, elle est complètement désarmée !

Quand il était passé devant la terrasse du Smoky Joe's, ce fameux jour d'octobre, il avait laissé traîner sur les deux filles un long regard un peu ténébreux, façon Bogart dans *Casablanca*, il avait vu le film quatre ou cinq fois, il savait bien faire, maintenant, et elles n'avaient pas baissé les yeux, peut-être même que Linda lui avait fait un petit clin d'œil, il n'en était pas sûr, en tout cas au moins une œillade appuyée, mais c'était Amy qu'il avait vue, Amy qui avait déjà détourné les yeux, au moment où, les ayant dépassées, il ne pouvait plus continuer à les regarder sans avoir l'air d'un frimeur, ou rentrer dans quelqu'un et avoir l'air d'un con... Alors il avait fait le tour du resto, il était revenu à l'endroit d'où il avait débouché devant la terrasse, discrètement, et il avait attendu que les deux copines bougent, en observant Amy. Ça avait peut-être duré une heure, ou plus, puis elles s'étaient levées, il les avait suivies (c'était la première fois qu'il faisait un truc pareil...), heureusement elles s'étaient séparées au bout d'un moment. Amy prenait la direction du campus quand il l'avait abordée. Je n'ai pas l'habitude d'aborder les nanas, avait-il commencé, tous les dragueurs disent ça, avait-elle répondu, et elle avait l'air de s'y connaître... Ça commençait plutôt craignos... Et c'est là qu'il avait eu la grande inspiration, ça lui était venu tout naturel, il avait protesté : alors un mec bien qui vient de craquer pour une nana, pour lui prouver que c'est pas un dragueur, il doit la laisser filer, c'est ça ? Il devait avoir un air hyper-sincère, hyper-motivé, parce qu'Amy, à ce moment-là, s'était mise à rire, un petit rire de gorge, assez adorable, le genre de rire de nana qui laisse présager qu'elle n'est pas tout à fait contre, que la glace est brisée, que tout peut arriver, et Tom avait senti comme un soleil éclater dans sa poitrine. Ils étaient allés boire un pot, ils en avaient bu plusieurs... Au moment de se quitter, il était pas loin de minuit, elle avait déposé un petit baiser très léger sur ses lèvres, puis s'était fondue dans la nuit... Il n'avait pas trop dormi cette nuit-là...

Hou là ! se dit Tom en regardant sa montre, quatorze heures quinze ! Faudrait peut-être se remettre à bosser... Mais ses paupières étaient lourdes, il régnait dans la chambre comme une torpeur, une envie de sieste. Il regarda son lit, défait, qui semblait lui tendre les bras, il suffirait de s'enrouler dans la couette, juste un petit quart d'heure, juste pour être bien en forme, après... Ça va pas, non, tu feras la sieste quand t'auras eu ton examen, et avec mention en plus ! Dans le lavabo s'entassaient quelques tasses assez sales, il en prit une, fit couler l'eau chaude, la rinça très symboliquement sous le robinet, y versa du café instantané, la remplit d'eau. Puis il déposa la tasse dans le four à micro-ondes, régla la minuterie sur trente secondes. Un bon petit café... Tom s'empara de la boîte de café instantané, et se mit à humer son contenu à longs traits. Une petite ligne de cafeton, pensa-t-il. Ça va aller... Ça va aller... Le micro-ondes tinta, Tom sortit la tasse. Elle était chaude, et Tom se rendit compte qu'il avait un peu froid. Il se sentait bizarre.

Il maintenait la tasse fumante entre ses paumes, tout près de sa poitrine, la chaleur et l'odeur le réconfortaient quelque peu. Eh, qu'est-ce qui t'arrive, mon vieux, un coup de déprime ? Tu crois que c'est le moment ? Il avala une gorgée de café. Le liquide était brûlant et amer, Tom l'aimait comme ça, sans sucre, mais il l'avait fait un peu fort, celui-là. Il grimaça. Il se sentait un peu oppressé. Faut dire que passer une matinée à suer sur des exos dans une chambre pas aérée, c'est pas très malin, ça faisait peut-être deux jours qu'il n'avait pas ouvert la fenêtre ! Quand elle entrait dans sa chambre, Amy disait parfois que ça puait la ménagerie... Tom alla ouvrir la porte de sa chambre, et se dirigea vers la fenêtre. Un peu de courant d'air... Il avait envie d'appeler Amy. Elle devait être en train de réviser... Trois jours qu'il était sans nouvelles, j'espère qu'elle va bien, se dit-il. Et pourquoi tu veux qu'elle aille pas bien ? Tu pètes un boulon ou quoi ? Elle est au bord de la mer, elle révise, tous les soirs elle va nager une demi-heure, elle pense beaucoup à toi et elle revient demain soir ! Allez, respire ! Tom, accoudé à la fenêtre, regardait le campus, des étudiants se croisaient, pas très nombreux, tout le monde était en train de réviser, bien sûr. Et tu ferais bien de t'y remettre ! Tom avala la dernière gorgée de son café. Allez, je m'y remets. Mais avant, je donne un petit coup de fil à Amy, pas plus de cinq minutes, juré ! Tom posa sa tasse dans le lavabo, et marcha vers le téléphone. Alors celui-ci se mit à sonner.

Tom sursauta. Il mit un moment avant de réaliser. Si le téléphone sonne, je ne peux pas appeler Amy, se dit-il, l'esprit pas très clair. Une troisième sonnerie retentit. Et si c'était elle ? Ça doit être Amy ! Il décrocha.

— Tom ?

C'était Amy.

— Alors ça, c'est une super-coïncidence, j'étais justement en train de penser à toi, j'allais t'appeler ! À dix secondes près je...

— Tom !

Sa voix n'était pas comme d'habitude. Plus haut placée, de plusieurs tons, avec un stress contenu à peine, comme si elle pouvait s'effondrer en larmes à chaque seconde. Tom sentit une sourde inquiétude le prendre, en même temps qu'un très grand calme, qui le surprit.

— Amy, qu'est-ce qui ne va pas ? Parle-moi.

— ...

— Amy ?

À l'autre bout du fil, le silence était entrecoupé de petits bruits que Tom ne parvenait pas à identifier. Est-ce qu'elle pleure ? se demanda-t-il.

— Tu pleures, Amy ?

Soudain, Tom eut l'impression de comprendre. Une mauvaise nouvelle. Ses parents étaient partis en voiture, avec le petit frère, vers le Sud, croyait-il... Il devait leur être arrivé quelque chose...

— Amy... Il est arrivé un malheur ?

— Tom... mon Dieu...

Sa voix était plus basse, à présent, revenue à un niveau presque normal, mais sourde, comme épuisée. Ça devait être ça. Ses parents, sans doute... Oh Seigneur... Et peut-être son petit frère aussi...

— Amy, tu peux me parler. Parle-moi.

— Tom... Est-ce que tu peux venir ?... Viens me chercher...

— Te chercher ? À Cape May ?

— Oh Tom... Je suis en train de devenir folle...

— Qu'est-ce qui s'est passé, Amy, par pitié, dis-moi !

— Tom, il s'est rien passé... Je crois que je suis en train de devenir folle... J'ai peur...

— Peur de quoi ?

— Je sais pas... C'est dans l'air... Les arbres... J'ai peur du chien...

— De Jess ? Tu as peur de Jess ? Mais enfin y a pas à avoir peur de Jess, Amy ! Qu'est-ce qui t'arrive ?

Tom se sentait totalement désorienté. Il s'était senti capable de réagir de la façon la plus juste à l'annonce d'une catastrophe, il avait senti en lui, durant un court moment, des ressources qu'il ne soupçonnait pas s'il avait fallu écouter, consoler, être fort. Mais à présent, il était face à une réalité qui lui échappait complètement, qu'il ne comprenait pas. Je deviens folle, disait Amy. Est-ce que c'était vraiment ça qui était en train d'arriver ?

— Écoute, Amy...

— Tom, viens me chercher, je t'en supplie...

Il y avait dans sa voix une détresse telle que Tom sentit qu'il était inutile de la raisonner.

— Mais comment ? Je n'ai pas de voiture...

— Il y a celle de ma mère, la Ford. Elle est dans le parking de l'immeuble. Le gardien a les clés, je lui ai téléphoné. Il te les donnera... Viens me chercher, Tom, j'ai peur.

— Bon... j'arrive aussi vite que possible.

— Merci.
Elle raccrocha.

Cape May était à environ une heure trente de Philadelphie, en voiture. Tom roulait, les dents serrées. Pour sortir de la ville, il avait pas mal galéré, mais il fallait s'y attendre, avec tous ces sens interdits la circulation était infernale, même en milieu d'après-midi. Puis le flot de véhicules s'était tari peu à peu, et maintenant Tom roulait à la limite de la vitesse autorisée. S'il s'était écouté, il aurait écrasé l'accélérateur, mais il s'imposait une vitesse raisonnable, pour garder son calme et aussi parce que ce n'était pas le moment de se faire arrêter par les flics. Si tout allait bien, il serait auprès d'Amy dans moins d'une heure, et il s'occuperait d'elle. Que pouvait-elle avoir ? Tom n'ignorait pas qu'elle avait les nerfs plutôt fragiles, comme beaucoup de filles en fait, peut-être un peu plus que la moyenne, mais enfin Amy n'était pas folle... Elle avait juste des réactions un peu disproportionnées, et là elle avait dû se monter la tête. Le stress de l'examen aussi... Elle prenait ses études trop à cœur, d'ailleurs, il le lui avait dit mais bon... Amy n'était pas du genre influençable, elle avait même un sacré carafon... Pas la peine d'espérer la changer ! En attendant, elle prenait ses études trop à cœur, peut-être, mais pas celles de Tom, apparemment, puisqu'elle était en train de lui sucrer une après-midi de révisions, à deux jours de l'examen ! Tom, l'inquiétude dissipée, sentait monter un certain agacement. C'est un peu le boulet parfois, cette nana, se dit-il. Boulet, boulet, allons chercher le gros boulet, se mit-il à chantonner, mais il sentit aussitôt un gros remords lui pincer le cœur. Amy pleurait au téléphone, elle avait l'air vraiment mal... Elle a besoin de moi, se dit Tom, c'est moi qu'elle appelle quand ça va mal, et il ressentit une énorme envie de la serrer contre lui, de lui murmurer des douceurs à l'oreille, de la bercer... Tom jeta un œil au compteur. Encore une soixantaine de kilomètres, calcula-t-il, mais il s'aperçut que sa vitesse excédait nettement celle autorisée... Il se força à ralentir.

Tom n'était venu qu'une fois à Cape May, c'était en mars, les parents d'Amy l'avaient invité pour le week-end, et il était arrivé en bus, ça lui suffisait pour se repérer. La maison n'était pas loin du bord de mer, et il se souvenait de ce grand sapin dont il apercevait le sommet derrière la petite colline. La maison devait être juste derrière.

La colline franchie, Tom reconnut les lieux. Amy adorait ce sapin, et c'est vrai qu'il se dressait superbement, surplombant le paysage. Il roula encore quelques dizaines de mètres, et la maison parut. Il avait le sens de l'orientation. Le portail était ouvert. Tom engagea son véhicule dans l'allée bordée de grands tilleuls, dont il lui sembla sentir la fraîcheur, malgré l'air conditionné de la voiture. Les pneus crissaient sur le gravier, la propriété semblait baigner dans un silence absolu, recueilli.

Durant ce week-end d'hiver, Tom avait apprécié le calme de cette maison, cette détente qui s'emparait de vous sitôt franchi le seuil, le frémissement du vent dans les feuillages, un désir de sommeil aussi, comme si, d'ordinaire, c'étaient les bruits de la ville et l'agitation du campus qui vous tenaient éveillé par les nerfs... Mais à présent, ce silence était pesant... Tom était sorti de la voiture, et il aurait aimé voir Amy descendre les trois marches du perron et se jeter dans ses bras en lui soufflant : oh Tom, tu es venu, merci, pardonne-moi, j'ai été idiote, ça va mieux maintenant, si tu veux on va rester ce soir, passer une bonne soirée tous les deux, on rentrera demain matin...

— Amy ?

La fenêtre de sa chambre était ouverte, mais la jeune fille ne répondait pas. Tom éleva la voix :

— Amy ! Tu es là ? Réponds-moi !

Il lui sembla entendre quelque chose bouger dans la maison. Puis comme un gémissement plaintif...

— Amy ! C'est toi ? Ça va ?

Le gémissement se répéta plusieurs fois, bref, comme un jappement, et quelque chose descendit l'escalier, le dévala plutôt, pour venir gratter contre la porte. Un aboiement.

— Jess !

Tom ne comprenait plus. Amy n'était pas là. Elle n'était pas allée nager quand même, après la crise qu'elle lui avait faite au téléphone... Si elle est restée dans la maison, il n'a rien pu lui arriver... Elle est peut-être allée faire un tour... Elle fait souvent de longues marches quand ça va pas... Le garçon posa la main sur la porte de la maison. Elle n'était pas fermée. Il la poussa doucement. Derrière, le chien jappait de plus en plus furieusement.

— Jess, doucement !

L'animal s'était jeté sur lui et lui faisait une fête endiablée. Couché, Jess, couché. Tom adorait les chiens, mais là, il n'était pas d'humeur, et il le repoussa distraitement.

La maison semblait inhabitée, comme si ses habitants, frappés par une terrible et brutale catastrophe, avaient dû la quitter d'un coup, laissant tout en état. Soudain le chien, las de fêter l'arrivant, se détacha de lui, bondit dans l'escalier, monta quelques marches. Puis il s'arrêta, se retourna vers Tom et se mit à japper, semblant l'inviter à le suivre.

— La ferme, Jess ! Amy ?

Les jappements redoublèrent.

C'est alors que Tom remarqua les traînées rouges qui couvraient la gueule de l'animal.

— Jess ? Qu'est-ce que tu as, sur le museau ? Fais voir...

Tom sentait un début de panique l'envahir. Il s'élança dans l'escalier. La bête aboya et s'enfuit vers le premier étage.

— Jess ! Ici !

Le chien s'arrêta en haut des marches. De sa gorge sortait un gémissement rauque et sourd qui semblait dire « viens, viens voir »... Au moment où Tom le rejoignait, il bondit encore et se dirigea vers la chambre d'Amy. Au fond du couloir, très sombre, un rai de lumière perçait par la porte entrouverte. Le chien s'y engouffra. Tom le suivit péniblement, il ne voyait rien, il sentit la douleur d'un choc dans sa cuisse droite, il avait heurté un meuble, il se souvint vaguement d'un gros buffet qui trônait là... Qu'est-ce qui se passe bon Dieu ? Où est Amy ? Il poussa la porte de la chambre.

La lumière du jour inondait la pièce par la fenêtre ouverte. Aveuglé, Tom devinait la respiration de Jess, couché près du lit. Un peu plus loin, une chaise était renversée. La tête du chien était posée sur une forme, à terre, que Tom prit d'abord pour une couverture qu'on aurait jetée là négligemment. Puis ses yeux s'accoutumèrent à la lumière...

La suite, Tom eut l'impression de la vivre au ralenti, comme le plus terrifiant des songes. Amy gisait au pied du lit, parfaitement immobile, les yeux grands ouverts, la tête légèrement penchée sur le côté, dans une posture d'abandon. Mais une expression de terreur restait gravée sur son visage. Tétanisé, Tom s'approcha lentement, comme si tout allait se dissiper d'un coup, comme s'il allait se réveiller, comme tant de fois, à côté d'elle, vérifier sa présence en lui touchant le bras, l'écouter respirer... Il s'accroupit auprès d'Amy, écoutant de tout son corps. Elle ne respirait plus. Jess, de l'autre côté, lui léchait avec application la gorge, et Tom aperçut, sous ses coups de langue, ouverte comme un sourire, une plaie d'au moins dix centimètres, irrégulière, comme dessinée par une mâchoire.

Jess l'avait soigneusement nettoyée de son sang.

5

Journal de David Barnes, jeudi 5 juin
Coupures de presse

RECRUDESCENCE DE NOYADES SUR LA CÔTE ATLANTIQUE

Les autorités recommandent la plus grande prudence.

Depuis deux semaines, une centaine de personnes se sont noyées sur les plages de l'Atlantique, dans des circonstances peu explicables. À Rehoboth Beach, à Cape May, à Virginia Beach, ainsi qu'en Géorgie et en Floride, des baigneurs ont soudain disparu sans cause apparente, et dans des conditions météorologiques ne semblant pas présenter de danger.

Un « mystérieux courant »...

Selon plusieurs témoins, certaines des victimes auraient été aspirées par un courant brutal, ou par un « tourbillon ». À Cape May, trois jeunes gens ont simultanément coulé avec leurs jet-skis, sur une plage où l'on ne relève habituellement aucun courant dangereux.

Les autorités, si elles se refusent à établir un lien entre ces cas tragiques, recommandent aux baigneurs d'être prudents, et de ne pas s'aventurer trop loin des côtes.

The Atlantic City Herald, p. 6, jeudi 5 juin.

Commentaire : néant.

6

Locust Street, Philadelphie, mardi 10 juin

Debout sur le balcon, torse nu, une tasse de café fumante à la main, Greg se laissait envahir par la douceur de l'été naissant. La température était idéale, mais il n'était que huit heures du matin, et cela présageait encore une journée étouffante. Depuis quelques jours, il faisait si lourd... Une ambiance orageuse, pas un souffle de vent... Dès dix heures du matin, le soleil haut dans le ciel commençait à taper dur, et la chaleur vous déposait sous les vêtements une sueur collante qui semblait ralentir vos mouvements, et vous donnait une constante envie d'eau, de bord de mer ou d'une bonne douche... Il y avait pas mal d'électricité dans l'air aussi, mais l'orage, qui semblait à chaque instant sur le point d'éclater, était comme retenu par une tension qui imprégnait l'atmosphère et mettait les gens sur les nerfs... Greg essayait de se détendre. La Schuylkill River s'enroulait paisiblement autour du campus, dont il apercevait les bâtiments de briques rouges, quelques centaines de mètres plus loin, et les immenses pelouses. Le vert est une couleur qui calme, pensa Greg en laissant son regard errer sur le panorama. Dès leur première visite, Mary avait voulu cet appartement. Bien sûr, il était admirablement situé, si près du campus de la U Penn (University of Pennsylvania), où tous deux travaillaient, mais c'était surtout la vue dont Mary était tombée amoureuse. L'appartement était au septième étage d'un immeuble à l'angle de Locust Street et de la 28e rue, et du côté de la rivière il n'avait pas de vis-à-vis. La perspective s'étendait par-delà les confins de l'immense campus, et vers le nord, en suivant le tracé du cours d'eau, jusqu'aux massifs verdoyants de Fairmount Park... Une impression de campagne, tout en habitant le centre-ville !

Greg but la dernière gorgée de son café. L'amertume et les vapeurs du liquide n'avaient pas réussi à lui réveiller l'esprit. Depuis quelques nuits, le sommeil le fuyait. Ce n'est qu'au petit matin que son corps se détendait, que l'invisible main qui lui crispait le cœur relâchait son étreinte, et qu'il pouvait dormir un peu. Depuis le départ de Mary il ressentait une angoisse diffuse, qui ne s'accompagnait d'aucune représentation précise, ce n'était pas la peur de quelque chose de particulier, juste un malaise de tout son être... Bien sûr, il savait que ce n'était pas étranger à l'absence de Mary, non plus qu'à leurs adieux ratés... Il ne savait pas exprimer ses sentiments, et maintenant Mary lui en voulait, et lui-même s'en voulait. La veille, elle avait laissé un message laconique sur le répondeur, elle était arrivée, tout allait bien, elle l'embrassait... Le répondeur avait enregistré l'heure de son appel, c'était au beau milieu de son cours d'éthologie de la communication animale, elle savait très bien qu'elle ne tomberait pas sur lui... D'ailleurs, se dit Greg, il n'est pas impossible qu'elle ait voulu me signifier quelque chose en m'appelant précisément pendant ce cours... La communication !... Mary était une jeune femme très... signifiante, elle avait le chic pour dissimuler un message là où on s'y attendait le moins. Avec elle, il était préférable d'aiguiser sa faculté d'interprétation — au risque de tomber dans la parano la plus totale ! Greg se prit la tête à deux mains. Il ne savait plus quoi penser. Mieux vaut en rire qu'en pleurer, se dit-il.

En tout cas cette nuit, il n'avait pas dû s'endormir avant cinq heures du matin, et la sonnerie du réveil l'avait tiré en sursaut du plus profond de son sommeil. Au bout du compte, ça lui faisait des journées moroses. Avec le climat qui s'en mêlait, Greg commençait à sentir la fatigue s'accumuler. Eh oui, je n'ai plus vingt ans pensa-t-il, à vingt ans trois heures de sommeil par nuit suffisaient amplement pour être en forme, d'autant que je me rattrapais souvent pendant les cours... Le problème c'est que, maintenant, les cours c'est moi qui les donne, difficile de roupiller en même temps...

Greg regagna sa chambre et entreprit de s'habiller avec lenteur. Il avait rendez-vous avec Peter à neuf heures et le bureau de celui-ci était à dix minutes à pied, en traînant les pieds... Il apercevait le bâtiment depuis sa fenêtre. Quatre étages de brique rouge, qui abritaient le laboratoire de biologie animale de la Drexel University, que Peter dirigeait. Ils avaient été longtemps collègues, tous les deux, apprentis biologistes, puis chercheurs appréciés, bientôt reconnus... Et promis l'un et l'autre, s'il fallait en croire la rumeur universitaire, aux plus éminentes distinctions... Mais par bonheur, ils n'étaient jamais devenus concurrents, Greg ayant eu le bon goût de se spécialiser en éthologie animale après son doctorat. N'étant plus exactement collègues, ils avaient pu se permettre de rester amis, et Greg en était heureux. Une étrange amitié, puisqu'ils passaient leur temps à rigoler, jouer au tennis et s'envoyer des vannes, comme au bon vieux temps finalement... Pas question de conversation sérieuse ni de confidence un peu trop intimes, leur relation semblait bâtie sur un sens de la distance implicite mais totalement partagé, l'enfreindre eût relevé de l'incongruité. N'empêche que Greg savait pouvoir compter sur son vieux pote en cas de coup dur, et c'était réciproque.

Greg prit la clé de l'appartement sur la petite étagère de l'entrée, vérifia qu'il n'oubliait rien, et sortit. En tout cas, il espérait que c'était réciproque... Greg était de moins en moins sûr de rien, ces derniers temps, et il se demanda avec inquiétude s'il ne fallait pas voir là les premiers symptômes d'une sévère dépression... Peter savait-il réellement qu'il pouvait compter sur lui, finalement ? Et lui-même, pouvait-il compter sur Peter, au fond ? En cas de coup dur, c'était plutôt sur Mary qu'il souhaiterait s'appuyer... Mais en cas de coup dur avec Mary ? Peter et lui étaient-ils vraiment amis ?...

Greg se regarda dans la glace de l'ascenseur, se tira la langue avec une très vilaine grimace, et décida de prendre rendez-vous avec ce bon docteur Lansdowne, qui saurait certainement trouver la chimie qui convenait pour calmer ses neurones en surchauffe...

L'air du court trajet lui fit du bien, et c'est en de meilleures dispositions que Greg franchit l'entrée du campus de la Drexel University. La Drexel et la U Penn étaient voisines, quoique administrativement distinctes, ainsi les chercheurs des deux universités entretenaient-ils des relations mutuelles parfois plus cordiales qu'à l'intérieur de chacune, où rivalités, inimitiés, rancœurs étaient légion, avec leur cortège de ragots et de cabales diverses par lesquelles les carrières se faisaient et se défaisaient... Peter et Greg partageaient une aversion déclarée pour ces combats qu'ils jugeaient dérisoires, et s'étaient donné pour règle de ne jamais tirer les premiers. Leur position commençait de toute manière à les mettre à l'abri, sinon des jalousies, du moins des coups tordus.

Greg monta les quatre étages à pied. Il connaissait par cœur le long couloir anonyme et froid sur lequel s'ouvraient les bureaux des chercheurs du laboratoire. Celui de Peter ne signalait en rien l'éminence de sa position, à ceci près qu'il y régnait un formidable bordel que n'aurait sans doute pu s'autoriser un chercheur en peine de crédibilité. Greg avait poussé la porte sans frapper, comme à son habitude. Il marqua un temps d'arrêt. Au milieu de l'habituel désordre, il y avait deux hommes dans le bureau, assis face à Peter, le dos à la porte. Il ne s'y attendait pas. L'un d'eux semblait porter un uniforme de l'armée. La réunion avait donc un caractère officiel ? Peter aurait pu le prévenir, au lieu de faire des mystères — il aurait au moins mis sa cravate ! Son ami lui fit signe d'entrer, ct prit la parole :

— Messieurs, je vous présente Greg Thomas, dont vous avez entendu parler.

Les deux hommes se levèrent. Le premier à lui serrer la main avait une bouille avenante et ronde, qui plut aussitôt à Greg.

— Greg, voici Steve Rosenqvist, que tu connais sans doute de réputation. Monsieur Rosenqvist dirige depuis deux ans, c'est bien ça ? (l'autre acquiesça) le laboratoire des mammifères marins de l'université d'Honolulu.

Greg s'inclina.

— Très heureux, monsieur Rosenqvist. J'ai pris connaissance avec intérêt de votre communication sur les tropismes collectifs et la coordination respiratoire chez les odontocètes. Fascinant. Le monde des cétacés semble ouvrir des perspectives plus que prometteuses à la zoopsychologie...

Rosenqvist eut l'air flatté.

— Je le crois en effet, d'autant que...

Peter les interrompit :

— Messieurs, cette prise de contact entre spécialistes manifestement passionnés est fort touchante, mais je me permets de vous rappeler que, pour l'heure, nous avons d'autres chats à fouetter...

Il se tourna vers l'homme à l'uniforme.

— Greg, permets-moi de te présenter le colonel Bosman.

Greg, un peu gêné, tendit la main au militaire.

— Pardonnez-moi, colonel. Très heureux de vous connaître.

— Je vous en prie. Très heureux. C'est la passion qui fait les bons chercheurs, et M. Basler vous a chaudement recommandé pour cette mission un peu spéciale.

Greg ouvrit des yeux ronds. Le colonel sourit.

— Je constate que votre ami a su tenir sa langue. Avant d'aller plus loin, monsieur Thomas, permettez-moi de vous soumettre un petit marché.

— Un marché ?

— Disons que vous allez devoir prendre une décision.

— Une décision ?... Eh bien, colonel, je vous écoute...

Le militaire alla s'assurer que la porte était fermée.

— Voilà. Dans deux minutes, soit vous aurez franchi cette porte et vous ne saurez rien sur ce qui nous occupe, soit nous aurons commencé à vous expliquer de quoi il retourne. Dans cette deuxième hypothèse, vous aurez auparavant signé ce document qui vous engage dans notre équipe. Et vous serez soumis au secret militaire.

Il tendit à Greg un simple formulaire. Elle était à en-tête du département de la Défense — Division des projets de recherche avancée, Sécurité du territoire. Le texte en était particulièrement bref :

1) Je soussigné... me place à la disposition du département de la Défense nationale en qualité de personnel détaché à titre secret à compter du... pour une période de six (6) mois automatiquement renouvelable sauf ordre contraire explicite de l'autorité compétente.

2) Je m'engage à respecter le secret militaire concernant toute mission que je me verrai confier dans le cadre de mon détachement au sein du DDN, catégorie [ici, on avait apposé un tampon à l'encre rouge] : ULTRA-CONFIDENTIEL.

3) Je toucherai un traitement officieux calculé sur une base définie par l'art. 192 a du CPM, mention Services spéciaux en temps de paix.

Greg se sentait vaguement étourdi. Il posa le papier sur un coin de bureau.

— Attendez, lâcha-t-il d'une voix un peu trop posée, si j'ai bien compris, vous voulez que je m'engage pour une durée indéterminée, et pour une mission dont j'ignore absolument tout ?

Le sourire toujours affable du militaire commençait à taper légèrement sur les nerfs de Greg.

— Je comprends votre étonnement, mais c'est une procédure exceptionnelle, adaptée à une situation exceptionnelle. C'est à vous de décider.

— Une situation exceptionnelle ?

Le sourire du colonel s'agrandit encore un peu.

— Pardonnez-moi de ne pouvoir vous en dire plus.

— Mais en quoi ma spécialité peut-elle être de la moindre utilité pour l'armée ?

— Pardonnez-moi de ne pouvoir vous en dire plus.

Greg se demanda quelle serait la réaction de son interlocuteur s'il lui empoignait les testicules et les serrait violemment. Puis il eut envie de claquer la porte et de les planter là tous les trois. Peter lui posa la main sur l'épaule.

— Je comprends ta perplexité, Greg. Je l'ai éprouvée aussi quand le colonel est venu me voir... Et j'ai signé. Et je ne le regrette vraiment pas. Et notre ami Rosenqvist a signé aussi. Évidemment, tu fais ce que tu veux... Mais j'adorerais bosser avec toi, sur ce coup-là.

Bosman prit la parole. Greg ne le regardait pas, mais il entendit son insupportable sourire.

— J'ajoute, monsieur Thomas, qu'au dire de votre ami Peter Basler, vous êtes le chercheur le plus qualifié pour cette mission.

Greg regarda le colonel dans les yeux.

— Monsieur, il n'entre pas dans ma vocation de scientifique de contribuer à l'accroissement du pouvoir destructeur de l'humanité. J'aime mon pays, mais travailler pour l'armée cadre assez mal avec mon éthique.

Le colonel souriait toujours, mais dans ses yeux brillait une lueur froide. Il allait répondre quand Peter s'interposa :

— Greg, il ne s'agit pas de fabriquer des armes ! Si tu ne veux pas signer, ne signe pas ! Mais je te parle en ami, fais-moi confiance : c'est un travail absolument scientifique, absolument pacifique, et du plus haut intérêt en ce qui concerne ta discipline. En outre, c'est utile. Terriblement utile.

— Monsieur Basler, intervint le militaire, il n'est pas opportun d'en dire plus. Laissons notre ami prendre sa décision en conscience. Je propose que nous allions faire un petit tour...

Le colonel Bosman ouvrit la porte et s'effaça, dans un mouvement courtois mais autoritaire. Les deux autres sortirent, et il les suivit. En refermant la porte, il adressa un nouveau sourire à Greg, qui détourna les yeux.

Greg regardait par la fenêtre. Peter et Rosenqvist bavardaient en faisant les cent pas dans l'allée de gravier qui longeait le bâtiment. Un peu plus loin, le colonel fumait une cigarette, adossé à un arbre.

Greg savait qu'il allait signer. C'était ce qui l'énervait le plus dans cette histoire absurde. Tout s'était passé comme si ce foutu galonné avait compris qu'il n'était aucunement besoin de prendre des gants avec lui, que sa curiosité serait de toute manière la plus forte. Il a dû se renseigner sur moi, se dit Greg. Cet enfoiré doit connaître ma vie sur le bout des doigts, si cette mission est tellement importante ils ont dû lâcher leurs flics, ils doivent avoir noté dans leurs fichiers tous mes goûts, mes souvenirs et la taille de mes slips, ils ont dû me filer, faire une enquête de moralité... Parano ? Peut-être, mais l'expérience l'enseigne : on n'est jamais assez paranoïaque, décréta Greg en s'approchant du bureau. Il prit le formulaire, y apposa son nom, data et signa. Puis il s'assit face à la porte, et attendit.

Deux minutes à peine s'écoulèrent et la porte du bureau s'ouvrit, laissant apparaître la haute stature du militaire. Celui-ci s'effaça aussitôt, laissant passer les deux autres. Puis il se dirigea vers le bureau, prit le formulaire et, sans le regarder, le plia en quatre et le rangea dans un attaché-case.

— Maintenant que tout est réglé, nous allons pouvoir nous mettre au travail. Une voiture nous attend.

Peter s'approcha de Greg.

— Bienvenue au club, lui murmura-t-il à l'oreille.

Rosenqvist lui souriait. Greg avait la désagréable impression de s'être fait avoir en profondeur.

— Où va-t-on ? demanda-t-il d'une voix aussi neutre que possible.

— Dans un endroit plus tranquille, répondit la voix du colonel Bosman.

On éteignit les lumières. Greg se sentait mal. Il était assis sur l'un des sièges en tubes d'acier qui garnissaient la salle de projection — inconfortables au possible, ces sièges, typiquement militaires, impossible de s'y adosser sans avoir le dos scié par une barre de métal, il fallait s'y tenir raide et coincé, la colonne au garde-à-vous... Mais c'était un malaise plus profond qu'il ressentait. Pendant le trajet qui les avait conduits sur la base militaire, il s'était demandé s'il n'avait pas fait la connerie de sa vie en signant ce foutu formulaire, et maintenant qu'il était sur le point d'en apprendre un peu plus sur le guêpier dans lequel il s'était fourré, il était partagé entre l'inquiétude et une dévorante curiosité. Qu'est-ce que c'était que ce film qu'on allait lui projeter ? C'était Rosenqvist qui l'avait apporté. Le colonel jouait les maîtres du suspense, et il n'avait répondu à aucune de ses questions. « Un peu de patience, monsieur Thomas », c'était tout ce qu'on pouvait en tirer, avec son sourire de vampire devant une carotide offerte... Un peu de patience... Celle de Greg rencontrait ses limites. L'écran s'éclaira soudain. Des images apparurent, tremblotantes et floues. Le film ne semblait pas de première qualité... Puis il y eut du bleu, et le point se fit, maladroitement, sur une espèce de piscine. Aucun son. C'est pas vrai, se

46

dit Greg, Rosenqvist a filmé ses vacances en vidéo, et maintenant il nous les montre... Je vais me réveiller, c'est juste un cauchemar, il y aura Mary, on va se prendre un bon petit déjeuner en bavardant, je lui raconterai ce rêve idiot, tiens, ça va la faire rire... Sur l'écran apparut une nageoire grise qui sillonnait l'eau en tous sens. Un dauphin. C'est le bassin du labo de Rosenqvist... La bête sortit à moitié de l'eau, affichant un bon sourire que semblaient relier ses yeux, et ouvrit la bouche, poussant des cris inaudibles. *Tursiops truncatus*, murmura Greg, qui commençait vaguement à s'intéresser à ce qu'il voyait. Puis le cadre bascula, faisant apparaître le bord de la piscine, où se tenaient plusieurs hommes, parmi lesquels on pouvait reconnaître Rosenqvist. L'un d'eux, en maillot de bain, sauta dans le bassin. Le dauphin fit un cercle dans l'eau, semblant s'éloigner de l'homme, puis s'approcha de lui. Ils sont familiers, pensa Greg. De fait, l'homme tendit la main et l'animal se laissa toucher. Puis il plongea au fond du bassin, et l'homme plongea derrière lui.

La suite se déroula à une vitesse foudroyante, qui laissa Greg paralysé sur son siège. À travers l'eau bleutée, le dauphin se retourna soudain vers son compagnon. Il y eut un bouillonnement violent, durant quelques secondes, qui masqua la scène. Puis l'on aperçut le dauphin qui mordait l'homme au bras et s'agitait en tous sens, ballottant sa proie comme un pantin. Un liquide rouge foncé se mit à remonter vers la surface. Un instant, le plongeur sembla parvenir à se dégager et à sortir la tête hors de l'eau, mais la bête furieuse l'attrapa par la gorge et l'entraîna vers le fond. À ce moment, le cadre, qui fluctuait déjà depuis quelques secondes, se renversa. De haut en bas de l'écran filèrent quelques nuages, puis ce fut le noir.

Il n'y avait plus que le bruit imperceptible de l'appareil de projection, dont le moteur tournait encore. La salle était dans l'obscurité. Cela dura quelques secondes interminables. Greg voyait les silhouettes tassées de Peter et de Rosenqvist installés devant lui. Puis la haute stature du colonel, assis un peu à l'écart sur sa droite, se déploya. Le colonel se dirigea vers la porte. La lumière se ralluma.

— C'est horrible, dit Greg. Horrible et complètement incroyable... Les dauphins n'attaquent pas les hommes. Même menacés... On n'a jamais constaté un comportement agressif...

— Eh bien, vous voilà servi, constata Bosman.

Rosenqvist s'éclaircit la voix et prit la parole :

— C'est en effet un phénomène tout à fait atypique, compte tenu de toutes les observations jusqu'à maintenant disponibles à propos des cétacés, et particulièrement des dauphins. Mais ce n'est plus un cas isolé. De là à dire que l'exception est en train de devenir la règle...

Greg ouvrit des yeux ronds.

— Que voulez-vous dire ?

— Si c'est hélas le plus spectaculaire, ce n'est pas le seul cas de comportement agressif que nous ayons constaté de la part des *Tursiops* que nous avons en captivité... Nous avons trois autres observations de manifestations hostiles avérées, quoique sans conséquence. Il faut dire qu'après ce qui est arrivé à ce pauvre Teddy, nous avons pris des précautions importantes...

— Et qu'est devenu le sujet qui a attaqué cet homme ?

— Après les faits, il a manifesté durant quelques jours un comportement d'abattement... Nous l'avons observé dans un premier temps, sans intervenir, dans les conditions normales de sa captivité. Puis nous avons mené sur lui quelques expériences, il s'agissait de vérifier s'il n'y avait pas un dérèglement d'ordre physiologique...

— Et alors ?

— Rien. Nous l'avons testé sous toutes les coutures, vivant d'abord, puis autopsié, disséqué, analysé... Rien ! En outre, l'hypothèse d'un phénomène idiosyncrasique est affaiblie par l'observation d'anomalies comportementales analogues chez trois autres sujets...

Peter prit la parole :

— Ce n'est pas tout, Greg. Il faut savoir d'abord qu'au Marineland de Miami, il y a moins d'une semaine, un *Tursiops truncatus* a cruellement mordu un dresseur qui travaillait avec lui depuis plus de deux ans. Hier, un chercheur de l'aquarium de Vancouver a perdu un bras...

— Mais enfin c'est incroyable ! On sait que les dauphins préfèrent encore se laisser égorger plutôt que d'attaquer un être humain ! Et ça, je l'ai vu de mes propres yeux ! Pendant les événements de Yuki Island, j'étais sur place, vous savez ce qui s'est passé là-bas, les Japonais en ont massacré des milliers, ils faisaient ça à l'arme blanche, au corps à corps... Les dauphins ne se défendaient même pas ! S'ils l'avaient fait, les pêcheurs se seraient fait bousiller ! Parce qu'un dauphin, c'est quand même capable, dans certaines circonstances, d'avoir le dessus sur un requin !

— Excusez-moi, intervint Bosman, que s'est-il passé à Yuki Island ? Pourquoi massacrait-on des dauphins ?

— Les pêcheurs du coin avaient pratiqué une exploitation trop intensive de leurs côtes, créant une pénurie des poissons dont les dauphins sont eux-mêmes prédateurs... Il y avait donc une espèce de concurrence entre pêcheurs et dauphins, mais le massacre, très orchestré, et de façon spectaculaire, avait surtout pour but d'apitoyer le gouvernement japonais pour obtenir des subventions... Une opération publicitaire, en quelque sorte... À cette époque, je militais dans un mouvement écologiste, et...

— Donc vous nous dites, interrompit le colonel, qu'un dauphin, dans son état, disons... habituel, préfère se laisser tuer plutôt que d'attaquer un être humain ?

— Tout à fait. Monsieur Rosenqvist vous le confirmera.

— Cela corrobore en effet les analyses qu'il a déjà formulées, avant que vous nous rejoigniez... Messieurs, dois-je en conclure que vous ne comprenez rien au phénomène qui nous occupe ?

Peter reprit la parole :

— En l'état actuel de nos connaissances, la situation dans son ensemble n'est pas encore explicable, en effet...

— Précisément, monsieur Basler, si vous en profitiez pour mettre votre ami au courant de l'ensemble de la situation...

Greg eut un mouvement de surprise.

— Ce n'est pas tout ?

Peter lui sourit.

— Non, Greg, il y a un autre volet, et je te conseille de te rasseoir.

— C'est quoi, ton histoire ? Les agneaux font la chasse aux loups ?

— Pas loin ! Il s'agit de nos chers compagnons à quatre pattes... Tu sais qu'il arrive, quoique assez exceptionnellement, que des animaux domestiques, et notamment des chiens, redeviennent brusquement sauvages et agressent leurs maîtres ou d'autres personnes...

Greg eut soudain dans la tête l'image du bon gros husky à sa mémère...

— Et alors ?

— Et alors nos amies les bêtes font péter les statistiques ! Et pas seulement les toutous... Sur l'ensemble du territoire américain, on comptait ce matin trois cent cinquante-trois morts en un peu moins d'un mois... Et quelques milliers de blessés plus ou moins sérieux, sans compter tous ceux qui n'ont pas été comptabilisés...

— Dont ton serviteur, dit Greg en montrant sa main pansée. J'ai été attaqué la semaine dernière par un clébard apparemment très en colère, bien que d'un naturel plutôt affectueux, s'il fallait en croire sa propriétaire...

— Eh bien, remarqua le colonel, voilà une motivation supplémentaire pour nous aider à résoudre notre problème. Il me semble clair qu'il se passe quelque chose. Il y a des animaux qui pètent les plombs. Nos responsables aimeraient savoir pourquoi. Et comment agir, avant que tout cela ne prenne des proportions déraisonnables... Au jour d'aujourd'hui, personne ne s'est encore avisé de la globalité du phénomène. Mais si les statistiques continuent leur parcours exponentiel, ce n'est qu'une question de jours... Messieurs, au travail !

Le colonel Bosman claqua les talons, et sortit.

— Ce mec se croit dans un film, murmura Greg.

Peter ricana.

— Alors je dirais bien deux mots au scénariste... Parce que cette histoire est totalement invraisemblable ! Il y a quelque chose qui rend ces bêtes complètement folles, mais d'une folie agressive, et qui semble jusqu'à présent exclusivement dirigée contre des hommes... Je crois qu'on a intérêt à trouver une explication assez rapidement.

Il ouvrit la porte, et fit signe aux deux autres de sortir.

— Mais d'abord, messieurs, laissez-moi vous montrer notre nouveau lieu de travail !

7

Manaus, mercredi 11 juin

Mary, arrivée au bout de l'immense couloir, dut se rendre à l'évidence : elle s'était encore perdue ! Cet hôtel, c'est de la folie, se dit-elle, je n'ai jamais vu ça ! Une semaine, déjà, qu'elle était installée à l'hôtel Amazonas, et il lui était toujours impossible de se repérer dans les interminables couloirs de ce bâtiment colossal. Il faudrait s'y déplacer en vélo, ou en patins à roulettes, songea-t-elle ! Résignée, Mary fit demi-tour. Si seulement elle avait croisé quelqu'un... Mais l'immense boyau de béton était parfaitement désert, pas une âme à qui demander sa route, l'hôtel semblait inhabité, comme vidé des hommes qui l'avaient bâti par quelque cataclysme ancien... C'était ça, Manaus... Une cité peuplée de fantômes dangereux, vivant sur le souvenir des splendeurs d'autrefois, et dont ne subsistaient que la démesure et les ruines, sous une épaisse couche de crasse... Mary était fatiguée. Toute la semaine, avec Sylvain Charonne, l'assistant du professeur Legal, elle avait sillonné la ville, pour rassembler du matériel et prendre des contacts. La logistique d'une telle expédition n'était pas simple. Non qu'il fallût se charger d'un matériel important ou sophistiqué... Mais la plus petite erreur, la moindre négligence, aussi bénigne soit-elle en apparence, pouvait devenir fatale au cœur de la forêt. À ce sujet, le professeur avait été d'une extrême rigueur lors de leur dernière entrevue. Il avait moqué ces « anthropologues en chambre » qu'étaient selon lui les Américains. « Ils enseignent, mais ne vont plus sur le terrain », avait-il prétendu. L'éternelle rivalité entre les écoles et les nationalités... Après tout, Diego Legal, comme son nom l'indiquait mal, était français... Mais peut-être sur ce point n'avait-il pas tout à fait tort. Elle-même, en tout cas, n'avait jamais quitté son université, et parmi ses collègues elle était loin d'être un cas rare, à tel point que l'annonce de son expédition avait provoqué comme un scepticisme. Mary le savait : sans la caution qu'apportait le nom de Diego Legal, elle n'aurait jamais pu récolter les fonds nécessaires à cette entreprise...

Revenue sur ses pas, Mary se retrouva au milieu d'une espèce de carrefour surdimensionné, d'où rayonnaient une dizaine de couloirs, dans toutes les directions, sans la moindre indication... Il y avait aussi un alignement d'ascenseurs, tous curieusement arrêtés à l'étage, leurs portes ouvertes sur une lumière blafarde. Tout était désert. Je suis au cœur du labyrinthe, songea la jeune femme. Toutes les directions se ressemblent, une seule est la bonne... Suis-je seulement dans la bonne aile du bâtiment ? Mary décida que la plaisanterie avait assez duré... Si un jour elle devait raconter ses aventures en Amazonie, il serait plus romanesque d'avoir dérivé dans la forêt sans fin, se nourrissant de fruits sauvages et de petits animaux, que dans les couloirs d'un hôtel de luxe ! Il suffisait de redescendre à la réception, d'où elle se ferait conduire dans sa chambre et tant pis pour les sourires en coin de ces machos du Brésil profond ! Avec un soupir, elle se dirigea vers les ascenseurs. Ma chambre... Mon lit ! Dormir, se dit-elle, dormir... rêver peut-être ? Cette réminiscence (de Shakespeare, croyait-elle) la fit sourire. Mary n'avait pas peur de ses rêves... Croyez-vous au destin ? lui avait demandé Diego Legal. Je crois qu'il n'y a pas de hasard, lui avait-elle répondu, et que nous avons tous une destination... Mais nous pouvons la refuser ou la manquer. Il l'avait regardée de ses yeux graves et purs. De quelle couleur étaient ses yeux ? se demanda Mary. Elle était incapable de le dire. Et pourtant, depuis leur première rencontre à Paris, deux ans plus tôt, elle l'avait vu trois fois, et leurs échanges à chaque fois s'étaient prolongés tard dans la nuit... Mais Diego n'avait pas des yeux, il avait un regard. Le privilège des hommes qui ont su vivre et grandir, songea Mary. À cet instant, il lui semblait le sentir posé sur elle, ce regard qui parfois savait unir une bienveillance immense à une rigueur d'une terrifiante exigence...

Mary allait entrer dans le premier ascenseur lorsqu'elle s'aperçut qu'elle n'était pas seule. À moitié dissimulée par un pilier en béton, une forme de petite taille se tenait à sa gauche, à contrejour, à quelques mètres. Puis un gros ballon rouge tomba et rebondit dans sa direction. Alors une petite fille sortit de l'ombre du pilier, et entreprit d'avancer doucement vers Mary, l'observant de ses yeux attentifs et très noirs, sans prudence ni retenue particulière, mais avec une lenteur qui semblait son rythme à elle... Mary voulut lui sourire, mais il y avait dans le regard de cette enfant une gravité trop profonde, et la jeune femme se contenta de la regarder approcher. Le ballon rouge avait roulé aux pieds de Mary, qui le ramassa. L'enfant tendit les mains, Mary le lui donna. Elle aurait voulu lui parler, mais ne savait pas un mot de portugais. La petite fille ne bougeait pas, et la regardait toujours. Mary prit dans son sac un morceau de papier, un crayon, puis écrivit le numéro de sa chambre, suivi d'un point d'interrogation. Elle le tendit à l'enfant, qui le lut et la regarda à nouveau. Je suis perdue, dit Mary dans sa langue. La petite fille glissa son ballon sous un bras, de son autre main prit celle de Mary et se mit à marcher, entraînant la jeune femme dans une direction qu'elle suivait sans hésitation. Elle prit un couloir, puis un autre, et Mary reconnut les lieux... Alors, avec une brusquerie totalement inattendue, l'enfant lâcha sa main, se mit à courir et disparut au bout du couloir.

Mary demeura immobile quelques instants, à scruter le long couloir vide. Il lui semblait avoir rêvé... En même temps, elle sentait dans sa poitrine une angoisse diffuse, comme le désir que cette drôle de petite fille soit encore là, de lui parler... Puis elle marcha jusqu'à sa porte, et tourna la clé dans la serrure.

Au moment où elle entrait dans sa chambre, le téléphone se mit à sonner.

La nuit tombait sur Manaus. Accoudée au balcon, Mary se laissait bercer par la rumeur de la ville, par les lueurs qui traversaient le soir, par cette vie grouillante et sombre, étrangère, à ses pieds... Il n'y avait plus qu'à se laisser dormir, dériver doucement dans le sommeil profond qu'elle sentait, derrière ses yeux, s'approcher à pas de loup... La journée avait été pleine, tout était bouclé. L'organisation était sans faille, telle que voulue par Diego. C'était Sylvain qui avait appelé quelques minutes plus tôt, et il avait pu se procurer un moteur pour le bateau. L'essence, ils l'achèteraient à la mission. Quant au reste... Il y avait six caisses de matériel entreposées dans les sous-sols de l'hôtel, correspondant à la liste élaborée par Diego — dont les trois feuillets, soigneusement cochés, vérifiés et revérifiés, reposaient sur le bureau de la chambre. Quelques machettes et quelques limes, des briquets, des couteaux, du fil de nylon, des haches et des hameçons, quelques dizaines de mètres de coton rouge, du sérum antivenimeux polyvalent, cinq ou six kilos de perles de corail, des allumettes et des vêtements, et les provisions nécessaires à la survie de cinq personnes durant six semaines de jungle... Tout un bric-à-brac de bazar, où Mary distinguait mal les objets indispensables à leur progression et à leur sécurité des cadeaux destinés aux indigènes avec lesquels ils établiraient un contact... C'était demain, dès les premières lueurs, que décollait l'avion-taxi qui les déposerait à la mission de Mucajai, où les attendait Diego. Ensuite, l'aventure commençait... Un frémissement lui parcourut l'échine. Mary ignorait tout de la jungle. « Ethnologue en chambre »... bien sûr, Legal avait raison ! Lui qui avait passé près de vingt-cinq ans de sa vie chez les Indiens Yanomamis, il pouvait bien se moquer gentiment de sa jeune « collègue » toute fière des tonnes de livres qu'elle avait digérés ! Avec ce sourire plein de douceur dont il ne se départait jamais... Et pourtant, il parvenait à se montrer fort clair quant au niveau d'exigence qui était le sien, et l'on sentait aussi, à quelque éclat bleu et froid qui luisait par instants au fond de son regard, que la colère ne lui était pas inconnue... À quoi pouvait ressembler une colère de Diego Legal ? se demanda Mary. À rien de familier, sûrement, se dit-elle. En fait, elle préférait instinctivement ne jamais le savoir...

Mary sentait ses paupières s'alourdir, le sommeil la gagner. Allons, se dit-elle... ce n'est pas le bon moment pour veiller tard. Mais l'idée de se coucher l'emplissait d'une appréhension, l'idée d'éteindre la lumière, de se retrouver seule... Je n'ai plus l'habitude de dormir seule, pensa-t-elle, et le visage de Greg sembla flotter dans l'air nocturne, avec son sourire d'homme, tranquille et sûr, l'air de dire « tout ira bien »...

Tout ira bien... Greg lui donnait de la force, parfois, peut-être simplement la force d'être elle-même... Il avait tellement confiance en elle, en sa façon de voir la vie... Tu m'apprends plus que la moitié du monde, lui avait-il dit une fois. Au-dessous d'elle, le vent frissonnait dans les feuillages des grands arbres de la rue. Mary se rendit compte à quel point Greg lui était nécessaire. Pourquoi s'étaient-ils si mal quittés ? Sans doute n'avait-elle pas su trouver les mots pour lui parler de son départ, et l'apaiser... Si seulement elle avait pu le joindre durant cette semaine... Mais dès son arrivée à Manaus, elle s'était laissée envahir par l'agitation des préparatifs, elle n'avait plus pensé à rien... Et à présent, elle aurait tout donné pour entendre la voix de Greg. Je ne peux plus l'appeler, se dit-elle, il est trop tard... Si seulement j'étais tombé sur lui, l'autre jour, mais il devait être en cours, avec le décalage horaire je n'ai pas fait attention... Elle lui avait juste laissé un message, qui devait être un peu froid... Il doit m'en vouloir, pensa-t-elle.

La ville était calme, à présent, sillonnée de présences tranquilles et clairsemées, noctambules goûtant l'air de la nuit, couples prenant plaisir à retarder le moment de rentrer... Une brise légère et chaude, avec ses senteurs d'arbres rares, lui caressait la peau. Pour la première fois, dans la douceur de la nuit, Manaus semblait presque une ville humaine. Mais Mary ne parvenait pas à l'aimer... Manaus qui s'endort est une ville qui ment, se dit-elle. C'est en plein jour, vue d'avion qu'elle révèle sa vérité. Une semaine plus tôt, quand le charter avait commencé son approche, Mary avait été saisie par un spectacle superbe et terrifiant. Depuis plus d'une heure, la jeune femme se laissait fasciner par l'océan vert de la forêt, qui étendait son moutonnement végétal jusqu'à l'horizon, et par ce grouillement de vitalité, ce délire foisonnant de nature qu'elle y pressentait : un univers sacré, étranger à l'homme, livré aux lois primitives de la vie et de la mort... Puis elle avait aperçu une frontière rouge au loin, comme une ligne de front... Peu à peu étaient apparues, au cœur de la forêt, sillonnées des méandres de l'Amazone, d'immenses étendues de terre brûlée, couleur de feu... Et comme l'avion entamait sa descente, elle avait distingué la fourmilière humaine qui s'activait aux limites de la forêt, rongeant inexorablement sa proie de verdure... puis, au bout de plusieurs minutes, au centre du cercle rouge, tremblante de chaleur, une ville était apparue, bordée d'un fleuve d'eau noire... Manaus était cernée par une immense couronne de désert couleur brique, qui grignotait petit à petit le vert de la forêt environnante, comme une tumeur gagne son terrain sur les tissus sains...

Mary s'était tournée vers Sylvain.

— Pourquoi la terre est-elle rouge ? avait-elle demandé.

Il l'avait regardée, avec son étrange sourire ironique et triste.

— Parce qu'elle est morte.

Il lui avait expliqué la folie des hommes, l'exploitation aveugle et brutale des ressources de la forêt... Les terres sèches et rouges qui entouraient Manaus sur des centaines de kilomètres étaient la signature de la cupidité. Trois cents millions d'arbres étaient arrachés chaque année par des armées de bulldozers et de caterpillars, ou carbonisés sur des milliers d'hectares pour extorquer au sol quelques années de maigres récoltes ou de pâturage... La terre, dopée quelque temps par l'humus et la cendre, s'épuisait ensuite. Sous ces latitudes, le sol était fertile mais peu profond, les pluies équatoriales emportaient le bon terreau vers le lit des rivières et des fleuves, le soleil brûlait ce qui restait... Manaus, qui à cette heure mêlait sa rumeur à la douceur du soir, était une gigantesque machine de guerre qui dévorait ses alentours et s'entourait d'une couronne de mort...

La nuit était noire à présent... De l'autre côté de la rue, le Mercado Principal était désert et sombre, et les rares passants rasaient les murs d'un pas furtif. Mary frissonna. La veille, elle avait vu la colonie des vautours urubus, qui perchaient la journée sur l'ossature rouillée du vieux marché. C'est l'heure où les vautours reprennent des forces, songea-t-elle. À l'horizon se dessinaient les ombres monumentales des bâtiments anciens, qui témoignaient d'une splendeur révolue, quand Manaus était l'empire du caoutchouc, que les grands féodaux qui possédaient les terres faisaient assassiner leurs employés récalcitrants et blanchir leurs chemises à Londres, et que le Teatro Amazonas, immense opéra en plein cœur de la jungle, attendait Sarah Bernhardt...

Brusquement une grosse averse chaude se mit à tomber, qui arracha la jeune femme à sa rêverie... Elle se réfugia dans la moiteur de sa chambre, et ferma la fenêtre, regardant les gouttes s'écraser sur la dalle du balcon. Il faudra plus que toute l'eau du ciel pour purifier la cité des hommes, se dit-elle. Elle se sentait triste et inquiète, comme troublée par un pressentiment dont elle ne comprenait pas la nature...

Cette nuit-là, Mary dormit mal.

8

Route de Clydesburg, Illinois

À droite, une route étroite serpentait vers le sommet du mont Adler, qui surplombait Clydesburg, et Kenneth s'y engagea au dernier moment d'un brusque coup de volant. Tout droit, la nationale menait directement à la petite ville, qui n'était plus qu'à quelques kilomètres, mais quelque chose lui disait qu'il ferait bien d'aller jeter un coup d'œil d'un peu plus haut. Toute cette affaire sentait bizarre, et Kenneth Pilar s'y connaissait en odeurs... À ses débuts dans le métier, il n'avait pas mis longtemps à s'attirer la réputation d'un flair exceptionnel, une espèce de sixième sens. Quand il prenait une direction il se trouvait, on s'en rendait compte un peu plus tard, que c'était justement la bonne. Lui, il avait toujours l'impression que c'était un peu par hasard, une espèce de coup de chance... Mais à force d'accumuler les coups de chance, tout le monde s'était mis à parler du flair de Kenneth Pilar, alors lui-même avait pris le pli. À l'époque, quand on lui demandait : « Comment fais-tu ? » il plissait légèrement les yeux, prenait un air mystérieux et parlait de l'intuition, cette qualité que tout le monde a, mais que peu savent utiliser — et finalement c'était bon de lire de l'admiration dans les yeux... En vérité, Kenneth ne savait pas comment il faisait, ni ce qu'on pouvait bien entendre par intuition. Il était souvent là au bon moment, c'est tout.

En fin de compte, il n'aurait pas vraiment su dire pourquoi il se trouvait sur cette route perdue, à quatre heures de l'après-midi, un de ses rares jours de congé où il ne pleuvait pas, au volant de sa vieille Lincoln dont il ignorait si elle tiendrait jusqu'au soir... Quant aux quarante-cinq kilomètres pour rentrer à Cairo, n'en parlons même pas, pensa-t-il. Dans son coffre, il avait tout l'attirail du parfait mécanicien, et il s'attendait à devoir bricoler dans le cambouis en rase campagne. Une habitude. Depuis vingt ans, il était resté fidèle à cette voiture,

qu'il appelait affectueusement sa « roulure », et elle commençait à donner de sérieux signes d'épuisement, fuites en tout
genre, hoquets divers et pannes à l'allumage... Non qu'il fût
particulièrement sentimental question caisses (question gonzesses non plus, pensa-t-il avec un demi-sourire en allumant
une cigarette), c'est plutôt qu'on ne pouvait pas dire que ses
éminentes qualités de journaliste lui aient valu la grande carrière dont il aurait rêvé, du genre à pouvoir changer de voiture
tous les deux ans... Deux jours avant, Clive Burnett l'avait
appelé, et c'était plutôt gentil de sa part, comparé au nombre
de ses condisciples de l'école de journalisme qui avaient cru
bon d'oublier jusqu'à son existence, mais chaque fois qu'il
avait Clive au téléphone, Kenneth sentait son ulcère qui se
remettait à le lancer pendant une bonne semaine. En plus, il
lui avait encore donné son fameux conseil, de changer de
métier (« je suis sûr que tu réussirais, tu as du talent », lui
avait-il dit), et même s'il avait probablement raison, Kenneth
savait qu'il n'en ferait jamais rien. Je suis journaliste, nom de
Dieu, et je mourrai journaliste, murmura-t-il entre ses dents.

Clive était maintenant grand reporter au *Chicago Tribune*,
depuis trois ans, ou plus, en tout cas ça faisait dix bonnes
années qu'il avait quitté l'inestimable *Cairo Clarion*, où lui-
même avait de bonnes chances de croupir jusqu'à la misérable
retraite qui l'attendait... Et pourtant, ils savaient tous les deux
que Kenneth était un bien meilleur reporter, le meilleur reporter peut-être, à des centaines de kilomètres à la ronde. Clive,
au fond, n'avait jamais cessé de l'admirer. Quand ils montaient ensemble sur un coup, aux plus beaux temps de leur
collaboration, il lui demandait toujours : « Alors, Ken, tu la
sens comment, celle-là ? » Et lui plissait les yeux, prenait l'air
inspiré, et puis partait, au pifomètre absolu, et ça marchait,
bien sûr, au moins dans les trois quarts des cas...

La route montait de plus en plus raide. On n'allait pas tar-
der à apercevoir Clydesburg. Kenneth balança sa cigarette par
la vitre ouverte, avec un petit rire amer. La seule différence,
c'est que ce bon vieux Clive n'était pas sur l'affaire quand il
avait fourré son nez où il ne fallait pas, il avait eu la bonne
idée de tomber malade, assez gravement d'ailleurs... Et c'est

tout seul, comme un grand, que Kenneth s'était mis à dos le sénateur Russell en fouinant dans ses petites histoires de fric et de cul, bien mélangées d'ailleurs, puisque c'est avec le fric de l'État qu'il entretenait son espèce de danseuse... Il avait tout révélé, preuves à l'appui, et ça avait fait un foin pas possible, le vertueux sénateur avait dû démissionner, lui qui parlait du bon Dieu dans tous ses discours comme s'il le connaissait personnellement. Le seul problème, c'est que sa femme avait bouffé la pharmacie, après... Elle s'en était pas tirée. En plus, le successeur de Russell était encore plus corrompu que lui, et bête comme une équipe de pieds avec ça, si bien que tout le monde avait fini par regretter le bon sénateur. Et par le supplier de revenir... Russell était gouverneur de l'Illinois, à présent, et d'aucuns n'avaient pas peur d'en parler pour l'investiture républicaine... Russell à la Maison Blanche ! Comme par hasard, sa carrière à lui, Kenneth Pilar, avait commencé à partir en couille dès le retour en grâce de l'autre. Aucune feuille importante à qui il avait envoyé sa candidature « n'avait de poste à pourvoir actuellement » et quand il se présentait quelque part, la seule mention de son nom provoquait un silence gêné. Il avait vite compris qu'il ne quitterait vraisemblablement jamais Cairo, où le *Clarion* consentait à le garder, cantonné aux chiens écrabouillés et aux potins des ménagères... Les affaires de quelque importance, c'était pour les collègues, en général des petits jeunes qui faisaient leurs classes à Cairo avant d'aller pousser la carrière dans des endroits un peu plus trépidants, et ce n'était pas ça qui manquait...

Voilà pourquoi il avait dû prendre sur un de ses jours de congé pour aller fureter du côté de Clydesburg. Il n'avait pas l'habitude de faire ça, c'était la première fois, mais là, quelque chose lui disait qu'il y avait un gros truc, et pas clair du tout.

L'origine de l'affaire, c'était Janie. Janie était la femme du shérif de Clydesburg, et il fallait croire que le shérif de Clydesburg s'en occupait pas beaucoup, ou pas comme il fallait, parce que Janie était souvent fourrée à Cairo, à faire du shopping ou juste à se balader. Fatalement, ils avaient fini par se rencontrer, entre désœuvrés, et fatalement, il était arrivé ce qui devait arriver, entre gens délaissés... On ne pouvait pas

61

dire qu'ils étaient amoureux, non, mais ça se passait plutôt bien, il avait ce qu'il voulait et semblait-il elle aussi, en tout cas elle avait l'air contente. Donc, la veille, Kenneth avait essayé de la joindre, au milieu de l'après-midi, à une heure où d'habitude elle était chez elle, et seule de préférence... Il avait composé le numéro, qu'il connaissait par cœur, et au bout du fil il avait entendu une voix féminine et charmante, mais qui n'était pas celle de Janie, une voix professionnelle qui répétait en boucle : « Suite à un incident, la ligne de votre correspondant est momentanément interrompue. Veuillez rappeler ultérieurement. » Il avait rappelé ultérieurement, à plusieurs reprises, et c'était toujours pareil... Sauf qu'une fois, il s'était trompé de numéro. Et c'était pareil là aussi, la même voix, agréable, certes, mais un petit peu exaspérante à force... Ça l'avait intrigué, cette histoire, alors en bon enquêteur méthodique, il avait pris l'annuaire de Clydesburg et composé consciencieusement une bonne centaine de numéros. Pareil à chaque fois. Toutes les lignes étaient coupées. Si c'était un incident, c'était un gros incident, et personne n'en avait parlé, aucune dépêche ne faisait allusion à un truc de ce genre. Alors Kenneth avait décidé d'aller jeter un coup d'œil.

Le sommet du mont Adler n'était plus très loin, maintenant, et le reporter sentait qu'il ne s'était pas trompé. Il était sur une affaire. Quoi, il ne pouvait encore le dire, mais il y avait cette espèce d'excitation, la même que celle qui le prenait, quinze ans plus tôt, quand il était sur un truc fumant... C'était avant le sénateur Russell évidemment, et depuis, cette impression, il ne l'avait plus jamais ressentie, et c'était ce qui lui manquait le plus, il s'en rendait compte à présent. Il avait ça dans le sang.

À part l'excitation, il y avait aussi ce petit détail, un peu plus objectif, que depuis quinze kilomètres il n'avait pas croisé une seule voiture sur la route de Clydesburg, et ça, il le savait pour l'avoir parcourue souvent, ça n'était pas normal du tout... Cette route n'était pas la plus fréquentée du pays, Clydesburg n'était qu'une toute petite ville d'à peine six mille âmes, mais de là à ne croiser personne... Il se passe un drôle de machin, se dit Kenneth, et j'aimerais savoir quoi...

C'est alors qu'il aperçut à sa gauche une trouée dans la végétation, qui laissait entrevoir la vallée. Il s'arrêta et coupa le moteur. Il était arrivé. De là, il pourrait tranquillement observer Clydesburg. Il prit ses jumelles dans la boîte à gants et sortit de la voiture.

D'abord, Kenneth crut qu'il s'était trompé d'endroit. Puis qu'il était devenu fou. Il lâcha ses jumelles, qui tombèrent sans un bruit dans la mousse, et ferma les yeux. Quand il les rouvrit, il ne regarda pas vers la vallée mais parcourut de l'œil les montagnes en face de lui, qui se dessinaient dans l'air tremblant. C'est bien celles-là, pensa-t-il, les idées un peu confuses. C'est bien là... De fait, il voyait culminer le mont Paterson et ses rocailles grisâtres, entouré des forêts vert sombre qui couvraient le mont Arkwell et la montagne des Loups, et le spectacle n'avait rien d'inhabituel... Lentement, Kenneth laissa descendre son regard vers la vallée, essayant de se convaincre qu'il avait eu une hallucination.

De nouveau, il ressentit un choc au cœur, avec la même intensité. À l'emplacement où Clydesburg aurait dû se trouver, avec ses quelques pâtés d'immeubles au centre-ville et ses rangées de pavillons tous un peu pareils, avec son supermarché au nord et sa vieille cartonnerie désaffectée, à la place de Clydesburg il n'y avait... rien. Une étendue couleur sombre et brûlée, marron foncé, qui délimitait exactement ce qu'avait été Clydesburg, comme si la ville avait projeté son ombre sur le sol... Mais la ville n'était plus là. À l'est, la nationale qui menait à Cairo commençait à la limite précise de la tache de terre, et sa couleur, plus sombre au début, reprenait son gris d'asphalte à mesure que la route s'éloignait.

Kenneth sentait une brume envahir son cerveau, contre laquelle il était dur de lutter. C'est un rêve, pensa-t-il, un de ces rêves idiots... Il se baissa pour ramasser ses jumelles, ce qui lui demanda un effort. Son corps était comme engourdi. Puis il les pointa sur la vallée. Un espèce de marron flou envahit son œil, sa main tremblait, il mit du temps à faire la mise au point. Puis le marron prit consistance, c'était bien comme de la terre, une terre épaisse et granuleuse, plus sombre qu'il ne lui avait d'abord semblé, presque noire. Il balaya la vallée du regard. En dehors du fait qu'une ville avait disparu, avec ses quelques milliers d'habitants, rien ne semblait anormal. Tout était désert. Kenneth apercevait des oiseaux qui voletaient paisiblement dans la chaleur. Il s'essuya le front, et pointa ses jumelles vers la nationale. La route semblait émerger de la terre noirâtre, comme des profondeurs du sol. Son asphalte était zébré de grandes marques sombres, on aurait dit qu'elle avait brûlé au contact de la ville.

Soudain, Kenneth vit quelque chose bouger près de la route. Il crut que c'était un petit animal. Mais, en pointant la chose avec précision, il vit que cela avait une forme humaine, comme un enfant dans une espèce d'uniforme de soldat. L'enfant courait et, en anticipant sur son mouvement, Kenneth aperçut le campement. Quelques tentes, un baraquement sommaire, tout avait la couleur de la terre sombre. Il y avait d'autres bonshommes qui marchaient comme des fourmis, et un sapin, tout petit. Alors Kenneth réalisa que la perspective l'avait trompé. Ce n'étaient pas des enfants. C'était un campement militaire, parfaitement camouflé. Des hommes marchaient en tous sens, bien plus nombreux qu'il ne l'avait cru. Certains semblaient s'enfoncer dans le sol et disparaissaient. Des souterrains, se dit-il... ils ont creusé des souterrains. Qu'est-ce que c'est que ce truc ?

Kenneth sentit alors quelque chose de froid contre sa nuque, et une voix chuchota à son oreille :

— Vous restez tranquille, monsieur Pilar, et vous mettez vos mains sur la tête.

Quand il se retourna, il y avait un P.38 à dix centimètres de son visage, tenu par un grand type en uniforme qui souriait. Deux mètres derrière, vingt militaires pointaient sur lui des armes de guerre.

9

Fort Detrick, Maryland

Sans un regard pour les deux jeunes plantons qui le saluaient au garde-à-vous, le colonel Bosman avala les six marches du perron et s'engouffra dans l'immeuble abritant le poste de commandement. Par contraste avec la chaleur étouffante qui régnait dehors, passé la lourde porte battante qui menait au grand hall, il se sentit saisi par la fraîcheur de l'air conditionné. Aussitôt, il fut cerné par une dizaine d'hommes de la police militaire. Pantalon bleu, veste noire à liséré rouge, casquette et ceinture blanche, visage dénué de toute expression, ils étaient prêts à dégainer leur arme de poing, bien qu'ils l'aient vu passer vingt fois ces trois dernières semaines... Le colonel se prêta de bonne grâce aux minutieux contrôles de rigueur : fouille au corps, détecteur de métaux, rayons... Puis il posa sa main sur l'écran d'un scanner, qui mit une seconde à rendre son verdict. Les MP s'écartèrent en saluant. Bosman traversa le hall. Il savait mieux que personne la nécessité de tels contrôles, dont il avait lui-même ordonné le renforcement. Il était vital que soit gardé sur les événements récents un secret plus qu'absolu.

Le colonel prit un ascenseur et s'arrêta au cinquième étage. Quand les portes s'ouvrirent, il se trouva face au même dispositif de sécurité qu'au rez-de-chaussée. Rien n'était laissé au hasard, car « le hasard est le point faible de la plus forte des cuirasses », comme il aimait à le répéter à ses cadets de l'École militaire. Bosman aimait les deux jours hebdomadaires qu'il consacrait à former ces jeunes, triés sur le volet, qui constitueraient un jour l'élite de la défense américaine. À l'ordinaire... Car, depuis qu'il avait été appelé pour superviser les opérations liées à l'enquête sur le dossier « Cat », Bosman avait dû se faire remplacer. C'était une marque de confiance exceptionnelle pour ce jeune officier supérieur qui n'avait pas quarante ans, et une opportunité de carrière inespérée, que de travailler sur un dossier qui constituait la priorité absolue du département de la Défense, et au secret duquel n'avaient accès qu'une demi-douzaine de personnes, le Président compris...

Mais l'enjeu du dossier « Cat » dépassait infiniment toute idée de plan de carrière, et rendait même incertain, se dit-il, que l'idée de « carrière » eût désormais le moindre sens...

Une fois encore, le colonel passa sans encombre les contrôles, et se dirigea vers la porte noire en face de lui, tout au fond du couloir. Celle-ci portait la simple inscription : T. Merritt. Personne sur la base n'était informé des raisons de la présence à Fort Detrick du général Merritt, que l'on disait à la retraite. Le *major general* Clarke, qui commandait la base, avait simplement reçu un coup de fil du Pentagone lui enjoignant de faire bon accueil à une vingtaine d'hommes, en « mission spéciale »...

Bosman regarda sa montre, puis il frappa. Il attendit quelques secondes et entra, sans attendre d'y être invité. Au fond de la pièce, dos à la fenêtre, immobile derrière un grand bureau, une silhouette massive se découpait à contrejour. Un mince filet de fumée bleue s'en échappait, dont le soleil couchant faisait luire les volutes. Le colonel s'assit et attendit. Le général, les yeux mi-clos, ne bougeait pas. Puis il hocha la tête. Alors Bosman prit la parole.

— Monsieur, les équipes sont en place.

— Étanchéité ?

La voix du général Merritt était rauque.

— Totale. Aucune ne soupçonne l'existence des autres.

— Des résultats ?

— Pas encore, monsieur. L'équipe A ne s'est mise au travail qu'hier soir. L'équipe B s'installe...

— L'équipe B, interrompit le général, c'est les maladies infectieuses ?

— Oui, monsieur. À l'heure actuelle, nous collectons les souches virales ou bactériennes sur tous les secteurs contaminés, pour les leur soumettre.

— Verrouillage des zones ?

— Optimal. Le code DX 01 est appliqué sur chaque foyer. Nous avons pu à chaque fois intervenir très rapidement, mettre la zone en quarantaine, et circonscrire l'épidémie. Jusqu'à maintenant, ce sont des zones réduites, relativement isolées... Et nous avons une chance, si l'on peut dire... ces virus tuent très vite. Une vingtaine de minutes. Les personnes contaminées meurent avant d'avoir pu quitter la zone. Mais il suffirait d'un virus dont le temps d'incubation soit un peu plus long, et...

— Ça, voyez-vous, je ne crois pas que cela nous menace.

Le colonel, surpris, haussa les sourcils. Merritt avait prononcé cette phrase d'un air entendu, comme s'il savait quelque chose. Il y eut un temps de silence, le général semblait savourer son effet. Puis il reprit la parole :

— Et la presse ?

— Eh bien... Pour l'instant, elle gobe nos petits communiqués. Pour Hurston, la thèse d'un empoisonnement de l'eau courante est passée comme une lettre à la poste. Normal. Ça leur permet de chercher des responsables. Pour Clydesburg, c'est plus problématique. C'est une plus grande ville. Jusqu'à maintenant, le black-out fonctionne. Mais nous ne tiendrons pas très longtemps.

Merritt tapa du poing sur la table.

— C'est pourquoi vos biologistes ont intérêt à s'activer !

Puis il s'adossa plus profondément, et entreprit de rallumer son cigare. Le soleil déclinait à l'horizon, et Bosman distinguait à présent les traits de son interlocuteur. On pouvait lire sur le visage du général Terrence Merritt une vie de souffrance, de rigueur et d'action, qui avait creusé dans la chair des tranchées et des fosses, et fait saillir des masses... Un visage dont le relief, même en pleine lumière, suscitait des ombres. Son visage est son œuvre, pensa Bosman en regardant son vis-à-vis fumer silencieusement. Il n'ignorait rien des prestigieux états de service de son supérieur, dont celui-ci portait les traces multicolores sur sa veste d'uniforme, à l'endroit du cœur. Durant son cours de stratégie, il lui était arrivé d'évoquer les faits d'armes du général Merritt, au Viêt-nam et ailleurs, sans se douter qu'un jour il serait directement sous ses ordres pour une mission du plus haut secret concernant la sécurité de l'État... La voix cassée mais sonore, qui lui était désormais familière, se fit entendre à nouveau :

— Et les géophysiciens, vous en êtes où ?

— Je crois qu'ils ont déjà collecté pas mal de données. Prescot, qui dirige l'équipe, est apparemment un type rapide, et efficace.

Bosman marqua une pause.

— À ce propos, il m'a fait une demande, que je voudrais vous soumettre.

— Quelle demande ?

— Il souhaite entrer en contact avec un collègue chinois qui, d'après lui, pourrait nous aider. Un certain... Wang-Tsé-Ming, je crois.

— Un chercheur chinois ?

— Il dit que c'est très important. Que sa collaboration pourrait nous faire gagner un temps précieux.

Merritt tira lentement une bouffée de son cigare.

— Colonel Bosman...

— Monsieur ?

— Je crois qu'il y a quelque chose que vous ne comprenez pas bien.

Le colonel se raidit légèrement.

— Nous ne savons pas ce qui se passe, poursuivit le général. C'est totalement nouveau, c'est très dangereux. Et surtout... nous ne savons pas qui est derrière tout ça.

— Que voulez-vous dire ?

— Bosman, vous êtes un type brillant. À ma connaissance, il n'y a pas beaucoup d'anciens marines qui ont un doctorat de mathématiques. Vous êtes capable de diriger une équipe de scientifiques et c'est pour ça qu'on vous a choisi. Seulement... vous êtes encore un théoricien, mon petit, parce que le combat, vous ne savez pas ce que c'est. Or c'est au combat, et nulle part ailleurs, qu'on apprend à renifler l'ennemi.

— L'ennemi ? Vous pensez que...

— Ah ! Mais je ne pense rien, moi ! Je regarde. Et je me prépare.

Le général s'interrompit un instant.

— Regardez-moi ces affaires de virus. Pour détruire un

pays, il n'existe pas d'arme plus efficace. Un virus qui tue, et qui se répand. Imparable. Mais il y a un problème. C'est que le monde, aujourd'hui, est tout petit. Et qu'un virus c'est très con. Ça n'est pas patriote, un virus. Ça ne s'arrête pas aux frontières, ça prend l'avion. Vous saisissez ?

— Oui, monsieur. Un virus qui se propage très largement est une arme efficace, mais qui peut se retourner contre celui qui l'utilise. Un virus qui se propage peu, parce qu'il tue très vite, n'a pas cet inconvénient. Mais il faut multiplier les foyers.

— Bien, mon petit, bien. Voilà pourquoi je ne serais pas étonné que nous soyons précisément dans ce cas de figure.

— Pardonnez-moi, monsieur. Admettons que ces virus soient une arme bactériologique. Mais les autres phéno-mènes ? Vous pensez qu'ils pourraient aussi être... provo-qués ?

— Je n'en sais foutrement rien. Par contre, ce que je sais, c'est un : à l'heure actuelle ces phénomènes ne concernent que les États-Unis d'Amérique. Les services secrets sont formels sur ce point. Deux : ils peuvent considérablement déstabiliser notre pays, et même, s'ils continuent à s'ampli-fier au rythme actuel, le mener au bord de la destruction. Trois : s'il y a un ennemi qui provoque tout ça, son meilleur atout est encore que nous ne puissions pas en être sûrs ! Conclusion, Bosman : tant que nous ne sommes pas capa-bles d'y voir plus clair, il n'est pas question de partager nos petits soucis avec des étrangers, surtout chinois ! C'est clair ?

— Clair, monsieur.

— Et mettez-leur la pression, à tous ! Il nous faut des résul-tats. Et vite ! Nous faisons notre possible pour maintenir le black-out sur ce fichu dossier, et le petit cocktail que nous distillons aux fouineurs de la presse, de fausses pistes et de demi-mensonges, assaisonné de quelques faits réels mais accessoires, ils l'ont jusqu'à maintenant gobé à peu près en douceur... Mais le phénomène s'amplifie à vitesse grand V et nous sommes à la merci d'un type un peu plus malin que les autres, qui commencerait à faire des rapprochements entre tous ces phénomènes...

— À ce propos, monsieur...

— Oui ?

— Ne croyez-vous pas que l'étanchéité des équipes joue contre nous ? Nous avons trois groupes de spécialistes, qui travaillent chacun sur une série de phénomènes relativement homogènes, mais sans communiquer entre elles, et en ignorant tout de l'existence des autres...

— Et alors ?

— Et alors monsieur, qu'il y ait ou non un ennemi derrière tout ça, ces phénomènes peuvent résulter d'une cause globale. À ne l'étudier que par un bout, chaque équipe risque d'en manquer la signification d'ensemble. Tandis que dans un mode de fonctionnement pluridisciplinaire...

— La synthèse, ce sont les experts de l'armée qui la feront. Secret absolu, Bosman ! Vos spécialistes, je veux simplement qu'ils m'expliquent chaque putain de phénomène ! Qu'est-ce que c'est que ces virus inconnus qui apparaissent un peu partout, pourquoi toutes ces sales bêtes se mettent à attaquer l'homme, pourquoi les éléments déconnent, voilà ce que je veux savoir ! Le reste n'est pas une question scientifique, c'est une question stratégique, Bosman ! Vu ?

— Vu, monsieur. Mais sans remettre en cause l'étanchéité des équipes... il se peut par exemple que l'activité sismique inhabituelle ait un rapport avec le comportement des bêtes... Ou que celui-ci soit dû à un virus qui pourrait être rapproché de ceux qu'étudie l'équipe B... Il peut y avoir d'autres corrélations du même genre...

— Bosman, l'activité sismique, la presse en parle, et suffisamment, vous ne croyez pas ? Vos experts en bébêtes sont assez malins pour étudier ce type d'hypothèses, non ?

— Oui, monsieur.

— Bien. Et s'ils trouvent un virus, on en communiquera une souche aux toubibs. Pour le reste, on ne touche à rien pour l'instant. Nos supérieurs, colonel, et vous savez que nous avons la chance qu'ils soient peu nombreux sur ce coup-là, et plutôt haut placés, nos supérieurs nous ont donné deux missions : comprendre, si possible, et faire en sorte que tout cela reste ultrasecret tant qu'on ignore de quoi il s'agit, et comment répondre. Je crois que nous sommes dans ce cas de figure, donc exécution ! Moins nous serons à savoir, mieux ça vaudra.

Le général Merritt alluma un nouveau cigare, dont il aspira la première bouffée en fermant les yeux. Puis il regarda Bosman en soufflant un mince filet de fumée par les narines.

— À demain, colonel. Même heure.

— À demain, monsieur.

Bosman tourna les talons et se dirigea vers la porte. Il allait sortir quand la voix du général retentit à nouveau :

— Bosman...

— Monsieur ?

— Dormez un peu.

L'air de la nuit était presque agréable, un peu moite, mais sans rien de comparable avec la fournaise de la journée. Le colonel Bosman marchait lentement au milieu de la grande allée qui menait à quelques-uns des nombreux laboratoires de la base. Fort Detrick abritait depuis les années cinquante l'Institut de recherche médicale de l'armée des États-Unis sur les maladies infectieuses, qui regroupait une soixantaine d'unités dont les résultats, pour la plupart, étaient couverts par le secret militaire, puisqu'elles se consacraient à la découverte d'armes chimiques et bactériologiques. Durant la guerre froide, les crédits n'avaient pas manqué, et la base s'était étendue sur des dizaines d'hectares... Puis la manne s'était un peu tarie après l'écroulement du bloc soviétique, en même temps que l'activité scientifique s'infléchissait progressivement. Les visées étaient devenues moins offensives, et les chercheurs de la base consacraient leur énergie et leurs compétences reconnues à l'étude des nouveaux virus qui s'étaient mis à faire leur apparition vers la même époque : sida, Ebola, Sabia, Lhassa, Hantavirus, fièvres jaunes mutantes et fièvres hémorragiques en tout genre, ainsi que quelques autres joyeusetés... S'ils aiment ça, pensa Bosman, on peut dire que depuis quelques jours ils sont servis ! Dès qu'avaient éclaté les premiers foyers d'infection, on avait recruté dans le plus grand secret les trois meilleurs chercheurs de la base en biologie des maladies infectieuses. L'équipe B était dirigée par le professeur Clive Barkwell, un militaire qui passait pour le meilleur spécialiste au monde des maladies virales tropicales... Le colonel leva les yeux. Il était arrivé au pied du bâtiment 6, au dernier étage duquel deux fenêtres éclairaient faiblement la nuit d'une lumière blafarde de néon. Ils sont encore au travail, se dit-il en pénétrant dans le bâtiment. Trois hommes qui portaient un brassard de la police militaire l'arrêtèrent aussitôt pour le contrôler. C'était au moins la douzième fois de la journée. Puis ils s'effacèrent devant lui en le saluant. Mais comme il se dirigeait vers l'ascenseur, un des trois MP lui emboîta le pas.

— Je connais le chemin, dit-il en lui barrant la route.

L'homme ne broncha pas.

— C'est le règlement, monsieur.

Bosman tourna les talons et s'engouffra dans l'ascenseur. L'autre le suivit, et appuya sur le bouton du cinquième. Puis il se mit au repos, silencieux et sévère, le pistolet sur la hanche. Le colonel savait que son cerbère avait pour consigne de le tuer s'il tentait de se soustraire à sa surveillance, puisque c'était lui-même qui avait arrêté cette consigne... Il se laissa guider jusqu'au labo de l'équipe B. Le MP lui ouvrit la porte. Le colonel entra.

Derrière une vitre en Plexiglas, dans des scaphandres blancs alimentés en air comprimé par plusieurs détendeurs, deux hommes travaillaient, penchés sur une table. Ils étaient enfermés à l'intérieur de trois baies de plastique transparent, qui s'incurvaient légèrement vers l'intérieur. Différentiel de pression atmosphérique, se dit-il... Ils ont créé une zone stérile. De fait, en observant plus attentivement le dispositif, il aperçut sur les deux côtés de chaque baie des sortes de filtres par lesquels devait passer l'air que respiraient les chercheurs. Tous les filtres étaient reliés à une machine qui affichait un compteur digital... Un des deux chercheurs leva la tête et vit

72

Bosman. Il lâcha ses instruments et se dirigea vers un sas, qui partait de la première des trois baies de plastique, et menait à la porte du local. Au bout de cinq à six minutes, celle-ci s'ouvrit et le chercheur apparut. Il n'avait plus son scaphandre et portait une simple blouse blanche. C'était Barkwell. En trois jours, son visage s'était creusé, et ses yeux étaient soulignés par d'impressionnantes cernes brunes...

— Sas de décontamination, dit-il. Rien ne doit sortir vivant de ce labo... À part nous, bien sûr, ajouta-t-il en souriant. Bonjour, colonel.

— Bonjour, professeur. Je vois que vous n'avez pas traîné pour vous installer, félicitations... Dites-moi... Il désigna la machine à laquelle étaient reliés les filtres : À quoi sert cet appareil ?

— Compteur de particules. Ainsi, nous avons une idée de ce qui entre et sort de ce labo. Des fois qu'une de nos bestioles voudrait se faire la malle... Elles ne sont pas bien grandes, mais ce sont des fauves ! Le virus que nous sommes en train d'étudier pourrait liquider cette base en un jour.

— C'est celui de Clydesburg ?

— Oui, le dernier que nous avons reçu. Très intéressant...

— Vous avez des résultats ?

— Nous l'étudions depuis deux jours, mais nous n'avons nos installations complètes que depuis une dizaine d'heures... Suffisant pour comprendre une chose...

Le professeur marqua une pause. Était-ce la fatigue, ou cherchait-il son petit effet ?

— Eh bien, je n'ai jamais vu ça...

— C'est-à-dire ?

— Sur un même foyer, poursuivit le professeur Barkwell, il n'y a pas deux spécimens identiques ! Ce virus est en mutation constante, et ce à un rythme complètement affolant ! Je vous le dis, je n'ai jamais vu ça...

— Qu'est-ce que ça signifie ?

— Aucune idée.

— Est-ce qu'on peut imaginer que ce soit une fabrication humaine ?

— Si c'est le cas, je donnerais cher pour savoir comment ils ont fait ! En matière scientifique, vous le savez, il est rare que des petits génies surgissent de nulle part...

— Sauf s'ils travaillent sous le secret militaire.

— En effet. Mais ça ne me dit pas de quelle manière il est possible d'encoder une molécule d'ADN avec un accélérateur génétique de mutation... Ou alors ils ont pris une avance incroyable sur nous sans que nous le soupçonnions le moins du monde, et il ne serait pas malvenu de sonner quelques cloches au niveau des services de renseignement !... L'autre hypothèse...

— Oui ?

— C'est que la nature déconne ! Elle se comporte anarchiquement, elle n'obéit plus à ses lois... Ou plutôt à *nos* lois ! Celles que nous lui avons fixées...

— Absurde ! Ce n'est pas nous qui fixons ses lois à la nature ! Nous ne faisons que les découvrir...

Bosman vit son interlocuteur s'animer brusquement.

— Mais nous les appelons des « lois »... Alors que tout ce dont nous sommes capables, c'est d'observer des comportements un peu généraux, sur une période ridiculement courte par rapport à l'évolution du monde... Tout s'altère dans la nature, tout passe... Et si la nature changeait aussi les principes qui la régulent, de temps en temps ? Chaque milliard d'années par exemple !

Barkwell éclata d'un rire tendu qui fit sursauter le colonel.

— Professeur, depuis combien de temps êtes-vous au travail ?

Le chercheur semblait reprendre ses esprits, mais un étrange sourire flottait sur son visage.

— Un peu plus de trente-six heures...

— Et si vous preniez un peu de repos ?

— Vous avez raison, colonel. Je vais aller dormir quelques heures...

— Ménagez-vous, mon vieux. Nous avons peut-être besoin de vous pour un bon moment...

Barkwell hocha la tête.

— Au fait, colonel... Qu'est devenu Clydesburg ? Et ses alentours ?

— Nous avons dû cautériser.

Un léger rictus tordit un instant la bouche du chercheur.

— Je vois. Dormez bien, colonel.

— Merci. Je repasse demain dans la soirée.

Bosman tourna les talons, ouvrit la porte et sortit. Dehors l'attendait l'inévitable MP qui le raccompagna jusqu'à la sortie du bâtiment.

10

Journal de David Barnes, jeudi 12 juin
Coupures de presse

FAUT-IL AVOIR PEUR DE SON CHIEN ?

Ces dernières semaines, sur l'ensemble du territoire américain, des centaines de chiens ont été pris de folie agressive contre des êtres humains.

Des dizaines de personnes, dont bon nombre d'enfants, sont mortes ces dernières semaines, attaquées par des chiens.

Ainsi dimanche 8 juin, à Dexter (Arizona), trois enfants d'une même famille ont été tués par deux dobermans appartenant à des voisins, alors qu'ils jouaient dans la rue. Le même jour à Eastbourne (Alabama), une jeune femme a été mortellement blessée dans la rue par un canidé de race indéterminée, qui n'a pu être capturé. Lundi 9 juin, c'est une bande de quatre chiens qui s'est attaquée à deux policiers qui patrouillaient dans Dupont Circle, à Washington. Les policiers, sérieusement blessés, ont dû abattre les bêtes. À Toledo (Kentucky), un père de famille de trente-huit ans a été tué par son chien au retour d'une promenade. L'animal était décrit comme « doux et paisible »...

On pourrait multiplier les exemples de ce genre.

Comment expliquer un tel phénomène ? C'est la question que nous avons posée au professeur Jack Wyler, professeur de biologie du comportement animal à l'Institut de technologie du Massachusetts :

« La brutale régression d'un animal domestique à l'état sauvage est un phénomène connu, nous a dit ce dernier. Ce qui frappe dans ces affaires, c'est la recrudescence des cas dans une période de temps aussi réduite, ce qui est tout à fait inhabituel. »

« Il serait intéressant, ajoute le professeur Wyler, de disposer d'un individu vivant ayant manifesté des comportement d'agression, afin de mener diverses expérimentations suivant un protocole rigoureux... »

On peut en effet souhaiter que l'énigme des chiens tueurs trouve rapidement une solution. Car, outre le problème de sécurité publique qui est posé à l'échelle du pays tout entier, le développement d'un syndrome de psychose est à craindre.

Déjà plusieurs municipalités ont promulgué des décrets imposant le port d'une muselière à tous les chiens dans les endroits publics. Le maire de Bloomington (Texas) a instauré un service spécial qui a pour tâche de capturer et d'abattre tous les chiens errants. Plusieurs associations de défense des animaux se sont constituées parties civiles et ont saisi la justice contre cette disposition.

Le groupe Damco Inc., dont plusieurs filiales sont spécialisées dans l'alimentation canine, a pour sa part annoncé le lancement d'une grande campagne d'information visant à rassurer les populations.

Plus que jamais en Amérique, et dans un contexte aussi tragique qu'inquiétant, la question des animaux familiers se révèle extrêmement sensible.

The New York Times, p. 9, jeudi 12 juin.

Commentaire : néant.

II

University City, Philadelphie

Tom, assis sur son lit, ne pensait à rien. Depuis une heure il était là, sans bouger, la tête emplie de trop d'images pour se fixer sur aucune, des milliers d'images qui tourbillonnaient trop vite pour se laisser saisir. Il ne ressentait aucune émotion particulière, et la douleur avait reflué de son cœur pour un temps. Il savait que c'était pour mieux l'envahir à nouveau, plus tard, mais il savourait ce répit que lui offrait son hébétude. Il était seul, enfin, il avait demandé qu'on le laissât, et ses parents l'avaient quitté pour quelques heures, non sans réticence. Ils avaient peur. Peur de quoi ? Qu'il se jette par la fenêtre ? Du deuxième étage ! Tom ricana. Il avait bien vu sa mère faire un détour par sa trousse à pharmacie avant de sortir, raflant la boîte de somnifères... Il n'avait pas envie de mourir. Pas tout de suite. Il est bien possible que je me tire des plombs, pensa-t-il, d'ici quelques jours... mais pas tout de suite. J'ai besoin de penser... Tom avait attendu longtemps de se retrouver seul en face de la douleur innommable, qui ne le quitterait plus jamais, et il sentait en lui comme un sombre désir de vivre ces instants. Il attendait. Et peu à peu, à mesure que ses pensées se calmaient, que des images devenaient plus nettes un bref instant, il la sentait, la douleur, qui revenait. Quand le cercueil s'était refermé définitivement sur Amy, et qu'il avait réalisé qu'il ne la reverrait plus... Et deux jours auparavant, quand il l'avait serrée dans ses bras, sur son lit d'enfant, et qu'il avait compris, au plus profond de son être, que ce n'était pas Amy qu'il tenait contre lui, mais une dépouille inerte et vide, qu'elle avait désertée.

Quand Tom avait vu qu'Amy ne vivait plus, son réflexe initial avait été de sortir de la maison, il avait erré quelques minutes avant d'alerter un passant. Les heures qui avaient suivi, il ne s'en souvenait que par bribes éparses, une agitation, des cris, des larmes... les policiers, avec leurs questions auxquelles il ne comprenait rien... et ce médecin, qui lui avait fait boire quelque chose qui l'avait rendu un peu somnolent, puis ses parents qui avaient fait leur apparition... Les parents d'Amy étaient arrivés dans la nuit, avec le petit frère. Et Jess avait fait fête à tout le monde, et s'était assis dans un coin à observer les événements. Plus tard, des policiers avaient dû maîtriser le père d'Amy qui voulait lui tirer dessus. Puis on avait endormi le chien, on l'avait pris et emmené dans une camionnette grise... Le lendemain, il avait été abattu. Il avait tué Amy. Il avait tué Amy, et personne ne savait pourquoi.

Durant la semaine écoulée, Tom avait été sans cesse occupé. La police lui avait posé de nombreuses questions les deux premiers jours, le shérif de Cape May d'abord, puis les deux fédéraux qui avaient débarqué, et il n'avait pas compris en quoi la mort d'Amy pouvait intéresser les fédéraux... Puis l'enterrement d'Amy, à Philadelphie. Puis il avait fallu organiser le déménagement... Ses parents l'avaient constamment entouré, son père, muet dans un nuage de clope, comme d'habitude, et sa mère, tellement empressée, qui semblait n'être jamais aussi à l'aise que dans une catastrophe...

Tom n'avait pas passé ses examens, il était incapable de se concentrer. Il avait essayé de faire un exo de maths, au bout de trente secondes une douleur atroce avait envahi sa poitrine et il s'était écroulé en larmes sur son bureau. La douleur exigeait une vigilance de chaque instant, une négociation attentive et constante pour la contenir sans qu'elle ne rompe ses digues et se répande partout... Alors Tom avait rangé ses affaires d'étudiant, ses livres et ses classeurs, ses stylos, ses vêtements... Tout était maintenant disposé dans des caisses éparses sur le sol, il y avait près de la fenêtre l'étagère en bois qu'Amy lui avait offerte et qu'elle l'avait aidé à monter, et qu'il avait démontée seul, refusant l'aide de son père, et à côté le four à micro-ondes, encore un de ses cadeaux — elle n'offrait jamais d'objets inutiles, pensa Tom. Un jour, elle lui avait dit : « Tu penseras plus à moi si tu es obligé d'utiliser chaque jour mes cadeaux, et tu ne pourras pas m'oublier... »

Tom sentit brusquement la douleur exploser dans son ventre, il éclata en sanglots et s'effondra sur le lit. J'ai besoin de toi, pensa-t-il, j'ai besoin de toi... Vivante, Amy veillait sur lui et, même quand elle était loin, il lui semblait sentir son regard bleu et vigilant, s'assurant que tout allait bien... Et maintenant, un vide immense envahissait sa vie, se creusant chaque instant davantage. Durant cette semaine, à mesure qu'il avait réalisé qu'il ne la reverrait plus jamais, il s'était senti de plus en plus seul, d'une solitude d'autant plus cruelle qu'il y avait du monde autour de lui, ses parents et leur sollicitude, leur affection de parents qui ne comprenaient pas ce qu'il pouvait ressentir... Amy était la seule qui le comprenait, en fait, la seule à savoir qui il était... Et maintenant, lui-même n'en savait rien. Il n'y avait plus d'avenir devant lui, rien qu'un mur sombre où se dessinait l'ombre d'Amy...

Tom ne lui avait jamais dit qu'elle était la femme de sa vie. Se l'était-il seulement avoué ? Tout a été si rapide, pensa-t-il. La vie est absurde. Même pas un an... Huit mois... Même pas huit mois, corrigea-t-il, on était à deux jours de fêter nos huit mois... Le 7 de chaque mois, Amy et lui allaient au Smoky Joe's, le patron leur offrait l'apéro, il les appelait « les amoureux » en gueulant comme un veau, tout le resto entendait et il y avait bien quelques étudiants pour les chambrer un peu mais ils s'en fichaient éperdument, ils fêtaient leur « mensiversaire », comme ils disaient, et pour leur premier vrai anniversaire, Tom avait imaginé d'emmener Amy dans un super-resto, il économisait pour ça... Ils auraient pris l'apéro au Smoky Joe's, puisque c'était leur endroit, ensuite il l'aurait emmenée en taxi, comme une reine, dîner à la meilleure table de Philadelphie, champagne et tout... Et là, il lui aurait dit, Tom le savait à présent, il lui aurait dit « je t'aime », mais ça il le lui avait déjà dit, mais qu'il voulait l'épouser aussi, et puis lui faire des gosses... Elle rêvait d'une grande maison en pleine nature, ils en avaient parlé une fois, du genre ranch, mais en plus petit parce que c'était peut-être un peu au-dessus de leurs moyens, du moins au début... Même si le père d'Amy avait pas mal de fric... Et lui aussi, qui était plutôt un citadin dans l'âme, s'était mis à rêver de campagne et de grands espaces, de balades en forêt, avec elle, et des enfants qui leur auraient ressemblé...

Tom pleurait, recroquevillé sur son lit, la tête entre les mains, et ça lui faisait du bien de se laisser pleurer, sans rien retenir des flots de chagrin dont il sentait la source inépuisable au creux de son ventre. Quand elle était là, sa mère le bourrait de Temesta, et à force, ça ne lui faisait plus rien du tout, à part lui rappeler de ne pas hurler ni chialer comme un gosse... Tom se demanda s'il tiendrait tout l'été chez ses vieux... J'ai besoin d'être seul, se dit-il. Seul, nom de Dieu !

On frappa à la porte.

Non, c'est pas possible, se dit Tom, pas déjà ! Ils m'ont à peine laissé une demi-heure !

— Vous faites chier ! cria-t-il. Revenez dans une heure !

Derrière la porte, il y eut d'abord le silence. Puis une petite voix se fit entendre. Une voix féminine que Tom crut reconnaître.

— Tom, ouvre... C'est moi.

Un instant, l'univers lui sembla vaciller.

— Amy ?

Tom était près de la porte, et retenait son souffle. Avec hésitation, la voix reprit :

— Tom, c'est Linda... Je peux entrer ?

Tom ouvrit la porte. Son cœur battait la chamade, il avait les larmes aux yeux, et un peu honte. Un instant, il y avait réellement cru... À contre-jour, la silhouette de Linda s'encadrait dans l'embrasure de la porte.

— Entre, dit-il en s'effaçant.

Linda se dirigea vers le lit et s'assit en l'observant.

— Ça va ?

Il se contenta de sourire amèrement. Quelle question débile ! Linda était une brave fille, qui aimait sincèrement Amy, visiblement elle avait été très secouée... Mais elle manquait tellement de finesse qu'on se demandait comment elles avaient pu s'entendre... Tom se dirigea vers la fenêtre. Le campus était désert.

— Et toi ?

— Oh, moi... Je crois que je n'ai pas encore réalisé. Tes parents sont partis ?

— Ils sont pas bien loin. Je leur ai dit d'aller faire un tour...

— Tu veux être seul, peut-être ? Je te dérange ?

Tom hésita. Il avait besoin d'être seul, mais il n'avait pas envie qu'elle parte, pas tout de suite...

— Non, tu peux rester un moment...

Il y eut un assez long silence. Linda ne disait rien, et Tom n'avait pas envie de prendre la parole. Puis il alla s'asseoir à côté d'elle. La jeune fille laissa tomber sa tête sur son épaule. Il y eut un drôle de bruit de sanglot, qui résonna bizarrement dans la pièce...

— Oh, Tom, elle me manque...

Tom se taisait. Il ne savait pas quoi dire, il était impossible de partager avec quelqu'un ce qu'il ressentait, et Linda lui semblait si différente de lui... une étrangère. Mais sa chaleur lui faisait du bien.

Au bout d'un moment, la jeune fille reprit :

— Tu n'as pas écouté la radio ces jours-ci ?

Comme s'il avait le cœur à écouter la radio... Pourquoi pas aller au cinéma, ou en boîte...

— Non, répondit-il d'une voix neutre.

— Hier je suis tombée sur un flash, ils parlaient de deux enfants tués par leur chien près de Camden... Et à Philadelphie, un type de cinquante ans, je crois qu'il est dans le coma... Et je crois qu'il y a eu encore d'autres cas...

Tom se redressa légèrement et Linda suivit le mouvement.

— C'est quoi ces histoires ?

— Je ne sais pas... C'est comme une série on dirait...

— Ils ont dit pourquoi ? Je veux dire, on sait ce qui se passe ?

— Ils ont dit qu'il y avait peut-être un truc qui rend les chiens nerveux, mais ils n'avaient pas l'air d'y comprendre grand-chose... Ils ont dit de faire attention.

— Faire attention...

Tom se souvenait du coup de fil d'Amy. Elle avait peur, elle avait « fait attention », et ça n'avait rien changé... Elle l'avait appelé au secours, et tout ce qu'il avait pu faire, c'est être le premier à la trouver... Tom serra les poings. Depuis une semaine, quand il réussissait à dormir, il rêvait de chiens monstrueux couverts de sang qui le poursuivaient, lui, curieusement il n'y avait pas Amy dans ces rêves, ou alors il leur tirait dessus à coups de fusil mais ça ne leur faisait rien, et lui qui aimait les bêtes, qui adorait les chiens en particulier, il ne pouvait plus en voir un dans la rue, même un petit, il avait l'impression qu'ils allaient lui sauter dessus et en même temps il avait envie de les tuer...

— Tom, tu te sens bien ?

Linda avait mis sa main sur son bras et il se détendit un peu.

— Oui, Linda, soupira-t-il, je me sens bien, je me sens très bien. Pourquoi je me sentirais mal, tu vois des raisons, toi ?

La jeune fille reposa sa tête sur son épaule.

— Excuse-moi... Tu sais, je comprends ce que tu ressens.

Cette fille serait parfaite dans une sitcom, se dit Tom. Bientôt elle va me dire que tout ira bien...

— Tout ira bien, dit Linda. Tu traverses les pires moments actuellement, mais tu vas refaire surface.

Mon Dieu, pensa-t-il en soupirant. La jeune fille lui entoura l'épaule de son bras. Tom sentit la chaleur de sa cuisse contre la sienne.

— Tu vas t'en sortir, il faut y croire ! Dans la vie, on touche le fond, et puis on remonte toujours. Tu es quelqu'un de fort !

Tom renversa la tête en arrière et l'appuya contre le mur en fermant les yeux. La philosophie de cette fille était consternante mais, étrangement, l'écouter lui faisait du bien... Il sentit sa main qui caressait son front.

— Là, c'est bien, murmura-t-elle, détends-toi...

Linda lui massait doucement les sourcils et le sommet du crâne, et Tom sentit qu'il se détendait. Les yeux à peine entrouverts, il voyait l'ombre de Linda penchée sur lui, et il sentait son parfum, un drôle de parfum, un peu trop fort, jamais Amy n'aurait mis ça, un truc capiteux, un peu vulgaire, et qui lui faisait vaguement tourner la tête...

— Détends-toi, murmurait-elle, détends-toi...

Linda lui massait la nuque à présent, et il sentait ses seins posés sur sa poitrine et son souffle assez chaud, elle respirait comme avec application et c'est vrai qu'elle avait des mains qui faisaient du bien, un frisson parcourait sa colonne vertébrale, de la nuque au bassin... Elle a de beaux seins quand elle se tait, pensa-t-il comme dans un brouillard, une envie de rire lui vint qui se mêlait à un désir de somnolence, en même temps qu'une drôle de sensation, comme un besoin de s'étirer, de respirer plus largement... C'est alors qu'il entendit Linda lui murmurer à l'oreille :

— C'est moi qui te fais cet effet-là ?

La main de la jeune fille était posée sur sa cuisse, frôlant son sexe, et Tom s'aperçut que celui-ci était en pleine érection. Un peu confus, il entreprit de se dégager mais Linda commençait à le caresser lentement et il se sentait drôle, un peu dans les vapes, sans force...

— Arrête, dit-il.

On aurait dit qu'elle ne l'avait pas entendu, elle continuait doucement son geste, sa joue contre la joue de Tom, en murmurant à son oreille :

— Ce n'est pas mal, Tom... Ça fait du bien... Tu en as besoin...

Tom sentit brusquement monter en lui une colère furieuse, comme une haine totale. Il renversa la jeune fille sur le lit, et commença à lui arracher ses vêtements.

Linda fumait sur le lit, et Tom était sûr qu'elle n'avait pas bougé depuis qu'il lui tournait le dos, debout devant la fenêtre, à regarder le ciel couvert... Nue sur le lit, alanguie, totalement impudique... Elle avait crié comme il n'aurait jamais imaginé qu'une femme puisse le faire, à rameuter tout le bâtiment, heureusement il n'y avait quasiment plus personne ! Pour baiser Linda, fallait au moins être au milieu du désert, ou sur la lune, pensa-t-il, et c'est vrai que c'était plus que bon, impossible avec elle de penser à rien d'autre, elle exigeait une attention totale, bougeait, griffait, mordait, au début il avait eu un peu peur puis, au bout d'un moment, il n'avait plus que des souvenirs confus... Jusqu'au plaisir qui l'avait pris, brusquement, par surprise, un plaisir violent, jamais ressenti...

Avec Amy, c'était autre chose. Ils restaient longtemps dans les bras l'un de l'autre, enlacés, tendrement, ils étaient bien, dans ces moments, Tom se sentait totalement en paix, en sécurité... Parfois ils avaient l'impression, Amy lui avait dit qu'elle l'avait ressentie aussi, l'impression de ne faire plus qu'un, ça durait quelques minutes, longues comme des heures ou des jours entiers, comme si le temps ne s'écoulait plus... Et c'est vrai qu'ils ne faisaient pas beaucoup l'amour, de temps en temps, très doucement parce qu'au fond, Tom sentait qu'Amy avait un peu d'appréhension par rapport à ça peut-être, et puis ils n'avaient pas besoin de le faire souvent de toute manière... Ils s'aimaient... Et puis il ressentait du plaisir, quand même, avec Amy, il aimait bien, après, quand il la sentait le long de tout son corps... Tom regardait un moineau qui venait de se poser sur le rebord de la fenêtre. Il bougea légèrement, et l'oiseau s'envola. Mais c'est vrai, pensa-t-il, que ça n'avait rien à voir avec ce qu'il venait d'éprouver, ce plaisir qui s'était répandu dans son corps en une fraction d'instant, une irradiation lumineuse qui l'avait laissé totalement bien quelques minutes, comme s'il sentait le sang circuler dans ses veines...

Ensuite il s'était levé, il avait ramassé ses vêtements répandus dans la pièce, mélangés à ceux de Linda, et il s'était vite rhabillé. Il n'avait pas envie d'être nu. Ce n'était pas le regard de Linda, non, c'était autre chose, un sentiment bizarre, de plus en plus intense... Je suis une merde, pensa-t-il, et il eut brusquement une immense envie des bras d'Amy, de poser sa tête dans son cou, mais c'était comme si elle s'éloignait, comme si elle lui tournait le dos, et pour la première fois il sut que c'était pour de bon.

Tom entendit Linda bouger sur le lit, et s'aperçut qu'il pleurait.

— Fous le camp, dit-il.

12

Emplacement de Clydesburg, Illinois

Kenneth reprenait lentement du poil de la bête. Ça faisait bien deux heures qu'il était dans cette pièce aux murs en béton armé, où il avait fallu descendre par de longs escaliers, et sa situation n'était pas vraiment brillante. Il était prisonnier à une dizaine de mètres sous terre, et sous bonne garde (il y avait trois militaires armés jusqu'aux dents assis près de la porte)... et Clydesburg avait disparu. Mais on ne l'avait pas tué et, sous la couverture dont on l'avait enveloppé, en respirant les vapeurs du café qu'on lui avait servi, Kenneth jugeait que c'était d'assez bon augure. S'ils n'avaient pas jugé indispensable de le liquider immédiatement, s'ils avaient mobilisé trois plantons pour vérifier qu'il ne se fasse pas la belle, c'est peut-être qu'ils avaient l'intention de laisser la cigarette, l'alcool et la déprime faire doucement le boulot, sans précipiter les choses... À moins qu'ils aient des trucs à vérifier sur lui d'abord, et qu'ils le tuent ensuite... Mais ils avaient l'air d'en savoir déjà long sur son compte, ils connaissaient son nom, et, dans le camion qui les avait amenés dans cette espèce de base souterraine, le chef, celui qui avait pointé sur lui son arme de poing, avait commencé à lui parler de son boulot de journaliste et même du sénateur Russell, ce qui lui avait quand même un peu troué le cul... Comment savaient-ils tout ça ? On aurait dit qu'ils l'attendaient... Mais il ne s'était décidé à venir mettre son nez du côté de Clydesburg que le matin même, et il n'en avait parlé à personne. En tout cas ils en savaient long sur lui, assez long pour décider de l'abattre tout de suite, et dans le dos de préférence, s'ils l'avaient jugé nécessaire...

Or ils ne l'avaient pas jugé nécessaire, et Kenneth se sentait de mieux en mieux. Là, on pouvait dire qu'il était sur un coup ! Et le sentiment qui l'envahissait peu à peu, repoussant la peur loin dans les limbes de son esprit, c'était une excitation de tout son être, qui lui faisait sentir chaque parcelle de son

86

corps, comme si chaque fragment de peau, chaque morceau d'os se rendait disponible pour l'action. Il avait des fourmis dans les jambes et les bras, une envie de bouger, de faire quelque chose. Pourtant il se sentait étrangement détendu. Il respirait profondément, et il pouvait sentir la fraîcheur de l'air humide envahir ses narines à chaque inspiration, et la chaleur de son souffle à chaque expiration. Kenneth avait l'impression de revivre, et il sut que jamais plus il ne pourrait reprendre son existence lamentable à Cairo. Plutôt crever la bouche ouverte, pensa-t-il, plutôt mourir tout de suite... Soudain Kenneth entendit des pas. La porte s'ouvrit. C'était le capitaine, flanqué de deux gardes armés.

— Pardonnez-moi de ne pas m'être présenté plus tôt. Capitaine Gordon. James Gordon. Comment allez-vous, monsieur Pilar ?

Kenneth le regarda d'un air de défi.

— Enchanté. J'irai mieux quand vous m'aurez donné quelques explications...

Le capitaine sourit, d'un sourire un peu mondain, mais chaleureux. Pour un militaire, il n'était pas antipathique.

— Ce n'est pas exclu. Mais auparavant, il est nécessaire d'en passer par une ou deux formalités.

— C'est-à-dire ?

— Nous avons besoin de votre collaboration.

— Qu'est-ce que vous avez fait à Clydesburg ? Où sont ses habitants ?

— Ils sont morts, monsieur Pilar.

Kenneth accusa le coup. Au fond, il avait toujours espéré qu'ils ne soient pas morts, simplement séquestrés, comme lui... Malgré la disparition inexplicable de la ville, il n'avait pas réussi à envisager la mort de six mille personnes, comme ça, d'un coup. Et à présent encore, il ne réalisait pas vraiment. Et Janie ? pensa-t-il soudain. Morte, aussi... Kenneth sentait un vertige l'envahir, la pièce tournait doucement autour de lui. Il n'était pas amoureux de Janie mais quand même, ils s'entendaient bien, il n'entendrait plus jamais son rire léger, elle riait beaucoup avec lui, elle disait qu'il était le seul à la faire rire comme ça, et Kenneth se rendit compte qu'il aimait bien, finalement, faire rire Janie... Et qu'elle allait lui manquer.

— Ça ne va pas, monsieur Pilar ?

Kenneth sursauta. Le visage du capitaine, à quelques centimètres du sien, le scrutait attentivement, et il se recula brusquement.

— Si, je vais très bien, évidemment ! Vous m'annoncez froidement que vous avez tué quelques milliers de personnes, pourquoi, je n'en ai aucune idée, vous me retenez prisonnier et je ne sais pas si je serai encore vivant dans une heure, mais ces détails mis à part, je vais très bien !

Kenneth s'était levé, et les cinq gardes firent retentir dans un bel unisson les chargeurs de leurs armes automatiques. La voix du capitaine claqua un ordre sec, et les plantons rengainèrent.

— Calmez-vous, monsieur Pilar, dit-il plus doucement, mais avec fermeté. Nous n'avons pas exactement tué ces personnes, à part une minorité d'entre elles, et quand vous saurez pourquoi nous l'avons fait, vous comprendrez que nous n'avions pas le choix. Quant à vous, nous n'avons aucune raison de vous faire le moindre mal, je vous rassure. Et il ne tient qu'à vous de ne pas nous en donner.

— Je vois. C'est une menace.

— C'est l'état d'une situation, monsieur Pilar. Nous vivons une crise très grave, et nous avons pour consigne de nous donner tous les moyens de la contrôler. Si vous cessiez de vous imaginer dans un thriller paranoïaque, vous vous souviendriez que le rôle de l'armée est de protéger les gens. Et vous faites partie des gens que nous avons pour mission de protéger.

— Comme la population de Clydesburg ?

— Nous allons tout vous expliquer. Mais d'abord, il nous faut votre coopération.

Kenneth décida de se calmer. De toute manière il n'avait guère le choix, et il était dévoré par la curiosité. Pourquoi l'armée américaine avait-elle cru bon de raser toute une ville et d'anéantir ses habitants ? Était-ce un putsch, ou quelque chose de ce genre ? Il y avait des endroits plus stratégiques que Clydesburg, tout de même ! Et ces gars-là avaient un petit air officiel, l'air de ceux qui ne font qu'obéir aux ordres... Mais quels ordres, et pourquoi ?

— Que voulez-vous ? finit-il par lâcher.

— Monsieur Pilar, d'après nos renseignements, une personne, et une seule, serait susceptible de s'inquiéter de votre disparition, c'est madame votre mère.

Kenneth frémit. De fait, à part sa redoutable génitrice, pas une personne au monde ne se souciait de lui au point de bouger s'il ne donnait plus signe de vie. À part Clive, peut-être, mais ils passaient parfois trois mois sans communiquer, ce qui laissait de la marge à ses geôliers...

— Comment êtes-vous si bien renseignés ?

— Oh, c'est simple. Nous vous avons vu venir de loin...

— Je ne comprends pas. J'ai mis une heure pour arriver de Cairo... On est fichés à ce point, pour qu'en une heure vous sachiez tout de ma vie ?

— Nous avons eu toute la nuit pour enquêter sur vous.

— Comment ça ? J'ai pris ma décision de venir à Clydesburg ce matin, en me réveillant, et sans en parler à personne...

— Certes monsieur Pilar, mais nous sommes équipés d'un système qui nous permet de localiser tous les appels téléphoniques pour Clydesburg. Vos quelques coups de fil d'hier après-midi ne sont pas passés inaperçus, vous vous en doutez, et nous vous avons mis sous surveillance. Maintenant écoutez-moi et ne m'interrompez plus.

La voix du capitaine s'était faite plus impérieuse :

— Vous allez appeler Mme Pilar, poursuivit-il, et lui dire que tout va bien, que vous êtes à Clydesburg pour le compte de votre journal, qu'une tempête a détruit les communications, qu'on n'a rétabli pour l'instant qu'une seule ligne pour les appels urgents, et que vous ne pouvez donc lui parler longuement. Puis vous raccrocherez.

— Si vous croyez que c'est facile d'interrompre une conversation avec ma mère, bougonna Kenneth.

Le capitaine sourit.

— Vous direz que vous allez être coupés, puis nous couperons.

89

— Je veux d'abord que vous m'expliquiez la situation.

— Monsieur Pilar, il est inutile de vous donner la moindre tentation de lâcher des informations au téléphone, dans un geste d'héroïsme déplacé dont je vous crois fort capable... Et qui aurait des conséquences aussi fâcheuses qu'un refus de votre part d'appeler votre chère maman dans les trois minutes à venir...

— C'est-à-dire ?

— Pour être clair, à l'instant même deux de nos hommes se tiennent au pied de l'appartement de Mme Pilar. Ils ont pour consigne de la neutraliser si vous ne réussissez pas à prévenir chez elle toute inquiétude vous concernant. Inquiétude qui, dès lors, serait fondée...

Le ton du capitaine avait été très froid sur ces derniers mots, et Kenneth prit le téléphone qu'on lui tendait.

Pour la première fois de sa vie, Kenneth avait raccroché au nez de sa maman, et son cœur était plein d'un sentiment de victoire. Il suivait le capitaine, qui avait retrouvé son sourire plutôt chaleureux et le conduisait à travers un dédale de couloirs vers le poste de commandement. Il allait enfin savoir ce qui se passait, et il se sentait bien. Ils l'avaient fait téléphoner à son journal aussi, pour dire qu'il serait absent quelque temps et, comme il s'y attendait, visiblement tout le monde s'en foutait... Mais Kenneth n'en avait cure, le *Cairo Clarion* pouvait bien partir en fumée avec tous ses journalistes, lui avait retrouvé l'aventure, la grande, la vraie ! J'aime ça, pensa-t-il, putain j'aime ça...

Le capitaine le fit entrer dans une grande pièce remplie de machines sophistiquées qu'il n'avait jamais vues, et le fit asseoir sur une chaise en métal.

— Monsieur Pilar, dit-il, vous voici dans notre salle des opérations. Je vais vous expliquer la situation.

Kenneth croisa les jambes. Le capitaine commença son speech :

— Une épidémie très virulente s'est déclarée à Clydesburg, tuant la moitié de ses habitants, et rendant l'autre moitié malade et très contagieuse. Il s'agit d'un nouveau virus.

Quand vous êtes atteint, après une rapide incubation, vous commencez à cracher une glaire vert foncé (vous savez, un peu comme dans *L'Exorciste*...). Puis vous saignez par tous les orifices, et au bout d'une petite demi-heure vous êtes de l'autre côté.

— Sympathique..., murmura Kenneth, dont la tête tournait un peu.

— Ce virus se propage apparemment par les voies respiratoires, et à une vitesse qui dépasse tout ce que nous connaissons, et de très loin. Le problème était donc le suivant : comment circonscrire l'épidémie dans les limites de la région ?

Kenneth soupira. Il avait compris.

— Et pour vous, la solution c'était : anéantir Clydesburg et tous ses habitants..., lâcha-t-il d'un ton songeur.

— Ce genre de cas est prévu. Dans notre code, nous appelons cela cautériser. Il s'agit de s'assurer qu'aucun corps vivant ne sorte de la zone. Ce sont des techniques de pointe, mais je ne suis pas autorisé à vous en dire plus. Top secret.

— Et le secret, vous croyez que vous allez pouvoir le garder longtemps ? Six mille morts, ça en fait des gens qui s'inquiètent !

— Nous ne le garderons pas très longtemps, en effet. Là n'est pas notre but. Nous voulons seulement éviter l'affolement tant que nous ne serons pas en mesure d'identifier et de combattre le virus. Nos scientifiques sont sur les dents. C'est une question de jours.

— Vous êtes très optimiste, capitaine... Et tous les gens qui téléphonent à leurs proches, et qui vont finir par rappliquer, comme moi, vous allez les séquestrer aussi ?

— Ce ne sera pas utile. Nous les avons rassurés pour quelque temps.

— Comment ça ?

— Les appareils que vous voyez sont des échantillonneurs vocaux, des ordinateurs capables de coder numériquement la voix de n'importe qui, et d'en restituer chaque son dans l'ordre que nous voulons, et en temps réel.

— Vous voulez dire que vous pouvez faire parler vos bécanes avec la voix de n'importe qui ?

91

— Exact. À condition d'en avoir échantillonné tous les sons. C'est pourquoi nous avons demandé à chaque habitant de Clydesburg d'enregistrer un petit texte comportant tous les sons usuels du langage courant. Je veux dire à tous les habitants encore vivants. Heureusement, nous sommes arrivés assez tôt sur les lieux...

— Et qu'est-ce que vous avez fait, avec ces sons ?

— Nous avons téléphoné aux proches de ces gens pour les rassurer, leur disant qu'une tempête avait détruit les communications, et qu'il y avait une seule ligne d'urgence...

— Avec la voix de chaque personne...

Kenneth siffla entre ses dents.

— Pourquoi n'avoir pas fait téléphoner directement chaque personne ?

Le capitaine le regarda un bref instant, comme s'il avait un imbécile en face de lui.

— Parce qu'il est plus long de convaincre quelques milliers de personnes de mentir à leurs proches, que de mettre au travail une trentaine d'opérateurs qui diront exactement ce que nous avons envie qu'ils disent, simplement en tapant sur un clavier. Et puis le temps de tout mettre en place, la moitié étaient déjà morts...

Kenneth venait de comprendre.

— Alors, il y a des gens qui ont discuté avec des membres de leur famille... qui étaient morts depuis plusieurs heures ?

Le capitaine esquissa de nouveau son bon sourire. Il avait l'air très content, fier de ses petites technologies.

— C'est tout à fait exact, monsieur Pilar...

Ce type est fou, pensa Kenneth. Il a l'air parfaitement normal et sympathique, mais c'est un fou total.

— Vous pouvez dialoguer en temps réel ? demanda-t-il au bout d'un moment.

— Il y a un délai très léger, reconnut l'autre. Mais nous le mettions sur le compte d'une perturbation de la ligne due à la météo. Nous ajoutions un peu de friture... Illusion parfaite !

Kenneth frissonna. On savait faire parler les morts, à présent... En plus, on leur faisait dire ce qu'on voulait ! Le capitaine savourait son petit effet en allumant un cigarillo.

— Et pour ceux qui étaient morts avant votre arrivée ?

— Nous avons procédé au cas par cas. Certains proches ont été faciles à rassurer, d'autres... un peu moins.

Le capitaine avait prononcé ces derniers mots le ton lourd de sous-entendus, mais Kenneth, soudain fatigué, n'avait pas envie d'en entendre davantage.

— Et maintenant, qu'allez-vous faire de moi ?

— Nous allons vous garder avec nous quelques jours, mais dans un endroit plus hospitalier... Si vous n'avez plus de questions, je vais vous conduire à votre voiture, où vous attendent déjà vos camarades.

— Mes camarades ?

— Un braconnier, un couple d'amoureux et une jeune femme un peu... disons, surmenée, que nous avons recueillis dans les campagnes environnantes. Si vous voulez bien me suivre ?

13

Quelque part au-dessus du Brésil

Mary regarda Sylvain, qui semblait se détendre un peu. L'avion avait atteint son altitude de croisière à présent, et les secousses avaient cessé. Un large soleil avait envahi la cabine. Le danger était passé.

L'enfer était derrière eux.

Une demi-heure plus tôt, ils avaient décollé sous l'orage, et le petit avion s'était englouti dans un mélange affolé de tonnerre et d'éclairs, jeté dans tous les sens par les gifles de l'air en furie, criblé de grêlons gros comme le poing. Une horreur. Comment imaginer, se dit-elle, que ces nuages si familiers recèlent tant de puissance et de chaos ? Sylvain lui sourit d'un air protecteur qui attendrit Mary. Cinq minutes plus tôt, il était mort de peur, tassé sur son siège, balbutiant des prières de vieille dévote... Elle lui rendit son sourire. Dur d'être un homme, pensa-t-elle. Comme il se sentirait mieux s'il avait pu crier sa terreur de gosse, hurler maman, laisser couler des larmes. Il regarderait le ciel à présent, et laisserait éclater sa joie d'être encore en vie... au lieu de s'allumer une cigarette en faisant beaucoup d'efforts pour ne pas trembler des doigts... Mary, quant à elle, n'avait pas eu si peur que ça, elle en était presque surprise. Enfin si, au début, elle avait eu peur, elle avait pensé à Greg, et c'était terrible l'idée de ne plus le revoir, elle l'aimait du plus profond d'elle-même et elle avait ressenti comme un immense chagrin, si elle devait être arrachée à sa vie... Mais c'était plutôt du chagrin que de la peur, justement, car très vite, durant les interminables minutes où le petit bimoteur avait été ballotté tel un fétu dans la tourmente et les éclairs, elle avait éprouvé en elle un calme immense, comme si le temps s'était dilaté. Elle avait crié, mais sa conscience était dans un autre rythme que son corps, beaucoup plus lent, plus lumineux, aussi... En fait, elle avait senti qu'elle n'allait pas mourir. Étrange, se dit-elle... Est-ce que, quelque part, on connaît son heure ? Pourtant ce n'était pas celle de Sylvain non plus, et lui s'était bien vu passer de l'autre côté ! Mais Sylvain Charonne, au fond, était un enfant. Il avait un air d'éternel étudiant qui aurait appris la vie dans les bibliothèques, sachant parler de presque tout, convaincu d'avoir vécu ce dont il savait parler... Avait-il une femme dans sa vie ? Il admirait beaucoup Mary, en tout cas, et la jeune femme sentait confusément qu'en lui, admirer n'était pas loin d'un sentiment amoureux... Et pourtant, se dit-elle, Diego Legal a choisi Sylvain comme assistant, et il n'a pas l'air d'apprécier particulièrement les intellectuels de salon... Allons, ma vieille, arrête de juger les gens ! Sylvain semble fait pour cultiver sa scoliose dix heures par jour sur son ordinateur, en attendant il survole la jungle dans un avion poussif vers une destination dont il ignore tout... Comme toi, ma vieille ! Laisse-toi surprendre !

Le pilote se retourna vers ses deux passagers.

— Ça va ? cria-t-il avec un drôle d'accent rocailleux.

— Ça ira ! répondit Mary. On l'a échappé belle, non ?

Il éclata de rire.

— Tu parles, ma jolie ! Ça arrive tout le temps par ici ! On fait le dos rond et ça passe...

Mary remarqua les grosses gouttes de sueur qui perlaient à son front et se demanda s'il était sincère.

— Un grain comme ça, ce n'est pas dangereux ?

— C'est dangereux si on a peur.

Le pilote laissa courir ses doigts sur quelques boutons du tableau de bord. Puis il lâcha le manche, et se tourna vers eux.

— Vous êtes des amis de M. Legal ?

Il y avait du respect dans sa voix.

— Je suis son assistant, répondit Sylvain, et Mme Thomas est une collègue qu'il estime beaucoup.

Mary eut envie de rire, mais s'en empêcha. Rogulski prit un air grave.

— C'est un homme.

— Vous le connaissez bien ? demanda la jeune femme.

— Je suis comme qui dirait son chauffeur attitré, quand il

lui prend l'envie de retrouver la civilisation... Ou de la quitter. C'est moi qui l'ai emmené à Mucajai la première fois qu'il y a mis les pieds. Il avait payé l'aller-retour, il a mis trois ans avant de me recontacter pour le retour. Trois ans dans la jungle... Y a plus de vingt ans de ça...

— Vous l'aimez bien, on dirait.

Les yeux du pilote brillaient un peu. Il leur tourna le dos, se rassit sur son siège et reprit les commandes.

— C'est un homme. Il comprend les hommes.

Mary se laissait gagner par la torpeur. Le moteur ronronnait paisiblement, sous eux s'étendait à perte de vue le vert profond de la forêt, parfaitement uniforme, à l'exception d'étranges massifs en forme de table qui émergeaient çà et là. Là-dessous vivent des gens, songea-t-elle, et pour la première fois, elle réalisait à quel point ce mode de vie pouvait être étranger à tout ce qu'elle connaissait. Elle avait étudié, pourtant, durant de longues années, les us et les coutumes des Indiens d'Amazonie, et certaines de leurs langues... elle en maîtrisait quatre et avait des notions de six autres, et elle avait l'habitude de dire qu'on ne connaît pas un peuple si on ignore sa langue, que la langue, c'est l'air que respire l'esprit des hommes, c'était pour cette raison qu'elle s'était spécialisée en ethnolinguistique, discipline où elle brillait, et pourtant... Elle se rendait compte, en survolant cet univers qui ne ressemblait à rien de ce qu'elle connaissait, combien Diego avait raison, combien sont vaines les connaissances livresques, et qu'il faut vivre auprès des hommes si l'on veut espérer les connaître... toucher ce qu'ils touchent, aimer ce qu'ils aiment, avoir peur de ce qu'ils craignent...

Mary avait rencontré Diego deux ans plus tôt, à Paris. Elle avait été invitée pour un mois au prestigieux laboratoire d'anthropologie sociale du Collège de France, qu'avait fondé Claude Lévi-Strauss. C'était sa première vraie reconnaissance universitaire, qu'elle devait à une monographie publiée récemment, une comparaison entre plusieurs langues amérindiennes. Diego avait été l'assistant de Lévi-Strauss, et il terminait juste un mémoire sur les indicateurs de la subjectivité dans les parlers yanomamis, ce qui pour elle représentait un intérêt scientifique majeur. De son côté, il avait semblé s'intéresser aux recherches de la jeune femme. Ils avaient travaillé ensemble, et prolongé leur travail dans des discussions passionnantes qui les menaient parfois jusqu'au bout de la nuit... Il était fascinant. Elle aurait voulu l'écouter sans fin mais, curieusement, c'est lui qui l'interrogeait beaucoup, sur ses recherches mais aussi sur elle-même, et finalement c'est elle, surtout, qui avait parlé... On aurait dit qu'il me sondait, se dit Mary. Bien sûr, ses propres recherches n'étaient pas sans intérêt, et elle avait une espèce d'intuition du rapport à la vie qu'induit une langue, de cette relation singulière au monde et à l'humain qui est le propre de chaque peuple... Mais elle n'avait jamais fait de terrain, jamais confronté ses intuitions à la réalité... Elle ignorait tout de la vie concrète des peuples dont elle étudiait la langue. Diego, lui, avait passé près de la moitié de sa vie au milieu des Indiens, il était devenu l'un d'eux sans jamais cesser d'être lui-même, et c'était un être d'une qualité et d'une profondeur comme elle n'en avait jamais rencontré... Que pouvait-il attendre d'une jeune prof américaine qui n'avait l'expérience que des bibliothèques ?

Elle l'avait revu l'année suivante aux États-Unis, où il faisait une tournée de conférences. Il avait tenu à ce qu'elle l'accompagne et lui serve de guide. Et quatre mois plus tôt, il l'avait appelée du Brésil. « J'ai besoin de vous » avait-il seulement dit... En quoi le professeur Legal pouvait-il avoir besoin d'elle ? Il était resté mystérieux. Et sur ce voyage, elle ne savait pas grand-chose. Diego lui avait seulement dit qu'il s'agissait de se rendre en un point précis, au milieu de la jungle, à quelques jours de navigation et de marche de la mission... Qu'à cet endroit devait avoir lieu un événement exceptionnel, un rassemblement réunissant pour la première fois des représentants des principales tribus yanomamis, autour d'un homme reconnu comme une autorité spirituelle... Et que cet homme, si elle avait bien compris, souhaitait la présence d'une femme occidentale...

Tout cela est d'un romanesque, songea Mary.

En fait, elle n'aurait jamais pris cette histoire au sérieux si elle ne l'avait entendue de Diego Legal en personne. Ne contredisait-elle pas toutes les connaissances établies sur les Yanomamis, essentiellement d'ailleurs à partir des propres recherches de Diego ? À ce qu'on sache, ces Indiens, même s'ils appartiennent à un même peuple, n'ont jamais donné le moindre signe d'une conscience ethnique commune. Ils vivent dans des tribus qui peuvent comprendre de quarante à trois cents membres, et qui passent plutôt leur temps à se faire la guerre entre elles, quand elles ne s'ignorent pas totalement... On n'a jamais entendu dire non plus qu'elles reconnaissaient une autorité commune, spirituelle ou non, d'autant que les Yanomamis, comme la plupart des Indiens d'Amazonie, sont assez réfractaires à la notion d'autorité ! Et surtout, un « événement exceptionnel », quel qu'il soit, voilà qui semble tout simplement inconcevable dans ce genre de société fondée sur le modèle de Grands Anciens mythiques et reproduisant fidèlement des comportements issus d'une tradition millénaire... Qu'est-ce qui pourrait pousser ces tribus à déroger à une telle tradition, qui est leur substance même, pour introduire du nouveau ? se demanda la jeune femme. Des circonstances extraordinaires ? Mais lesquelles ? Ces tribus comptaient parmi les dernières à n'avoir jamais eu le moindre contact avec la « civilisation »... Il fallait bien la crédibilité du professeur Legal, et son charisme en prime, pour que Mary délaisse homme et foyer sur des bases aussi rocambolesques, pour une aventure aussi incertaine ! D'ailleurs, pour entraîner l'adhésion de son chef de département, il avait fallu maquiller très légèrement les choses, et donner au projet des allures un peu plus scientifiques. Tel quel, il n'aurait jamais été accepté...

Mary eut brusquement l'impression qu'un vide s'ouvrait sous elle, et elle se sentit comme aspirée vers le haut, ce qui la tira de sa rêverie. Un trou d'air... Rogulski se tourna vers ses passagers.

— La descente vers Mucajai va être un peu mouvementée. On annonce quelques perturbations... Rien de grave.

— On atterrit dans combien de temps ? demanda Sylvain.

— Un petit quart d'heure.

L'avion vibrait de plus en plus. Mary regarda son compagnon de voyage. Il était livide. Elle posa la main sur son avant-bras.

— Ça va ?

Il lui rendit son regard en essayant un sourire, qui tenait plutôt de la grimace. Puis un nouveau trou d'air donna à Mary cette impression de flotter, la ceinture comprimant ses intestins. Une image de montagnes russes passa devant ses yeux, il y avait son père qui la tenait contre lui, elle frissonnait de bonheur, c'était à Grant Heights, se dit-elle, la fête foraine qui s'installait chaque mois d'avril, je n'avais pas plus de six ans... il lui sembla sentir l'odeur des barbes à papa, un peu écœurante, puis un drôle de bruit d'eau lui fit tourner la tête vers Sylvain. Il vomissait consciencieusement, il avait eu le temps de déplier le petit sac en papier prévu à cet effet. Mary ferma les yeux, un autre trou d'air lui mit le cœur sur les lèvres et elle regarda par le hublot. De grandes traînées de brume flottaient sur la forêt, accrochées en dentelle au sommet des arbres qui défilaient sous l'avion. On est très bas, se dit-elle, puis elle regarda la nuque de Rogulski, très droite, imperturbable. L'avion suivait le cours d'un bras de fleuve, et la jeune femme aperçut bientôt à l'horizon une vaste bande de terre défrichée, plantée de quelques habitations éparses. Mucajai...

— Un vrai bijou d'atterrissage ! proclama Rogulski après avoir posé son appareil en douceur.

À l'autre bout du terrain, un petit groupe venait à leur rencontre. Rogulski dirigea son avion vers eux, roulant très doucement.

— Ce terrain est un vrai bourbier, je n'ai aucune envie de m'enliser, expliqua-t-il.

Mary crut reconnaître au loin la haute stature de Diego. Il était entouré de deux femmes voilées qui semblaient être des religieuses, et de quelques Indiens qu'elle distinguait mal.

Diego avait coupé ses cheveux très ras, ce qui lui donnait un petit air d'austérité. Mais il souriait largement, et adressa un signe à Mary quand leurs regards se croisèrent à travers le hublot. Il avait l'air heureux de les accueillir, et la jeune femme sentit une chaleur envahir son cœur. Diego lui était familier maintenant, et ça faisait du bien de le retrouver sur cette terre tellement étrangère...

Rogulski coupa son moteur, et les hélices s'immobilisèrent lentement. Le groupe entourait l'avion. Rogulski ouvrit la porte, une bouffée d'air tiède caressa le visage de Mary, qui mit la tête dehors. Diego l'aida à descendre et l'embrassa sur les deux joues. Il n'était vêtu que d'un pantalon de toile et d'un vieux pull à même la peau.

— Bienvenue, lui dit-il tout bas.

Les deux religieuses la saluèrent chaleureusement.

— Eh bien, mon ami, vous n'avez pas l'air au mieux ! s'exclama Diego en voyant sortir Sylvain. Le voyage a été rude ?

— Un peu, à la fin, murmura le jeune homme. Et au début, aussi...

Rogulski poussa un rugissement qui fit sursauter tout le monde et reculer trois Indiens qui exploraient le fuselage et le moteur de l'avion.

— On ne touche pas à l'avion ! précisa-t-il en descendant. Professeur, je vous salue !

Le pilote tendit trois fioles de cognac et un paquet de cigares à Diego, qui les fourra dans un sac en souriant.

— Monsieur Rogulski me connaît bien.

Mary était envahie par une drôle d'ivresse. L'air était agréable, elle se sentait vivante. Tout le monde s'affairait, elle regardait la scène sans penser à rien, avec au cœur une confiance immense et simple. Une des religieuses prononça quelques mots en yanomami sur un débit très rapide et Mary s'aperçut qu'elle n'en avait pas compris la moitié. Les Indiens ouvrirent la soute et commencèrent à décharger les caisses de matériel. Puis elle vit Diego prendre congé de Rogulski en lui précisant de revenir les chercher six semaines plus tard. Il ajouta quelque chose qui fit rire Rogulski, et celui-ci monta dans son avion. Tout le monde recula de quelques pas, elle suivit le mouvement. Puis l'on se dirigea vers la rive du fleuve, que l'on apercevait à quelque deux cents mètres du terrain en contrebas.

La longue pirogue glissait lentement sur le rio Mucajai. La maison de Diego n'était qu'à dix minutes à travers bois de la piste d'aviation, mais leur charge de matériel était trop lourde pour faire le chemin à pied, et par le fleuve il fallait une bonne heure. Sylvain n'avait pas l'air d'aller mieux. Il avait encore vomi. Les quatre Indiens, tassés à un bout de la pirogue, le regardaient en riant et en se poussant du coude. Les deux religieuses avaient du rouge aux joues, leurs yeux brillaient d'une manière qui impressionnait Mary. Quant à Diego, il respirait l'air humide et chaud comme un animal repère une piste, en contemplant les grands arbres qui défilaient avec majesté sur la rive. Il avait l'air profondément heureux. Il est gourmand de vivre, se dit Mary, il jouit de chaque instant qui passe... C'était la première fois qu'elle voyait Diego sur son territoire, et celui-ci n'avait plus rien de l'intellectuel qu'elle connaissait. On aurait dit qu'il pensait avec la peau.

Un des Yanomamis, qui semblait n'avoir pas plus de dix-huit ans, vint s'asseoir à côté de Mary. Le bruit du moteur couvrait les sons de la forêt, mais elle crut entendre un rire, et le jeune Indien lui murmura quelques mots à l'oreille. Elle ne comprit pas. Il n'était vêtu que d'un tee-shirt et d'une bande de tissu de coton rouge qui dissimulait à peine son sexe. Elle avait cru entendre le mot qui désigne le mariage et les relations sexuelles en yanomami... Diego souriait, il enjamba les deux bancs qui les séparaient, et dit quelque chose à l'Indien, qui répondit brièvement, puis alla prestement se rasseoir avec les autres.

— Nohokuwë vous trouve à son goût, ma chère !

— Eh bien, ils sont directs...

— On ne parle pas tellement de ça, dans les amphis, n'est-ce pas ?

— Non, c'est vrai... On dit qu'ils sont assez libres de ce côté-là, puis on passe à autre chose.

Diego rit doucement.

101

— L'ethnologie est encore très puritaine... En fait, le sexe a une grande importance pour eux. On parle beaucoup de religion, de mariage, d'art et de parenté, de pensée symbolique et de choses de ce genre, et puis quand on vit avec eux, on s'aperçoit qu'ils pensent surtout à « ça ».

Mary lui sourit. Elle se sentait drôle, comme si elle flottait dans une atmosphère de brume. Diego se pencha vers elle.

— Alors qu'est-ce que je lui dis ?

— À quel sujet ?

— Eh bien, il veut savoir si vous êtes d'accord.

Mary ouvrit la bouche mais aucun son n'en sortit. Diego éclata de rire et la prit affectueusement par l'épaule.

— Vous vous y ferez, ma chère, vous vous y ferez...

Ce furent les secousses de la pirogue battant contre le petit appontement qui réveillèrent Mary. Elle s'aperçut, un peu confuse, qu'elle s'était endormie contre l'épaule de Diego. Celui-ci se leva doucement, dit quelque chose aux quatre Indiens, qui étaient déjà sur la rive, et ceux-ci se dirigèrent vers une maison qui se trouvait à quelques pas de là.

— Bienvenue chez moi ! dit Diego.

C'était une assez vaste demeure aux murs de torchis brun, avec un grand auvent de palmes. Elle était entourée d'un bâtiment blanc plus petit et de quelques pavillons. Mary savait que Diego y séjournait peu, juste le temps de compiler les informations qu'il recueillait au cours de ses expéditions et d'écrire ses livres. Les Indiens ressortirent de la maison en poussant deux brouettes en bois, et se mirent à décharger la pirogue. Sylvain, debout à côté de Mary, les jambes un peu flageolantes, était blanc comme la craie.

— Je crois que vous avez besoin de vous reposer un peu, dit Diego. Je vais vous montrer vos quartiers, ensuite je m'occuperai du repas. Nous avons l'habitude de dîner tôt. Vous disposez d'une petite heure.

La cloche du repas tira Mary de sa sieste. Elle avait faim. Elle se leva prestement et s'habilla. Le repos lui avait fait du bien, ses idées étaient claires. Elle sortit de son pavillon pour faire le tour du propriétaire. La petite école aux murs de torchis blanc qui jouxtait la maison de Diego était vide à présent, et Mary se demanda si elle n'avait pas rêvé tout à l'heure : en se dirigeant vers sa chambre, elle avait entendu une voix féminine égrener des chiffres en espagnol, que reprenait un chœur de voix d'enfants. Par la fenêtre, elle avait aperçu une jeune religieuse voilée de blanc qui donnait son cours devant un grand tableau noir. Elle s'était approchée pour regarder discrètement. Dans la classe, une vingtaine d'enfants, dont le plus âgé n'avait pas huit ans, répétaient avec enthousiasme la table de multiplication comme des petits Américains... À ceci près qu'il s'agissait d'une tribu de bambins yanomamis aux cheveux noirs et lisses, seulement vêtus d'un mince pagne de tissu rouge. Leur visage était soigneusement peint, de cercles ou de lignes courbes, et pour certains d'entre eux, percé de petits bâtonnets blancs qui semblaient avoir été soufflés d'une sarbacane...

— Vous n'allez pas manger ?

La voix sortit Mary de sa rêverie. Elle se retourna et sourit à Sylvain qui approchait.

— Si, si... J'étais fascinée par cette petite école. Vous avez vu la classe tout à l'heure ?

— Non, je dois dire que je suis allé directement dans ma chambre.

Sylvain semblait avoir un peu récupéré. Ils se dirigèrent vers la maison de Diego. Une bonne odeur de cuisine flottait dans l'air tiède.

— Une religieuse apprenait à compter à des petits Indiens. Ça m'a fait drôle...

— Pourquoi ?

Ils entrèrent dans la maison. La table était dressée, des bruits de vaisselle se faisaient entendre de la pièce à côté.

— Asseyez-vous, cria Diego. C'est presque prêt !

— En fait, reprit Mary en s'asseyant, j'ai l'impression qu'on n'en fera jamais des petits Occidentaux... En revanche, on peut très bien les couper de leur propre culture... J'ai peur que ces petits se retrouvent perdus entre deux mondes, étrangers à l'un comme à l'autre.

— Eh oui, c'est le danger. Mais vous savez, les missionnaires ont beaucoup appris depuis vingt-cinq ans, et Diego n'y est pas pour rien. Avez-vous entendu parler de l'« éducation interculturelle bilingue » ?

Mary secoua la tête.

— Les religieuses que nous avons vues sont des salésiennes. C'est une mission catholique qui s'est installée dans la région en 1956. À l'époque, il s'agissait d'apporter la civilisation à des sauvages. On disait : acculturer. Aujourd'hui les sauvages acculturés sont clochards à Manaus ou à Pôrto Velho... Ce ne sont toujours pas des Occidentaux, et ce ne sont plus des Indiens. Une génération a été sacrifiée. Mais à présent, on enseigne aux enfants les deux cultures. Les missionnaires connaissent beaucoup mieux les Yanomamis, donc ils les estiment...

Une odeur de légumes et d'épices envahit la pièce et Diego fit son entrée une soupière dans les mains.

— Chaud !

Il posa la soupière fumante au milieu de la table et s'assit.

— Je dois dire que mes petites sœurs font du beau travail...

Mary prit la louche que Diego lui tendait.

— Sylvain disait que vous aviez joué un rôle important ?

— À mon arrivée, on voyait encore les Yanomamis comme des sauvages assoiffés de sang, cannibales et incultes. On en avait très peur, car on ignorait tout d'eux. J'ai un peu contribué à dissiper ces brumes... au moins chez ceux qui le voulaient bien... Les salésiens ont su quitter leurs préjugés. Ce qui n'est pas le cas, ma chère, de vos compatriotes !

— Que voulez-vous dire ?

— Les missionnaires américains n'ont jamais vraiment renoncé à l'acculturation. Et leur stratégie, c'est toujours de mettre les Indiens dans un état de dépendance économique pour mieux contrôler leurs âmes. Ils n'ont pas la moindre idée de la richesse de cette culture, et ils contribuent à sa destruction.

Il y eut un silence. La soupe était délicieuse, épaisse et parfumée, avec des saveurs de légumes inconnus, des espèces de grosses crevettes et un arrière-goût de banane. Mary avait très faim.

— À sa destruction ?

Sylvain prit la parole :

— Essayez de vous souvenir de l'image que vous aviez des Indiens d'Amazonie avant d'étudier leur langue et leur culture...

Mary réfléchit un moment puis se mit à rire.

— Réducteurs de têtes, guerriers sanguinaires... Fléchettes empoisonnées au curare... Sauvages et dangereux...

— Eh bien, reprit Diego, c'est en gros l'image que véhiculent encore les « ethnologues » autoproclamés attachés aux missions américaines ! Ils décrivent par le menu tous les actes de violence des Indiens en les sortant de leur contexte, ce qui met en valeur leur propre courage à frayer avec des créatures aussi redoutables, et accessoirement leur permet de justifier leurs méthodes... Le problème, c'est qu'au Brésil les journaux qui soutiennent les intérêts miniers reprennent à plaisir ces descriptions.

Sylvain la regarda avec un drôle de sourire.

— Ce qui justifie le génocide actuellement perpétré par les compagnies minières, avec l'aide de l'armée brésilienne.

— Génocide, murmura Mary. On en est vraiment là ?

— Dès les premiers contacts avec les Blancs, dit Diego, les Yanomamis sont morts en grand nombre : malaria, rougeole, grippe, ils étaient d'une totale virginité immunologique par rapport aux maladies occidentales... Puis on a trouvé de l'or sur leurs terres, et ils se sont heurtés aux mineurs, les *garimpeiros*... Ils ont été massacrés, et le sont encore quand ils ne se laissent pas déposséder de leurs terres. Les mineurs rejettent dans les rivières des tonnes de mercure, qu'ils utilisent pour agglomérer les poussières d'or. Les poissons meurent, l'eau est empoisonnée... Les Indiens meurent. L'armée soutient les intérêts miniers, le gouvernement bouge le moins possible et, comme on fait passer les Indiens pour des monstres assoiffés de sang, l'opinion s'en fiche...

Mary était pensive.

— J'ai parfois l'impression, dit-elle, que l'ethnologue est un

105

peu comme quelqu'un qui rendrait visite à des mourants, pour recueillir quelques souvenirs de leur vie, très vite, avant qu'ils s'en aillent...

Sylvain eut un petit rire amer.

— Il faudrait ajouter, pour être tout à fait exact, que votre visiteur est également le meurtrier de ceux qu'il écoute. L'Occidental détruit tout ce qui ne lui ressemble pas, puis se dépêche de collecter le maximum d'informations sur ses victimes. Ensuite, il crée des musées de l'Homme...

Diego sourit.

— Vous avez raison. Mais il y a une exception à toute règle. Et nous avons peut-être une chance, cette fois-ci, de faire un peu plus que de la dépouille de culture à l'agonie !

Mary sauta sur l'occasion.

— Si vous nous parliez un peu de cette expédition ?

Le sourire de Diego s'élargit.

— « Demain, dès l'aube, à l'heure où blanchit la campagne... », récita-t-il en français, nous embarquerons dans la grande pirogue, pour six jours de navigation. Les paysages sont beaux, mais nous aurons un peu de temps à occuper... Je vous dirai tout — enfin tout ce que je sais ! Ce soir, je vais juste vous révéler un petit secret...

Diego marqua un temps.

— Avez-vous aimé la soupe ? reprit-il.

— Elle était délicieuse, répondit Mary.

— Tant mieux, sourit Diego. Vous aimez le termite soldat. C'est une spécialité du coin ! Et nos amis yanomamis nous en serviront certainement.

Sylvain était à nouveau pâle. Mary souriait, vaguement écœurée. Ces grosses crevettes, c'étaient des termites... Eh bien, ça se laissait manger, finalement... Les Indiens mangent des chenilles aussi, pensa-t-elle. « L'homme est l'animal qui s'habitue à tout », a dit Dostoïevski...

— Et maintenant, si nous allions dormir ?

Les yeux de Diego pétillaient légèrement. Sylvain et Mary échangèrent un regard. Il n'y avait qu'à se montrer beau joueur. Ils se levèrent en même temps.

— Laissez, dit Diego, je débarrasserai...

14

Une route dans l'Illinois

Kenneth en oubliait les cahots de la route qui réveillaient sa sciatique, et l'inconfort d'un véhicule militaire qui n'avait rien de la « voiture » annoncée. Assise en face de lui, le haut du corps pris dans une camisole de force, et flanquée d'un médecin militaire qui la surveillait du coin de l'œil, il y avait cette femme qu'il ne pouvait s'empêcher d'observer. De toute manière, elle ne le regardait pas. Indifférente au monde entier, elle semblait fixée sur une idée, un objectif précis, que Kenneth était incapable de déterminer, et vers lequel tout son corps tendait. C'étaient spécialement les mouvements de son visage qui étaient fascinants. Bouche ouverte, on aurait dit qu'elle tentait d'attraper dans sa mâchoire un objet qu'elle était seule à voir, sans aucun succès... Contorsionnant son cou, elle mordait inlassablement le vide, le regard sans autre expression que celle d'une urgence absolue...

À la droite de Kenneth, le petit couple affolé jetait des regards furtifs à la folle, en se pelotonnant l'un contre l'autre. Le jeune homme avait l'air dépassé par la situation, et ses efforts pour rassurer sa poulette éperdue, qui avait de très beaux seins, sonnaient abominablement faux... « Tout ira bien, bébé », tu parles ! Avec sa gueule d'étudiant à vie pleine de lunettes et de boutons, le grand dadais suait la trouille. Ils avaient été ramassés dans la montagne où ils campaient en amoureux, et ils ne comprenaient rien à ce qui leur arrivait. Pas plus que le vieux type assis en face, à droite de la folle, le « braconnier », qui, tous les quarts d'heure exactement, s'envoyait quelques gorgées du contenu d'un flacon qu'il gardait précieusement contre son cœur... Et qui était le reste du temps secoué par un petit rire, du genre de celui qui s'en raconte une bien bonne, qu'il serait le seul à pouvoir comprendre...

Kenneth, lui, n'avait pas peur. Les cinq militaires armés jusqu'aux dents qui les surveillaient de l'avant du fourgon ne l'impressionnaient pas. En fait, il n'avait jamais eu l'esprit aussi clair. La situation lui apparaissait dans son ensemble, avec une précision absolue. Il avait deux possibilités : se laisser conduire comme un gentil mouton jusqu'à destination (et quelle destination ? Une place forte, un camp militaire où il n'aurait pendant des jours aucun contact avec l'extérieur...), ou faire son métier — c'est-à-dire informer. Ce qui passait par une étape intermédiaire : fausser compagnie à tous ces abrutis.

Dans la première hypothèse (celle du gentil mouton), le risque était minime. Il n'était pas nul, évidemment car le programme arrêté par le capitaine pouvait fort bien ne pas se dérouler comme annoncé : soit que la résolution affichée de finir par tout révéler ne soit un pipeau pour l'endormir, et qu'ils s'arrangent au final pour maquiller l'histoire — notamment l'assistance que l'armée avait généreusement apportée au virus dans son entreprise de liquidation... auquel cas il faudrait bien supprimer tous ceux qui, comme lui, en savaient un peu trop, mais alors pourquoi lui avoir vendu aussi fièrement la mèche, pourquoi ne pas l'avoir bousillé tout de suite ?... Soit, plus vraisemblablement, que rien ne se déroule comme envisagé : que les scientifiques ne trouvent pas la parade au virus dans un délai aussi optimiste que prévu, qu'il soit nécessaire de retenir les prisonniers plus longtemps, des semaines peut-être... Kenneth ne se voyait pas croupir au milieu des crânes rasés durant des semaines à attendre que tout soit fini...

En fait, il avait déjà choisi.

Quinze ans... Quinze ans qu'il était payé, très mal, à donner le change et prétendre faire son métier, celui qu'il aimait par-dessus tout, sa vocation... Et c'est au moment où, ayant perdu tout espoir de goûter à nouveau l'enivrant parfum de l'investigation, il ne vivait plus que de bitures et de souvenirs, c'est à ce moment que s'offrait à lui... l'Information ! Le méga-scoop absolu ! Plus fort que de prouver qu'Aristote Onassis était l'assassin de Kennedy ! Aussi balèze que de découvrir les décors où furent bidonnés les films de la prétendue conquête de la Lune ! Clydesburg cau-té-ri-sé ! « Pour sauver l'humanité, l'armée des États-Unis élimine des milliers d'Américains ! » On pouvait bien mourir pour une info pareille...

Le seul problème, c'était de savoir s'il y avait la moindre chance pour qu'il en aille autrement, dès lors qu'il aurait franchement opté pour cette deuxième solution : mettre les bouts. Non seulement il fallait déjouer la surveillance plutôt vigilante des cinq orangs-outans surarmés qui le couvaient de leurs regards de mère attentionnée, et ce en s'arrachant d'un véhicule blindé... mais il fallait encore échapper à la traque monumentale qui ne manquerait pas de s'ensuivre, et Kenneth savait qu'il n'était pas Rambo... En fait depuis au moins dix ans, son seul entraînement physique était l'exercice du levage de coude, auquel d'ailleurs il commençait à exceller, en résistance comme en endurance... Et pour finir, s'il était encore en un seul morceau, la dernière épreuve consistait à rendre public le méga-scoop, ce qui, en condition de survie au milieu de la forêt, n'était pas encore au programme des écoles de journalisme...

La folle lâcha un feulement rauque qui fit sursauter tout le monde et tira Kenneth de sa méditation. Elle s'énervait. Elle avait accéléré ses mouvements et mordait frénétiquement l'air sous son menton. Kenneth s'adressa au médecin :

— Qu'est-ce qu'elle veut ?

L'homme lui sourit d'un air las. Il avait les dents jaunes.

— Ce qu'elle veut ? Mmh... c'est un cas intéressant... Si j'ai bien compris les quelques bribes à peu près cohérentes que j'ai réussi à lui soutirer... mmh... elle prend son cou pour un cordon ombilical... Elle voudrait le couper.

— Avec les dents ?

— Mmh...

Kenneth reluqua de nouveau la folle. Avec l'explication du toubib, son geste machinal et compulsif prenait du sens... Elle essayait de se mordre le cou !

Kenneth fronça les sourcils un instant, puis reprit la parole :

— Et c'est qui la mère ? C'est sa tête ou c'est son corps ?

L'autre le regarda par en dessous.

— Mmh ?...

— Non, rien...

Lentement, le plan prenait forme, et Kenneth avait du mal à réprimer un tremblement d'excitation. Gonflé, se dit-il. Gonflé... mais ça peut marcher... Il avait à sa disposition une arme, pour peu qu'il arrive à s'en servir efficacement, plus puissante que les fusils-mitrailleurs que ses geôliers pointaient sur lui... Leur propre imagination !... Et ce sacré rhume des foins qui le prenait chaque début d'été depuis sa plus tendre enfance, qu'il avait si souvent maudit, et qui allait peut-être se révéler une bénédiction divine... Discrètement, Kenneth se mit à renifler et à se mordre l'intérieur de la bouche.

Dans le rétroviseur, il vit les militaires baisser leurs armes. Poussant une clameur de triomphe, il lâcha un peu la pression de son pied sur la pédale de l'accélérateur. Le fourgon ralentit. Une chance que ce bahut soit blindé, pensa-t-il. Une chance aussi qu'ils aient raté les pneus ! Kenneth éclata de rire. Il faut dire qu'ils étaient dans un tel état d'affolement en s'arrachant du véhicule, que le temps de comprendre qu'ils s'étaient fait mettre à sec, il était déjà hors de portée... Quel coup ! Nom de Dieu, quel putain de coup fumant... Les dieux sont avec moi...

Tout s'était joué au moment où le toubib avait poussé son cri. Le virus, il avait beuglé. Il est atteint ! Là, un des cinq tondus aurait pu avoir l'idée de lui planter une rafale dans le buffet. Au lieu de ça, ils s'étaient tous caltés par l'arrière en hurlant et en se marchant dessus, avant de piquer un cent mètres à la vitesse d'un Flash Gordon survitaminé... Puis ils s'étaient retournés... Ciao, les bouffons ! Ils avaient vu le cul du fourgon qui s'en allait, et au volant c'était le vieux Ken, et en parfaite santé, merci pour lui !

Kenneth avait un goût amer sur la langue, et il cracha par la fenêtre. Encore du sang... Faut dire qu'il n'y était pas allé de main morte ! Une demi-heure à se faire saigner la bouche, tout en y accumulant une réserve de glaire à remplir un saladier. En même temps, il s'appliquait à se donner des airs de grabataire subclaquant, tout en s'effondrant progressivement sur son adorable voisine, il lui avait même effleuré un sein avec son avant-bras... Si bien que le toubib avait fini par s'enquérir... Ça va pas, mon vieux ? qu'il avait dit en s'approchant. Alors Kenneth avait poussé une espèce de râle, puis lui avait consciencieusement craché son petit mélange à la gueule ! « Le virus, le virus ! »

Une chance aussi que cet abruti de capitaine ait pris son pied à lui expliquer tous les détails de l'histoire, y compris les symptômes engendrés par la petite bébête... « Vous savez, un peu comme dans *L'Exorciste*... » Kenneth ricana. Il allait s'en mordre les doigts quand il aurait ses hommes au rapport... Mon vieux Ken, t'es le plus fort, se dit-il en accélérant. T'es le roi !

Un gémissement à l'arrière le fit se retourner. La folle le regardait, d'un air à la fois étonné et doux. Elle semblait avoir renoncé pour un temps à se bouffer la glotte. Toi, il va falloir que je t'abandonne quelque part, pensa-t-il. Son plan, quoique magistralement exécuté, n'avait évidemment eu aucun effet sur cette pauvre femme, qui s'était contentée d'éclater d'un rire hystérique en voyant l'affolement général... Mais pour la suite des opérations, Kenneth se voyait assez mal jouer les infirmiers d'asile, et s'encombrer d'une pareille déglinguée, même si elle lui faisait au fond vaguement pitié... Car avoir échappé aux abrutis n'était pas le tout... encore fallait-il les semer pour de bon.

Kenneth arrivait à un carrefour. Il ralentit et regarda sa montre. Au pifomètre, il avait donné une demi-heure aux militaires avant qu'ils puissent donner l'alerte. Il leur faudrait probablement plus de temps, à pied en rase campagne, mais autant ne pas prendre de risque... Ensuite, avec leurs hélicoptères, tout risquait d'aller très vite. Or cela faisait quatorze minutes exactement qu'il leur avait faussé compagnie... Il avait changé de direction deux fois, histoire de brouiller un peu les pistes, maintenant il était temps de larguer le fourgon. Il prit à droite, la plus petite route. Durant quelques minutes il roula doucement, scrutant les alentours. Soudain il aperçut un chemin de terre qui s'enfilait dans un sous-bois. Il s'y engagea. Au bout d'une centaine de mètres, il donna un brusque coup de volant qui enfonça le véhicule dans un bosquet d'épaisses broussailles.

— Tout le monde descend ! cria-t-il en coupant le moteur.

La folle avait toujours son regard étonné. Des cheveux gris filasses entouraient son visage un peu enfantin. Elle avait dû être pas mal, autrefois... Kenneth la prit par le bras et la fit descendre, prenant garde qu'elle ne s'écorche pas le visage dans les fourrés. Puis il fit en sorte de camoufler le fourgon le mieux possible en le recouvrant de branchages, et s'employa à effacer les traces de pneus sur le chemin. Il était en sueur. Puis il se tourna vers la femme.

— Écoute. Je vais t'enlever ta camisole, et puis je te laisserai sur le bord de la route. Il faudra te débrouiller pour trouver quelqu'un. Je ne peux pas m'occuper de toi. OK ? Tu comprends ce que je te dis ?

La folle levait sur lui deux grands yeux confiants.

— Maman ? demanda-t-elle.

Kenneth poussa un gros soupir.

— Nom de Dieu ! Non, pas maman ! Je ne suis pas ta mère...

Il lui prit de nouveau le bras et la conduisit vers le bord de la route. Elle se laissa faire, un vague sourire flottant sur les lèvres.

À droite comme à gauche, la route disparaissait loin à l'horizon, déserte. Kenneth se mit à dénouer les liens de la camisole. Ça n'avait rien de facile. La folle se laissait faire en le regardant tranquillement.

— Maman ? s'enquit-elle à nouveau.

— Eh non, désolé, répondit-il en poursuivant sa besogne, la langue entre les dents. Pas maman...

La dernière attache, la plus récalcitrante, céda brusquement. Kenneth lui enleva la camisole avec douceur. La femme se retourna vers lui, s'étira, puis lui fit un joli sourire. Il avait du remords. Est-ce qu'elle allait pouvoir se débrouiller seule ? Rien n'était moins sûr... Mais que faire d'autre ?

— Mamaaaan !!! hurla victorieusement la folle.

Puis elle se précipita sur lui.

Trop surpris pour esquisser un geste de défense, Kenneth se sentit jeté brutalement au sol. Des mains enserraient son cou, dotées d'une force qu'il n'aurait jamais soupçonnée chez un être d'allure aussi frêle. Le souffle commençait à lui manquer. Les deux genoux de la piquée comprimaient son estomac, lui interdisant le moindre mouvement. Au moment où sa vision commençait à devenir floue, quelque chose en Kenneth se révolta. Abandonnant tout scrupule, il balança au visage de la folle un crochet massif qui lui fit relâcher son étreinte, puis la repoussa violemment en arrière. Il la vit tomber et se releva d'un bond. En un éclair, il fut sur elle et lui attrapa les bras, l'immobilisant. Mais elle était redevenue inerte, il avait l'impression de tenir un paquet de chiffons entre ses mains. Toi, pensa-t-il, va falloir que je te rattache... ou tu vas finir par tuer quelqu'un.

Péniblement, il entreprit de lui renfiler sa camisole.

Kenneth se retourna. La folle le regardait tristement partir, agitant en signe d'adieu la main qu'il avait été infoutu de lui attacher. Elle avait un gros coquard à l'œil droit. C'est ça, au revoir, pensa-t-il. Et bonne chance... Il pressa le pas. Il s'agissait de rejoindre à travers champs l'autre route, celle qui partait à gauche à l'embranchement. Puis de trouver un téléphone.

Ensuite... ensuite, il lui faudrait encore de la chance, beaucoup de chance, pour mener son plan à bien.

15

Fort Detrick, Maryland

— Monsieur l'accès est réservé aux personnels autorisés.

Le MP, droit comme un I, barrait la route à Greg. Il était armé jusqu'aux dents et avait l'amabilité d'un dogue nourri au yaourt maigre.

— Je veux voir le colonel Bosman, dit Greg.

— Monsieur, il n'est pas dans son bureau.

— Quand sera-t-il là ?

— Je l'ignore, monsieur.

Le regard du soldat était fixé dans le lointain, et Greg dévisagea le type un moment. Il tenait une posture réglementaire, parlait sur un ton réglementaire, en forçant un peu sa voix. Seule une imperceptible lueur dans ses yeux trahissait la jouissance qu'il éprouvait à faire chier son vis-à-vis, abrité qu'il était sous l'imparable caution du règlement.

— Je vais l'attendre ici, dit Greg.

Il s'assit par terre, adossé à la rambarde du petit escalier de pierre. À deux pas du garde, légèrement sur sa gauche.

Celui-ci lui jeta un œil mauvais. Greg lui fit un grand sourire. Le type aurait bien aimé le faire dégager — au nom du règlement. Mais il ne pouvait pas. Car le règlement n'avait pas prévu qu'un quidam ait un jour l'idée saugrenue de s'asseoir par terre, sous la canicule, à l'entrée de l'immeuble abritant le poste de commandement.

Greg n'avait pas envie de se faire marcher sur la gueule par des militaires. Il attendrait toute la journée, et la nuit s'il le fallait. Mais il voulait voir le colonel Bosman. Il voulait lui parler.

La chemise de Greg collait désagréablement à sa peau, et de la sueur coulait le long de son visage. Il faisait une chaleur d'enfer, et le planton commençait à lui jeter des regards narquois. Une heure, au moins, qu'il attendait sous un soleil de

114

plomb, pris à son propre piège. Quelle idée, aussi... Pourquoi n'était-il pas allé s'asseoir quelques mètres plus loin, sur le gazon frais, à l'ombre d'un arbre ? La vérité, c'est que Greg voulait emmerder cet abruti, et qu'au bout du compte c'était bien lui qui avait l'air d'un con. Car, s'il partait maintenant, il perdait la face.

Et alors ? dit une voix dans sa tête. Qu'est-ce que tu en as à faire de perdre la face ? Est-ce que tu vas te laisser crever de chaleur pour quelqu'un que tu méprises ?

C'est vrai, ça, se dit Greg. Je lui donne beaucoup trop d'importance, à ce type, après tout. Et si j'allais m'asseoir à l'ombre ?

Greg s'apprêtait à se lever, lorsqu'une voix retentit derrière lui.

— Qu'est-ce que vous faites ici, vous ?

C'était la voix du colonel Bosman.

— Je vous écoute.

Dans le bureau du colonel, l'air était conditionné, et Greg sentait un picotement lui monter dans la gorge et les sinus.

— Colonel, ce matin, j'ai voulu poster deux lettres. Dont l'une destinée à ma femme, qui est en voyage, afin qu'à son retour elle soit informée de l'endroit où je suis. Or, au service postal de la base, j'ai été convoqué par un officier. Qui m'a déclaré qu'il avait pour consigne de ne pas transmettre mon courrier. Alors j'aimerais que vous me donniez des explications.

— C'est simple : vous êtes soumis au secret militaire. Or votre présence sur cette base relève du secret militaire.

— Je ne peux pas avertir mes proches ?

— Il n'est pas question de laisser se balader dans la nature un courrier révélant votre présence ici.

Greg frappa du poing sur le bureau du colonel.

— Vous ne croyez pas que je vais me laisser enfermer ici, pour une durée indéfinie, sans prévenir ma femme !

— Monsieur Thomas, articula froidement Bosman, je vous rappelle que vous avez signé un contrat. Vous vous êtes mis, de votre plein gré, à la disposition du département de la

Défense nationale. C'est-à-dire aux ordres de l'armée. Et dans l'armée, on obéit aux ordres.

— Je démissionne.

— Impossible. Vous en savez trop.

— Il n'est pas question que je travaille dans ces conditions !

— Si vous ne travaillez pas, monsieur Thomas, nous allons vous loger gratuitement dans une prison militaire. Au secret. Jusqu'à ce que la crise soit terminée.

Greg secoua la tête.

— Vous êtes complètement inhumain...

Il éternua brusquement. Sa chemise, humide de transpiration, était glaciale contre sa peau. Bosman lui tendit un paquet de mouchoirs en papier.

— Monsieur Thomas...

Bosman semblait s'être légèrement radouci.

— Monsieur Thomas, vous ne semblez pas mesurer la gravité de la situation. Si la presse apprend que le gouvernement mobilise ses plus éminents chercheurs sur notre problème, c'est l'affolement garanti. Nos concitoyens ont les nerfs fragiles, vous savez.

— Et vous croyez que faire disparaître vos éminents chercheurs, sans donner de nouvelles à personne, c'est le meilleur moyen de garder le secret ? Ma femme, sitôt rentrée, ira trouver les flics, et...

— C'est très juste, monsieur Thomas. Il n'est ni dans notre intérêt ni dans nos intentions de vous faire disparaître purement et simplement. Nous allons rassurer vos proches, ne vous inquiétez pas. Mais à notre manière.

— C'est-à-dire ?

— Dès le retour de votre épouse, un de nos hommes la contactera et lui remettra un message de votre part. Ainsi, nous serons sûrs qu'il n'y a pas de fuite.

— Attendez, colonel. À son retour, ma femme, j'aurai envie de la retrouver, figurez-vous !

— Je comprends. Mais je crains que ce ne soit impossible.

— Alors faites-la venir ici !

— Impossible également.

116

— Quoi ?

— Monsieur Thomas, vous avez signé un contrat. Je suppose que vous l'avez lu avant de le signer. Personne n'a tenu le stylo à votre place.

Greg posa une main sur son front. Il avait mal à la tête. Le colonel le regardait, avec dans les yeux une expression impersonnelle, qui décourageait d'avance toute intention de le fléchir. Il appliquait un règlement. Il considérait qu'il n'y avait pas à penser. Et il ne semblait ni le déplorer, ni s'en réjouir.

Greg, sans un mot, se leva et quitta la pièce.

16

Une route dans l'Illinois

Kenneth avait le soleil déclinant en plein visage et des ampoules aux pieds. Il marchait d'un pas sportif depuis plus d'une heure, et il n'avait vu aucune voiture. Pas davantage de signes d'une quelconque poursuite. Pourtant ça devait être un sacré branle-bas du côté de la base... Enfin les contours d'un groupement d'habitations se dessinèrent dans l'ombre en contrebas. Pourvu qu'il y ait un téléphone public, pensa-t-il. Il était préférable de passer inaperçu.

Il y en avait un. Et aucun signe de vie, à part le bruit de quelques téléviseurs à travers les vitres des maisons. C'était l'heure du dîner. Kenneth, à pas de loup, s'approcha du combiné, jeta un œil à droite puis à gauche, et décrocha. Il connaissait le numéro de Clive par cœur. Une sonnerie... Pourvu qu'il soit encore au journal... Deux sonneries... Kenneth entendit un déclic et étouffa un cri de soulagement.

— Clive Burnett.

— Clive, c'est moi. Écoute et ne dis rien. C'est très important.

— Hein ? Qui est à l'app... C'est toi ?

— Chut ! Code PE. Rendez-vous au Q.G. Le plus vite possible. Avec ton ordinateur portable. Clive, il faut que je raccroche, ce n'est pas une blague. Rendez-vous au Q.G. Avec ton portable !

Puis il raccrocha. Évidemment, Clive devait être sur écoute. Évidemment, ils avaient dû essayer de localiser son appel. Mais ils n'en avaient pas eu le temps.

Kenneth s'essuya le front. Des odeurs de cuisine flottaient dans l'air chaud du soir. Il avait faim. Il jeta un œil vers la fenêtre de la maison la plus proche. Elle était blanche et éclairée, comme une fenêtre de cuisine... Mais il n'était pas question de prendre le moindre risque. Il fallait continuer. Kenneth soupira. Maintenant, il s'agissait — simplement —

de se rendre à leur Q.G., à une bonne centaine de bornes...
Et d'y attendre Clive.

En espérant que Clive l'aurait pris au sérieux, au point, sur la foi d'un coup de fil aussi laconique, de traverser tout l'Illinois en pleine nuit pour retrouver son vieux pote au milieu des champs...

D'abord, trouver la nationale.

C'est sûr, les dieux sont avec moi, pensa Kenneth en croquant dans son sandwich. Il avait mis deux bonnes heures à pied pour atteindre la nationale, mais il avait à peine posé le pied dessus que le camion était passé, un transport de fourrage, avec un chauffeur assez sympa pour ramasser un pauvre autostoppeur perdu dans la cambrousse en pleine nuit. Et pour lui donner un de ses sandwichs ! Un peu rassis, certes, mais un sandwich... Kenneth commençait à se détendre un peu. Les mains sur le volant, le chauffeur fixait la route d'un air un peu bovin, un mégot éteint entre les dents, et Kenneth se sentit en sécurité. En plus, il n'a pas l'air d'être du genre à attendre qu'on lui fasse la conversation... Tant mieux, se dit-il en fermant les yeux. Sept secondes plus tard, il dormait profondément.

— Eh, l'ami !

Kenneth ouvrit les yeux et sursauta. Le visage épais du routier le toisait.

— Faut vous réveiller, mon vieux. Vous m'avez dit de vous laisser avant Cairo... On y est !

— Déjà ?

La nuit était noire. Kenneth avait l'impression d'avoir dormi dix minutes. Il tendit la main au routier.

— Merci. Si je vais au bout de ma mission, vous aurez contribué à quelque chose d'historique !

L'autre le regardait sans expression particulière.

— J'ai une dernière chose à vous demander...

Kenneth sortit de sa poche un billet de vingt dollars.

— Auriez-vous par hasard une lampe de poche ? Je vous l'achète.

L'homme ouvrit la boîte à gants et lui tendit une grosse torche qui avait l'air puissante.

— Je vous la donne.

Kenneth ouvrit de grands yeux.

— Vous êtes sûr ? demanda-t-il.

Mais l'autre redémarrait déjà. Il descendit.

— Il y a des saints, murmura-t-il en regardant les feux du camion qui s'éloignait.

De nuit, malgré la torche qui balayait le paysage et un léger clair de lune, le chemin ne ressemblait pas aux souvenirs qu'il en avait. Pourtant, on pouvait dire qu'il l'avait souvent emprunté, ce chemin qui menait à la vieille cabane abandonnée... Le « Q.G. »... Mais c'était toujours en plein jour, et là, Kenneth n'était même pas sûr de ne pas s'être carrément foutu dedans... Bon sang, je ne me souvenais pas que c'était si long, pensa-t-il. Qu'est-ce que j'ai mal aux pieds... La seule chose qui collait, c'était cette odeur pénible de terre mouillée et de souche pourrie qui l'enveloppait... Le Q.G... Il avait eu cette idée (à moins que ce ne soit Clive qui y ait pensé le premier, il ne se rappelait plus très bien...) pour qu'ils aient un coin sûr où se retrouver en cas de merdier, et où planquer d'éventuels documents brûlants. Et pour un coin sûr, c'en était un ! La vieille cabane était à deux heures de marche de Cairo, et dans un coin marécageux, vaguement insalubre, où personne ne mettait jamais les pieds... Enfin, la cabane était un peu sur les hauteurs, et elle était agréable, c'était plutôt l'accès qui était pénible... Bon, il n'y avait jamais eu de « merdier », à part le sénateur Russell qui en était un gros, mais Clive n'était pas sur l'affaire... ils se retrouvaient quand même, au Q.G., de temps en temps, à fumer des pétards et imaginer des coups, à spéculer sur leur avenir dans la carrière. Kenneth ricana. Finalement, pensa-t-il, le mégaplan d'enfer, le code PE, ça y est ! On est dessus, mon vieux Clive !

À condition toutefois qu'il y croie et qu'il vienne... Que ce reporter brillant et renommé fasse encore assez confiance à son vieux loser de pote... Nom de Dieu, pourvu qu'il ne me plante pas !

120

Soudain, Kenneth aperçut une lumière. Il éteignit sa torche et demeura immobile. Les militaires ? Ils n'avaient pas pu le suivre... À moins qu'ils n'aient localisé le Q.G. Kenneth, le cœur battant, se remit à progresser dans l'obscurité, en un lent mouvement tournant qui l'approcha doucement du point lumineux. Celui-ci était immobile. Puis une silhouette se dessina brusquement, en ombre chinoise, et disparut. Une fenêtre ! Il y a quelqu'un... Plissant les yeux pour mieux scruter la nuit, Kenneth voyait à présent les contours d'une petite habitation...

Alors il reconnut la cabane. Le Q.G. ! Mais qui était dedans ? Il s'immobilisa et tendit l'oreille. Le silence nocturne était seulement troublé de loin en loin par des cris d'animaux. Aucun signe d'une présence humaine autre que cet homme, à l'intérieur. Si c'étaient les militaires, se dit-il, il y aurait du peuple dans le secteur. Peut-être un vagabond ? Kenneth s'approcha de la fenêtre. À moins que... non, c'est impossible, se dit-il. Pas si vite... Jetant un œil furtif dans la pièce unique qui composait la cabane, il vit un homme assis de dos, la tête entourée d'un halo de fumée. La fumée d'un cigare...

Clive ! Une bouffée de soulagement envahit le cœur de Kenneth, qui se rua vers la porte et la poussa sans ménagement. Il ne sentait plus la fatigue... Il n'était plus seul sur ce coup ! Le duo magique était reformé !

Clive sursauta légèrement et tourna la tête dans sa direction. Il était assis de profil, les doigts posés sur le clavier de son portable allumé. Souriant imperceptiblement, il le mit hors tension.

— T'as intérêt à ce que ce soit du sérieux !

Kenneth le toisa.

— Tu serais là si tu en doutais ?

— À vrai dire, indépendamment de la confiance que je te porte... tes petits camarades (à propos desquels tu vas peut-être éclairer ma lanterne) se sont chargés de me forcer la conviction...

Kenneth s'approcha de lui avec inquiétude.

— T'as été suivi ?

— Je les ai semés...

— T'en es sûr ?

— Allez détends-toi, et raconte-moi ton histoire.

Kenneth prit une longue inspiration. Puis il s'empara du portable et le remit sous tension.

— Sois heureux ma couille... Tu vas être mon premier lecteur !

Clive en était à son dix-septième « nom de Dieu » derrière l'épaule de son vieux pote lorsque le premier hélicoptère se fit entendre. Kenneth se mit à taper fébrilement la fin de son texte.

— Putain, dit Clive en regardant furtivement par la fenêtre, comment ils ont pu nous localiser ?

Kenneth écrivait comme un fou, les yeux scotchés à l'écran.

— Qu'est-ce que tu faisais avec la bécane, quand je suis arrivé ? murmura-t-il entre ses dents.

— Je consultais une banque de données, pourquoi ?

Kenneth ricana.

— T'as ta réponse...

Il y avait plusieurs hélicoptères à présent, qui semblaient tournoyer comme des vautours au-dessus d'eux, en cercles concentriques de plus en plus serrés. La lueur insistante de puissants projecteurs éclairait par instants l'intérieur de la cabane d'une lumière blanchâtre. La voix déformée d'un haut-parleur couvrit brusquement le fracas des rotors.

— Sortez les mains en l'air ! Dernière sommation ! Sortez les mains en l'air !

— Ken, cria Clive, ça rigole pas ! Ils sont en train de nous pointer ! Faut sortir !

Kenneth voyait son texte, qu'il écrivait sans même regarder ses doigts, défiler à toute vitesse sur l'écran, sans aucune faute. L'esprit parfaitement calme, il était conscient de chaque son, de chaque couleur, de chaque jeu de lumière, et les mots lui venaient naturellement, précis et justes. Enfin il posa un point final à son article, programma l'opération d'envoi par les raccourcis clavier, et posa le doigt sur la touche Enter.

— Ken ! hurla Clive, ils vont nous tirer ! Viens !

Kenneth se retourna et vit comme au ralenti son ami se ruer

vers la porte et l'ouvrir. Dehors, les projecteurs tournoyant dans une danse sauvage de lumière balayaient la forêt. À dix mètres au-dessus du sol, un hélicoptère était immobile, et Kenneth eut l'impression que la machine le regardait. Au moment précis où il appuyait sur la touche de l'ordinateur, deux éclairs de feu s'allumèrent sur chacun des flancs de l'appareil.

Kenneth sut alors que tout était fini.

Sa dernière pensée fut pour son papier, qui était en train de s'envoler à la vitesse des ondes, et de se répandre sur le réseau tout entier.

Il avait oublié de le signer.

17

Journal de David Barnes, vendredi 13 juin
Coupures de presse

QU'EST-IL ARRIVÉ À CLYDESBURG ?

Un mystérieux virus tueur. Toute une région interdite d'accès. Tout a commencé par un article anonyme sur le Web.

The Virginian Pilot, une, vendredi 13 juin.

CLYDESBURG N'EXISTE PLUS !

Notre envoyé spécial déjoue les mesures de sécurité et témoigne : la ville de Clydesburg (Illinois), six mille habitants, a été rayée de la carte. Il s'agirait d'un virus.

The New York Daily News, une, vendredi 13 juin.

UNE VILLE ENTIÈRE ANÉANTIE PAR L'ARMÉE AMÉRICAINE !

Il y aurait des milliers de morts. On parle d'un virus.

The Houston Post, une, vendredi 13 juin.

CLYDESBURG : LA TRAGÉDIE SECRET D'ÉTAT

Suite à une épidémie, une ville d'Illinois est entièrement détruite par l'armée américaine. Deux de nos enquêteurs ont pu déjouer les mesures de sécurité.

The Los Angeles Inquirer, une, vendredi 13 juin.

Commentaire :
Il faudrait quand même que je finisse par prendre la parole... C'est dingue ! C'est mon journal intime... Mon putain de journal intime, et je suis infoutu d'y prendre la parole !

Hey, David ! Réveille-toi. Pourquoi as-tu décidé de commencer un journal intime ?

Pour y parler de moi.

De toi ? Tiens donc ? Et c'est pour ça que depuis dix jours tu es incapable de faire autre chose que d'y coller des coupures de presse, dans ce foutu journal intime ?

Et si c'était ça, mon intimité ? Et si je n'avais pas d'autre intimité que mon intérêt morbide pour ce putain de monde à la dérive ?

Ce putain de monde qui coule. Lentement. Sans que personne s'en aperçoive. Titanic : les passagers sont sur le pont, ils boivent. Ils dansent. Ils coulent.

Soyons clair. C'est bien pour ça que je veux écrire un journal. C'est parce que je vois. Et c'est parce que je n'ai personne avec qui partager ce que je vois. Je veux écrire un journal parce que je me sens seul.

Un journal intime ?

Alors allons-y :

Je m'appelle David Barnes, j'ai quarante et un ans. Je suis journaliste.

Putain non ça va pas... C'est pas mon intimité, ça ! C'est ma carte de presse. J'ai pas commencé un journal intime pour recopier ma carte de presse !

C'est quoi l'intimité ?

Moi...

Moi, moi, moi...

Putain... Ce mot me fait mal aux tripes ! Moi... Voilà bien le mot, ou plutôt, voilà bien la chose qui a réussi à me faire fuir pendant plus de quarante ans. J'ai toujours maintenu un couvercle bien étanche par-dessus « moi ».

Et ça m'a pas trop mal réussi.

J'ai survécu...

Moi... David Barnes. L'homme de nulle part. Je n'ai jamais réussi à me sentir de quelque part. Jamais réussi à être une partie dans un tout.

Je ne sais pas appartenir.

« Tu n'acceptes pas d'être aimé. » C'est ce que m'a dit Kate juste avant de me balayer définitivement de sa vie, et c'est

probablement vrai... Manque de pot, je me suis aperçu juste après que, de la part de Kate, je me serais bien vu accepter un peu d'amour, et même beaucoup. Mais voilà, il était un peu trop tard, et ça n'est sans doute pas un hasard. Fonder un foyer ! Pas mon truc.

Ça a peut-être à voir avec le fait que mon père, un beau jour, a ouvert le tiroir où dormait son Smith & Wesson depuis pas loin de vingt-cinq ans. Il l'a chargé, puis il a tiré trois fois. Sur ma mère.

J'avais onze ans.

Et tous les psys qui, pour quelques dizaines de dollars, ont eu l'amabilité d'écouter mon histoire, ont confirmé que ça n'avait rien fait pour me donner une image irrésistible de la vie de couple...

Bon.

Je crois que mon journal intime est lancé. Allons-y gaiement.

Mon père est mort en taule trois ans plus tard.

J'ai été recueilli par ma grand-mère paternelle. Ç'aurait pu être par ma famille du côté de ma mère, mais il se trouve que je ne les avais jamais vus. Mon père s'y était opposé. Il avait tout fait pour couper ma mère de ses racines. Il y était assez bien arrivé. C'est fou ce qu'on fait faire à une femme amoureuse.

En fait, mon père n'aimait pas les Indiens. Il avait épousé une Indienne, bien sûr. Ma mère était une Indienne Hopi. Mais il n'aimait pas les Indiens. Il voulait ma mère, mais sans ce qu'il y avait d'indien en elle. C'est pour ça qu'il a fini par la tuer. Parce que ma mère n'avait jamais pu être autre chose qu'une Indienne.

Du côté de mon père, je suis un bon Américain : blanc, anglo-saxon, protestant — et assassin. Et du côté de ma mère, je ne suis rien. Elle n'a rien eu le droit de me transmettre. Il fallait que soit gommé tout ce qui pouvait rappeler son origine. Pourquoi s'est-elle pliée à ce jeu de mort ? Parce qu'elle aimait mon père ? Je ne crois pas qu'elle l'aimait. Comment aimer mon père ? C'était un homme qui ne savait pas respirer, qui ne savait pas fouler la terre ni regarder la nuit. Il avait une

126

idée du monde et de la vie, et ne savait que haïr ce qui ne ressemblait pas à son idée. Le monde et la vie n'ont jamais ressemblé à son idée. Je crois que ma mère, en mon père, n'a aimé que sa propre mort.

Il est faux de dire que ma mère ne m'a rien transmis. D'elle, elle m'a donné l'essentiel : elle-même. Je sais voir la fin dans tout ce qui commence. Je sais voir la mort dans tout ce qui naît.

Je sais voir. Y a-t-il aujourd'hui sur terre quelqu'un qui voit ce que je vois ? Oui, bien sûr... Parmi les Indiens, mes frères de sang, certains voient... Certains savent.

Cela fait plus de dix ans que je ne suis pas retourné sur les mesas. Mais quelque chose en moi est resté là-bas. Quelque chose de moi appartient à ces plateaux de rocaille aride où vit le peuple de ma mère.

Tiens, tiens...

L'homme de nulle part aurait-il besoin de se sentir de quelque part ?

C'est ridicule.

Je ne suis pas un Indien. La première fois que j'ai mis les pieds à Hotevilla, je venais d'avoir dix-neuf ans. J'étais un étranger. Oh bien sûr, la famille de ma mère m'a accueilli comme un des siens.

Aurais-je survécu, aurais-je eu assez de désir de vivre sans l'expérience de cet accueil ? Sans cette chaleur, ce oui sans condition à ce que j'étais... Pas une fois les frères de ma mère ne m'ont parlé de mon père. Ils m'ont ouvert leur porte, et bien plus que leur porte, comme on retrouve un frère qu'on a quitté la veille. Sans effusion particulière. Comme si c'était juste naturel. C'est ce que j'ai appris chez eux : le naturel.

Pourquoi n'ai-je pas su rester ?

Parce que je ne suis pas un Indien ! Pas plus que je ne suis un Américain.

Je ne suis rien.

Je ne suis que ce que je vois.

Je sais voir l'illusion, et je sais voir la mort qui travaille les choses. C'est un seul et même savoir. Car l'illusion n'est là que pour dissimuler la mort et son travail de silence.

Aujourd'hui, le monde n'est plus qu'illusion. Et jamais la mort ne fut aussi proche. Tout témoigne de son avancée, mais les yeux se ferment, les regards se détournent. L'homme a reçu ce don merveilleux : ne voir que ce qu'il veut, ne croire que ce qui l'arrange. Oublier.

Je ne sais pas oublier. Je ne sais pas détourner les yeux.

Il y a un prix à payer. Si l'on ferme les yeux, si l'on s'étourdit pour ne pas voir, c'est par peur de souffrir. C'est pour s'anesthésier. Moi, je n'ai pas d'anesthésiant. C'est le prix.

Cela fait de moi un très bon journaliste.

Je gratte où ça fait mal. Je gratte la croûte pour dévoiler la plaie. Regardez : ça a l'air rafistolé, on dirait des tissus sains, mais si on gratte un peu : c'est laid, ça suppure, c'est mort... Voilà ce qui me fait jouir.

Si quelque chose fonctionne à peu près dans ma putain de vie, c'est mon job. Depuis un an, j'ai droit à une demi-heure d'émission quotidienne sur WCK. Audience top ! « La meilleure émission de radio depuis la guerre... » J'ai des propositions de plusieurs chaînes de télé, dont NBC. Je m'en tape. Je me fous du fric. Ce qui m'intéresse, c'est la vérité derrière les masques. Dire ce qu'on veut taire, montrer ce qu'on veut cacher...

Faire voir. Faire voir ce que je vois.

Pour me sentir un peu moins seul.

Et c'est pour ça que je reprends le flambeau.

Clydesburg... Le collègue n'a même pas signé. Je m'incline. Il ne servait pas sa propre gloire, il servait la vérité. Il est mort pour elle. J'aurais aimé connaître ce type.

À défaut, je veux m'en montrer digne.

Aujourd'hui, j'ai bouclé mon enquête. Demain, si tout se passe bien, quelques-uns des trous-du-cul qui nous gouvernent auront la tronche en biais. Leur boulot : prendre les gens pour des cons en ne leur montrant que ce qu'ils ont envie de voir. Mon boulot : la réalité. Et si la réalité c'est la merde, leur mettre le nez dedans.

Le monde est dans la merde.

18

Sur le rio Mucajai

— Stop ! cria Diego.

Mary sursauta et suspendit son geste. Assis à l'arrière de la pirogue, Diego lui sourit, désignant l'arbre aux feuilles immenses sous lequel ils passaient, et qu'elle s'apprêtait à effleurer de la main.

— Si vous touchez ces feuilles, expliqua-t-il, vous aurez bientôt quelques centaines de fourmis dans les cheveux et sous votre T-shirt ! Elles vivent dessus...

Mary regarda l'arbre qui s'éloignait doucement, et rendit son sourire à Diego.

— Ce sont les Indiens qui vous ont appris ça ? demanda-t-elle.

Diego se mit à rire.

— Non ! Les Indiens sont comme de bons parents, ils vous laissent faire vos expériences ! La différence, c'est qu'en plus ils se foutent de vous quand ce genre de mésaventure vous arrive... Ces fourmis sont grosses et rouges, elles piquent et vous donnent de la fièvre et de l'urticaire...

Il poursuivit d'une voix plus grave :

— Vous savez, il m'a fallu deux bonnes années au milieu d'eux pour gagner vraiment leur confiance. Deux années à vivre à peu près nu, sans armes à feu ni médicaments... deux années de bizutage...

Le regard de Diego se brouilla, noyé dans les souvenirs.

Bon sang, pensa Mary, ça n'a pas dû être facile tous les jours...

— Tenez, reprit Diego, vous voyez ces oiseaux ?

Il désignait du doigt un couple de petits oiseaux jaunes au derrière noir, perchés sur une branche basse.

— Eh bien, il faut s'en méfier ! Non qu'ils soient dangereux par eux-mêmes... Mais ils ont de redoutables gardes du corps !

— Des gardes du corps ? répéta Mary, sans comprendre.

— Ces oiseaux vivent au milieu des guêpes, dont ils ont la couleur. Cela fait fuir leurs prédateurs ! Cas de symbiose intéressant... Ces oiseaux signalent toujours la proximité d'un nid de guêpes.

Mary était impressionnée. Le paysage défilait lentement. Des taches de soleil se reflétaient dans l'eau verte. Des deux rives provenaient, mêlés, des cris d'animaux et le murmure sombre de la vie végétale.

— Comment avez-vous pu survivre, au début ? S'ils vous laissaient tomber dans tous les pièges...

— Dans tous les pièges dont on ne meurt pas sur le coup, précisa Diego. Ils m'ont sauvé la vie deux fois, la première année...

Les deux pirogues glissaient doucement sur le fleuve sinueux, au rythme de leur petit moteur de huit chevaux. Dans celle de tête, Sylvain avait pris place avec deux Indiens. Mary était dans la seconde, seule avec Diego. Nous avons à parler, avait dit ce dernier. La jeune femme espérait en apprendre enfin davantage sur le sens de cette expédition.

L'inextricable fouillis de lianes et de feuilles formait au-dessus du rio Mucajai un tunnel de verdure sombre, qui en reliait les deux rives. Il y avait des nuées de papillons blancs qui voletaient autour des têtes et se posaient parfois sur une épaule, et les moustiques, qu'il fallait chasser sans cesse, si l'on ne parvenait pas à s'habituer à leur continuelle présence, comme Diego et les Indiens. On aurait dit d'ailleurs que les insectes s'intéressaient surtout à elle et à Sylvain, comme si leur peau fine et transparente constituait un mets de choix... Juste après le départ, Diego s'était moqué d'eux : dans deux jours, vous sentirez la fumée et le roucou, comme moi, et vous ne serez plus embêtés, avait-il dit. Le roucou était cette teinture végétale dont les Yanomamis s'enduisent le corps... Allait-il falloir vivre exactement comme les Indiens, se demanda Mary. Nus dans la forêt...

Un sentiment d'angoisse étreignit soudain le cœur de Mary.

Greg lui manquait. Son visage était là, étrangement présent, comme s'il la regardait, de ses grands yeux clairs où passaient parfois des peurs de petit garçon... Mais il n'était pas là, et son absence creusait au cœur de la jeune femme un vide cruel.

Elle se sentit prise d'un remords vague. Lui avait-elle vraiment dit la vérité, au fond, concernant cette expédition ? Elle avait mis en avant les aspects purement scientifiques. Mais n'avait-elle pas, plus ou moins consciemment, laissé dans l'ombre l'essentiel ? Aurait-il réagi de la même façon si elle avait été plus sincère ? Aurait-il aussi bien accepté son départ ? Mais sincère sur quoi au juste ? Si ce n'est sur le fait... qu'elle n'avait pas la moindre idée du sens de ce voyage ! Elle était là, au milieu de la jungle hostile, harcelée par les moustiques, tout ça pour les beaux yeux d'un vieil anthropologue français qui aimait faire des mystères !

Il serait peut-être temps, pensa-t-elle, que monsieur Legal me donne quelque explications !...

C'est alors que la voix de Diego tira Mary de sa rêverie :

— Il serait peut-être temps que nous abordions les choses sérieuses, vous ne croyez pas ?

Il avait une pointe d'ironie dans les yeux. Est-ce qu'il lisait dans les pensées maintenant ?

— J'allais le dire, répondit la jeune femme, d'un ton légèrement boudeur.

Diego planta son regard dans le sien.

— Mary, pourquoi êtes-vous ici ?

— Vous savez, répondit-elle, un peu interloquée, c'est une chance pour une jeune anthropologue comme moi, de travailler avec l'illustre professeur Legal...

— Allons donc...

Diego la regardait avec une bienveillance un peu froide, et elle sentit l'incongruité de sa réponse.

— Excusez-moi, dit-elle. J'étais un peu en colère contre vous...

Diego éclata d'un grand rire. Deux grands perroquets rouges s'envolèrent avec des cris indignés.

— Mais vous avez le droit, ma chère !

Mary rit avec lui.

— En fait, reprit-elle, je ne sais pas pourquoi je suis ici... Mais je sens qu'il est... juste... que j'y sois...

— Juste ?

— Que cela correspond... que c'est en harmonie avec ce que je suis...

— Que voulez-vous dire ? Que cela correspond à une envie ?

— Non ! Je crois que vous comprenez très bien ce que je veux dire... C'est plus profond qu'une envie... ou même qu'un désir...

— Qu'est-ce qui est plus profond qu'un désir ?

— Il y a trois minutes, je me demandais franchement ce que je faisais ici, figurez-vous ! Et maintenant je ne le sais pas plus, je suis fatiguée, et j'ai horreur de ces moustiques ! J'ai envie d'être chez moi, avec mon mari ! Voilà ! Ça ce sont les envies, le désir...

— Et la profondeur ?

— C'est qu'en même temps je suis en paix. Je crois qu'il y a des actes... qui nous expriment, voilà. Être ici, cela exprime quelque chose de profond en moi...

— Quoi ?

Mary sentit la colère monter à nouveau.

— Je pourrais peut-être répondre à cette question si vous m'en disiez plus ! Depuis le début vous faites des mystères, et maintenant on dirait que je passe un examen, ou un... interrogatoire ! Ça serait peut-être à vous de parler, un peu !

Le regard de Diego fut plus grave, plein d'une immense sympathie... un regard qui semblait pouvoir tout contenir, tout accueillir. Mary ne ressentait plus aucune colère.

— Vous voudriez donc que je vous dise... ce que vous êtes venue chercher ici ?

— Non... non, ce n'est pas... ça, bredouilla-t-elle...

Puis Mary sentit comme un abîme s'ouvrir en elle. Est-ce que ce n'était pas justement ça, qu'elle attendait ? Elle avait accepté cette expédition sans bien savoir pourquoi, sur la base d'une simple intuition... Le sentiment, intime, que c'était son chemin, que ce voyage exprimait une part d'elle-même profonde, mais cachée... N'attendait-elle pas de Diego qu'il lui révèle cette part obscure, qu'en lui apprenant les raisons

133

cachées de ce voyage, il lui dévoile en même temps quelque chose d'elle-même qu'elle ne connaissait pas ?...

— Mary, êtes-vous croyante ? reprit brusquement Diego.

Elle leva les yeux vers lui, surprise.

— Peut-être pas au sens courant... J'ai été élevée dans la religion catholique. Et je me sens chrétienne... Mais je crois que toutes les religions sont vraies.

— Même quand elles se contredisent ?

— Toutes les religions sont vraies... sauf quand elles parlent des autres religions ! Par exemple, je ne crois pas que Jésus de Nazareth soit un « avatar », ou un « grand initié ». Je trouve bien plus... fécond, d'essayer de le concevoir comme le Verbe divin incarné. Mais je crois aux avatars de la religion hindoue, comme Krishna. En fait, je ne pense pas qu'on puisse interpréter une religion depuis une autre religion... sans la réduire, l'affaiblir en tout cas. La diversité d'expériences religieuses me semble avoir un sens — mais j'ignore lequel ! En fait, je n'aime pas le syncrétisme, qui mélange allègrement des contenus issus de différentes religions, mais ne garde que la surface de chacune.

Mary se tut un instant.

— D'un autre côté, poursuivit-elle, je pratique la méditation, j'étudie les autres religions... Et ça m'a aidée à approfondir la mienne. Je me sens aussi chrétienne que bouddhiste, hindoue ou taoïste... La seule différence, c'est que je suis née chrétienne, c'est mon... sol.

— Je comprends...

— Diego, pourquoi me posez-vous toutes ces questions ? Pourquoi voulez-vous toujours que je parle de moi ? Je brûle d'en savoir plus sur la signification de notre travail ici, sur ce qui nous attend... Pourquoi toujours éluder ?

Diego la regardait avec une tendresse paisible.

— Vous ne comprenez pas ?

— Comprendre quoi ?

— Que pas une seconde nous n'avons cessé de parler de ce qui vous préoccupe ?

— Je ne comprends pas, non... Ce qui me préoccupe, ce n'est pas moi, c'est le sens de ce voyage !

Diego la regardait toujours. Il ne répondit pas. Mary soutint son regard. Elle était décidée à tenir le morceau. Il n'allait pas éternellement jouer avec elle ! Alors Diego ferma les yeux, et Mary n'eut plus devant elle que son visage, calme et comme en prière. Elle sentit une tension au niveau de ses épaules, et se força à respirer profondément. Lâche prise, ma vieille, se dit-elle, lâche prise...

Alors quelque chose céda en elle.

— Voulez-vous dire, demanda-t-elle, que le sens de ce voyage, c'est... moi ?

Diego avait toujours les yeux fermés.

— C'est ce que vous... en rapporterez.

— Que voulez-vous dire ?

— À votre retour, il y a fort à parier que vous ne serez plus tout à fait la même... Et le monde que vous retrouverez ne sera plus tout à fait le même non plus...

Mary sentit un frisson lui courir le long du dos, comme une angoisse vague. Diego, en face d'elle, était devenu différent de l'homme qu'elle connaissait. Il était lointain, elle ne ressentait plus la chaleur que dégageait habituellement sa présence. Il semblait parler depuis l'infini.

Alors il se pencha vers elle et lui prit la main. Il n'avait plus les yeux fermés, mais son regard semblait la traverser.

— Et vous aurez peut-être la possibilité de servir, ajouta-t-il.

Depuis près d'une heure, elle et Diego n'avaient plus échangé une parole. Mary, tournée vers l'avant de la pirogue, regardait l'eau filer, songeuse. Elle ne comprenait pas ce que Diego avait voulu dire, mais elle sentait confusément qu'il ne s'agissait pas de paroles en l'air... et qu'il n'était pas encore temps pour elle de comprendre.

« Et vous aurez peut-être la possibilité de servir... »

Mary leva la tête. Au-dessus d'elle, une trouée dans la végétation laissait voir un fragment de ciel bleu.

Me voici, pensa-t-elle simplement.

19

Fort Detrick, Maryland

— Qu'est-ce que c'est que ce bordel ?

La voix du général Merritt semblait encore plus rauque qu'à l'accoutumée, et Bosman, à peine entré dans la pièce sombre, avala péniblement sa salive. Son supérieur pointait du doigt, d'un geste théâtral, une masse de journaux entassés sur son bureau.

— Monsieur, nous avons eu un problème...

— Tiens donc ?

Bosman se demanda fugitivement depuis combien de temps la pièce n'avait pas été aérée. Il respirait péniblement.

— C'est un journaliste qui s'était rendu à Clydesburg, nous l'avons capturé mais il s'est échappé... Il a balancé l'affaire sur le Net...

— Il s'est échappé ! Magnifique ! La fine fleur de l'armée des États-Unis incapable de retenir un fouille-merde prisonnier ! Pourquoi ne l'avez-vous pas neutralisé ?

— Ça ne nous a pas semblé nécessaire, monsieur...

Merritt poussa un soupir.

— Bosman, écoutez-moi bien, dit-il. Savez-vous ce qu'est la sûreté de l'État ?

— Oui, monsieur...

La voix du général prit soudain du volume, et sembla remplir toute la pièce :

— Bien ! Alors vous avez fait du sentiment et maintenant toute la presse se répand sur l'affaire de Clydesburg ! Le département d'État est assailli de questions, et nous allons être obligés de dire...

Le général marqua un temps. Puis sa voix se fit plus sourde, comme s'il prononçait quelque blasphème :

— ... la vérité, Bosman ! Vous vous rendez compte ?

— Oui, monsieur.

— La vérité...

Merritt sembla brusquement plus las. Sa mâchoire s'affaissa quelque peu. Il faisait soudain son âge. Quel âge peut-il avoir ? se demanda Bosman.

— Bien sûr, le Président est furieux...

— Oui, monsieur.

Le général se redressa.

— Je vous rappelle que cette affaire intéresse la sûreté de l'État, et qu'à ce titre il n'y a pas à faire de sentiment ! Pas de témoin, Bosman, est-ce que c'est clair ?

— Oui, monsieur.

— Répétez !

— Pardon ?

— Répétez, nom de Dieu ! Pas-de-té-moin !

— Pas de témoin, monsieur.

— Bien. Comme le public est informé du virus de Clydesburg, il est d'autant plus important qu'il n'ait pas la moindre idée de l'existence d'autres foyers d'infection. Pas plus d'ailleurs que des autres problèmes qui nous occupent... Bosman, vous êtes un type intelligent ?

— Oui, monsieur.

— Bien. Vous avez deux heures pour préparer une putain de conférence de presse. Les journalistes sont convoqués à onze heures trente au Pentagone. Memmling est sur place. C'est un con, mais c'est le plus beau sourire de l'armée américaine. Vous n'aurez qu'à lui dire quoi raconter. Un avion vous attend.

— Bien, monsieur. Contenu ?

— Vous leur en dites un peu moins que ce qu'ils savent déjà... Et de telle manière qu'ils aient l'impression que vous leur lâchez un scoop ! Vous êtes capable de faire ça, Bosman ?

— Oui, monsieur.

— Alors exécution !

Bosman salua et tourna les talons.

Pentagone, Washington

La salle était pleine à craquer. Il y avait le crépitement des flashes, le froissement des feuilles de papier, les caméras qui tournaient, les micros tendus, et tout un brouhaha silencieux qui trahissait la nervosité des journalistes accrédités. Bosman, les yeux rivés sur un écran de contrôle, était installé en régie. Un micro relié directement à l'oreillette du commandant Memmling lui permettait de contrôler les opérations en temps réel. Ce dernier finissait son exposé. Pour l'instant, il ne s'était pas trop mal débrouillé.

— Voilà, messieurs, concluait-il. Tout danger est maintenant écarté, et la tragédie de Clydesburg, avec ses morts par milliers, aura au moins servi à montrer que nous ne sommes pas démunis face aux maladies émergentes, aussi terribles soient-elles. Dans des conditions extrêmes, nous avons fait notre travail, et nos méthodes de décontamination sur zone ont prouvé leur efficacité...

Le commandant marqua un temps :

— Je suppose que vous avez des questions. Même si je crois vous avoir tout dit...

Aussitôt une effroyable cacophonie s'éleva de la salle, chacun s'efforçant de hurler sa question plus fort que son voisin. Memmling approcha les lèvres de son micro et éleva la voix :

— S'il vous plaît ! Un micro va vous être distribué, sans lequel vous ne pourrez vous faire entendre ! Un peu de silence !

Le lieutenant Cash s'avança dans les rangs, tenant un micro sans fil. Aussitôt des mains se tendirent vers lui, il y eut une légère bousculade. Il n'y avait qu'un micro pour les quelque cent cinquante journalistes présents, et certains protestaient avec véhémence en criant au scandale. Ce qu'ils ignoraient, c'est que Cash les connaissait tous par leur nom, et savait très bien à qui donner la parole, et à qui surtout ne pas la donner. Certains gratte-papier avaient une solide vocation d'emmerdeurs, et ce n'était pas le moment de leur fournir l'occasion de l'exprimer. Une voix féminine s'éleva dans les haut-parleurs :

— Commandant, comment pouvez-vous être certain que tout danger est écarté ? Qu'aucun virus ne s'est glissé entre les mailles du filet ?

La jeune femme était jolie. Memmling la gratifia d'un sou-

138

rire techniquement parfait, tandis que son regard, de circonstance, restait grave et concerné.

— Parce qu'il ne s'agit pas d'un « filet », mademoiselle, répondit-il, mais de techniques de décontamination extrêmement sophistiquées, qui relèvent du secret défense, et qui impliquent notamment l'isolation biologique absolue de la zone concernée. Nous sommes en mesure d'affirmer qu'il n'y a plus de danger concernant le virus de Clydesburg.

Le lieutenant Cash donna le micro à un jeune homme qui portait les cheveux longs sur un costume-cravate.

— Commandant, dit-il, n'aurait-il pas été possible de sauver davantage de vies humaines ? Vous avez laissé entendre qu'une partie de la population de Clydesburg était encore vivante lors de l'arrivée de l'armée ? D'après le document diffusé sur le Web, ces malheureux non seulement n'auraient pas été soignés, mais auraient même été... achevés.

Bosman plissa les yeux. Memmling avait une réponse toute prête à cette question.

— Mon cher monsieur, dit-il d'une voix légèrement plus sèche, je vous rappelle que le virus de Clydesburg est d'une extrême virulence. Il déclenche un syndrome mortel à très brève échéance, et totalement incurable à ce jour. Il est aussi d'une extrême contagion. Nous avons donc appliqué des méthodes en rapport avec le danger encouru, et je vous prie de croire que nous n'avons pas eu une seconde d'hésitation ! Nous avons simplement fait notre travail. Et j'aimerais, moi aussi, vous poser une question : pensez-vous qu'on puisse exiger des autorités qu'elles garantissent la sécurité des citoyens, tout en leur reprochant de mettre en œuvre les moyens nécessaires à cette fin ?

Bien, Memmling, bien, pensa Bosman. La caméra s'attarda un instant sur le petit jeune, qui secouait la tête en balbutiant quelque chose que personne n'entendit car il n'avait plus le micro. Cash l'avait transmis à un homme au fond de la salle.

— Commandant Memmling, que se passerait-il si une telle épidémie se déclarait dans une grande agglomération ? Faudrait-il éliminer toute la population comme à Clydesburg ?

— Monsieur, je comprends votre question, mais je vous

prie de considérer qu'une « grande agglomération » est composée de multiples sous-parties, et que la mise en isolation biologique ne concerne que les zones effectivement contaminées. Le tout est d'arriver sur zone avec une rapidité suffisante. Nous avons déjà des moyens logistiques importants, et nous sommes en train de les renforcer. Je voudrais ajouter que la souche de Clydesburg est en ce moment même étudiée par nos meilleurs spécialistes, et qu'il est très probable que nous découvrirons rapidement une parade, tant au niveau préventif que curatif... La recherche sur les maladies infectieuses progresse. En outre, la probabilité pour qu'apparaisse un virus tueur comme celui de Clydesburg est extrêmement faible. Le risque de récidive est réduit. Néanmoins, nous nous tenons prêts.

— Commandant, dit une femme, pourquoi avoir d'abord voulu garder le secret ? Pourquoi avoir retenu ce reporter prisonnier ? Qui est-ce, et qu'est-il devenu ?

Bosman murmura quelques mots à Memmling dans son petit micro. Dernière question. Ça commençait à sentir mauvais... Le commandant sourit à la journaliste.

— Chère madame, cela fait beaucoup de questions à la fois... mais je vais essayer de vous répondre. Pourquoi le secret ? Eh bien, il s'agissait d'éviter qu'une panique ne se déclenche prématurément, avant que toutes nos dispositions ne soient prises pour éviter la propagation de l'épidémie. Faut-il vous décrire les conséquences d'un exode massif et spontané de populations, comprenant des personnes potentiellement contaminées ? Pour ce qui est de ce « reporter », si c'en est un, nous n'avons pu l'identifier, et nous ignorons ce qu'il est devenu... Ce qui nous incite à douter fortement de son appartenance à votre estimée corporation. La version des faits que cet individu a répandue sur le réseau comporte beaucoup d'inexactitudes, en ce qui concerne notamment sa détention et son évasion prétendues, qui relèvent de la plus haute fantaisie. Il est vrai que nous avons retenu des personnes durant quelques heures pour des raisons de sécurité, mais aucune ne s'est évadée ! Croyez-vous que l'armée américaine laisserait échapper un prisonnier dans de telles circonstances ?

S'il ne fait pas de doute que cet homme s'est trouvé à un certain moment sur les lieux, et qu'il a été témoin de notre intervention sur zone, il a considérablement romancé son histoire ! Voilà, mesdames, mesdemoiselles, messieurs, je vous remercie de votre attention.

La foule des journalistes se mit à protester dans un brouhaha indescriptible, chacun essayant de faire entendre sa question. Mais Cash, qui avait récupéré le micro, fendait la masse compacte des journalistes en direction de l'estrade. Soudain l'un d'entre eux le bouscula violemment et s'empara de l'objet. Bosman, déjà presque levé, fit aussitôt signe au réalisateur de couper la sonorisation. Mais trop tard : la question se fit entendre, et tout le monde se tut aussitôt. Les derniers mots résonnèrent dans un silence de mort, retransmis par toutes les télés du pays :

— Qu'est-il arrivé à Requena Bay, Mississippi ? à Mainley, Arkansas ? à Buddfield, Arizona ? Pourquoi nous cache-t-on l'existence d'autres foyers d'épidémie ?

20

Journal de David Barnes, lundi 16 juin
Coupures de presse

ÉPIDÉMIE : IL Y A D'AUTRES FOYERS !

Requena Bay, Mississippi. Mainley, Arkansas. Buddfield, Arizona. La terrible révélation d'un reporter de WCK.

The Chicago Daily News, une, lundi 16 juin.

DAVID BARNES A DIT VRAI !

Les trois zones mentionnées sont interdites d'accès par l'armée américaine. Les autorités restent silencieuses.
[...] Nos envoyés spéciaux sur les trois sites ont été systématiquement refoulés. Un cordon de sécurité a été établi dans un rayon de quinze kilomètres autour des villes contaminées.[...] On ignore s'il y a des survivants. Les autorités n'ont pour l'instant fait aucune déclaration. [...] Selon une de nos sources, les proches de certaines victimes de l'épidémie auraient été contactés directement par l'armée [...].

The New York Post, une, lundi 16 juin.

CLYDESBURG N'ÉTAIT PAS LE SEUL FOYER !

Au moins trois autres villes sont touchées : coïncidence ou acte criminel ?
[...] Plusieurs foyers d'épidémie se sont donc déclarés simultanément sur l'ensemble du territoire américain. Comment expliquer un aussi funeste hasard ? [...] En l'absence, déplorable, de toute communication de la part des autorités, on ne peut s'empêcher d'évoquer le spectre sans cesse renaissant du terrorisme [...]. Un groupe ou un pays auraient-ils, aujourd'hui, la possibilité d'user d'une arme bactériologique sur le territoire américain ?

The Boston Journal, une, lundi 16 juin.

VIRUS TUEUR : LA PANIQUE !

Après les révélations de David Barnes, un mouvement de panique s'est emparé de tout le pays. Pillages, exodes et quelques cas de lynchage...

[...] Partout, la panique augmente d'heure en heure. À Plaisance, Alabama, quelques cas de grippe ont suffi à provoquer l'exode de plusieurs milliers de personnes, qui ont répandu la panique dans toute la région. À Farlane, Colorado, deux jeunes filles ont été abattues par un homme qui les croyait malades. Partout la terreur et la suspicion se répandent [...].

The Ledger Star, une, lundi 16 juin.

VIRUS TUEUR : LE DROIT DE SAVOIR

Le gouvernement ne peut garder le silence plus longtemps.

[...] On ne saurait trop stigmatiser l'irresponsabilité des autorités depuis le coup d'éclat de David Barnes. La coupure de faisceau qui a suivi ses fracassantes révélations et la reprise des émissions sans aucun commentaire ont eu un effet déplorable sur la population, qui n'a pu y voir autre chose qu'une maladroite tentative de dissimulation des faits. [...] Maintenant le public n'attend plus qu'une chose : la vérité, et tout de suite !

The Phoenix Mercury News, une, lundi 16 juin.

Commentaire : Ah ! ah ! ah ! Je me marre... J'ai bien fini par vous baiser ! Et ce n'est qu'un début !

Prendre les gens pour des abrutis et le peuple pour un ramassis de guignols, c'est ça votre job, hein, les politiciens, les militaires... Vous avez cru pouvoir faire joujou tranquillement, manipuler votre monde en douce et laisser croupir les citoyens dans la tiédeur de l'ignorance... Eh ben, c'est raté.

Et ce n'est pas fini...

Parce que je sais qu'on n'a fait la lumière que sur une petite partie de la vérité... que vous nous dissimulez des trucs encore plus énormes... qu'il se passe en ce moment même des événements qui dépassent l'entendement, votre entendement...

Pourquoi la terre tremble-t-elle partout ? Pourquoi des animaux domestiques se mettent-ils à bouffer leurs maîtres ?

Pourquoi les côtes sont-elles devenues dangereuses ? Y a-t-il un rapport entre tous ces événements ?

En dehors du fait que vous n'y comprenez rien...

Ce dont vous avez horreur...

Je suis sûr que dans vos crânes d'œuf vous vous dites : il faut les protéger, ces pauvres gens, éviter la panique... Ce sont des enfants, ils doivent être tenus dans l'ignorance...

Surtout que vous n'avez aucune explication à leur offrir...

Vous qui avez passé des dizaines d'années à garantir que vous aviez la situation en main, que tout était sous contrôle, que la science avançait, que bientôt plus personne ne serait malade, que ce serait la sécurité pour tous dans un monde apprivoisé, maîtrisé, domestiqué...

Dont vous étiez les rois...

Costards-cravates... Uniformes... Blouses blanches...

Main dans la main.

Les rois du monde. À condition que le monde vous obéisse...

Ce qui semble n'être plus tout à fait le cas.

Moi, je suis docteur en puanteur et en misère du monde, spécialiste du nauséabond... le type qui remue la merde. Et la merde vient à moi. Avec son odeur : délation, lettres anonymes...

Ainsi le 3 juin, cet e-mail non-signé, en provenance du Centre de contrôle des maladies infectieuses d'Atlanta. Avec des pièces jointes : un descriptif technique complet de trois nouvelles souches virales, un exposé clinique détaillé des différents symptômes provoqués chez l'homme par les microbes... Et une localisation précise des foyers d'épidémies. Du tout cuit. Restait à vérifier les infos...

Je m'apprêtais à fabriquer une émission spéciale quand le collègue a tout bousculé. Clydesburg. Celle-là, je ne l'avais pas.

J'ai décidé d'être à la hauteur. Faire mon petit show, douillettement planqué dans la tiédeur familière de mon studio d'enregistrement ? Non ! C'est sur leur terrain que je voulais les niquer. En direct. Pour une fois, ne plus suivre l'événement, mais le provoquer. Le créer.

Le vieux général décoré jusqu'aux oreilles, il m'aurait bien tiré une balle dans la tête. Mais il ne pouvait pas, et il le savait — intouchable, le fouille-merde qui venait de bordéliser ses stratégies... Trop en vue, trop dans la lumière...

Ce général, visiblement, n'aime pas la lumière...

21

Haddon's Grove, Maryland

— Les voilà !

La voix de Peter avait percé un instant le vacarme des rotors. L'hélicoptère piqua dans la direction qu'il indiquait, et Greg aperçut les chiens. La bande formait un long ruban sinueux qui se déplaçait assez vite sur un petit chemin de terre. Une trentaine, une quarantaine de bêtes ? Impossible de les compter précisément, mais ils étaient plus nombreux que dans une bande ordinaire de chiens errants, qui compte rarement plus d'une vingtaine de sujets.

Peter était assis à côté du pilote, un casque de radio sur les oreilles et le nez sur une carte de la région.

— Ils se dirigent vers Haddon's Grove, cria-t-il.

Greg jeta un œil à Rosenqvist, assis à sa gauche. Pâle, il s'agrippait à la barre de métal au-dessus de son siège, et ses phalanges étaient blanchies par l'effort. Il se pencha vers Peter.

— Les habitants sont-ils barricadés ? demanda-t-il.

— Le shérif du coin est passé il y a vingt minutes, ça devrait aller.

Deux heures plus tôt, Bosman avait surgi dans leur laboratoire de Fort Detrick, interrompant l'étude qu'ils étaient en train de mener, un cas très intéressant d'ailleurs, un chien tueur de trois ans nommé Kandy qui avait fait un carnage dans une école une semaine auparavant, et qui était le toutou le plus adorable que Greg ait jamais vu. Un boxer bringé très bien dressé, qui s'était pris d'amour pour les trois chercheurs et leur faisait des fêtes endiablées, même quand ils ne s'étaient absentés que deux minutes. Ils le caressaient d'une seule main, l'autre étant trop occupée à braquer le canon d'un pistolet hypodermique sur le museau baveux de l'affectueuse bébête. À part ça, ils l'étudiaient sous toutes les coutures et, jusqu'à présent, en dehors de ses débordements d'affection quelque peu inhabituels, ce canidé était désespérément normal. C'était d'ailleurs le plus incroyable. Mis à part leurs petites crises, qui faisaient flamber les statistiques nécrologiques sur une bonne partie du territoire américain, ces animaux familiers se comportaient d'une manière effectivement très familière. Pas le plus petit symptôme d'anomalie, et donc pas l'esquisse du début d'une piste... Bosman n'était pas loin de se demander à haute voix si à la place des éminents chercheurs qu'il croyait avoir recrutés, il n'avait pas affaire à une bande de clowns. Mais Greg savait que personne n'aurait pu faire mieux, pour la simple raison qu'ils avaient jusqu'à maintenant tout tenté sur les sujets que l'armée avait mis à leur disposition — surtout des chiens, mais aussi des chats (un chat fait beaucoup de dégâts quand il escalade un visage...), et un dauphin femelle originaire de Miami et confié aux bons soins de Rosenqvist... Les poissons rouges et les canaris ne manifestaient pas encore de tendances belliqueuses...

Bosman les avait conduits *manu militari*, conformément à sa nature qu'il forçait assez peu, à l'héliport de la base, en leur donnant des explications laconiques. Une bande de chiens errants semait la terreur depuis deux jours à l'ouest du Maryland, au pied des Appalaches. Cinq morts, une trentaine de blessés, psychose collective. La presse locale avait été particulièrement rapide sur ce coup-là, les deux journaux du coin ne parlaient que de ça et une équipe télé était apparemment déjà sur place.

Les trois chercheurs avaient pris place dans un premier hélico, afin de récolter le maximum d'observations. Un deuxième appareil spécialement équipé devait les rejoindre. Sa mission : neutraliser les chiens en évitant d'en faire de la viande froide, Bosman semblant avoir compris qu'il était plus fructueux de les étudier vivants que morts.

L'hélicoptère s'était rapproché des chiens et les survolait maintenant à quelques mètres du sol, sans les perturber le moins du monde. Dans une étrange synchronisation, ils couraient ventre à terre, comme s'ils avaient un but commun

147

connu d'eux seuls. Greg se sentit mal à l'aise. Une image traversa son esprit, celle d'un groupe de kamikazes japonais qu'on avait filmés juste avant qu'ils ne montent à bord de leur avion-suicide. Ils marchaient au pas, parfaitement alignés, avec tous le même regard dénué d'expression, comme vidé par avance de la vie qu'ils avaient décidé de perdre... Inhumains... Ces chiens ont un air inhumain, pensa-t-il, et le ridicule de l'expression le frappa aussitôt, mais il ne pouvait se défaire d'une étrange impression. Ces chiens couraient comme s'ils avaient une mission...

À la demande de Peter, l'hélicoptère descendit encore de quelques mètres, ajustant sa vitesse sur celle des bêtes. Il n'était plus qu'à trois mètres du sol et soulevait des gerbes de poussière. Les chiens qui étaient sous l'appareil s'écartèrent, formant une trouée dans la bande, mais celle-ci poursuivit inexorablement sa progression. Ils ne se dispersent pas, nota Greg. Le groupe était mené par un berger allemand, qu'il identifia comme le mâle dominant.

— Ils se comportent comme une bande de loups en chasse, cria-t-il à Rosenqvist.

— Exact. Mais qui est la proie ?

Les deux hommes échangèrent un regard silencieux.

Greg ferma les yeux. Ce qui arrive est un mystère, songea-t-il. Un mystère total.

Les attaques avaient d'abord été le fait d'individus isolés. Ce qui était incompréhensible, c'est qu'elles étaient apparues à peu près simultanément en des endroits tellement éloignés qu'il était difficilement concevable qu'une relation mécanique puisse être établie... Puis les bêtes avaient commencé à se grouper, et le phénomène avait pris des proportions assez dramatiques — la presse multipliait les enquêtes et les gros titres, et Bosman s'arrachait ce qui lui restait de cheveux. Sans compter que cela ne concernait pas seulement les animaux domestiques... Des loups, des pumas, isolés ou en groupe, avaient fait des morts et des blessés au centre du pays, un banc de requins avait attaqué une plage de Floride (deux morts et des mutilations) et, en Alaska, on venait d'apprendre qu'une bande d'ours blancs avaient décimé un village au nord de Fairbanks — à plus de deux cents kilomètres de leurs territoires habituels ! Les scientifiques étaient impuissants à expliquer ce qui arrivait : à leurs yeux, c'était tout simplement impossible.

Ils avaient pourtant envisagé toutes les directions, des tests les plus classiques aux hypothèses les plus farfelues. Ils avaient d'abord cherché une cause organique commune à ces comportements déviants : virus, bactérie, prion... Pour ce faire ils avaient soumis les animaux à une batterie de tests biologiques qui les avaient occupés quasiment jour et nuit durant trois jours. Négatif.

Ensuite, ils avaient dormi plus de dix heures, avant de se réunir dans le but d'avoir une idée. Ils en avaient eu plusieurs, et n'étaient pas vraiment plus avancés. Ils étaient d'abord partis de l'hypothèse que les troubles de comportement constatés étaient analogues aux névroses expérimentales provoquées en laboratoire par certains types de conditionnement. Il fallait donc se demander si l'on pouvait identifier une altération récente de l'environnement susceptible de perturber le comportement des bêtes... Peter avait établi un rapprochement avec l'activité sismique inhabituelle enregistrée depuis un mois sur le territoire américain. C'était possible, mais invérifiable, et donc sans réelle valeur scientifique, et ça n'expliquait pas des phénomènes d'agressivité dirigés exclusivement contre des êtres humains...

Une autre hypothèse, proposée par Rosenqvist, reposait sur une analyse récente du docteur Garry Davidson, de l'université de Californie, concernant l'affaire de Rio del Mar. En 1961, une nuée de macareux s'était abattue sur cette petite station balnéaire, brisant vitres et fenêtres, et s'attaquant aux passants : des dizaines de blessés, et aucune explication... Davidson évoquait la possible contamination, par des pollutions acides, d'algues maritimes dont se nourrissent les anchois dont les macareux sont prédateurs. Par une réaction chimique en chaîne très naturelle, le cerveau des oiseaux avait pu subir des altérations, provoquant leur folie agressive... On pouvait peut-être transposer ce modèle aux modifications comportementales constatées actuellement, mais ça posait plus de problèmes que ça n'en résolvait : car il fallait identifier lesdites altérations (le cerveau est un organe d'une extrême complexité)... puis en comprendre la cause — une cause capable d'expliquer des anomalies comportementales concernant des individus répartis sur l'ensemble du territoire américain, Alaska compris !

En fait, il fallait bien l'admettre : ils n'avaient pas la moindre idée de ce qui pouvait bien se passer.

Et Bosman avait envie de les mordre.

Haddon's Grove était un petit bourg d'une cinquantaine d'habitations, entouré de champs de maïs, qui semblait exclusivement peuplé de chiens. La bande s'était immédiatement dispersée en entrant dans le village, et maintenant les bêtes sillonnaient les rues comme si elles leur appartenaient, en flairant le sol.

— Elles cherchent quelque chose, murmura Greg.

L'hélico était en vol stationnaire au-dessus de la rue principale. On apercevait des visages furtifs et effrayés derrière les vitres des fenêtres. Soudain, au bout de la rue, la porte d'une petite maison jaune s'ouvrit brusquement, et une femme fit quelques pas dehors. Plusieurs chiens levèrent la tête et quelques-uns se mirent à trottiner vers elle. Peter donna un ordre au pilote qui dirigea son appareil vers la femme. Celle-ci, jeune, les traits tirés, semblait au bord de la crise de nerfs. Elle s'avança encore de quelques pas et balaya du regard les champs environnants. À présent les chiens s'étaient mis à courir vers elle.

— Attention ! hurla Peter, comme si la femme avait pu l'entendre.

Alors un homme jaillit brusquement de la maison, un fusil à la main. Il saisit la femme par le bras et la tira en arrière. Celle-ci fit mine de résister, puis aperçut les bêtes.

— Ils attaquent !

Le couple se rua vers la maison. Un premier chien sauta à la gorge de l'homme, puis fut propulsé en arrière dans une gerbe de sang : l'homme l'avait tiré à bout portant. Un autre chien attrapa la femme par une jambe avant de se faire exploser la tête par un deuxième coup de feu. D'une main, l'homme poussa la femme dans la maison, faisant de l'autre tournoyer son fusil qui s'abattit sur le museau d'un troisième chien. Celui-ci recula sous le choc, lui laissant le temps d'entrer dans la maison et de claquer la porte, contre laquelle se jetèrent les bêtes furieuses.

— Mais pourquoi est-elle sortie, nom de Dieu ! hurla Rosenqvist. On leur a dit de rester à l'abri !

Peter, qui était en communication radio avec la base, se tourna vers eux.

— Trois enfants manquent à l'appel. Elle a dû vouloir aller les chercher.

Greg fit la grimace.

— Et merde... On sait où ils sont ?

— Quelque part dans les champs... Mais le deuxième hélico a pris du retard. On va jeter un coup d'œil.

Peter se pencha vers le pilote et lui dit quelques mots. L'hélicoptère prit de la hauteur et commença à décrire des cercles concentriques autour du village, à petite vitesse. Du retard ! pensa Greg en levant les yeux au ciel. Si l'armée était infoutue de faire décoller un hélicoptère... En bas, les champs s'étendaient à perte de vue. Et le maïs était trop haut pour laisser apercevoir un signe quelconque de la présence des enfants.

Soudain, Rosenqvist pointa du doigt dans la direction du village.

— Les chiens !

Toutes les bêtes s'étaient regroupées à l'extrémité nord du village, reniflant le sol en tous sens. Puis l'un d'eux se mit à courir vers le champ le plus proche, aussitôt suivi de ses congénères. Le groupe compact se mua en un long serpent sombre qui disparut entre les plants de maïs.

— Ils ont senti les gosses, cria Peter. Vite !

Le pilote fit basculer son appareil en un virage serré qui déséquilibra Greg. Les chiens n'étaient plus visibles. L'hélicoptère volait à deux mètres au-dessus du champ, les trois chercheurs scrutaient désespérément le vert sombre sous eux,

151

mais aucun mouvement ne trahissait la présence des bêtes. Le pilote prit un peu d'altitude et Peter cria :

— Là !

Il désignait l'extrémité du champ d'où sortait la file de chiens.

— Il faut les devancer ! cria Greg. Ils savent où sont les gosses !

L'hélicoptère, prenant toujours plus d'altitude, piqua vers la tête de la file, qui pénétrait dans un autre champ, et la dépassa. Aux alentours, tout semblait désert. Si les gamins sont dans le maïs, on ne les repérera jamais, se dit Greg en écarquillant les yeux.

— J'en ai vu un ! hurla Rosenqvist.

Il désignait une petite prairie surplombant les champs, à gauche de l'appareil.

— Il est rentré dans la cabane ! Ils sont dans la cabane ! ajouta-t-il, montrant un petit appentis de planches qui devait servir à ranger des outils.

L'hélicoptère vira de bord au moment précis où les chiens débouchaient du champ voisin. En trois secondes, l'appareil fut au-dessus de la cabane. La porte était ouverte. Les trois enfants apparurent sur le seuil, les yeux exorbités, les cheveux balayés par le vent des rotors. Une fille d'à peu près dix ans et deux garçons plus jeunes.

— Il faut les faire monter ! hurla Peter.

— Trop tard !

À moins de cent mètres en contrebas, les chiens arrivaient, ventre à terre. Greg les regardait approcher, poussant des aboiements furieux mais inaudibles, couverts par le moteur de l'hélicoptère. Peter bondit de son siège et ouvrit la porte de l'appareil.

— Entrez dans la cabane ! cria-t-il. Fermez la porte !

Les trois enfants, immobiles, semblaient pétrifiés.

— Mettez-vous à l'abri, vite !

Soudain la petite fille aperçut les chiens qui n'étaient plus qu'à une vingtaine de mètres. Elle prit le tout-petit d'une main et entraîna l'autre à l'intérieur. La porte se ferma au moment où les chiens atteignaient la cabane.

— Que fout ce putain d'hélico ? hurla Greg, au comble de l'angoisse. Ils sont en train de démolir les murs !

À coups furieux de pattes et de dents, les bêtes avaient entrepris de se frayer un chemin à travers les planches vermoulues de l'appentis.

— Il est en route, répondit Peter.

Soudain plusieurs chiens se ruèrent au même endroit, redoublant d'acharnement.

— Une des planches a cédé ! cria Rosenqvist.

Il y avait en effet une étroite fracture dans le bois, trop petite encore pour laisser passer les bêtes. Plusieurs d'entre elles se mirent alors à creuser le sol de leurs pattes avant. C'est une question de secondes, pensa Greg. Ils vont entrer.

À ce moment précis, quelques bêtes abandonnèrent brusquement leur ouvrage et firent le tour de la cabane. Le pilote donna immédiatement de la hauteur à son appareil, et les quatre hommes aperçurent un des enfants, le plus grand des garçons, qui courait sur le pré. Il était sorti par l'arrière, et les chiens étaient après lui.

— Il faut les arrêter, cria Peter au pilote. Il faut se poser !

Le pilote piqua sur les chiens. Au moment précis où ceux-ci rattrapaient l'enfant, il posa l'hélicoptère au sol, écrasant quelques bêtes, en dispersant d'autres.

Greg avait perdu l'enfant des yeux. Il se précipita sur la hache de secours, ouvrit la porte et se rua hors de l'appareil, tête baissée, aveuglé par l'air que brassaient les hélices. Puis à dix mètres de lui, il aperçut le gosse. Celui-ci courait, mais déjà trois chiens lui sautaient dessus et le jetaient à terre. Greg se précipita et le sol se déroba sous lui en même temps que la douleur brûlante d'une morsure lui lacérait la jambe. Il eut le temps d'apercevoir la gueule hurlante d'un deuxième chien qui lui sautait à la gorge. Comme dans un rêve, il se sentit rouler sur le sol et abattit sa hache au jugé.

Puis il se retrouva debout, sans comprendre comment, aveuglé par le sang. Le temps semblait s'écouler au ralenti, il y avait plusieurs cadavres de bêtes autour de lui. Alors il vit la curée grouillante et brune des chiens sur le corps de l'enfant. Aussitôt deux d'entre eux se retournèrent contre lui, et l'attaquèrent au niveau des jambes. Il s'en débarrassa d'un moulinet de hache et se rua vers le petit. Il se voyait, comme dédoublé, taillant dans la masse des bêtes, mordu sur tout le corps, débordé par le nombre. Avant de s'écrouler, il eut le temps d'entendre l'assourdissant vrombissement du deuxième hélicoptère tandis qu'un brouillard semblait recouvrir les champs.

Ils étaient en train de lâcher des gaz anesthésiants.

Trop tard, pensa Greg.

Un chien le mordait à la gorge, mais il ne le sentait déjà plus.

Puis ce fut le noir.

22

Fort Detrick, Maryland

Au nord de la base de Fort Detrick se dressait un immeuble plus haut que les autres : l'hôpital militaire, couvert par le secret défense. Le service des maladies infectieuses qu'il abritait était le meilleur du pays — il faut dire qu'il bénéficiait des recherches de pointe effectuées deux blocs plus loin, dans le bâtiment du professeur Barkwell...

Il y avait aussi, au sixième étage, une unité de réanimation particulièrement performante et réputée. Des soldats, des agents en mission venaient s'y faire soigner, ou y mourir... Des hommes politiques aussi, parfois, quand leur organisme avait mal résisté à certains excès... Et depuis quelques minutes, un professeur d'éthologie animale à l'université de Pennsylvanie, nommé Greg Thomas...

Apparemment très mal en point.

Bosman pressa le pas, et pénétra dans le bâtiment. Il prit l'ascenseur. Il était inquiet. Pourvu qu'il ne nous claque pas entre les doigts, pensa-t-il. Il ne manquerait plus que ça...

Depuis une douzaine d'heures, le colonel n'était plus du tout sûr de mener sa mission à bien. Tout allait mal. Les scientifiques ne comprenaient rien à rien, et la presse avait été alertée beaucoup plus tôt que prévu. Dans le pays grandissait un climat d'insécurité qui commençait à susciter des troubles. De toutes parts, on demandait des comptes à l'autorité publique.

Des membres du Congrès tentaient d'en profiter pour déstabiliser le Président. Qui était furieux.

Contre Merritt.

Qui était furieux contre Bosman.

— Greg Thomas, s'il vous plaît ?

La petite infirmière lui fit signe de la suivre. Elle était mignonne, et Bosman se demanda depuis quand il n'avait pas baisé une femme... Il n'était pas marié... Mener de front sa carrière et une vie familiale était impossible. Et puis, il n'avait jamais rencontré une femme qui lui en donne envie. À part Alicia, bien sûr, mais il était si jeune à l'époque... D'ailleurs elle n'avait pas voulu...

Deux bons mois au moins...

L'infirmière se retourna, désignant la porte de la chambre 15. La petite était un peu rouge. Avait-elle vu qu'il regardait son cul ? Bosman n'avait pas les idées très claires, il était fatigué. Il entra dans la chambre.

Un toubib était là, qui lui tournait le dos, un homme grand et légèrement voûté, qui avait l'air âgé. Le chef du service, sans doute. Il examinait une forme étendue sur un lit. À côté, l'écran vert d'un électrocardiogramme était traversé d'un mince tracé sinueux. On entendait un bip-bip. Il est vivant, pensa Bosman.

— Docteur Livingstone ? s'enquit-il.

Et il eut envie de rire, sans trop savoir pourquoi.

— Vous présumez bien, jeune homme, dit Livingstone qui s'était retourné.

Bosman sentit une chaleur monter à ses joues. Il se sentait un peu stupide. Une brume flottait dans son cerveau. Il était vraiment fatigué. Depuis quand n'avait-il pas simplement dormi ?

— Il s'en sortira ? réussit-il à articuler.

— Il est foutu.

Bosman se demanda s'il avait bien entendu, puis il eut l'impression de perdre l'équilibre.

Il se retrouva assis sur un fauteuil. La jolie infirmière, penchée sur lui, lui faisait respirer un truc. Il avait dû perdre connaissance. Livingstone, deux pas en arrière, le regardait, l'air inquiet.

— Désolé mon vieux, dit-il. Je ne savais pas que vous étiez liés.

Bosman reprenait ses esprits. Liés ? Pas le moins du monde, eut-il envie de dire. Mais il garda le silence. Foutu ? Nom de Dieu.

— Foutu ? Vous êtes sûr ?

— Coma profond. État végétatif. Il a perdu trop de sang.

156

Arrêt du cœur. On l'a ranimé mais trop tard. Le gaz qu'il a inhalé n'a pas arrangé les choses...

— Ce n'est pas un gaz mortel, lâcha Bosman dans un soupir. Un simple anesthésiant.

La voix d'un troisième homme retentit, pleine de colère :

— Cinq chiens sont morts, colonel, en respirant votre « simple anesthésiant » !

Bosman tourna la tête et se leva. Dans l'encadrement de la porte, à contre-jour, se découpait la silhouette de Peter Basler.

— Professeur, articula Bosman d'une voix faible, je suis profondément désolé, croyez-le.

— Il est bien temps d'être désolé ! tonna Basler qui s'était rapproché à le toucher.

Ses yeux étaient injectés de sang. Il sentait le whisky.

— Professeur, vous devriez prendre un peu de repos...

— Du repos ! Sombre connard ! C'est votre faute ! Votre faute !

Bosman ne répondit rien. La tête lui tournait. Le visage de l'autre était à quelques centimètres du sien. Il eut envie de s'asseoir mais n'en fit rien.

Livingstone mit la main sur l'épaule de Basler.

— Le colonel a raison, mon vieux. Vous êtes en état de choc.

Basler se dégagea brutalement.

— Foutez-moi la paix !

Il s'approcha du lit où reposait Greg.

Il y eut un long silence. Bosman voyait le dos de Peter Basler. Il se demanda s'il pleurait. Puis ce dernier parla de nouveau, la voix froide :

— Pourquoi le deuxième hélicoptère a-t-il mis tout ce temps, colonel ?

— Problème technique. L'appareil mis en alerte n'était pas le bon.

— Pas le bon...

— Monsieur Basler, je reconnais que ce point est de mon entière responsabilité. Mais il y a eu ensuite un concours de circonstances...

Basler se retourna, avec, dans les yeux, un air de pitié mêlé à un profond mépris. Bosman recula d'un pas.

— Je comprends ce que vous ressentez, murmura-t-il. Votre ami et moi-même avions des relations... un peu tendues. Mais je vous assure que j'avais de l'estime pour lui.

Il se dirigea lentement vers la porte de la chambre.

— Je suis désolé, murmura-t-il.

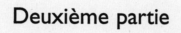

Deuxième partie

23

Il fallait bien que quelqu'un finisse par prendre les choses en main. Tout le monde savait. Personne ne faisait rien. Est-ce que les gens s'imaginaient que ces crétins de militaires, débarqués de Washington ou de n'importe où, avaient la moindre chance de résoudre la situation ? Et qu'ils en avaient seulement quelque chose à foutre, de résoudre la situation de Bethel, Alabama, deux mille habitants, le trou-du-cul du monde ? Est-ce qu'ils attendaient tous de crever, comme Glen, comme la petite Alison, ou d'être défigurés à vie, comme Scott Callaghan et ses trois frères ?

Les officiels pouvaient raconter ce qu'ils voulaient. Leur seul souci, c'était d'empêcher les gens de foutre le camp ou d'ébruiter l'affaire. Et toute leur histoire d'« infection bactérienne » et d'« inflammation nécrosante », comme c'était écrit sur les affiches, c'était juste pour leur en mettre plein la vue. Et protéger les responsables.

Mais ça ne trompait personne. À Bethel, tout le monde avait compris.

Mais personne ne faisait rien.

Jimmy Floyd décrocha son fusil du mur.

Il fallait bien que quelqu'un prenne les choses en main.

Le soleil cognait de plus en plus fort derrière les fenêtres fermées. Il faisait une chaleur à crever, mais Tod ne voulait pas brancher le conditionnement d'air. C'était un vieux modèle, qui faisait du bruit. Et Tod avait besoin d'écouter.

Quand les types viendraient, il voulait les entendre arriver. Ça ne changerait probablement rien mais, au moins, ils ne l'auraient pas par surprise. Et il pourrait dire adieu à Ma.

Celle-ci était encore dans sa chambre. À prier. Elle était convaincue que ses prières pouvaient purifier la population de Bethel de toute la haine accumulée depuis des générations.

Tod admirait Ma. Il l'aimait comme sa mère. Comme la mère qu'il n'avait pas eue. Mais il ne croyait pas à ça.

La haine était plus forte que tout.

Tous ces gens croyaient dur comme fer que Ma était la cause de la maladie. Ils allaient venir, tôt ou tard. Malgré les militaires.

C'était écrit.

Ma n'avait jamais été acceptée à Bethel. Dès qu'elle s'y était installée, trente ans plus tôt, dans cette petite maison un peu à l'écart, on l'avait regardée de travers. Elle voulait simplement vivre retirée. « La vie est une grâce », avait-elle coutume de dire, et Ma était toujours joyeuse. Elle cultivait son jardin, vivant de peu, priant sans cesse... Peu à peu, les habitants du coin s'étaient persuadés qu'elle était une espèce de sorcière. Régulièrement ses vitres étaient brisées par des pierres, et elle recevait parfois, dans des colis postaux, des cercueils ou des animaux morts.

Un jour, dix ans plus tôt, Tod était passé. Il avait treize ans. Il s'était évadé d'un centre de redressement, et pendant six mois il avait taillé la route, chapardant sa nourriture, déjouant toutes les poursuites. Ma l'avait surpris alors qu'il lui volait une salade. Elle lui avait proposé de s'installer chez elle. Elle avait un très beau sourire, et Tod avait dit oui.

C'était une vie qui lui convenait. Comme il vivait chez Ma, on ne l'aimait pas, mais il s'en moquait. On lui foutait la paix, et c'était tout ce qu'il demandait.

Jusqu'à la maladie.

Un microbe particulièrement virulent. En douze heures il pouvait vous faire une gueule de mort-vivant, et vous tuer en une seule journée. C'était du sérieux, parce que l'armée n'avait mis que quelques heures pour débarquer à Bethel. Tod était en ville, à ce moment-là. Il avait aperçu un des frères Callaghan avant que les militaires ne l'embarquent. Son visage partait en lambeaux sombres et sanguinolents. S'il s'était vu dans une glace, il aurait supplié qu'on ne lui sauve pas la vie. Tod s'était dit qu'il ressemblait enfin à ce qu'il était.

Et puis des gens lui avaient crié après, et il avait dû se calter en vitesse, parce qu'on lui jetait des cailloux. « Suppôt de

Satan », on lui avait gueulé. Ils étaient tous convaincus que Ma avait passé une espèce de contrat avec le Diable, ou quelque chose dans le genre. Et que la maladie était une punition. Plusieurs types affirmaient qu'il fallait la brûler dans sa maison. Le pasteur Harrison avait dit que c'était un péché, et ça les avait fait hésiter un moment. Et aussi la présence des militaires...

Mais, ce matin, le fils Johnson était tombé malade, et deux femmes également, à ce qu'on racontait.

Tod était convaincu qu'ils n'hésiteraient plus très longtemps.

Jimmy Floyd était heureux. Ça bougeait. Enfin. Kirk avait été le premier à le suivre. Tu as raison, il avait gueulé en armant son fusil, ça fait trop longtemps que ça dure. On va la buter.

Puis Smith. Lui, il avait fallu aller le chercher, il était au fond de sa remise à bricoler et il avait pas mal hésité, mais sa femme était arrivée pour lui secouer les puces, elle l'avait même traité de gonzesse et il les avait suivis.

Après, ç'avait été du beurre.

Jimmy se retourna.

Derrière lui, soulevant un nuage de poussière, ils étaient... vingt, trente, un peu plus même. Barney, Macintosh, les Carson... et tous les autres. Et la vieille O'Connor, qui trottinait derrière le groupe en hurlant des imprécations, à mort la sorcière, maudite, maudite... Et puis derrière encore, à bonne distance, il y avait quelques femmes qui les suivaient, sans doute pour profiter du spectacle de loin.

La sorcière n'aurait pas dû choisir Bethel. Bethel était une ville de bons chrétiens, et cette femme avait apporté la malédiction. Il y a toujours un moment, dans la vie, où il faut rendre des comptes.

Pour elle, c'était maintenant.

Ils étaient là.

À travers les interstices des vieux volets, Tod apercevait les silhouettes, massées devant le portail, à contre-jour. Ils n'avaient même pas pris la peine de s'approcher discrètement.

Le jeune homme lâcha un coup de poing rageur sur le bois du volet. Ma ne voulait pas d'armes à la maison... Pas d'armes ! Avec un fusil, il aurait pu les retenir, le temps peut-être que les types de l'armée viennent donner un coup de main et les calmer un peu...

Alors que là...

Tod plissa les yeux. Dans le soleil, une partie des mecs étaient en train de s'activer à quelque chose. Soudain, une épaisse fumée jaillit du milieu du groupe et les types s'écartèrent brusquement. Du feu. Ils étaient en train de faire du feu !

Quelques secondes plus tard, le premier projectile s'écrasait devant la maison, à quelques mètres de la fenêtre de Tod. C'était un bâton entouré d'un chiffon enflammé, et la terre du jardin prenait feu tout autour.

Il y eut un choc sur le toit.

Puis un autre contre la façade de la petite maison de bois. Le jeune homme tourna la tête. De la fumée s'infiltrait entre les planches.

Tod sentait l'affolement le gagner. Ces types voulaient les brûler vivants dans leur maison.

Il y eut un choc plus violent que les autres, et un rai de lumière pénétra soudain dans la pièce. Tod leva la tête : il y avait un trou dans le toit. De la fumée, venue de nulle part, obscurcissait l'atmosphère.

— Mon petit...

Tod se retourna.

Ma était sortie de sa chambre et lui souriait, d'un drôle de sourire. Des larmes coulaient de ses yeux.

— Mon petit... je t'avais dit qu'il fallait partir.

Elle s'approcha de lui et lui ouvrit les bras.

Un déluge de projectiles s'abattait sur la maison. Il y avait une odeur de bois qui flambe, et de la fumée partout, qui piquait le fond des yeux, et brûlait les poumons. Des hurlements de joie mauvaise, venus du dehors, se mêlaient au crépitement des flammes. Il y avait des coups de feu.

Tout sombrait lentement dans une espèce de torpeur, brumeuse, engourdie.

Tod était dans les bras de Ma.

Une vingtaine de soldats les tenaient tous en joue et Jimmy Floyd, comme les autres, était à genoux. Il faisait face aux ruines fumantes et calcinées de la maison, près desquelles s'activaient d'autres militaires. Ils cherchaient les corps. Ils ne trouveraient que des cendres, et Jimmy Floyd sentait une prière s'élever de son cœur.

Voici, Seigneur, justice est faite.

Ils pouvaient bien le jeter en prison, avec tous les autres. Jimmy était en paix. L'air transparent tremblait doucement dans la chaleur, des oiseaux voletaient en chantant. La nature frémissait joyeusement, comme purifiée d'une souillure très ancienne.

Il n'y aurait plus ces maladies affreuses. Ni la peur qui ronge les cœurs. Ni la haine.

Tout allait être à nouveau comme avant.

24

Journal de David Barnes, vendredi 20 juin

C'est fou comme le monde peut changer en quelques jours. J'habite Winsburg depuis quatre ans. C'est une petite ville adorable, trente kilomètres au sud de Phoenix. Les gens se parlent, aucun problème de communautés. Il y fait bon vivre.

Je devrais dire : il y faisait bon...

Je suis sorti en début d'après-midi faire un tour. J'avais passé plus de trente heures devant mon ordinateur, à enquêter, recouper des informations, communiquer avec des dizaines de contacts et d'informateurs sur tout le territoire américain. Trente heures sans dormir ni manger. J'avais besoin d'un bol d'air, de voir du monde, de parler à quelqu'un avant de rentrer m'écrouler sur mon divan.

J'ai pris l'air, mais je n'ai vu personne.

Il m'était déjà arrivé, certains jours de grande chaleur, de me balader dans Winsburg déserte. Tout le monde abrité dans l'ombre des maisons, volets fermés... Mais on sentait de la vie à l'intérieur, un désir de vivre et d'ouvrir, et, à la nuit tombante, on se retrouvait à respirer la fraîcheur du soir, à partager une bière au Barney's.

Alors que là... une ville désertée. Morte, totalement. Une ville sans désir.

Une ville de peur.

Les gens sont terrés. Volets clos à toutes les fenêtres et, quand ils sortent, c'est furtivement. Ils rasent les murs. Et ils sont armés. Sans doute que ça les rassure. On ne tire pas sur un virus ni sur un tremblement de terre, et aucune bande d'animaux errants n'a été signalée dans la région. Mais ils ont besoin de serrer la crosse d'un Glock ou d'un Smith & Wesson, ils ont l'impression d'être en sécurité, comme si être du côté de la mort leur apportait l'assurance qu'elle ne leur ferait rien...

Il y a autre chose. C'est bizarre une ville sans chiens. Une ville sans bêtes. Durant trois jours, comme partout ailleurs, des services de l'armée spécialement affectés à cette tâche ont raflé systématiquement tous les animaux domestiques. C'est d'abord un grand camion abritant plusieurs bureaux au style administratif qui a pris place en centre-ville, devant le temple. Pendant une demi-journée, les habitants de Winsburg ont défilé pour recenser leurs animaux. Puis le camion est parti. Deux heures plus tard ont débarqué une cinquantaine de militaires. Ils se sont distribués en binômes, un homme en tenue de maître-chien, l'autre armé d'un fusil hypodermique, et ils ont frappé à toutes les maisons, une par une, méthodiquement. Ils ont ramassé toutes les bêtes. Les chiens, les chats... même le ouistiti du vieux Binchedler. Officiellement, il s'agit de les mettre en lieu sûr le temps d'y voir plus clair. Personne n'est dupe. On raconte juste cette histoire aux enfants pour qu'ils acceptent de s'endormir la nuit tombée. La petite Jill Morgan, la fille des voisins, est venue me voir en cachette hier matin. Elle voulait savoir ce qu'on allait faire de son labrador. « Est-ce qu'ils vont le faire mourir ? » Je lui ai dit que je ne savais pas. Elle a eu l'air très étonnée.

Pour elle, et pour bien d'autres, je suis le monsieur qui sait.

Ralph Hansen, le maire de Winsburg, m'a donné un coup de fil hier : « Dave, qu'est-ce qui se passe, nom de Dieu ? »

Je n'ai rien dit.

Oui, je sais des choses. Mais, ce que je sais, personne ne veut vraiment l'entendre. Les gens veulent être rassurés.

Les nouvelles que je reçois ne sont pas rassurantes.

Toutes mes adresses électroniques sont saturées. De l'Amérique entière me parviennent des informations que me transmettent des inconnus. Beaucoup sont fausses. Mais les fausses ne sont pas les plus incroyables. Je sélectionne les plus importantes. Puis je m'emploie à les vérifier. Puis... rien du tout.

Mon émission sur WCK a été la première à sauter. L'état d'urgence a été déclaré sur l'ensemble du territoire américain. Une des conséquences, c'est que le gouvernement peut limiter la liberté de la presse « en fonction des impératifs de la sécurité nationale ». Le Congrès ne s'y est pas opposé. Normal. C'est la « sécurité » qui est en jeu.

La sécurité... Je hais ce mot.

Quand on a peur, on ne veut pas voir. On ne veut pas savoir. On se met la tête dans le sable parce que ce qui compte, c'est de ne plus sentir sa peur, bien sûr, c'est alors qu'on se sent en sécurité.

La sécurité n'est qu'une illusion. La sécurité, c'est se faire croire qu'on ne crèvera pas. Que ça n'arrive qu'aux autres, la preuve, ça n'est jamais arrivé qu'aux autres jusqu'à maintenant alors pourquoi ça changerait et de toute façon à chaque fois c'était un accident, n'est-ce pas, dans des circonstances très spéciales, il n'y a pas de raison que ça se reproduise... Ou bien il est tombé malade mais c'était un peu sa faute, il a pas fait suffisamment attention, moi je ne fume pas je ne bois pas je fais un peu de sport mais pas trop et puis très gaffe à ce que je mange alors, hein, je ne suis pas menacé... Je suis en sécurité et puis ce qui fait vraiment peur, je ne le regarde pas. C'est mauvais pour le cœur. Il ne faut plus écouter David Barnes, c'est mauvais pour la sécurité nationale. Il ne faut pas créer la panique.

Pauvres pantins.

Il est bien trop tard. C'est la panique.

Hier, dans l'Illinois (information vérifiée), un Noir a été abattu, sous les yeux de son fils de trois ans, parce qu'il toussait ! Il a eu le tort d'attraper une bronchite, et de tomber sur un petit Blanc rendu un peu nerveux par les derniers événements, et qui serrait bien fort la crosse de son automatique en traversant la rue. Trois balles. Voilà le genre de truc qui arrive absolument tous les jours en ce moment. On a pris la peine de m'en informer pour la simple raison que les émeutes raciales qui s'en sont suivies ont fait une trentaine de morts.

C'est la panique, messieurs ! Alimentée par les sectes et les allumés de toute nature. On ne compte plus les sites où des foudroyés du bulbe annoncent la fin du monde, indiquant au passage qu'ils connaissent les moyens d'échapper au trépas terrible qui attend tous ceux qui ne les suivront pas. Le moyen, c'est parfois de se tirer collectivement une balle dans la tête, ce qui est le chemin le plus court pour se réincarner sur Sirius ou dans l'astral. Certains gourous n'hésitent pas à entreprendre le voyage eux-mêmes, ce qui est finalement une façon rigoureuse de prouver leur sincérité. Bien sûr, ces mouvements sont très suivis, et par des gens très intelligents ! Vous pouvez sortir de Harvard, quand vous avez pris l'habitude confortable de ne croire que ce qui vous arrange, et que la réalité se met à vous déranger pour de bon, il est naturel que vos croyances vous en éloignent le plus possible, de la réalité, elles sont là pour ça, avec ou sans l'habillage de la rationalité... La panique...

Un peu partout on a peur de manquer, alors on fait des stocks. Ce qui engendre des pénuries. À Winsburg on n'a pas encore vu de queues devant les magasins, mais dans certaines grandes villes... À Los Angeles, la communauté coréenne a été victime de pillages et d'émeutes. Onze morts. Info vérifiée. À San Diego et à Phoenix, ce matin, des bandes sont descendues du centre-ville, où plusieurs magasins avaient dû fermer faute d'approvisionnement. Pillages, émeutes. Vérifié. Des morts, je ne sais pas encore combien. Partout des milices privées se constituent. Avec la peur, la vraie nature des gens commence à apparaître... Chacun pour soi.

On ne se touche plus ou ne se parle plus. Le corps de l'autre, parce qu'il est en vie, est une menace. Ceux qui le peuvent fuient les grandes villes ; les autres y vivent terrés, évitant les contacts. Les grandes entreprises autorisent les cols blancs à travailler depuis leur domicile. Les bureaux sont déserts.

Wall Street s'affole, la plupart des cours sont en chute libre. Et, information que les autorités cachent soigneusement, plusieurs banques de dimension moyenne sont en cessation de paiement depuis qu'un nombre important de leurs clients ont fait, en quelques heures, des retraits massifs. Les gens veulent du cash. Ils ont besoin de palper ce qui leur reste de dérisoire puissance...

Oui, je sais des choses. Des choses que la presse n'a plus la possibilité de révéler, ni même d'apprendre, dans la plupart des cas. Les agences de presse sont sous contrôle militaire. L'accès aux sites sensibles est soit interdit purement et simplement, soit tellement réglementé qu'une enquête journalistique tient désormais de la visite guidée d'un kolkhoze soviétique durant la guerre froide. Le gouvernement veut protéger sa version officielle, pauvre tentative de faire croire aux citoyens qu'il gouverne encore quelque chose... Et par la même occasion au monde entier dont le regard est braqué sur l'Amérique avec une curiosité apeurée. Que leur arrive-t-il, aux maîtres du monde ? Leur puissance vacillerait-elle ? Y a-t-il quelqu'un derrière tout ça ? Et cela risque-t-il de s'étendre jusqu'à nous ?

Évidemment, le seul lieu où l'on trouve encore de l'information, c'est le Web. Sur lequel les autorités n'ont aucun moyen de contrôle, sauf à suspendre d'un coup l'activité de tous les fournisseurs d'accès, ce qui, à mon humble avis, ne serait pas de nature à calmer les nerfs des citoyens... Mais ils s'en foutent. De tout temps, un gouvernement a disposé de deux moyens pour empêcher la vérité de lui nuire. Le premier : interdire qu'elle soit dite. Mais il est très difficile de contrôler les bouches et les oreilles. Le deuxième : noyer la vérité dans un flot de paroles et d'écrits, de demi-vérités, de francs mensonges, de rumeurs en tout genre... C'est plus facile, et diaboliquement efficace !

La prolifération de l'information tue l'information.

Le Web, c'est ça.

Tout le monde peut s'y exprimer, et l'on ne sait jamais qui parle. Tout y est dit, et le contraire de tout. Il n'y a plus aucun critère de vérité.

Sauf que...

Il y a juste un petit truc qui peut les emmerder. Il y a encore des critères de crédibilité.

Et David Barnes en est un. Ce qui est signé David Barnes sera lu, commenté, cru. Et répercuté sur tout le territoire américain et au-delà. Parce que l'on sait qu'aucune information n'a jamais été diffusée par David Barnes sans avoir été au préalable recoupée, vérifiée, prouvée.

Il y a deux types en noir, genre Blues Brothers, qui planquent en bas de chez moi, dans une vieille Cadillac gris sombre. Ils portent des lunettes de soleil comme dans un mauvais téléfilm, et ne font même pas l'effort de se dissimuler. Trois fois par jour, le plus gros des deux va acheter des hamburgers et des bières au fast-food du coin, et ils les mangent assis sur le capot de la voiture en regardant dans la direction de ma fenêtre. Chaque jour, sur le coup de midi, depuis trois jours, le petit maigre nettoie méticuleusement son flingue. En regardant dans la direction de ma fenêtre.

C'est un message, et il est clair : ils veulent me faire peur. Mais ils me donnent également une autre information : ils ont peur de David Barnes. Peur de ce que je sais. Peur de ce que je peux révéler.

Par exemple qu'il y a aujourd'hui, à ma connaissance, un minimum de dix-huit foyers d'infection sur le territoire américain. Que sur deux d'entre eux, Fairfax, Idaho et Dumbarton, Oklahoma, l'intervention sanitaire a eu lieu plus d'une demi-journée après la manifestation des premiers symptômes de contamination. Info vérifiée. Et que si l'armée, sur ces foyers, a mis du temps à réagir, c'est que ces virus-là, contrairement aux affirmations gouvernementales, ont des délais d'incubation plus longs que les autres. Ce qui signifie qu'à cette heure précise, des citoyens américains se baladent dans la nature, porteurs d'un virus mortel, sans que ni eux ni les dizaines de personnes à qui ils transmettent en toute innocence leur invité surprise en soient le moins du monde informés.

Nos autorités ont préféré s'abstenir de lancer un appel public aux personnes qui auraient pu quitter les deux sites entre le déclenchement de l'épidémie et le bouclage des zones... Pour ne pas engendrer la panique, sans doute... Et dissimuler leur abyssale incapacité à contrôler quoi que ce soit.

Ou par exemple... qu'aux alentours de L.A., dans au moins trois endroits, Idyllwild, San Bernardino, Lancaster, des émanations de gaz toxique chargé d'azote et d'oxyde de carbone ont provoqué la mort de dizaines de personnes — info vérifiée, bilan encore incertain. Cela indique la présence de magma près de la surface, sur un rayon de plusieurs dizaines de kilomètres. Ce qui implique des mouvements telluriques inhabituels et très inquiétants. Depuis quarante-huit heures je suis en liaison avec un ingénieur du Service des urgences et catastrophes naturelles de la ville de Los Angeles. Les mecs sont sur les dents, tous les indicateurs sont au rouge. Ils s'attendent au pire, quelque chose de sans précédent. Mon informateur est au bord de la crise de nerfs. Il n'a pas le droit de dire ce qu'il sait, et s'il se tait, des gens vont mourir de n'avoir rien su. Des centaines, peut-être des milliers de morts. Il aimerait que je parle à sa place.

Bien des gens aimeraient que je parle à leur place.

Je suis leur serviteur.

Ce soir, je me fais la malle. Mains dans les poches, au nez et à la barbe des deux guignols qui croient me garder. Ils vont me suivre, bien sûr. Et ils auront une petite surprise, concoctée par deux excellents amis qui sont presque des frères. Des frères du côté de ma mère. Ils me mèneront à une planque où je dois pouvoir être tranquille au moins deux jours. Après...

Après, je serai l'homme le plus recherché des États-Unis.

Et je vais les faire chier le plus longtemps possible.

25

12 Market Street, Philadelphie

— La Vierge aurait-elle pu accueillir le Christ en son sein si elle n'avait été Christ elle-même ? La Mère et l'Enfant ne sont-ils pas Un ? Ne sont-ils pas une seule chair fusionnelle, Temple Saint du Verbe de Dieu ?

L'homme vêtu de blanc qui tenait le micro parlait d'une voix fiévreuse :

— Depuis la Conception jusqu'à l'Enfantement, le Christ fut la Chair Une de la Vierge et de l'Enfant. Écoutons la Parole :

« Dieu créa l'Homme à son image
à l'image de Dieu il le créa,
homme et femme il le créa. »

Parole de Dieu : homme et femme, ainsi fut créé l'Adam des premiers temps, l'Homme total, l'Androgyne primordial. Homme et Femme, ainsi était l'Adam avant la Chute, qui vit pour le malheur du monde la dissociation de la Grande Unité, et la naissance de la Tentatrice, Eve trois fois maudite !

L'orateur reprit son souffle. Autour de Linda, les gens étaient immobiles, comme pétrifiés.

— Mes chers compagnons ! Ne fallait-il donc pas que Celui-là qui était appelé à restaurer l'Homme dans sa condition d'origine, ne fallait-il pas que le nouvel Adam prît chair d'homme et de femme à la fois ? Ne fallait-il pas que le Christ fût homme et femme ?

La voix de l'orateur s'était faite plus forte, et Linda sentit un frisson parcourir l'assemblée. Qu'est-ce que tout cela peut bien vouloir dire ? se demanda-t-elle. Elle jeta un œil à Tom, debout à côté d'elle. Il était comme en transe.

— Et aujourd'hui, joie sur la Terre ! Christ est revenu ! Christ est parmi nous !

— Amen ! proclama l'assemblée d'une seule voix.

— La Mère, le Fils !

— Amen !

— Une seule chair !

— Amen !

Tout le monde inclinait la tête vers le sol, et Linda fit de même. Quand elle regarda de nouveau vers l'autel, une femme avait fait son apparition aux côtés du prédicateur. Ses bras étaient tendus, paumes tournées vers le ciel. Elle portait une robe très blanche et de longs cheveux noirs qui lui donnaient un air de vestale ou de jeune vierge. Mais elle arborait un ventre rond, qui montrait qu'elle était enceinte d'au moins sept ou huit mois.

— Ariella ! cria l'orateur.

— Amen !

Sur le visage de Tom comme sur celui de chaque participant s'était peinte une expression d'adoration. Linda fouilla son sac à la recherche de ses lunettes. Tom et elle n'avaient pu trouver place qu'au fond de la trop petite salle, où trois cents personnes au moins se bousculaient, et elle était un peu myope. Tom lui avait beaucoup parlé d'Ariella, mais elle ne l'avait encore jamais rencontrée. Son corps était juvénile, avec dans les gestes et l'attitude la retenue d'une adolescente. Linda chaussa ses lunettes, et sursauta. Elle s'attendait à voir une femme jeune, mais les traits d'Ariella étaient sillonnés de rides profondes. On aurait dit une très jeune fille dont le visage aurait été, en une seconde, vieilli de cinquante ans par quelque sortilège. Linda se sentit mal à l'aise. Elle se pencha vers Tom.

— Tu ne m'avais pas dit qu'elle était vieille, lui murmura-t-elle à l'oreille.

Tom ne répondit pas.

— Quel âge a-t-elle ?

— Chut ! fit Tom sans la regarder.

L'orateur tendait un micro à Ariella.

Plus personne ne bougeait, ni ne respirait. Cela dura un temps qui parut à Linda infini. Il lui semblait entendre le silence au fond d'elle-même, comme une nappe de vide constitué de l'attente muette de toutes les personnes présentes et, au-delà, de toute l'espérance informulée du monde en souf-

174

france. Qui était cette femme ? Ariella ne bougeait pas, les yeux fermés, comme à l'écoute d'une voix perçue d'elle seule...

Enfin elle parla, d'une voix douce et légèrement voilée :

— C'était un soir de décembre. Jusqu'alors ma vie était très... normale...

Ariella sourit. Autour de Linda, des gens s'étaient mis à pleurer silencieusement.

— Il y avait juste cette petite voix. « Reste une enfant, me disait-elle. Reste une enfant... » Alors je m'étais préservée pour le Seigneur. Et ce soir de décembre... il y a trois ans...

Les mains jointes, Tom murmurait des prières à mi-voix.

— ... Il y eut soudain l'immense Lumière... Et cette voix qui demandait : « Me connais-tu ? » Et je sus que c'était l'archange Gabriel, venu auprès de son humble servante apporter le message du Seigneur. Et la voix dit encore : « Te connais-tu ? »

Linda s'écarta. On portait le corps d'une femme évanouie vers l'arrière de la salle.

— ... Alors, en esprit, je fus la Vierge. Depuis la Conception jusqu'à l'Enfantement, je revécus la Grande Union. Et je sus que le Christ, Verbe incarné du Dieu Vivant, était la Chair Une de la Mère et du Fils, dissociée pour le malheur du monde par la malédiction de la naissance. Noël est à Satan !

— Noël est à Satan ! reprit la foule d'une seule voix.

— Et l'ange dit : « Tu es la Mère divine, la Face féminine de Dieu. Hier incarnée en Marie, aujourd'hui : Ariella ! » Et je reçus ainsi mon baptême de mission. Mon baptême de feu.

— Amen !

— Et l'ange dit : « Tu porteras l'Enfant mâle. Et ce sera le second Avènement du Christ. La Bête sera enchaînée. Et ce monde prendra fin. »

Linda fut soudain seule à être encore debout. Tout le monde s'était jeté au sol, prosterné, ou plutôt recroquevillé car la salle était trop petite. Confuse, elle suivit le mouvement, essayant de se tailler une place entre les corps tassés. Mais les gens se relevaient déjà.

— Alors je demandai : « Seigneur, comment cela sera-t-il ?

Je n'ai plus l'âge de porter un enfant. » Et l'ange dit : « Ce monde est à Satan. L'homme a mis la main sur l'Arbre de Vie. Mais Dieu se sert des armes que forge la Bête. Tu seras guidée. » Je dis alors : « Je suis la servante du Seigneur. Qu'il m'advienne selon ta parole. »

Ariella, les yeux toujours fermés, se tut. Un sourire étrange flottait sur son visage, sa tête oscillait légèrement, comme si elle contemplait un ballet d'anges à l'intérieur d'elle-même. Tout le monde avait fermé les yeux, imitant le mouvement d'Ariella. Linda fit de même, et se sentit bientôt synchronisée avec le groupe. Puis un drôle de bourdonnement se mit à emplir la salle, d'abord bas comme un murmure. Le son prenait lentement de l'ampleur, et Linda eut l'impression qu'il montait à l'intérieur de sa tête, de plus en plus fort. Elle s'aperçut alors que sa bouche était en train de former un « oooh », et qu'un son sortait de sa poitrine. L'assemblée n'était plus qu'un chœur, Linda se sentait partie intégrante d'une totalité qui résonnait dans une même harmonie. Une onde d'amour parcourait la foule qui vibrait à l'unisson. Les yeux toujours fermés, la jeune fille sentit la main de Tom qui prenait la sienne. Une autre main prit sa main droite. Linda se prit à désirer que ce moment ne cessât point.

Les voix s'étaient tues. Un profond silence s'était installé. Tom avait gardé la main de Linda dans la sienne, et la jeune fille se sentait bien. Elle le regarda du coin de l'œil. Les yeux fermés, un léger sourire se dessinait sur ses lèvres. Il avait l'air en paix. Merci, mon Dieu, murmura Linda, il a tellement souffert.

La première fois que Tom l'avait amenée à une réunion des Adeptes, une semaine plus tôt, Linda était sceptique. Le choc qu'il venait de subir ne lui avait-il pas fait perdre tout sens critique ? Ces gens qui se prétendaient disciples du nouveau Christ, censé être une femme enceinte, et qui annonçaient la fin du monde, lui semblaient des illuminés, et Linda s'était d'abord demandé s'ils pouvaient être dangereux. Mais elle y était quand même allée, pour Tom. Elle avait vu des visages qui dégageaient un air de sérénité qui l'avait impressionnée.

176

Et le prédicateur qui officiait ce soir-là s'était adressé à elle personnellement. Il lui avait parlé de la peur qui obstruait son cœur, comme s'il lisait dans son âme, et elle avait ressenti une onde de chaleur dans sa poitrine. Il y avait de l'amour chez cet homme-là. Alors elle avait accepté d'assister à la réunion avec Ariella. Tom lui en avait parlé avec tellement d'enthousiasme, et c'est vrai qu'il émanait de cette femme une énergie troublante, qui semblait vous envelopper, comme une lumière douce qui aurait le parfum de l'enfance. Une bouffée de nostalgie envahit la jeune fille. Depuis quand n'avait-elle pas éprouvé cette impression d'innocence ? Depuis quand n'était-elle plus une enfant ? Mon Dieu, purifie-moi, murmura-t-elle...

Alors la voix du Premier Apôtre se fit entendre :

— Il y a parmi nous de nouveaux arrivants. Bénis soient-ils.

Ariella étendit ses mains sur la foule, paumes tournées vers la terre, et une bouffée de chaleur parcourut le corps de Linda. Tom la prit par l'épaule et l'attira contre lui. Sur l'estrade, on apportait de l'eau.

— Certains ont émis le vœu d'appartenir à la communauté mystique des témoins d'Ariella. Qu'ils soient bénis.

Le Premier Apôtre avait un sourire d'enfant. Plusieurs personnes se déplaçaient vers l'estrade.

— Ils vont recevoir le baptême.

Premier monté sur l'estrade, un homme d'une cinquantaine d'années était accueilli par Ariella qui lui prit les mains. Linda eut envie d'être à sa place. Une jeune femme lui succéda, puis une autre plus âgée.

— Vas-y ! lui souffla Tom à l'oreille.

Elle se tourna vers lui. Il avait un beau sourire tendre.

— Vas-y ! répéta-t-il doucement.

Une torpeur envahissait Linda. Des pensées se bousculaient dans sa tête, mais elle avait l'impression que c'était loin d'elle, ailleurs, et qu'elle était étrangère à cette agitation.

— Je ne peux pas, s'entendit-elle répondre.

— Pourquoi ?

— Je ne suis pas prévue...

Linda se demanda si elle n'avait pas l'air d'une gourde, mais elle n'arrivait pas à rassembler ses pensées. Tom se mit à rire.

— Ça n'a aucune importance !

Il l'avait prise par l'épaule et la conduisait doucement, au milieu de regards qui lui semblaient amicaux... À Dieu vat, pensa-t-elle, qu'est-ce que je risque ? Et ça lui fait plaisir... Des mains se tendirent pour l'aider à monter, elle se retrouva sur l'estrade. Ariella était là, qui lui faisait face. Un visage ridé qui lui souriait, tendrement. « Elle a plus de soixante-cinq ans, pensa Linda, c'est dingue... Elle est enceinte jusqu'aux yeux ! » Ariella lui prit les mains, plongea son regard dans le sien. Le temps sembla s'étirer, chaque son résonnait longuement, comme né d'un bourdonnement profond dans son crâne. La salle se mit à danser autour d'elle, et Linda eut peur de s'évanouir, mais Ariella, sans cesser de la regarder, l'avait lâchée, et elle respira un grand coup.

— Le baptême est purification, le baptême est une seconde naissance, proclama le Premier Apôtre.

Il se tenait derrière une grande bassine d'eau qu'Ariella venait de bénir, et faisait face aux groupes des baptisants, qui se tenaient la main. Linda était la dernière des sept.

— Vous allez naître à une vie nouvelle. Il vous faut pour cela mourir à votre ancienne vie...

Mourir ? pensa Linda, vaguement inquiète... Qu'est-ce que ça veut dire ?

— Vous allez donc présenter vos fautes à l'assemblée des témoins, afin qu'elles vous soient remises...

L'orateur se tourna vers Ariella et s'inclina.

— ... par Sa Très Sainte Grâce.

Ah bon, se dit Linda, tandis que le premier baptisant s'avançait face à la foule... Il va falloir se confesser... Et merde...

— Je m'accuse d'avoir aimé le monde, commença l'homme. J'ai de nombreuses fois trompé mon épouse...

L'assemblée fit entendre un sourd murmure de réprobation.

— ... avec des femmes de mauvaise vie. Mais, ajouta-t-il

178

très vite, Betty a connu Ariella, par la Grâce de Dieu, et m'a conduit à elle. Et nous avons décidé de rompre avec la corruption du monde, et de renoncer à la chair...

Ariella, les yeux fermés, approuvait doucement de la tête. Renoncer à la chair ? pensa Linda. Mais ils sont mariés... Oh mon Dieu... Qu'est-ce qu'il va falloir que je raconte ? Les colères en famille, les feuilles de pompe et les pétards en douce ? Les petits copains ? On ne peut pas dire que j'en ai eu beaucoup, se dit-elle. Quatre, en fait, avant Tom, et Tom, espérait-elle de tout son cœur, serait le dernier... Évidemment, elle avait couché avec chacun d'eux, mais pourquoi cela serait-il un péché ? Elle les aimait et les désirait sincèrement, bien qu'avec Tom ce soit différent, et puis elle ne leur avait fait aucun mal en fin de compte, plutôt du bien, elle savait s'y prendre avec un garçon s'il fallait les en croire, elle savait les rendre heureux... Au fond, elle avait toujours trouvé ça naturel, et les invectives des puritains de tous bords lui semblaient résonner d'une autre planète... Mais Tom avait l'air de tant lui en vouloir de « s'être jetée à son cou », comme il disait parfois... En même temps, il avait un tel besoin de tendresse, et un tel désir pour elle...

Linda s'aperçut soudain qu'il y avait un grand vide entre elle et le jeune homme qui la précédait dans la file, et avança de quelques pas. Plus que deux ! Une femme se faisait baptiser, l'eau ruisselait sur son visage, puis ça serait le tour de l'homme, puis... Linda sentit une angoisse l'étreindre. Qu'est-ce que je fous là, se dit-elle. Elle jeta un œil à Tom. Celui-ci la regardait, l'air serein. On s'en va, Tom, on s'en va, par pitié... Le garçon lui fit un clin d'œil, et Linda sentit un autre regard posé sur elle. C'était Ariella qui la fixait, avec une étrange intensité, enfantine et impérieuse à la fois... L'homme devant elle s'était avancé et parlait à l'assemblée, mais elle ne comprenait pas ce qu'il disait, puis il reçut le baptême. Et Linda sentit tous les regards se braquer sur elle.

— J'ai peut-être commis le péché de chair, commença Linda. J'ai eu des rapports avec des garçons, mais ce n'était pas de l'amour, je le sais maintenant, depuis que je connais Tom.

Le Premier Apôtre prit la parole :

— S'agit-il de Tom Altman, que nous avons baptisé la semaine dernière ?

Linda hocha la tête.

Ariella se tourna vers Tom et lui fit signe d'approcher. Tom monta sur l'estrade. Linda se sentit vaguement troublée... Ils n'avaient pas procédé ainsi avec les autres...

— Tom n'a-t-il pas subi un choc il y a peu ? reprit le Premier Apôtre. Un choc terrible...

— Si, dit Linda d'une voix faible.

L'homme s'approcha d'elle, une lueur inquiétante dans les yeux.

— Quel genre de choc ?

— La... la mort d'un être cher...

— D'un être cher ?

Le Premier Apôtre avait souri d'un air sardonique. Linda éclata en sanglots.

— La mort d'Amy ! gémit-elle. Moi aussi je l'aimais ! C'était mon amie.

— Combien de temps vous a-t-il fallu pour mettre Tom, son fiancé, dans votre lit ?

— Tout est allé trop vite, mais...

— Combien de temps ? la coupa-t-il.

— Une semaine, murmura-t-elle en baissant la tête.

— Une semaine !

Le Premier Apôtre se tourna vers l'assemblée, d'où montait un brouhaha d'indignation vertueuse. Il montra Linda du doigt.

— Voici Eve ! Voici la corruptrice !

La foule se mit à hurler. Linda sentit ses jambes fléchir.

— Es-tu prête à renoncer à ton péché ? cria le Premier Apôtre.

Elle hocha la tête.

— Es-tu prête à renoncer à la chair ?

Linda chercha des yeux le visage de Tom. Il se tenait à côté d'Ariella, et son regard était dur... Elle eut envie de mourir.

— Mais je l'aime, laissa-t-elle échapper.

— Tu veux l'entraîner dans ta chute ?

L'homme avait sifflé dans son micro, tout près de l'oreille de Linda. Elle avait le tournis. Les voix mêlées lui parvenaient de plus en plus assourdies.

— Je... je veux être sa femme, c'est tout...

— Alors tu es du monde, proclama le Premier Apôtre. Et le monde est à Satan. Mais le monde va prendre fin. Très bientôt...

L'homme se tourna vers l'assemblée.

— Déjà les bêtes se tournent contre l'homme ! Déjà la peste s'étend sur le monde ! Regardez autour de vous ! Les Temps sont proches !

Le prédicateur ferma les yeux et se mit à réciter d'une voix plus solennelle encore :

— Ainsi qu'il est écrit : « Pouvoir leur fut donné sur le quart de la terre pour tuer par l'épée, par la faim, et par la peste, et par les bêtes sauvages de la terre... » Amen !

— Amen, répondit la foule.

— Déjà la Terre est agitée des derniers soubresauts ! Ainsi qu'il est écrit : « Et le ciel se retira comme un livre qu'on roule, et toutes montagnes et îles furent ôtées de leur place... » Amen !

— Amen !

Puis le Premier Apôtre s'adressa de nouveau à Linda :

— Pars ! Nous ne pouvons te donner le baptême que tu es venue chercher. Pour le bien de tous et la gloire de Dieu, tu devras t'éloigner de Tom et ne plus chercher à le revoir. Il vivra désormais dans la communauté.

— Mais c'est impossible !

Deux hommes sortirent de la masse, prirent Linda chacun par un bras et la soulevèrent de terre. Elle se vit descendre de l'estrade et fendre la foule en direction de la sortie. Dans un sursaut, elle parvint à se retourner vers Tom. Il était debout, les yeux humides, à côté d'Ariella.

Celle-ci avait passé un bras autour de son épaule.

26

Sur le rio Mucajai

La rivière était de plus en plus basse. Elle serpentait au creux d'un lit profond, et de hauts murs de terre la bordaient, prolongés d'arbres immenses, dont les frondaisons se frôlaient près du ciel. Les deux barques glissaient, comme dans une cathédrale de forêt sombre. Depuis plusieurs heures, aucune parole n'avait été échangée. Diego semblait méditer. Mary entendait chaque son découper le silence, lui donner forme, un silence insondable qui lui paraissait naître du plus profond d'elle-même. Depuis six jours de navigation dans les méandres du rio, il avait semblé à la jeune femme qu'elle laissait enfin derrière elle un fatras de soucis qui d'ordinaire encombraient son front, fardeau dérisoire qui s'en allait au fil de l'eau, lentement, inexorablement... ouvrant en elle un vide un peu effrayant. Mais qui était comme l'espace même où elle pouvait se mettre à vivre et à bouger, librement, enfin.

J'apprends à respirer, s'était dit Mary quand ils avaient réembarqué après la nuit, aux premiers rayons de l'aube.

Ils avaient quitté leur dernier bivouac à six heures du matin. Cette dernière nuit, enfin, elle avait vraiment dormi. Il fallait du temps pour apprendre à s'abandonner un peu à la forêt, cette présence grouillante de vie qui l'entourait, obscure et criarde. Le premier soir, après un court dîner dans les dernières lueurs du jour, les ténèbres s'étaient abattues d'un coup. Très vite, tout le monde autour d'elle dormait profondément, elle s'était retrouvée seule. Seule au monde. La jungle autour d'elle, frémissante, semblait l'épier. Des bruits de bêtes en fuite répondaient aux cris d'oiseaux. Le sol, sous son hamac en coton, semblait fait d'insectes la guettant. Alors, comme pour s'hypnotiser, elle avait fixé le feu dont les braises rougeoyaient encore, jusqu'à ce que la cendre en dissimule les ultimes chaleurs. Ensuite le jour s'était levé.

Le lendemain, rompue de fatigue, elle s'était laissée sommeiller dans la pirogue. Le paysage défilait comme en rêve, le temps ne passait plus. Et le calme avait commencé de s'installer en elle, à partir du ventre, remontant telle une eau dans sa poitrine, sa gorge, sa tête. Elle était bien.

Mais, la nuit tombée, elle s'était à nouveau retrouvée dans son monde de terreur. Pas plus que la veille elle n'avait pu dormir. Cependant, elle avait compris quelque chose : c'était en elle que tout se jouait. La nature n'était hostile que dans la mesure exacte où elle projetait sur elle le chaos dont elle était porteuse. Bien sûr, la jungle était dangereuse. Mais cela signifiait seulement qu'il fallait la connaître. Et respecter ses lois. La rencontrer comme on rencontre un être humain. Alors, elle s'ouvrait, se laissait découvrir. Elle s'était ouverte à Diego, qui savait l'aimer. Et quand Diego ne dormait pas, une harmonie se dégageait de leur relation. Une paix...

La nature et Diego sont en paix, se dit Mary.

Diego, dans la pirogue, avait les yeux mi-clos. Il ne regardait rien, mais rien ne semblait lui échapper. Ses narines frémissaient imperceptiblement, comme s'il prenait plaisir à ne rien faire que respirer.

Soudain, dans la pirogue de tête, un cri retentit. Mary se retourna. Le rio formait un coude, et l'un des Indiens pointait du doigt vers une plate-forme de sable inclinée sur la rive. Un bon endroit pour accoster.

— C'est là que nous attendrons nos amis, dit Diego.

Avec un peu d'imagination, Mary aurait pu se croire en vacances à Miami Beach. Le sable était doux, le soleil à travers les arbres la caressait agréablement. Tous étaient étendus côte à côte, à ne rien faire. Les deux Indiens dormaient. Il n'y avait qu'à attendre en écoutant le clapotis de l'eau. Un groupe de Yanomamis devait les guider jusqu'à leur ultime destination. Des Indiens, avait dit Diego, qu'il ne connaissait pas, et qui n'avaient probablement jamais vu de Blancs...

— Ils arriveront sans avertir, avait-il prévenu, et il n'y aura rien de spécial à faire. Juste les laisser arriver, comme si c'était très naturel. Ne rien dire au début... Pas de formule de politesse. Ils ne disent ni bonjour ni merci. Rien qui puisse être interprété comme de la peur ou de la soumission. Laissez-moi parler le premier.

— Risquent-ils d'être hostiles ? avait demandé Mary.

Diego avait ri.

— Hostiles, non. Mais pour le bon déroulement de notre petit séjour, mieux vaut leur inspirer du respect ! Ils se montrent parfois... un peu moqueurs, disons.

Mary commençait à sommeiller quand la voix de Diego la sortit de ses rêveries :

— Ils sont là.

Elle se redressa et regarda de tous côtés. Les deux Indiens qui les accompagnaient s'étaient levés. Mais elle ne voyait rien de spécial. Le vert profond des larges feuilles, l'enchevêtrement des troncs et des lianes... les cris d'oiseaux mêlés au bruit de l'eau... tout était calme.

Alors quelque chose bougea, et un Indien parut, comme né du tronc d'un arbre. Et soudain leur petit groupe fut entouré de dizaines de Yanomamis goguenards et complètement nus, le ventre en avant, une simple ficelle attachée au prépuce. Leurs cheveux étaient raides et très noirs, coupés en bol. Certains portaient un arc et des flèches. Tous parlaient en même temps et riaient bruyamment, désignant Mary.

Diego était resté tranquillement assis. Mary se rapprocha de lui, l'air aussi dégagé que possible.

— Qu'est-ce qu'ils disent ?

— Ma chère, vous avez un succès fou, évidemment. Ils n'ont jamais vu de femme blanche.

Les Indiens s'avançaient petit à petit. Le plus hardi fut bientôt près de Mary.

— Que va-t-il faire ? demanda-t-elle, résistant à l'envie de se serrer contre Diego.

— Vous toucher.

— Mais je n'en ai aucune envie !

— Il s'en fout.

— Ah oui ? Et si je lui en colle une ?

Diego se mit à rire doucement. L'Indien avait mis ses doigts dans les cheveux de Mary et jouait avec, ce qui avait l'air de beaucoup l'amuser.

— Si vous lui en collez une, dit-il, ce sera intéressant, ethnologiquement parlant... Je n'ai pas connaissance qu'une femme ait jamais frappé un homme au cours de l'histoire de ce peuple.

— Eh bien, ça leur manque, si vous voulez mon avis !

Cinq Indiens touchaient maintenant Mary qui sentait les doigts de ses admirateurs descendre le long de son corps. Derrière, tous les autres se marraient. Alors la voix de Diego retentit, impérieuse, et les Yanomamis, sans cesser de parler et de rire, s'écartèrent d'un coup.

— Que leur avez-vous dit ? demanda Mary.

— Vous n'avez pas compris ? Je croyais que vous aviez étudié la langue yanomami...

— Ah, ne vous moquez pas de moi, vous aussi ! J'ai étudié cette langue, mais comme une langue morte. Je la connais, je sais comment elle fonctionne. Mais je ne la parle pas.

Diego sembla content de sa réponse.

— Je leur ai dit que vous apparteniez au Brujo-sans-nom.

— Au quoi ?

La moitié des Yanomamis, à distance respectueuse cette fois, continuait à détailler Mary avec force rires et commentaires. L'autre moitié s'était rabattue sur Sylvain, dont la pilosité semblait fasciner les indigènes, tous imberbes. Ils caressaient sa barbe naissante et lui tiraient les poils du bras. Sylvain se laissait faire en souriant, bien qu'un peu crispé. Il lança un regard vers Diego. Puis il se mit à toucher les cheveux raides et brillants, d'un noir de jais, de l'un d'entre eux, les tirant un peu. L'autre se mit à rire, se dégageant doucement, puis à son tour il toucha les cheveux de Sylvain, là où il commençait à les perdre, en criant quelque chose. Les Indiens éclatèrent de rire.

— Ils n'ont jamais vu de calvitie, commenta Diego. Ça n'existe pas, chez eux.

— Ils ont bien de la chance, grogna Sylvain.

Puis l'un des Indiens qui accompagnaient les trois chercheurs dit quelque chose, et les Yanomamis, un par un, se

185

désintéressèrent de Sylvain et de Mary, et commencèrent à se charger de leurs bagages.

— Diego, reprit Mary, que leur avez-vous dit sur moi ? Que j'appartenais à qui ?

— Au Brujo-sans-nom !

— « Brujo » veut dire sorcier... C'est le nom qu'ils donnent au chaman...

— C'est cela même...

Diego avait son air un peu moqueur. Était-il comme ça avant de vivre au milieu des Yanomamis ? soupira Mary pour elle-même...

— Et qui est le Brujo-sans-nom ? insista-t-elle, décidée à être patiente.

— Un homme. Qui n'appartient à aucune tribu, mais que toutes les tribus craignent et respectent... Un vieux Yanomami solitaire, qui vit dans la forêt...

— Mais alors, dit la jeune femme, prenant un air de surprise déçue, vous leur avez menti ! Vous, Diego ! Moi qui vous croyais incapable de prononcer une parole fausse...

— Je ne leur ai pas tout à fait menti...

— Que voulez-vous dire ?

— Vous allez le savoir.

Le ciel était devenu plus sombre. Des gouttes de pluie commençaient à tomber. Diego prit son petit sac et emboîta le pas aux Indiens qui pénétraient dans la forêt.

— Le Brujo-sans-nom est l'homme qui nous attend.

Au bout de trois heures de marche, ils arrivèrent au shapono. Le soleil au déclin perçait à nouveau. Le vent nettoyait le ciel de ses derniers nuages. L'air était brillant.

Se reposer, enfin...

Mary était épuisée. Ils n'avaient fait qu'une courte halte car la nuit risquait de les surprendre. Elle en avait plein les pattes. Il avait plu durant tout le trajet, une grosse pluie tiède qui rendait chaque pas incertain. Quelques jours auparavant, une tempête avait renversé d'énormes arbres, certains en travers de la piste. L'entrelacs des feuillages était tellement serré au niveau du sol qu'il fallait grimper sur les troncs couchés, humides et glissants, parfois à plusieurs mètres de hauteur, et se faufiler entre les branches... Il y avait aussi des guêpes, de grosses fourmis rouges et des chenilles urticantes qui se glissaient furtivement dans les shorts et sous les T-shirts.

Mary avait également failli mettre la main sur un petit serpent vert, de la couleur des lianes, et dont le venin était mortel en quelques minutes, avait dit Diego.

Charmant !

Le shapono était l'habitation collective des Yanomamis. C'était un auvent circulaire, constitué de longues branches parallèles inclinées, et recouvert de palmes sèches et serrées. Un excellent abri contre les intempéries... et les flèches ennemies.

Celui-ci était immense.

À l'ordinaire, le shapono est le refuge d'une seule tribu, de quelques dizaines ou d'une centaine de membres. Celui-ci semblait avoir été bâti pour dix tribus. On aurait dit un stade en miniature. Il occupait une vaste clairière de terre brune et formait un ovale où des centaines d'Indiens parlaient, jouaient, mangeaient, fumaient ou sommeillaient, les hommes plutôt répartis dans sa partie centrale et découverte, les femmes et les enfants plus généralement abrités à sa périphérie sous les palmes.

La petite troupe déposa ses bagages.

Une nuée d'enfants piailleurs entoura immédiatement les trois étrangers. Mary fut à nouveau touchée de tous côtés. Elle décida de se laisser faire. Sylvain, des cernes sombres sous les yeux, semblait résigné. Diego, lui, s'était mis à jouer avec les petits, il simulait un combat avec trois d'entre eux, les soulevait, les projetait sans ménagement sur le sol d'où ils se relevaient aussitôt pour reprendre la bataille, rejoints très vite par la quasi-totalité des enfants qui se désintéressaient de Mary et Sylvain. Diego fut rapidement submergé. Il riait de bon cœur.

Les indigènes interrompaient leurs activités, ou leur repos dans les hamacs, et s'approchaient d'eux, sans pour autant sembler désireux d'entrer en relation. Mary fit comme si de rien n'était, et se mit à regarder autour d'elle. Le shapono était un endroit fermé sur l'extérieur, mais complètement ouvert à l'intérieur. Il n'y avait aucun espace d'intimité. Les Yanomamis ignorent cette notion, pensa-t-elle. Être regardé ou non, cela semble ne faire pour eux aucune différence... Sont-ils toujours eux-mêmes, même sous le regard des autres ? Ou trouvent-ils normal que leur comportement soit toujours déterminé par la présence collective ?

Il y avait pourtant une exception.

Mary venait de remarquer, à l'extrémité opposée du shapono, du côté du soleil couchant, trois murs de palmes sèches qui délimitaient une sorte de hutte fermée. Elle cligna des yeux, étonnée. Quelqu'un habite-t-il dedans ? se demanda-t-elle. À l'écart ? Cela ne correspondait à rien de ce qu'elle avait appris sur ces Indiens... Elle fit quelques pas dans cette direction, le soleil en plein visage. Cela ressemblait bien à une sorte de case, il y avait une entrée, sombre...

Soudain une silhouette à contre-jour se découpa dans son champ de vision. Était-elle sortie de l'espèce d'habitation ?

Le soleil, brusquement, déclina derrière l'auvent.

Un homme se dirigeait vers elle.

Il était plus grand que la moyenne des Yanomamis. Son pas était souple et léger, comme animal. À mesure qu'il approchait, Mary voyait les hommes s'écarter avec respect. Les conversations cessaient, les gestes étaient suspendus.

Mary sentit une main contre son épaule. Diego était derrière elle.

— Voici notre homme, dit-il tout bas.

Le Brujo-sans-nom...

C'était un très vieil Indien, maigre et nu, le sexe à peine dissimulé par un bout d'étoffe rouge. Son visage grave était creusé de rides. Les pommettes saillantes, il avait quelque chose d'asiatique dans les traits, mais ses yeux en amande lui donnaient vaguement l'air d'un antique Égyptien...

L'homme s'était arrêté à trois pas de Mary, qui retenait son souffle. Il la regardait intensément, mais avec douceur. Il y avait une grande humanité dans son regard, où dansait comme une lueur d'humour, qui lui rappela Diego. Les deux hommes avaient quelque chose de proche... Mary eut la certitude qu'ils se connaissaient depuis très longtemps.

Ils échangèrent un bref regard.

La jeune femme eut l'impression qu'ils s'étaient parlé dans une langue muette, non soumise au temps ni à l'espace. Une langue du cœur.

L'Indien fit un signe, et Diego parla :

— Je crois que le Brujo nous invite à venir chez lui...

Il n'y avait eu aucune présentation. Les Yanomamis ne prononcent jamais leur nom. Comme s'il n'y avait rien de plus naturel que de se rencontrer et de faire connaissance.

La case du Brujo était sombre et vide, éclairée seulement par un feu allumé pour éloigner les moustiques. En son centre, un pilier de bois planté dans la terre battue perçait la toiture de palmes. Au fond, un simple hamac était tendu entre deux poteaux. Mary était assise sur un morceau d'écorce que lui avait tendu le Brujo. Cela semblait un honneur, puisque les deux hommes étaient assis à même le sol.

Il y eut un long silence.

Les paupières de Mary devenaient lourdes. Elle avait sommeil. Qu'est-ce que le Brujo pouvait bien attendre ? Avait-il quelque chose à lui dire ? Avait-elle avalé tous ces kilomètres dans le seul but de rencontrer cet homme ? Allait-elle connaître les raisons de ce voyage ? Pas une seule fois Diego n'avait vraiment répondu à ses questions... Et pourtant, elle l'avait suivi depuis le commencement, et jusqu'ici ! Pourquoi, malgré tous les mystères qu'il entretenait si savamment, continuait-elle à lui faire confiance ?

Elle jeta un œil furtif dans sa direction. Il était droit. Une force émanait de lui, comme s'il avait déjà traversé tout ce qu'un homme peut craindre au monde...

Diego semblait comprendre le mystère du monde.

Il est comme un père, pensa Mary. Je l'aime comme un père.

Alors le Brujo-sans-nom parla. Diego traduisait :

— Notre peuple va mourir.

Mary se retint de bouger. Elle se sentait profondément émue, sans savoir pourquoi. Il émanait de ces instants de la solennité... comme si se jouait ici quelque chose d'essentiel.

— L'homme blanc veut prendre l'or à la Terre, la nourriture à la Terre, et ne rien lui donner en échange, continuait le Brujo. Beaucoup de Yanomamis sont morts de l'arrivée des Blancs. Beaucoup sont esclaves dans les mines d'or des Blancs. Les rivières sont empoisonnées par les Blancs.

Le visage du Brujo était d'une absolue neutralité.

— Les Blancs violent la Terre. La Terre est leur Mère.

Puis il se tut. Ses mots, ou ceux de Diego, semblaient résonner dans un espace immense, à l'intérieur de Mary. C'était étrange. Elle avait déjà entendu de semblables paroles. Quelques années plus tôt, elle avait fait une enquête chez des Indiens Lakotas, afin de recueillir leurs traditions orales. Un vieil Indien lui avait parlé de la terre, et des Blancs. Dans les mêmes termes. Mais elle n'avait pas entendu.

Elle n'avait pas entendu, alors, la force de ces mots, terrifiante. Elle n'avait pas entendu la vérité de ces mots :

Nous sommes enfants de la Terre.

Chaque cellule de Mary semblait vibrer, elle se sentait faite, au plus intime, de terre vivante, aimante. De terre intelligente. Elle venait de la Terre, serait rendue à la Terre. Et c'était bien.

L'Indien reprit la parole. La voix de Diego semblait ne faire qu'une avec la sienne.

— Les Yanomamis sont mémoire de la Terre.

Il y eut un long silence. Le Brujo semblait écouter quelque chose. Que voulait-il dire ? Les Yanomamis ne sont pas un peuple de mémoire... Ils oublient le nom des morts, brûlent leurs biens...

— Les Yanomamis sont des enfants. Les Blancs sont des enfants qui ont perdu l'enfance.

Il y avait sur le visage du Brujo comme un sourire flottant, ironique et profondément triste.

— L'arbre est adulte. Le jaguar est adulte.

Le Brujo se tut quelques instants et ferma les yeux, comme pour écouter mieux.

— La Terre veut des hommes adultes. La Terre appelle...
l'Homme.

Diego avait prononcé ce dernier mot comme s'il s'agissait
d'un mot infiniment sacré... Et Mary comprenait que ce mot
ne pouvait désigner l'être humain tel qu'il était... C'était un
mot trop grand pour l'homme.

— Ils ont commencé, les jours de Colère...

Mary sentit une peur glacer son sang. Elle ignorait ce que
signifiaient ces mots, mais des images de mort rôdaient dans
ses pensées.

— Les Yanomamis vont mourir. Mais la mémoire de la
Terre ne doit pas mourir.

Puis le Brujo regarda Mary. Un très long moment. Et Mary
eut l'impression d'être vue jusqu'au plus secret d'elle-même.

— Tu es fille de la Terre.

Un frisson la parcourut. Elle ne comprenait pas ces mots.
Mais elle savait, elle sentait qu'ils étaient porteurs de vérité.
Qu'est-ce que la vérité ? pensa-t-elle... L'Évangile de Jean lui
revint en mémoire : « Je suis le chemin, la vérité, la vie... »

Qui suis-je ? se demanda-t-elle...

Le Brujo la regardait.

Alors un vide immense, infini, s'ouvrit en Mary.

Elle sentait son corps, mais elle n'était pas son corps. Et
son corps tombait dans ce vide.

Elle sentait l'énergie de la vie, mais elle n'était pas cette
énergie. Et la vie coulait dans cet abîme.

Elle éprouvait le tumulte de ses émotions. Mais elle était
autre, tout autre que ce flux sans permanence...

Qui suis-je ? pensa-t-elle.

Et sa pensée soudain, fut volatilisée.

Je ne suis rien.

Mary eut peur. Elle voulut résister, s'accrocher. Mais il n'y
avait rien où s'accrocher.

Alors elle laissa faire...

Je ne suis rien.

Je suis.

Je suis.

Il y avait une paix, sans limites, et Mary sut que rien, jamais, ne pourrait lui enlever cette paix.

Car elle était au-delà de toutes les larmes.

Combien de temps s'était-il écoulé ? Diego n'avait pas bougé. Le Brujo non plus. Celui-ci reprit la parole :

— Veux-tu apprendre la mémoire de la Terre ?

— Oui, dit Mary.

27

Le shapono

Mary se réveillait doucement d'une nuit sans rêve. Il montait une odeur de terre humide, et la jungle autour d'elle résonnait d'une vie animale. Elle était bien. Elle sentait une chaleur au fond de son ventre, une confiance. C'était bizarre.

Il y avait au creux de sa poitrine, là même où l'angoisse, habituellement, la tordait, comme un grand... rien... Une absence. Et sous son crâne, un profond silence, qui laissait la place au défilement des impressions...

Elle n'avait pas la moindre idée de ce que seraient les prochaines heures. Mais elle était bien. Avant de rencontrer le Brujo, il y avait dans sa tête une multitude d'hypothèses sur ce qu'elle était appelée à vivre. Elle remplissait, au gré de son imagination, les vides que creusaient les silences de Diego. À présent, ses pensées n'étaient plus qu'un écran blanc. Elle était vierge, et disponible.

Comme si la réalité — ce qu'elle commençait à pressentir de Diego, sa rencontre avec le Brujo, ces sensations nouvelles —, comme si tout cela s'était révélé tellement inattendu, tellement différent de tout ce qu'elle avait pu imaginer... que l'imagination s'était éteinte en elle !

Elle n'avait plus de question.

Elle était là, simplement.

Le shapono s'éveillait. On entendait des paroles, aiguës, rocailleuses, au débit rapide, et des pleurs de bébés... Des femmes rapportaient de l'eau.

Diego s'approcha d'elle.

— La vraie Mary commence à percer, n'est-ce pas ?

— Je ne sais pas, répondit la jeune femme. J'ai toujours voulu trouver... quelque chose... Moi-même... Et depuis deux jours, j'ai l'impression de perdre tout... Et c'est tellement agréable !

Diego lui prit la main.

— Savez-vous que nous sommes au Venezuela ?

— Nous avons franchi la frontière ?

— Les Yanomamis couvrent un territoire qui s'étend des deux côtés de la frontière. Au Brésil, un tel rassemblement d'Indiens ne pourrait échapper à l'armée, qui quadrille de plus en plus les territoires yanomamis. Ils craignent des actions concertées contre les mineurs. Les Vénézuéliens sont plus tolérants. Pour l'instant...

— Pourquoi ce rassemblement ? C'est très inhabituel, non ?

— Exceptionnel. Aucune tradition ne fait mention d'un précédent. C'est que les circonstances sont exceptionnelles...

Diego marqua un temps.

— Et le Brujo est un homme exceptionnel.

— À quelle tribu appartient-il ?

— À aucune.

— Comment est-ce possible ? Les Yanomamis ne disent-ils pas : « Homme solitaire, homme mort » ?

— Il y a quinze ans, raconta Diego, je bivouaquais seul dans la forêt, au cours d'un voyage d'une tribu à une autre. C'était la nuit, j'avais fait un feu. J'ai cherché un couteau dans mon sac. Quand j'ai relevé la tête, il était assis en face de moi ! Le Brujo-sans-nom... J'ai cru que mon cœur s'arrêtait... Lui, il se marrait ! C'est bien un Yanomami ! J'ai voyagé avec lui. À notre arrivée, le chaman du lieu est venu s'incliner devant lui, et je peux vous dire que s'incliner devant quelqu'un, pour un Yanomami, ce n'est pas rien ! Cet homme n'appartient à aucune tribu, mais il est craint et vénéré dans toutes...

Diego se tut. Mary alluma un feu, et mit de l'eau à chauffer. Le café du matin était le dernier rituel qui la reliait à sa vie d'avant.

— Dans toutes les cultures, reprit-il, peut surgir un homme qui en transcende les limites. Un homme exceptionnel, qui répond à un besoin exceptionnel... Lequel ? Il est encore difficile de le dire...

Le regard de Diego fut soudain plus profond.

— Le monde est en train de changer, murmura-t-il. Et j'ai

le sentiment que nous participons tous à un scénario qui nous dépasse...

— Et pourquoi moi ? demanda Mary.

La jeune femme avait posé cette question sans curiosité, comme détachée...

— Un soir, nous nous connaissions depuis plusieurs années, le Brujo m'a dit : « Vous allez bientôt rencontrer une jeune femme ; vous la reconnaîtrez ; il faudra que vous me l'ameniez... » Deux mois plus tard j'étais de retour en France, et nous nous sommes rencontrés. J'ai su que c'était vous.

Diego se tut quelques secondes. Il semblait songeur.

— D'immenses bouleversements sont en cours, reprit-il. Nous devons être prêts, chacun à notre place. Le Brujo veut vous apprendre ce qu'il sait... Il va vous faire voir les *hékuras*, les esprits de la terre...

Mary regarda son compagnon. Il semblait avoir ouvert une porte en lui et ne cherchait plus à lui dissimuler quoi que ce soit.

— Pourquoi, lui demanda-t-elle, ne m'avez-vous pas parlé plus tôt ?

— Il fallait d'abord que vous appreniez à dire oui.

Il était l'heure. Diego mena Mary jusqu'à la case du Brujo.

— Je serai là pour les préparatifs, dit-il. Puis je vous laisserai.

Mary lui sourit. Elle avait peur, mais seulement à la surface d'elle-même. Plus en profondeur, la confiance était là. Quoi qu'il arrive, pensa-t-elle, je suis prête.

Le Brujo était assis, adossé au pilier qui traversait son habitation. Il était entièrement nu, son sexe maintenu vertical par une fine cordelette attachée à son prépuce et nouée autour de sa taille. À côté de lui, il y avait une longue sarbacane en bambou, et un bol contenant de la poudre : le *yopo*.

Mary connaissait ce rituel. Du moins en théorie. C'était une poudre hallucinogène, qui permettait au chaman d'entrer en contact avec les âmes des morts et les esprits de la nature. Il pouvait ainsi changer, dans une certaine mesure, le cours des événements : guérir une maladie, faire venir la pluie, guider une âme vers un séjour propice... Le chaman était à la fois prêtre, médecin, scientifique, psychologue. Ces croyances pouvaient paraître surprenantes à un esprit occidental. Mais l'ethnologue avait comme principe méthodologique de ne pas juger la représentation du monde d'une collectivité humaine à l'aune des représentations d'une autre collectivité. Le rationalisme occidental était une vision du monde ; elle était vraie pour les Occidentaux. Comme le chamanisme était vrai pour les Yanomamis. Nier la vérité du chamanisme du point de vue scientifique était aussi ridicule que nier la vérité des découvertes scientifiques du point de vue chamanique.

La vérité, c'est la fécondité, pensa Mary.

Depuis quelques jours, qui lui semblaient des années, elle se laissait féconder par ce monde inconnu. Par la forêt... À présent, elle sentait en elle le désir d'être fécondée par le savoir ancien des Yanomamis.

Elle s'était assise face au Brujo, qui la regardait. Diego broyait la poudre dans le bol, pour l'affiner. Le Brujo dit quelque chose, et Diego traduisit :

— Vous devez être nue.

Mary ôta son T-shirt, puis son short. Elle était en sous-vêtements. Fallait-il qu'elle les enlève ? Elle hésita quelques instants. Elle se sentait gênée. Le vieil Indien la regardait toujours. Il y avait dans son regard une innocence antérieure à l'enfance et Mary sentit d'un coup l'immense incongruité de sa gêne. L'impureté n'était qu'en elle ! La nudité, c'était dire oui, c'était ne rien cacher. Elle était venue pour apprendre. Comment apprendre, si l'on n'est pas nu ? pensa-t-elle... Elle se déshabilla.

Diego avait fini de broyer le *yopo*. Il avait pris la sarbacane et introduisait la poudre dans un de ses orifices. Le Brujo empoigna l'autre orifice, qu'il introduisit dans une de ses narines. Diego souffla dans le long bambou, propulsant la substance dans le nez du Brujo. Celui-ci fit la grimace. Diego souffla à nouveau, puis encore. Six fois.

Puis il remplit encore la sarbacane, et cette fois la tendit à Mary. Comme elle l'avait vu faire, la jeune femme l'introduisit dans sa narine gauche. Elle avait un peu d'appréhension. Le Brujo, si habitué qu'il fût, avait eu l'air de sentir passer la poudre...

Diego souffla.

Une brûlure saisit Mary dans les sinus et monta vers ses yeux qui se remplirent de larmes. Elle se sentit grimacer à son tour. C'était violent, comme une terre en feu qui remplissait son nez, se mêlait aux liquides de ses muqueuses et formait une boue de plus en plus épaisse qui lui saturait l'intérieur de la tête, de la gorge aux yeux... La brûlure s'atténua peu à peu, laissant place à une sensation d'étouffement, puis de nausée...

Diego remplit la sarbacane et souffla une deuxième fois.

Mary crut perdre connaissance. Elle se sentait brûler de la gorge au sommet du crâne, son cerveau lui semblait envahi par un magma fumant. Elle eut peur de mourir.

Diego allait-il recommencer une troisième fois ?

Mais Diego n'était plus là. Il s'était éclipsé sans qu'elle le voie. Mary était seule avec le Brujo. La brûlure s'atténuait un peu, à nouveau. Mais elle avait de plus en plus de mal à respirer. Elle regarda son vis-à-vis.

Le Brujo était assis sur les fesses, les genoux repliés, les coudes sur les genoux, les bras tendus paumes vers le ciel. Le menton bien en avant, la poitrine ouverte, il semblait disposé pour recevoir un don d'en haut.

Mary imita sa position. Une morve épaisse et brune commençait à s'écouler de ses narines et dans sa gorge, et Mary se demanda si elle pouvait cracher ou se moucher. Elle avait chaud.

Le Brujo cracha. Elle l'imita, soulagée.

Les yeux du Brujo n'avaient pas bougé, mais son regard avait changé. C'était comme s'il n'avait plus de regard. Ses yeux semblaient vides. On aurait dit qu'il attendait quelque chose de toutes les directions à la fois, ou de l'intérieur de lui-même.

Mary n'avait plus mal. Son corps était en train de devenir léger, et c'était comme si la pièce grandissait, lentement... Le Brujo grandissait avec elle. C'est moi qui rapetisse, pensa-t-elle.

197

Bientôt, elle eut l'impression de n'être plus qu'un point, minuscule. Elle eut peur.

Allait-elle disparaître ?

Le Brujo était un géant qui la regardait fixement, avec dans les yeux une lueur sardonique. Il la dominait, semblant dire : « Tu m'appartiens. » Son corps rougeoyait comme s'il en émanait les flammes de l'enfer. Mary ouvrit la bouche pour crier. Mais elle n'avait plus de bouche.

La jeune femme sentit une présence à côté d'elle. Elle tourna la tête : sa mère était là.

Maman, que fais-tu là ? Tu es morte... il y a dix ans. Tu es morte, maman...

Tu t'es vendue, lui dit sa mère. Tu t'es donnée à lui. Fille du diable.

Le Brujo s'approcha, et couvrit Mary de son ombre. Son sexe était dressé jusqu'à sa poitrine, gigantesque, comme une massue. Levant les yeux, Mary vit son visage déformé par une grimace de désir.

C'était le visage de son père.

Tu sais que tu es belle, dit son père.

Mary voulut se débattre. Mais ses muscles étaient englués dans une sorte de mélasse épaisse.

Papa, laisse-moi, voulut-elle crier.

Aucun son ne sortit de ses lèvres.

Puis il n'y eut plus aucun son. Elle était seule à nouveau. C'était le silence, comme au fond d'un océan.

Une voiture tournait dans le ciel. La voiture de ses parents. Leur accident, dix ans plus tôt. La voiture tournoyait doucement. À l'intérieur, son père et sa mère étaient encore vivants. Le temps s'écoulait, infiniment lent. Ils avaient tous les deux l'esprit clair. Glacé. Ils savaient qu'ils étaient sur le point de mourir. Et ils se haïssaient. Ses parents étaient morts en se haïssant.

Mary s'aperçut qu'elle pleurait. Elle jeta un œil au Brujo. Il était assis en face d'elle, dans la position qu'il avait au début. Et Mary comprit que pas une seconde il n'avait bougé.

C'étaient ses propres fantômes qui la visitaient.

Elle ne savait plus si elle rêvait ou si elle était éveillée.

Le regard du Brujo était immense, comme s'il contenait la terre entière. Un halo se dégageait de lui, comme filtré par des voiles. Les voiles alors, un par un, se retirèrent.

Et Mary vit la lumière.

C'était une infinie tendresse en même temps qu'une ironie tranchante. Un amour total, qui visait Mary au cœur... et n'avait aucune pitié pour ses masques.

— Il faut tout accueillir, dit le Brujo.

Mary sursauta. Elle avait compris !

— Suis-moi, continua-t-il. Nous allons faire un voyage.

Le Brujo parlait yanomami mais Mary le comprenait comme si c'était sa langue maternelle. Comme si, plutôt, ce n'était pas une langue, mais l'âme de cet homme qui parlait à la sienne.

Le Brujo-sans-nom irradiait toujours la même lumière. Mais cette lumière semblait bouger, imperceptiblement, tandis que son corps restait immobile. Bientôt la lumière fut légèrement sur la gauche du corps de l'homme, toujours assis dans la même position. Et elle se mit à s'élever.

Alors Mary s'aperçut qu'elle voyait la totalité de la pièce, comme dans une vision panoramique. Devant, de tous côtés, derrière...

Et, sous elle, Mary vit... son propre corps, assis, les yeux fermés, les paumes tournées vers le ciel !

Elle avait quitté son corps !

Une panique immense envahit tout son être. Je ne veux pas mourir, je ne veux pas mourir, aidez-moi.

— Laisse tes peurs !

La phrase avait retenti comme un sabre qu'on abat et Mary se sentit transpercée. La voix du Brujo, faite de silence, vibrait au tréfonds d'elle-même.

Il n'y avait plus de peurs.

Mary se sentait aimée, dans une profondeur d'elle-même que la peur n'atteignait pas.

— Viens, dit le Brujo.

La lumière s'éleva le long du pilier central et sortit par un trou dans la palme sèche. Mary eut le désir de la suivre. Aussitôt, elle s'éleva à son tour, et fut dans l'air du matin.

Elle volait !

Au-dessous d'elle, sans la remarquer le moins du monde, les Indiens vivaient leur vie. Quelques hommes, perchés à vingt mètres du sol, en équilibre instable sur des branches longues et fines plantées verticalement dans la terre, consolidaient l'auvent. Des femmes, certaines portant leurs jeunes enfants, allaient travailler la terre. La plupart des Indiens, accroupis sur le sol ou couchés dans les hamacs, ne faisaient simplement rien, ou discutaient : conversations, plaisanteries, joutes oratoires... Mary, comme si son attention n'avait plus de limites, ne perdait pas une miette de ce qui se disait aux quatre coins du shapono, ni de la vie foisonnante et joyeuse du rassemblement de Yanomamis.

Puis elle vit Diego. Assis à l'écart, il sirotait son café en écoutant les bruits du jour naissant. Il était calme, aucune pensée ne ridait la surface de sa conscience. Il écoutait, simplement, et Mary sentit une paix profonde.

Alors elle s'aperçut qu'elle lisait dans l'âme de Diego. Diego leva la tête et, les yeux dans le vague, sourit dans sa direction.

— Il ne faut pas s'attarder, dit sévèrement le Brujo. Nous avons un voyage à faire.

La lumière, qui avait à présent la forme d'un corps humain, s'éleva et prit la direction du nord.

Mary la suivit.

Mary reprenait lentement conscience. Une terrible nausée la ramenait à la réalité : les formes incertaines, étrangères qui se découpaient dans l'obscurité de la case du Brujo... le sol sur lequel elle était couchée... et ce mal de crâne...

Elle se releva à demi et vomit sur la terre humide un mélange de salive, de bile et d'une matière terreuse qui devait être ce qui restait du *yopo* qu'elle avait absorbé.

Le Brujo la regardait paisiblement, assis, adossé au pilier central de la cabane. Puis Diego entra.

Sans rien dire, il s'approcha d'elle et lui posa la main sur le front.

— Comment vous sentez-vous ?

Mary voulut répondre, mais n'y parvint pas. L'obscurité se

dissipait lentement, et la jeune femme ne savait pas si c'était réel ou à l'intérieur de sa tête. Un rayon de soleil s'infiltra par un interstice du mur. C'était comme l'aurore. Mary était désorientée.

— Quelle heure est-il ? murmura-t-elle faiblement.

— Sept heures trente du matin, répondit Diego.

Sept heures trente du matin ?

Le rituel du *yopo* n'avait-il pas commencé à sept heures ? Ne s'était-il écoulé que trente minutes ? Ce qu'elle avait vécu lui semblait avoir duré une éternité.

— Cela fait vingt-quatre heures, dit doucement Diego, que vous êtes dans cette case.

Mary réussit à s'asseoir. La tête lui tournait. C'était comme se réveiller d'un rêve interminable, avec une terrible gueule de bois... Un rêve dont elle se rappelait chaque bribe, avec une hallucinante netteté. Un rêve plus réel que la réalité. Un rêve terrifiant.

— Diego, dit Mary, il faut que nous partions d'ici. Nous devons rentrer.

Diego s'accroupit et lui prit la main.

— J'ai vu les jours de Colère, dit Mary. Des événements terribles sont en cours. Je dois dire ce que j'ai vu.

— Vous allez d'abord dormir un peu, dit Diego. Puis nous partirons.

28

Malibu, Los Angeles

— Que se passe-t-il ? cria la grosse Allemande. Ça fait une demi-heure qu'on devrait être au port, on n'avance pas !

Ed, un peu perdu, tenait la barre. Il secoua la tête. Douze ans qu'il faisait ce métier, jamais il n'avait vu ça. En effet, le bateau n'avançait pas. Celui-ci, pourtant, n'était pas plus chargé qu'à l'accoutumée, juste la dizaine de touristes qu'Ed Williams, quatre fois par jour, baladait le long de la baie, de Malibu à Santa Monica, et retour par le large... Quant au moteur, il chauffait tout ce qu'il pouvait, cap sur la côte qu'on apercevait à cinq ou six miles... Mais la côte n'avait pas l'air de se rapprocher. Pire : on aurait dit qu'elle s'éloignait ! En plus, vue de loin, elle présentait un aspect inhabituel, on aurait dit que la bande de plage était plus large...

— Je ne comprends pas, dit-il. Il doit y avoir un courant...

Un courant... Il connaissait l'endroit comme sa poche, il n'avait jamais entendu parler d'un courant capable d'entraîner un bateau vers le large contre la puissance de son moteur ! Et pourtant... il fallait se rendre à l'évidence : l'océan était en train d'emporter *L'Étoile de Malibu* vers le large...

Soudain une forte secousse fit trembler le fond du bateau qui sembla brusquement propulsé en avant. Il y eut des cris.

— Calmez-vous ! Tout est normal, s'entendit-il crier.

— On a heurté quelque chose ? demanda l'avocat de Seattle.

— Non, il a dû y avoir un petit séisme sous-marin, c'est tout... On a senti l'onde de choc.

— Mon Dieu, pleurnicha la grosse.

— C'est rien, madame... C'est fréquent par ici.

L'Allemande eut l'air à moitié convaincue, mais elle affaissa son énorme carcasse au fond de son siège, et n'ajouta rien. Bien joué. Il avait donné la première explication qui lui était passée par la tête. Il n'aurait plus manqué qu'elle fasse une crise de nerfs... Ed se sentait un peu mieux. Le bateau s'était remis à avancer vers la côte.

Juste un tout petit peu plus vite que la normale...

Traversant la plage pour entrer dans l'eau tiède, Alana enroula son slip afin de le réduire au minimum. Pas question d'avoir une marque, et puis l'idée d'en montrer le plus possible à Warren ne lui déplaisait pas, vu qu'elle était déjà pas mal bronzée, et plus très loin de son poids idéal, à cent cinquante grammes près... Au moment où Warren filait les clés de sa Mercedes SL au gardien du club de la plage, elle avait été attirée vers le glacier ambulant. Il avait des Häagen-Daazs. Celles au chocolat noir, avec les pépites... Eh bien, elle avait résisté. Je te rejoins, elle avait dit à Warren avant de filer aux toilettes se respirer une petite ligne de coke, et c'était vraiment super, parce que non seulement maintenant elle avait une pêche d'enfer et elle avait oublié la glace, mais en plus ça la faisait maigrir ! Sans abuser évidemment, parce qu'après ça pouvait la faire saigner du nez, ce qui était plutôt dégoûtant. Mais, de toute façon, Warren avait des acides.

Vingt ans, musclé, hyper-blond, hyper-bronzé, les dents hyper-blanches et régulières... Trop mignon, Warren, trop mignon, se dit Alana. Il couchait avec Kim, mais ça avait l'air d'être fini. Ou sur le point de... En tout cas, il m'a repérée apparemment... Ainsi que son pote Andy, qu'a l'air de faire une fixette sur mon petit cul... Pas mal non plus, son pote, plutôt typé latino, d'accord, mais bien, son père a fait fortune dans les conteneurs, ou un truc comme ça, et il conduit une BMW Z3 2.8, un amour de petit roadster bleu nuit...

Alana se mit à nager en surveillant les deux garçons du coin de l'œil. Pas trop loin, pour rester en vue... Pas trop près, pour pas qu'ils croient que c'était du tout cuit... ça inhibe. D'ailleurs ils s'étaient mis à crawler dans sa direction. Plus la peine de les regarder... Le soleil de fin d'après-midi cognait encore lourdement l'eau, qui était presque trop chaude, elle coulait le long du corps comme une huile. Ce n'était pas désagréable en fait, mais Alana avait envie de sexe, du coup, d'autant qu'avec la coco elle ressentait chaque parcelle de son corps. Soudain il y eut une main qui caressait son ventre, et Andy émergea brusquement à côté d'elle, la plaquant contre lui. Alana fit un peu semblant de résister, sans en rajouter. Elle avait l'impression d'une vibration dans son ventre, comme ça fait quand il y a un petit tremblement de terre. Où est Warren ? se demanda-t-elle. Deux mains caressaient son cul, elle sentait l'érection d'Andy contre son ventre, puis une troisième main venue de derrière lui prit un sein, et elle sut où était Warren. Ils sont gonflés, pensa-t-elle. Elle leur avait dit qu'elle était mineure... Une quatrième main apparut devant son visage, ouverte. Au creux de la paume de Warren il y avait un acide. Trop cool, Warren ! Il en avait toujours une réserve dans une petite amulette qu'il gardait accrochée à son cou... Alana l'aspira.

De l'eau jusqu'aux épaules, un sexe bandé dans chaque main, Alana se laissait caresser. L'acide faisait doucement son effet. C'était un bon.

Un très bon. Dans son crâne, qui lui semblait grandir et s'ouvrir pour contenir tout l'espace, les impressions et les mots ne s'enchaînaient plus très clairement, mais Alana savait qu'elle était sur un trip du genre grandiose. Andy l'avait pénétrée quelques secondes mais, comme une poignée de mecs avaient commencé de se rincer l'œil au bord de l'eau, ça avait attiré le gardien, et du coup Andy avait arrêté et les deux garçons avaient reculé. Ils se caressaient tous les trois sous la flotte à présent, et c'était vraiment trop. Les yeux de Warren étaient plongés dans les siens, des yeux merveilleux, bleus, délavés comme une piscine à onze heures du matin, grands et vides, de plus en plus grands, comme s'ils voulaient l'avaler et la dissoudre, il lui semblait que son corps n'avait plus de limites, qu'elle flottait sur l'étendue des eaux, portée par des milliers de mains transparentes qui la caressaient partout comme un souffle d'air chaud.

Waoh !

De la plage arrivaient à Alana des milliers de voix qui semblaient chuchoter son nom. Tout devenait plus lumineux. Il y avait des mouettes qui lui parlaient, mais elle ne comprenait pas bien ce qu'elles disaient, il était question d'un voyage, des étoiles et d'un sac Vuitton... Un Indien à cheval, vêtu seulement d'un pagne, passa près d'elle, à la frôler, suivi par un autre. Un oiseau était suspendu dans le ciel, près d'un nuage, comme si le temps, là-haut, s'était arrêté.

La mer était rouge.

Alana eut un peu peur, et une vieille femme qui ressemblait un peu à sa mère, mais ridée, comme si elle n'avait jamais fait de lifting, commença à lui parler de la mort...

Il faisait froid. Alana se sentit brutalement seule.

Les deux garçons avaient arrêté de la caresser, et regardaient vers le large avec un air bizarre. Alors elle s'aperçut qu'elle n'avait plus de l'eau que jusqu'aux chevilles, et se demanda quand donc ils étaient revenus vers le bord... Mais le toit du vestiaire de la plage était toujours aussi loin, et la sensation de l'eau sur ses chevilles lui rappelait celle d'une baignoire qui se vide.

— Nom de Dieu, dit Warren.

— Qu'est-ce qui se passe ? demanda-t-elle.

À ses pieds, elle vit soudain un petit poisson argenté qui frétillait sur le sable. Elle voulut le ramasser, mais il lui glissa des mains. En fait, il y en avait plein d'autres, et la mer s'en allait.

La mer était en train de se retirer.

— Qu'est-ce que c'est que ce truc ? murmura Andy.

Des gens couraient vers la plage, on entendait des hurlements.

Reviens, il faut pas rester là... Alana, reviens !... Je m'en fous, pensa-t-elle en continuant sa marche. Elle ramassa un autre petit poisson argenté, puis encore un autre. Il y avait aussi un hélicoptère d'où sortait une voix saturée dont elle ne comprenait pas les injonctions, et une sirène qui lui vrillait la tête. Je m'en fous. Elle se baissa pour ramasser un poisson plus gros, plus noir, qui bougeait à peine. Dans ses bras, trois des petits poissons ne bougeaient déjà plus, et Alana se mit à courir. Il fallait rattraper la mer avant qu'ils ne soient tous morts. Elle en ramassa un autre. Elle devait leur sauver la vie.

C'était trop injuste, aucun petit poisson n'avait jamais fait de mal à personne... Mais la mer se retirait beaucoup trop vite. Pourquoi la mer s'en va-t-elle ? Alana courait sur le sable mouillé face au soleil déclinant qui l'aveuglait, et elle eut soudain très mal au pied gauche. Elle trébucha et s'arrêta, laissant échapper tous ses poissons. Merde. Du sang coulait de son talon, elle avait dû écraser un coquillage. Alana entendit un bourdonnement qui s'amplifiait, comme un grondement sourd...

Puis le soleil disparut. Devant elle, il y avait un mur bleu, qui grandissait très vite. C'était la mer qui revenait.

Alana se dit qu'au moins quelques-uns de ses poissons seraient sauvés.

Face à elle, immobile comme une montagne, une énorme vague la couvrait de son ombre, haute comme un immeuble de dix étages. Large à perte de vue. C'est beau, pensa-t-elle, et elle sourit.

Robby venait de rater son troisième œuf sur le plat, et il ne se souvenait pas d'avoir jamais tenu une gueule de bois pareille. Pourtant, en matière de cuites, c'était le genre vétéran, Robby... Non qu'il soit alcoolique, ça non, il avait même horreur des alcooliques, il n'avait rien de commun avec ces épaves, qui buvaient soi-disant pour oublier et qui ne se souvenaient même plus quoi, comme le vieux Josh, qu'avait pas cinquante ans, quarante-cinq à tout casser, et qui tirait perpétuellement la tronche du gars qui vient de se faire refuser au casting de *La Nuit des morts-vivants* pour cause de décomposition trop avancée...

Non, Robby, lui, buvait convivial. Comme cette nuit, avec une bande de potes... Relationnel. C'était sa spécialité, ça, le relationnel. Il s'occupait de la communication d'une grosse boîte d'informatique de la Silicon Valley, avant, Intellectual Robocop — euh, non, comment elle s'appelait déjà, cette boîte ?... J'y crois pas, pensa-t-il, ça fait à peine deux mois qu'ils m'ont viré, je suis infoutu de me souvenir... Au fait, pourquoi avait-il été viré ? C'était un bon job, à soixante mille dollars par an, plus les primes en stock-options... Ah oui, ils disaient que je buvais trop... Les cons ! Comme si on pouvait ne boire que de l'eau d'Évian, dans un boulot où on est toujours à voir des gens, à créer des contacts...

Robby s'accroupit pour ramasser le résultat de sa cinquième tentative d'œuf sur le plat, ce qui lui donna envie de vomir. Mais il n'avait plus rien à vomir. Bon, c'est vrai, murmura-t-il en se relevant péniblement, à la fin j'y allais peut-être un peu fort, mais c'était pour être plus efficace question rendement, le bourbon ça m'aidait rudement à ne plus penser à Martha, et quand je pensais à Martha j'étais incapable de bosser, ça ils auraient pu le comprendre, c'était pour leur putain de boîte que je me défonçais moi, merde !

Si Martha n'était pas partie aussi, rien de tout ça ne serait arrivé... Renonçant à l'ultime œuf de son garde-manger, Robby se servit un petit cognac, et sortit sur le balcon.

C'est paradoxal, pensa-t-il, mais c'est un truc connu, un petit verre d'alcool c'est bon pour la gueule de bois, un peu le principe de l'homéopathie... De toute façon, il allait oublier Martha et repartir sur de bons rails... Le cognac d'ailleurs, ça l'aidait aussi à oublier Martha. Vivre à L.A. également... Depuis qu'il avait pris cette chambre près de Malibu, ça allait mieux, beaucoup mieux, il y avait du soleil, les filles étaient faciles, enfin, faciles à rendre faciles, il suffisait de sentir le billet vert... et Robby avait quelques économies. Le temps de se refaire une santé, il allait tout faire péter, tiens, monter sa boîte, concurrencer les autres merlans qui l'avaient mis dehors, ils avaient tendance à s'endormir un peu sur leurs lauriers ces derniers temps... Il allait les foutre sur la paille, oui, ils viendraient ramper devant lui, le gros Reiziger surtout, qui empestait la sueur, le cigare et l'ulcère...

Robby respira un grand coup, finit son verre et regarda vers la mer. Il ne la voyait pas car elle était trop loin, et cachée par quelques gros pâtés d'immeubles. Le bord de mer était hors de prix... Mais il la sentait et ça lui faisait du bien, et en fermant les yeux il la voyait, la mer, c'était comme si elle était là... Robby avait moins mal à la tête, il sentait repartir la machine. Indestructible, le vieux Robby...

Soudain il y eut un drôle de grondement, sourd et puissant, et des cris dans le lointain, comme amenés par une rafale de vent glacé. Robby ouvrit les yeux.

Alors il vit la mer. Dans le ciel. Recouvrant les immeubles. Sous la forme d'une énorme vague géante...

Qui déferlait sur lui.

Putain j'arrête de boire, pensa-t-il en refermant les yeux.

La jeune fille avançait, comme hypnotisée, sur le sable déserté par l'écume. Sur la plage, tout le monde prenait la fuite, alerté par la sirène et les avertissements des haut-parleurs, et Norman Prescot savait que ça ne ferait aucune différence. Car, de l'hélicoptère, on voyait la vague enfler au loin. Gigantesque. C'était une affaire de secondes, et tout serait emporté sur des kilomètres à l'intérieur des terres.

Il y aurait un reflux, la mer avalerait le butin ravi à la terre. Premier acte, première vague. Il y en aurait d'autres...

La gorge de Norman se serra. La petite, pétrifiée, regardait l'énorme masse de mer avancer sur elle. Puis elle fut engloutie, et Norman sentit l'hélicoptère aspiré vers le haut. Instinctivement, le pilote avait pris de la hauteur quand était passé le raz de marée, et l'infernal bouillonnement de son écume avait semblé frôler le ventre de l'appareil... Norman regarda l'altimètre. Soixante mètres... Seigneur... Une vague d'au moins quarante mètres ! L'hélico fit un brusque demi-tour et piqua du nez vers la côte. Norman étouffa un cri. Il n'y avait plus de côte ! À perte de vue la mer avait tout envahi, dans un monstrueux gargouillis charriant voitures, arbres, camions et toits d'habitations. Au loin, fantomatiques dans la brume exhalée par la Cité des Anges, on apercevait quelques gratte-ciel, qui semblaient déjà appartenir au passé...

— Ladon ? appela-t-il à la radio. C'est un tsunami... lancez l'alerte publique... C'est précurseur, oui... Ça va être énorme. Dans les prochaines heures...

On rentre, cria-t-il au pilote. Il en avait assez vu.

Moins de cinq heures auparavant, Norman Prescot était à Fort Detrick en train de compiler la masse immense de données qu'on avait cru bon de confier à ses compétences... Aux quatre coins des États-Unis, la terre tremblait, de plus en plus souvent, de plus en plus fort... Il fallait comprendre pourquoi.

Puis Bosman était apparu, avec son air calme et tellement fabriqué, et Norman s'était retrouvé en combinaison de pilote, casqué, un masque sur le nez, dans un petit appareil de chasse qui l'avait déposé comme une fleur en Californie, où il faisait un temps nettement plus agréable que dans le Maryland, mais où selon toute probabilité se préparait la catastrophe sismique la plus terrifiante dont il ait jamais été donné à l'homme d'être le témoin... ou la victime...

Le pire, c'est que quelque part, Norman se sentait comme réconforté. Au moins là, il était à nouveau en terrain connu. Il comprenait à peu près ce qui se passait. Une expérience dont il avait perdu le souvenir, ou presque.

Car il était normal que la terre tremblât en Californie. Normal et habituel. La Californie était traversée par la fameuse faille de San Andreas, qui marquait la lisière entre la plaque pacifique et la plaque nord-américaine. Les frottements entre ces deux plaques tectoniques engendraient des secousses fréquentes, et l'on savait qu'inéluctablement l'énergie accumulée par le verrouillage des plaques dû aux forces frictionnelles en jeu à certains endroits de la faille finirait par se libérer sous la forme d'une terrible convulsion tellurique... Le Big One...

Eh bien on y était.

En fait, c'était pire que tout ce qu'on avait imaginé. La plaque pacifique était en train de connaître un déplacement spectaculaire qu'on n'avait pas prévu, et dont on ne comprenait pas vraiment les raisons. Au moins s'agissait-il d'une région à forte activité sismique, où l'on savait devoir s'attendre au pire...

Tandis que, depuis un mois, Norman était confronté à des phénomènes qui semblaient refuser de s'insérer dans le cadre des connaissances établies. Le territoire des États-Unis tout entier était secoué par une activité tellurique inexplicable. La terre tremblait dans des zones de la croûte continentale très éloignées de la frontière des plaques. Des zones normalement stables... Alors évidemment, ça intéressait fortement les instances fédérales de savoir ce qui se passait et pourquoi... Si c'était parti pour empirer... Et comment prévoir les secousses, afin d'être en mesure d'évacuer si possible... et, à défaut, de rassurer les populations en envoyant des scientifiques montrer leur imposant savoir sur toutes les chaînes de télé...

Bosman, au fond, semblait attacher plus d'importance au discours qu'il allait falloir tenir aux populations qu'à la vérité scientifique... On aurait dit qu'il préférait voir des gens mourir pour des raisons connues que survivre à des événements inexplicables.

À ce titre, les mouvements qui secouaient la Californie allaient charrier un impressionnant lot de morts on ne peut plus rassurants, et Bosman dormirait tranquille pour quelque temps encore. « Allez voir ce qui se passe, lui avait-il dit, et si ça a un rapport avec ce qui nous occupe. Et ramenez-moi un discours officiel qui fasse plaisir au Président. »

Facile.

Vous l'attendiez tous, mesdames, mesdemoiselles, messieurs, en exclusivité le voici... chargé par les foudres divines d'engloutir la nouvelle Babylone, le Big One !

À la base aérienne où le jet avait atterri quelques heures plus tôt, un hélicoptère l'attendait, qui l'avait déposé sur le toit du Centre des opérations d'urgence de la ville de Los Angeles. C'était une espèce de bunker, antiatomique, qui datait des plus belles heures de la guerre froide, quand l'apocalypse était plutôt censée venir du ciel...

Aujourd'hui, c'était des entrailles de la terre qu'elle semblait s'annoncer.

Un vigile à l'air soucieux l'avait conduit jusqu'au bureau de Ken Ladon, qui dirigeait le Service des urgences et catastrophes naturelles, et celui-ci lui avait communiqué les données les plus récentes. Elles concordaient de façon plutôt inquiétante.

L'avant-veille, un premier séisme avait secoué L.A. — enfin, un premier séisme important, car il ne se passait pas un jour dans la région sans mouvements telluriques... Épicentre : Inglewood, magnitude 6,6...

Depuis plusieurs jours, on signalait des émanations de gaz mortel un peu partout dans la région, dont une à l'intérieur d'une station de la Green Line du métro de Los Angeles, qui avait fait une vingtaine de morts. Cette évaporation indiquait une augmentation sensible de la température souterraine, et laissait soupçonner la présence de coulées de magma...

Un navire de la Navy, croisant au large des côtes californiennes, avait rapporté l'observation d'un phénomène étonnant : des hommes d'équipage auraient vu, à quelques miles du point où ils se trouvaient, des flammes et de la fumée — à la surface de l'eau ! Le temps de se rendre sur les lieux, le phénomène avait cessé, si bien qu'on n'en avait aucune trace probante, mais c'était peut-être bien le signe d'une activité volcanique très atypique au niveau des fonds marins...

Il y avait eu, en outre, divers signes, probablement annonciateurs d'une imminente rupture de faille : microsismicité très élevée, variations du niveau d'eau dans les puits, perturbations électromagnétiques... Ladon avait à peine fini son petit exposé qu'un type était arrivé comme un fou dans son bureau. Chef, on signale un truc vraiment bizarre le long des côtes... Ladon s'était tourné vers Norman : Prescot, c'est vous le spécialiste, pas vrai ? Allez donc jeter un œil !

L'hélicoptère se posa sur le toit du bunker. Ladon était là.
— Alors ? demanda-t-il en l'aidant à s'extraire de l'appareil.
— Alors cette fois vous y avez droit. Alerte maximale.
Ladon le conduisit vers un ascenseur, et appuya sur le bouton du quatrième sous-sol.
— Vous êtes sûr de vous ?
Norman sentit sa voix monter d'un ton :
— En matière de prévision à court terme, on n'est jamais sûr de rien ! Je ne sais pas si c'est pour dans une heure ou dans deux mois, mais ce tsunami n'est pas arrivé tout seul, et il n'a pas pour origine une secousse au large !
— Qu'en savez-vous ?
— La mer s'est d'abord retirée, Ladon, ce qui semble dû à un déplacement important du plancher océanique.

211

— Ce qui veut dire ?

— Sous vos pieds, Ladon, la plaque pacifique glisse sous la plaque nord-américaine...

— Oui, ça je le sais...

Les deux hommes sortirent de l'ascenseur. Le bureau du directeur était au fond du couloir.

— Eh bien, les deux plaques frottent l'une contre l'autre, ce qui accumule de l'énergie. La plaque pacifique semble connaître une accélération brutale de son mouvement.

Ladon s'effaça pour le laisser entrer dans son bureau.

— Asseyez-vous, Prescot. Et donc ?

— Si on ne lance pas un plan d'urgence exceptionnel, il va y avoir des dizaines de milliers de morts.

Ladon alluma une cigarette.

— Prescot, j'ai ici des sismologues qui travaillent pour la ville. Ils n'ont rien vu venir, mais leur diagnostic corrobore le vôtre. Je ne sais pas pourquoi le Pentagone vous envoie, mais je vais encore vous poser une question. Dans l'hypothèse la plus pessimiste, je dispose de combien de temps ?

— Quelques heures.

Norman avait mal au cœur. Bien que le pilote lui eût affirmé qu'il limitait au strict minimum les accélérations et décélérations, le nombre de G encaissés lors du décollage avaient fatigué son organisme. Ça n'était plus de son âge. Assis derrière le pilote, sanglé sur son siège éjectable, un masque à oxygène sur le visage, il ne voyait même pas le paysage... Une heure à tenir...

Déjà, Los Angeles lui semblait irréelle, loin derrière lui.

Ladon était en train de donner ses ordres. Les secours s'organisaient. Les centrales nucléaires ainsi que les usines chimiques avaient sans doute déjà cessé toute activité. Le trafic routier était coupé sur tous les tronçons à risque. Les trains ne roulaient plus. Sur toutes les ondes, on devait donner les mêmes consignes : demeurer chez soi, y rentrer si possible, ou rester sur son lieu de travail, mais à tout moment, dès la première secousse, être prêt à sortir des bâtiments. Partout, on devait monter des abris provisoires où passer la nuit... Mais

212

toutes ces images paraissaient à Norman venir d'un mauvais rêve, ou d'une superproduction hollywoodienne, ce genre de film catastrophe qu'il n'allait jamais voir.

La réalité, c'était cette envie de vomir...

Et la perspective, très proche, de faire son rapport à Bosman.

29

University City, Philadelphie

Dehors, le ciel était lourd et l'atmosphère étouffante. Il faisait sombre, comme si la nuit tombait. Mais il n'était que cinq heures de l'après-midi, et Linda, seule dans sa chambre, avait ouvert la Bible sur l'Apocalypse de Jean. Le livre était à peine éclairé par la lumière bleutée du téléviseur, mais elle ne regardait même pas la page. Elle connaissait le texte par cœur :

— « Pouvoir leur fut donné sur le quart de la terre, récita-t-elle à mi-voix, pour tuer par l'épée, par la faim, et par la peste, et par les bêtes sauvages de la terre... »

L'image d'Amy flotta un instant devant ses yeux. Amy, les yeux révulsés par la terreur, une plaie rouge ouvrant sa gorge... Elle ne l'avait pas vue morte... Et c'était dommage... Lui dire adieu, simplement...

— « Et le ciel se retira comme un livre qu'on roule, poursuivit-elle, et toutes montagnes et îles furent ôtées de leur place... »

Linda éclata d'un rire fatigué. Sur l'écran de télé défilaient depuis la veille les mêmes images d'apocalypse. Le troisième raz de marée sur L.A., le plus violent, que toutes les chaînes du pays avaient retransmis en direct, des milliers de personnes étaient mortes en direct, et Linda scrutait le ciel au-dessus des eaux bouillonnantes, espérant voir les âmes des engloutis monter vers la lumière... Mais les âmes n'ont plus le pouvoir, apparemment, d'impressionner la pellicule...

— « Et toutes montagnes et îles furent ôtées de leur place... »

Les images du grand séisme, ensuite, filmées d'hélicoptère sous tous les angles. Toutes les demi-heures depuis la veille CNN diffusait une nouvelle prise de vues. Ils avaient tout filmé : des immeubles en train de vibrer, de tanguer, puis de se réduire en poussière, le feu prenant partout, des voitures, des camions et des gens glissant le long de monticules en train de se former, happés par des crevasses en train d'ouvrir le sol...

Des trains avaient déraillé, des dizaines de voyageurs étaient tombés sous les roues des métros à l'instant de la première secousse. Des usines chimiques étaient en flammes, produisant des nuages mortels filant au gré des vents.

Los Angeles n'existait plus.

Des survivants hagards se pressaient autour des premiers secours, mais on n'osait rien installer, une autre secousse pouvait se produire à tout moment... Les voitures de pompiers, bloquées par les décombres, n'arrivaient pas sur les lieux d'incendie... Les hôpitaux étaient détruits...

Combien de morts ? Les autorités n'annonçaient aucun bilan, mais probablement des dizaines, des centaines de milliers...

Linda frissonna.

La fin du monde... Ils ont raison, pensa-t-elle. La fin du monde...

Sur l'écran, pâle et les yeux cernés, un jeune reporter parlait en bégayant sur un fond d'incendies. Il y avait des émeutes. Des groupes mal identifiés se massacraient à l'arme lourde ! L'armée allait intervenir. Et des pillages, un peu partout, quand il restait quelque chose à piller.

La fin du monde...

Linda n'avait pas peur de mourir.

Qu'est-ce que c'est mourir, pensa-t-elle, quand tout le monde meurt en même temps... Ce qui est terrible, c'est d'être arraché au monde, et que tout continue comme si l'on n'avait aucune importance, comme si le monde n'en avait rien à faire qu'on meure ou qu'on vive... Mais là... Bientôt tout le monde serait mort, et ça n'avait aucune importance...

— Pourquoi ? cria Linda.

Je suis fatiguée, pensa-t-elle.

Elle se sentit brusquement seule. Une angoisse étreignait sa poitrine. Elle approcha la Bible de ses yeux, et orienta la page vers les lueurs de la télé pour y voir un peu mieux.

— « Et je vis un autre ange, lut-elle à voix haute, monter du soleil levant ; il avait le sceau du Dieu vivant. Et aux quatre

215

anges, auxquels il a été donné de nuire à la terre, et à la mer, il cria d'une voix forte : Ne nuisez pas à la terre, ni à la mer, ni aux arbres, jusqu'à ce que nous ayons marqué d'un sceau le front des serviteurs de notre Dieu. »

Linda reposa le livre sur ses cuisses.

Pourquoi n'avait-elle pas voulu se repentir ? Pourquoi avait-elle refusé le baptême qui lui était offert ?

— « ... jusqu'à ce que nous ayons marqué d'un sceau le front des serviteurs de notre Dieu... »

Le monde allait prendre fin, c'était une question de jours, et Linda était incapable de renoncer au plaisir, à la chair ! N'y avait-il pas une manière plus élevée de vivre son amour avec Tom ?

Tom habitait là-bas désormais, dans la communauté. Elle aurait tellement voulu être près de lui. Est-ce qu'elle lui manquait ? Est-ce qu'il était triste ? Le reverrait-elle ?

Linda pleurait doucement.

Elle se leva, mit une simple veste par-dessus son T-shirt et, sans même éteindre la télé, sortit de sa chambre.

Il faut qu'ils me pardonnent, murmurait-elle tout bas. Il faut qu'ils me pardonnent.

30

Montpellier, Colorado

Caroline regarda à droite, puis à gauche. Sur le petit chemin de terre, il n'y avait personne en vue. Il faisait chaud. Un oiseau chanta, un autre lui répondit sur le même ton. La petite fille se décida brusquement. Elle se mit à plat ventre, et rampa sous la clôture. Elle était dans le verger ! Un coup d'œil à droite, puis à gauche... Personne... Avec vivacité, elle se releva et courut vers le premier pommier. La branche la plus basse était hors de portée, mais Caroline s'en fichait bien. Elle n'était pas grande pour ses huit ans, et même à l'école on se moquait d'elle à cause de ça, mais elle était agile. Elle était première en gym ! Elle entoura l'arbre de ses bras, hissa ses cuisses et les serra contre le tronc. En trois efforts elle avait agrippé la branche ; une traction plus tard, elle était assise dessus.

Elle n'avait plus qu'à tendre la main ! Une douzaine de pommes s'offraient à elle, et Caroline cueillit la plus mûre. Délicieuse ! Pourvu que Bill Turner ne se pointe pas ! L'année dernière, il l'avait piquée dans son verger, elle n'avait même pas encore pris de pomme, il lui avait collé une fessée déculottée qui avait duré au moins une heure, en la traitant de petite salope, elle s'en souvenait parce qu'elle l'avait répété à sa mère qui lui avait donné une gifle, du coup, en l'envoyant dans sa chambre... Elle avait eu mal aux fesses pendant huit jours... De toute façon, maintenant elle avait grandi, et elle devait courir beaucoup plus vite que Bill, parce qu'il était gros.

De toute façon, Bill n'avait pas l'air de se ramener, et Caroline prit une autre pomme. Délicieuse aussi. Bien qu'un peu amère, en fait.

Caroline finissait sa deuxième pomme, nettoyant soigneusement le trognon à petits coups de dents, lorsqu'elle eut envie de vomir. Alors elle se rendit compte qu'elle avait mal au cœur, depuis un petit moment. De plus en plus mal au cœur...

Puis le verger sembla brusquement tournoyer autour d'elle, et Caroline perdit l'équilibre. Elle aperçut un petit nuage dans le ciel bleu.

Je tombe, se dit-elle. Mais elle ne sentait déjà plus rien.

Fort Detrick, Maryland

Bosman était assis à son bureau. Il ne faisait rien. Ce n'était pas qu'il eût envie de ne rien faire, ce n'était pas son genre... Au contraire, il sentait le désir de l'action fourmiller dans ses membres. Mais il ne savait pas quoi faire.

Les chercheurs cherchaient. Ils ne trouvaient rien. Leur métier, c'était de chercher, alors ils cherchaient.

Pendant ce temps le pays sombrait lentement dans la psychose. Toutes les chaînes de télé avaient montré la catastrophe de Los Angeles. Toute la presse faisait des rapprochements avec les séismes atypiques qui se déclenchaient n'importe où, de plus en plus violents, de plus en plus souvent...

Ainsi qu'avec les épidémies.

Et ça, c'était la presse sous contrôle, qui racontait ce qu'on lui laissait dire et savoir — il fallait bien lui en lâcher un minimum pour qu'elle garde un tant soit peu de crédibilité, sinon elle ne servait plus à rien...

Mais en plus il y avait ce fouille-merde de Barnes. Qui utilisait le Web pour révéler des infos top secrètes. Indifférent au fait que ses informations réduisaient à néant les efforts des autorités pour garder sur le territoire un semblant d'ordre. Indifférent au fait que chacune de ses petites éjaculations publiques causait indirectement la mort d'un nombre incalculable d'Américains. Dans des émeutes. Des mouvements de panique. Ou par le climat de révolte contre l'État fédéral qui grandissait de jour en jour, et réduisait à néant les efforts déployés pour assurer la sécurité des citoyens. Deux fois, l'armée avait dû tirer sur la foule. Et ce n'était qu'un début. Il n'y avait plus de confiance. Les mesures d'intérêt collectif étaient de moins en moins respectées.

Tout ce que révélait ce type était vrai. C'était un bon journaliste. Mais chacune de ses révélations renforçait dans la population la thèse d'un complot fédéral — le thème le plus à la mode sur le Web depuis quelques jours. Avec la guerre bactériologique, l'Apocalypse et la fin du monde. Un bon journaliste...

Dans le contexte actuel, David Barnes était en fait le terroriste le plus dangereux que les États-Unis d'Amérique aient jamais eu à redouter.

Partout le chaos, inexorablement, gagnait.

Et Bosman n'avait pas d'ordres. Merritt ne lui adressait plus la parole, ce qui était peut-être le seul point à peu près positif de la situation. À ceci près que le colonel sentait grandir en lui un sentiment d'inutilité qu'il n'avait jamais éprouvé jusqu'alors. Et qui lui donnait la nausée quand il se regardait dans un miroir.

Quelques coups frappés à la porte de son bureau tirèrent le colonel de sa rêverie.

— Entrez, articula-t-il d'une voix qu'il voulait assurée.

Bosman éprouvait un sentiment d'espoir. Agir, enfin ?...

Mais quand il vit la tête du capitaine Clarke, le colonel comprit que c'étaient de nouveaux ennuis qui commençaient, et il se sentit brusquement fatigué. Une image de sable fin à Miami Beach, vue le matin sur une affiche, lui revint à l'esprit. Il essaya de la chasser. Finalement, si Merritt lui enlevait son commandement sur cette affaire, il pourrait prendre les congés qu'il avait en réserve, il n'était pas parti en vacances depuis au moins huit ans finalement...

— Monsieur ? articula faiblement Clarke...

— Excusez-moi, capitaine. Je vous écoute.

— Il y a un nouveau problème. Des arbres ont donné des fruits empoisonnés, dans le Colorado, à plusieurs endroits assez éloignés... Les experts civils n'ont pas su dire s'il s'agissait d'un acte criminel, ni de quel genre de poison il pouvait s'agir... Mais tous les fruits d'un même arbre semblent contaminés... On a une dizaine de morts... Plus des malades, je n'ai pas le chiffre exact, qui ne vont pas bien du tout. Nos services ont pensé que ça pouvait avoir un rapport...

— Sans blague ? dit le colonel d'une voix sourde.

Clarke semblait mal à l'aise.

— Vous pouvez disposer.

Clarke salua, se retourna et sortit.

Eh bien, on va constituer une nouvelle équipe, se dit Bosman...

31

Journal de David Barnes, lundi 23 juin

Je suis un mort en sursis.

Comme tout être humain, sauf que mon sursis risque fort d'être un peu plus court que celui de la moyenne des êtres humains. Lequel connaît lui-même, depuis quelque temps, une sérieuse révision à la baisse.

En ce qui me concerne, ça veut dire que je suis un homme traqué, et que je ne peux raisonnablement rien planifier au-delà des deux heures qui viennent.

Et c'est bon.

Je suis assis devant une petite table en bois gris, devant une fenêtre qui s'ouvre sur la montagne. Je lève un œil de mon ordinateur, et la splendeur ocre des rocailles ouvre en moi un espace illimité. Un aigle le traverse et disparaît. Un nuage immaculé se promène dans l'air tremblant. Mon regard est avide de formes. Je n'avais jamais réalisé à quel point voir est une nourriture. Il faut dire que je suis à Oraibi, où le temps ne passe pas comme ailleurs. Où deux heures suffisent à sonder le miracle d'être en vie. La merveille de contempler la danse des formes. D'écouter le silence où se déploient les sons. Le Grand Mystère. C'est ainsi que mes frères le nomment.

Le silence.

C'est en silence qu'ils se sont approchés de mes deux gardiens et les ont endormis. Leslie et Andrew m'ont souri et, sans un mot, ils m'ont emmené. Comme en rêve, j'ai vu les terres de mes ancêtres défiler. La montagne et les mesas. Oraibi.

J'étais chez moi.

Aucun doute n'est plus possible. Si j'accepte qu'il y ait un lieu au monde où je sois chez moi, ce ne peut être qu'ici. Où le silence qui m'accueille autorise en moi le reflux des colères et des refus. Ici, où j'accepte de mourir.

Parce que vivre y est possible.

J'ai fait ce que je devais. J'ai communiqué sur mon site les informations dont je disposais, toutes celles que j'ai vérifiées, toutes celles qui ne font pas le moindre doute. À l'heure qu'il est, tout cela se transmet à la vitesse de la lumière et laisse un sillage de pure terreur. Et je suis en paix.

Des gens meurent, peut-être, de ce que je leur ai laissé savoir. Et du chaos que la vérité sème. Mais je suis en paix. Suis-je un monstre ?

Oui.

Je suis un être humain, et l'être humain est un monstre.

Il est vrai que si je regarde sans laisser mentir mes yeux, ces organes qui savent si bien se détourner, si je regarde à l'intérieur de moi, rien n'apparaît qui ressemble à l'amour. Mais ce qu'appellent amour les gens qui croient aimer, à mes yeux ne ressemble pas davantage à l'amour. Les passions que j'ai cru éprouver, et qui me tordaient les tripes à me laisser mort, n'étaient que passagère ébullition sur un océan d'indifférence. Et il est vrai que je me fous éperdument de tous ceux qui sont en train de mourir. Oui, je suis indifférent. Mais je ne crois pas davantage aux sentiments des autres. Les gens sont sincères, oui, mais cela veut seulement dire qu'ils croient à leurs propres mensonges. D'une main, ils caressent la joue d'un enfant, et de l'autre ils le frappent, mais ils ne veulent voir que la main qui caresse. Et ils disent à leur enfant je t'aime. Et l'enfant devient fou, ou il apprend lui-même à mentir.

Le monde meurt du mensonge.

Moi je sème la vérité, et s'il est des gens pour en mourir, c'est qu'ils préfèrent mourir que de la regarder. Ils paniquent, parce que la panique est une peur qui aveugle, l'ultime façon de ne pas voir ce qui fait peur. Le chaos naît de mes révélations, mais il n'est que le dernier soubresaut du mensonge.

Et dans la bête qui les dévore, dans la maladie qui les ronge, dans la Terre qui les engouffre, je veux que les hommes reconnaissent la propre haine qui leur habite les tripes, et la violence qui les traverse à chaque instant où ils croient aimer.

Avant que tout disparaisse, je veux que les hommes se regardent dans le miroir de ce qui les tue.

Dans deux heures, je quitte Oraibi.

J'ai envoyé mes données sur le Web à partir d'un portable connecté à Flagstaff, à deux pas du territoire hopi. Les ordinateurs du Pentagone sont capables de localiser n'importe quel quidam présent sur le réseau. À l'heure qu'il est, je sais qu'ils se dirigent vers les mesas. Ils vont d'abord me chercher à Hotevilla, s'ils me croient assez naïf pour m'être réfugié chez les miens. Ça va leur prendre un certain temps pour être sûr que je n'y suis pas. La population les aidera à ne pas aller trop vite... Pendant ce temps, je file vers le Nouveau-Mexique. Je laisse les informations remplir mes adresses électroniques... Et je lâche tout ce qui peut être vérifié, une nouvelle fois.

Tant que je serai encore en vie.

Je suis en vie.

32

Fort Detrick, Maryland, hôpital militaire

Janice Kübler entra dans la chambre 15. Elle avait fini son service. Jeter un œil aux instruments, et puis déjeuner. Kirsten, qui devait la relayer, n'était toujours pas là, mais quelle importance ? Elle ne tarderait pas... Janice avait faim. Fatiguée. Il faisait si lourd, depuis quelques jours, tout le monde était si nerveux dans le service... Les médecins passaient leurs nerfs sur elle... Même Livingstone, le patron, pourtant si affable habituellement, avec son humour à froid, et ses manières de vieil aristocrate anglais...

L'infirmière vérifia rapidement le fonctionnement des appareils. Bloc cœur-poumon, électrocardiogramme, électroencéphalogramme... Respirateurs, perfuseurs, analyseurs... Elle n'avait pas envie de regarder l'homme étendu sur le lit. Il était mort. La machine au lancinant bip-bip avait beau témoigner des battements de son cœur, il était bien mort, et Janice aurait souhaité qu'on débranche tout ça, qu'on laisse le bonhomme en paix... Mais c'était impossible. Il était marié, sa femme était en voyage... Le colonel avait donné l'ordre d'attendre son retour...

C'est bizarre, pensa la jeune femme. On ne fait pas comme ça d'habitude... Quand le type est un légume, on considère qu'il est mort et on le débranche... Janice Kübler tourna les talons et sortit de la chambre.

À peine avait-elle franchi le seuil qu'un long frisson lui parcourut l'échine.

Une voix avait retenti dans son dos.

Impérieuse.

Depuis la chambre 15.

— De quoi écrire ! répéta la voix. Nom de Dieu, je veux de quoi écrire !

Qu'est-ce qu'ils foutent, à la fin, grogna Greg. Qu'est-ce qu'ils foutent ! C'est quand même pas sorcier d'aller chercher un bout de papier et un crayon...

Dix minutes qu'elle était partie, la petite infirmière, jolie d'ailleurs, avec son petit air affolé... Quand il avait appelé, elle avait passé la tête dans l'embrasure de la porte, et elle avait filé. Pas sûr qu'elle ait compris ce qu'il voulait, elle était effarée comme si elle avait vu un fantôme... Assis sur le rebord de son lit, le bras gauche encore relié au perfuseur qui lui inondait les veines d'une substance inconnue, Greg se mit à rire doucement... C'était à peu près ça en fait... Un fantôme... Car, au moins pendant quelque temps, il était bel et bien passé de l'autre côté !

Et ce qu'il avait vu de l'autre côté, il fallait absolument qu'il le note. Car il était en train de l'oublier.

Bribe après bribe, les souvenirs s'en allaient, comme attirés par leur lieu d'origine, cet ailleurs dont il venait, qu'il avait vu, traversé... Son esprit, lentement, était en train de se vider dans un tourbillon d'images, à mesure qu'il reprenait conscience du monde qui l'entourait : le lit sur lequel il était assis, les appareils dont il s'était extrait sans trop savoir comment, cette odeur d'éther et d'hôpital qui flottait... Non ! Il ne fallait pas !

Il ne fallait pas qu'il oublie.

Greg se leva péniblement. Son corps était lourd, engourdi... Il avait mal partout. Puis il arracha la perfusion, ce qui le fit saigner.

Écrire.

Lentement, titubant à chaque pas, il sortit de la chambre.

Il y avait eu d'abord... cette sensation de légèreté... cette sensation de flotter...

Mais avant ça... Avant ça, cette impression de lutte, de tension... ce refus... Ne pas mourir, ne pas mourir... s'accrocher ! À moitié inconscient, la vue brouillée par le sang, il se battait encore, dans un effort désespéré pour écarter les bêtes qui le mordaient, le déchiraient de toutes parts... Ne pas mourir !

Et soudain, quelque chose avait lâché. D'accord ! C'est fini, il n'y a plus rien à faire... D'accord... Le désir de vivre, de survivre à tout prix, s'était évanoui d'un coup. Une sensation d'abîme, de chute...

Puis une paix immense... Légèreté... — Mais là, les mots cessaient d'avoir du sens. Une paix ? Rien au monde de ce qu'on appelle paix n'était comparable avec ce sentiment — ce sentiment ? Ce mot non plus n'était pas juste ! Un état de liberté... d'absolue... quiétude ? De paix, de paix absolue...

Greg écrivait un mot, puis l'autre, rayait le premier, recommençait. Dans la salle de soins déserte (tout le monde devait être en train de manger), il s'était emparé du premier bloc-notes qu'il avait trouvé, et il écrivait fébrilement, gagné par un sentiment d'angoisse de plus en plus douloureux. Il sentait combien le langage était impuissant à exprimer ce qu'il avait ressenti. Et cela même qu'il avait ressenti, vécu... il le sentait s'éloigner, s'estomper... La réalité reprenait ses droits.

La « réalité » ?

Ce qu'il avait vécu n'était-il pas infiniment plus réel que « la réalité » ? Noter, se dit-il. Tout. Tout ce qui me vient. Ne plus rien corriger...

Il s'était senti flotter. Il y avait le ciel, autour de lui, et des présences qui le frôlaient, des... êtres, diaphanes et qui semblaient... comme s'amuser de la situation... Il volait !

En bas, une vingtaine de mètres plus bas, il voyait des chiens endormis partout, et l'on chargeait le corps inanimé d'un enfant dans un hélicoptère. Vivant.

Greg lui avait sauvé la vie.

Deux hommes s'activaient autour d'un autre corps, celui d'un adulte. Alors il s'était approché pour mieux voir. Enfin, approché... Il avait suffi de le désirer une fraction de seconde, et il était au-dessus du corps que deux médecins militaires essayaient de ranimer.

Et il s'était vu.

Il était au-dessus de son propre corps !

Un corps bien mal en point... Du sang partout, la gorge déchirée.

— Lidocaïne, vite ! Soixante-quinze milligrammes ! cria l'un des toubibs.

On tentait un massage cardiaque, apparemment son cœur s'était arrêté. On lui fit une piqûre.

— Attention, il nous lâche ! cria l'autre.

Il s'en foutait.

Puis il se retrouva au-dessus de Peter. Celui-ci regardait la scène à l'écart, immobile. Il pleurait.

Il priait ! Ses lèvres ne bougeaient pas, mais Greg l'entendait prier ! Comme s'il était dans les pensées de son ami, comme si celui-ci était devenu transparent !

Et Peter, qui ne croyait à rien, qui se moquait des curés et des religions, Peter priait. Il priait pour Greg !

Et Greg entendait aussi penser les autres. Rosenqvist, qui se sentait bizarrement coupable de ne pas être sorti de l'hélicoptère, de n'avoir rien fait pour sauver Greg ou les enfants... Et ceux qui soignaient son corps — l'un d'eux s'était dit « il est trop tard », puis il avait tout de suite pensé à sa permission d'une semaine qu'il prenait le soir même, il partait avec une nana, et Greg l'avait vue, dans les pensées du mec, elle était complètement nue avec des seins énormes !

La situation commençait presque à l'amuser ! Il pouvait se déplacer où il voulait, il voyait tout, entendait tout...

Mais soudain, tout avait basculé. Il s'était retrouvé seul.

Absolument seul.

Dans un silence total, un silence... de mort. Juste avant, il y avait eu un immense bourdonnement, qui l'avait rempli, comme venant de toutes les directions de l'espace... Et le silence.

La solitude.

Comme si tout n'avait été, n'était qu'un rêve. Comme si le monde, les autres, les êtres chers... Mary elle-même... n'étaient qu'un rêve sorti de son imagination, comme s'il était seul à exister dans tout l'univers ! Depuis le commencement des temps, jusqu'à la fin des temps...

Seul.

L'horreur.

227

Il aurait voulu mourir sur-le-champ, n'avoir jamais existé, mais il savait qu'il était déjà mort. Et le temps était arrêté. Il était prisonnier d'un éternel instant, prisonnier de lui-même.

Et il n'était rien.

Il n'était rien, et à part lui, il n'y avait rien.

Désespoir. Mais là encore, le langage était impuissant. Le mot, et ses contours finis, ne rendait rien du caractère immense, absolu, de ce qu'il vivait à ce moment, un moment qui n'était aucun moment, ou tous les moments ensemble.

L'éternité.

L'enfer.

Greg frémit et arrêta d'écrire. Son corps était agité d'un tremblement à l'évocation d'une sensation qu'il ne pouvait contenir. Rien n'existe, tout est permis, pensa-t-il. Voilà le sens de la vie ! Les lois sont vides, la morale est vide, les sentiments sont vides... Telle était l'expérience qu'il avait faite dans ce néant d'éternité. Pourquoi s'abstenir de la débauche et du crime, de la cruauté ? Rien n'existe vraiment ! Tout n'est qu'illusion ! Greg éclata de rire. De ce voyage, de cette traversée du vide, il aurait pu revenir changé en criminel, le pire des fils de pute au cœur de pierre que la Terre ait porté... S'il n'y avait pas eu la suite !

Car il y avait une suite.

« N'aie pas peur. »

Au plus profond de lui-même, il avait entendu résonner cette phrase, comme une onde de douceur.

Et Mary était là.

Non pas son corps, bien sûr, dans ce lieu où la notion de corps n'avait aucun sens, où la notion même de lieu n'avait aucun sens... Mais sa présence. Cette présence qui, d'ordinaire, donnait forme à son corps, animait le moindre de ses gestes, de ses expressions, de ses paroles, cette présence était là, sans corps, près de lui, ou plutôt... autour de lui, mêlée à lui, une avec lui. C'était elle, c'était Mary.

N'aie pas peur.

C'était Mary qui lui parlait, ou plutôt... comment dire ? qui résonnait en lui, la présence de Mary, apaisante, amoureuse, joyeuse, qui soufflait la peur hors de son être.

Tu es morte ? lui avait-il demandé.

Non. Je ne suis pas morte. Mon corps est juste endormi.

Et moi ? Suis-je mort ?

Tu vas devoir choisir. Viens.

Il avait suivi Mary dans une obscurité sans nom. Insondable ténèbre, où Mary était une lueur ténue, ultime souvenir de la lumière dans cet espace qui en était la négation.

Et, comme au cœur d'un tunnel on aperçoit soudain le jour, une clarté, d'abord lointaine, avait commencé de se lever. De plus en plus puissante. De plus en plus immense, à mesure qu'ils se rapprochaient d'elle.

La Lumière !

Et à mesure qu'ils se rapprochaient d'elle, Greg sentait, au tréfonds de lui, qu'il connaissait cette Lumière, et qu'il était connue d'elle. Comme une très ancienne réminiscence, plus ancienne que les débuts du monde...

Et soudain... Il fut dans la Lumière.

Alors...

Greg leva son stylo, et tapa sur la table d'un poing rageur. Son esprit, tendu vers le souvenir de cet instant d'éternité, ne rencontrait qu'un mur de brume. Un mur infranchissable d'oubli.

Et pourtant... Il le savait, dans la Lumière, et comme dilatée à l'infini, devenue l'infini, sa conscience avait eu accès... au Mystère. Celui de l'Humanité tout entière, et le Mystère de sa propre vie. Il avait vu sa propre vie, revécu chaque instant de son existence. Dans une clarté impitoyable, où chaque instant prenait un sens.

Mais il avait tout oublié.

Sauf la question.

Il y avait dans cette question un amour insensé, qui résonnait encore dans les profondeurs de son être. Cette question qui avait échappé à l'oubli.

N'est-il pas possible de faire mieux ?

Puis il y avait eu le choix.

Il s'était retrouvé devant deux voies. L'une menait au Ciel, l'autre à la Terre. La première consistait à ôter le masque de Greg et à recouvrer son visage de lumière. Puis à progresser vers les sphères du haut. Apprendre encore, pour servir à nouveau. Comment ? Il ne le voyait pas. Le chemin se perdait dans une brume scintillante... Attirante...

La deuxième voie, c'était redescendre, au-delà du mur de ténèbres, et réintégrer la vie de Greg Thomas. Alors une tâche l'attendait.

Les souvenirs de Greg s'arrêtaient là. Il posa son stylo. La fatigue commençait à envahir son corps.

Quelle tâche ?

Apparemment, puisqu'il était là, il avait fait son choix... Mais il ne se rappelait plus rien. Si, une seule chose : le chemin de la Terre était le plus pénible.

Mais c'était avec Mary qu'il devait l'accomplir.

— Docteur, je vous assure ! Il était parfaitement réveillé !

Janice Kübler, ignorant toute préséance, précédait Livingstone dans le couloir qui menait au service de soins intensifs. Elle avait mis un bon quart d'heure à le trouver, il faisait du gringue à une hôtesse d'accueil au rez-de-chaussée...

— Docteur, le 15... Il est vivant ! lui avait-elle annoncé.

— Vous êtes folle...

Mais il lui avait quand même emboîté le pas.

Janice s'arrêta net et laissa entrer son supérieur dans la chambre 15.

— Où est-il passé, nom de Dieu ? cria Livingstone.

Il sortit en la bousculant.

— Restez pas plantée là ! Trouvez-moi ce type ! Ou il va nous claquer entre les doigts pour de bon...

Affolée, l'infirmière se mit à fouiller les chambres. Le 15 n'était nulle part.

La porte de la salle de soins était entrebâillée. Par acquit de conscience, elle la poussa et jeta un œil à l'intérieur. Puis elle cria.

Il était là.

Assis sur une chaise, il était effondré contre le bureau. Janice s'approcha.

La joue posée sur un bloc-notes couvert d'une écriture nerveuse, un filet de bave coulant du coin des lèvres, Greg Thomas ronflait doucement.

33

Fort Detrick, Maryland

Bosman attendait depuis dix bonnes minutes, et commençait à se sentir mal à l'aise. Assis face à la silhouette massive de Merritt, à contre-jour, comme à l'accoutumée, il se demandait s'il ne devait pas, pour une fois, prendre la parole sans que son supérieur ne l'y ait invité d'un de ces gestes qu'il savait rendre imperceptibles et péremptoires à la fois... Depuis qu'il était entré dans le bureau du général, celui-ci, les yeux mi-clos, parfaitement immobile et silencieux, ne faisait tout simplement rien. Bosman n'était même pas sûr qu'il fût en train d'attendre quelque chose... Est-ce qu'il dort ? se demanda-t-il. Impensable ! Est-ce qu'il est malade ? On n'avait jamais entendu dire que le général Merritt eût un jour été malade...

Le colonel se racla la gorge.

— Général, articula-t-il d'une voix mal assurée. Vous m'avez convoqué...

— Fermez-la.

Merritt n'avait même pas bougé les lèvres.

Bosman, inquiet, la ferma.

Le colonel avait passé la nuit dans son bureau. À six heures du matin, il venait de réussir à s'endormir quand un planton avait frappé, porteur d'une convocation de Merritt. Séance tenante. Il n'avait même pas eu le temps de se raser. Bosman, résigné, s'attendait à prendre un nouveau savon, tant les choses allaient de mal en pis, semblant à chaque minute échapper davantage à tout contrôle... Et voilà que le général le laissait mariner dans son jus... Était-ce une forme raffinée de torture mentale ? Merritt avait servi au Viêt-nam, et le bruit courait qu'il y avait beaucoup appris en matière de techniques diverses ayant pour fin la destruction ou la manipulation mentale de son prochain... On disait aussi qu'il avait ramené deux épouses viets dans ses bagages, selon la coutume locale... Mais, au fond, personne ne savait grand-chose de la vie privée du général Merritt, ni même s'il avait une vie privée...

Bosman bâilla. Merritt ouvrit un œil et fronça les sourcils.

— Excusez-moi, murmura Bosman.

Merritt, hiératique, avait de nouveau les yeux mi-clos.

Est-ce qu'il se fout de ma gueule ? se demanda le colonel.

Puis il sursauta. Le téléphone s'était mis à sonner. Merritt décrocha.

— Mes respects, monsieur le Président.

Il mit le haut-parleur. À l'autre bout du fil, légèrement grésillante, c'était bien la voix de Clint Fitzgerald Harton, président des États-Unis.

— Votre colonel est là ?

— Oui, monsieur.

— Écoutez-moi tous les deux. Changement de direction. On gère tout depuis le Bureau ovale, compris ? Convoquez-moi tous vos scientifiques pour onze heures.

— Tous ensemble ?

— Évidemment, Merritt, tous ensemble... Vous faites des cachotteries aux gars chargés de résoudre le problème, et vous êtes incapable de rester étanche par rapport à quelques fouille-merdes ! C'est tous ensemble qu'ils ont une chance de nous dire un peu ce qui se passe.

— Bien, monsieur.

Il y eut un déclic, puis la tonalité.

— Vous avez entendu, Bosman ?

— Oui, monsieur.

— Alors exécution. Le Président est un con, doublé d'un foutu politicien, c'est un planqué qui a réussi à se faire réformer pour échapper au Viêt-nam, mais la merde ambiante dans laquelle nous plongeons tous allègrement depuis des années veut que ce soit ce genre d'individu qui commande. Alors on obéit aux cons, Bosman.

— Bien, monsieur.

— Dernière chose, Bosman. On ne dit encore rien de nos problèmes de botanique, c'est compris ? Même au Président. Je veux d'abord en savoir un petit peu plus sur ces histoires d'empoisonnement... Vous pouvez disposer.

Le colonel se leva, salua et tourna les talons.

Il va ajouter quelque chose, pensa-t-il en se dirigeant vers la porte. Comme il franchissait le seuil, la voix de Merritt lui parvint :

— Ça n'empêche pas qu'on les aura, Bosman...

— Qui donc, monsieur ? demanda le colonel sans se retourner.

— Les cons, Bosman. Les cons...

C'était un brouillard épais, dont il essayait d'émerger depuis de longues minutes. Il voulait ouvrir les yeux, mais une main de plomb pesait sur ses paupières. Une douleur, lancinante, était là, mais comme éloignée, tenue à distance, et Greg s'y accrochait, comme à un rai de lumière indiquant la sortie des ténèbres.

Où suis-je ? pensa-t-il vaguement.

La douleur était plus proche et plus perçante, et le brouillard se dissipait un peu.

En fait, il savait où il était. Ce putain d'hôpital militaire, où personne n'était capable de lui apporter du papier et un crayon...

Greg tenta d'esquisser un mouvement, et étouffa un cri. Il avait très mal à la jambe. Et à la gorge. Du papier et un crayon...

Il se rappelait.

Il avait parcouru, titubant, les couloirs déserts, pour noter, c'était urgentissime — noter quoi ? J'espère que je l'ai noté, pensa Greg, sinon je ne saurai jamais quoi... En fait, il avait noté des trucs, il s'en souvenait, mais où avait-il mis le papier ? Il n'avait pas souvenir d'être revenu dans sa chambre non plus... Pourquoi donc était-il à l'hôpital ?

Soudain il y eut du bruit dans la pièce.

— Debout les morts !

Avec peine, il parvint à s'asseoir à moitié, ce qui lui donna le tournis.

— Mon vieux, dit la voix, tu m'as l'air méchamment dans le coltard !

Peter !

C'était Peter.

Alors les souvenirs affluèrent dans son esprit : l'hélico, les chiens... Les gosses...

Son ami, délicatement, déposa sur ses genoux un plateau sur lequel fumait une tasse de café.

— Mon vieux, ça fait rudement plaisir de te voir, s'efforça-t-il d'articuler, mais il sentait bien que sa bouche était pâteuse.

Le visage de Peter apparut brusquement dans son champ de vision, à quelques centimètres du sien, l'air un peu inquiet.

— Qu'est-ce que tu dis ?

Greg, d'une main tremblante, saisit la tasse et secoua la tête. Rien, rien... Il lâcha dans le café trois morceaux de sucre, remua et but. Les vapeurs et le goût du liquide brûlant lui montaient lentement jusqu'au cerveau, aérant la bouillie de ses neurones.

Peter, assis sur le lit, le couvait du regard.

— C'est bon ?

— Je suis un peu dans les vapes...

— Normal. T'es sous morphine.

Greg fit la grimace.

— Ça m'empêche pas d'avoir mal partout !

— Tu sais qu'on t'a cru mort ? T'as été dans le coma presque une semaine... Comment tu te sens ?

— Vivant... Et pas trop mécontent. De l'autre côté, c'est assez sympa, mais la vie a ses bons côtés...

Il allait porter de nouveau la tasse à ses lèvres, mais il suspendit son geste. « De l'autre côté. »

— Ça ne va pas ? s'enquit Peter...

Il avait un regard de mère inquiète, et Greg sentit une émotion grandir dans sa poitrine, poussant les larmes jusque pas loin de ses yeux. Il se rappelait. Peter, tordu de douleur, parce qu'il le croyait mort... Peter, l'athée joyeux, qui lâchait au hasard des prières dans un ciel désert, désespéré...

Greg prit la main de son ami et la serra.

Peter était un peu rouge.

— Est-ce que tu te sens d'attaque pour sortir d'ici ?

— Oh oui ! J'ai horreur de l'hôpital.

— Bien... Alors à huit heures, tu as visite médicale, parce

235

que Livingstone ne veut pas te délivrer un bon de sortie avant de t'avoir vu une dernière fois. Je crois que tu lui poses aussi un problème théorique... D'après ce qu'il sait, tu es mort. Et il rêve de t'autopsier !

— Dis-lui que je m'y oppose.

— Et à dix heures...

Peter avait l'air gourmand.

— Washington, Maison Blanche, bureau du Président. Il semblerait que le Big Boss ait émis le désir de nous entendre en direct...

Greg lâcha un sifflement.

— Il va pas être déçu... Comment on dit « j'y comprends rien » sans avoir l'air d'un con ?

— On dit « j'ai des pistes ». D'ailleurs on a des pistes.

— Ah ouais ? C'est nouveau...

La voix tonitruante de Livingstone se fit soudain entendre.

— Comment va notre énigme scientifique ?

La haute silhouette du médecin s'encadrait dans l'embrasure de la porte. Derrière lui, s'efforçant d'apercevoir le malade, plusieurs têtes juvéniles se penchaient, l'air avide. Des internes, sans doute... Greg regarda Peter d'un air interrogateur.

— Je t'en parle dans l'hélicoptère, murmura celui-ci.

Puis il se tourna vers le médecin.

— L'énigme a bu un café fort, lui dit-il, et vous avez deux heures pour l'examiner sous toutes les coutures. Bosman passe nous prendre à dix heures.

Livingstone, suivi de ses troupes, s'approcha du lit de Greg. Il avait un air sévère.

— Alors monsieur Thomas, pourquoi n'êtes-vous pas mort ?

Washington, Maison Blanche, Bureau ovale

Norman Prescot avait le tournis, et sa main droite tremblait. Non pas qu'il fût impressionné, ça non, il n'en était plus là... Il était capable de se sentir à l'aise en toutes circonstances, à présent, et sa timidité, maladive quand il était jeune, n'était plus qu'un souvenir lointain. Il avait passé trois ans en thérapie avec le docteur Bateson, qui était un très bon (un très cher, mais un très bon), et même la présence du président des États-Unis, qui était assis à trois mètres de lui, ne pouvait plus le mettre dans un état pareil... Non, c'était une crise d'hypoglycémie. Il faisait toujours une crise d'hypoglycémie vers onze heures du matin mais d'habitude, il avait ses biscuits... Mais aujourd'hui, les circonstances étaient tellement particulières qu'il avait oublié ses biscuits... Est-ce qu'il pouvait se permettre de demander au Président qu'on lui apporte des biscuits ? « Et pourquoi ne vous le permettriez-vous pas ? » demanda la voix du docteur Bateson à l'intérieur de sa tête, et Norman décida qu'il avait peut-être encore besoin de quelques séances...

Si ces abrutis daignaient arriver, pensa-t-il, on aurait fini plus tôt. On attendait deux autres chercheurs, dont l'un était malade, d'après ce qu'il avait compris. Norman regarda sa montre. Onze heures dix... Il fallait un certain culot, pour faire attendre le président des États-Unis !...

Les autres n'avaient pas l'air de s'impatienter.

Harton, les mains posées sur l'estomac, semblait sommeiller.

Il y avait deux militaires en uniforme, Bosman, et un autre, un vieux, qui devait être général, et qui avait sa tête des mauvais jours, à moins que ce ne soit sa tête de tous les jours...

À l'autre bout de la table ovale étaient assis trois hommes en civil, et le visage de l'un d'eux lui était connu. Barkwell... Le professeur Barkwell... Un militaire, lui aussi, un spécialiste reconnu des virus ou un truc comme ça. Norman se rappelait l'avoir vu à la télé, il parlait du sida...

Qu'est-ce que ça signifie ? se demanda-t-il...

On avait convoqué son équipe le matin même, sans aucun préavis, pour rendre compte au Président. Mais il n'avait jamais été question d'une autre équipe... Ou bien...

Quelque chose sembla s'éclairer dans la tête du chercheur. Est-ce que ça aurait un rapport avec le bordel actuel concernant les épidémies ? Norman avait passé les trois dernières semaines à bosser jour et nuit, mais cette histoire faisait un tel tapage médiatique qu'il était impossible d'y échapper... Il y aurait des virus émergents, plusieurs foyers, et l'on reprocherait au gouvernement d'avoir caché la vérité...

Mais quelle relation cela pouvait-il bien entretenir avec ses propres recherches ?

La porte du Bureau ovale s'ouvrit, laissant passer trois hommes, dont l'un était assis sur un fauteuil roulant, un énorme pansement entourant sa gorge. Il était très pâle, et semblait effectivement mal en point.

Le général prit la parole. Il avait une voix rauque :

— Voici la troisième équipe, monsieur le Président.

Greg, en entrant dans le bureau du Président, cligna des yeux. Le soleil du matin diffusait à travers les rideaux blancs des deux grandes fenêtres une lumière large et puissante qui réveillait sa migraine. Sa jambe gauche l'élançait cruellement et en plus, il avait mal au cœur. Qu'est-ce qu'on était secoué dans un hélicoptère ! Il se sentait fragile depuis son retour du pays des morts, et vulnérable... Peter poussa son fauteuil roulant jusqu'à une place qui lui semblait réservée.

Ils étaient les derniers à arriver, apparemment. Autour de la grande table de conférence étaient assis une quinzaine d'hommes, dont il n'arrivait pas à voir les visages. La lumière était trop vive, on aurait dit qu'ils étaient tous à contre-jour.

Où donc était le Président ?

Il y avait une silhouette assise à une extrémité de la table, dont les deux voisins se tenaient légèrement à l'écart, et Greg en déduisit qu'il s'agissait de Clint Harton.

Tu te rends compte, se dit-il... Tu es en présence du président des États-Unis ! En fait, il n'en avait strictement rien à foutre.

L'éblouissement qui l'avait pris en entrant dans la pièce se dissipait quelque peu, et il reconnut le Président. Il avait des traces de couperose sur les joues, qu'on ne remarquait pas sur les photos.

Un vieux général parlait depuis un petit moment déjà, et Greg s'aperçut qu'il n'avait rien écouté. Il décida de se ressaisir. C'était étrange. Il ressentait une espèce d'indifférence fondamentale à toute chose, comme un soubassement de toutes les émotions qui se succédaient en lui... Mais il n'avait tout de même pas envie de passer pour un abruti quand on commencerait à s'intéresser à son cas.

Le général parlait d'une situation qui était grave. Il devait s'agir des bêtes... Mais il parlait de tremblements de terre... Et d'épidémies, aussi... Greg n'y comprenait rien.

— Comme il y a des chances qu'il s'agisse d'un phénomène global, poursuivait-il, nous avons pensé qu'il était préférable que les trois équipes que nous avons constituées mettent leurs résultats en commun.

Un phénomène global ? Les épidémies, les séismes et les déviances comportementales des animaux : un phénomène global...

Peter prit la parole :

— Si je comprends bien, vous nous avez caché l'existence des autres équipes... Avez-vous conscience que nous avons peut-être perdu trois semaines à cause de ça ?

— Il ne faut rien exagérer, dit Bosman. Vous êtes des spécialistes, et nous ne vous avons rien caché de ce qui relève de votre spécialité. Maintenant, nous avons jugé qu'il était temps de confronter les premiers résultats.

— Quels résultats ?

Tout le monde se tourna vers l'homme qui avait parlé. Il semblait de mauvaise humeur.

— Quels résultats ? répéta-t-il. Pour notre part, nous n'avons aucun résultat !

Un des types qui entouraient le Président se pencha vers celui-ci.

— Norman Prescot, qui dirige l'équipe des géophysiciens.

Le Président prit la parole :

— Je propose que chaque équipe nous fasse part de ce qu'elle sait. Puisque vous avez commencé, monsieur Prescot...

— Je voudrais simplement dire que je trouve regrettable que l'on nous dissimule des données alors que le problème est déjà suffisamment complexe...

À côté de lui, Peter opina du chef, et plusieurs autres participants firent de même. Greg en déduisit que ces derniers étaient des chercheurs. Les autres, demeurés raides et impassibles, devaient être des conseillers du Président, ou des membres du département de la Défense...

Le vieux général se redressa légèrement et regarda le géophysicien. Ses yeux étaient froids comme ceux d'un poisson-tueur.

— Monsieur Prescot, croyez-vous qu'il vous aurait été très utile, dans vos recherches sur les mouvements telluriques, de connaître l'existence de nouveaux virus, ou de savoir qu'il y a des bébêtes qui s'attaquent à l'homme ?

Prescot regarda son interlocuteur sans se laisser démonter.

— Je vais vous dire une chose, monsieur : nous sommes confrontés à un phénomène que nous ne savons pas expliquer en l'état actuel de nos connaissances. La Terre se comporte comme elle ne devrait pas se comporter. Il va donc falloir que nos connaissances changent.

Le chercheur marqua un temps.

— En d'autres termes, poursuivit-il, il va nous falloir du nouveau. De l'inédit, de l'inattendu. Nous allons devoir faire preuve d'imagination. Être créatifs. Je veux dire par là que si nous arrivons à expliquer ce qui se passe, l'explication ne ressemblera à rien de ce que nous pouvons actuellement imaginer. Car ce qui se passe ne ressemble à rien de ce à quoi nous pouvions nous attendre.

L'homme marqua encore une pause. De la sueur perlait à son front.

— Continuez, je vous prie, dit le Président.

— Il se passe des choses inédites dans plusieurs domaines qui correspondent à plusieurs spécialités scientifiques... C'est peut-être le signe que notre découpage des spécialités n'est pas adapté à la situation nouvelle. À cet égard, en travaillant chacun dans notre coin, nous avons effectivement perdu un temps précieux.

Il y eut un long silence. Greg était songeur. Peut-il réellement y avoir du nouveau sous le soleil ? Un phénomène qui exigerait de repenser radicalement tous les systèmes d'explication en vigueur ? Les révolutions, dans les sciences, n'arrivent jamais sous la pression des événements, plutôt en fonction des nécessités de la pensée humaine... Les lois qui gouvernent le monde ne sont-elles pas immuables ?

Le général avait repris la parole, et Greg s'aperçut qu'il avait manqué le début.

— ... et si la situation n'était pas aussi grave, je trouverais amusante cette propension de certains scientifiques à vouloir faire la révolution dès que quelque chose leur échappe. En l'occurrence, monsieur le Président, je crois qu'une explication beaucoup plus simple se dessine. Et ce n'est pas en mettant tous ces messieurs ensemble dans une pièce qu'ils auraient pu nous la trouver, pour la bonne raison qu'elle ne relève pas de leur compétence.

— Quelle explication, général Merritt ? demanda doucement le Président.

Le général s'adossa confortablement à sa chaise. Il laissait durer le suspense, et semblait jouir de son petit effet. Enfin il parla :

— Monsieur le Président... c'est une arme.

Le temps semblait arrêté. C'était un silence, épais comme une glu. Merritt avait les yeux mi-clos, comme un gros chat, assoupi en apparence, mais toujours prêt à bondir. À côté de lui, Bosman regardait dans le vide. Le Président avait la bouche béante, mais il la referma et sembla se ressaisir.

— Général, dit-il lentement, je suppose que vous mesurez la gravité de votre propos... Et que vous avez conscience qu'il va vous falloir l'étayer...

— Certes, monsieur le Président... Mais je propose que chaque équipe nous fasse part de ses résultats, ou, à défaut...

Le général s'était tourné vers Prescot.

— ... de ses constatations. Ainsi, je serai mieux en mesure de vous donner mes raisons.

Sans attendre l'assentiment du Président, le vieux militaire se tourna vers l'un des hommes.

— Professeur Barkwell, je suggère que vous commenciez.

Ce dernier se tourna vers Harton, qui hocha imperceptiblement la tête.

— Eh bien, dit-il, nous avons nous-mêmes davantage de

constatations que de résultats... Les épidémies ont pour origine un virus ou plutôt... des virus. Je vais essayer d'être aussi clair que possible. On appelle virus des systèmes dont on ne peut dire exactement s'ils sont vivants, car d'un côté ils n'ont pas de métabolisme propre, et de l'autre ils ont la possibilité de se reproduire...

— Attendez, coupa le Président. Ils se reproduisent, et ce ne sont pas des êtres vivants ?

Barkwell eut l'air embarrassé.

— Tout dépend de ce qu'on appelle « vivant ». En biologie, on ne définit pas exactement ce terme... Ou, plutôt, sa définition sert davantage à circonscrire un domaine qu'à définir une essence... Disons que les virus ne se reproduisent pas. Très exactement, ils se répliquent à l'identique.

— Professeur, intervint le général Merritt, je ne crois pas que ces problèmes de vocabulaire intéressent monsieur le Président, qui a des décisions politiques à prendre.

— Général, dit le Président d'une voix glacée, comme vous l'avez aimablement fait remarquer je suis le Président, et c'est moi qui définis ce qui m'intéresse ou non. Aussi étonnant que cela puisse vous paraître, j'aime comprendre avant de décider. Barkwell, continuez.

Le général se tassa légèrement.

— Eh bien, reprit Barkwell, un virus se réplique en se fixant sur la membrane d'une cellule... Il y injecte son filament d'ADN... Et la cellule le copie, à l'identique, des centaines de fois. En même temps, elle fabrique les protéines qui constituent le virus. Le tout, en s'assemblant, produit des centaines de virus, identiques au premier. Voilà la configuration normale. Mais dans le cas qui nous intéresse, ça ne se passe pas comme ça...

Le professeur s'arrêta pour reprendre son souffle. Harton lui fit signe de poursuivre.

— Dans la configuration normale, le virus est répliqué à l'identique. Il y a parfois des erreurs, ce qui produit un virus mutant, mais c'est exceptionnel. Et le virus mutant, en général, n'est pas viable. Il est donc détruit sans se répliquer lui-même. C'est pourquoi les nouveaux virus, heureusement, sont rares... je veux dire, ceux qui, suite à une mutation accidentelle, parviennent à se développer. L'épidémie du sida, par exemple, a donné lieu à un petit nombre de mutations, ce qui suffit d'ailleurs à compliquer considérablement la recherche... Mais dans le cas qui nous intéresse...

Barkwell s'interrompit à nouveau.

— Oui ? dit le Président.

— Les virus que nous avons isolés ont cette particularité... Ils ne se répliquent *jamais* à l'identique. La cellule-hôte les copie, mais elle se trompe ! Tout se passe comme si le virus la programmait pour le copier, mais avec des erreurs à chaque fois ! Et ce qui est plus troublant encore...

Le chercheur s'essuya le front.

— ... c'est que la proportion de virus mutants viables est anormalement importante. En clair, chaque infection nouvelle produit des centaines de nouveaux virus... Ce qui rend la découverte d'une thérapie ou d'un vaccin à peu près impossible... en l'état actuel de nos connaissances.

Il y eut un long silence. Un des conseillers du Président dessinait nerveusement avec un crayon, qui brusquement se cassa en deux avec un claquement sec.

— Excusez-moi, bredouilla-t-il.

— Alors il n'y a aucune parade ? demanda le Président.

Merritt prit la parole :

— La seule parade, monsieur le Président, est d'ordre militaire. C'est celle que nous avons utilisée jusqu'à maintenant.

— Cautériser, murmura Clint Harton comme pour lui-même. Vous avez conscience, général, que c'est une « parade » coûteuse...

Le Président hésita.

— Et qui a ses limites, ajouta-t-il un ton plus bas. Nous le savons tous les deux.

— Mais c'est la seule, monsieur le Président. Ou tout au moins...

Merritt savait créer le suspense. Le Président lui-même était suspendu à ses lèvres.

— ... C'est la seule parade défensive.

— Expliquez-vous.

— Monsieur le Président, regardons les choses en face ! Comme par hasard, nous sommes confrontés à un virus qui tue très vite. Donc qui se propage très peu. Et, comme par hasard, les foyers sont nombreux. Or, pour une arme bactériologique, c'est justement la configuration stratégique optimale : faire le plus de dégâts possible, sans mettre en danger ses concepteurs ! Pour moi, c'est clair : ce virus est une arme bactériologique, extrêmement sophistiquée. Et que nous serions incapables de produire. Sur ce plan, l'ennemi a de l'avance sur nous. Mais nous ne sommes pas pour autant démunis en matière d'armement stratégique... Et ça, l'ennemi le sait ! Voilà pourquoi il s'avance masqué. Il a tout intérêt à ce que nous ignorions qu'il s'agit d'une attaque... D'une attaque qui a pour objet la destruction des États-Unis d'Amérique !

L'homme assis à la droite du Président, et qui jusqu'à maintenant n'avait rien dit, prit la parole :

— Général, votre interprétation mérite d'être prise en compte, mais vous allez un peu vite en besogne. Admettons que ce virus soit d'origine humaine, et résulte d'une intention hostile... Mais les autres phénomènes ? Les attaques animales ?... Les séismes ?...

Greg se pencha sur l'épaule de Peter.

— Qui est-ce ? murmura-t-il.

— Allan Barnsley, chef du département de la Défense.

Merritt répondit posément, l'air serein :

— Je propose de laisser la parole aux deux autres équipes.

Le Président se tourna vers Peter et Greg.

— Messieurs...

— Vas-y, lâcha Greg à voix basse. Je n'ai pas encore les idées très claires.

— Messieurs, commença Peter, j'aurais aimé pouvoir vous dire que nous avons des résultats...

Il hésita un instant.

— ... au moins des pistes... Malheureusement, ce n'est pas le cas. Nous avons tout au plus réuni quelques constatations, dont la plupart sont négatives. Nous avons fait des hypothèses, nous les avons testées expérimentalement, et les résultats expérimentaux ont contredit ces hypothèses. Ce qui veut dire que, d'un point de vue strictement scientifique, nous avons avancé. Mais, d'un point de vue pratique, qui est celui qui nous intéresse, c'est comme si nous avions pissé dans un stradivarius !

Peter toussa légèrement.

— Pardonnez-moi l'expression. Je voulais dire qu'en l'état actuel de nos recherches, nous n'avons plus d'hypothèses. Car nous sommes confrontés à un phénomène qui, d'après nos connaissances, est impossible.

Il s'interrompit quelques secondes et reprit :

— Nous avons cependant obtenu un résultat positif, qui constitue peut-être un début de piste de recherche... Nous avons relevé, chez les individus d'un groupe de chiens tueurs, des sécrétions de phéromones tout à fait inhabituelles.

— Les phéromones, interrompit Harton, l'air intéressé, ne sont-ce pas des substances, euh... sexuelles, qui affectent l'odorat ?

— Oui, elles affectent l'odorat, mais elles ne concernent pas seulement la sexualité. Les phéromones sont une des substances chimiques les plus répandues dans la nature, puisqu'elles sont sécrétées par tous les animaux, sauf les oiseaux, et par certains champignons ainsi que certaines algues... Leur fonction est de coordonner les activités d'un groupe : provoquer le rassemblement en vue d'une certaine tâche, collecter de la nourriture par exemple, ou la dispersion en cas de danger... Et aussi, effectivement, attirer le partenaire sexuel, et là, cela concerne aussi l'animal humain...

— Et dans le cas de nos chiens ? demanda le Président.

— Dans le cas de nos chiens... la manière dont ces bêtes se regroupent, se synchronisent et coopèrent à leur tâche agressive est très atypique. Nous pensons qu'il existe un lien avec la sécrétion inhabituelle de phéromones que nous avons pu relever. Ces chiens obéissent à une injonction qui s'adresse à leur odorat. En même temps, ils sécrètent la même injonction pour leurs congénères... Qu'est-ce qui provoque ce mécanisme ? Nous l'ignorons. Pour le moment...

Merritt l'interrompit :

— Monsieur le Président, pardonnez-moi : qui provoque ce mécanisme ? Voilà la vraie question. Pour moi, il ne fait aucun doute qu'il s'agit d'un phénomène artificiel, et d'origine humaine. Enfin, messieurs les scientifiques, je ne crois pas que la nature nous ait habitués à changer ses règles de comportement et à adopter des lois nouvelles... S'il y a du nouveau, du radicalement nouveau, comme vous semblez le penser, il faut bien qu'il y ait une cause !

— Attendez, attendez, général ! reprit Peter. L'explication par une intervention humaine n'est pas moins mystérieuse que l'hypothèse d'un phénomène naturel. Car nous n'avons pas la moindre idée de la manière dont ces prétendus ennemis pourraient induire des comportements déviants chez des animaux sur un territoire aussi vaste que celui des États-Unis !

— C'est donc, mon cher monsieur, qu'il y a chez nos ennemis des scientifiques qui en savent un peu plus que vous ! Et ça, il est clair que vous aurez toujours beaucoup de mal à l'admettre...

Peter ne répliqua pas. À travers le double vitrage blindé des deux grandes fenêtres du Bureau ovale, on devinait au loin la sourde rumeur de la cité. Greg se sentait perplexe. Se pourrait-il que le général ait raison ? Que, par exemple, l'émission d'une onde d'une certaine fréquence produise des perturbations sur l'activité cérébrale de certains animaux ? Mais pourquoi cela n'affectait-il pas l'homme ? Et ne serait-il pas plus efficace, alors, d'émettre une onde capable de perturber directement le comportement humain ? Si l'« ennemi » avait des connaissances qui nous dépassaient à ce point, cela ne lui était-il pas possible ? Et pourquoi, si cela lui était possible, ne le faisait-il pas ? Pour masquer jusqu'au bout son attaque et ainsi éviter une riposte stratégique ?

Le Président rompit le silence qui s'était installé :

— Il nous reste à écouter monsieur Prescot...

Le géophysicien se redressa sur son siège.

— Je tiens d'abord à dire que les hypothèses aventureuses du général Merritt ne me convainquent absolument pas.

Il se tourna vers le vieux militaire.

— Je vais peut-être vous surprendre, monsieur, mais je

trouve que vous accordez à la science un crédit qu'elle ne mérite peut-être pas. D'abord, vous supposez chez notre « ennemi » des moyens techniques que j'ai du mal à concevoir. Une arme bactériologique particulièrement redoutable, soit. De toute façon, je vous avoue que je n'y connais rien. Un procédé, que j'ai du mal à imaginer, pour modifier à distance le comportement de certains animaux, bon... C'est de la science-fiction, mais pourquoi pas ?... Mais là où je bloque, pardonnez-moi, c'est sur l'idée qu'il serait possible de provoquer artificiellement des séismes de l'ampleur de ceux que nous connaissons !

Merritt, calé sur sa chaise, les yeux presque fermés, ne bronchait pas.

— En outre, poursuivit le géophysicien, et sur un plan plus théorique... Vous supposez que la nature obéit à des lois immuables, et que nous connaissons ces lois... Qu'en savez-vous ! Des comportements de la nature échappent à notre compréhension, alors il faut qu'ils soient non naturels ! Quelle outrecuidance ! Monsieur, je suis scientifique, moi, et je n'ai pas cette prétention, qu'ont certains de mes collègues, d'être capable de percer les secrets de la nature. Et dans ma propre discipline, cela fait longtemps que j'ai l'intuition que nos systèmes d'explication sont très insuffisants pour saisir les mystères du fonctionnement et du développement de notre planète... Il y a de telles zones d'ombre ! Et pour moi, ce qui arrive aujourd'hui ne fait que confirmer mes doutes... Nous avons besoin d'un peu de modestie ! Messieurs, nous nous prenons pour des dieux, mais nous ne savons pas grand-chose...

Prescot reprit son souffle. Merritt le regardait avec, aux lèvres, un petit sourire de carnassier.

— Mon cher ami, vos troubles existentiels sont très émouvants, mais vous n'êtes pas dans le bureau d'un psychothérapeute, je vous le rappelle, mais dans celui du président des États-Unis...

Le chercheur se redressa d'un bloc.

— Général, vos petites stratégies rhétoriques sont dérisoires par rapport à la gravité de la situation ! Je n'ai pas l'impression d'être hors sujet. Nous sommes confrontés à une menace terrible, qui engage peut-être le devenir de toute l'humanité... La Terre se comporte comme elle ne s'est jamais comportée ! Et nous n'avons aucune idée de la manière dont elle va se comporter dans un proche avenir ! Tout ce que nous croyons savoir, il faut le remettre en question...

Merritt s'adressa au Président :

— Monsieur, en attendant de mener ce vaste programme scientifique à bien, je voudrais attirer votre attention sur un seul point. Il ne s'agit pas d'une menace pour « toute l'humanité ». Les données sont claires : seul le territoire américain est touché. Tout ceci est ciblé, monsieur le Président. Terriblement ciblé.

Bosman leva un doigt et prit la parole.

— Pardonnez-moi, général. J'ai une légère correction à apporter. Depuis ce matin, on relève une vague d'importants séismes en Amérique latine, associés à de fortes et inhabituelles perturbations climatiques : ouragans, cyclones, qui ravagent le Venezuela, la Colombie, l'Équateur et le nord du Brésil... Il est encore un peu tôt pour dire si cela a un rapport avec ce qui nous occupe, mais... ce sont des faits troublants.

Greg sentit son corps tressaillir. Mary, pensa-t-il. Elle était dans la zone... le nord du Brésil. Elle était peut-être au milieu de la forêt amazonienne, hors de portée des secours, sans que personne ne connaisse sa position... Il n'écoutait plus la conversation. Il reconnut seulement la voix cassée de Merritt, dont le débit était un peu plus rapide qu'à l'accoutumée. Au bout de quelques secondes, le sens de ce qu'il disait finit par percer les brumes de son angoisse.

— ... et il faudrait être assez naïf pour imaginer qu'une arme aussi puissante ait en même temps une précision suffisante pour circonscrire ses effets au seul territoire des États-Unis, et s'arrêter d'opérer comme par miracle à la frontière ! D'autant que l'ennemi doit se foutre éperdument de provoquer des dégâts dans des pays qui constituent toujours une zone d'influence privilégiée pour l'Amérique...

Le général alluma posément un cigare.

— En outre, poursuivit-il, un fait nouveau, que vous connaissez déjà, monsieur le Président, fera peut-être réfléchir nos amis scientifiques... Des cultures destinées à l'alimentation humaine connaissent des mutations. Pas n'importe quelles mutations...

Le général tira une bouffée de son cigare, l'air satisfait. Tout le monde était suspendu à ses lèvres.

— ... Des mutations qui ont pour effet de rendre lesdites cultures mortelles à la consommation humaine. Il y a déjà des centaines de morts. Encore un phénomène « naturel », messieurs...

Il régnait dans la salle un silence de plomb. Le général, d'une voix plus sourde, reprit la parole :

— Monsieur le Président, je sais qu'il est pénible de l'admettre, mais nous sommes en guerre. Une guerre d'un nouveau genre. La guerre écologique.

— Alors, qui est l'ennemi, Merritt ? demanda le Président.

— Monsieur le Président, je crois qu'il convient de chercher parmi les plus puissants de ceux qui ont intérêt à notre affaiblissement. La Russie n'est plus très puissante, et elle a besoin de nous... Nos alliés européens sont encore puissants, mais je vois mal leur intérêt... Il reste donc un pays...

Le général s'arrêta. Tous les regards étaient braqués sur lui. Il les soutint.

— Un pays, poursuivit-il, dont l'économie est florissante parce qu'elle opère une synthèse efficace de capitalisme et de dirigisme... Un pays qui pourrait prétendre dominer le monde si l'Amérique perdait sa suprématie... Un pays dont la culture et les valeurs sont aux antipodes des nôtres...

— Eh bien allez-y, Merritt ! Son nom !

— La Chine, monsieur le Président.

34

12 Market Street, Philadelphie

Linda s'aperçut que sa mâchoire était abominablement serrée. Elle essaya un bâillement pour se décrisper, ce qui lui provoqua une brève mais fulgurante douleur dans le haut du cou, un peu sur la droite. Elle avait dû se coincer un nerf. Tom se tourna vers elle. Avait-elle laissé échapper un cri ? Mais le regard du garçon n'était pas sévère. Au contraire, il y avait une douceur très profonde, et Linda se sentit mieux. Tom avait tellement changé. Ses yeux, plus grands et plus clairs, brillaient. Ses joues étaient rouges. On aurait dit qu'il renaissait...

« Vous allez renaître à une nouvelle vie », avait dit Ariella.

Alors c'était maintenant...

Autour d'elle, les membres de la communauté semblaient ne faire plus qu'un. Des hommes, des femmes et des enfants, des gens de race et d'origine très différentes, assis les uns contre les autres, regardaient tous intensément vers l'autel. Ils regardaient Ariella.

Celle-ci était couchée sur l'autel, nue, jambes écartées. Son corps, décharné autour du ventre rond, était agité de violents soubresauts.

Les contractions.

Son visage, livide, semblait avoir encore vieilli de quelques années. Sa bouche était ouverte, comme si elle poussait un long cri, mais elle ne criait pas. Tout était silencieux. Un silence lourd comme le plomb.

« La Bête livre son ultime combat »... c'est ce qu'avait dit le Premier Apôtre. De fait, Ariella semblait combattre. Est-ce qu'elle est attaquée par Satan ? se demanda Linda... Elle semblait tellement souffrir...

Est-ce qu'elle souffre pour nous ? Pour l'humanité ?

Debout à ses côtés, le professeur Garrett lui tenait la main.

250

Il portait sa blouse blanche. Quelques minutes plus tôt, il avait pris sa tension.

« Le Plus Grand des Repentis »...

C'était lui, l'artisan de la Grande Union... Lui, le pécheur, l'endurci, profanateur de l'Arbre de Vie, qui avait bâti sa carrière sur des expériences de fécondation *in vitro* et de clonage humain... « Mais le Seigneur se sert des armes que forge la Bête... »

Un jour, Ariella était venue le trouver. Elle lui avait révélé son péché. Et il avait cru. Et l'arme qu'avait forgée la Bête, il l'avait retournée contre la Bête. Une nouvelle fois, le Seigneur avait été fidèle à Sa promesse.

Telle Sarah, malgré son âge, et grâce au professeur Garrett, Ariella avait été féconde.

Les soubresauts d'Ariella devenaient furieux. Le Premier Apôtre s'avança, et prit la parole :

— Le Démon, le Séparateur... il veut briser l'Union ! Mais cela ne sera pas. Noël est à Satan !

— Noël est à Satan ! reprit l'assemblée d'une seule voix.

— Frères, sœurs... Il est temps...

Linda sentit son dos se raidir. Je ne veux pas mourir, pensa-t-elle. Je ne veux pas mourir ! Son cœur se mit à battre dans sa poitrine, à lui fracasser les côtes. Un refus brutal envahissait son corps. Pas mourir !

Un homme passait dans les rangs, distribuant de très petites boîtes. Chacun prenait la sienne. La plupart des visages étaient lumineux. Tom ne la regardait pas, mais Linda le voyait de profil. Il était serein, presque impatient... Était-il heureux d'aller retrouver Amy ?

« Tu es petite, Linda », dit une voix dans sa tête, qui lui sembla résonner dans un espace immense. Linda, tu le sais... Dans quelques minutes, le monde aura pris fin... Tous les élus seront fondus dans l'unité... Linda, ils t'ont accueillie parmi les élus... Malgré tes péchés, ils t'ont reçue, et pardonnée ! Voudrais-tu être ailleurs qu'ici, au moment où tout s'achève ? »

La voix avait fait taire ses pensées, ne laissant que les larmes... et des images qui défilaient dans son crâne. Des bêtes, redevenues sauvages, qui déchiraient des corps d'humains... Des villes inertes peuplées de cadavres émaciés... Des fissures qui s'ouvraient dans la terre, des vagues géantes engloutissant des millions d'hommes... La fin du monde.

Trois jours plus tôt, quand elle avait frappé à la porte de la grande maison qui abritait la communauté, on lui avait ouvert, et des sourires l'avaient accueillie. On l'avait amenée au sanctuaire d'Ariella, et Ariella l'avait serrée longuement dans ses bras. Elle avait parlé de la joie dans le Ciel, quand une brebis perdue est retrouvée. La jeune fille s'était sentie aimée. Profondément.

Et plus tard, quand il l'avait vue, Tom avait souri lui aussi. Il l'avait serrée dans ses bras. Comme un frère.

Linda sentait des larmes le long de ses joues. Elle pleurait ses fautes. Une prière monta en elle. Pardon... Pardon !

L'homme qui distribuait les boîtes s'arrêta devant elle. Linda ne sentait plus de révolte. Il y avait un grand calme au fond de son cœur. Elle prit ce qu'on lui tendait. Tout est bien, se dit-elle.

La petite boîte en plastique transparent contenait trois pilules blanches.

— Mes frères, mes sœurs, reprit le Premier Apôtre, mes chers compagnons... L'heure est venue !

Le professeur remplissait une grosse seringue d'un liquide translucide.

— Satan veut détruire la Grande Union ! Satan pousse le Divin Enfant hors de la Sainte Matrice ! C'est le temps du Sacrifice !

— Amen ! répondit l'assemblée.

— La Grande Union sera, pour les siècles des siècles !

— Amen !

Le médecin enfonça l'aiguille profondément dans le ventre d'Ariella et poussa lentement le liquide.

— Il est temps ! dit le Premier Apôtre.

Autour de Linda, tout le monde se mit à ouvrir sa petite boîte. Déjà, certains avalaient leurs pilules. Comme en rêve, elle voyait des yeux remplis d'amour et des corps qui s'affaissaient doucement. Non loin d'elle, une petite fille poussait des cris. Elle semblait refuser d'avaler les pilules. Sa mère lui saisit les cheveux, la petite cessa de se débattre. Son père, d'une main ferme, fit passer les trois pilules entre ses lèvres serrées.

Linda se tourna vers Tom. Celui-ci la regardait en souriant, les yeux brillants, heureux.

— Adieu, Linda, murmura-t-il en lui prenant la main. Je t'ai aimée, tu sais...

Puis il avala d'un coup les trois pilules.

Il y avait dans le cœur de Linda une paix profonde, qu'elle ne connaissait pas. Autour d'elle, tout semblait plus lumineux. Déjà des corps étaient allongés, des visages semblaient dormir paisiblement...

Linda avala les trois pilules.

Le corps de Tom glissait lentement vers le sol, où il s'allongea très doucement, comme retenu par une main d'ange. Linda s'allongea contre lui et ferma les yeux.

Elle était bien.

35

Quelque part au-dessus de la forêt amazonienne

Tout en bas, les murs blancs de la mission devenaient minuscules à mesure que le petit avion prenait de l'altitude. À perte de vue, de tous côtés, le vert profond de la forêt... Mary sentait ses paupières se fermer, un brouillard envahir sa tête. Elle était épuisée.

C'était comme si son organisme, après avoir des jours durant réprimé la fatigue, lâchait brusquement toute résistance, et s'abandonnait à son déferlement. C'était une fatigue totale, nerveuse, désespérée, car elle n'appelait pas le repos. Durant la courte nuit passée dans la petite mission salésienne, elle n'avait pu dormir que par courtes séquences, et d'un sommeil agité, qui ne réparait rien. Depuis deux semaines, elle n'avait tenu le choc qu'en réprimant ses sensations. Et maintenant, les sensations revenaient en force, comme si son corps exigeait qu'elle vive consciemment la fatigue et le stress accumulés.

Les deux derniers jours avaient été particulièrement éprouvants.

Mary avait émergé de son expérience du *yopo* avec un sentiment d'urgence extrême. Il fallait partir. Elle devait dire ce qu'elle avait vu : les jours de Colère.

Diego, sans rien lui demander, avait acquiescé. Comme s'il savait.

Ils étaient à deux jours de marche d'une mission salésienne sur le territoire vénézuélien. Elle avait dormi quelques heures, puis ils étaient partis. Sylvain, Diego, Mary.

Dès le premier soir, les orages s'étaient déchaînés. La nature semblait en révolte. Les éclairs trouaient la forêt autour d'eux, comme si le ciel cherchait à les réduire en cendres... Sans dormir, trempés, pelotonnés, ils avaient attendu le jour pour repartir. Le ciel ne s'était pas calmé. De la boue jusqu'aux genoux, ils avaient marché. La deuxième nuit, ils n'avaient pas dormi davantage...

Comment ils étaient arrivés à la mission, Mary n'en savait rien. Elle était allée très au-delà de ses forces. Du deuxième jour de marche, elle n'avait plus aucun souvenir. Comme si elle avait marché dans un coma profond...

La mission était équipée d'un téléphone. Diego avait appelé Rogulski.

À l'aube, il était là, son petit avion garé en bout de piste.

L'appareil eut un léger sursaut, et Mary s'aperçut qu'elle avait mal au cœur. Elle était tendue de partout. Oppressée. Si Diego était là, pensa-t-elle... Sa seule présence suffisait à la détendre, à la calmer. À lui donner des forces.

Mais, devant elle, à la droite de Rogulski, le siège de Diego était vide.

Je reste, avait-il dit.

Mary n'avait pu dissimuler sa surprise et sa peur. Elle le sentait, il était dangereux de rester. Les jours de Colère...

Ma place est ici, avait dit Diego. Quand un être qu'on aime va mourir, il est bon de l'accompagner.

Mary savait qu'il parlait du peuple yanomami. Un peu plus tard, elle lui avait posé une question.

Ai-je appris tout ce que je devais apprendre ?

Il avait ri doucement.

L'initiation ne fait que commencer.

Puis il l'avait serrée dans ses bras.

Adieu, Mary.

Mary essuya une larme qui lui chatouillait la joue. Est-ce que je le reverrai ? se demanda-t-elle.

À sa gauche, un autre siège était vide. Celui qu'occupait Sylvain à l'aller.

Je reste aussi.

Vous avez la possibilité de repartir, Sylvain, avait dit Diego, très doucement.

Il avait à cet instant une chaleur presque paternelle dans les yeux. Sylvain le regardait comme un chien contemple son maître, avec adoration.

Je reste.

Mary laissait ses larmes couler. Elle avait compris. À cet instant, tous deux savaient qu'ils allaient mourir. Sylvain savait. Il n'avait pas voulu partir. Il préférait mourir près de Diego que vivre loin de lui...

La jeune femme avait l'impression qu'un voile se déchirait en elle. Un de plus, se dit-elle... Elle ne sentait plus la fatigue. Elle pleurait doucement, mais il y avait au fond de son cœur une sérénité, et elle savait que cette sérénité ne cessait jamais d'être là, que c'était le fond d'elle-même. Simplement, le plus souvent, elle était occultée par quelque chose, une peur, une vérité qu'elle ne voulait pas voir, et qu'elle recouvrait d'ombre...

Ces dernières heures, elle n'avait pas voulu comprendre qu'elle ne verrait plus Diego. Elle s'était fait croire que leurs adieux n'en étaient pas. Diego n'avait rien fait pour la détromper. Il souriait, simplement, et Mary revoyait ce sourire. C'était celui d'un adulte face au jeu d'un enfant, un adulte qui feint d'y croire tout en laissant voir qu'il n'y croit pas vraiment... Qui laisse l'autre libre. C'était ainsi que procédait Diego. Il vous laissait totalement libre. Il vous laissait faire vos expériences, sans autre projet que de vous laisser croître...

C'est un maître, se dit Mary.

Les êtres humains, en général, ne sont que des enfants, qui singent le sérieux des adultes. Ils se fabriquent une ride au front pour croire en leur propre importance, et prennent l'air très occupés. Et tout au fond, ce sont de très petits enfants, mus par des peurs de très petits enfants...

Quelques hommes seulement, sont vraiment des adultes. Ils n'ont pas de ride au front, et ce sont des maîtres... Car ils sont capables de donner une éducation aux très petits enfants. Si ceux-ci le désirent, et le demandent... Sylvain, lui, avait compris tout cela. Et il y avait une chose qu'il voulait plus que tout, c'était demeurer aux côtés de Diego. Il était prêt à mourir, pourvu que ce fût aux côtés de celui qu'il tenait pour son maître...

Quel pouvait être le don, reçu de Diego, qui valait à ses yeux plus que sa vie ?

Sa propre vérité, peut-être...

Mary, quant à elle, n'avait pas voulu vivre la souffrance des adieux. Alors elle avait obscurci son cœur. Elle avait fait semblant. Diego avait respecté son jeu, sachant de toute façon qu'elle aurait à en payer le prix.

Et le prix, c'était de n'avoir pas vécu l'adieu. De n'avoir pas dit à Diego ce qu'elle avait à lui dire, sa peine immense, et sa reconnaissance, pour ce qu'elle était devenue grâce à lui... De ne l'avoir pas serré une dernière fois contre elle, lui qu'elle aimait comme le père qu'elle aurait voulu avoir...

Mary sentait que cette blessure mettrait du temps, beaucoup de temps avant de se refermer. La blessure d'avoir manqué un moment essentiel... Mais étrangement, la sérénité, cette lumière, était là derrière les larmes...

Car j'ai fini de me mentir, pensa-t-elle...

Je ne veux plus me mentir.

Le petit avion volait à présent au ras d'un inquiétant plafond de nuages sombres. Rogulski lui avait servi un repas froid, ils avaient un peu parlé... Puis elle avait dormi. Mary regarda sa montre. Dix heures du matin... Il faisait sombre comme en pleine nuit. Elle se pencha vers Rogulski.

— Est-ce qu'on risque un orage ? lui cria-t-elle.

— Ça se pourrait... Mais rien de bien grave, rassurez-vous.

La jeune femme se radossa. La nuque du pilote était couverte de sueur.

Rogulski était arrivé porteur de nouvelles tragiques et inquiétantes. Manaus était détruite. Un tremblement de terre avait abattu la cité, et la région était ravagée par de terribles ouragans. Il y avait des milliers de morts. Lui-même avait bien failli y passer. La tempête s'étendait au pays tout entier et avançait vers eux. Les orages que Mary avait traversés dans sa marche avec Diego et Sylvain n'en étaient qu'un signe avant-coureur...

Il était impossible de rentrer par Manaus. Il avait fallu choisir un autre itinéraire, en tenant compte des modifications de la météo. Rogulski avait tracé sur une carte un couloir qui semblait correspondre au point où les fronts de tempête se

rejoindraient le plus tard. Il fallait survoler le sud du Venezuela, puis la Colombie durant une ou deux heures, avant
de se poser à San Cristobal. De là, malgré les perturbations
atmosphériques, il y avait encore des liaisons régulières vers
Caracas, puis vers le sud des États-Unis...

Les jours de Colère... Ils avaient commencé. C'était une
menace plus terrifiante que toutes celles que l'humanité avait
jamais eu à connaître.

— Tu as vu la maladie, lui avait dit le Brujo, au moment
des adieux. Il t'appartient de soigner le malade...

Oui, Mary avait vu la maladie. Mais que faire pour le
malade, quand c'est le monde entier qui est malade ?

Mary, soudain, se sentait écrasée par le poids de sa tâche.

Elle savait ce que signifiait soigner un malade pour un chaman yanomami. Pour l'homme traditionnel, qu'il soit indien,
africain, australien, la maladie d'un individu n'est jamais que
le signe d'un déséquilibre entre la communauté humaine et
l'individu en question et, plus généralement, entre la communauté et la totalité du monde. La maladie n'est qu'un symptôme, celui d'une rupture d'harmonie entre les différentes
totalités auxquelles l'homme appartient : sa famille, sa tribu,
son territoire, l'axe de la terre et du ciel... Et le chaman a pour
tâche de restaurer une harmonie entre tous ces plans, par des
rituels, des invocations et la coopération de tout le groupe,
qui doit réparer ses manquements, et le cas échéant changer
son mode de vie... Car, quand un individu tombe malade,
pour l'homme traditionnel c'est le signe qu'il convient de
transformer le rapport au monde du groupe tout entier.

Mary, quand le *yopo* avait ouvert en elle des espaces nouveaux, avait rencontré les esprits de la Terre. Les *hékuras*. Elle
avait vu la maladie. C'était l'humanité qui était malade. Il fallait changer le rapport au monde de l'humanité tout entière.

Cela n'avait pas le moindre sens. Qui la croirait ? Qui
l'écouterait ? Une universitaire inconnue, sauf de quelques
collègues... L'enjeu ? L'avenir de l'espèce humaine.

Mary ferma les yeux.

Une impression d'irréalité l'envahissait doucement. Comme
si tout cela n'était qu'un songe, un film à l'intrigue un peu

grosse, qui allait finir, peu importe comment, puis la vie reprendrait son cours sans surprise. Le quotidien...

Un éclair déchira soudain le noir, et l'avion fit un brusque écart. Mary sentit sa main se crisper contre l'accoudoir. Un autre éclair fit apparaître un bref instant la masse impénétrable des nuages environnant le petit appareil, qui commençait à tanguer.

— Qu'est-ce qui se passe ? hurla la jeune femme.

Mais le vacarme de l'orage se mêlait au vrombissement des moteurs, et Rogulski ne répondit rien. Accroché au manche, à corriger les déviations de trajectoire, il était raide comme un automate.

Les éclairs succédaient aux éclairs, comme si, dans le coton menaçant des cumulonimbus, la lumière livrait la guerre aux ténèbres...

Puis l'avion bascula, heurté par une flèche de feu.

Rogulski, tendu comme un arc, tirait sur le manche. Le ventre de Mary était cisaillé douloureusement. Elle prit conscience que seule la force de sa ceinture la tenait à son siège. Ses membres étaient tétanisés. Elle réussit à jeter un œil vers le cockpit. Le pilote était plus bas qu'elle.

L'avion pique.

On tombe.

Est-ce que je vais mourir ? pensa Mary.

Greg...

C'était étrange. Elle avait rencontré Greg durant son voyage intérieur. Greg sans son corps. L'essence de Greg, dans un lieu sans espace... Il avait peur. Il était seul, comme un très petit enfant. Elle lui avait pris la main... Plus tard, il allait mieux... Avait-elle rêvé cela ?

Mary sentait tout son corps vibrer. La carlingue était secouée à se disloquer. Rogulski, penché, hurlait quelque chose dans sa radio.

Greg. Il a besoin de moi.

Je ne veux pas mourir. Il ne faut pas que je meure.

Je dois dire ce que j'ai vu. Je ne peux pas mourir. À quoi tout cela aurait-il servi ?

Par le hublot, le sol se rapprochait. C'était un mélange de terre et d'eau, comme un immense marécage planté de bosquets épars et de roseaux. Il y avait une pluie épaisse et sale, et des éclairs de toutes parts. Le temps semblait ralenti.

Le dos de Rogulski s'était affaissé. Le pilote ne semblait plus lutter. C'était le dos d'un homme vaincu.

Mary hurla de toutes ses forces sa révolte, mais n'entendit aucun son sortir d'elle. La mort, tout son corps la refusait, il était trop tôt.

Je n'ai pas encore vécu, se dit Mary.

Le sol était tout près, à présent. L'avion piquait vers un monticule de branches, de feuilles épaisses et d'arbustes, droit devant. Rogulski se retourna vers elle. Son visage était simplement triste, comme s'il s'excusait.

Mary ferma les yeux.

Tout est rouge. Un voile devant les yeux. Douleur. L'avion coupé en deux. Rogulski ?

Le feu. Le métal qui flambe et se tord. Chaleur. Il fait de plus en plus chaud. Se détacher.

Détacher la ceinture !

Le bras droit ne veut plus bouger. Les doigts de la main gauche forcent sur la boucle. Elle est brûlante.

Se détacher !

Mary se lève.

La ceinture a fini par céder. Un froid dans la tête, comme une étrange lucidité.

Il faut enlever la veste car elle est en feu.

C'est fait.

Il faut s'éloigner de l'avion.

La jambe droite ne veut pas. Traîner la jambe droite. Impossible de la poser. Sur un pied.

Vite.

C'est de l'eau. Jusqu'à la taille. De l'eau épaisse et sombre, où dansent des reflets d'incendie. Se laisser glisser.

Une explosion.

Mary est plus loin, elle a pris pied sur de la terre plus ferme, une boue qui n'aspire pas. Il y a un arbre. Et des plantes d'eau qui s'enroulent comme des serpents venus du marais.

Le ciel est calme. La lune se laisse voir. Il n'y a plus d'orage.

Il y a comme un cœur qui bat, venu du profond de la terre. Mary sait qu'elle va mourir là.

36

Fort Detrick, Maryland, jeudi 26 juin

Le phénomène devenait de plus en plus clair. Et les chercheurs comprenaient de moins en moins. Et Greg s'en foutait.

Manaus avait été rayé de la carte par un tremblement de terre. Mais normalement, Mary n'était plus à Manaus. Elle était en pleine forêt amazonienne, une forêt ravagée par les ouragans, les séismes et les inondations...

Greg pensait à Mary.

Rosenqvist travaillait de plus en plus frénétiquement. Comme hypnotisé, les yeux de plus en plus cernés, le regard vague. Peter lui, était attentif à l'angoisse de son ami. Mais tout autant que Rosenqvist, il était captivé par leurs recherches.

Greg, lui, s'en foutait.

Pourtant, cela devenait fascinant.

Les chiens qui leur étaient amenés par fourgons entiers avaient un comportement de plus en plus constant. Ils étaient calmes et doux, dans l'ensemble. Enfermés par groupes, ils ne tardaient pas à adopter des conduites de meutes qui impliquaient quelques affrontements, mais pas une fois cela n'avait débouché sur la mort d'un individu. Des blessures, quelquefois sérieuses, c'était tout. L'organisation de la meute avait pour effet d'établir une paix durable.

Un modèle de vie politique, avait dit Rosenqvist.

Par contre, il y avait un moment où tout changeait : quand les chiens sentaient la présence de l'homme. Alors ils devenaient fous furieux. Il leur fallait du sang.

Et comme on ne leur faisait pas l'amabilité de les fournir en chair humaine, les chercheurs préférant les étudier hors d'atteinte de leurs crises d'affection, ils finissaient par s'entre-dévorer.

La vue d'un homme suffisait à déclencher le processus. L'odeur d'un homme, aussi. Et parfois même, semblait-il, le simple souvenir de l'homme, éclatant comme une bulle, de temps à autre, à la surface de leur abrutissement...

Une dizaine de jours auparavant, il était encore possible d'approcher les bêtes, de les toucher... avec des précautions, certes. À présent, ce n'était plus la peine d'y penser.

Il y avait une évolution dans le comportement des bêtes, une évolution incroyablement rapide. Et totalement incompréhensible.

Greg, assis dans un coin du labo, n'avait pas le cœur à travailler. De toute manière, il n'avait pas d'idée. Rosenqvist, dans une pièce à côté, devait disséquer un de ses sujets, comme d'habitude, et faire des analyses, tissus, sécrétions...

Peter, quant à lui, était là. Greg en était content. La présence de son ami le réconfortait quelque peu dans sa peine. Il l'assistait au besoin, ou il le regardait bosser. Il réfléchissait, de temps en temps, en quête d'une piste, d'une idée...

Puis il pensait à Mary.

Il n'était pas anormal qu'il soit sans nouvelles. Elle devait séjourner dans la jungle, loin de toute communication. Elle l'avait prévenu. Il était possible qu'elle aille bien.

Mais il était possible aussi qu'il lui soit arrivé quelque chose. Et dans ce cas, il lui était impossible de le savoir. Il ne le saurait peut-être jamais. Greg sentait une douleur profonde dans sa poitrine, et il se força à respirer. Le plus terrible dans cette histoire, c'était que Mary pouvait tout simplement disparaître sans qu'il n'apprenne jamais où ni comment...

Seigneur...

Greg essaya de prier, mais il n'y arrivait pas. Il voulut ranimer au moins le souvenir de son expérience, au pays des morts, comme il aimait à le dire... Mais il y avait quelque chose de serré en lui qui empêchait la mémoire et le maintenait cloué à l'angoisse. De cette expérience, il savait que la mort n'était rien, qu'on ne pouvait réellement être séparé de ceux qu'on aime, que l'espace et le temps sont des apparences... Il le savait.

Mais il ne le sentait pas.

Ce n'était plus qu'une idée, et comme toutes les idées, soumise au venin du doute...

Avait-il vraiment vécu ce qu'il avait noté sur ces trois petits feuillets d'hôpital ? Ou l'avait-il seulement rêvé ? N'était-ce pas un de ces fantasmes, comme sait en produire un cerveau d'homme, dans une sauvage décharge de neuromédiateurs, adrénaline, sérotonine, noradrénaline ? Telle était l'interprétation de Livingstone, qu'il avait triomphalement exposée à son parterre d'internes, au terme de sa consultation, à l'hôpital militaire.

Vous avez vécu ce qu'on appelle une « expérience aux frontières de la mort », monsieur Thomas.

La vie humaine s'achèverait dans une grande overdose, une explosion jouissive de sécrétions synaptiques, un feu d'artifice de visions compensatoires qui dérouleraient, dans un hallucinant climat de réalité, les rêves humains les plus beaux et les plus fous... Et quand par hasard on survit à ça, avait conclu Livingstone, on a dans le crâne assez d'images pour fonder une religion !

Peter était en train de travailler sur un bull-terrier qu'il avait trépané, et dont il testait les réactions cérébrales et neurologiques. Il stimulait différentes zones du cerveau de la bête. Apparemment, la seule chose qui se passait, c'est que le chien avait une grosse envie de le bouffer, quelle que soit la zone stimulée. Mais Peter notait, inlassablement, dans l'espoir de relever un fait, un détail qui pourrait le mettre sur la piste...

— Ça va ? demanda-t-il.

Greg esquissa un sourire, mais sentit que celui-ci tenait plutôt de la grimace.

— Je pensais à Mary...

Son ami s'approcha.

— Peter, c'est affreux... Je crois que je serais incapable de vivre sans elle...

Peter le prit par les épaules et le secoua un peu.

— Elle va bien, j'en suis sûr. Un tremblement de terre est dangereux en ville, dans des habitations. Pas en forêt. Quant aux orages, il suffit de s'abriter et d'attendre que ça passe.

— Peter, ce sont des ouragans...

— Greg, écoute-moi... On peut toujours supposer le pire... Tu ne sais rien, et c'est ce qui te dérange. Je te comprends, il n'y a rien de plus inconfortable... mais essaye d'accepter ça. Tu n'as reçu aucune mauvaise nouvelle. Il n'y a pas de raison qu'elle n'aille pas bien...

Greg se sentait un peu mieux. Il sourit à Peter, reconnaissant qu'il ait su trouver les mots.

Trois coups furent frappés à la porte, et Bosman entra.

— Professeur Basler, puis-je vous parler une minute ? dit Bosman en lui faisant signe d'approcher.

Peter suivit le colonel.

Des minutes passèrent. Puis la porte s'ouvrit. Greg sut tout de suite. Il n'avait jamais vu le visage de Peter aussi ravagé.

Mary...

Peter le prit par l'épaule et le serra contre lui.

Greg se dégagea.

— Mary ?

— Son avion s'est écrasé. Quelque part au Venezuela.

L'esprit de Greg était étonnamment lucide, entièrement tendu vers un seul objectif, récolter des informations.

— A-t-on retrouvé l'avion ?

— Non.

— Alors elle est peut-être vivante.

Peter ne répondit rien.

— Est-ce qu'on peut le localiser ?

— Je ne sais pas, bredouilla Peter. Bosman ne m'a pas dit, je...

— On peut le localiser, professeur.

C'était la voix de Bosman. Greg se tourna vers la porte.

— Son pilote a pu envoyer un dernier message radio avant le crash, dit le colonel, dont la haute stature se découpait dans l'embrasure. Il a donné son identité, celle de sa passagère. Et sa position approximative. Professeur, je suis désolé.

Greg sentit que le colonel était sincère. Sa voix était précise, comme à l'accoutumée, et son maintien ferme. Mais il était vraiment triste.

— A-t-on envoyé des secours ?

— Les Vénézuéliens disent que les conditions météo ne le permettent pas.

Greg regarda Bosman droit dans les yeux.

— Colonel, je dois y aller.

L'autre esquissa comme un geste d'impuissance.

— Donnez-moi les moyens.

Bosman sembla hésiter.

— D'homme à homme, ajouta Greg, je vous le demande.

Le colonel hocha la tête.

— D'accord.

37

Norman Prescot avait un léger mal de dents. C'était embêtant car il fallait qu'il parle. Et qu'il soit convaincant.

Dans le Bureau ovale, face au Président, il ne s'était pas laissé déstabiliser par le vieux général. Il l'avait même bien mouché, à un moment. Et ça, c'était important. Il s'était opposé à un supérieur hiérarchique. Pour la première fois de sa vie...

Ainsi, il avait pu faire passer son message. Tout au moins, une petite partie de son message...

Dans une heure, ce serait la première réunion interdisciplinaire, entre toutes les équipes mobilisées officiellement sur les événements. Une réunion entre scientifiques. Et il avait encore des choses à dire. Des choses très importantes.

Il fallait qu'il réussisse à se faire entendre. Enfin.

Mais n'était-il pas déjà trop tard ?

Toute sa vie, Norman Prescot s'était tu. Quand il parlait, c'était pour dire ce que tout le monde avait envie d'entendre. Et parfois, il était même arrivé à se faire croire que c'était là sa vérité.

Un brutal élancement de douleur dans sa joue droite, remontant jusqu'à la tempe et presque dans l'oreille, le fit grimacer. Norman se dirigea vers le petit coin cuisine de la chambre que les militaires lui avaient affectée pour se préparer une deuxième aspirine. Puis il s'allongea sur son lit.

Ça faisait des années qu'il pressentait que quelque chose n'allait pas. La représentation qu'on se faisait de la terre, la représentation dominante, ne collait pas. Pourtant, lui-même avait contribué à l'élaboration de cette représentation... Jeune chercheur, il avait présenté une thèse remarquée sur les courants de convection thermique à l'intérieur de la terre, qui sont censés causer le déplacement des plaques à sa surface. C'était l'époque où la théorie de la tectonique des plaques commençait à s'imposer dans le monde scientifique, au point que nul chercheur ne pouvait prétendre obtenir des crédits, ni la moindre reconnaissance, s'il ne la posait pas en principe.

Sous nos pieds, le plancher des vaches est composé de plaques coulissantes qui se déplacent à une vitesse maximale d'environ dix-huit centimètres par an. Voilà pourquoi les continents dérivent. Voilà pourquoi se forment les montagnes. Voilà pourquoi la terre tremble et se modifie sous nos pieds. Encore fallait-il ensuite expliquer pourquoi les plaques bougent. Quel est le moteur de la tectonique des plaques.

Norman, pour ses débuts dans le métier, avait apporté sa contribution, jugée importante, à un modèle original et satisfaisant pour l'esprit : une description des mouvements thermiques qui affecteraient le manteau terrestre sur lequel glissent les plaques... Succès immédiat. Un poste à Harvard dans la foulée, avec un excellent salaire, une maison sur les hauteurs de Beacon Hill...

Et juste un petit problème. L'honorable géophysicien ne croyait pas à sa propre théorie. Il l'enseignait car on le payait pour ça, mais il n'y croyait plus. Y avait-il jamais cru ? Quand il avait fait sa thèse, il était surtout attentif à plaire à ses professeurs et à ses pairs, et il faut reconnaître qu'il avait un certain talent pour sentir le sens du vent, et anticiper sur les attentes, plus ou moins conscientes, de la communauté scientifique. À l'époque, sa théorie arrangeait tout le monde car elle autorisait un très grand nombre de chercheurs à ne remettre en question aucun des présupposés de leur recherche...

En outre, la théorie dominante avait le mérite d'être rassurante.

Au vingtième siècle, la guerre qui opposait, dans les sciences de la terre, le catastrophisme à l'actualisme, avait été remportée haut la main par cette dernière école. Pour l'actualisme, les mécanismes qui sont à l'œuvre actuellement suffisent à expliquer l'évolution de la terre et des formes vivantes depuis les origines. Nul besoin, pour expliquer les extinctions animales, de l'hypothèse chère aux catastrophistes d'un « déluge », trop inspiré de lectures bibliques... Nul besoin d'invoquer quelque cataclysme planétaire pour rendre compte de l'orogenèse et des modifications qui affectent la croûte terrestre... Il suffisait d'une évolution très lente, sur des millions et des millions d'années, surrection, érosion, dérive des continents... « La terre se comporte sous nos yeux comme elle s'est toujours comportée », c'était la thèse officielle. Et point n'était besoin d'alimenter l'angoisse humaine en invoquant des colères de la terre ou des cieux...

Et pourtant...

La belle théorie de Norman, qui décrivait de manière originale les mouvements de convection thermiques à l'intérieur du manteau terrestre, impliquait des mouvements telluriques continus, et très lents. Elle avait donc tout pour conforter les positions de l'actualisme... Alors que Norman n'avait jamais cru à l'actualisme.

Il n'avait jamais pu se représenter l'évolution de la terre comme celle d'un long fleuve tranquille. Pour lui, dans le fonds de rêveries et d'images qui constituait l'intime de son âme, la terre était une entité mouvante, instable, forcément colérique, imprévisible, dangereuse. Les civilisations humaines avaient profité, pour se développer, d'une période ridiculement courte à l'échelle des temps géologiques, quelques milliers d'années d'accalmie... Dix mille ans... Quinze mille ans... Un soupir entre deux soubresauts... Un répit, qui touchait peut-être à sa fin.

Ses intuitions, Norman n'en avait jamais parlé à personne. Il avait peur de perdre son job, et sa position sociale. Et parce qu'il avait peur, il n'avait jamais cessé de se trahir. Et de trahir aussi, peut-être, l'humanité tout entière. Car s'il avait parlé plus tôt...

Puis les événements avaient commencé.

Et c'est lui qu'on avait appelé...

Quand Norman avait entendu le colonel Bosman se présenter au téléphone, il avait immédiatement pressenti que le destin avait décidé de se servir de lui. Cela faisait plusieurs jours qu'il étudiait des enregistrements sismiques très inhabituels sur l'ensemble du globe. Il avait bien essayé d'y intéresser un ou deux collègues... peine perdue. L'inhabituel, pour des chercheurs passant l'essentiel de leur temps à traquer des constantes et des lois, ne pouvait être qu'une insuffisance provisoire des instruments de mesure, que le temps finirait par corriger...

Et Bosman, sans savoir le moins du monde que Norman était déjà sur le coup, et pour son propre compte, l'avait contacté — suprême ironie du sort... parce qu'il était l'un des spécialistes les plus reconnus de la théorie dominante ! À laquelle il ne croyait plus. Et que les événements en cours étaient en train de démentir !

Norman éclata d'un rire tendu et se leva de son lit. Il n'avait plus mal aux dents. Il allait parler, enfin ! Dire ce qu'il savait. À des gens bien obligés de lui prêter l'oreille, parce que cette fois... Devant ce qui était en train de se passer, aucun scientifique ne pouvait plus s'abriter derrière ses petites théories. Il allait bien falloir tout repenser. Repartir de zéro.

S'il n'était pas déjà trop tard...

Le colonel Bosman alluma une cigarette et se regarda dans la glace. Il n'était pas le genre d'homme à céder au découragement. « Je ne suis pas le genre d'homme à céder au découragement », murmura-t-il.

Puis il cacha son visage entre ses mains et éclata en sanglots.

Quelques instants plus tard, il releva légèrement la tête, et jeta un œil à son reflet dans le miroir. Il avait une gueule de dégénéré total. Des cernes sombres entouraient ses yeux injectés de sang qui brillaient d'un restant de larmes. Un tic nerveux agitait l'angle de sa paupière droite, à intervalles irréguliers. En un mois, il avait pris dix ans.

Mais, au fond, il se sentait mieux. Pleurer lui avait fait du bien. J'ai pleuré, se dit-il. C'était un peu comme une victoire. Depuis combien de temps n'avait-il pas pleuré ? Il entendait la voix de son père, comme une litanie lointaine : « Un homme, ça ne pleure pas. »

Eh bien si, un homme ça pleure ! Et c'est même rudement bon. Quand tout va mal, que faire sinon pleurer ? Et attendre. Attendre qu'une porte veuille bien s'ouvrir dans le tissu des choses, attendre le rayon de lumière qui indique la sortie du tunnel. Si on est dans un tunnel. Et pas en enfer.

La cendre de sa cigarette tomba sur son pantalon et il l'essuya d'un geste fatigué. Puis il éteignit la cigarette. Il n'avait pas envie de fumer. Il n'avait envie de rien. Il était épuisé. Il manquait de sommeil. Cette nuit, il avait eu une vraie nuit pour dormir, un petit répit dans la masse de travail qui l'accablait depuis trois semaines... et il avait à peine fermé l'œil !

Étrange... Il avait beaucoup pensé à Greg Thomas. Pourquoi avait-il accédé à sa demande ? Merritt ne l'aurait jamais fait... On avait besoin du chercheur à Fort Detrick. Et il n'y avait pas l'ombre d'une chance qu'on retrouve sa femme vivante. Pourquoi ne pas attendre une accalmie météo et ramener tranquillement le corps ? Les autorités vénézuéliennes auraient pu s'en occuper. Vous êtes un sentimental, Bosman...

Le colonel sursauta. Il venait de s'apercevoir que la voix qui parlait dans son crâne était celle, pleine de reproche, du général Merritt. Ce vieux con de général, pétri de certitudes et d'obsolescence, voilà qu'il parlait à l'intérieur de sa tête, à présent !

Ce n'est pas nouveau, se dit Bosman. Au fond, il y a toujours eu la voix d'un vieux con dans ma tête. Un vieux con qui me dit fais-ci, fais ça, y faut ci, y faut pas ça... Peut-être bien, au fond, que je suis un sentimental... Et après ?

La vérité, c'est que le colonel avait été ému par la détresse de Greg Thomas. Voilà un type qui avait risqué sa peau pour sauver des gosses, et dix jours plus tard il apprenait que sa femme était morte... C'était un type bien, le genre d'homme dont Bosman aurait pu être l'ami.

« Et c'est ce genre de considération qui l'emporte quand vous prenez une décision dans l'exercice de vos fonctions ? »

C'était Merritt...

Le colonel se mit à rire doucement.

La fatigue avait un avantage. Elle semblait affaiblir les défenses mentales, si bien que les voix silencieuses qui passaient leur temps à chuchoter des ordres insidieux depuis les Q.G. top secrets de nos mémoires, infléchissant et dirigeant nos comportements, soudain laissaient entendre distinctement leurs petites manigances. Qui perdaient alors beaucoup de leur puissance...

— Général Merritt, ta gueule ! articula-t-il avec une sorte de jubilation.

Il était bien décidé à ne plus se laisser faire par la colonie de juges et de chefaillons qui peuplait sa cervelle.

Oui, tout allait mal. Mais passer son temps à se faire des reproches, est-ce que ça pouvait arranger quoi que ce soit ? À chaque seconde, la situation semblait échapper davantage à tout contrôle. Est-ce qu'il y pouvait quelque chose ?

Depuis deux jours, des foyers d'épidémie éclataient de toute part. Les attaques de bêtes sauvages se multipliaient dans tout le pays. Et la terre tremblait, un peu partout. En plus, la météo se dégradait, et l'on annonçait un front d'ouragans venu du Sud. La population, terrorisée, n'était plus contrôlable, et la psychose était soigneusement entretenue par une bande d'illuminés professionnels qui affirmaient avoir tout compris, et annonçaient la fin du monde, l'arrivée prochaine des extraterrestres ou le retour de Jésus. Ou les trois à la fois.

Merritt, lui, croyait en une attaque des Chinois, et c'était peut-être lui qui avait tout compris... En tout cas, il semblait près de convaincre le Président. Harton l'avait convoqué la veille. Le général n'avait rien dit à Bosman du contenu de leur entrevue, mais ses yeux brillaient quand il avait annoncé d'un air détaché : « Je viens de chez le Président... »

Bosman, lui, avait l'impression de n'avoir plus la moindre prise sur les événements. Mais il commençait à l'accepter. Et il se sentait mieux.

Dans l'immédiat, il n'y avait qu'à aller écouter les scientifiques. En fermant sa gueule. Leur réunion était à onze heures. Dans dix-huit minutes exactement.

Le colonel se passa le visage sous l'eau froide.

Dans la salle de réunion régnait une atmosphère lourde, un silence épais. Barkwell avait pris la parole.

— C'est moi le plus âgé, je crois, avait-il dit. C'est donc à moi que revient la charge de présider cette séance...

Il avait un ton ironique et fatigué.

— Je donne donc la parole à qui veut la prendre. Moi, je n'ai rien de vraiment neuf à vous annoncer...

Puis il s'était tu. Et tout le monde semblait attendre.

Il y avait dans la salle les trois premières équipes, plus deux nouveaux chercheurs, que le colonel avait présentés l'avant-veille, et qui composaient, avec leurs assistants restés dans les laboratoires, l'équipe des spécialistes en biologie végétale. Ils avaient prévenu qu'ils n'assisteraient à la réunion qu'en spectateurs, n'étant qu'au tout début de leurs investigations.

Mais les autres ne parlaient pas davantage. Et le silence s'éternisait.

Prescot toussa.

Ce simple bruit sembla changer subtilement le climat de la large pièce. Les yeux dans le vague, les expressions dégagées laissèrent la place à une concentration discrète. Qui se focalisa sur le géophysicien.

Bosman eut envie de rire. Est-ce qu'il avait réellement quelque chose à dire, ou bien avait-il juste eu envie de tousser ? Prescot avait l'air gêné. Comme s'il sentait qu'il n'avait plus le choix...

De fait, il se mit à parler.

— Je crois avoir quelques petites choses à... partager avec vous, entama-t-il d'un ton hésitant. Si vous permettez...

Il s'était tourné vers Barkwell, qui acquiesça d'un geste légèrement théâtral.

— Voilà. En fait... les... événements, disons, récents... ne me surprennent pas, enfin ne m'ont pas surpris totalement... À mes yeux, enfin, pour certains d'entre eux, ceux qui concernent ma spécialité, eh bien... ils ne me semblaient pas totalement impossibles, ni impensables...

Le chercheur s'interrompit, le souffle court.

— Vous voulez dire, reprit Barkwell, que vous comprenez quelque chose à ce qui se passe ?

Prescot se moucha bruyamment.

273

— Non, ce qui se passe est largement incompréhensible en l'état actuel de nos connaissances...

Tout le monde était suspendu à ses lèvres.

— Mais disons que l'insuffisance de nos connaissances n'est pas une surprise pour moi. Je m'attendais à ce que puissent se produire, je ne dis pas de mon vivant, des événements... qui ne s'intègrent pas du tout dans notre représentation, disons dans la représentation dominante...

— Quelle représentation dominante ? demanda soudain Peter Basler.

Celui-ci, pâle, avait les yeux rougis. Depuis le début, il semblait étranger au débat, comme s'il n'écoutait pas. À sa droite, Rosenqvist était assis, l'air absent ; à sa gauche, il y avait un siège inoccupé. Personne n'était venu s'asseoir là, comme s'il fallait que la place de Greg Thomas fût gardée vide...

— La théorie générale de la tectonique des plaques... En gros, ce dont on est sûr, c'est que la croûte terrestre repose sur des plaques lithosphériques qui sont en mouvement. Ces plaques naissent au milieu des océans, sur les dorsales médio-océaniques, et elles disparaissent dans des zones dites de subduction, où une plaque s'enfonce sous une autre, et se désintègre dans le magma qui compose le manteau...

J'ai dû apprendre ça quand j'avais dix-sept ans, se dit Bosman.

— Par contre, continua Prescot, là où les problèmes commencent, c'est quand on veut expliquer ce qui fait bouger les plaques. C'est à ça que j'ai consacré ma carrière. J'ai contribué à l'élaboration d'un modèle...

Le chercheur marqua un temps.

— Quel modèle ? demanda Barkwell.

— Je ne crois pas utile de vous l'expliquer. Car plus j'avance, moins j'y crois. Messieurs, ne le répétez pas, car vous ruineriez ma carrière. Ce que j'enseigne à mes étudiants toute l'année est un tissu d'inepties !

Prescot éclata de rire. Bosman se sentait nerveux. Le géophysicien avait l'air à la limite de péter un plomb. Mais le colonel sentait qu'il était sincère dans tout ce qu'il disait. Et que parler le soulageait d'un poids. Comme un meurtrier qui avouerait son crime après vingt ans de remords...

— Et si vous étiez plus clair ? demanda doucement Rosenqvist.

— Je vais essayer. En gros, en très gros... Il y a deux problèmes. D'abord, on voudrait expliquer absolument tout ce qui se produit à la surface de la planète par le très lent mouvement des plaques... celui que l'on peut constater aujourd'hui. Par exemple, la formation des montagnes serait due à la rencontre de deux plaques avançant l'une sur l'autre à la vitesse de quelques centimètres par an. Au bout de quelques millions d'années, leur déformation est censée produire l'Himalaya...

— Et vous n'y croyez pas ? demanda Bosman.

Il s'était pourtant juré de garder le silence...

— C'est un modèle... Il permet à l'imagination de se représenter les choses de manière très visuelle, ce qui est satisfaisant. Mais si on gratte un peu, on s'aperçoit que nos connaissances sont très incomplètes. Par exemple, la modélisation mathématique des forces qui permettraient un tel processus n'existe pas. Aucune tentative n'a encore donné de résultats satisfaisants.

— Ah bon ? s'étonna Barkwell.

— Mon cher collègue, vous n'ignorez pas que lorsque nous présentons nos résultats au public, nous donnons nos hypothèses et nous gardons nos doutes. Nos hypothèses sont donc reçues comme des certitudes... C'est ce que le public demande, non ?

Barkwell se contenta de sourire.

— Le deuxième problème, poursuivit Prescot, c'est que l'on suppose que le mouvement des plaques est continu. En d'autres termes, il a toujours été ce qu'il est aujourd'hui, et il le sera toujours. Il ne risque pas de connaître, par exemple, une poussée, une accélération... Or nous ignorons les conséquences que pourrait avoir une brutale accélération du mouvement des plaques...

— Les événements actuels seraient liés à une telle accélération ?

Prescot eut l'air d'hésiter.

— Selon toute apparence, l'activité tellurique très atypique que nous constatons est effectivement liée à une accélération du mouvement des plaques. Or la théorie dominante affirme que la terre ne peut pas changer son comportement général. Ce qui pose des problèmes...

— Notamment, grommela Basler, que c'est ce qu'elle est en train de faire...

— Oui. Mais aussi des problèmes d'ordre théorique... Des problèmes qui me préoccupaient déjà bien avant les événements... Vous savez qu'il existe des dorsales fossiles, qui pour la plupart ne sont plus sous-marines, on peut s'y promener... C'est là que se fabriquaient les plaques il y a des centaines de millions d'années. Or on trouve sur ces zones des roches que l'on appelle ophiolitiques, dont la composition chimique montre que le processus de fabrication des plaques à cette époque était vraisemblablement discontinu... Par à-coups, si vous voulez... Avec des accélérations. Comme celles que nous constatons aujourd'hui ! Mais cela ne s'intègre pas dans notre modèle dominant.

— Si je vous comprends bien, intervint à nouveau Bosman, vous êtes en train de nous expliquer que votre science est entièrement à refaire ?

— Entièrement, non. Mais à repenser quant à ses principes. Nous avons passé des dizaines d'années à collecter des données, nous savons beaucoup de choses... Ce que je dis, c'est qu'il faut réinterpréter ces données... construire une nouvelle vision d'ensemble.

— Je crains que le temps nous manque un peu, grinça le colonel. Pour ma part, je suis loin de partager toutes les idées du général Merritt mais, à priori, je trouve plus... plausible, si tant est qu'un tel mot garde encore son sens, d'imaginer que tout ceci ait pu être provoqué...

Le géophysicien se raidit.

— Provoqué par qui ? Des extraterrestres ? Parce que, vraiment, je ne vois pas comment des êtres humains, même chinois, seraient capables de provoquer des phénomènes sismiques de cette ampleur ! Votre général...

Le rire de Peter Basler coupa le physicien.

— Des extraterrestres ! Mais bien sûr ! C'est la seule explication... Quand j'étais petit, je lisais tout le temps des histoires de ce genre... Ils commencent par débarrasser la terre de son humanité, et puis hop ! ils occupent les lieux...

— Pourquoi pas ? lâcha Rosenqvist. Quand il s'agit d'expliquer des phénomènes impossibles, l'hypothèse la plus invraisemblable n'est-elle pas la plus plausible ?

Il y eut un silence. Bosman avait mal à la tête. On nageait en plein délire. Et le colonel n'était pas préparé à vivre ça : une situation où les hommes les plus rationnels des États-Unis en venaient à envisager sérieusement que la terre fût attaquée par des extraterrestres sans que personne, lui-même pas plus qu'un autre, ne trouve le moindre argument à opposer à cette extravagance...

Prescot reprit la parole :

— Messieurs, je vous en prie... je plaisantais. Nous n'avons aucun élément concret qui plaide en faveur d'une telle hypothèse... Il n'y a aucun signe, pour l'instant, que tout ceci résulte d'une quelconque agression, humaine ou autre. Concentrons-nous plutôt sur les faits.

— Je vous rejoins tout à fait, mon cher collègue, dit Barkwell avec une légère impatience dans la voix. Alors, si vous en veniez justement au fait... Vous nous dites que le mouvement des plaques est en train de s'accélérer. Pour quelles raisons ? Et quel rapport avec les autres phénomènes ?

Le géophysicien leva les bras au ciel.

— Je n'en sais rien ! Ce que j'essaye de vous dire, c'est que la théorie en vigueur jusqu'à maintenant tenait ce que nous constatons pour impossible. On ne peut donc pas comprendre la situation à partir de cette théorie ! Et pour l'instant nous n'en avons pas d'autre. Mais si vous permettez, je voudrais vous raconter une petite histoire. Vous me direz ensuite ce que vous en pensez.

Prescot aspira une goulée d'air et se lança.

— Quand j'étais jeune étudiant, c'était encore la guerre froide... on organisait parfois des missions scientifiques conjointes, qui comprenaient des chercheurs américains et

277

soviétiques... sur des sujets de faible intérêt stratégique, évidemment. J'ai participé à l'une d'entre elles. Il s'agissait d'étudier ces zones où l'on trouve des quantités impressionnantes de restes de mammouths congelés, en Sibérie, qui datent d'à peu près douze mille ans... Le projet des Russes, plus ou moins secret, était de servir la cause de leur idéologie matérialiste en découvrant les origines naturelles de ce phénomène inexpliqué... Il est vrai que certains savants occidentaux, à une certaine époque, avaient cru voir dans ces amoncellements d'ossements brisés et de chairs congelées, et remarquablement conservés, la preuve de l'existence du déluge biblique... Mais nos amis russes avaient quelques décennies de retard, car ces explications dataient du dix-huitième ou du dix-neuvième siècle !

— Vous oubliez, intervint Rosenqvist, qu'il y a encore des écoles et même des universités, où l'on enseigne ce genre d'élucubrations ! Le monde créé en six jours, le déluge...

— C'est vrai, nous avons nos créationnistes, qui pratiquent un lobbying assez efficace dans la haute administration... Mais les Russes avaient un peu tendance à penser que ce genre de croyance était proprement américaine, et universellement répandue chez nous... Bref, je me suis retrouvé en Sibérie. Eh bien, c'est impressionnant. Par exemple, savez-vous que durant plus de deux mille ans, les sculpteurs d'ivoire chinois ont été approvisionnés en défenses de mammouths par des caravanes en provenance de Sibérie ? Le phénomène est attesté par Pline, un auteur latin !

— Où voulez-vous en venir ? demanda Bosman.

— Un peu de patience ! Je veux dire que ce sont des millions de mammouths qui sont morts d'un seul coup. Or leur chair est parfaitement conservée. J'ai vu un Russe en manger ! Il n'en a pas souffert le moins du monde !

— Il a mangé du mammouth ? demanda Basler d'un air dégoûté.

— Oui ! D'ailleurs, les Yakoutes en donnent à manger à leurs chiens quand ils en trouvent dans le pergélisol.

— Le quoi ? demanda Bosman.

— Le pergélisol : le sol perpétuellement gelé.

— Comment se fait-il que cette viande soit si bien conservée ? demanda Barkwell. C'est inconcevable !

— Justement, reprit Prescot, c'est là que je veux en venir. Les Russes en ont été pour leurs frais ! C'était une mission interdisciplinaire, avec des spécialistes en paléontologie, en climatologie, en géologie... Eh bien, il a fallu se rendre à l'évidence : on ne comprend pas ce qui s'est passé, comment tous ces animaux ont pu mourir d'un seul coup, de mort très brutale (la plupart ont les os brisés, des arrachements de membres...) et leur chair se conserver intacte dans la glace... C'est un mystère !

— On n'a aucune explication ? demanda Bosman.

— On a dit qu'un réchauffement du climat aurait pu entraîner un dégel rapide du pergélisol. La croûte végétale se serait brisée sous le poids des bêtes, entraînant leur chute... Mais ça n'explique pas leur congélation !... Du coup, on a imaginé l'hypothèse inverse : un refroidissement brutal du climat. Le problème, c'est que des autopsies ont montré que ces animaux étaient morts soit noyés, soit asphyxiés... Alors on a dit qu'une éruption volcanique aurait relâché brusquement des gaz toxiques... Mais comment auraient-ils pu être aussi bien conservés ? Un tel phénomène aurait entraîné un réchauffement de l'atmosphère — là encore incompatible avec leur congélation, qui a nécessairement suivi immédiatement leur mort...

— Ils seraient morts noyés ? demanda Basler.

— C'est la seule explication. À ceci près que la région concernée, très vaste, est éloignée de plusieurs centaines de kilomètres du littoral. En outre, les plantes retrouvées dans leur estomac (ils sont morts en train de brouter) poussent aujourd'hui à deux mille kilomètres plus au sud. On ne les trouve pas dans des régions de pergélisol.

— C'est incroyable ! s'énerva soudain Bosman. Ces cimetières de mammouths, tout le monde les connaît ! Et vous êtes en train de nous dire qu'on est incapable de les expliquer ?

Prescot eut un drôle de sourire.

— On les explique, colonel... par les petites théories que je vous ai exposées.

— Vous nous dites qu'elles sont fausses !

— Elles le sont. C'est une évidence.

Bosman sentait la colère le gagner. Où voulait en venir cet abruti ? Il se força à prendre un ton aimable :

— Alors ?

— Alors, colonel, ce problème n'intéresse strictement personne, aujourd'hui. Il n'y a aucun intérêt politique ni financier en jeu... Et donc, la science s'en moque. Les scientifiques ont une grande faculté d'oubli, savez-vous ? Quand un petit morceau de réalité ne rentre pas dans leurs schémas, c'est comme s'il n'existait pas...

— Et pourquoi nous racontez-vous tout cela ? demanda Barkwell.

— Parce qu'il y a une explication... une explication, disons, un peu dérangeante... Et qui n'est pas sans rapport avec nos problèmes.

— Laquelle ? maugréa Bosman.

— J'ai construit un petit modèle... Imaginez une énorme vague, venant de l'océan, qui arrive sur ces bêtes à très grande vitesse, et les prend alors qu'elles sont en train de brouter le long du littoral. Certaines, prises dans le rouleau de la vague, sont mises en pièces. La vague les transporte à une très grande distance, et les dépose. Puis elle se retire. Elle laisse alors des boues salines, qui permettent aux chairs de se conserver. Premier acte. Il faut ensuite supposer une chute de température brutale... due par exemple à un obscurcissement de l'atmosphère... Les boues gèlent... Définitivement. Créant le pergélisol.

Le petit air triomphal de Prescot écœura vaguement Bosman.

— Vous émettez l'hypothèse, articula-t-il, d'une vague venue de l'océan, qui remonte les terres sur plusieurs centaines de kilomètres — en même temps qu'un brutal changement de climat ?

— Exactement.

Barkwell eut un petit rire.

— Finalement, vous nous resservez le déluge biblique !
Dans une version un peu plus technique...

— Il n'y a pas d'autre explication.

— Le déplacement d'une gigantesque masse d'eau, murmura Rosenqvist comme pour lui-même. Un changement soudain, et durable, du climat... Cela impliquerait un cataclysme d'ampleur planétaire... Et il y aurait de ça... dix mille ans ?

— Entre douze et treize mille ans.

Il y eut un nouveau silence.

Bosman était songeur, mais il aurait été incapable de dire à quoi il songeait. Un objet blanc tremblait dans son champ de vision, légèrement sur la gauche... Il jeta un rapide coup d'œil, et s'aperçut que c'était sa main. Il serra le poing et se redressa. Ce n'était pas le moment de craquer. Il se tourna vers le géophysicien.

— Professeur, dit-il sur un ton aussi assuré que possible, si vous nous expliquiez le rapport précis de cette petite histoire avec les événements dont nous avons la charge...

Les scientifiques se tournèrent vers lui d'un seul mouvement, et le colonel crut lire dans leur regard quelque chose qui ressemblait à une vague pitié. Était-il le seul à ne rien comprendre à ce tissu de conneries ?

— Colonel, dit doucement Prescot, il est possible qu'à une époque très récente d'un point de vue géologique, la terre ait connu un bouleversement de grande ampleur... Ce n'est pas impossible ! Cela veut donc dire que les événements actuels, que nous ne comprenons pas, sont peut-être avant-coureurs de bouleversements du même ordre !

— Mais enfin il y aurait des traces d'un tel cataclysme !

— Il y en a. Je viens de vous en citer une. Mais la science, disons, officielle, n'en tient pas compte. Car elle ne croit pas de tels cataclysmes possibles.

— Elle ne croit pas ! s'énerva Bosman. Elle ne croit pas ! Mais la science n'a pas à croire ! La science expérimente, prouve, démontre !

Le colonel s'arrêta pour respirer. Il avait chaud. Les scientifiques le regardaient, ils avaient un petit sourire, le sourire de ceux qui partagent un secret.

— La part de croyance, dans la science, est plus importante qu'on l'imagine, colonel...

C'était Barkwell qui avait parlé.

— Admettons. Mais concernant votre histoire de déluge, ces cadavres de mammouths sont un peu légers, si j'ose dire, pour démontrer un tel événement...

— Il y a d'autres signes, dit Prescot. Avez-vous entendu parler des blocs erratiques ?

Tous les chercheurs secouèrent la tête.

— Il s'agit d'énormes blocs rocheux, dont la composition est différente de la couche sur laquelle ils reposent. Il faut donc expliquer comment ils sont arrivés là. Alors on dit : le transport glaciaire. Ils ont été transportés par le mouvement des glaces, au cours de périodes froides. C'est vrai pour certains. Le problème, c'est qu'on trouve des blocs erratiques dans des régions où il n'y a jamais eu de glace ! En Afrique du Nord, au Soudan... en Amérique du Sud...

— Et alors ? demanda Bosman.

— ... La seule explication, c'est une énorme vague de transport, venue des côtes, et couvrant des centaines de kilomètres de terre avant de se retirer.

Bosman ferma les yeux. Le déluge... C'était une réunion interdisciplinaire, réunissant les meilleurs spécialistes en sciences de la terre et de la vie... Et il avait d'abord été question d'extraterrestres. À présent, on abordait la question du déluge...

Le colonel soupira.

— Bon. Tout cela est bien beau. Mais c'est tout de même un peu théorique, vous ne trouvez pas ? Or nous sommes confrontés à un problème très concret et...

Prescot le coupa brutalement :

— Colonel ! Votre général Merritt est en train de nous fabriquer une guerre mondiale, alors je crois que c'est d'un intérêt très pratique de savoir si les phénomènes qui nous occupent peuvent ou non être considérés comme naturels ! Or moi, je vous dis qu'ils le sont.

Le colonel prit le temps de réfléchir.

— D'accord, admit-il. Mais votre argument vaut exclusivement pour votre spécialité. Or nos problèmes débordent largement vos compétences ! Si la terre est en train de nous préparer un déluge, comme vous semblez le penser... qu'en est-il de nos virus et de nos bestioles ?

La bouche de Prescot s'était légèrement arrondie. Il ne répondait pas. Visiblement, il n'avait pas pensé à ça ! Bosman se sentait content.

Rosenqvist prit la parole :

— Colonel, vous touchez là un point capital. Tous, nous travaillons les yeux rivés sur notre spécialité. Il faut dire que vous ne nous avez pas tellement aidés en nous dissimulant l'existence des autres équipes...

Tout le monde approuva, Prescot un peu plus vigoureusement que les autres.

— À présent, continua Rosenqvist, si nous sommes rassemblés, c'est que nous pensons devoir travailler de concert. Et les hypothèses de notre collègue sont la première contribution, précieuse, à notre travail d'équipe. Seulement...

Le chercheur émis un toussotement un peu gêné.

— ... Seulement, je ne crois pas que nous allons y arriver ainsi.

— Pourquoi ? demanda Bosman.

— Parce que... Moi, par exemple, l'intervention du professeur Prescot m'a passionné, c'est certain... en même temps, je dois avouer ma totale incompétence sur le sujet, du moins sur les hypothèses géologiques qu'il a émises. Du coup, je ne vois pas le moindre rapport avec ma spécialité... Or, nous sommes ici pour découvrir des rapports, n'est-ce pas ?

Il y eut un silence. Il a raison, se dit Bosman, on tourne en rond, on n'avance pas ! Et pendant ce temps, la situation empire...

— Donc, il n'y a pas de solution, d'après vous ? soupira-t-il.

— Une solution, je ne sais pas... mais il y a quelque chose à faire.

— Et quoi ?

Le colonel avait mis de la brutalité dans sa question, ce qui le mit mal à l'aise.

— Je crois qu'il nous manque quelqu'un, dit Rosenqvist sans broncher. Quelqu'un capable de faire la synthèse entre nos différentes spécialités... Spécialiste dans aucune, mais compétent dans toutes...

— Ça existe ?

Bosman n'arrivait pas à dissimuler sa mauvaise humeur.

— Ça existe, sourit le biologiste. Ça s'appelle un écologiste !

— Pardon ? articula Bosman, qui craignait d'avoir mal compris.

Un écologiste ? À l'intérieur de sa tête dansait l'image d'un grand dadais chevelu, fumant un pétard en criant des slogans hostiles aux militaires et favorables aux dauphins.

Rosenqvist regarda le colonel et se mit à rire franchement.

— L'écologie, ce n'est pas seulement un mouvement politique, vous savez. C'est aussi le nom d'une discipline scientifique !

— Évidemment, fit Bosman avec un peu de hauteur, c'est la science des écosystèmes. Mais je ne vois pas bien l'intérêt de...

— Colonel, le coupa Rosenqvist, il y a deux manières de pratiquer l'écologie. La première consiste à étudier les relations d'un organisme avec son environnement. En ce sens, en tant que spécialiste du comportement animal, je suis une sorte d'écologiste et l'écologie n'est qu'une branche de la biologie. C'est de cette manière qu'on la pratique le plus souvent dans nos universités... Mais, à ses débuts, l'écologie, c'était bien plus que ça ! Et des chercheurs, minoritaires et souvent dépourvus de crédits, continuent à pratiquer cette science selon son ambition originaire. Je crois que c'est de l'un de ces chercheurs dont nous avons aujourd'hui besoin.

— Et de quelle ambition originaire parlez-vous ? demanda Bosman d'un ton sceptique.

— Il s'agissait d'étudier la biosphère dans sa globalité. La terre, si vous préférez, mais comme une totalité organisée. Cela suppose que le tout est plus que la somme de ses parties... En pratique, les vrais écologistes ont une qualité qui nous serait d'un grand secours : ce sont des hommes de synthèse. Ils ont des connaissances dans toutes les disciplines. Ils savent voir et reconnaître les interactions, les relations...

Bosman regarda l'assistance. Il y avait des hochements de têtes approbateurs. Tout le monde avait l'air d'accord avec Rosenqvist, à part Basler qui semblait se désintéresser de la conversation.

— Vous connaissez un bon écologiste ?

— Le meilleur est un Québécois. Il se nomme Aimé Doubletour.

— Quelle est son université ?

— Il n'appartient plus à aucune institution... Il écrit des livres, fait des conférences de temps en temps... Pour le reste, il paraît qu'il vit loin de tout, en pleine campagne, avec sa mère. Certains disent même qu'il est devenu bûcheron...

— Bûcheron ? Et il est compétent ?

Barkwell prit la parole :

— Colonel, j'en ai entendu parler. C'est le meilleur, à ce qu'on dit. Mais cette démarche n'est pas très... disons à la mode dans les milieux de la recherche... Bien qu'elle soit intéressante, à mon sens... Discutable, mais intéressante... De toute façon, je crois que la situation impose de chercher tous les recours possibles.

Bosman se leva.

— Messieurs, je vais contacter ce monsieur... comment ? Doubletour... La séance est levée, pour ce qui me concerne du moins. Je vous salue.

Il tourna les talons et sortit.

En entrant dans sa chambre, Bosman alluma son téléviseur et le visage de Dan Wartlett, le jeune présentateur de CNN, apparut à l'écran, l'air grave.

— ... la Maison Blanche n'a fait pour l'instant aucune déclaration, mais nous apprenons qu'une conférence de presse est prévue pour dix-neuf heures. Il est clair que la décision d'entamer des manœuvres militaires aussi importantes en mer de Chine orientale ne peut être motivée que par une tension des relations entre les deux superpuissances. Nous apprenons aussi que l'ambassadeur de Chine à Washington vient d'être rappelé à Pékin pour consultation. Pékin qui pour l'instant n'a pas réagi officiellement.

Bosman éteignit son poste.

Apparemment, Merritt était en train de monter en puissance auprès du Président. Le colonel alla s'allonger. Il fallait qu'il réfléchisse.

38

Journal de David Barnes, vendredi 27 juin

Il est neuf heures du soir. J'ai dîné d'un hamburger dans la chambre de Leslie et Andrew. Leslie m'a refait mon pansement. Je n'ai pas trop mal. Un peu, mais supportable. Je me sens léger. Il n'y a plus de poids, plus de pression. Je fais ce qui est juste. Juste pour moi. Je fais ce que je suis. David Barnes est un regard et une colère. Ce regard voit, cette colère parle. J'accepte cela. Je n'ai pas choisi d'être ce que je suis. Je n'ai pas choisi ma vie. Ce soir, je me trouve là, simplement, dans cette chambre à la lumière éteinte et que n'éclaire que mon écran d'ordinateur, environné de désert et d'ombre et d'un silence parfois troué par le cri d'un coyote, qui se trouve là aussi et mène sa vie de coyote, dans les collines avoisinantes. Je n'ai pas choisi de naître d'une Indienne amoureuse et d'un assassin. Je me trouve là, chargé d'un passé qui me semble n'avoir jamais été, c'est juste une histoire qui se raconte, en ce moment précis, ou pourrait se raconter, comme un livre disponible si on l'ouvre, un livre qui se trouve là... Un livre que je n'ai pas envie d'ouvrir. Seul compte ici, maintenant, le bruit doux et saccadé des touches de mon clavier, et cette main qui tape une lettre après l'autre, maladroitement. Lentement. Cette main qui est la mienne, et que je regarde bouger comme si c'était la main d'un autre. Cette main qui écrit.

C'est très lent d'écrire d'une seule main. C'est un rythme que j'aime. Un rythme qui modèle celui de la pensée. Le ralentit, l'enracine dans une terre de silence.

Par chance, c'est la bonne main. Je suis gaucher.

Et la balle a traversé mon avant-bras droit.

Ça me fait un peu mal, mais pas trop. Je suis étonné. J'aurais imaginé que se faire trouer la peau était plus douloureux. La douleur est là, mais elle ne déborde pas. Mon bras a mal. C'est un fait. Mais ça n'arrive pas jusqu'à ma tête. Ce n'est pas une souffrance.

Il y a eu ce barrage militaire, sur la route, et Leslie a braqué d'un coup, la voiture dévalant la rocaille, les coups de feu... C'est comme si ce n'étaient pas mes souvenirs, mais les images d'un film qui défileraient, un film dont un autre serait le héros. Il y a juste, maintenant, ce bras et ce bandage autour, blanc avec une auréole de sang...

Leslie Katchongva, Andrew Koyawena. Mes frères. Ils ont insisté pour m'accompagner, d'une manière telle qu'aucun refus ne pouvait leur être opposé. Il n'y avait là aucune gentillesse, aucun altruisme, je crois que ces mots n'ont aucun sens pour eux. Il y avait juste dans la tonalité de leur voix comme une évidence. Comme s'ils sentaient, d'une manière trop intime pour être discutée, que c'était leur place. Ou leur désir. Comme s'ils parlaient du lieu même où le désir et la place ne sont qu'un.

Nous sommes montés dans la voiture de Leslie, c'est lui qui a pris le volant. Nous avons tourné le dos aux mesas, quitté ces plateaux inhospitaliers qui sont la terre de mes ancêtres. Le soleil tapait fort, la route était déserte. Il n'y avait là nulle trace de la tragédie qui frappe un peu partout, mais une paix, celle d'un monde que l'homme n'habite pas.

Mes amis ne parlaient pas, leurs yeux brillaient.

Pourquoi font-ils ça ? Pourquoi m'aident-ils ? Je ne sais pas. Il semble qu'ils n'aient pas besoin de pourquoi pour agir. Et je les envie. Il y a chez eux une forme de simplicité totalement étrangère au monde des Blancs, comme l'évidence d'appartenir au Tout du monde. Et de l'accepter d'un cœur joyeux. Ils sont du même sang que ma mère. Ils m'accompagnent. C'est tout.

Nous avons roulé longtemps sur cette route déserte et parfaitement droite. Puis il y a eu des collines. À la sortie d'un virage, il y avait le barrage. Quelques barbelés, une demi-douzaine de militaires. Je ne crois pas que ça m'était destiné. Ils me cherchent, c'est sûr, j'ai un informateur au Pentagone qui m'a confirmé que mes bulletins avaient plus qu'ému en haut lieu... Mais ce barrage, en plein désert, tenu par une poignée d'hommes mal rasés et très étonnés, apparemment, de nous voir surgir, ne m'était pas destiné. Peut-être que si Leslie n'avait pas quitté brusquement la route devant leur nez, ils nous auraient laissés passer sans encombre. On aurait dit que ces gars ne savaient pas ce qu'ils gardaient, ce qui en dit long sur l'état de désorganisation des troupes censées maintenir un semblant d'ordre dans le pays... Les États-Unis ne sont plus qu'une tête qui s'agite dans tous les sens, mais dont les injonctions ne parviennent plus jusqu'aux membres.

Ils ont tiré, parce que c'est ce qu'ils savent faire et qu'il faut bien se raccrocher à du familier quand tout part en couille, ils ont tiré plutôt bien d'ailleurs, raté les pneus, évité d'un cheveu le réservoir d'essence, mais brisé deux vitres et fait un trou dans mon avant-bras.

Puis la fusillade a cessé. La voiture filait à soixante miles sur un champ de cailloux gros comme des poings d'orang-outan, et Andrew me regardait en rigolant. J'avais la tête entre les mains et je devais avoir une drôle de tronche mais, quand je me suis essuyé le visage avec ma main droite, la mâchoire d'Andrew a brusquement dégringolé de plusieurs centimètres : je venais de me dessiner une jolie peinture de guerre écarlate en travers de la gueule et de ma manche ruisselait assez de sang pour remplir une petite marmite.

On a fini par rejoindre la route. À vingt miles de là, il y avait ce motel dont le parking était désert. Le patron nous a accueillis en tirant deux coups de fusil à pompe au-dessus de nos têtes. Il nous a dit de ne pas approcher et nous a demandé ce qu'on voulait. Deux chambres. Il a eu l'air étonné. Il nous a demandé de poser quarante dollars par terre et de reculer de vingt pas. Le fusil pointé vers nous, il s'est avancé vers les billets verts et les a ramassés. Puis il a désigné les chambres, en précisant que si nous l'approchions à moins de dix mètres il nous abattrait immédiatement. Leslie et Andrew m'ont soutenu jusqu'au seuil d'une des chambres et nous sommes entrés. Au moment où Leslie fermait la porte, la voix du patron s'est fait entendre une dernière fois, plus douce.

Vous comprenez, il a dit, avec tout ce qui se passe...

Ce vieux type, qui vit seul dans son motel désert, a de grands yeux clairs écartelés par la terreur, mais où brille encore une lueur d'humanité qui m'a touché. C'est un brave type. Mais « avec tout ce qui se passe », la vraie nature des braves types, et des autres, se manifeste dans sa vérité nue.

La peur.

« L'homme blanc meurt de peur... » Ce sont les mots de Lololma, mon grand-père. À Oraibi, j'ai passé trois heures avec lui en tête à tête. Nous avons échangé quelques paroles, et partagé beaucoup de silence. Le père de ma mère. C'est un homme qui a beaucoup compté dans ma vie.

Pourtant, je l'ai peu vu.

La première fois, j'avais dix-neuf ans, je n'avais jamais mis les pieds sur les mesas. Je ne connaissais pas le peuple de ma mère. Il m'a emmené chasser le lapin du désert. Il se moquait de moi parce que je faisais trop de bruit, puis il m'a dit : Reste ici et regarde. Il s'est approché d'un lapin et d'un geste calme, presque lent, l'a attrapé par le col. Puis il lui a parlé. Excuse-moi, lui a-t-il dit. La Terre t'a mis là pour nous servir de nourriture. C'est ta place, et je t'en remercie. Puis il lui a donné un coup léger de son bâton derrière la tête, et le lapin n'a plus bougé. Il était mort. Mon grand-père m'a regardé, une lueur amusée dans les yeux. Tu trouves ça un peu ridicule, n'est-ce pas... Je n'ai rien dit. Sais-tu, a-t-il ajouté, que nous parlons aussi aux arbres, et aux cailloux ? Et sais-tu qu'ils nous répondent ? Alors — est-ce que nous sommes fous ? Qu'en penses-tu, petit Blanc ? Ou bien seraient-ce les Blancs, qui sont incapables d'écouter ?... Incapables de voir...

« Les Blancs meurent de peur... »

Mon père était mort de peur, et ma mère est morte de la peur des Blancs. Car la peur les rend fous.

Toute notre culture est fondée sur la peur. Toutes nos énergies sont consacrées à refuser la mort. Et nous ne voyons pas qu'à refuser la mort c'est à la vie que nous disons non. Car la mort et la vie ne sont qu'une seule et même réalité. Cela, les Indiens le savent.

Cela, Lololma me l'a appris.

Tu as reçu l'éducation d'un Blanc, me disait-il, tu es toujours inquiet, ton cœur ne connaît pas le repos. Il me tapait sur le front. Alors, ajoutait-il, ton âme se réfugie là ! Ton âme est dans ta tête, David, comment veux-tu aimer la vie ?

Je sens, maintenant, à écouter ce silence venu du désert qui m'environne, et le rythme calme et lent du sang dans mes veines, je sens combien il avait raison.

Nous, les Blancs, qui dominons le monde, avons trop peur de sentir la vie parcourir notre chair, trop peur de savourer notre appartenance à la Terre, parce que c'est aussi garder mémoire qu'il faudra retourner, un jour, à la Terre.

L'Indien sait, d'un savoir cellulaire, qu'il n'est pas distinct de la Terre dont il provient et dont il est fait. Avec mes frères, j'ai appris à marcher pieds nus sur la terre brûlante, comme eux je me suis étendu sur la Terre à me laisser bercer par la pulsation profonde de sa vie.

Aimer la vie, me disait Lololma, c'est se souvenir que l'on n'est rien. L'homme blanc préfère se faire croire qu'il est tout. Il est rempli de haine pour la Terre dont il est fait. Il veut la posséder. Il met la Terre en demeure de produire, toujours davantage. Il ne veut aucune limite à sa puissance. Il détruit ce qui lui échappe, il se rend sourd et aveugle à ce qu'il ne peut détruire.

Il ne connaît plus rien du Grand Mystère.

À Oraibi, hier, j'ai questionné mon grand-père à propos des événements. Il a souri légèrement, mais il y avait dans ses yeux une gravité profonde et triste.

Nous attendons cela depuis bien longtemps, a-t-il dit.

Il m'a parlé de la Prophétie.

À la fin, je lui ai demandé : Pourquoi cela commence-t-il ici, en Amérique ?

L'Esprit de l'homme blanc a choisi cette terre pour en faire son repaire, a-t-il répondu. Et de là, il se répand partout. Il couvre tout, il avale tout, il détruit tout. Il veut tout faire à son image.

Il s'est tu un instant.

Mais la Terre, a-t-il ajouté, ne veut pas lui ressembler.

39

New York, Park Avenue

Steven Lordal ouvrit la porte-fenêtre et sortit sur la terrasse. Il avait ses cigarettes, un verre à la main. Ç'avait toujours été son heure préférée. Vingt et une heures. Journée terminée. Il pouvait se détendre un peu. Contempler les lumières de la cité dans le jour finissant. Écouter la sourde rumeur, hachée de klaxons et de sirènes, témoignant de l'agitation sans fin des hommes, en bas. Loin.

Steven se sentait bien. En sécurité.

C'était sa dernière journée à New York. Il avait pris toutes ses précautions. Tout était prêt.

Grâce à Dieu, ou plutôt grâce à lui-même, il était admirablement placé pour avoir la bonne info plus tôt que tout le monde, et pour l'utiliser de manière optimale. Depuis quelques jours, les infos concordaient. Il ne fallait pas se voiler la face. Mais agir.

Steven Lordal travaillait dans la finance. Il était président d'un fonds d'investissement. Lordinvest. Le meilleur rendement de tous les fonds d'investissement de la place new-yorkaise. Enfin, avant les événements. Quand il passait encore la moitié de ses journées à Wall Street. À écouter, à renifler. Steven savait entendre et sentir. Il savait décider, aussi. C'était ainsi qu'il avait bâti sa fortune. C'était ainsi qu'à présent, il organisait sa survie.

Il alluma une cigarette, et se mit à tirer pensivement quelques bouffées.

Parce que tout allait péter.

Ce n'étaient pas les événements en eux-mêmes qui l'inquiétaient. Bien sûr, tout cela était bizarre. Le cumul de tous ces phénomènes, surtout, avait de quoi étonner. Les bêtes, les séismes. Les virus... Étrange. Mais Lordal était un type rationnel. Il ne cédait pas à la panique. À New York, la plupart des bâtiments importants (exception faite des quartiers pauvres, évidemment), et particulièrement la tour dans laquelle il vivait, étaient construits selon des normes antisismiques assez draconiennes, donc il n'y avait pas grand-chose à craindre. Steven avait juste pris la précaution de décrocher du mur tout ce qui pouvait s'en détacher en cas de secousse, et de débarrasser les étagères de tous les bibelots fragiles ou dangereux. De ce côté-là, il était paré.

Lordal sirota une gorgée du chaleureux liquide qui emplissait son verre. Un pur malt, vingt ans d'âge. Une merveille. De sa terrasse, il contemplait l'immense cité qui entrait dans le soir. Même si plusieurs blocs l'en séparaient, il avait une échappée imprenable sur Central Park — le privilège d'une position élevée... Et vers le sud, il avait une vue sur tout Manhattan, et sur un bout de l'East River. Une splendeur.

Ça va me manquer, pensa-t-il.

Bien sûr, les épidémies étaient plus ennuyeuses. La presse faisait état de plusieurs endroits où elles n'avaient pu être jugulées convenablement, il y avait ce Barnes qui publiait sur le Net des communiqués plutôt alarmistes, et il fallait reconnaître que c'était un peu effrayant dans une ville hétéroclite et peuplée comme New York. Les autorités municipales avaient bien organisé un cordon sanitaire autour de chaque district, réduisant au strict minimum les allées et venues, mais ça n'était pas étanche, et ça ne pouvait pas l'être.

Mais bon.

Ce qui était étanche en revanche, c'était le contrôle des entrées et sorties que Lordal avait organisé avec toute la copropriété. Un contrôle simple à concevoir. Personne n'entrait. Personne ne sortait.

Une semaine plus tôt, il avait réuni tous les habitants du gigantesque immeuble, vingt-sept étages (Steven habitait un loft au dernier, avec terrasse), et il leur avait expliqué sa vision des choses. Il avait été convaincant, apparemment, puisque tous s'étaient rangés à son idée.

Une idée simple. Pour se protéger des épidémies, le seul moyen était de se couper de tout contact avec l'extérieur, jusqu'à ce que le souci soit réglé. Ça ne posait aucun problème. Tous les habitants de l'immeuble occupaient des postes importants dans des compagnies qui toutes, depuis plusieurs jours, avaient organisé un système de travail à domicile pour leurs cadres. Personne n'avait besoin de sortir de chez soi. Et personne n'avait besoin de pénétrer dans l'immeuble. La copropriété avait loué les services d'une milice privée pour garder le bâtiment. Un camion de nourriture et de produits utilitaires, fourni sur commande, était garé tous les matins dans la cour et déchargé par les miliciens. Le livreur reprenait son véhicule à midi. Sans aucun contact avec l'immeuble. Un dispositif imparable.

Lordal embrassa du regard les tours de Manhattan. C'était une symphonie de lumière et d'ombre, qui célébrait de sa grandeur sauvage la toute-puissance des hommes.

Il se sentait triste. Il était chez lui, au milieu de ces gigantesques cathédrales de béton défiant le ciel de leur pointe de fer noir. Il y avait sa place. Parmi les plus élevées.

Quitter tout cela...

S'il n'y avait eu à craindre que les phénomènes naturels, séismes, épidémies, il n'aurait jamais pris la décision de quitter New York. Il aimait trop cette ville. Ce qui inquiétait Steven, ça n'étaient pas les événements. C'était la façon dont les gens réagissaient aux événements.

Les autorités le dissimulaient du mieux qu'elles pouvaient, mais une crise financière était en train de se déclarer, dont les effets étaient plus à craindre que tous ces phénomènes qui finiraient bien par cesser. Parce que, là, toute l'économie pouvait s'effondrer. Définitivement.

Le fondement du système mondial était simple. Steven avait une théorie là-dessus. Il y avait deux catégories de gens : les ES et les EN. Les ES, c'étaient les Économiquement Significatifs. Ceux qui disposaient d'un minimum de monnaie, suffisamment pour jouer un rôle sur le plan économique. Les EN, c'étaient les Économiquement Nuls. Ceux qui n'avaient pas de poids direct sur le système. Pour que l'économie fonctionne, une seule chose était requise : que les ES soient bien dans leur peau. Parce que, quand ils étaient bien dans leur peau, soit ils consommaient, soit ils investissaient. Consommation, investissement. Les deux piliers du temple... Or, pour que les ES soient bien dans leur peau, ça n'était pas très compliqué. Il fallait juste qu'ils se sentent un minimum en sécurité, et qu'ils aient de quoi oublier leurs petits soucis et leurs angoisses existentielles. C'était le boulot des politiciens. Veiller à ce que les ES soient bien dans leur peau. Pour ça, il fallait faire en sorte que les EN ne soient pas en position de donner du tracas aux ES. Qu'ils ne soient pas tentés de voler, de tuer ou de poser des bombes. Jusqu'alors, le système fonctionnait à peu près. On ne pouvait pas dire que le gouvernement faisait tout ce qu'il pouvait pour garantir la tranquillité des ES, mais, au bout du compte, ceux-ci apprenaient à se débrouiller seuls. Ils vivaient à l'écart des EN, confiaient leur sécurité à des sociétés privées. Et leur monnaie à Steven Lordal...

Mais, depuis les événements, ça ne marchait plus.

Les ES avaient peur. Ils étaient très mal dans leur peau.

Ils ne consommaient plus, sinon des biens de première nécessité ou du matériel de survie. Et ils mettaient leurs billets verts de côté. L'investissement avait chuté dans des proportions alarmantes. Les gens retiraient leurs fonds. C'était encore un secret d'État, soigneusement gardé par le gouvernement et tout ce qui comptait en matière financière dans le pays... Mais plusieurs banques étaient virtuellement en cessation de paiement, alimentées de manière clandestine par des fonds secrets appartenant à l'État. Personne ne devait le savoir. Sinon, plus rien ne serait contrôlable. S'il y avait un mouvement de panique, si une masse significative de gens se mettaient à réclamer leur épargne d'un coup, c'était l'effondrement du système. Du système mondial. L'argent ne vaudrait plus rien. Les industries s'arrêteraient. Plus d'essence, plus d'électricité... En quelques jours, l'humanité régresserait de plusieurs centaines d'années.

La fin du monde tel que nous le connaissons.

Steven sourit et alluma une autre cigarette. L'air était doux, une brise légère et tiède caressait son visage. La nuit était presque noire, à présent.

C'était pour lui une certitude : le cataclysme économique était inévitable.

On pouvait ralentir le processus, pas l'arrêter. Trop tard. Pour une raison simple : la plupart des gens, des Économiquement Significatifs, étaient convaincus que le cataclysme aurait lieu. Ils se comportaient comme s'il allait avoir lieu. Pour cette raison, il aurait lieu. Le système économique était ainsi fait : il suffisait qu'un nombre suffisant d'ES croient au pire pour que le pire advienne.

Steven Lordal s'en foutait. Il avait pris ses précautions.

Sans que personne ne le sache, à part quelques initiés, il avait vendu ses parts dans Lordinvest. De toute manière, ça ne valait plus grand-chose, et il avait réussi à en tirer un bon prix. Rien à côté de ce que ça valait un an plus tôt mais, vu le contexte, un bon prix. Avec ce fric, il avait investi dans du solide.

À cent soixante kilomètres de New York, au début des Catskill Mountains, Steven, sans se déplacer, juste en pianotant sur son clavier d'ordinateur, avait repéré un coin particulièrement intéressant. Au bord d'une rivière, il y avait un petit complexe industriel, fondé vingt ans plus tôt par des types un peu écolos, où l'on fabriquait des générateurs électriques fonctionnant à l'énergie solaire, des purificateurs d'eau, et des machines spécialisées dans le recyclage des déchets. À côté, cinq fermes assez importantes, élevage, céréales, bois... Il avait tout acheté. Les types ne voulaient pas vendre. Steven avait proposé un prix. Ils avaient vendu.

Il était paré.

Le début de la grande crise était une question de jours. Il ne fallait plus traîner. Dès le lendemain, à huit heures du matin, un hélicoptère se poserait sur le toit de son immeuble. Il y monterait, avec peu de bagages. Une heure plus tard, Steven Lordal deviendrait gentleman-farmer.

Et, en quelques mois, il serait à nouveau riche. Très riche. Car détenteur de la seule industrie absolument nécessaire après le cataclysme. Nécessaire, et totalement autonome. Car l'usine fonctionnait elle-même à l'énergie solaire. Il pourrait vivre en totale autarcie, et fournir de l'énergie à toute la région.

— Et vive l'écologie ! cria Lordal en levant son verre de whisky en direction des fiers buildings de Manhattan.

Il le but jusqu'à la dernière goutte.

Quand il posa son verre, Lordal se demanda s'il n'avait pas forcé un peu sur le pur malt. Sous son crâne, il y avait un léger tournis, et quelque chose avait changé dans l'atmosphère. Subtilement. Un silence étrange, comme si la rumeur de la ville était recouverte par une chape de plomb. Lourde, épaisse. Dans son champ de vision, un mouvement attira son attention vers Central Park. Steven tourna la tête. Un nuage de petits points sombres montait vers le ciel depuis la masse des arbres. Cela dura quelques secondes. Puis plus rien.

Des oiseaux. Une nuée d'oiseaux. Tous les oiseaux du parc avaient brusquement pris la fuite, et déserté les arbres.

Puis vers le sud, en direction de la mer, le ciel se mit à rougeoyer.

Un bruit sourd montait depuis les entrailles de la terre, comme le roulement de mille tambours.

Plusieurs colonnes de flammes, immenses, se dressèrent soudain à l'horizon, entre les tours de Manhattan. Des explosions apparemment, mais couvertes par l'effroyable bruit, qui s'amplifiait à chaque seconde, et devenait insupportable. D'autres colonnes de flammes apparurent.

Quelque chose approchait.

Le fracas devenait terrifiant.

Un énorme nuage de poussière sombre, recouvrant Manhattan sur toute sa largeur, avançait lentement, inexorablement.

Vers le nord.

Vers Lordal.

Un tremblement de terre. D'une inimaginable puissance.

Steven eut l'impression que sa tête allait éclater. Sous ses pieds, une vibration s'amplifiait, insupportable. Comme si dix mille orages résonnaient entre ses tempes. Hypnotisé, il ne bougeait pas. Le temps s'était ralenti, dilaté. L'Enfer approchait, dévorant tout sur son passage.

Rentrer. Il faut rentrer. S'abriter.

Mais il était comme paralysé. Il ne sentait plus rien. Fasciné, comme dans un rêve, il vit l'Empire State Building se casser en deux par le milieu, puis être englouti par la masse de ténèbres et de feu.

Alors il eut terriblement peur.

La bouche ouverte en un cri silencieux, il se précipita dans son appartement.

À peine avait-il passé le seuil, un choc immense le projeta contre un mur. Steven reçut un coup sur le crâne qui le laissa groggy. Dans un insoutenable vacarme, le sol, comme un tapis qu'on secoue, s'était mis à osciller. Steven fut projeté de l'autre côté de la pièce. Une lourde bibliothèque s'abattit, il eut le temps de rouler au sol pour l'éviter.

Puis ce fut le silence.

Lordal, peu à peu, revenait à lui.

Tout était sombre, il n'y avait plus d'électricité.

L'immeuble a tenu.

Descendre. Prendre les escaliers, descendre dans la rue. Il peut y avoir une autre secousse.

Lordal, péniblement, s'efforça de se lever. Son corps n'était plus qu'une immense douleur. Il arrivait à peine à le mobiliser, et il eut peur d'être paralysé.

Soudain, sous lui, le plancher se déroba de nouveau, le jetant violemment contre le coin d'un meuble.

Une nouvelle secousse. Encore plus puissante.

Il ne savait plus où il était. Tout l'immeuble, dans un fracas d'épouvante, grondements et craquements, s'était remis à tanguer. De plus en plus fort. De plus en plus vite. Il était ballotté aux quatre coins de l'immense pièce, jeté comme une poupée de chiffon contre les meubles et les murs.

La dernière image qui s'imprima dans le cerveau de Steven Lordal fut celle d'un énorme chien qui s'ébroue pour secouer ses puces.

Le chien, c'était la Terre.

Les hommes étaient les puces.

Alors le sol s'ouvrit d'un coup, et il se sentit aspiré.

Étonnamment lucide, il sut que l'immeuble s'effondrait.

Et que jamais il ne vivrait à la campagne.

Sous son crâne, il y eut une constellation d'étincelles. Puis ce fut le noir.

40

Fort Detrick, Maryland

— Je vous écoute.

Aucun des chercheurs n'osait prendre la parole. Une demi-heure plus tôt, le colonel Bosman avait reçu un appel : tous les scientifiques s'étaient réunis et ils demandaient à être reçus en délégation. Il avait à présent devant lui les responsables des trois équipes, Prescot, Barkwell et Basler.

Barkwell prit la parole, d'un ton hésitant :

— Monsieur, nous... nous voudrions vous dire que... Nous avons réfléchi et... nous sommes tous d'accord sur un point. Il est difficile pour nous tous de mener à bien nos recherches.

Bosman leva un sourcil. Il s'efforçait de ne pas céder à un sentiment d'abattement.

— Ah bon, dit-il d'un ton plus sec qu'il n'aurait voulu. Et pourquoi ?

— Ce matin, mon assistant, Douglas Seger, a appris la mort de sa femme et de ses deux enfants. Ils habitaient New York. Ils font partie des dizaines de milliers de victimes...

— Je suis désolé, dit Bosman. On ne m'a pas prévenu...

Il se reprit :

— Messieurs, c'est tout à fait tragique et je comprends que vous soyez touchés, mais... En quoi cela a-t-il un rapport avec vos recherches ?

— Nous ne sommes plus capables de travailler, colonel. Nous avons peur. Peur pour nos familles, pour nos amis. Greg Thomas vient de perdre sa femme, vous le savez, et les nouvelles, partout, sont terribles.

— Je sais tout cela, messieurs. Hélas, que voulez-vous que j'y fasse ?

— Colonel, nous voudrions que vous mettiez nos familles en lieu sûr.

— En lieu sûr ?

— Pourquoi ne pas les faire venir sur cette base ? Ou ailleurs, si c'est impossible...

— En lieu sûr ! Pouvez-vous me dire, messieurs, ce qu'est un lieu sûr aujourd'hui ? Croyez-vous donc que nous sommes ici en lieu sûr ?

Il y eut un silence.

— Colonel, reprit Barkwell, avez-vous de la famille ?

Bosman fut un instant désarçonné. Il ne s'attendait pas à la question.

— Bien sûr... Enfin, pas de la famille proche. Mes parents sont morts, et j'étais fils unique, mais... J'ai des cousins qui... je ne vois pas bien le rapport...

Basler prit brusquement la parole :

— Le rapport, colonel, c'est que si vous aviez de la famille proche, vous comprendriez ce que nous vous demandons ! On n'est peut-être en sécurité nulle part, mais nous préférons être en danger avec nos familles que les savoir perdues dans la nature sans avoir de nouvelles. J'ai encore ma mère, colonel, et j'ai une sœur, et les télécommunications marchent une fois sur dix, ça fait deux semaines que je n'ai pas pu leur parler et je n'ai aucun moyen de savoir si elles ne sont pas mortes à l'heure qu'il est !

— Ici, renchérit Prescot, nous sommes quand même plus en sécurité que partout ailleurs. La terre peut trembler, d'accord, et une épidémie se déclarer à tout moment... mais nous sommes à l'abri des prédateurs. Et par les temps qui courent, le plus dangereux des prédateurs, c'est l'homme ! Le chaos est innommable, dehors ! Les gens s'entretuent, il y a des pillages, c'est la loi du plus fort... J'ai encore mes deux parents, et je vous demande de les mettre au moins à l'abri de la folie des hommes !

Le colonel se prit la tête entre les mains, et garda le silence pendant quelques secondes.

— Bien, dit-il enfin. Vous allez me donner une liste de personnes. Je vais voir ce que nous pouvons faire.

— Une liste de combien de personnes ? grommela Basler.

Bosman hésita.

— Femmes et enfants. Parents. Frères et sœurs.

301

— Et vous allez les amener ici ? demanda Prescot.

— Si la chose est possible. Il faut que nous les trouvions, d'abord. Que nous allions les chercher. Ça demande une logistique, messieurs ! Mais nous allons faire notre possible.

Il y eut un silence. Les trois chercheurs se levèrent un à un.

— Merci, colonel, dit Barkwell.

41

Quelque part au-dessus de la forêt amazonienne, Venezuela

Le soleil tombait lentement à l'horizon, dans le vert profond des arbres, irradiant le ciel bleu sombre de lueurs mourantes. La nuit arrivait. Greg regardait défiler la forêt foisonnante sous l'hélicoptère, mais il ne la voyait pas. Cela faisait deux jours que l'avion de Mary était tombé. Pouvait-elle être encore vivante ? Personne n'y croyait. Ni Bosman ni les Vénézuéliens. Pourtant, Bosman avait fourni à Greg un avion de l'armée qui l'avait déposé à la base de Vargas, dans le sud du pays. Et les Vénézuéliens avaient mis à sa disposition un hélico, un pilote et deux secouristes. Mais il y avait dans leurs yeux un scepticisme attristé. Personne ne pensait que Mary pût être encore en vie.

Mary est vivante.

Elle est vivante.

Greg regardait le paysage. Dans quelques minutes, ils seraient sur les lieux. Il verrait Mary. On la soignerait.

Mary.

Greg ne pouvait l'imaginer morte. Son esprit se heurtait à quelque chose, un mur de ténèbres à l'intérieur de lui. C'était comme s'imaginer que lui-même était mort. Impossible. Elle était vivante. La seule idée de vivre sans Mary semblait ouvrir dans le cœur de Greg une béance insupportable, une terrifiante vacuité. Et le cœur de Greg se serrait, crispé par une main d'acier, comme pour échapper à ce vide, à la terreur sans nom : vivre sans Mary...

Greg s'était recroquevillé sur son siège, les poings serrés contre ses yeux. Mais il ne pleurait pas. Il ne voulait pas pleurer Mary.

Mon Dieu, murmura-t-il... Si elle meurt, je meurs aussi. Elle est une part de moi. Ne nous sépare pas...

Greg n'avait jamais réalisé à quel point il dépendait de Mary. Elle était comme le témoin de son existence, le seul véritable témoin de l'être qu'il était. Avec elle, il ne jouait pas, il ne se cachait pas. Sans elle, il n'avait plus qu'une existence de surface, de façade. Un masque, sans rien derrière le masque... Pourtant, il avait vécu bien des années sans Mary. Il l'avait rencontrée à vingt-deux ans. Est-ce qu'il n'existait pas, jusqu'alors ?

De fait, il avait peu de souvenirs de son existence avant Mary. La vie était terne et sans aspérités. Ses parents. Les études, les copains. Les filles... C'est après, avec Mary, qu'il avait appris à s'émerveiller de la vie. La rencontrer avait été comme une seconde naissance.

— Monsieur...

Greg sursauta. Un des secouristes, le médecin, était penché sur lui, s'efforçant de le tirer de sa rêverie. Il essuya une larme sur sa joue, et regarda l'autre dans les yeux.

— Monsieur, nous sommes sur zone. Nous avons repéré des débris d'appareil. Nous allons nous poser.

Greg sentit l'angoisse le reprendre d'un coup. Il regarda en bas. La nuit était noire, et les puissants projecteurs de l'hélicoptère éclairaient le sol. C'était une espèce de marais. Il y avait des arbustes et des monticules de terre qui formaient de petits îlots verts et bruns, émergeant d'un mélange indistinct de terre et d'eau.

Alors Greg aperçut une partie de l'avion. Le choc avait dû être terrible.

L'hélicoptère toucha le sol. Immédiatement, Greg fut dehors. L'air était doux, humide, comme une invitation à s'étendre, à se laisser dormir. À se laisser mourir. Greg serra les poings.

Y croire.

Y croire jusqu'au bout. Après, il serait temps de tout abandonner.

Déjà deux lumières trouaient l'obscurité. Les deux secouristes, les jambes dans l'eau jusqu'à mi-cuisses, éclairaient le marécage, découvrant des débris de métal calcinés.

Greg les suivit.

Ils fouillaient le cockpit. Ils en ressortirent, et l'un des deux fit un signe en direction de Greg. « Il n'y a personne là », semblait-il dire.

Puis il y eut un cri.

Greg avança, tel un automate, vers le lieu où les deux hommes s'étaient arrêtés. Le corps d'un homme émergeait de l'eau tiède, de dos, encore attaché à son siège, qui avait été éjecté avec lui lors du choc. Le pilote, sans doute. Un des secouristes le retourna, puis le lâcha brusquement et recula d'un pas, l'éclairant du faisceau de sa torche. La moitié de son visage avait été arrachée. De grosses mouches entraient et sortaient des orifices de son crâne défoncé.

Greg se mit à vomir. Le second secouriste le prit par les épaules et l'écarta, lui disant quelque chose qu'il ne comprit pas. Il se dégagea, faisant tomber l'autre. Tandis qu'il se relevait, Greg lui prit sa torche. Puis, éclairant la nuit, il avança.

Il heurtait des plaques de métal froid, des fragments de moteurs, des bouts d'hélice. Un sac, éventré. Il le ramassa. Puis il le reconnut. Il appartenait à Mary. Greg le fouilla et en retira un pull, dont les extrémités avaient brûlé. Son pull bleu. Serrant l'objet sur sa poitrine, il se remit à avancer.

Au bout de quelques secondes, à sa droite, il aperçut la queue de l'avion qui flottait dans la vase, entourée de débris plus petits. Il s'approcha. L'appareil avait été sectionné en deux parties, entre le cockpit et les sièges des passagers. La carlingue était dans l'obscurité. Greg, sentant son cœur battre comme s'il allait sortir de sa poitrine, orienta sa torche pour éclairer l'intérieur. Mary était-elle là ? Était-elle morte là ?

La carlingue était vide.

Greg se hissa à l'intérieur de la carcasse, qui vacilla un instant sous son poids, puis se stabilisa. Un genou au sol, il parcourut de son faisceau de lumière les parois cabossées, les quatre sièges et le plancher.

Mary aurait dû être là, attachée à un des sièges... À moins qu'elle n'ait pas été attachée lors de l'accident, et que son corps ait été éjecté... Comment imaginer qu'elle n'ait pas eu le réflexe de s'attacher en sentant l'avion tomber ? Il y avait là quelque chose d'incompréhensible qui, au cœur de l'inéluctable, éveillait en Greg un semblant d'espoir. Si Mary n'était pas là, elle était peut-être vivante.

Tout en réfléchissant, Greg éclairait machinalement les fauteuils. C'est alors qu'il aperçut, partant d'un accoudoir et se prolongeant jusqu'au sol, une longue trace brune.

Du sang.

Greg éclaira le plancher, suivant la trace. Elle menait hors de la carlingue.

Mary n'était pas morte lors du crash ! Blessée, certainement. Peut-être grièvement. Mais elle avait pu se traîner hors de l'appareil...

Greg scrutait les alentours, balayant de lumière arbres et bosquets. Les deux secouristes l'avaient rejoint, et regardaient à leur tour dans la carlingue.

À une dizaine de mètres, un petit îlot de terre s'inclinait doucement vers l'eau. Greg, dans la vase jusqu'à mi-corps, s'en approcha. Il vit deux taches blanches qui tranchaient sur le brun sale de la boue. Les éclairant, il accéléra sa progression.

D'abord, il ne la reconnut pas.

C'était un corps de femme. Il semblait naître de la terre, et captif de la terre. Recouvert de boue par endroits, il émergeait ailleurs, blanc comme un lis. Il y avait un long bras, dont la main plongeait dans la boue. Une jambe, maculée de sang séché. Par endroits, de la mousse avait poussé sur elle, des fragments de lianes et de feuilles la recouvraient, comme si la terre réclamait ses droits sur ce corps fait de terre.

La respiration de Greg s'était arrêtée. Le temps était suspendu. Puis il vit son visage.

Mary. Elle avait les yeux fermés, comme si elle avait simplement décidé de s'endormir, et d'abandonner son corps à la loi de la vie. Son visage était extraordinairement serein, comme si elle disait oui, un oui total, inconditionnel. Comme si elle avait cessé de lutter.

Dans un cri, Greg s'arracha à la vase et posa sa main sur la gorge de Mary.

Elle était glacée.

Greg déplaçait ses doigts sur la peau de Mary, cherchant

une pulsation, le plus petit indice de vie. Mais il ne sentait rien, sinon le froid de sa peau, contrastant avec la chaleur humide du marais.

Il sentit qu'on l'écartait doucement. Les deux secouristes se penchèrent sur Mary et l'examinèrent quelques instants.

Puis l'un d'eux, celui qu'il avait bousculé, se tourna vers lui, le regardant avec tristesse.

Elle est morte monsieur.

Ils entreprirent de la dégager.

42

Une petite maison au bord du lac Simcoe, Canada

— À table !

Aimé Doubletour referma son journal et le posa sur la table basse. Il se mit à rire. Ils sont dans la merde, murmura-t-il. Ils sont dans une drôle de merde...

Depuis trois semaines, il suivait attentivement les événements. C'était parti doucement. Et maintenant, ça devenait sérieux. Ça montait en puissance... Et ce n'était qu'un début !

Ils n'y comprenaient rien, évidemment. Pour eux, ce qui se passait était impossible ! Impossible... mais vrai. Démerdez-vous avec ça ! Ce n'était pas de sa faute, à lui, si leur vision du monde était grossière et fausse, et s'ils étaient infoutus de prévoir, seulement d'imaginer ce qui était en train de se produire. Sur tous les fronts à la fois !

Les bêtes, comme si elles s'étaient donné le mot, se mettaient à agresser l'homme... Ils avaient dû éliminer tous les animaux domestiques et, à présent, c'étaient les animaux sauvages qui se mettaient à devenir imprévisibles et dangereux. Plus personne ne pouvait s'aventurer en forêt. Et les tremblements de terre... Les épidémies... L'écologiste émit un petit rire. Personne n'y comprenait rien. Alors que c'était tellement évident ! Et ces sommités pontifiantes qui venaient étaler leurs titres universitaires et leur incurable incapacité à voir le sens, si merveilleusement clair, de tous ces événements... Rassurez-vous, bonnes gens, la science cherche et la science va trouver, il y a des causes à tout cela, le monde ne peut changer d'un coup ses lois...

Certes, messieurs les professeurs, certes... ce n'est pas un monde dont les lois changent... C'est un monde dont vous n'avez pas compris les lois !

— Mon nounours ! Tu n'as pas entendu ? J'ai dit à table... Ta soupe est prête...

Aimé se leva d'un bond.

— J'arrive, maman...

Il se dirigea vers la salle à manger où l'attendait sa mère, posant fièrement, l'air un tantinet réprobateur, devant lui une marmite d'où fumait une odeur alléchante.

— Ça va être froid...

Aimé s'assit et entreprit de se beurrer une tranche de pain.

— Pardon, maman.

Ça devenait très très chaud... Les États-Unis venaient d'être mis en quarantaine de fait : depuis trois jours, la plupart des gouvernements avaient interdit à tout ressortissant américain de pénétrer sur leur territoire. Crainte de la contagion. Évidemment, dans le monde entier, on préférait croire que le phénomène était purement américain... Quelle blague ! Bien sûr, jusqu'à présent, aucun autre pays ne semblait touché. Il y avait des séismes en Amérique du Sud, et des perturbations climatiques, mais personne n'était forcé d'y voir un rapport. Au Canada, les contrecoups du tremblement de terre de Rochester avaient un peu affecté Toronto et ses environs, il y avait même eu un mini-raz de marée sur le lac Ontario. À part ça, les Canadiens pouvaient se sentir épargnés... À ceci près qu'ils ne faisaient pas le rapprochement avec l'affaire des tomates empoisonnées, en Colombie-Britannique. C'étaient des tomates transgéniques, et tout le monde s'était empressé de mettre ça sur le dos des gènes artificiels... Sale coup pour les industries agroalimentaires, une méchante campagne était en route... Aimé sourit... Le transgénique était une belle saloperie mais son petit doigt lui disait que là, ça n'avait rien à voir avec les manips des industriels... Ça avait plutôt à voir avec tout le reste... Et il n'y avait aucune raison pour que les événements épargnent le Canada... ni d'ailleurs aucune autre région du monde...

— Ça va, mon chéri ?

Aimé aperçut le regard de sa mère posé sur lui.

— Oui, maman, ça va...

— Tu as un drôle d'air...

— Mais non, maman... Ça va très bien.

La vieille femme se tut un instant, puis demanda :

— Tu n'es pas en train de me cacher quelque chose ?

— Mais non maman, je t'assure ! Je réfléchissais, c'est tout...

— Et à quoi tu réfléchissais ?

Aimé marqua un temps.

— Eh bien... Qu'il était possible que je sois obligé de te laisser quelque temps, prochainement...

Le menton de sa mère se mit à trembler.

— Me laisser ? Mais pourquoi ? Tu es déjà parti presque deux mois au printemps...

— Mais maman, il faut bien que je travaille un peu ! J'ai fait une tournée de conférences...

Les yeux de sa mère étaient embués de larmes.

— Je croyais que c'était fini pour l'année... Tu as d'autres conférences ? Pourquoi tu ne m'en as pas parlé ?

Aimé se leva et passa son bras autour des épaules de la vieille femme.

— Non, je n'ai plus de conférences avant l'automne... Mais quelque chose me dit qu'on pourrait bientôt m'appeler pour un travail... disons, imprévu...

— Quel travail ? C'est incroyable, tu...

La voix de sa mère, qui était montée d'un ton, fut interrompue brusquement par la sonnerie du téléphone. Aimé se leva et décrocha l'appareil.

— Monsieur Doubletour ?

— Lui-même...

— Colonel Bosman, du département de la Défense américaine. Nous aurions besoin de vos services... Quand pouvons-nous passer vous prendre ?

Aimé attendit quelques secondes avant de répondre :

— J'attendais votre appel, monsieur. Je vous demande juste le temps de finir mon déjeuner.

Puis il raccrocha et se retourna lentement vers sa mère. Celle-ci le regardait fixement. De grosses larmes coulaient de ses yeux.

43

Fort Detrick, Maryland

Il était cinq heures du matin, et le colonel Bosman constatait avec plaisir qu'il commençait à s'endormir lorsque le téléphone sonna. Il eut envie de hurler, mais il était trop fatigué, alors il décrocha. C'était un capitaine, qu'il ne parvint pas à identifier.

— Monsieur, vous êtes convoqué chez le Président. Il y a une nouvelle épidémie, à Jefferson City.

— On a cautérisé ?

— On ne peut pas, monsieur. La zone est trop vaste, trop peuplée. Et c'est un virus dont le temps d'incubation est assez long. L'épidémie se propage.

— La presse ?

— Les journalistes étaient sur place en même temps que nous. On n'a rien pu faire, il aurait fallu les tuer tous.

Bosman se représenta brièvement la scène, et l'idée que cela aurait peut-être été la solution lui traversa la tête, mais il la chassa d'un revers de main. On ne pouvait pas faire ça.

— Bon, vous me mettez le Missouri en quarantaine. Mobilisez toutes les troupes nécessaires. Personne ne rentre, personne ne sort, compris ? Abattez les contrevenants. Et je veux les mêmes mesures à Kansas City et à Saint Louis, ainsi que sur toutes les agglomérations qui sont à la frontière du Missouri et d'un autre État. Villes fermées. Villes mortes. Compris ?

— Oui, monsieur. Les procédures sont déjà en route.

— Comment, en route ?

— Ordre du général Merritt, monsieur.

— Ah oui... Bon... Et pourquoi m'appelez-vous à cette heure, alors ?

— Pour vous emmener chez le Président, monsieur. Une voiture est en bas de chez vous. Elle vous attend.

Bosman se pencha et regarda dehors. Une voiture noire banalisée était postée sous sa fenêtre.

— Bien. Je... je m'habille et je descends.

Bosman raccrocha, et se mit à déboutonner machinalement son pyjama.

Merritt avait tout pris en main, apparemment... Il ne le consultait plus que lorsque les décisions étaient prises.

Bien...

Résigné, le colonel décida d'attendre les événements.

44

Quelque part au-dessus de la forêt amazonienne, Venezuela

Depuis combien de temps avaient-ils redécollé, Greg aurait été incapable de le dire. Le temps s'était arrêté. Pour toujours.

Il avait fallu dégager Mary. S'occuper du corps du pilote. Puis ils avaient étendu Mary dans l'hélico. Ils avaient voulu l'envelopper dans une espèce de sac, de sac-poubelle, une horreur, Greg avait failli les frapper. Ils n'avaient pas insisté.

Quand ils avaient pris l'air, la nuit était moins noire, l'aurore était proche. À présent, il faisait grand jour. Il n'y avait pas un nuage dans le ciel. L'air était lumineux, le paysage plein de couleurs, comme si la nature fêtait quelque chose. Les ouragans étaient passés. Ils avaient détruit des vies. Ils avaient pris Mary. Et maintenant, le soleil était radieux.

C'était Mary qui lui avait appris à aimer la Terre. En lui prenant Mary, la Terre avait laissé dans son cœur un dépôt. Une peine, que jamais rien n'apaiserait. Et une colère, que jamais rien ne consumerait.

Greg regarda le visage de Mary. Les yeux fermés, elle avait un air paisible... Elle semblait avoir trouvé, au moment de quitter cette vie qu'elle aimait tant, dans ses aspects les plus doux comme les plus cruels, cette sérénité, cette plénitude qu'elle avait tant cherchée.

Et qu'elle ne partagerait jamais avec lui.

Greg sentit son visage se plisser autour de ses yeux, comme s'il essayait malgré lui de retenir ses larmes... Il aurait voulu pleurer, pourtant. Tout lâcher. Hurler. Mais il ne le pouvait. Était-ce la présence des deux hommes assis en face de lui, qui lui jetaient parfois des regards furtifs et apitoyés ?... Avait-il besoin d'être seul pour toucher le fond de sa détresse ?

Au fond, il ne réalisait pas vraiment.

Il savait que tout était fini, que c'était sa propre vie qui s'en était allée avec la vie de Mary. Mais il ne le réalisait pas, comme si une protection de glace éloignait encore cette vérité qui pouvait le détruire.

Il revoyait Mary à son départ. Il n'avait pas su lui dire au revoir. Il n'avait pas compris que c'était un adieu. Que c'était le moment de lui dire, une ultime fois, qu'il l'aimait, que s'il y avait une vie après la mort, c'était avec elle qu'il voulait vivre cette vie. Pour l'éternité.

Greg serra plus fort encore la main de Mary, qu'il n'avait pas lâchée depuis le décollage. Sa main froide comme la glace. Sur son visage était figée cette expression si belle, et qui semblait la quintessence de ce qu'elle était... Mary savait dire oui. Mary semblait parfois capable, dans de rares moments qui ne se laissaient pas capturer, d'accueillir tout sans condition. D'aimer.

Greg ne s'était jamais senti aimé, sinon par Mary.

Mais ce visage, cette expression, ce n'était pas Mary. C'était comme une photographie, un rappel de ce qu'elle avait été. C'était son corps... Mais ce n'était pas elle.

Il manquait... sa présence. Ce qu'elle savait donner d'elle-même, à chaque instant. Cette chaleur que l'on recevait d'elle, et qui était la chaleur de Mary, à nulle autre pareille... Et Greg cherchait, scrutant chaque fragment découvert de sa peau, touchant sa peau, à ranimer la présence de Mary. Mais elle était partie. Elle n'était pas là.

Et Greg savait que cette absence serait pour toujours sa compagne, comme une part de lui-même.

Depuis un moment, l'hélicoptère survolait des champs, des habitations. Des hommes vaquaient aux tâches du matin. Puis il entama sa descente. La base était en vue.

Le pilote américain l'attendait pour le rapatrier, ainsi que le corps de Mary. C'était sans doute ainsi qu'on lui avait décrit sa mission. Personne, sauf Greg, ne croyait la ramener vivante. Tout le monde avait raison, sauf Greg. L'hélicoptère se posa. Greg en descendit. Le pilote était là.

— Je suis désolé, mon vieux. Je comprends ce que vous ressentez.

Les deux secouristes vénézuéliens prirent le corps de Mary

avec délicatesse et le transportèrent dans le biréacteur de l'Air Force. Un médecin militaire les suivit pour l'examiner.

— Voulez-vous manger quelque chose ? lui demanda-t-on.

Il fit non de la tête. Partir. Partir d'ici.

Le médecin ressortit de l'avion et tendit un formulaire au pilote américain. Celui-ci fit monter Greg dans l'avion et embarqua avec lui.

Greg s'assit à côté de Mary et lui reprit la main.

Bientôt, il n'aurait même plus sa main.

L'avion volait depuis plus de deux heures. En bas, dans l'eau bleue et dorée, se détachait une île qui devait être Cuba.

Greg n'avait pas quitté Mary des yeux, il n'avait pas lâché sa main. Et c'était comme si Mary lui parlait. Comme s'ils revivaient ensemble les moments qu'ils avaient partagés, qui défilaient sans ordre, lambeaux de souvenirs éparpillés. Mary lui parlait, tout bas, dans le secret du cœur, et lui disait des mots silencieux qui n'étaient qu'à elle... Greg écoutait, sans se laisser distraire, et c'était comme une sorte de torpeur qui le prenait, un monde entre le rêve et la vie. Un monde d'où Mary n'était pas absente. Il lui semblait sentir son souffle, comme si le contact de sa main n'était plus le même, comme si sur son visage des couleurs se peignaient...

Comme si Mary était là...

Un souvenir passa dans la mémoire de Greg. Quand il avait vécu ce sentiment de solitude, de néant sans issue, au cours de son coma, dans cette espèce de rêve qui semblait ne pas en être un, Mary avait été là. Cela n'avait pas duré, une ombre fugitive... Mais c'était elle. La présence de Mary, sans le corps de Mary.

À présent il lui semblait ressentir cette présence qu'il ne pouvait confondre avec aucune autre.

Mary était là.

Comme si la main de Mary qu'il tenait dans la sienne, insensiblement, se laissait habiter par une présence, sa présence... comme si sa peau était moins froide, comme s'il y circulait à nouveau ce souffle, si fragile et si puissant... la vie.

Greg eut peur. Devenait-il fou ?

Le visage de Mary n'était plus livide. Une nuance très légère de rosé apparaissait sur ses lèvres et ses joues.

Greg se força à quitter Mary des yeux. Le pilote, devant lui, fumait une cigarette, laissant faire le pilotage automatique. Le ciel était sans nuages, l'océan moutonnait doucement, cinq mille mètres plus bas...

L'impression ne se dissipait pas.

Une sorte de joie espiègle flottait, comme quand Mary se mettait à jouer, devenait légère, laissant la petite fille qu'elle avait été reprendre les rênes pour un moment...

Greg eut l'impression que la main de Mary serrait la sienne, et il dut lutter contre le réflexe de la retirer. À nouveau, il posa les yeux sur son visage.

Ses yeux étaient ouverts.

Un interminable frisson lui parcourut l'échine et, durant un moment, Greg eut le sentiment que son esprit était suspendu sur un invisible fil, entre la réalité et la folie.

Mary avait les yeux ouverts et regardait Greg...

La poitrine de Mary, imperceptiblement, mais régulièrement, se soulevait et s'abaissait. Sur ses lèvres, une ombre de sourire s'esquissait. Un pauvre sourire, faible et fragile. Le sourire de Mary. Un sourire qui ne s'adressait qu'à lui.

Mary était revenue à la vie.

Alors ses lèvres, encore un peu bleutées, remuèrent légèrement :

— Contente de te voir, mon amour.

45

Washington, sous-sol de la Maison Blanche, Bureau ovale *bis*

Le colonel Bosman n'en revenait pas. Il était assis, avec Merritt, dans le Bureau ovale. Mais ce n'était pas le Bureau ovale. C'était un autre Bureau ovale. Qui, apparemment, se trouvait exactement sous le premier.

Mais à une trentaine de mètres sous terre, au moins...

Quelques minutes plus tôt, la voiture noire avait franchi la grille de la Maison Blanche et l'avait déposé devant le perron principal. Le général l'attendait avec un petit air satisfait.

— Ça va, il avait dit. On a la situation en main.

Bosman était heureux de l'apprendre. Depuis quelques jours, il avait l'impression d'essayer d'empoigner de la flotte. Il avait suivi son supérieur. Celui-ci l'avait entraîné, par un escalier de service puis une petite porte dérobée, jusqu'au troisième sous-sol de la Maison Blanche. Au bout d'un long couloir désert, éclairé d'une lumière blafarde, il y avait une porte de métal peinte en gris souris. Merritt avait la clé. Ils étaient entrés dans une très petite pièce. Sur la droite, une autre porte. Merritt l'avait ouverte avec une autre clé. Derrière la porte, les deux battants, clos, d'un ascenseur. Merritt avait plaqué sa main sur l'écran d'un scanner. Les deux battants s'étaient ouverts.

À peine les deux hommes entrés, l'ascenseur, totalement dépourvu de boutons de commande, s'était mis en branle, et Bosman avait ressenti un léger haut-le-cœur, en même temps qu'un sentiment de surprise. Le mouvement n'était pas celui qu'il attendait.

Ils étaient au sous-sol. Il était logique que l'ascenseur montât.

Mais l'ascenseur s'était mis à descendre. À une vitesse surprenante.

Quand les deux battants de l'ascenseur s'étaient rouverts,

317

le colonel avait cru devenir fou. Il était au rez-de-chaussée de la Maison Blanche !

— Vous ne comprenez pas ?

Quelques personnes déambulaient dans les couloirs, mais beaucoup moins qu'à l'accoutumée. C'est ça qui avait mis la puce à l'oreille du colonel.

Ce n'était pas le rez-de-chaussée de la Maison Blanche !

On l'avait reconstitué, à l'identique, mais sous la terre, à plusieurs dizaines de mètres... Le rez-de-chaussée, et le premier étage de l'aile ouest...

— Plus, avait expliqué Merritt, un certain nombre d'installations scientifiques et quelques dizaines d'appartements privés. Ça date de la guerre froide. C'est antiatomique, antisismique et, très bientôt, une des petites améliorations que j'ai fait apporter... antibactériologique. Nous finissons d'installer un système très performant de décontamination, qui sera opérationnel dans quelques heures...

Le général avait une lueur de fierté dans ses yeux de reptile.

— Un poste de commandement à peu près invulnérable, avait-il ajouté.

Puis il l'avait conduit au Bureau ovale *bis*. La réplique était parfaite. Il y avait même un astucieux système d'éclairage qui laissait entrer par les fausses fenêtres une lumière qui imitait parfaitement celle d'une radieuse matinée d'été.

— C'est un chef opérateur recruté à Hollywood qui a fait le job, avait précisé Merritt. Amusant, non ?

Très amusant.

À présent, Merritt avait replongé dans une de ses torpeurs qui lui donnaient l'air d'un crocodile dans une mare d'eau tiède, dont on ne sait s'il est repu ou s'il attend seulement le bon moment pour vous sauter dessus.

On attendait le Président et ses conseillers.

Et le colonel commençait à sentir une forte colère enfler dans sa poitrine.

Merritt semblait prendre un malin plaisir à jouer avec lui. Il lui en disait le moins possible, empiétait sur les responsabilités qu'il lui avait lui-même concédées, comme si le colonel n'était qu'un incapable placé là par erreur, et qu'il convenait d'écarter de toute décision importante. En même temps, il en faisait le témoin privilégié de sa petite progression dans les sphères du pouvoir. Mais toujours après coup. Et toujours comme on s'adresse à un gamin qu'il s'agit d'épater.

— Monsieur, finit-il par articuler.

Merritt entrouvrit l'œil droit.

— Il y a quelque chose que je ne comprends pas.

— C'est normal, mon vieux.

Le colonel décida d'ignorer la pique.

— Je veux dire, concernant mes fonctions.

— Vos fonctions ?

— Monsieur, je ne comprends pas pourquoi c'est vous qui avez pris la responsabilité opérationnelle sur Jefferson City. C'est moi qui devais m'en charger.

— Il se trouve simplement qu'il fallait réagir très vite et que vous étiez couché. Dormez moins.

Bosman eut envie d'étrangler son supérieur.

— Monsieur, je suis disponible vingt-quatre heures sur vingt-quatre. Dès qu'une information me parvient, je suis à pied d'œuvre et j'agis. Le problème, c'est que l'information ne m'est pas parvenue à temps. Et j'aimerais savoir pourquoi.

— Parce que ce sont mes ordres.

Le colonel accusa le coup.

— Dois-je comprendre que vous me démettez de mes fonctions ?

— Pas le moins du monde.

Bosman serra les poings, mais réussit à se dominer. Ce salopard était en train de se foutre de sa gueule.

— Alors à quoi je sers ? articula-t-il.

Merritt le regarda bien en face. Ses yeux étaient froids comme ceux d'un mort.

— Vous servez à obéir à mes ordres, mon vieux. Et quand je ne vous en donne pas, vous ne servez à rien.

Un bruit de pas et de voix mêlées se fit entendre à la porte, et Clint F. Harton fit son entrée, flanqué d'une quinzaine de conseillers, dont une bonne moitié étaient des militaires. Parmi ces derniers, Bosman reconnut sans peine l'amiral

Stuart Cavendish, chef d'état-major de l'armée des États-Unis. Il y avait aussi Warren Misrahi, président de la commission des Affaires étrangères au Sénat.

— Je vous en prie messieurs, restez assis, lança le Président à l'adresse du colonel et de son supérieur.

Le groupe d'hommes s'installa autour de la table de conférence. Harton prit la parole :

— Messieurs, je vous avoue que si j'avais pu prévoir un seul instant que je serais confronté, en tant que président des États-Unis, à une situation de ce genre, je serais resté vendre des cacahouètes dans mon Texas natal. Voilà pour mes états d'âme. Maintenant, il faut bien que quelqu'un fasse le boulot, il se trouve que c'est moi, alors je le fais. Nous avons une décision à prendre. Et si nous la prenons, je dois l'appliquer. Et croyez-moi, je le ferai dans la minute qui suivra.

Le Président, en disant ces mots, posa sur la table un gros attaché-case et l'ouvrit. Bosman sentit les muscles de son diaphragme se tendre désagréablement. C'était la première fois qu'il voyait les boutons de commande de la puissance nucléaire américaine.

— Amiral Cavendish, je vous prie de nous donner un compte rendu de la situation à l'heure présente.

Le chef d'état-major se leva et se posta près d'une carte du monde.

— Messieurs, le dernier rapport de synthèse date d'une dizaine de minutes. Mais la situation évolue si vite que nous pouvons nous attendre à des faits nouveaux avant la fin de mon exposé. La terre tremble, par à-coups, sur toute la côte est. Washington est encore épargnée, mais pour combien de temps ? New York, Trenton, Philadelphie... il y a des centaines de milliers de morts. Les séismes sont d'une intensité en constante augmentation. À une centaine de kilomètres d'Albany, on a enregistré une magnitude de 8,8 sur l'échelle de Richter. La côte Est est ravagée par des raz de marée jusqu'à Boston. La côte californienne est un peu plus calme depuis quarante-huit heures, mais il est probable que ce n'est qu'un répit. Du côté des épidémies...

L'amiral fit une brève pause pour s'éponger le front.

— Dans le Missouri, la situation est en train d'échapper à notre contrôle. Le virus se transmet par les voies respiratoires. Une de ses versions tue très vite, une vingtaine de minutes. Malheureusement, une autre a un temps d'incubation plus long. Nous avons dix mille hommes, équipés de combinaisons antibactériologiques, répartis autour du périmètre de Jefferson City. Mais des personnes contaminées ont réussi à quitter la ville, créant plusieurs autres foyers. Nous avons coupé toutes les communications, routières, aériennes, ferroviaires, entre le Missouri et le reste du territoire mais, ce que nous n'avons pas réussi à faire à l'échelle d'une agglomération, il est peu probable que nous y arrivions pour tout un État... On peut considérer que la menace concerne maintenant la population américaine dans son ensemble. D'autant que d'autres foyers se déclarent à une fréquence de plus en plus élevée. Sans compter ce phénomène nouveau, signalé à plusieurs endroits très éloignés les uns des autres... l'empoisonnement totalement inexplicable de fruits ou de légumes, qui concerne des récoltes entières.

L'amiral s'arrêta et but un verre d'eau. Bosman avait du mal à respirer. La situation se dégradait à une vitesse hallucinante. Quelle pouvait être la signification de ce cauchemar ? L'Apocalypse ? La fin des Temps ? Le colonel n'avait jamais été très croyant mais, aujourd'hui, il ressentait l'envie de prier. Comme s'il ne restait rien d'autre à faire...

Le Président se tourna vers un de ses conseillers, un petit homme d'allure chétive en civil.

— Et la situation intérieure ?

L'homme se leva et prit la parole. Il avait une voix de fausset qui aurait été comique en toute autre circonstance.

— De moins en moins contrôlable, hélas... Il y a des mouvements de panique à grande échelle, que tous les efforts de la police et de l'armée ne peuvent endiguer, particulièrement dans les zones qui restent épargnées. Des exodes de populations massifs et totalement irrationnels se produisent un peu partout, et se croisent même parfois... Des émeutes, des pillages, et des massacres aussi hélas... Des affrontements interethniques... Des pogroms...

— Par ailleurs, monsieur le Président, reprit Cavendish, il y a un fait nouveau. Plusieurs dépêches viennent de tomber. L'Europe est touchée.

— Quoi ?

Le Président avait presque crié. Tous les visages étaient figés dans un masque d'étonnement.

— Un important séisme à Londres. En France, la ville de Lyon a été entièrement détruite. En Italie, en Espagne, la terre tremble en ce moment même. Et des foyers d'épidémies ont éclaté. Je n'en connais encore ni la localisation ni la gravité, mais l'information est de source sûre. Cela vient s'ajouter aux événements qui ont touché l'Amérique du Sud hier et dans la nuit... Le phénomène, loin de se limiter au territoire américain, est maintenant mondial.

Merritt se leva brusquement.

— Permettez messieurs ! Mondial, mais tout de même assez localisé. Assez ciblé... Il ne semble pas que l'Asie soit touchée en quelque manière que ce soit.

— Jusqu'à maintenant en effet, concéda l'amiral Cavendish.

— À mon avis, monsieur, elle ne le sera pas.

Le Président prit la parole :

— Justement, messieurs, j'ai eu depuis dimanche trois discussions avec mon homologue chinois, qui nie bien sûr toute responsabilité de son pays dans la crise qui nous touche, et qui menace les États-Unis de représailles proportionnées à toute attaque. Nos informateurs ont confirmé que le dispositif nucléaire stratégique de la République populaire était en état d'alerte maximale.

— Monsieur le Président, intervint Merritt, si vous permettez, nous avons sur ce point une supériorité technique évidente sur les Chinois. Nous sommes capables de neutraliser à tous coups leurs missiles à longue portée. Quant à leurs sous-marins nucléaires, nous suivons leurs moindres faits et gestes sur nos écrans radars, et nous pouvons les détruire tous dans l'heure qui vient. Si nous lançons une attaque nucléaire sur le territoire chinois, nous sommes à l'abri de représailles sur ce plan. De toute manière, je crois que l'offensive que nous subissons est bien plus redoutable qu'une attaque nucléaire.

L'amiral Cavendish intervint.

— D'abord, général, sommes-nous si sûrs qu'il s'agit d'une offensive, ensuite que les Chinois en sont la cause ?

Merritt se tourna vers le chef d'état-major. Dans son regard se lisait un mépris qu'il ne cherchait pas à dissimuler.

— Non, monsieur. Nous n'avons aucune certitude. Je peux simplement vous dire que si j'avais les moyens de fabriquer une arme bactériologique pour détruire une nation, je ne la concevrais pas différemment de celle qui nous frappe. Précise. Sûre. Et graduelle. Avez-vous remarqué que c'est juste au moment où les liaisons avec l'étranger ont été suspendues, et où les citoyens américains n'ont plus la possibilité de quitter le pays, qu'apparaît sur notre territoire un virus dont le pouvoir de propagation est beaucoup plus large ?

— Je vous ferais remarquer, général, que, malgré cet embargo, des épidémies éclatent en Europe.

— La Chine vient précisément de fermer ses frontières à *tous* les ressortissants étrangers.

— Comme d'autres pays. Ce n'est pas une preuve.

— Mais qu'est-ce qui pourrait constituer une preuve, à vos yeux ? Des aveux complets ? N'avons-nous pas suffisamment de présomptions ?

Merritt se tourna vers le Président.

— Monsieur le Président, permettez-moi de porter à votre connaissance un élément nouveau. Il a été relevé, sur tout le territoire, une forte augmentation de la radioactivité atmosphérique, qui pourrait résulter d'émissions souterraines. Or on sait que des séismes en surface peuvent très bien être provoqués par des explosions nucléaires souterraines, si on situe correctement les impacts.

Autour de Bosman, tout le monde était bouche bée. Lui-même était surpris. D'où le général tenait-il ces données ?

— Je vous l'accorde, poursuivait Merritt, nos scientifiques ne savent pas comment on peut modifier des comportements animaux à distance et sur une grande échelle. Mais cela ne signifie pas que l'ennemi n'ait pas, lui, cette possibilité. Une onde, un rayonnement ? Ou un empoisonnement subtil, en différents endroits de l'air ou de la chaîne alimentaire ?... Rien n'est à exclure. Alors, non, monsieur le chef d'état-major, nous ne sommes pas « si sûrs » qu'il s'agisse d'une offensive, ni que la seule puissance qui ait intérêt à notre affaiblissement en soit la cause...

Il fit une pause.

— Mais monsieur le Président, reprit-il d'une voix plus sourde, si nous attendons d'être « sûrs », je crains que nous ne soyons tous morts avant d'avoir pris une décision.

Le Président ferma les yeux. Cela dura un long moment. Puis il les rouvrit et regarda l'assistance, s'arrêtant un bref instant sur chaque homme présent.

— Messieurs, finit-il par dire, si vous avez un avis, c'est le moment de le partager...

Il y eut un long silence, épais comme un mur de brume. Chacun semblait s'être arrêté de penser, et même de respirer. Personne ne prenait la parole. Bosman aurait voulu intervenir. Mais il n'osait pas. Merritt était son supérieur hiérarchique. Pouvait-il s'opposer à lui devant le Président ? Et qu'aurait-il dit ? Il n'avait aucun élément. Les scientifiques dont il avait la charge étaient perplexes. Il n'avait, comme eux, que son intime conviction. Et son intime conviction, le colonel était en train de le réaliser, c'était que le général Merritt avait tort. De tout son être, il refusait son interprétation. C'était impossible. Impossible de penser que des êtres humains puissent mettre au point une technique d'armement qui dépasse à ce point les connaissances de la science officielle. Ils seraient devenus des dieux. C'était impossible. Et si ce n'étaient pas les Chinois... L'Amérique allait déclencher une apocalypse nucléaire, tuer des millions d'hommes, au moment précis où l'Humanité avait le plus besoin de s'unir pour faire face à la menace la plus formidable de son histoire...

— Monsieur Misrahi, reprit le Président, au nom du Congrès, ou de l'opposition républicaine, avez-vous quelque chose à nous dire ?

Le sénateur hésita quelques secondes.

— Monsieur le Président... la crise que nous traversons

exige l'union nationale. Le Congrès et le parti républicain sont derrière vous.

Le Président Harton eut un sourire las et désabusé.

— Bien, murmura-t-il comme pour lui-même. Bien.

Son visage devint solennel et il embrassa du regard toute l'assemblée.

— Messieurs, articula-t-il, d'une voix légèrement voilée, une décision doit donc être prise... Pour ma part, je crois que le général Merritt a peut-être tort...

Le Président se tut un instant, comme s'il cherchait quelque chose à l'intérieur de lui-même.

— Mais je sais que, s'il n'a pas raison, reprit-il, nous ne pouvons rien faire... Car nous n'avons pas d'autre hypothèse. Or nous devons faire quelque chose. Nous sommes là pour cela : faire quelque chose...

Le Président avait une clé dans la main. Il l'introduisit dans une serrure du dispositif de commande du feu nucléaire.

— Alors nous allons faire quelque chose, poursuivit-il.

Sa voix était de plus en plus sourde.

Il introduisit une autre clé dans une seconde serrure.

— Petit un : nous détruisons leurs capacités de riposte nucléaire. Petit deux : nous bombardons. Un missile sur Wuhan. Un autre sur Nankin. C'est un coup de semonce.

Le Président tourna les deux clés en même temps. Un compte à rebours s'afficha sur un écran digital.

— Après, murmura-t-il d'une voix presque inaudible, on rediscute et on voit.

Bosman sentait son corps se tétaniser, un frisson froid parcourait ses membres. C'était une erreur. Il le savait. Une erreur qui allait coûter la vie à des millions d'hommes, de femmes, et d'enfants...

Sur l'écran, le compte à rebours s'arrêta.

— Si nous nous trompons, Dieu nous protège, dit Harton.

Il appuya sur un bouton rouge.

Bosman n'aurait su dire depuis combien de minutes durait le silence. Tous les visages étaient figés, las, vieillis. Puis une sonnerie retentit. Cavendish sortit son téléphone mobile et le porta à son oreille.

— Nom de Dieu, murmura-t-il seulement.

Il avait le visage de quelqu'un qui vient de voir le diable en face.

— Que se passe-t-il ? demanda le Président.

— Ce matin, monsieur le Président, la terre a tremblé à Pékin. La ville est à peu près détruite. Depuis deux jours, plusieurs épidémies ravagent la Chine du Nord, et se propagent à grande vitesse. Et l'Asie du Sud-Est semblerait touchée, elle aussi.

Un jeune conseiller prit la parole. Il criait presque :

— Monsieur le Président, il faut tout arrêter !

Harton avait les yeux dans le vague. Un drôle de rictus flottait sur ses lèvres.

— Les missiles sont en route, Baxter. Aucune force au monde ne peut plus les arrêter.

46

Fort Detrick, Maryland, hôpital militaire

— Vous vous êtes donné le mot, ou quoi ?

Greg sursauta, et regarda autour de lui. Il était dans une salle d'attente de l'hôpital militaire. Sa main droite tenait une tasse de café, posée en équilibre instable sur une cuisse, et qui ne fumait plus. La mémoire lui revint. Dans la chambre 23, Mary dormait profondément. Il avait quitté son chevet pour aller boire un café. Et il s'était endormi sur la banquette ! Il avait dû déconnecter pendant un bon quart d'heure...

— Ça va, mon vieux ?

La stature du docteur Livingstone se dressait devant lui, et Greg eut l'impression de devoir lever les yeux très haut pour apercevoir son visage. Il se leva péniblement.

— Ça va... Un peu de fatigue... Donné le mot pour quoi ?

Livingstone brandit un papier.

— Vous savez ce que c'est ?

Greg approcha ses yeux du document.

— C'est le rapport du médecin vénézuélien.

— Oui ! C'est aussi un certificat de décès... au nom de votre femme ! C'est une manie conjugale de ressusciter ?

Greg sourit.

— C'est une protestation contre le pouvoir médical.

— Très drôle. Seulement j'aimerais comprendre, moi ! Regardez ça : « Arrêt des fonctions cardiaques ; arrêt des fonctions respiratoires ; le décès semble remonter à environ vingt-quatre heures. » Alors soit ce toubib est le dernier des clowns, soit il y a là un mystère qui m'échappe complètement...

— Vous n'avez pas d'hypothèse ?

— Si ! Une : ce toubib est le dernier des clowns.

Livingstone fit mine de tourner les talons. Greg le rattrapa par une manche.

— Attendez ! Moi aussi, j'aimerais comprendre. C'est moi qui ai découvert Mary. Et je l'ai vue morte, docteur. Je ne suis

327

pas médecin, mais je suis biologiste, et je sais reconnaître quand un organisme ne vit plus. Ma femme était morte, en tout cas elle présentait tous les signes de la mort. Alors il doit y avoir une explication !

— Ah oui ? Et laquelle ?

— Je ne sais pas... Le médecin a constaté la mort clinique... J'ai constaté que les fonctions cardiaques et respiratoires étaient arrêtées... Or elle est vivante, grâce à Dieu, et...

— Grâce à Dieu ? C'est ça, votre explication ?

— Vous seriez gentil de me laisser finir, docteur...

— Finissez, finissez...

— Je disais donc, poursuivit-il doucement, si elle est vivante, c'est qu'il n'y a pas eu mort biologique. Il y a peut-être eu mort clinique, mais pas d'arrêt du métabolisme cellulaire. Si nous avons pu constater la mort clinique, c'est donc que nous sommes arrivés juste après qu'elle s'est produite...

Greg s'arrêta quelques instants. Quelque chose ne collait pas dans son explication...

— Monsieur Thomas, dit Livingstone, qu'avez-vous fait après le constat du décès ?

— Eh bien... nous avons embarqué le corps et...

— Réanimation ? Massage cardiaque ? Piqûre d'adrénaline ? De lidocaïne ? Défibrillateur ?

— Rien de tout ça. Nous étions sûrs qu'elle était morte.

— Monsieur Thomas, dit Livingstone, vous êtes fatigué, on le serait à moins... Mais je vous rappelle que pour un être humain, entre la mort clinique et la mort biologique, il s'écoule en général moins de cinq minutes, et jamais plus de dix, sauf à des températures très basses, qu'on ne rencontre pas encore au Venezuela, même avec toutes les perturbations que nous connaissons ces temps-ci ! Si vous vous êtes contentés d'embarquer le corps après le constat du décès, je vois mal ce qui aurait pu empêcher la mort biologique de suivre la mort clinique...

— Vous avez raison, reconnut Greg.

— Donc de deux choses l'une : ou vous vous êtes gourés en constatant le décès, et l'on dira que vous étiez sous le choc et que notre toubib vénézuélien est un clown... Ou bien vous ne vous êtes pas gourés... et dans ce cas votre femme est ressuscitée et il faut immédiatement annoncer la bonne nouvelle au monde, qui en manque plutôt cruellement ces temps-ci !

Livingstone se dirigea vers la porte de la salle.

— Vous comprendrez que, pour ma part, ajouta-t-il sans se retourner, je préfère la première hypothèse à la seconde. Question de culture, sans doute.

Greg demeura immobile un long moment. Il ne savait plus quoi penser. Serait-il possible qu'ils se soient tous trompés, le médecin, lui-même... et les secouristes, quand ils avaient découvert le corps ? « Elle est morte, monsieur... » Greg n'était pas près d'oublier ces mots... Son corps était froid ! Elle ne respirait pas, son cœur ne battait pas ! Comment alors était-elle revenue à la vie ? La mort biologique est irréversible...

Ressuscitée ? C'était impensable...

Greg eut un petit rire fatigué.

Impensable... Impossible... Depuis quelques semaines, ces mots semblaient n'avoir plus de sens... Ce matin même, leur avion avait atterri sur une base aérienne militaire, puis ils avaient pris un hélicoptère pour rallier Fort Detrick. Durant quelques dizaines de minutes, ils avaient volé à basse altitude. Greg avait vu un pays désolé, en proie à la panique et au chaos. Des populations entières étaient jetées sur les routes, emportant avec elles moins que le nécessaire, fuyant qui leurs habitations ravagées par les séismes, qui de simples rumeurs d'épidémies... Les secours étaient dramatiquement insuffisants. Et les autorités impuissantes à maintenir ne fût-ce qu'un semblant d'ordre.

L'Amérique était au bord de la destruction...

Apparemment, le monde entier prenait le même chemin.

Et personne n'était capable de dire ce qui se passait. Lui pas plus qu'un autre. La recherche ne donnait rien. Cet après-midi, une nouvelle réunion des scientifiques était prévue. Il y avait fort à parier qu'elle ne donnerait pas plus de résultats que les précédentes...

Impossible... Impensable...

N'était-ce pas la réalité qui s'acharnait à défier les limites du pensable ?

Sans compter... Sans compter qu'il y avait autre chose. Quelque chose que Livingstone n'avait pas remarqué, qu'il ne pouvait pas remarquer. Quelque chose que lui seul pouvait ressentir.

Mary.

Elle avait changé.

Profondément changé.

Il s'en était aperçu dès qu'elle avait ouvert les yeux, dans l'avion. Mais il n'avait pas réalisé. Pas sur le coup. À cet instant, il n'y avait plus que son cœur qui cognait dans sa poitrine comme pour en faire éclater les limites, et dont les battements lui semblaient couvrir le bruit des réacteurs. Il n'y avait plus que cette joie. Comme quand on s'éveille d'un rêve atroce, qui nous a plongés dans nos enfers les plus intimes, a matérialisé nos terreurs les plus folles, sans nous laisser l'espoir d'en revenir jamais... Cette joie de la présence de Mary, ce souffle léger, ce cadeau de la vie...

C'était cela qui avait changé : l'intensité de cette présence.

La présence d'un être ne se donne que voilée. Et, le plus souvent, la stratification des voiles prend l'allure d'un masque, qui nous grime et nous fait le singe de nous-mêmes. Alors, ce n'est qu'en de rares instants où se relâche la vigilance de nos terreurs que se laisse apercevoir notre visage de vérité. Instants privilégiés, où nous nous laissons rencontrer... Certains êtres, d'avoir été trop souvent blessés, ne se laissent plus rencontrer, et meurent de n'être plus qu'une grimace...

Depuis son retour, on aurait dit que Mary se laissait totalement rencontrer... Plus de masque, plus d'attitude... Plus de voile. Sa présence était là, donnée, comme la lune rayonne dans une nuit sans nuages...

Il avait passé la nuit près d'elle. On l'avait installé dans un fauteuil confortable, avec une couverture, à côté de son lit, et il avait veillé jusqu'à l'aube, à regarder Mary, à tenir sa main. Elle dormait un moment, puis ouvrait les yeux. Elle gardait le silence comme un trésor précieux, et Greg écoutait ce silence qui semblait nourrir une part de lui qu'il ne connaissait pas...

Même quand le sommeil fermait ses yeux, Mary était totalement là. Inscrite dans ce silence dont l'un et l'autre étaient faits, et qui les unissait. Donnée sans réserve.

Mary avait appris à se donner sans réserve.

Greg sortit de la salle d'attente et se dirigea vers la chambre 23.

Mary lui sourit.

Greg lui sourit à son tour, puis il réalisa : depuis leurs retrouvailles, ils n'avaient pas échangé trois mots. Quand elle avait ouvert les yeux dans l'avion, il avait pris de ses nouvelles, fiévreusement. Elle lui avait répondu, d'une voix faible mais assurée. Puis ils s'étaient tus, l'un et l'autre. Comme s'ils n'avaient rien d'autre à se communiquer que la joie pure d'être réunis, qu'un amour auquel il n'y avait rien à ajouter.

À présent, Greg sentait grandir en lui le désir de mots, le désir de savoir. Mary était comme un être neuf. En cela, elle lui échappait. Elle était loin. Greg ne voulait pas la posséder, la retenir captive. Mais simplement se rapprocher d'elle. Qu'elle lui indique un chemin pour la rejoindre.

Greg s'approcha du lit de Mary et lui prit la main.

Elle le dévisagea quelques instants.

— Ta tête bouillonne de questions, mon amour !

Greg eut un léger recul. Est-ce qu'elle lisait dans ses pensées ?

— Non, rassure-toi, dit-elle, ce qui ne le rassura pas le moins du monde.

Elle avait une lueur amusée dans les yeux.

— Tout ce qui relève de ton intimité m'est inaccessible. Tu peux me cacher ce que tu voudras. Mais si tu n'as pas le désir de me cacher ce que tu ressens... Je crois que ton cœur m'est plus ouvert qu'avant...

Mary lui pressa légèrement la main.

— Et c'est très doux, ajouta-t-elle.

Greg avait un peu peur. Mary serait-elle devenue pour lui une inconnue ?

— Tu as tellement changé, dit-il.

— Oui. Mary a changé.

Puis elle éclata de rire. Un instant, Greg perdit contenance. Il le savait, certaines psychoses se caractérisaient par une perte des limites du moi, une dépersonnalisation. Mary avait parlé d'elle à la troisième personne... Avait-elle perdu la raison ? Son cerveau avait-il été touché, le manque d'irrigation avait-il causé des lésions graves ? Ou le choc de l'accident, du coma, provoqué un traumatisme ?...

Le visage de Mary était redevenu grave.

— Tu t'inquiètes, Greg...

Elle s'appuya sur un coude pour se redresser légèrement, et lui caressa doucement la joue.

— Il n'y a aucune raison, tu sais. Je suis désolée. J'ai parlé à la troisième personne, je n'aurais pas dû. Ça m'a échappé. J'ai du mal à dire je...

— Comment ça, du mal ?

— Eh bien... Ça ne vient pas... Comment expliquer ? Je ne suis plus Mary.

Greg sentit l'angoisse l'étreindre à nouveau, et Mary serra sa main plus fort.

— Mais je ne suis pas devenue folle, mon amour, rassure-toi ! C'est même tout le contraire...

— Que veux-tu dire ?

— C'est difficile à faire comprendre... C'est comme si... comme si je ne me prenais plus pour... Mary Thomas — mais tu vas encore t'effrayer ! Ah, si je pouvais trouver les mots justes...

Mary se redressa tout à fait, et s'assit sur le lit. Greg voulut l'en dissuader, mais elle eut un geste sans réplique. Il se contenta de rapprocher l'appareil à perfusion dont le fil était dangereusement tendu.

— Regarde-moi, dit-elle.

Elle avait planté ses yeux dans les siens. Son visage était fatigué, mais il émanait d'elle une impression de force étrange. Greg sentait sa présence, la présence de Mary, qui rayonnait très au-delà de son corps affaibli, et l'enveloppait. Il se sentait aimé comme il ne l'avait jamais été.

— C'est moi, Greg, dit-elle seulement. Cesse d'avoir peur.

Il n'avait plus peur.

— Tu as changé, dit-il.

— Oui. Ou plutôt non... Je n'ai pas changé. Il n'y a simplement plus rien qui m'empêche... d'être...

— Et tu es bien ?

Un éclair de joie illumina le regard de Mary.

— Ah, si tu savais !

Puis son visage en un instant redevint grave. Il y avait même dans ses yeux une tristesse profonde, qui déconcerta Greg.

— J'aimerais tant, murmura-t-elle, que tu puisses connaître... ça.

Puis la tristesse s'effaça.

— Mais ça va venir, mon amour ! Fais-moi confiance.

— Mais « ça »... C'est quoi ? Qu'est-ce qui t'est arrivé ?

Elle regardait Greg, en même temps son regard semblait ne pas s'arrêter à son visage, mais porter loin, dans une immensité connue d'elle seule.

— Je ne peux plus avoir peur.

— Comment est-ce possible ?

Elle éclata de rire.

— Mais c'est tellement normal !

Puis le rire s'effaça sans laisser la moindre trace.

— J'ai traversé le fond de la peur. La mort était là. Je l'ai laissée venir...

— La mort ?

— Je l'ai regardée en face. Et je lui ai dit oui.

— Je ne comprends pas.

— L'avion est tombé. J'ai pu sortir de l'appareil avant qu'il ne flambe, je ne sais même plus comment... Je me suis retrouvée sur de la terre... Le ciel s'est calmé. J'étais étendue sur la terre, je regardais les étoiles. Et j'ai senti... Il me semblait que la Terre me demandait, m'aspirait... Et j'ai senti... que j'étais de la terre ! La Terre me réclamait, parce que chaque molécule de mon corps est de la terre. Je lui appartiens. Et j'ai accepté. Et alors...

Mary s'arrêta quelques secondes.

Greg s'aperçut qu'il avait cessé de respirer et s'obligea à prendre une large inspiration.

— Et alors, poursuivit-elle... J'ai senti aussi que je n'étais

333

pas que de la terre... Mais que je pouvais dire oui, aussi, ou dire non... Aimer, ou refuser. J'ai dit oui. Après...

Elle marqua encore un temps.

— C'était étrange. Le temps passait plus vite et plus lentement. J'avais l'impression que de la mousse, des herbes, poussaient sur mon corps. Et c'était bien. J'étais devenue de la terre vivante, de la terre féconde. Je sentais battre le cœur de la Terre... Je rentrais dans le cœur de la Terre... Je sentais mon cœur se ralentir, ma respiration s'affaiblir. Ce n'était plus mon corps qui vivait. C'était la Terre qui respirait. C'était la Terre qui vivait...

Sans lâcher la main de Greg, Mary s'adossa à son oreiller, l'air soudain plus fatigué.

— Tu sais, reprit-elle, la Terre vit. Nous vivons de sa vie. Nous sommes des fragments de la Terre, avec le pouvoir de dire oui. Ou de dire non...

Ses yeux étaient maintenant ouverts sur une tristesse infinie. Greg ne bougeait pas, de crainte de troubler la profondeur de ce sentiment.

— L'homme dit tellement non...

Puis elle se tut. Greg demeurait immobile. C'était comme si durant un instant, Mary s'était ouverte à toute la misère des hommes, et l'avait laissée parler par sa voix. Elle avait les yeux clos à présent, mais elle tenait toujours sa main.

Greg sentait son cœur battre.

Elle n'avait pas changé, non. Elle était elle-même, totalement. Plus rien, en elle, ne s'opposait à elle.

Et c'était bouleversant.

— Je vais dormir un peu, murmura-t-elle sans ouvrir les yeux.

Greg embrassa Mary sur le front.

47

Journal de David Barnes, dimanche 29 juin

C'est fini. Le voile est tombé. Ils n'avaient qu'un mot à dire pour que les ténèbres recouvrent tout, et j'ai eu l'infantile innocence de croire qu'ils ne le feraient pas. J'imaginais, parce que c'était ça qui m'arrangeait, bien sûr, ça me permettait de croire que je pouvais jouer un rôle et lutter contre eux, j'imaginais qu'ils n'oseraient pas suspendre l'activité des fournisseurs d'accès, qu'ils n'oseraient pas supprimer le réseau. Je n'ai pourtant jamais cru un seul instant que la liberté du citoyen d'accéder à l'information avait le moindre sens pour les cerveaux sans âme qui croient encore gouverner quelque chose. Mais, dans ma grande naïveté, nourrie de cette espèce d'excitation qui me dopait les nerfs, j'ai pensé qu'ils n'y auraient pas intérêt. J'ai pensé que supprimer le réseau signifierait le plus clairement l'échec terrible d'un État, dont l'unique et dernier pouvoir serait d'interdire que l'on connaisse son impuissance.

Ce que je n'avais pas imaginé, c'est qu'ils seraient capables, et aux yeux du monde entier, de manifester leur impuissance d'une manière encore plus éclatante et tragique, et qui rendrait anecdotique et dérisoire tout ce qu'ils pourraient accomplir ultérieurement.

Une attaque nucléaire...

Ils sont libres, maintenant.

Il est des actes qui constituent un seuil. Une fois franchi, tout devient possible. On le sait, un tueur en série, le plus souvent, vit son premier meurtre comme une révélation, et une libération. La chose est possible. Le démon qui le hantait a pu être rassasié. La limite qui l'arrêtait n'était pas infranchissable. Et il n'y a plus de limites. Tout est devenu possible. Ivresse.

Eux, ils ont tué des millions d'hommes. D'un coup. Et je sais qu'à l'heure qu'il est, certains ressentent cette ivresse.

Bien sûr ils ne se l'avouent pas, ils s'interdisent même de la ressentir trop fortement, ils la camouflent sous des dehors acceptables, par une tension de tout leur être qui les subordonne entièrement à l'accomplissement de leur devoir, c'est ainsi ou d'une autre manière qu'ils se racontent leur histoire, pour pouvoir se regarder encore dans un miroir... Et en eux, tapi dans l'ombre, il y a le désir de recommencer, de voir les choses sous un angle tel que tuer encore est possible, utile, souhaitable...

Et ils se disent, nous sommes bons...

Et ils recommenceront, ils tueront encore, d'une manière ou d'une autre puisque, maintenant, personne n'a plus le moyen de connaître leurs actes.

Il n'y a plus qu'une seule chaîne de télé qui émet et, aux dernières nouvelles, elle ne couvre qu'une infime portion du territoire. Là où l'on peut brancher un poste ; c'est-à-dire là où l'électricité est encore distribuée... Et il n'y a plus qu'une seule radio autorisée.

Les deux médias ne dispensent que la plus officielle des informations, un épais tissu de mensonges à vocation lénifiante, que personne ne croit.

Quant au réseau, il a cessé d'exister.

Je suis coupé de mes sources, de mes informateurs.

Et j'ai mal.

Je respire mal.

Comme si l'air s'était brutalement raréfié. Mon esprit se tourne de tous côtés, en quête de la substance dont il est fait et qui seule peut le nourrir et le garder en vie.

La vérité. Mon oxygène.

Je suis en manque. Une chape de silence et d'ombre recouvre tout. Et je me rends compte à quel point j'ai besoin de lumière. Savoir. Voir. Et dire. Je suis né pour ça. Je meurs, sans ça.

Car je suis un être humain. L'être humain est esprit. La vérité est la nourriture de l'esprit.

Ce matin, un drôle de bruit m'a brutalement tiré de mon sommeil. Comme le bruit d'un réveille-matin, en plus sourd et plus insidieux à la fois. Un frisson a couru le long de ma colonne vertébrale et ma douleur au bras s'est brusquement réveillée. J'aurais voulu ouvrir les yeux, mais mes paupières étaient comme alourdies par une barre de plomb. Puis j'ai senti une main posée sur mon front, douce et insistante. Andrew était là, assis sur mon lit. Dans sa main droite, il tenait d'un poing ferme un énorme crotale qui crachait. Je me suis redressé d'un coup, et j'ai poussé un cri. Sur le sol de ma chambre, il y avait une dizaine de serpents à sonnettes, dont trois énormes dos-de-diamant, et quelques vipères à cornes.

— Celui-ci commençait à s'enrouler autour de tes orteils, m'a dit Andrew.

D'un geste précis, il l'a lancé de l'autre côté de la pièce. Les autres serpents, d'un mouvement convergent, se rapprochaient lentement du lit. Andrew a déchiré un morceau du drap, et l'a enroulé autour de son bâton. Il a attrapé, sur ma table de chevet, la bouteille d'alcool qui avait servi à me désinfecter, en a imbibé le bout de tissu et y a mis le feu. Dirigeant la torche vers le sol, il a tracé des cercles autour de nous. Les serpents se sont écartés en crachant. Nous sommes sortis. Leslie nous attendait dehors.

— Le proprio est mort. Sa chambre est infestée de crotales. Il est dans son lit, ils l'ont tué dans son sommeil.

Leslie et Andrew sont occupés dehors, je crois que la voiture a un problème et ils veulent s'assurer qu'elle ne nous plantera pas en plein désert. Ils m'ont laissé me reposer. Il est vrai que je me sens fatigué. La blessure, sans doute. C'est normal. Sauf que je ne sens vraiment la fatigue que depuis que je me sais inutile. Depuis que je n'ai plus aucun rôle à jouer. Depuis que je ne suis plus journaliste.

Je ne serai probablement plus jamais journaliste. Dans le monde qui vient, c'est une fonction, comme beaucoup d'autres, qui n'a plus de sens.

Et c'est comme si ma vie n'avait plus de sens.

J'ai sous les yeux les dernières dépêches qui me sont parvenues, et que je n'aurai jamais la possibilité de vérifier.

Un type nommé Komatsu m'écrit depuis l'université de

Tokyo, Institut de recherche sur les tremblements de terre. Un séisme d'une magnitude de 8,4 s'est produit dans la région du Kanto. L'épicentre est situé en mer, à environ quarante kilomètres au large de la baie de Tokyo. Des raz de marée ont balayé toute la côte, avec des vagues de plusieurs dizaines de mètres. À Tokyo même, le séisme a été d'une puissance et d'une soudaineté inimaginables. Les dégâts sont énormes. Les pertes aussi. Des centaines de milliers de morts. Près d'un million de familles sans abri.

Le mont Fuji a fait éruption. La première depuis 1707. Une trentaine de cratères se sont ouverts, toute la région est couverte de cendres.

Le type me dit qu'il faut que je diffuse son analyse de la situation. Que personne ne veut le croire. Ces événements, dit-il, ne sont que des signes précurseurs de quelque chose de beaucoup plus énorme. Il a relevé une différence de niveau de plus d'un mètre entre les deux rives du fleuve Fuji. Il dit que c'est le signe d'une déchirure de la croûte terrestre sur tout le territoire du Japon, d'est en ouest. Il raconte un truc que je n'ai pas bien saisi, sur des modifications des courants de convection dans le manteau terrestre du côté Pacifique de l'archipel du Japon. Il parle de modifications géologiques majeures. Il pense que l'archipel du Japon, d'une manière imminente, va être totalement englouti.

L'Europe, l'Afrique sont touchées par les séismes et les épidémies. Alger, Nairobi, Lagos seraient détruites, mais je n'ai pas d'informations plus précises. Un correspondant parisien, apparemment terré dans sa cave, me parle d'une épidémie totalement incontrôlable qui ravagerait la capitale française.

En outre, trois correspondants différents m'informent d'un phénomène inédit : des cas d'empoisonnement apparemment spontané de cultures destinées à l'alimentation humaine. Il s'agirait de mutations, mais les types n'en disent pas plus. Ça concernerait les États-Unis et le Canada.

Ce sont mes dernières dépêches perso. Sauvées sur mon disque dur, auquel d'ici très peu de temps je n'aurai plus accès. L'électricité est coupée à peu près partout et, quand l'armée réquisitionne une centrale, c'est pour la consacrer à ses propres besoins. Ma batterie personnelle n'a plus que quelques heures de réserve...

Ensuite, j'écrirai mon journal à la main. En m'éclairant à la bougie.

C'est fascinant.

C'est comme si l'humanité reparcourait son histoire à l'envers. À une vitesse vertigineuse. Moyen Âge, Antiquité, néolithique, paléolithique... les époques défilent sur le compteur du temps. Ce que l'homme a mis des dizaines de millénaires à édifier, la nature le défait en quelques poignées de jours...

Notre petite cavale n'a plus aucun sens. Nous avons décidé de rentrer à Oraibi. Le territoire hopi est sans doute un des derniers lieux dans ce pays, et peut-être au monde, où l'on ne cède pas à la panique. Où le chaos ne règne pas.

Parce que mon peuple, depuis longtemps, sait que tout ce qui arrive est inéluctable.

Tout est gravé, depuis des millénaires, sur le rocher de la Prophétie.

48

Fort Detrick, Maryland

Aimé Doubletour était très énervé. Depuis une heure, il faisait les cent pas dans la chambre que le colonel Bosman lui avait affectée, sans parvenir à se calmer le moins du monde. Il regarda sa montre. Quatorze heures. Encore une demi-heure avant le début de la réunion. Il reprit sa marche. Très énervé. En fait, rien ne pouvait le calmer. Impossible de passer sa colère sur quelqu'un. Car c'était contre lui-même qu'il était en colère. Ou contre la vie. Ou les deux.

Quand il était chez lui, au bord de son lac, avec sa mère et son chien, c'était supportable... Mais dès qu'il reprenait contact avec le monde des hommes... Ou plutôt des femmes...

Les femmes... Aimé ne s'attendait pas du tout à ça. Il y en avait plein, sur la base. C'était incroyable ! Près d'un tiers des hommes de la base étaient des femmes. Des femmes militaires... C'était pas un truc de femme, ça, militaire... Un militaire, ça fait la guerre... Ça aime la guerre. Avait-il vécu si longtemps coupé de tout, le monde avait-il tellement changé, que les femmes s'étaient mises à aimer la guerre ?

Quoique, au vu de la manière dont ce genre de femmes vous regardaient quand elles vous croisaient, sans baisser les yeux, en vous vrillant littéralement, il était clair que si elles choisissaient le glorieux métier des armes, c'était peut-être autant pour le cul que pour la guerre... Évidemment, dans une base militaire, elles n'avaient que l'embarras du choix !

Les salopes...

Et chaque fois, c'était pareil... Chaque fois qu'il quittait sa maison, son chien et sa mère, et cette sérénité douce qu'apporte la tranquille répétition des jours, ça recommençait. Une pléiade de salopes avides s'installaient dans sa tête, mettant son corps en ébullition, ne lui laissant plus un instant de paix.

C'était ça qui le mettait en colère.

À ses conférences, il y avait toujours la conne chaude du

premier rang. Les villes changeaient, les auditoires aussi, mais c'était à croire qu'au grand casting de la vie, il fallait impérativement que soit distribué aux conférences d'Aimé Doubletour le rôle de la conne chaude du premier rang. Celle qui bat des cils en vous écoutant. Qui se remaquille au bout de vingt minutes. Qui ôte son gilet au bout de trois quarts d'heure, parce qu'il faut absolument qu'Aimé Doubletour puisse admirer son nombril à travers son décolleté, ça l'aide à se concentrer... Celle qui vient en se dandinant, à la fin de la conférence, minauder des questions à la mords-moi-le-nœud dans le but de montrer que ce qui lui tient lieu d'esprit ne lui sert pas qu'à s'asseoir !

Celle qui a toujours une alliance au doigt. Ou un mec qui l'attend au fond de la salle.

De toute manière, Aimé n'aimait pas faire le premier pas. En fait, il n'avait jamais rencontré une femme qui lui plaise assez pour s'humilier à faire le premier pas. Il était très sélectif.

Il lui aurait fallu une femme qui comprenne la vie. Et ça...

Et puis, ça n'était pas possible. Avec sa mère... Il n'avait pas envie de la tuer, la pauvre femme. C'était déjà suffisamment dur de la laisser quelques semaines... « Que veux-tu, je t'aime trop », elle disait souvent... Et c'était vrai. Elle avait tout sacrifié pour lui. Quand l'autre s'était calté, le sombre connard qui lui faisait office de mari, et qu'Aimé n'avait jamais appelé son père, elle avait travaillé pendant des années. Pour Aimé, pour qu'il puisse se payer ses études... Elle s'était ruiné la santé, pour lui...

Et maintenant elle devenait vieille...

Elle avait encore vieilli ces derniers temps, elle donnait une impression de fragilité, comme si le moindre souffle pouvait suffire à la casser...

Pourvu qu'elle se débrouille, toute seule, pensa Aimé. Pourvu qu'elle ne tombe pas...

Une image passa fugitivement, lui étreignant le cœur, celle de sa mère étendue sur le carrelage de la cuisine, le col du fémur brisé... Seule, incapable de se relever... Le premier voisin était à plus de dix kilomètres de leur maison... Elle avait son téléphone portable. Mais si elle le cassait en tombant ?

Et puis... Aimé se mordit violemment la lèvre inférieure. Bon sang, comment n'avait-il pas pensé à ça ? Le chien... S'il était pris d'une crise de folie agressive ! Ce brave Jazz était un très vieux chien, bien sûr, qui adorait ses maîtres... Mais est-ce qu'on pouvait être sûr ? Sans compter qu'il y avait des bêtes sauvages, dans la région... Des pumas... Ils ne s'attaquaient jamais à l'homme, en temps normal... En temps normal !

Et tout ça, en partant, ne lui avait même pas effleuré l'esprit ! Comment était-ce possible ?

Aimé s'assit sur le lit. Il se sentait fatigué. Il n'était plus en colère.

Il n'y avait plus que cette sourde angoisse.

Le colonel Bosman, assis à son bureau, fumait pensivement une cigarette, laissant monter la fumée autour de sa tête. Son esprit était clair, d'une clarté lumineuse. Il n'avait jamais été aussi calme. Comme s'il était passé de l'autre côté de tout. De l'autre côté du désespoir.

Il voyait clairement qui il était, à présent.

Il ne se méprisait pas. Il avait traversé le mépris, il était au-delà. Il voyait : le colonel Bosman était un pauvre type. « Je plains sincèrement le colonel Bosman, murmura-t-il. James plaint sincèrement le colonel Bosman... »

Depuis quand quelqu'un ne l'avait-il pas appelé James ?

À la base, on l'appelait colonel. Ou monsieur. Les officiers, entre eux, s'appelaient par leur prénom, parfois. Quand ils étaient amis. Mais le colonel Bosman, personne ne l'appelait James...

Un pauvre type. Une imposture...

Oh, pas James... James n'était pas une imposture. Mais le « colonel Bosman » ! James était un tout petit garçon qui n'avait jamais eu que le droit de se taire. Très tôt, des imposteurs avaient pris sa place.

Il y avait d'abord eu « le bon élève ». Celui qui faisait la fierté de son père. Premier partout. Une bonne manière de se sentir aimé... Aimé pour ses succès à l'école !

Puis « le bon soldat... » Irréprochable, le bon soldat ! Dur à l'effort, toujours disponible... Bien noté ! La fierté de son régiment, de ses supérieurs... Et de son papa...

James méritait d'exister, puisqu'il était bon élève... bon soldat... Et bon citoyen américain, aussi, patriote, prêt à mourir pour son pays et pour la liberté.

Bon, l'occasion ne s'était pas présentée... Mais il l'aurait fait... Parole ! Pour prouver au monde qu'il était bon, qu'il avait le droit d'exister, il aurait joyeusement donné sa vie !

Son père aurait été tellement fier...

Et puis la dernière imposture... Le « colonel Bosman ». L'officier supérieur dans toute son idéale splendeur. L'homme qui écoute d'une oreille déférente les ordres venus d'en haut, et met tout son savoir-faire à les faire appliquer. À la lettre. Sans discuter. Sans penser.

Tellement parfait, l'officier supérieur Bosman, qu'il avait été durant trois ans le plus jeune colonel de l'armée des États-Unis !

La fierté de son papa...

Une perle pour ses supérieurs... Attentif, soumis... Jamais il n'aurait remis en cause un ordre donné par un officier général !

Au fond, le colonel Bosman était le fils parfait.

« Messieurs, si vous avez un avis, c'est le moment de le partager », il n'oublierait jamais cette phrase du Président dans le Bureau ovale...

James avait un avis. Une conviction, profonde. L'expression de tout son être. Il ne fallait pas bombarder la Chine. C'était une erreur et un crime. Les événements ne pouvaient pas être le fait de l'homme. C'était autre chose. Quelque chose qui concernait l'humanité tout entière. Solidairement.

James avait un avis.

Mais le colonel Bosman s'était tu.

Des centaines de milliers de morts... Pour rien...

Tu es responsable, James... Responsable... Plus responsable que Merritt, qui était pour... Plus responsable que le Président, qui n'avait pas d'avis. Si tu avais fait entendre ta voix... si tu avais laissé parler ton cœur, tes tripes... peut-être le Président aurait-il attendu. Tout n'était qu'une question de minutes. Quelques minutes...

Pour des centaines de milliers de morts...

Le colonel Bosman se leva lentement de son bureau. C'était l'heure de la réunion des scientifiques. Il allait y assister. Pas pour obéir aux ordres. Non. Pas parce que le colonel Bosman avait en charge le dossier.

Parce qu'il voulait être là. Écouter.

Si l'humanité avait encore une chance, c'était là qu'elle se jouait.

Quand James Bosman entra dans la salle de réunion, tout le monde était déjà assis autour de la grande table de conférence. Le professeur Barkwell et son principal assistant, Norman Prescot et deux membres de son équipe... Greg Thomas également, entouré de Basler et de Rosenqvist. Livingstone l'avait appelé, en fin de matinée et lui avait appris la nouvelle : la femme du chercheur était sauvée. Visiblement, le bon toubib n'y comprenait rien du tout. Vos tourtereaux sont un défi à ma science, il avait dit, et vous savez que je n'aime pas ça !... La nouvelle l'avait profondément réjoui. Mais il n'avait pu revoir Greg Thomas pour lui exprimer sa joie.

Tandis que Bosman prenait place, ce dernier lui fit un petit signe de la main, accompagné d'un sourire discret mais intense. Puis il écrivit quelques mots sur un billet, le plia, et le lui fit passer par l'intermédiaire de Basler, et du dernier venu, Doubletour, l'écologiste à la mine sombre.

Il prit le billet et le lut : « Merci, James. De tout cœur. Greg. »

Barkwell prit alors la parole :

— Messieurs, je crois que vous êtes tous au courant des derniers événements. Il est désormais clair que nous avons affaire à un phénomène d'ampleur mondiale. C'est pour nous une donnée importante. Quant à l'erreur tragique que notre pays a commise, il n'appartient pas aux scientifiques que nous sommes d'en juger. Cela relève de notre conscience de citoyens...

Le colonel se sentit soudain très mal à l'aise. Prescot se tourna brusquement vers lui :

— Ce qui relève de notre tâche de scientifique, en revanche, gronda-t-il, c'est de constater que nos avis n'ont compté pour rien dans la décision prise ! Colonel, j'ai simplement envie de vous dire que j'ai honte...

— Moi aussi, monsieur. Je me sens totalement responsable de ce qui s'est passé, et je ne m'accorde aucune circonstance atténuante. Si je ne me suis pas démis de mes fonctions, si je suis encore parmi vous aujourd'hui, c'est dans le seul espoir de tout faire pour réparer ce qui ne pourra jamais l'être.

Bosman sentit qu'il avait parlé du fond du cœur. On le regardait, mais il n'y avait pas de jugement dans ces regards.

La voix de Doubletour rompit le silence :

— Et si on me mettait au courant ? Je ne comprends pas un traître mot de ce que vous dites...

— On ne vous a rien dit ? s'étonna Barkwell.

— Non, monsieur. Je débarque, dans tous les sens du terme...

Barkwell lui expliqua la situation.

Doubletour lâcha un long soupir.

— Des fous... Ce sont des fous...

— Messieurs, à présent, je crois que tout repose entre vos mains, dit Bosman. Le processus en route semble dépasser infiniment les capacités humaines. Avons-nous la moindre chance, je vous avoue que je n'en sais plus rien... Mais je crois aussi que nous n'avons rien d'autre à faire que d'essayer de comprendre.

Une heure avait passé.

Et rien de neuf.

L'équipe des éthologues avait parlé en premier. Pendant quelques minutes, ils avaient exposé les expériences tentées durant les dernières quarante-huit heures, pour finalement avouer qu'elles n'avaient rien donné. Bosman se sentait las. Oh, bien sûr, il le savait, il était important de décrire rigoureusement les expériences menées, même infructueuses, cela relevait d'une saine démarche scientifique... Mais avaient-ils le temps de se livrer à une « saine démarche scientifique » ? L'urgence absolue de la situation ne réclamait-elle pas des méthodes plus... directes ?

Prescot, ensuite, avait fait un bref exposé sur les recherches de son équipe.

— Nous progressons, avait-il dit, mais il est trop tôt pour retenir une hypothèse.

— Plût au Ciel qu'il ne soit pas trop tard quand vous consentirez à le faire, avait répondu Bosman.

Un chercheur venait de prendre la parole. C'était Mac-Bride, le responsable des recherches en biologie végétale.

— ... et c'est donc un phénomène assez simple à décrire, disait-il. En revanche, quant à l'expliquer...

Le colonel se redressa, plus attentif.

— En fait, poursuivit MacBride, les empoisonnements constatés résultent de la fabrication, par le végétal, d'un cardénolide, la digoxine.

— Pardon ? dit Bosman en fronçant les sourcils.

— C'est une substance que l'on utilise en médecine, notamment en réanimation, pour agir sur le muscle cardiaque. Mais, à certaines doses, elle est mortelle.

— C'est la digitale qui produit cette substance, n'est-ce pas ? demanda Barkwell.

— En temps normal. Mais là, nous l'avons trouvée dans des pommes, des poires, des tomates, des pommes de terre...

— Comment est-ce possible ! s'exclama Bosman. Comment ces fruits, ces légumes peuvent-ils produire une substance qui leur est totalement étrangère ?

— Oh c'est très simple. Infiniment improbable, mais très simple ! La mutation d'un seul gène suffit. Il faut savoir qu'entre la digitale et, mettons, une tomate, il y a quatre-vingt-dix pour cent de gènes communs. Sur les dix pour cent restants, il suffit d'une mutation pour qu'apparaisse un nouveau carrefour métabolique... Et la tomate produit de la digoxine... ou une tout autre substance n'ayant rien à voir avec de la tomate !

Le colonel avala péniblement sa salive.

— Comment une telle mutation est-elle possible ?

— N'importe quelle mutation est toujours possible... Ce qui est inexplicable, c'est son apparition brutale et généralisée.

— Vous avez des pistes ?

— Pour l'instant, non. Nous menons des recherches au niveau des sources de graines. La concentration économique fait qu'un petit nombre de grands groupes détient le monopole de la distribution des sources de graines de la plupart des cultures alimentaires. Il est possible qu'une contamination génétique ait eu lieu à ce niveau mais franchement... ça me paraît peu probable. Les mutations apparaissent de manière trop aléatoire, en des lieux trop éloignés... Enfin, on ne sait jamais. Nous cherchons...

Bosman se sentait las. Son cerveau lui semblait flotter dans un épais liquide anesthésiant, et ses yeux plombés avaient envie de sommeil.

Mais le son d'une voix le fit légèrement sursauter. C'était Barkwell :

— ... et je crois que là, disait le biologiste, nous avons quelque chose. Jusqu'à présent, nous étions partis d'une hypothèse qui nous semblait tellement évidente que nous n'avions pas songé une seconde à la remettre en question... À savoir que le problème venait du virus. Des virus, puisque ces bestioles se répliquent en mutant... Mais, depuis que nous sommes en liaison avec d'éminents collègues aux quatre coins du monde, nous avons pu bénéficier de points de vue nouveaux...

Depuis quelques heures, en effet, toutes les équipes américaines s'étaient mises en réseau avec des chercheurs européens et asiatiques. Pas sur le Net, qu'on avait dû purement et simplement supprimer, mais sur des lignes ultraconfidentielles, de telle manière qu'aucun petit malin ne puisse s'y infiltrer. Les scientifiques confrontaient systématiquement leurs données. Les Américains avaient un peu d'avance puisque le phénomène avait démarré chez eux plus tôt...

— Or, poursuivait Barkwell, le problème ne vient pas des virus !

Pas des virus ? Bosman était perplexe. Autour de lui, tous les visages reflétaient un sentiment identique.

— Nous avions déjà noté que des exemplaires de nos virus, implantés dans des organismes animaux, chiens, souris... se répliquaient sans mutation, et le plus souvent étaient éliminés par lesdits organismes. Nous avons donc passé beaucoup de temps à chercher les causes de cette immunité. Peine perdue. Mais un phénomène nous avait échappé, extrêmement troublant...

Barkwell prit une longue inspiration :

— Quand nous isolons un paquet de cellules humaines pour observer le processus de réplication des virus, dans un premier temps, le nombre de mutations est très grand. Puis il diminue progressivement. Au bout de deux à trois jours, il n'y a plus de mutations.

— Comment expliquez-vous ça ? s'écria Basler, les yeux ronds.

— Nous ne l'expliquons pas ! Nous le constatons, c'est tout... Mais ce fait implique une chose importante : nous avons fait fausse route ! Nous cherchions, au niveau du virus lui-même, un agent mutagène, un comportement biochimique qui induise dans la cellule hôte des erreurs de copie... Or le comportement du virus ne change pas entre le moment où il se réplique en mutant et le moment où il ne mute plus. C'est donc au niveau des cellules hôtes qu'il faut chercher la clé...

— Cette clé, demanda Bosman avec un tremblement d'impatience dans la voix, vous l'avez ?

— Non, nous ne l'avons pas. Pas encore... Mais nous avons une certitude.

— Laquelle ?

— Nous sommes en présence d'une nouvelle maladie. Totalement inconnue. Et cette maladie n'a pas son origine dans les virus mutants que nous étudions.

— Comment ça ?

— Je veux dire que les mutations virales n'en sont que la conséquence. Cette maladie consiste précisément dans le fait que les cellules d'un organisme ne sont plus capables de répliquer sans erreurs un virus qui les infecte. N'importe quel virus, un virus inoffensif, donne ainsi naissance à des centaines de virus nouveaux... Un tel organisme devient une machine à produire des virus tueurs !

Bosman jeta un œil autour de lui. Tous les visages trahissaient un profond abasourdissement. La théorie de Barkwell était folle. Elle impliquait un changement de perspective tellement radical... Ce n'était plus le corps humain qui était agressé par un élément extérieur, c'était lui qui produisait l'agresseur ! Il suffisait d'un inoffensif virus grippal, et l'organisme, simplement en se trompant, produisait des centaines de nouveaux virus, dont plusieurs mortels, et extrêmement contagieux... Un cauchemar.

Greg Thomas prit la parole :

— Mon cher confrère, quelque chose me chiffonne dans ce que vous nous dites... Cette « maladie », dont vous nous parlez, est-ce que tous les sujets qui sont morts par suite des épidémies en étaient atteints ? Parce qu'il suffirait d'une personne atteinte, et qui agirait comme producteur de mutations, pour aussitôt répandre dans la nature une multitude de virus nouveaux, et...

— Affirmatif, le coupa Barkwell. Tous les sujets étudiés étaient atteints. Chez tous, le virus mutait.

— C'est ça qui est inconcevable ! s'exclama Greg. Qu'est-ce qui peut faire qu'une masse de personnes, au même moment, subissent une telle altération de leurs fonctions cellulaires de base ? Un autre virus ?

— Nous nous sommes posé la question. Nous n'avons pas trouvé d'autre virus. En l'état actuel de nos connaissances, cette maladie est inexplicable.

Alors une voix qu'on n'avait pas encore entendue s'éleva, douce et légèrement ironique :

— Messieurs, messieurs... Inexplicable, peut-être... Incompréhensible, je ne crois pas...

C'était Doubletour.

— Que voulez-vous dire ? interrogea Barkwell.

— Je veux dire que si l'on ignore, pour l'instant du moins, les causes de ce phénomène, il n'est pas interdit de lui découvrir un sens... Avez-vous remarqué, continuait l'écologiste qui s'était tourné vers Basler, Thomas et Rosenqvist, qu'il y a un point commun entre vos recherches et celles de l'équipe du professeur Barkwell ?

— Je ne vois pas, grommela Basler.

— Vous avez soulevé un point essentiel, monsieur Thomas. Brusquement, simultanément, et à des centaines, voire des milliers de kilomètres de distance, des organismes humains changent de comportement, adoptent un comportement nouveau et identique, un comportement que nous ne pouvons expliquer. Par ailleurs, brusquement, simultanément, en différents points du monde, des animaux semblent obéir à des lois comportementales nouvelles et incompréhensibles.

— C'est vrai, admit Greg. Il y a un point commun.

— Le mystère est là ! s'exclama Doubletour avec une intonation triomphale dans la voix.

Oui, le mystère est là ! On est bien avancé, s'entendit penser Bosman, qui commençait à douter que le Canadien, avec ses grands airs du type qui sait, puisse apporter quoi que ce soit.

— Or il y a un second point commun, poursuivait celui-ci : l'homme !

— Que voulez-vous dire ? demanda Greg.

— Simple ! La finalité... Il y a une finalité commune à ce processus. Dans les deux cas, de la matière vivante modifie ses règles de comportement. Dans les deux cas, il s'agit d'éliminer de la vie humaine !

— Où voulez-vous en venir, avec votre histoire de finalité ? coupa Bosman, un peu trop sèchement. Vous aussi, vous croyez qu'il y a quelqu'un derrière tout ça ?

Doubletour éclata de rire.

— Quelqu'un ? Mais je ne suis pas militaire, moi, monsieur ! Je ne cherche pas un coupable à punir ! Je cherche juste à comprendre...

Bosman se tassa légèrement. Touché, pensa-t-il...

— En fait, reprit le Québécois, je comprends votre réaction. La finalité, pour vous, est le propre de l'homme... Je ne pense pas tout à fait ainsi... La nature a des comportements finalisés.

Basler l'interrompit brusquement :

— Ah oui ? lança-t-il avec humeur. Vous êtes finaliste ? Ce n'est pas de la science, ça, monsieur ! Ce sont les poubelles de la science ! Je ne crois pas que nous ayons du temps à perdre avec des théories dont la science a dû se débarrasser pour commencer à progresser...

Doubletour ne se démonta pas.

— J'attendais cet argument ! Monsieur, je ne veux pas entrer dans une polémique stérile. Quand je parle de processus finalisés, je veux juste dire qu'il y a des phénomènes qui ne se comprennent que comme des parties d'un système plus vaste.

— Je ne comprends pas.

— Prenez l'exemple donné par le professeur Barkwell. Vous avez des cellules qui ont un comportement biochimique différent selon qu'elles sont intégrées à un organisme ou qu'elles sont détachées de lui. Quand elles font partie d'un organisme humain, elles répliquent le virus en se trompant. Isolées de ce corps, elles conservent d'abord ce comportement, puis elles en changent, pour revenir à la normale. Je veux bien ne pas parler de finalité si le mot vous donne des vapeurs... mais vous m'accorderez qu'on ne peut dissocier le comportement de ces cellules du système dont elles font partie...

— Ça je veux bien, répliqua Basler. Mais ce n'est pas parler de finalité.

— Vous me faites rire ! C'est comme si vous essayiez de comprendre le fonctionnement d'un moteur de voiture, sans vous préoccuper de savoir pourquoi il a été fabriqué, ni à quoi il sert !

— C'est la seule démarche vraiment scientifique.

— Si vous y tenez... N'empêche qu'à un moment ou à un autre, il vous sera utile de savoir que votre moteur doit être relié à quatre roues, et qu'il sert à faire avancer une voiture ! Sans quoi, il y a des pièces du moteur dont vous ne comprendrez jamais la fonction !

— C'est votre opinion, grommela Basler, qui avait une visible envie de clore cette conversation. Je ne la partage pas. Et je crois que vous nous faites perdre notre temps.

Bosman avait une forte envie d'intervenir pour exprimer que tel était aussi son avis, mais il décida de se taire tant qu'il en aurait la force.

— Monsieur, répliqua Doubletour, si vous-même et vos collègues, avec vos méthodes « vraiment scientifiques », étiez capables de nous expliquer ce qui se passe, je serais en ce moment en train de pêcher la carpe sur les rives du lac Simcoe ! Mais vous avez eu l'amabilité de me convier à partager votre réflexion, j'en déduis que vos méthodes « vraiment scientifiques » laissent subsister quelques zones d'ombre...

Basler ne répondit rien.

— Or moi, poursuivit l'écologiste, je vous dis qu'il y a quelque chose qui nous crève les yeux, et que vous ne voyez pas parce que vous posez seulement la question du « comment », et pas celle du « pourquoi ».

— Allez-y, dit Barkwell. Expliquez-nous.

— La même cellule, confrontée au même virus, n'a pas le même comportement suivant qu'elle appartient à un corps humain vivant, ou qu'elle est placée dans une éprouvette. Et à cela, vous n'avez pas trouvé d'explication biochimique, n'est-ce pas ?

— Non.

— Je propose donc l'hypothèse qu'il ne s'agit pas d'un problème de biochimie. C'est le fait d'appartenir, ou non, à un organisme humain vivant qui cause le comportement anormal de la cellule ! C'est l'appartenance à un tout qui détermine le comportement de la partie.

— Ça n'a pas de sens ! s'écria Basler, visiblement hors de lui.

— Oh, si, répliqua Doubletour sans même regarder son contradicteur. Il y a un sens, et qui crève les yeux. La partie se comporte, je ne dis pas « pour », cela choquerait les âmes sensibles, mais *de manière à* causer la destruction du tout !

Durant un long moment, personne ne parla.

— Je ne peux pas accepter ça, dit enfin Basler d'une voix faible.

— Monsieur Basler, articula doucement le Québécois, accepterez-vous, l'énoncé suivant : « De nombreux animaux, sauvages et domestiques, se comportent *de manière à* causer la mort d'êtres humains » ?

— Ça, oui, mais...

— Où est la différence ?

— Les animaux ont des comportements d'apparence finalisés, et...

— Et quand, par exemple, un organisme produit des anticorps, *de manière à* éliminer une présence bactérienne, les anticorps n'ont-ils pas un comportement « d'apparence finalisé » ?

Basler ne répondit pas.

— Vous voyez, poursuivit Doubletour, il vous suffit d'admettre ici ce que vous admettez couramment par ailleurs. Un paquet de cellules peut avoir un comportement « d'apparence finalisé »...

— Et vous en concluez quoi ? finit par lâcher Bosman, qui ne savait plus quoi penser.

Sa conclusion, l'écologiste la prononça dans un silence de mort :

— Personnellement, je crois que la nature est un Tout. Actuellement, ce Tout est en train de se retourner contre une de ses parties. Pour la détruire. De diverses manières. Cette partie, c'est l'homme.

Greg jeta un œil autour de lui. Autour de la table, les visages étaient crispés. Peter, l'air renfrogné, gardait les yeux baissés. Barkwell faisait la moue. Un de ses assistants secouait la tête, comme s'il avait entendu la dernière des absurdités. Prescot avait les sourcils froncés, et ses lèvres formaient un cercle minuscule, comme s'il sifflotait une inaudible mélodie. Ses deux assistants se regardaient avec un léger sourire. Bosman avait l'air totalement perplexe. Rosenqvist, quant à lui, restait impassible.

Suis-je le seul à croire ce que dit ce type ? se demanda Greg.

Une peur lui traversa l'esprit : ils vont le virer. Personne ne le croit, à part peut-être Rosenqvist, qui l'a fait venir, mais peut-être a-t-il simplement honte de l'avoir fait ? Ils vont le virer ! Pas sérieux... pas scientifique !

Et pourtant... Greg sentait au fond de lui comme un parfum d'évidence. Une intuition. Doubletour a les clés. Ce n'est pas qu'il ait compris, qu'il sache... Simplement, il a les prémisses justes. Les pistes à suivre. Le malheur, c'est qu'il s'y est mal pris... Il les a heurtés de front, et maintenant, ils sont tous contre lui.

Il décida de se lancer :

— Monsieur Doubletour, articula-t-il posément, je suppose que vous avez quelques arguments à l'appui de votre théorie ?

— En effet, fit l'autre. Si vous me laissez un peu de temps.

Greg embrassa l'assistance d'un long regard.

— Je propose de laisser dix minutes à monsieur...

D'abord, personne ne broncha. Puis Prescot s'adressa à Doubletour :

— Moi, j'ai envie d'entendre vos arguments.

— Moi aussi, fit Rosenqvist.

Ainsi, se dit Greg, en voici deux qui ont la même impression que moi...

— Messieurs, dit l'écologiste, nous avons pris l'habitude de découper le réel en petits morceaux. Pour chaque morceau, nous avons construit une science. Dans chaque science, nous découpons des morceaux de réel, et nous les étudions en laboratoire. C'est très bien. Nous obtenons des résultats avec cette méthode. Simplement, nous perdons la possibilité de comprendre les liens de chaque partie avec le Tout qui l'englobe. Jusqu'à nos jours, ça n'a pas posé de problèmes, pour une seule raison : le Tout que constitue notre Terre se comportait de manière constante. La totalité était donc neutre, en quelque sorte, par rapport à ses parties. Mais aujourd'hui... aujourd'hui, je crois que ce qui nous arrive, c'est que la Terre a cessé de se comporter comme nous l'avons toujours vu faire.

À côté de Greg, Peter regarda ostensiblement sa montre. Mais Prescot, Barkwell et d'autres écoutaient avec attention.

— En fait, poursuivit Doubletour, cela fait longtemps que certains phénomènes auraient pu nous alerter... Des phénomènes qui montrent bien, si l'on y prend garde, qu'on ne peut rien comprendre à la nature en ne considérant que des parties, sans référence à la totalité. Juste quelques exemples, si vous le permettez...

L'écologiste marqua un temps. Personne ne broncha. Le niveau d'attention avait légèrement crû.

— Vous connaissez certainement ce fait étrange : quand un chimiste essaye de synthétiser de nouveaux composés, dans le but d'obtenir un cristal, il faut des semaines, parfois des mois pour obtenir la première cristallisation. Mais dès qu'une première cristallisation a eu lieu, la deuxième est plus facile à obtenir, la troisième encore plus facile, et ainsi de suite... Et ce, où qu'aient lieu les tentatives suivantes, même si c'est à l'autre bout du monde... Pour expliquer ce phénomène, ou pour se débarrasser du problème, on dit parfois que des fragments de cristaux antérieurs sont transportés dans la barbe, ou les vêtements de chimistes qui se déplacent d'un laboratoire à l'autre, et servent de « semences » à des cristallisations de même type. Malheureusement, le fait a été constaté entre des laboratoires sans contact les uns avec les autres... On a dit aussi que de minuscules semences cristallines se baladaient dans l'atmosphère... Quand l'un des labos est à Paris et l'autre à Sydney, l'explication est un peu courte...

— J'ai entendu parler de ce phénomène, dit Barkwell. Qu'est-ce que vous en concluez ?

— Pour moi, la seule explication, c'est qu'en dépit de leur séparation dans l'espace, il existe un lien entre des cristaux identiques. Ils forment un tout, et ce tout est régi par des lois. C'est pour cela qu'on peut observer un phénomène qui affecte la totalité des cristaux.

— C'est du mysticisme ! tonna Peter.

— Cher ami, dit tranquillement Prescot, c'est ce qu'on disait de la physique quantique à ses débuts...

— En outre, monsieur Basler, ajouta Doubletour, je vous ferais remarquer que vous êtes aux prises avec un problème similaire ! Toutes ces bêtes, brusquement, qui se mettent à modifier ensemble leur comportement, dans un sens identique... sans que vous ayez pu découvrir la moindre cause au niveau des individus... Vous ne croyez pas que quelque chose les relie ?

355

Peter, une fois de plus, se mura dans le silence. Greg savait ce qu'il endurait. Contrairement à lui, son ami voulait croire en la vérité absolue de la science. Si sa méthode était matérialiste, il fallait que le monde soit matérialiste. Greg, lui, était un agnostique de naissance. Il n'arrivait pas à croire. Et si quelqu'un lui avait annoncé, de source sûre, que tout ce qu'il croyait savoir n'était que du vent, il n'aurait pas été étonné ni affecté plus que ça. D'ailleurs, n'était-ce pas ce qui était en train de se produire ? Depuis quelque temps, il lui semblait n'avoir plus rien à quoi accrocher sa certitude. Et il se sentait bien comme ça... Au fond, il s'apercevait, lui qui avait consacré sa vie à la science, que ne plus rien savoir donnait un sentiment de liberté ! Il devenait possible d'accueillir le monde, sans idée ni projet... « J'ai dit oui », avait dit Mary. C'était peut-être simplement ça qui avait changé en elle. Sans idée ni projet, sans savoir, il devenait possible de dire oui...

Un éclat de voix tira Greg de sa rêverie. Le ton était monté. Peter venait de parler. Doubletour lui répondait.

— ... et c'est pour ça, monsieur, criait-il presque, que je vous affirme, vous entendez, je vous affirme que vous pourrez bien continuer des siècles à étudier vos cas comme vous le faites, vous n'arriverez à rien ! À rien ! Car la réponse n'est pas au niveau des individus ! Les individus se comportent d'une manière que vous ne comprenez pas parce qu'ils obéissent à des lois qui sont celles du Tout.

— Calmez-vous, monsieur, dit Prescot. Pour ma part, je suis prêt à écouter vos arguments. Mais j'aimerais que vous nous les exposiez avec sérénité.

— Alors que ce monsieur cesse de m'interrompre à tout bout de champ !

Peter avait repris son calme. Il sourit.

— Je ne dis plus rien ! De toute manière, je crois que tout le monde a compris quel était mon point de vue sur vos... propositions...

L'ambiance se détendit un peu. Doubletour reprit son discours.

— Je vais vous donner un autre exemple.

Il se tourna vers Rosenqvist.

— Vous travaillez sur les tropismes collectifs et les phénomènes de coordination dans des groupes de cétacés, n'est-ce pas ?

— Oui.

— Vous vous êtes certainement intéressé au comportement des poissons quand ils forment des bancs ?

— Tout à fait.

— Vous savez alors que ces bancs peuvent atteindre deux à trois millions d'individus, qui nagent en formation serrée, changeant de direction de manière simultanée. Il n'y a ni système de dominance ni leadership permanent. Or la coordination extraordinaire dont font preuve ces poissons reste un mystère.

— C'est exact.

— Par exemple, ce qu'on appelle l'« expansion éclair ». Si le banc est attaqué par un prédateur, tous les poissons s'égaillent au même instant. Cela ne dure parfois qu'un cinquantième de seconde, et chaque poisson atteint une vitesse étonnante, jusqu'à vingt fois la longueur de son corps par seconde. Eh bien, jamais les poissons ne se heurtent ! Or, pour cela, chaque poisson devrait savoir, non seulement dans quelle direction il filera en cas d'attaque, mais aussi la direction que prendra chacun de ses voisins, — ce qui est impossible ! Car une attaque peut venir de n'importe quelle direction et, de plus, les poissons situés vers le centre du banc, qui ne peuvent voir venir une attaque sur un des côtés, entament leur mouvement au même instant que ceux situés au lieu de l'attaque !

— Alors, on n'a pas d'explication ? demanda Prescot, l'air profondément intéressé.

— Oh, on a fait des expériences ! On a aveuglé les poissons pour déterminer le rôle de la vue dans le comportement des bancs. Ça ne change rien ! Les bancs fonctionnent aussi bien de nuit que de jour... On a aussi émis l'hypothèse que les poissons étaient informés de la position de leurs voisins dans le banc grâce à cet organe de perception des vibrations de l'eau que l'on appelle les « lignes latérales ». On a donc observé des poissons dont on avait rompu les lignes latérales au niveau des branchies. Ça n'a rien donné. Donc : mystère ! N'est-ce pas, monsieur Rosenqvist ?

— Je l'admets. J'ajoute qu'on a fait des observations tout aussi étonnantes sur des dauphins. Quand ils sont en groupe, même leur respiration se synchronise. On dirait qu'ils ne forment plus qu'un superorganisme...

— Merci, cher ami ! clama Doubletour. C'est exactement là que je voulais en venir ! Ils forment un superorganisme ! Si l'on regarde le comportement du groupe comme celui d'UN organisme, tout devient clair. La coordination entre les différents individus est exactement la même que celle qu'on observe entre les différentes parties d'un organisme animal.

— Cela reste une métaphore, dit Prescot. Car, dans un organisme, les différentes parties sont reliées les unes avec les autres. Des échanges d'informations passent par des canaux matériels, les vaisseaux, les nerfs, et ainsi de suite... Mais, dans votre banc de poissons, nous avons des individus séparés ! Alors comment circulent les informations ?

— Il suffit de ne plus supposer qu'il s'agit d'individus séparés ! Tout le problème est là : non dans la réalité, mais dans notre façon de la penser ! Si nous supposons que la nature est composée d'individus séparés, bon nombre de phénomènes deviennent incompréhensibles. La science s'en tire en disant que plus tard, toujours plus tard, avec le progrès, une explication sera trouvée... Moi je dis : il y a des phénomènes qui ne s'expliquent qu'en considérant que la Nature est un Tout, composé de parties qui sont également des totalités. Et les événements actuels sont en train de nous en donner une démonstration !

— Dans ce cas, je répète ma question : qu'est-ce qui relie les différentes parties de ce « tout » qu'est, par exemple, un banc de poissons ? Car, ce qu'on voit, c'est tout de même une collection d'individus séparés !

— J'en déduis que les liens dont vous parlez, et qui doivent exister, bien sûr, sont invisibles.

Peter, qui rongeait son frein depuis quelques minutes, ne put s'empêcher d'intervenir :

— Et ça, ce n'est pas du mysticisme, peut-être ?

— Monsieur, vous n'avez jamais vu d'électron ni de quark, et pourtant vous croyez à leur existence ! C'est du mysticisme ?

— J'y crois parce que je constate leurs effets !

— Eh bien, moi, je vous donne des exemples d'effets de ces liens invisibles ! Et je vais vous en donner d'autres. Parce que les événements que vous êtes chargé d'étudier, et auxquels, de votre propre aveu, vous ne comprenez rien, ces événements ne sont pas si extraordinaires !

— Que voulez-vous dire ? lâcha Barkwell.

— Connaissez-vous l'histoire des mésanges bleues voleuses de lait ? Une histoire édifiante... Au début du vingtième siècle, en Angleterre, on a commencé à livrer le lait à domicile. Le lait était déposé devant les portes, dans des bouteilles fermées par une capsule en carton. À partir des années vingt, on a constaté que des mésanges avaient pris l'habitude de percer la capsule et de boire une partie du lait. Or, et c'est ce qui est remarquable, ce comportement s'est propagé non seulement aux alentours, ce qui peut s'expliquer par un phénomène d'imitation, mais aussi dans d'autres régions d'Angleterre. Or les mésanges ne se déplacent jamais à plus de vingt kilomètres de leur nid. Le phénomène était tellement curieux qu'on en a fait une étude systématique entre 1930 et 1950. La propagation de ce comportement s'est accélérée avec le temps, d'une manière exponentielle. On a constaté ensuite le même phénomène en Suède, au Danemark, en Hollande... En Hollande, une particularité instructive a été constatée. Pendant la guerre, le lait n'était plus livré à domicile, et ce jusqu'en 1948. Eh bien, à cette date, les larcins commis sur les bouteilles ont repris, et à un rythme encore plus soutenu qu'avant la guerre ! Or, les mésanges qui avaient pris cette habitude avant la guerre, selon toute probabilité, étaient toutes mortes à cette date...

— Qu'en déduisez-vous ? demanda Prescot, qui avait les sourcils froncés.

— Lorsqu'un individu d'une espèce apprend un comportement, un individu d'une même espèce aura plus de facilité à l'apprendre, même s'il n'y a entre eux aucun lien... disons matériel.

— Absurde, grommela Peter.

— Absurde si vous voulez... Mais prouvé ! Connaissez-vous les expériences de McDougall, monsieur Basler ?

— Non...

— C'est normal ! Elles ont été... occultées un peu trop rapidement. McDougall voulait vérifier expérimentalement les hypothèses lamarckiennes. Des caractères acquis peuvent-ils se transmettre par l'hérédité ? telle était la question. McDougall a fait faire un exercice, le même, à une trentaine de générations de rats. Surprise ! L'apprentissage était de plus en plus rapide, d'une génération à l'autre.

— Vous allez nous ressortir Lamarck, maintenant ? gronda Peter. C'est la préhistoire de notre discipline !

— Je suis d'accord avec vous, monsieur Basler ! Rassurez-vous, je ne suis pas lamarckien ! Attendez juste une minute. Évidemment, l'expérience de McDougall a été refaite, on ne pouvait pas en rester là. Et c'est là que ça devient intéressant. Car les résultats de cette deuxième série d'expériences ont montré qu'il n'y avait aucune augmentation du taux d'apprentissage d'une génération à l'autre.

— Vous voyez ! triompha Peter.

— Mais pour une raison qui va vous surprendre, je pense. Le taux d'apprentissage n'augmentait pas parce qu'il atteignait, dès les premières générations de la deuxième série d'expériences, le niveau des dernières générations de McDougall ! Ce qui veut dire qu'un nombre considérable de rats réussissaient l'exercice du premier coup.

— Hein ? C'est impossible ! s'écria Peter.

— Mais c'est la réalité ! Et attendez, ce n'est pas fini. Un autre résultat va vous surprendre. Lors des deux expériences, on a constaté que le taux d'apprentissage n'augmentait pas seulement pour la lignée de rats qu'on entraînait à l'exercice, mais également pour une lignée de rats non entraînés, qui servait de témoin. Les rats non entraînés, quand ils faisaient l'exercice, obtenaient des résultats, non seulement supérieurs aux générations précédentes, mais encore en augmentation constante d'une génération à l'autre ! Ce qui prouve bien que les individus d'une population de rats sont unis, dans l'espace comme dans le temps, par des liens que nous ne connaissons pas.

Rosenqvist avait l'air légèrement effaré.

— Si ce que vous nous dites est vrai, balbutia-t-il, comment se fait-il que je n'aie jamais entendu parler de ces expériences ?

— Pour une raison très simple ! Ce qui intéressait la science, à cette époque, c'était de réfuter le lamarckisme, c'est-à-dire de montrer qu'il n'y avait pas d'hérédité des caractères acquis. Or les derniers résultats le montraient puisque l'amélioration des performances concernait aussi bien les lignées qu'on avait entraînées que les autres. Ce n'était donc pas l'acquisition qui était en cause. Eh bien, ça a suffi à tout le monde ! Et ce qui restait d'incompréhensible dans les résultats, on s'est dit qu'on l'expliquerait plus tard, avec les « progrès de la science ». Aujourd'hui, on est « plus tard ». On n'a rien expliqué. Et l'expérience a été oubliée...

Prescot frappa du poing sur la table.

— Ça ne m'étonne pas le moins du monde ! Dès qu'un résultat gêne les dogmes en vigueur, on l'occulte.

— Le problème, acquiesça Doubletour, c'est qu'aujourd'hui, c'est le comportement de toute la nature qui contredit les dogmes en vigueur...

Bosman, qui écoutait sans laisser son visage exprimer la moindre émotion, prit soudain la parole :

— Tout cela est bien beau, mais quelles sont vos conclusions, monsieur Doubletour ?

— Tout ce que j'ai voulu montrer, c'est que les cristaux, les animaux, je veux dire le monde minéral comme le monde animal, obéissent à des lois qui nous échappent encore, parce que nous avons pris l'habitude de découper le réel en petits morceaux, sans voir qu'il existe une unité profonde de ce qui nous semble séparé. Or aujourd'hui, les animaux, les plantes, la terre elle-même semblent obéir à une stratégie commune, qui a pour cible l'être humain.

— Les animaux, les plantes, la terre, gronda Barkwell. Vous oubliez une chose importante, mon cher !

— Quoi donc ?

— Notre propre corps ! Si mes assistants et moi-même avons raison, ce sont nos propres cellules qui obéissent à la terrible logique dont vous parlez !

Durant quelques secondes, il y eut un silence de mort dans la salle.

— C'est vrai, dit Doubletour.

Il se tourna vers Bosman.

— Je voudrais ajouter que le phénomène ira en s'amplifiant. La nature est en train de prendre de nouvelles habitudes. Au début, il y a une force d'inertie à vaincre. Ensuite...

— Ensuite ?

— Ensuite... eh bien, ça va de plus en plus vite.

— Mais alors que faire ? !

Bosman avait presque crié.

Doubletour allait répondre quand le son d'une sirène déchira le silence.

L'alerte.

49

Fort Detrick, Maryland

Mary se redressa sur son lit. Rester couchée ne correspondait plus au rythme de son corps. Il y avait une énergie, étonnante et délicieuse, qui la parcourait, de plus en plus intense. Elle prenait naissance entre ses deux jambes, serpentait le long de sa colonne vertébrale, irriguait sa tête d'une clarté puissante, et semblait pousser vers le ciel depuis le sommet de son crâne, refluant en même temps comme une coulée de force le long de son torse, de ses bras, de ses jambes, et jusqu'à ses pieds.

L'image de Greg la traversa. Il faisait preuve d'une faculté d'adaptation qui forçait son admiration. Mary se sentait si neuve, si profondément renouvelée... Et lui ressentait cela, ce qui ne manquait pas de lui faire très peur ! Mais il acceptait. Il se laissait bouger.

J'aime cet homme, pensa-t-elle.

C'était un sentiment léger, mais terriblement puissant ! L'envie de dire merci, merci à la création pour l'existence de Greg !

Puis elle arracha sa perfusion. Elle avait assez dormi. Il y avait une envie de marcher, de regarder. De rencontrer des gens... reprendre contact avec le monde... son monde.

Un monde tellement meurtri...

Après le déjeuner, elle avait regardé la télé. Il n'y avait plus qu'une seule chaîne, entièrement contrôlée par l'armée, et qui n'était reçue que sur les sites militaires. Elle s'était souvenue des paroles de Diego. C'était dans la pirogue, sur le rio Mucajai. « À votre retour, avait-il dit, il y a fort à parier que vous ne serez plus tout à fait la même... Et le monde que vous retrouverez ne sera plus tout à fait le même non plus... »

À la télé, elle avait vu des images de guerre. Des images de mort. Des images de terreur. En quelques semaines, le monde qu'elle connaissait, si familier, tellement habité par l'homme, avait disparu. Tout était devenu étranger, menaçant. La Terre, que l'homme croyait avoir domestiquée, révélait son visage de ténèbres. Elle avalait des villes entières, ne nourrissait plus l'homme, jetait ses bêtes contre lui...

« Et vous aurez peut-être la possibilité de servir », avait ajouté Diego.

Ce visage de ténèbres, Mary l'avait vu, guidée par le Brujo-sans-nom. C'était un visage de souffrance. Le cœur de la Terre était malade. Mary avait pleuré les larmes de la Terre.

Elle était prête, à présent.

Il y avait un chemin de paix. Elle devait le montrer.

Mary s'était levée, et s'apprêtait à sortir de la chambre, quand une impression bizarre l'arrêta. Quelque chose s'était fermé à l'intérieur de sa poitrine. Comme un avertissement. Un pressentiment. Il y avait, juste avant, cette légèreté, cette saveur si fine qui était une capacité sans fin à aimer, à donner... Cette saveur était toujours là... Mais quelque chose s'était fait plus dense, dans la poitrine de Mary. Il y avait aussi ce bourdonnement sourd, à l'intérieur de sa tête.

Tout cela disait : danger.

La mort est là.

Alors retentit le son d'une sirène. Puis il y eut des cris, des cris de terreur.

Il y avait un grand calme dans le cœur de Mary. La mort était là. Mais la mort ne pouvait l'effrayer. La peur n'était plus qu'un souvenir, celui d'une opacité, d'un enténèbrement de l'esprit, d'une confusion. À présent, tout apparaissait dans une clarté fine comme une lame de diamant. Chaque pensée, chaque son, chaque couleur, chaque émotion se donnait distinctement, puis s'évanouissait, laissant place à autre chose, sans que rien ne soit tenu, ni mêlé. La mort était là. Mais Mary avait traversé la mort, et elle était prête, à tout instant.

Elle sortit de la chambre.

Le capitaine Monk referma le roman qu'il lisait et secoua sa grande carcasse. Il lui restait deux heures de garde, et il avait envie d'un café. La machine était au bout de la salle. Il entreprit de se lever, un peu lourdement. Mais un son strident le fit brutalement sursauter et suspendre son geste.

L'alerte.

Le capitaine se rassit d'un coup, et jeta un œil sur l'écran de contrôle.

Lieu : hôpital militaire.

Code K.

Il se précipita vers le conteneur où était rangé son scaphandre antiviral, le sortit. Puis il ouvrit l'armoire métallique qui contenait les armes de service. Le code K... Il y avait dans l'armoire un fusil-mitrailleur, un pistolet automatique... un lance-flammes... quelques grenades incendiaires...

Le règlement. Rien que le règlement. Tout le règlement. Le capitaine Monk savait qu'il allait obéir.

Mais il aurait donné sa vie pour ne pas avoir à le faire.

Dans la salle de réunion, personne ne bougeait. Tous les visages étaient livides, tendus. Tous les regards convergeaient vers le colonel Bosman.

Greg était allé s'asseoir près de lui. Il écoutait. Il n'y avait rien d'autre à faire qu'écouter. Et attendre.

Le colonel, sitôt l'alerte donnée, avait rappelé la consigne : on ne bougeait pas, on ne quittait pas la salle. La consigne concernait tout le monde, Bosman compris. D'ailleurs, il n'était plus possible de quitter la salle. Un dispositif de fermeture était actionné automatiquement, sur toutes les issues de la base, en cas d'alerte bactériologique.

C'était une alerte bactériologique.

Et semblait-il, d'après ce que Greg avait entendu, elle concernait l'hôpital.

Elle concernait Mary.

Le colonel pilotait les opérations de sécurité depuis la salle de conférences, à partir d'un téléphone et de son ordinateur portable. Greg se tenait à ses côtés. Il écoutait. Il savait qu'il ne servait à rien d'interrompre le colonel, de poser une question. Il n'y avait qu'à attendre.

Étrangement, il ne se sentait pas mal. Ni bien. Ce n'était

pas non plus de l'indifférence. Au contraire, tout son être était concentré sur l'événement, présent. Et Mary était là aussi, présente. Son image, la saveur de son être. Greg ne l'oubliait pas une fraction de seconde. Non plus que le danger, à nouveau là. La mort.

Mais il y avait aussi comme une conscience aiguë, absolue, de son impuissance actuelle. Il ne pouvait rien faire. Tout se jouait indépendamment de lui, hors de la portée de son désir et de ses peurs. Il ne pouvait rien.

Greg avait perdu Mary une fois, et c'était pire que mourir. Mary lui avait été rendue, comme un miracle. Mary allait peut-être lui être reprise, à nouveau. La vie décidait. Greg savait qu'il n'était que le jouet dérisoire de forces sans limites qui n'avaient peut-être pas plus de conscience qu'un enfant qui lance un dé. Résister ? Quelle blague... Greg était détendu. Il n'y avait rien à faire. C'est ainsi, pensa-t-il. La vie est un jeu, nous sommes ses jouets, et rien n'a d'importance.

Mary avait de l'importance.

Mais Mary ne faisait pas partie du jeu. Greg avait rencontré Mary, la présence de Mary, bien au-delà de toutes les formes que le temps donne aux êtres. C'était lors de son expérience au pays des morts. Et progressivement, il sentait que cette expérience devenait une part de lui-même. Progressivement, il apprenait à distinguer le jeu des formes, toujours changeantes, de la réalité des êtres.

Mary pouvait sortir du jeu. Lui-même pouvait, à tout instant, être arraché au jeu de la vie. Mais il ne pouvait perdre Mary. Il le savait désormais : Mary et Greg, dans la profondeur de leur être, étaient Un.

Le capitaine Monk avait été rejoint dans le hall du P.C. par les vingt hommes de la patrouille d'urgence, dont il avait pris le commandement.

Le groupe progressait à présent dans la grande allée qui menait à l'hôpital militaire. Dans quelques secondes, ils entreraient dans le périmètre opérationnel, qui couvrait un rayon de cent cinquante mètres autour de l'hôpital... Dans quelques pas, le code K serait applicable...

Monk jeta un regard circulaire à ses hommes. Tous étaient vêtus du scaphandre réglementaire, et leurs visages n'étaient pas visibles. Ils progressaient, à pas lents, tels des félins derrière une proie.

Tous ces soldats avaient appartenu aux commandos. Tous avaient déjà été au feu. Ils savaient ce qu'était risquer sa vie, ce qu'était donner la mort. La moitié de ces hommes a déjà tué, pensa Monk.

Lui, non.

Qu'est-ce que c'était, tuer un homme ?

Il allait bientôt le savoir...

Le code K était applicable en cas d'alerte bactériologique de niveau quatre. Monk connaissait par cœur ce passage du règlement intérieur de sécurité : présence immédiate sur zone ; équipement antibactériologique ; armement complet. Mission : éradiquer toute forme de vie ; incendier la zone. Il s'agissait de préparer le terrain à l'équipe de cautérisation.

Le premier cadavre apparut à une dizaine de mètres de l'entrée principale de l'hôpital. C'était un lieutenant, allongé contre un arbre. Le képi masquant son visage, il semblait dormir. Sans que Monk ait eu à faire le moindre geste, un soldat se détacha du groupe. Du canon de son fusil-mitrailleur, il retourna le corps du dormeur, dont le visage apparut. Le capitaine sursauta. La mort avait figé sur la face de l'homme une expression d'horreur sans nom. Du sang séché dessinait depuis ses yeux comme une peinture de guerre sur ses joues blanches et creusées. Le soldat savait ce qu'il avait à faire. Il recula de trois pas et pointa son lance-flammes sur le cadavre, qui s'embrasa comme un feu de joie. Cela dura de longues secondes. L'air tremblait, Monk eut peur de perdre l'équilibre. Puis la flamme diminua et disparut. L'homme regagna les rangs.

Dix mètres plus loin, il y avait trois autres cadavres.

À l'entrée de l'hôpital, il y en avait deux.

À l'intérieur, des dizaines.

Mary éprouvait une insondable tristesse. Elle venait de fermer les yeux d'une infirmière qui gisait, affalée contre une armoire en métal, le corps encore tétanisé. Elle avait visité trois chambres avant d'entrer dans la salle de garde. Elle n'avait vu que des cadavres, les yeux saignants, révulsés, le masque figé dans une grimace de terreur.

Elle entendit un râle.

Le bruit venait du bureau du docteur Livingstone, dont la porte donnait sur la salle de garde.

Elle entra.

Livingstone était assis à son bureau, face à la porte. La bouche ouverte, il regardait Mary, les yeux rouges, exorbités. L'espace d'une seconde, un rictus déforma son visage.

— Vous tombez bien, articula-t-il faiblement. Je voulais... vous parler...

Mary sut qu'il allait mourir. Elle fit un pas vers lui.

— N'approchez pas ! C'est très... contagieux.

Négligeant son conseil, Mary fit le tour du large bureau et lui prit la main. Elle était froide.

— Que vouliez-vous me dire ?

Livingstone leva sur elle un regard empli d'étonnement et de respect.

— Vous n'avez peur de rien, n'est-ce pas ? bredouilla-t-il.

Une morve verte et rouge suintait des commissures de ses lèvres. Il y avait sur le bureau une boîte de mouchoirs en papier. Mary en prit un, et essuya la bouche du médecin.

— Ce que je voulais vous dire... C'est que j'ai compris...

— Compris quoi ? dit doucement Mary.

— Ce qui vous est arrivé. Pourquoi on vous a... crue morte.

La jeune femme eut un sourire un peu triste.

— C'est donc si important ?

Le médecin avait les yeux brillants. Il semblait retrouver quelques forces.

— Vous m'avez dit, n'est-ce pas... que vous avez ingurgité une substance... hallucinogène un peu avant votre accident ?

— Le *yopo*...

— Certaines substances neurotropes... provoquent des encéphalopathies... fonctionnelles... dont une complication possible est...

Le corps de Livingstone bascula soudain vers l'avant, et Mary le retint de justesse.

— Docteur, dit-elle en le redressant avec douceur, vous êtes épuisé. Ne parlez plus.

— J'ai compris ! lâcha Livingstone dans un râle. Une hypothermie majeure... stade III... Sommeil léthargique... dépression des centres respiratoires... fonctions végétatives... atténuées... Mort apparente.

Mary le regardait. Elle voyait qu'il s'en allait, un souffle invisible désertait son corps. Mais le médecin se crispait, comme s'il avait le pouvoir de retenir la vie. Sa respiration était haletante. Il grimaçait.

— Monsieur, vous êtes aux portes du mystère. Et vous cherchez encore du savoir... Des explications.

— Le mystère...

Livingstone émit un râle, qui pouvait ressembler à un ricanement.

— Ce n'est... que... l'ignorance !

Il avait saisi le bras de Mary et s'y accrochait de toutes ses forces, comme à une bouée. Il sentait l'haleine de la mort autour de lui, qui l'attirait, mais il y avait dans ses yeux un refus total, désespéré.

Mary posa une main sur sa poitrine, une autre sur son front.

Elle sentait de l'amour dans son cœur et ses mains. Une chaleur l'irriguait, traversant la chair du mourant.

Cela dura quelques minutes.

Livingstone ne quittait pas Mary des yeux. Peu à peu, il s'apaisait. Il respirait plus doucement, comme s'il laissait faire ses cellules, et s'abandonnait à la loi de son corps.

Puis un souffle plus long, plus profond, s'échappa de sa bouche. Le dernier.

Mary pouvait sentir la présence de cet homme autour d'elle, flottant dans l'air ambiant comme un parfum. C'était léger.

Il a dit oui, pensa-t-elle.

Puis elle ferma ses yeux.

Alors elle entendit des coups de feu.

Le capitaine Monk releva le canon de son fusil-mitrailleur. C'était fait. Il avait tué un homme. C'était un jeune infirmier, dont le corps se tordait sur le sol comme celui d'un insecte. Il l'avait achevé d'une courte rafale, avant de le réduire en cendres. De toute façon, le type allait mourir, c'était une question de minutes. Il l'avait juste soulagé de ses dernières souffrances.

Le capitaine reprit sa marche. Il était en queue du groupe. Plus ils avançaient dans l'hôpital, plus le sol était jonché de corps, et moins ils avaient à faire usage de leurs armes. Ils étaient tous morts. Le virus faisait son boulot en une vingtaine de minutes, apparemment, et avec un professionnalisme à toute épreuve. Il n'y avait plus qu'à incinérer.

Monk se retourna. Le commando était suivi d'une épaisse fumée noire qui montait du sol.

Se faufilant entre ses hommes, il reprit la tête du groupe. Il se retrouva face à une porte coupe-feu, qu'il ouvrit. Puis il cligna des yeux. Le couloir était à contre-jour, éclairé par une baie vitrée. Il sursauta : il avait cru voir une ombre bouger. Un de ses hommes passa devant lui, le bousculant légèrement, pointa son arme et tira une longue rafale. Monk aperçut, à dix mètres environ, une forme qui fuyait. Une femme. Un autre soldat se mit à tirer. Mais elle ne tomba pas. Ils sont nuls, pensa-t-il. Puis il leva son fusil-mitrailleur. La femme arrivait au bout du couloir. Il ne pouvait pas la rater. Il appuya sur la détente, longuement, arrosant le couloir d'une giclée de plomb.

La femme ne s'écroula pas.

Elle courut encore trois pas, puis tourna à droite et disparut.

Monk se rua au bout du couloir. La sortie de secours. Elle est en train de se calter par la sortie de secours !

C'était une porte rouge, que Monk ouvrit d'un coup d'épaule. Puis il se mit en position de tir.

Dehors, le soleil brillait. Une brise légère caressait les arbres, dont les feuilles frémissaient doucement. Il y avait quelques corps allongés sur l'herbe, comme faisant la sieste. Des corps d'hommes.

La femme avait disparu.

Mary, accroupie dans un recoin de la pièce, reprenait lentement son souffle. Elle regarda autour d'elle. Elle était dans un bureau du rez-de-chaussée de l'hôpital. C'était très étonnant. Dans le couloir, elle avait senti siffler les balles mais, apparemment, aucune ne l'avait touchée. Puis elle avait couru. Il n'y avait pas une pensée dans son esprit. Elle courait, comme aspirée par un vide devant elle, qui lui montrait la voie. À peine dehors, une impulsion l'avait fait changer de direction, longer la façade, et pousser une fenêtre du rez-de-chaussée. Qui était ouverte. Un miracle ! Apparemment, ce n'est pas mon heure, pensa-t-elle.

Elle se souleva légèrement, glissant un œil dehors. Dans le jardin, parmi les arbres, il y avait des hommes en scaphandre, armés, qui marchaient lentement, regardant de tous côtés. Ils me cherchent, se dit-elle. Ils veulent me tuer. Ils ont peur de la contagion...

Mary avait retrouvé une respiration normale. Le souffle irriguait son corps telle une eau pure, et sans cesse renouvelée. Elle sentait tout son corps, et le jeu des cellules, la danse légère des molécules. Sa chair était une fête. Elle sut qu'elle n'était pas malade.

Une image la traversa : le visage de Greg. Il fallait qu'elle le rejoigne.

Le capitaine Monk, d'un geste du bras, arrêta les cinq hommes qui l'avaient suivi dans le parc. Tous rebroussèrent chemin. Trop tard. Ils ne la retrouveraient pas. Il fallait prévenir. D'une pression de l'index sur la paume de sa main droite, Monk actionna le bouton qui le reliait par radio au poste de commandement. Un grésillement emplit son casque. Puis une voix retentit :

— P.C., j'écoute...

Un instant, il eut envie de couper la communication. Est-ce qu'il n'avait pas rêvé ? Cette femme existait-elle ? Elle ne portait pas d'uniforme. Ce n'était ni une infirmière ni une administrative... Quand elle s'était mise à courir, on aurait dit que ses pieds ne touchaient pas le sol... Trois hommes avaient tiré sur elle. Dont lui-même. Monk était un sacré tireur. Mais

les balles ne l'avaient pas touchée. Elle semblait immatérielle...
Comme une apparition.

— P.C., j'écoute... C'est vous Monk ?

— Monk. Le nettoyage est en cours. Mais nous avons eu un petit problème.

Greg s'aperçut qu'il priait. Depuis combien de temps, il n'aurait su le dire. La prière montait, spontanée, du centre de sa poitrine. Il en avait conscience, à présent. Des mots le traversaient, des mots qu'il offrait. Y avait-il quelqu'un pour les recueillir ? Il ne le savait pas. Des mots qui allaient plus loin que lui. Des mots pour Mary. Merci pour l'existence de Mary. Qu'elle ne parte pas, si la vie le permet... Pas encore.

Soudain, il y eut un mouvement du côté de la porte. Les lourds battants coulissants qui s'étaient fermés au moment de l'alerte se rouvraient. Des hommes apparurent, vêtus de scaphandres. L'un d'eux poussait un chariot sur lequel étaient entassés d'autres scaphandres. L'un des hommes s'approcha de Bosman, qui s'était levé. À travers les reflets du plexiglas, Greg reconnut Merritt. Une voix grésillante sortit de son casque, amplifiée par un haut-parleur de mauvaise qualité.

— Messieurs, vous allez vous habiller, nous déménageons.

Le cœur de Greg se serra. Déménager, où ? Où allait-on l'emmener ? Et Mary ? Il s'approcha de Bosman, cherchant ses yeux. Le colonel ne se déroba pas, et soutint son regard. Puis il prit la parole :

— L'hôpital entier est contaminé. Le virus s'étend. Il faut partir.

— Mary ?

Greg avait parlé d'une voix totalement neutre.

— Elle a été aperçue. Vivante, apparemment en bonne santé. À part elle, tout le monde est mort. Ils la cherchent.

— Ils ?

— La sécurité.

Greg avait compris. On cherchait Mary pour la tuer, de peur qu'elle ne soit contagieuse. On la cherchait parce qu'elle avait réussi à s'enfuir ! Elle n'est pas malade, pensa Greg. C'était comme une certitude, une évidence qui montait du plus profond de lui.

Bosman lui tendit une combinaison. Il la prit et se mit à l'enfiler. Quand reverrait-il Mary ? Il se tourna vers Bosman.

— Où allons-nous ?

— Washington. Maison Blanche.

Greg sentait la tête lui tourner. Autour de lui, tous les autres avaient revêtu leur scaphandre. Bosman lui tendit un casque.

— Il faut y aller, mon vieux.

Mary se laissait guider. Elle n'intervenait pas. Elle marchait. Deux fois, elle s'était arrêtée et dissimulée. C'est ensuite qu'elle avait compris pourquoi. Des soldats étaient passés, en armes, qui la cherchaient. Puis elle s'était relevée, pour reprendre sa marche. Où allait-elle ? Elle ne le savait pas. Il y avait une sagesse en elle qui la guidait, mais elle n'avait pas accès à cette sagesse. Elle ne percevait que ses effets. Elle marchait, guidée dans une direction précise dont elle ignorait tout, sur cette base militaire qu'elle ne connaissait pas. Elle n'avait pas peur. Elle était prête à mourir. Elle avait renoncé au contrôle, lâché les commandes. Elle laissait faire une force qui jaillissait du plus intime d'elle-même, mais venait de bien plus loin qu'elle. Mary sourit. La vie est un miracle, pensa-t-elle.

Localisée !

Monk poussa un cri de triomphe.

Il était dans la salle de contrôle du P.C. de sécurité. Ça ne faisait qu'un petit quart d'heure qu'il scrutait, un par un, les écrans de contrôle qui surveillaient la base. Et sur l'un d'eux venait d'apparaître la silhouette d'une jeune femme. Secteur quatre. C'était bien elle. Elle marchait à pas de Sioux, semblant très bien savoir où elle allait. Elle est très forte, se dit-il. C'est une pro. Et apparemment, elle est en parfaite santé...

Le capitaine brancha sa radio et donna quelques instructions : « Localisez, cernez. Et attendez mes ordres. »

Ils allaient la cueillir en douceur. Puis l'éliminer. Mais Monk voulait être là. Parce qu'avant ça, probable que Bosman ne verrait pas d'un mauvais œil qu'on lui tire un peu les vers du nez. Qui était cette femme ? D'où sortait-elle ? Et comment se faisait-il qu'elle n'ait pas l'air de souffrir de ce virus qui envoyait tout le monde, sauf elle, se faire grignoter par les taupes ? Des fois qu'elle ne soit pas étrangère à la présence du microbe... Depuis le début des événements, Monk était persuadé qu'il y avait quelqu'un derrière tout ça. Un ennemi d'autant plus redoutable qu'il avançait masqué. Ça n'était peut-être pas les Chinois... Quoique... Ils étaient bien capables de sacrifier quelques millions d'entre eux pour donner le change. Mais si ça n'était pas eux... il y avait quelqu'un derrière tout ça, forcément, et Monk avait l'intuition que cette femme avait peut-être des choses à leur apprendre... Il voulait l'interroger lui-même.

Il y avait de l'avancement dans l'air...

Greg regardait ses compagnons monter dans les deux hélicoptères, baissant la tête sous les pales qui tournoyaient en hurlant. Il les laissait passer. Il monterait le dernier. S'il montait. Il ne savait pas encore. Pouvait-il laisser Mary ? Était-il capable de la perdre à nouveau ?

Rosenqvist le regarda à travers le casque de son scaphandre et monta dans l'appareil. Il ne restait plus que Peter. Son ami s'approcha d'un pas et lui posa la main sur l'épaule. À travers la membrane de son scaphandre, Greg devinait la chaleur de cette main, l'amitié qui se donnait. Peter recula lentement, tourna les talons et monta dans l'hélicoptère.

— Il faut y aller.

La voix grésillante de Bosman avait retenti dans le casque de Greg. Il se tenait deux pas derrière lui. Il avait manifestement pour mission de s'assurer du départ de tous les chercheurs. Greg ne fit pas un mouvement. Il n'y avait pas une pensée dans son esprit, il était comme paralysé.

— Votre femme était dans un secteur contaminé. La base va être détruite. Il n'y a plus rien à faire.

— Mary n'est pas malade. Vous le savez. Elle a pu fuir.

— Greg, je suis désolé. Dans son secteur tout le monde est mort. Elle ne peut pas s'en tirer. Écoutez-moi, je...

Le colonel s'interrompit. Il regardait derrière Greg. Ses yeux étaient écarquillés dans une expression de stupeur profonde.

Greg se retourna lentement.

La silhouette de Mary se découpait à contre-jour. Elle avançait vers eux, d'un pas léger, rapide. À mesure qu'elle approchait, le souffle des hélices soulevait sa chevelure. Il y avait dans son apparition un côté irréel, trop romantique, presque kitsch... Tout était trop improbablement parfait. Greg sentait un engourdissement saisir tout son corps. Il eut peur de se réveiller. Puis il sursauta. Mary se tenait à présent à une vingtaine de mètres de lui. Mais elle n'était plus seule. Des silhouettes armées se déployaient furtivement derrière elle, dans une manœuvre d'encerclement.

Mary, sans se retourner, pressa le pas.

Deux hommes se mirent à courir. Ils la dépassèrent et se plantèrent devant elle, leur fusil-mitrailleur braqué à la hauteur de son visage. Les autres la rejoignirent. Elle était prise.

Greg se tourna vers Bosman, immobile.

Alors une voix retentit dans le casque de Greg, une voix qui ne lui était pas destinée :

— Colonel, on la tient. On tient la femme. On dirait qu'elle s'est jetée dans la gueule du loup...

— Amenez-la, répondit Bosman.

Greg fixa l'officier dans les yeux.

— Qu'allez-vous faire ?

Le colonel mit un temps avant de répondre :

— Greg, il y a un règlement... Vous connaissez la situation...

— James, ouvrez les yeux ! Regardez-la...

Mary, tenue par trois soldats, était debout, à deux pas. Elle regardait Greg. Il y avait dans ses yeux une sérénité, une confiance totale dans la vie. Greg n'avait pas peur.

Un militaire sortit du groupe. Sur son scaphandre, à la place du cœur, il y avait les galons d'un capitaine. La voix entendue quelques secondes plus tôt reprit, nasillarde, pénible :

— Monsieur, je crois qu'il faut l'interroger solidement avant de la nettoyer. M'est avis qu'elle sait des choses...

Bosman ne bougeait toujours pas. Mais sa voix retentit, glaciale :

— Monk... taisez-vous.

— Mais... pardon monsieur, si vous voulez qu'on la décanille tout de suite on va le faire, mais franchement je crois que...

— Monk. Fermez votre gueule.

— Bien monsieur.

— Greg... je suis désolé pour ce que vous venez d'entendre.

Greg n'avait rien à répondre. Il regardait Mary. La jeune femme fit un pas en avant. Le soldat qui lui tenait l'épaule raffermit sa prise, faisant mine de la tirer vers lui. Elle ne résista pas et fit un pas en arrière. Puis elle se tourna vers l'homme et posa sa main sur son gant. Le militaire sembla d'un coup vidé de toute énergie. Mary prit sa main et l'ôta de son épaule. Elle se tourna vers l'autre soldat qui la serrait et celui-ci recula d'un pas. La jeune femme avança vers Bosman. Quand le capitaine fit mine de l'en empêcher, Mary, d'un geste doux mais surprenant de rapidité, posa sa paume sur la poitrine de l'homme, qui ne bougea plus. Derrière les reflets vert bouteille de son casque, il avait l'air stupéfait.

La voix de Mary, déformée, retentit dans les oreilles de Greg :

— Colonel, est-ce que vous pouvez m'entendre ?

Bosman hocha la tête.

— Regardez-moi, colonel. Je vous donne ma parole que je ne suis pas malade. Et je peux vous apprendre pourquoi.

Bosman marqua un temps avant de répondre, la voix tremblante :

— Madame... Je suis désolé... Je dois faire mon devoir.

Mary éclata d'un rire léger. Greg eut l'impression que Bosman manquait de perdre l'équilibre.

— Regardez-moi, colonel. Juste quelques secondes...

Mary laissait ses bras pendre le long de son corps. Elle regardait Bosman. Et elle se laissait totalement regarder. Son visage, tel celui d'un nourrisson, reflétait le passage de mille émotions, sans en retenir aucune. On aurait dit qu'elle n'avait rien à défendre.

— Monsieur, dit-elle.

Elle parlait doucement, comme à un très petit enfant :

— ... Si vous écoutiez votre cœur...

Il y eut un long silence. Les hommes de la patrouille étaient là, les bras ballants, à se regarder vaguement les uns les autres comme s'ils cherchaient une consigne ou un ordre. Le capitaine regardait Bosman. Bosman était pétrifié.

Puis il parla :

— C'est bon, Monk, vous pouvez dégager. On la prend avec nous.

— Mais monsieur... Le règlement...

Alors la voix de Bosman éclata, brutale :

— Le règlement, c'est moi qui l'ai fait et c'est moi qui le défais ! Vous dégagez, Monk, c'est un ordre !

Le capitaine tourna les talons et s'éloigna, la tête basse. Ses hommes le suivirent. Bosman, sans un regard pour Greg et Mary, monta dans l'hélicoptère.

Greg prit la main de Mary et l'entraîna dans l'appareil.

À peine la porte coulissante de l'habitacle s'était-elle refermée, la voix de Merritt retentit dans le casque de Greg :

— Bosman, qu'est-ce que cette femme fout ici ?

Il y eut un bref silence, puis Bosman répondit :

— Monsieur, elle est sous ma responsabilité.

— Et vous sous la mienne, colonel. Je vous ai posé une question.

— Monsieur, elle vient avec nous.

— En quel honneur ?

— Intérêt scientifique, monsieur.

— Qu'est-ce que c'est que cette histoire ?

— Monsieur, proféra Bosman d'une voix calme et assurée, je suis le responsable scientifique de cette mission. À ce titre, je dis : cette femme vient avec nous. Désirez-vous me démettre de mes fonctions ?

Greg se tourna vers le général. Celui-ci s'adossa à son siège et fit un signe au pilote. L'hélicoptère décolla.

50

Washington, sous-sol de la Maison Blanche, le matin

Greg s'assit sur le lit. Un sentiment de joie remplissait son cœur. De la salle de bains provenait un léger bruit d'eau. Il était huit heures du matin et Mary prenait une douche ! Cet événement qui lui aurait paru si désespérément normal il y a moins d'un mois résonnait aujourd'hui comme un miracle... Elle avait passé la nuit avec lui, dans cette petite chambre aux murs nus que Bosman leur avait affectée... et maintenant Mary prenait une douche ! Quelle merveille...

Et quelle nuit !

Faire l'amour à Mary avait toujours été une expérience bouleversante. Elle avait toujours eu cette manière légère, presque mutine, de se donner, totalement, avec le sérieux très pur des enfants lorsqu'ils jouent... Mais à présent... il y avait quelque chose d'autre. Quelque chose d'entièrement nouveau...

Mary n'était plus la même. Désormais, elle ne se donnait pas seulement. Elle prenait, aussi. Une énergie sauvage émanait d'elle, une force primitive, comme si elle puisait ses gestes et son désir dans les profondeurs obscures de la Terre. C'était superbe, et très effrayant. Mary, quand elle faisait l'amour, s'offrait totalement, mais elle exigeait, aussi, un don total et sans réserve. Et plusieurs fois, dans les ténèbres de la nuit, Greg avait eu peur de se noyer en elle. Il s'était accroché au corps de Mary comme à une bouée, pour ne pas perdre ses repères dans l'espace, pour ne pas se dissoudre dans ce néant qui l'attirait...

Il n'avait jamais connu cela.

Mais il voulait le connaître encore. Et s'aventurer peut-être plus loin qu'il ne l'avait fait, en direction de ce danger sublime : être l'amant de Mary...

Le bruit de l'eau avait cessé depuis quelques secondes. Mary fredonnait doucement un air qu'il ne connaissait pas. Il y avait une joie paisible, comme inaltérable dans sa voix.

379

« La joie n'a pas de cause », lui avait-elle dit dans la nuit finissante, alors qu'ils se laissaient glisser dans le sommeil...

Plus il vivait aux côtés de cette femme entièrement renouvelée, plus Greg sentait grandir en lui le désir de comprendre, et c'était même plus que comprendre : partager. La rejoindre à ce niveau de compréhension des choses où tout ne peut être qu'accueilli, aimé.

Et puis lâché.

Et parmi tout ce qui le sidérait en Mary, il y avait particulièrement cette manière qu'elle avait de ne rien retenir. On aurait dit qu'elle acceptait de se laisser toucher par chaque instant qu'elle vivait, elle n'empêchait aucune émotion de traverser son regard et ses traits. Mais l'émotion partie, rien n'en restait. Tout d'un coup, elle riait aux éclats et, l'instant d'après, le rire avait totalement disparu laissant place à la gravité la plus profonde. Et c'était un autre sentiment qui la traversait, puis s'en allait... Son visage était d'une mobilité incessante et subtile, son corps en frémissement continu face aux êtres et aux choses. Greg prenait conscience, à observer Mary, que lui-même se sentait constamment obligé de figer son visage et sa chair en des attitudes qui n'exprimaient rien de vrai, mais ne servaient qu'à présenter aux autres quelque chose qu'ils puissent identifier, et qui les rassurait. Tout le monde agissait ainsi. Personne n'autorisait sa chair à s'ouvrir au défilement sans fin des impressions, à la symphonie toujours inattendue des sentiments. Et c'étaient des corps fermés, tendus, défendus, ne sachant que grimacer des mimiques et offrir aux autres une succession de masques au gré des circonstances...

Mary sortit de la douche.

Greg la regarda. Cette nuit encore, ils n'avaient pas vraiment parlé. Il sentait qu'il en était temps. Il avait besoin de mots.

— Mary...

— Oui.

— Je voudrais comprendre ce qui t'est arrivé.

Elle prit une longue inspiration.

— Je crois, dit-elle, que c'est ce qu'on appelle, dans les traditions, l'Éveil... La Réalisation...

— Tu es... réalisée ?

La jeune femme éclata de rire.

— Non ! Je ne crois pas... Tu sais, nous sommes tous Un. L'Humanité est Une. Personne ne peut prétendre être « réalisé », tant que tous les autres ne le sont pas aussi. Je ne suis pas réalisée. Mais... j'ai réalisé. Je suis dans la réalité. Totalement... Et c'est tellement merveilleux...

Le regard de Mary était ouvert à l'infini.

— Mais tu sais, poursuivait-elle, c'est aussi tellement normal, tellement naturel... c'est la nature même des choses. C'est comme si je n'avais jamais vécu qu'endormie, à me prendre pour une autre, à projeter sur le monde et les autres des constructions qui ne servaient qu'à me protéger... Maintenant, tout cela a disparu. Et tout est simple, tout est beau, tout est un. Parce qu'il n'y a plus... « moi ».

— Mais toi, tu es là...

— Je ne sais pas... Il y a des sensations, des sentiments, qui naissent et qui passent...

Mary le regarda plus intensément.

— Il y a un très bel homme en face de moi, poursuivit-elle, il y a mon cœur qui bat, il y a une sensation de joie...

— Tu as dit « moi », fit remarquer Greg, et « mon » cœur...

— Tu as raison ! Mais c'est que notre pauvre langage n'a rien prévu pour exprimer quelque chose qui ressemble à cette expérience... Quand je dis « moi »... ce n'est plus le moi d'avant. C'est comme un vide, mais comment dire ? — un vide bienveillant, comme quand on s'écarte avec respect pour laisser place à quelqu'un... Un vide qui laisse être toutes les choses, un vide témoin...

— Je ne comprends pas...

Mary éclata de rire.

— Tu vas comprendre, mon amour ! Parce que je vais m'occuper de ton cas, fais-moi confiance, et tu vas réaliser tout ça !

Elle redevint grave :

— Tu n'es pas très loin, tu sais...

— Qu'est-ce que tu veux dire par un « vide témoin » ?

Mary se leva et, sans un mot, se mit à danser. Greg sentit revenir l'angoisse des jours précédents. N'est-elle pas devenue folle ? Elle dansait dans le silence, les yeux fermés, comme si elle écoutait une musique à l'intérieur d'elle-même, dans un mouvement totalement fluide, sans aucune retenue. Puis elle s'immobilisa.

— Tu as compris ?

Greg ricana.

— Je crois que tu me surestimes, mon amour.

Mary le regardait tendrement, une lueur d'amusement dans les yeux.

— Je crois que tu te sous-estimes, mon cœur ! Parce que tu as encore un peu peur...

Greg baissa les yeux. Il ne savait quoi répondre. Puis il sentit le bras de Mary autour de son épaule. Elle s'était assise sur le lit à côté de lui.

— Greg, pardonne-moi... Je sais que c'est très dur pour toi de me retrouver si différente... Il faut que je fasse plus attention...

— Qu'est-ce que tu veux dire ?

— Je suis encore... sous le coup de ce changement, de cette différence... entre ce qu'était Mary avant, et ce qui est à présent... Et j'ai très envie que tu me rejoignes ! Mais ça, c'est un reste de l'ancienne Mary.

Greg la regarda dans les yeux.

— Elle n'a donc pas totalement disparu ?

Mary l'attira contre lui.

— Elle est en voie de disparition ! Mais je sens qu'il reste quelques automatismes... C'est un peu comme un ventilateur, dont le moteur se serait arrêté. L'hélice tourne encore, à cause de son inertie... Mais elle va finir par s'arrêter elle aussi, c'est inéluctable.

— Mais je l'aimais, moi, l'ancienne Mary...

— Mais non ! L'ancienne Mary... elle n'a jamais existé ! La vraie Mary, tu l'as devant toi. Ce qui a disparu, c'est tout ce qui l'empêchait d'aimer... de se donner ! L'illusion d'être quelqu'un...

— Alors tu n'es personne ?

Mary garda le silence. Greg se sentait comme un tout petit enfant qui interroge une grande personne sur des sujets qui le dépassent. Il avait l'impression de ne rien comprendre et, en même temps, il y avait en lui la sensation que tout était vrai. Que Mary... était vraie.

— Qu'est-ce que tu voulais dire quand tu parlais du vide ?

— Il n'y a plus rien qui s'oppose... Tout est ouvert, accueilli... Tout est laissé être.

Mary leva un bras.

— Regarde, poursuivit-elle, c'est parce que l'espace est vide autour de moi que je peux faire ce mouvement... C'est parce que c'est vide autour de mon bras, que mon bras a une liberté, qu'il peut bouger.

Elle agitait son bras et sa main en tous sens, en un mouvement harmonieux et doux, totalement habité. Greg avait la tête qui lui tournait un peu. Il cherchait ses pensées, mais elles fuyaient comme des poissons d'argent dès qu'il allait les saisir.

— Le problème, reprit-elle, c'est que nous sommes pleins ! Pleins de nous-mêmes... Tout est dense, épais, tout est lourd, et nous trouvons ça normal... Nous appelons ça... « moi » ! Et plus rien n'est libre, ni d'apparaître, ni de s'en aller, ni de danser... Il n'y a plus d'espace. Voilà comment nous sommes tous, voilà comment j'étais... Et c'est une telle souffrance ! Une telle maladie !

— Et tu es guérie ?

— Oui. Il n'y a plus « moi », il y a un vide, où toute chose peut se déployer librement. Où tout est libre. Où tout est joie.

— Et toi, tu es libre ?

— « Moi »...

Le regard de Mary était d'une gravité profonde, presque effrayante.

— Personne n'est là pour « être libre »... Mais Mary est un espace de liberté où la vie peut jouer avec les formes... Et c'est merveilleusement beau !

Puis elle se tut. Greg écoutait son silence.

Il était un peu triste. Une petite voix, dans un coin sombre de lui-même, murmurait qu'il avait perdu Mary. Celle qu'il avait connue et aimée n'était plus... Une autre personne était là, une autre femme, et c'était comme si... cette femme était trop grande pour lui. Sa compagne d'avant éprouvait des émotions pareilles aux siennes, elle pouvait piquer des crises, être de très méchante humeur... À présent, Mary semblait planer au-dessus de tout cela, dans des sphères qui lui semblaient inaccessibles.

Mary lui prit la main.

— Je t'aime, Greg.

Celui-ci se pencha vers elle, et déposa sur ses lèvres un baiser très léger.

— Moi aussi, je t'aime, bien que tu n'existes plus... Ne fais pas attendre le professeur Barkwell !

— Tu as raison, dit Mary en se levant.

Elle se passa rapidement un coup de brosse dans les cheveux, puis sortit de la chambre.

Greg s'étendit sur le lit.

Il devait passer la matinée avec Peter et Rosenqvist, histoire de se faire briefer sur les recherches en cours. Mais il avait un peu de temps devant lui.

Mary, elle, était attendue à huit heures et demie par l'équipe des maladies infectieuses. Elle devait subir une batterie d'examens visant à comprendre pour quelle raison elle avait échappé à la contamination de l'hôpital de Fort Detrick.

« Ils ne trouveront rien », avait-elle affirmé.

Mary était convaincue que son immunité n'était pas due à des causes organiques. Mais alors à quoi ? Elle semblait croire que c'était lié à son nouvel état. À son Éveil. Mais quel rapport voyait-elle entre une transformation, certes spectaculaire, mais qui était d'ordre psychologique, et un phénomène purement physique comme une immunité virale ?

Elle avait juste prononcé cette phrase mystérieuse :

« Je ne suis pas en guerre. »

Qu'avait-elle voulu dire ?

Mary était si souvent impossible à comprendre, depuis leurs retrouvailles, dans son comportement, dans ses paroles...

Pourtant Greg, peu à peu, sentait grandir en lui un sentiment nouveau : il acceptait de ne pas comprendre.

Autrefois, tout ce qui lui échappait en Mary était pour lui source d'angoisse. Souvent il la questionnait sur sa quête intérieure et sur le sens de tous ces exercices auxquels elle s'adonnait : méditation, mantras, gymnastique taoïste... Il aimait parfois l'observer en secret quand elle se livrait à ses rituels énigmatiques, à ses Mystères de femme, un peu sorcière, un peu fée Morgane... Il y avait en elle quelque chose de sauvage, une force qu'aucune culture ne pourrait jamais discipliner. Greg était fasciné.

Mais il avait peur, aussi.

Mary était une étrangère. Et quand il cherchait à la comprendre, au fond, c'était pour mieux la posséder.

À présent, les changements survenus en elle rendaient si manifestement vaine toute tentative de l'enfermer de quelque manière que ce soit, qu'il n'en était même plus tenté.

Mary était un mystère.

Et c'était bien. Car le Mystère, depuis lors, Greg l'avait rencontré. Durant son coma.

Certes, l'expérience s'était éloignée. Les souvenirs avaient reflué. Même les mots qu'il avait notés semblaient s'être vidés de leur sens, tant ce qu'il avait vécu était étranger à tout langage et à toute pensée.

Mais quelque chose demeurait.

Greg avait compris que tout était mystère.

La vie.

Mary...

Lui-même.

Et désormais, il était assez fort pour l'accepter.

Quand il questionnait Mary, ce n'était plus pour la posséder. C'était pour l'accompagner. Visiter avec elle des terres nouvelles, des contrées inconnues. Découvrir en lui-même des espaces de vie qu'il n'avait jusqu'alors pu que pressentir, et que Mary, par sa seule intensité, lui désignait.

Greg avait changé.

En plein cœur de la tragédie, alors même que son univers était en train de s'écrouler, et que tous ses repères s'évanouissaient un à un, il commençait à soupçonner que la vie était une aventure, belle et pleine de sens.

Une aventure qu'il était décidé à vivre.

Bosman, assis à son bureau, la tête entre les mains, réfléchissait. Depuis la veille, et le départ précipité de Fort Detrick, il n'avait pas revu Merritt. Il ignorait ce qu'il avait en tête. Et ça l'embêtait. Il lui semblait que, depuis le début de la crise, le général dirigeait toute chose à sa manière, en ne donnant que le minimum d'informations nécessaires pour manipuler chacun de manière optimale. Et à des fins connues de lui seul.

Il était clair à présent que Merritt avait activé au moins une autre équipe de scientifiques, pour étudier les phénomènes et prendre des mesures très concrètes. Parmi lesquelles la réalisation de cet effarant bunker sous la Maison Blanche, qui avait apparemment pour finalité de mettre ses occupants à l'abri de tous les dangers de mort violente susceptibles de raccourcir la vie d'un homme. Bien sûr, il n'avait fait que compléter des installations, antiatomiques, antisismiques, déjà en place depuis des années. Mais ses petits ajouts étaient spectaculaires. En particulier, le système de décontamination ultra-sophistiqué auquel tous les entrants avaient dû se soumettre...

Les uns après les autres, ils s'étaient succédé, guidés par des écriteaux, dans une enfilade de pièces aux murs carrelés, équipée chacune d'un système de désinfection différent. Ils avaient d'abord dû se débarrasser de leurs vêtements dans une espèce de machine à laver d'un type un peu particulier, puisqu'elle vous les transformait en un petit tas de cendres. Nus, ils étaient passés ensuite dans un bain de vapeur à l'odeur répugnante, qui brûlait les poumons. Puis il avait fallu prendre un bain de pieds, et une douche un peu visqueuse, sans doute une solution alcaline (il était précisé de ne pas y exposer les yeux ni les muqueuses).

Ensuite ils avaient descendu un escalier qui s'enfonçait dans une piscine d'eau grise, et nager les yeux ouverts (selon les instructions) dans un boyau immergé qui menait à la salle suivante. Dans laquelle il était précisé de fermer les yeux pour éviter tout risque de cécité. Durant cinq bonnes minutes, on les avait bombardés de rayons qui traversaient le corps en donnant des frissons.

Puis plusieurs douches, de divers liquides malodorants. Les concepteurs de ces joyeusetés n'avaient apparemment pas pris le temps de penser à les parfumer. Puis deux autres bains en immersion totale. Et deux examens médicaux, avec deux toubibs aussi antipathiques l'un que l'autre, qui leur avaient chacun fait avaler d'autorité une fiole entière de pilules de toutes les couleurs.

Pour finir, le faciès de Merritt l'attendait, joyeux, l'air de guetter sa réaction. Bosman n'avait pas bronché. Le général l'avait pris à part et s'était penché très près de son visage. Son haleine sentait le cigare et le gin.

— Vous voyez, mon vieux, avait-il dit. Le corps humain est la chose la plus dégueulasse du monde. Ça grouille de parasites et de bestioles répugnantes, des milliards et des milliards. Beurk ! Nos scientifiques ont eu un problème amusant. Comment nettoyer tout ça, sans tuer le bonhomme ? Passionnant ! Apparemment, ils ont trouvé la solution...

Il avait ajouté :

— Je vais vous faire une confidence, mon vieux. Depuis cette petite toilette, je me sens mieux, moi. Plus propre. Plus léger ! Pas vous ?

Merritt avait tourné les talons.

— L'hygiène, colonel... L'hygiène...

Bosman avait eu envie de vomir.

Plus léger... Le vieux ne croyait pas si bien dire. Il s'était aperçu, en se pesant deux jours plus tard, qu'il avait perdu deux kilos. Doubletour lui avait expliqué qu'un dixième du poids sec d'un organisme humain est constitué de bactéries. Certaines sont indispensables à sa survie, avait-il ajouté. L'écologiste semblait plus que sceptique sur le bien-fondé de l'opération, et très inquiet sur ses conséquences à long terme...

Où allait le général ? Le savait-il lui-même ?

Bosman ferma les yeux.

Cet homme était une énigme. La tragique et criminelle bévue dont il était responsable n'avait pas réussi à lui faire perdre son aplomb de vieux dogue. Comment pouvait-il être encore si sûr de lui ? Et par l'effet de quelle incompréhensible magie n'était-il pas tombé en disgrâce ?

Il tenait toujours le Président sous son influence, plus que jamais peut-être. Harton était pourtant un homme intelligent... un homme qui avait su prouver, par le passé, son indépendance d'esprit, et même une certaine forme de courage...

Soudain, quelque chose sembla s'éclairer !

C'était précisément parce que Merritt était sûr de lui que le Président suivait ses avis. Car il était le seul à l'être. Harton, par sa fonction, était tenu d'agir. Mais, comme les autres, dans ce contexte d'apocalypse, il était en plein désarroi. Merritt, lui, ne doutait jamais. À la question « que faire ? » il avait toujours une réponse.

Une solution.

Qu'il présentait avec une telle force, qu'on avait l'impression que le problème n'existait plus. Peu importait, dès lors que cette solution mène au désastre. Car la situation était si grave que rien ne semblait pouvoir ajouter au désastre.

Et Merritt rassurait.

Car il avait toujours une position de repli. Une autre solution.

Comme ce bunker.

Qui avait pour l'instant sauvé la vie à tous ses occupants.

Jusqu'à présent, le général avait toujours un coup d'avance. Et il dissimulait soigneusement sa stratégie.

Le colonel se prit la tête entre les mains.

Qui travaillait sous les ordres de Merritt ? Qui étaient les types qui avaient conçu le bunker et ses technologies ? Y avait-il quelque part des gars qui en savaient plus que ses propres équipes de chercheurs sur les événements en cours ?

Bosman n'avait prise, pour le moment, sur rien. Mais il y avait en lui quelque chose de nouveau. Une énergie. Une force. Confusément, il sentait que si le hasard, le destin, ou la providence l'avaient placé là où il était en des temps aussi cruciaux pour le devenir humain, cela avait peut-être un sens ; à tout le moins, il pouvait lui en donner un.

À condition de n'avoir pas peur d'exister.

James Bosman avait tenu tête au général Merritt. Dans l'hélico, à propos de la femme de Greg. Il ne comprenait pas
pourquoi il avait défendu cette femme. Il n'avait aucune raison de le faire. Mais la décision s'était prise en un lieu de lui-
même plus profond que les raisons. Et c'était comme si quelque chose, en lui, avait lâché. Une main, tenace, qui l'avait
toujours agrippé au ventre, lui coupant sa force à la racine.

La main avait disparu.

À quatorze heures, tout le monde était convoqué dans le
Bureau ovale *bis*. Le Président, Merritt et les scientifiques.
Bosman était décidé à observer les événements avec vigilance.
Pourrait-il servir à quelque chose ? Il n'en savait rien. Mais il
était décidé à ne plus subir. Et, s'il le fallait, à peser sur les
événements.

Quoi qu'il dût lui en coûter.

51

Washington, sous-sol de la Maison Blanche, Bureau ovale *bis*

Aimé Doubletour glissa une nouvelle fois la main sous l'ignoble combinaison synthétique qu'on lui avait donnée à la place de ses propres vêtements, et se gratta furieusement ce qui lui restait de peau. Évidemment, il développait une allergie ! Comment quelqu'un jouissant d'un minimum de bonne santé pouvait-il ne pas réagir au traitement démentiel qu'on leur avait imposé à leur arrivée dans le bunker ? Une destruction méthodique du milieu intérieur à l'organisme humain ! Ces abrutis qui se croyaient scientifiques n'avaient pas la moindre idée de ce qu'était un être vivant. Ils n'avaient pas la moindre idée de la nécessité vitale pour un organisme un peu complexe de coopérer avec des milliards d'autres êtres vivants. Ils croyaient pouvoir débarrasser un être humain de tout ce qui dans son corps était vivant mais non humain, sans qu'il y ait un prix à payer... Bien sûr, les corps de ces types étaient déjà tellement pollués, anesthésiés par des années de délinquance nutritionnelle sur tous les plans, qu'ils ne réagissaient même plus en temps réel. Eux ne risquaient pas de souffrir de ces démangeaisons furieuses que seul aurait pu soulager un bain d'hiver dans les eaux glacées du lac Simcoe ! Visiblement, ils se sentaient tous bien, assis autour de la grande table ovale, pas le plus petit signe de la moindre réaction de leur chair dégénérée... Ils prenaient pour de la bonne santé ce qui n'était qu'insensibilité, incapacité de leur corps à donner des signes ! Mais ils ne perdaient rien pour attendre. Car leur politique d'anesthésie générale ne faisait que repousser dans le temps des conséquences inéluctables, et qui n'en seraient que plus terribles...

Aimé sentit que des regards étaient posés sur lui. Il y avait les deux assistants de ce Barkwell, qui le regardaient fixement, ainsi qu'un conseiller du Président. Allez vous faire foutre, pensa-t-il. Le gros type qui se gratte à l'autre bout de la table, il vous emmerde !

À ce moment apparut la silhouette d'une femme qui entrait dans la pièce. Elle avait des gestes souples et déliés. Aimé remarqua d'abord l'ondulation de tout son corps et de sa longue chevelure auburn. Elle était bien faite, à coup sûr. La petite combinaison verdâtre, dont ils étaient tous affublés, semblait avoir été dessinée pour laisser deviner ses formes douces, exactement. Elle s'assit en face de lui, encadrée de Bosman et d'un chercheur, en éthologie animale, si ses souvenirs étaient justes. Qui était cette femme ? Une chercheuse ? Elle avait une expression... intelligente, mais d'une intelligence parvenue suffisamment loin dans la compréhension des choses pour dépasser désespoir ou cynisme, et transmutée en joie paisible...

Aimé s'aperçut qu'il observait la femme depuis plusieurs secondes, avec un peu trop d'insistance. Il allait détourner les yeux lorsqu'elle posa son regard sur lui.

Il lui sembla que ce regard ouvrait soudain comme un espace immense en lui. Sa respiration devint plus ample, et plus calme, comme s'il avait lâché d'un coup des poids énormes qu'il portait sur son dos sans s'en apercevoir. C'était délicieux.

En face de lui, la jeune femme avait comme un air amusé. Aimé eut envie de rire. Alors il sursauta. Une voix avait parlé.

Dans sa tête.

Elle n'avait pas remué les lèvres. D'ailleurs, elle ne le regardait plus. La réunion était commencée.

Mais il avait entendu une voix qui ne pouvait être que la sienne. Une voix au ton... léger, tendre... plein de l'humour le plus joyeux. Mais sévère aussi. Impitoyable. Une voix qui ressemblait au regard qu'elle avait posé sur lui.

Une voix qui lui posait une simple question :

As-tu déjà été vu par une femme ?

Ce vieux général était fascinant. Son visage semblait obéir à un processus mystérieux, mais inéluctable... un processus d'enténèbrement. À chaque fois que Greg le voyait, le visage du général Merritt semblait gagné davantage par l'obscurité, comme s'il avait la propriété bizarre de sécréter de l'ombre. Ses yeux n'étaient pas visibles, enfoncés dans des orbites profondes. Sa bouche, plus étrangement encore, semblait abritée dans des replis de chairs, de telle sorte que ses expressions n'étaient pas identifiables : quand il parlait, aucun mouvement de ses lèvres n'était visible, et le son semblait venir d'un haut-parleur situé quelque part à l'intérieur de son corps. Quand il se taisait, on ne savait s'il grimaçait ou s'il souriait.

Pour l'heure, après quelques mots d'introduction, il avait laissé la parole au professeur Barkwell, qui se chargeait de donner au Président un résumé des conclusions les plus récentes.

Le Président écoutait et, peu à peu, le sourire de circonstance qui occupait habituellement son visage se désagrégeait. Les commissures de ses lèvres s'affaissaient dans un tremblotement léger, sa mâchoire inférieure tombait lentement. Il se reprit et fronça les sourcils.

— Si je vous comprends bien, vous êtes en train de me dire que vous avez découvert la cohérence de tous ces phénomènes... Et qu'il s'agit d'éliminer l'être humain. Que la nature tout entière est en train de manœuvrer pour se débarrasser de nous !

— Monsieur le Président, répondit Barkwell, ce ne sont que des hypothèses, et qui n'ont rien de scientifique, à vrai dire... elles ne sont pas démontrables... mais...

Le Président l'interrompit brusquement :

— « Pas démontrables » !... Vous ne croyez pas que nous avons besoin de quelque chose d'un peu plus concret ?

Il tapa du poing sur la table.

— Messieurs, avez-vous la moindre idée de ce qui se passe dehors, à la surface ? Pendant que vous êtes ici, bien au chaud, en sécurité grâce aux finances de l'État, à vous masturber la tête avec vos grandes idées, est-ce que vous vous souvenez qu'il y a des gens qui meurent ? L'État fédéral n'a plus aucun contrôle sur la situation, toutes les communications sont interrompues, il n'y a plus de police, plus d'autorité, plus de secours organisés !... Des épidémies partout ! La Terre qui

392

tremble partout ! Des millions d'Américains, des femmes, des enfants, qui vivent et qui meurent comme des bêtes sauvages ! Et l'humanité tout entière, sur toute la surface de la Terre, qui est en train de disparaître ! Alors je vous demande, messieurs les experts, ce que je peux faire concrètement. Concrètement, vous entendez !

La voix du général Merritt s'éleva, anormalement douce :

— Monsieur le Président, nous avons encore des moyens d'action, vous le savez. Nous avons des équipes plus... opérationnelles. Nous les consulterons en temps voulu. À présent, je crois qu'il n'est pas sans intérêt d'entendre ces messieurs. Pour y voir un peu plus clair. Comprendre, autant que possible. Pour mieux répliquer.

Le Président semblait soudain calmé. On aurait dit que des cernes de lassitude étaient brusquement apparus sous ses yeux.

— Alors vous aussi, Merritt, prononça-t-il d'une voix faible, vous pensez comme eux ?

La bouche du général prit une forme qui pouvait ressembler à un sourire. Un instant, Greg eut même l'impression de voir ses dents briller.

— Je ne pense encore rien, monsieur le Président, dit-il d'un ton doucereux. Je pense qu'il faut écouter tous les points de vue...

— Alors écoutons, murmura le Président. Écoutons... La nature veut détruire l'humanité... C'est ça, hein ? Quelqu'un peut-il m'expliquer ?

Personne ne semblait vouloir prendre la parole. Doubletour, l'écologiste, se racla la gorge.

— Monsieur le Président, ce n'est pas exactement ça... Il faut essayer d'avoir un point de vue scientifique.

Greg entendit Peter, à côté de lui, qui ricanait doucement.

— D'abord, continuait Doubletour, il faut se rendre à l'évidence : les phénomènes nouveaux qui bouleversent la Terre depuis quelques semaines ont un point commun : l'homme. Les virus ne frappent que l'homme. Les séismes touchent essentiellement des zones peuplées. Les bêtes attaquent l'homme. Les plantes qui deviennent toxiques sont des cultures humaines destinées à l'alimentation humaine... Ce sont des faits.

— La nature s'attaque à l'homme, c'est là que vous voulez en venir ?

— Pas exactement, monsieur le Président. Si on veut comprendre le phénomène, il faut faire très attention aux mots. La nature n'a pas d'intention ni de volonté. Ce sont juste des lois qui s'appliquent.

— Quelles lois, bon Dieu ?

— Je vais vous le dire très simplement : nous savons maintenant que la grande loi de la vie, et de son évolution, n'est pas, comme on le croyait il y a quelques dizaines d'années, la compétition.

— Je croyais pourtant que Darwin...

— Darwin, monsieur le Président, a mis en évidence un mécanisme, celui de la sélection naturelle, qui existe bel et bien, mais qu'il a beaucoup trop généralisé. Nous savons maintenant qu'on ne peut expliquer l'évolution avec ce principe.

— Comment alors ?

— Par un autre principe : celui de la coopération.

— Quoi ! s'exclama brusquement Merritt.

Doubletour adressa au général un sourire épanoui.

— Eh oui, monsieur ! Dans la nature, les êtres vivants ne cessent de passer des alliances. Vous-même, sans le savoir, vous devez d'être en vie à la coopération que vous entretenez avec des millions d'autres êtres vivants !

— Qu'est-ce que vous voulez dire ? maugréa le vieux militaire.

— Je vais vous donner quelques exemples. Parmi la masse de comprimés qu'on vous a donnés à avaler tout à l'heure, il y avait de la vitamine K. Celle-ci permet la coagulation du sang. Or, avant le traitement insensé que vous nous avez fait subir à notre entrée dans ce bunker souterrain, vous n'aviez pas besoin d'ingérer cette vitamine. Savez-vous pourquoi ? Parce qu'il y avait sur les muqueuses de vos intestins des millions de bactéries, sphériques et fibreuses, occupées à la fabriquer ! En échange, vous les nourrissiez ! De même, vous et moi avons besoin pour vivre d'une certaine quantité d'azote, que nous tirons des plantes que nous mangeons. Or ces plantes ne peuvent assimiler l'azote sans la présence dans leurs racines de millions de bactéries, qui garantissent ainsi leur survie — et la nôtre !

Le vieux général fronçait les sourcils, le visage encore assombri.

— Je vais vous donner un exemple qui vous étonnera davantage, s'écria Doubletour dont la fièvre montait. Savez-vous, monsieur, qu'à l'intérieur de toutes vos cellules se trouvent des espèces de sacs minuscules, qu'on appelle des mitochondries, et qui sont très particulières... Elles ont leur propre ADN, indépendant de celui de la cellule hôte ; elles ont leur propre mode de reproduction... En un mot, elles se comportent à l'intérieur de la cellule comme un corps étranger. Or, sans ces « immigrés » un peu spéciaux, vous ne pourriez pas vivre, monsieur, — ni moi, ni aucune plante, ni aucun animal ! Car ce sont les mitochondries, et elles seules, qui savent transformer l'oxygène en énergie.

— Et alors ? grogna Merritt. Ce petit cours de biologie me semble peu approprié à...

— Attendez ! le coupa Doubletour, au comble de l'excitation. Nous savons que les mitochondries de nos cellules sont en fait... des bactéries ! Ou, plutôt, des descendantes de bactéries qui, il y a des centaines de millions d'années, se sont mises à vivre en symbiose avec d'autres micro-organismes, jusqu'à ne plus former qu'un seul organisme. C'est ainsi que se sont formées nos cellules ! Et c'est ainsi que s'est faite l'évolution jusqu'à nous ! Des organismes qui s'allient, coopèrent d'une manière de plus en plus étroite, jusqu'à devenir un seul organisme plus complexe... Et nous...

Doubletour s'interrompit. Il avait réussi son coup. Tout le monde était suspendu à ses lèvres. Il sortit son mouchoir et s'épongea le front.

— Nous... nous sommes le produit miraculeux de millions d'alliances symbiotiques, tellement harmonieuses qu'elles ont fini par se stabiliser et déboucher sur un être à chaque fois nouveau, à chaque fois plus complexe... Jusqu'à nous... qui résumons en quelque sorte toute l'histoire du vivant... toute l'histoire de la Terre.

Doubletour avait prononcé ces derniers mots dans un souffle. Son regard semblait tourné vers l'intérieur, comme s'il contemplait un défilé d'images connues de lui seul.

— Songez, messieurs, continuait-il, songez... les cellules de notre rétine descendent d'une algue rouge monocellulaire que l'on trouve encore dans les mers du Sud... Les cellules de notre gorge et nos spermatozoïdes sont cousins d'un groupe de microbes bien connu... Les cellules de notre cerveau proviennent d'une bactérie de la famille des spirochètes... Et allons plus loin ! Le protoplasme de nos cellules a la composition même des tout premiers océans... Quant à leur environnement chimique, riche en carbone et en hydrogène, il n'est autre que celui de la Terre à l'origine de la vie ! Messieurs... nous sommes le livre d'histoire de la Terre. Et cette histoire est une histoire d'alliances, de coopération... d'union intelligente entre les formes vivantes.

Le président Harton reprit la parole.

— Monsieur, tout cela est magnifique, mais je ne vois pas le rapport avec la tragédie que nous vivons actuellement.

— Mais vous ne comprenez donc pas ? ! s'énerva Doubletour. L'union est la loi du vivant ! L'harmonie est la loi du vivant ! Parce que la Terre est Une ! La Terre est un être vivant, un immense organisme dont les parties coopèrent les unes avec les autres, dans l'intérêt du Tout ! Exactement comme votre rate coopère avec vos intestins, votre pied avec votre cerveau, dans l'intérêt du tout que vous êtes ! Savez-vous, monsieur, que l'air que vous respirez contient exactement 21 % d'oxygène ? Il en contiendrait un peu plus, le monde entier ne serait qu'un gigantesque brasier ! Un peu moins, aucune respiration, donc aucune vie, ne serait possible... Et qu'est-ce qui maintient cette proportion miraculeuse d'oxygène ? Des milliards de bactéries qui rejettent du méthane dans l'atmosphère ! Sans elles, plus de vie sur Terre ! Ainsi, tous les grands équilibres nécessaires à la vie, composition, température de l'air, salinité des mers, sont maintenus et régulés par la vie elle-même, et ce à l'échelle de toute la planète !

Doubletour embrassa d'un regard toute l'assistance.

— La Terre, messieurs, est un être vivant ! Comprenez-vous ? Tout est Un.

Il y eut un long silence. Greg se sentait impressionné par la démonstration de l'écologiste. Il savait plus ou moins tout ce qu'il avait dit, ou tout au moins devait l'avoir su, mais... il ne l'avait jamais compris de cette manière. Et, soudain, tout semblait prendre un sens nouveau. Greg sentit un frisson courir le long de son échine. Un sens nouveau, qu'il n'appréhendait pas clairement, mais qui lui laissait comme un pressentiment. Une impression... Une terreur, qui n'avait pas de nom.

La voix du Président rompit le silence. Son ton était las :

— Pardonnez-moi monsieur, mais je ne vois toujours pas le rapport avec les événements.

Doubletour le regarda avec un étonnement qui n'était pas feint. Il prit alors une inspiration, et parla en détachant ses mots :

— Monsieur le Président, dans un organisme, quand une partie ne collabore plus avec le tout, elle menace son fonctionnement et sa survie. Il se déclenche alors une réaction immunitaire. Le Tout se protège contre la partie.

— Oui, et alors ? grommela le Président avec une mauvaise humeur certaine.

— Alors une chose très simple. Nous sommes une partie de la Terre. Mais nous avons cessé de collaborer avec la Terre. L'être humain prolifère et se développe conformément à des fins qui sont les siennes, et ne sont plus celles du Tout. L'homme prolifère et se développe exactement comme des cellules cancéreuses dans un organisme : anarchiquement, et sans être reliées à la logique de l'ensemble. Monsieur le Président, l'Homme est le cancer de la Terre.

Barkwell prit la parole. Ses yeux brillaient comme s'il avait la fièvre :

— Vous voulez dire, monsieur Doubletour, que la tragédie actuelle serait... une réaction immunitaire ?

L'écologiste eut un sourire de triomphe.

— Absolument ! Une réaction de défense immunitaire ! La Terre tend à se débarrasser d'une forme de vie qui la menace...

Greg se prit la tête entre les mains. La vision de Double-tour, même si elle se nourrissait d'éléments scientifiques, n'était pas scientifique. Elle donnait pourtant à l'ensemble des événements une cohérence telle qu'elle semblait s'imposer comme une évidence. Une évidence terrifiante.

— Mais alors, nom de Dieu ! hurla le président, qu'est-ce que nous pouvons *faire* ? !

L'écologiste se mit à ricaner doucement. Il se trémoussait comme un petit démon excité par une joie mauvaise. Puis il consentit à répondre.

— Mais rien, grinça-t-il. Rien, monsieur le Président... Il est trop tard...

Il avait l'air heureux.

Ce type est fou, pensa Bosman en regardant l'écologiste.

Celui-ci s'était rassis, mais il était toujours secoué d'un petit rire silencieux.

Il est fou, c'est une certitude... Mais le monde aussi ! Et dans la tête du colonel une petite voix susurrait avec insistance que tout fou qu'il soit, et aussi folles que soient ses théories, ce gros type était peut-être le seul qui avait compris quelque chose à la situation...

Une réaction immunitaire...

Quand des cellules cancéreuses se développent dans un organisme, celui-ci, menacé, fabrique des anticorps qui les attaquent. C'est la guerre. Une guerre qui ne peut se terminer que de deux manières : par la destruction des cellules cancéreuses ; ou par la destruction de l'organisme dans sa totalité. Donc aussi des cellules cancéreuses !

« Il est trop tard », avait dit Doubletour...

Si le développement de l'être humain était pour la Terre comparable à un cancer, de fait, il était trop tard ! Trop tard pour l'être humain, voué à disparaître...

Bosman ne pouvait accepter une telle idée. L'interprétation

de Doubletour était fascinante, presque convaincante... simplement parce qu'elle était la seule ! L'écologiste était le premier à proposer une vision d'ensemble des phénomènes. Et, comme souvent chez les personnes présentant des symptômes de psychose paranoïaque, il avait une espèce de charisme... On avait d'abord envie de l'écouter, puis de le croire. Avec ce genre de personnalité, il fallait être très vigilant...

Bosman regarda autour de lui.

Prescot, les yeux brillants, sifflotait silencieusement. Ses deux assistants communiquaient en griffonnant fiévreusement sur de petits bouts de papier. Barkwell se rongeait les ongles en hochant mécaniquement la tête. Greg, les yeux baissés, était perdu dans ses pensées. À ses côtés, sa femme observait l'assistance, le regard ouvert, les narines frémissantes, comme si elle humait l'atmosphère de la salle. Son regard croisa celui du colonel, qui détourna les yeux.

Qui Doubletour a-t-il convaincu ? se demandait Bosman.

Le Président avala nerveusement plusieurs comprimés médicamenteux. Des gouttes de sueur perlaient à son front. Autour de lui, plusieurs conseillers, visiblement peu à l'aise dans la combinaison réglementaire, semblaient attendre un signe du Président pour se mettre à son service.

Doubletour ne riait plus. Il regardait ses mains, l'air halluciné.

Merritt, pendant ce temps, demeurait impassible. Il fumait un cigare. Apparemment, il attendait pour intervenir au moment opportun. Lui au moins, ne pouvait avoir été convaincu.

Une voix rompit le silence :

— Messieurs...

C'était celle du Président. Son regard était fixé sur un point invisible, bien au-delà des limites de la salle.

— Messieurs, reprit-il sur un ton monocorde, il m'est impossible de croire en l'interprétation qui vient de nous être exposée. Impossible. Alors je veux vous entendre. Dites quelque chose. Proposez autre chose. Expliquez-moi pourquoi ce qui vient d'être dit ne peut être vrai.

Le regard du président Harton balaya la salle, interrogeant

tour à tour chacun des scientifiques. L'un après l'autre, ils baissèrent les yeux. Barkwell se décida :

— Monsieur le Président, en tant que scientifique, je ne peux croire en ce qui vient d'être dit. Mais, en tant que scientifique, je n'aurais jamais cru que tout ce qui nous arrive depuis plusieurs semaines soit simplement possible. Et, en tant que scientifique, je n'ai rien aucune alternative à proposer. Alors en tant qu'homme...

Barkwell laissa passer un temps.

— En tant qu'homme, je ne peux m'empêcher de...

Le chercheur s'interrompit en baissant la tête. Alors la voix de Peter Basler retentit :

— Eh bien moi, en tant que scientifique et en tant qu'homme, je trouve que les élucubrations de monsieur Doubletour sont un tissu d'absurdités, et qu'elles ont en outre le tragique inconvénient de détruire en nous toute velléité de recherche ou d'action ! Et je ne me résous pas, pour ma part, à subir sans rien faire la destruction du genre humain !

Le Président frappa du poing sur la table.

— Voilà qui est parlé, monsieur ! Que proposez-vous ?

Basler avait la bouche ouverte, les yeux légèrement écarquillés. Puis son dos se voûta lentement.

— Monsieur le Président, je n'ai rien à proposer pour l'instant.

— Bon Dieu, messieurs, hurla le Président, dites quelque chose ! Allons-nous nous terrer comme des chiens pendant que le monde crève ?

Alors la voix rauque de Merritt se fit entendre :

— Monsieur le Président, j'ai quelque chose à proposer.

Le général laissa quelques instants le silence s'installer, comme pour mieux préparer son effet.

— Je suis absolument convaincu que monsieur Doubletour a raison. Totalement raison. Sa vision ne correspond en rien à ce que je croyais savoir, mais elle m'a totalement convaincu.

Ces derniers mots résonnèrent dans un silence de mort. Le Président murmura, de façon presque inaudible.

— Alors vous aussi, Merritt... Vous aussi.

— Oui, monsieur le Président. Je dois cependant ajouter

qu'il est un point sur lequel je ne suis pas tout à fait en accord avec notre ami.

Merritt avait un sourire de carnassier.

— C'est quand il dit qu'il n'y a rien à faire. En fait, j'ai l'impression que ce monsieur a, pour ainsi dire, choisi son camp... Et qu'il n'est pas sans se réjouir de notre impuissance prétendue... Or nous ne sommes pas impuissants.

— Et que pouvons-nous faire, alors ?

Le ton du Président était presque suppliant. Merritt se tourna doucement vers lui. Ses yeux brillaient.

— Mais la guerre, monsieur le Président. La guerre.

52

Journal de David Barnes, mardi 1er juillet

Nous avons regagné hier soir Oraibi, et il règne ici, comme dans tous les villages hopis alentour, une gravité, un recueillement qu'on ne rencontre plus nulle part ailleurs.

Partout, c'est la dislocation, la dispersion des énergies, le règne de la peur. Des petits groupes d'hommes errent sur les routes et se font la guerre, abattant sans discernement tout animal ou tout être humain rencontré, craignant une agression, la contamination, ou simplement pour le dépouiller. Une de ces bandes a tenté de nous arrêter. Nous avons pu leur échapper, non sans essuyer encore des coups de feu. Leslie a dit qu'ils voulaient sans doute prendre notre essence...

Nous avons traversé Flagstaff. La ville est un champ de ruines. Il y a eu un séisme, dont la violence a réduit en poussière les buildings du centre-ville et éventré la terre, creusant en quelques secondes deux crevasses, l'une au nord, l'autre au sud, larges chacune de plusieurs mètres. Des morts partout, quelques survivants hagards qui n'ont vu venir aucun secours en deux jours et qui s'accrochaient à notre voiture.

Nous avons aussi croisé un groupe d'Indiens Navajos, avec qui il a été possible de parler. Ils venaient de Phoenix. Où la terre n'a pas tremblé, où aucune épidémie soudaine n'a frappé, où les bandes d'animaux errants sont tenues en respect. Mais où se chargent de répandre la terreur des milices privées qui tiennent la ville, exécutant sommairement tous ceux qui semblent constituer une menace, ou qui peuvent servir d'exutoire. Les Noirs... les Indiens... Et tous ceux que la faim commence à jeter dans les rues en quête d'une impossible survie, car ils ne profitent pas des stocks accumulés par la minorité des puissants.

C'est la guerre, partout. La guerre de tous contre tous.
Mais pas ici.

Dans les temps de Purification, m'a dit Lololma, le sort du monde repose sur quelques groupes d'hommes dont le cœur comprend. Les Hopis ne sont pas un peuple comme les autres. Je ne te demande pas de le croire, a-t-il ajouté. Tu vas le voir. Et peut-être, si tu le désires, le vivre.

Puis il a souri, et m'a posé la main sur l'épaule.

Puisque maintenant tu es des nôtres.

Les larmes sont montées à mes yeux. Il m'a serré contre lui. À ce moment, j'étais un enfant. Un petit garçon, qui aurait bien voulu se blottir contre son père de temps en temps, et qui ne l'a pas pu. Un petit garçon qui a trouvé une famille.

Au fond, je n'ai jamais désiré que ça. Mais d'un désir si désespéré que je le chassais même des bords de ma conscience. Une famille... Un lieu où être vu, entendu, accueilli, sans que personne ne pose de conditions.

Je crois qu'il y a très peu de familles.

Mais les Hopis se sentent unis par des liens qui les dépassent. Ils sont frères, parce qu'au-delà de leurs parents de chair, ils se sentent fils et filles d'une Mère et d'un Père divins. Le Soleil et la Terre. Les sources de la vie. Et si ceux-ci le veulent, ils sont frères des Blancs et de tous les hommes dont ils partagent l'humanité.

Hopi, ce mot signifie « Paix ».

Le Dieu de mon père n'était que la projection de sa colère contre la vie. J'ai rejeté ce Dieu. Le peuple de ma mère a un autre Dieu, que j'aimerais bien savoir prier.

Ils le nomment Taiowa, l'Esprit infini.

Et ils le prient, depuis plus d'un mois, jour et nuit. Dans les kivas, hommes et femmes se relaient pour assurer une présence continue.

Prier, méditer. Célébrer la vie. Telle est, m'a dit Lololma, la tâche du peuple hopi. Toutes nos lois ne servent qu'à ça. Elles ne sont pas comme les lois des Blancs, qui ne dépendent que de leur bon vouloir et qu'ils modifient quand elles ne leur plaisent plus. Nos lois sont des règles de vie. Elles reflètent l'ordre du Tout, et nous maintiennent en harmonie avec le Tout.

La paix, m'a dit mon grand-père, c'est l'âme humaine

consciente de ses liens avec le Tout. S'il n'y avait plus aucun homme dans cette conscience, sais-tu ce qu'il adviendrait ?

J'ai répondu non je ne sais pas.

Il a ri.

Mais le monde disparaîtrait !

C'est pour ça qu'à présent, a-t-il ajouté, nous prions et méditons sans cesse. Ce sont les jours de Purification. Ce monde meurt, car il est sorti de l'équilibre. Un autre peut naître. Mais, pour cela, il faut des Veilleurs. C'est à cela que le peuple hopi est destiné : veiller. Sans doute y a-t-il d'autres hommes de par le monde, d'autres hommes qui veillent. Ils sont proches du Grand Mystère. Ils sont les Sentinelles. Comme nous, avec nous, ils préparent le Grand Passage. L'entrée dans le Cinquième Monde.

Voilà ce que m'a dit mon grand-père.

Les mythes hopis présentent l'histoire de la Terre et de l'humanité comme une succession de créations et de destructions. Dans le Premier Monde, nommé Tokpela, l'homme vit heureux car son cœur est proche du Grand Mystère. Il écoute Taiowa. Mais, un jour, un oiseau lui parle et le persuade qu'il est différent des autres créatures vivantes. Alors il perd l'humilité. Le Créateur décide de mettre fin au Premier Monde. Il le détruit par le feu.

Le Deuxième Monde est Tokpa. L'homme y vit dans l'abondance, mais les animaux se méfient de lui et vivent à l'écart. Un jour, il se laisse gagner par la cupidité. Il veut amasser. Il ne se contente plus des dons de son Créateur. Taiowa détruit ce monde par le froid.

Kuz-Kurza est le nom du Troisième Monde. Les hommes prolifèrent et se répandent sur toute la Terre. Ils bâtissent d'immenses cités et leur civilisation est puissante. Ils sont capables de voler dans les airs grâce à des machines. Ils succombent à la tentation du pouvoir. Un Déluge, couvrant toute la Terre, met fin au Troisième Monde.

À chaque fois, quelques élus ont survécu à la destruction, parce qu'ils ont su rester à l'écoute du Grand Mystère. Ce sont eux qui posent les prémices du monde suivant. Pour les

Hopis, notre monde est le quatrième. Il est proche de sa fin. L'homme contemporain a perdu l'humilité, il s'est laissé gagner par les tentations de la cupidité et de la puissance. À cause de lui, le monde est sorti de l'équilibre. Il faut une mort, et une nouvelle naissance.

Voilà pourquoi le peuple hopi prie et médite. Pour maintenir le lien de l'humanité avec l'Esprit infini, et permettre l'avènement du Cinquième Monde.

Il y a plus de dix ans, j'ai entretenu une correspondance de quelques mois avec un savant israélien qui enseignait l'histoire des idées religieuses au Keene College, dans le New Hampshire, le professeur Hapkovski... À cette époque, j'étais plongé dans les mythes hopis. À vrai dire, je les étudiais avec une espèce de détachement froid, que je prenais pour de l'objectivité... et qui n'était que ma façon d'alors de me dissimuler mon désir, et mon désespoir, d'appartenir à ce peuple... Je faisais des comparaisons avec d'autres traditions, j'essayais d'établir des recoupements.

Pouvait-il y avoir un fondement historique aux récits hopis ? telle était la question qui m'occupait alors. Hapkovski était un type d'une érudition fabuleuse. Lui ne croyait pas que ces mythes puissent recouvrir une quelconque réalité. En même temps, il mettait une telle diligence à me fournir en données et à répondre à mes demandes que je me suis parfois demandé si mes interrogations ne le rendaient pas plus perplexe qu'il ne voulait bien l'admettre...

Les mythes de mon peuple sont étonnants. Ils parlent de l'histoire de l'homme et de l'histoire de la Terre, et ce qu'ils racontent semble pour l'essentiel très différent de ce que l'homme contemporain croit savoir. Ils mentionnent cependant des événements géologiques très anciens que les Hopis n'ont aucun moyen de connaître. Par exemple, ils disent que le Deuxième Monde fut détruit par une glaciation générale, consécutive à un basculement de la Terre sur ses pôles. Comment les Hopis peuvent-ils avoir gardé mémoire des ères glaciaires, qui ont culminé il y a plus de vingt-cinq mille ans ?

En outre, une de leurs traditions précise que la Terre, dans son déséquilibre, cessa de tourner pendant quelque temps. Or j'ai pu constater que, dans toutes les régions du monde, il existe des mythes qui mentionnent un arrêt momentané de la course du Soleil et de la Lune, c'est-à-dire de la rotation de la Terre.

Je dois avoir sur le disque dur de cette bécane quelques exemples précis. Voilà.

Au Mexique : les annales de Cuauhtitlan parlent d'un cataclysme cosmique au cours duquel la nuit se prolongea quatre fois plus longtemps que sa durée normale.

Dans plusieurs tribus d'Indiens d'Amérique, une légende précise qu'un jour le Soleil recula de plusieurs degrés dans le ciel, pour essayer d'échapper à un enfant qui essayait de le prendre au piège ou (selon les versions) à un animal qui l'effrayait.

En Grèce, la légende des tyrans d'Argos : Atrée et Thyeste se disputent le royaume ; ils conviennent qu'Atrée sera roi, si le Soleil rétrograde. Ovide écrit : « Phoebus le Soleil s'arrêta à mi-chemin, et fit faire demi-tour à son char et à ses coursiers, qui se trouvèrent face à l'aurore. »

En Chine, au deuxième siècle, Huai-Nan-Tsé écrit : « Lorsque le duc Lu-Yang livra la guerre à Han, le Soleil se coucha au cours de la bataille. Le duc brandit sa lance, et fit signe au Soleil. À sa demande, le Soleil rebroussa chemin et passa à travers trois demeures solaires. »

De même en Inde, un passage du *Mahābhārata* : « Sur le champ de bataille, le temps paraissait suspendu. Le Soleil était immobile. Tous les guerriers voyaient les deux hommes parler de loin. Plus tard, ils affirmèrent que cela n'avait duré qu'un moment bref. Et pourtant, selon la mesure commune, Krishna parla pendant des heures. »

Et la Bible elle-même ! Qui relate le fameux miracle de Josué. Celui-ci poursuivait les rois de Canaan, et pria le Soleil et la Lune de s'immobiliser. Le Soleil suspendit sa course au-dessus de Gabaon, la Lune au-dessus du val d'Ajaon. Le texte ajoute : « Le Soleil se tint immobile au milieu du ciel et près d'un jour retarda son coucher. »

Ce qui est étonnant dans ce dernier exemple, c'est que le

Soleil et la Lune suspendent leur mouvement simultanément. Ce fait aurait-il pu être inventé par des hommes alors convaincus que ces astres étaient indépendants l'un de l'autre, et tournaient, chacun à son rythme, autour d'une Terre immobile ?

Ne peut-on pas tout aussi bien imaginer que l'histoire de Josué décrit, d'une manière certes romancée, et déformée par la transmission orale, un phénomène auquel des hommes d'une époque très reculée auraient réellement assisté ?

Serait-il possible que l'humanité ait gardé mémoire, dans ses mythes, d'un cataclysme planétaire ? Que le mouvement de rotation de la Terre ait pu s'interrompre quelques heures, puis reprendre son cours, provoquant (les mythes le mentionnent) des vents d'une violence inouïe et des inondations terrifiantes ? Et que ce cataclysme ait pu avoir pour corrélat un basculement de la Terre sur son axe, entraînant un changement de latitude de certaines régions peuplées, et leur glaciation ?

Après tout, la science ne connaît toujours pas les causes des grandes glaciations...

Se pourrait-il que ce que mon peuple désigne comme le passage du Deuxième au Troisième Monde repose sur des faits réels ?

Quant à la fin du Troisième Monde, les Hopis la décrivent comme un Déluge gigantesque qui ravagea toute la Terre. Or, là encore, il existe, dans toutes les régions du monde, des traditions qui rapportent un engloutissement des terres par les eaux, responsables de la disparition de la plus grande partie du genre humain. Bien sûr, il y a la Bible et l'histoire de Noé. Mais le mythe du Déluge se rencontre également chez les Chinois, les Égyptiens, en Inde, dans les récits scandinaves, au Tibet, en Polynésie, en Australie... Et ailleurs encore...

Les Hopis racontent en outre que ce Déluge aurait anéanti une civilisation très avancée d'un point de vue technique. Ils affirment même qu'elle aurait maîtrisé une forme d'aéronautique, fabriquant des « machines volantes »...

Serait-il possible qu'ait existé, il y a des millénaires, une civilisation humaine dotée de connaissances scientifiques et techniques importantes, détruite ensuite par un cataclysme planétaire, qui en aurait effacé toutes les traces — épisode consigné dans les légendes hopis comme la fin du Troisième Monde ?

Une civilisation que les Hopis nomment Kuz-Kurza : le Monde Perdu...

Je n'en sais strictement rien. Mais cela ne me semble pas fou ni totalement invraisemblable. N'a-t-il pas fallu à peine trois siècles de progrès et d'inventions pour bâtir une civilisation comme la nôtre, hautement technique, capable de coloniser la planète entière et de modifier radicalement son apparence ? L'espèce humaine, sous sa forme actuelle, existe depuis au moins quarante mille ans, et probablement davantage... Ne peut-on imaginer qu'il y a quinze ou vingt mille ans des conditions historiques favorables aient permis l'émergence, en quelques siècles, d'une civilisation comparable à la nôtre ?

Je retrouve à l'instant un document sur les mythes de l'Antiquité grecque, compilés par Hésiode. Ils mentionnent quatre âges de l'humanité, quatre races d'hommes, chacune anéantie par un cataclysme. La troisième race, la race de bronze, a été détruite par Zeus au moyen d'un Déluge, en punition du forfait de Prométhée : il avait donné à l'humanité le feu divin, symbole de la connaissance et du pouvoir technique...

Comment ne pas voir là, entre les traditions hopies et les légendes grecques, une incroyable cohérence ? Comme si elles parlaient des mêmes événements, dont seuls les mythes auraient gardé mémoire ?

J'ai là sous les yeux bien d'autres documents, sur les traditions aztèque, maya, chinoise, mazdéennes, et j'en passe... Toutes racontent l'histoire de la Terre et de l'humanité en termes de créations et de destructions successives. Toutes évoquent des cataclysmes qui ont détruit la quasi-totalité du genre humain...

Partout sur la Terre, les légendes humaines nous racontent la même histoire. Alors, faut-il prendre les mythes au sérieux ? Ou bien ne sont-ils que le produit d'un imaginaire en délire ?

— De pures rêveries, propres à tous les peuples encore dans l'enfance... C'est ce que pensent les Blancs du haut de leur idée du progrès, qui leur permet de se voir comme le point d'aboutissement de toute l'histoire humaine... Mais alors, comment expliquer les convergences invraisemblables qui existent, entre des traditions issues de peuples sans aucun lien ni contact ? Comment expliquer l'unité hallucinante des mythologies humaines ?

Et comment expliquer que toutes ces légendes semblent aujourd'hui retrouver une terrifiante actualité ?

Les Hopis ne se posent pas toutes ces questions. Pour eux, l'intelligence, ce n'est pas demander le pourquoi ni le comment des choses. L'intelligence, c'est un cœur qui écoute, un cœur attentif. Leurs traditions leur parlent de l'histoire de l'homme, et eux savent y entendre un sens.

Et depuis toujours, ils attendent les événements présents.

Depuis toujours, ils s'y préparent.

Je suis allé passer quelques heures devant le rocher de la Prophétie. J'ai médité devant l'énorme table de pierre qui s'élève là, non loin d'Oraibi, depuis des temps immémoriaux.

Mon grand-père m'avait expliqué ces étranges dessins gravés dans la pierre. Ils indiquent deux voies, qui s'offrent à l'humanité. L'une est la voie sacrée, la voie de la profondeur. Elle est symbolisée par un vieillard, appuyé sur une canne, et courbé vers la Terre féconde. Le vieillard est l'homme qui a la connaissance. Il sait ce qu'il doit à la Terre. Il lui rend grâces, il chante le Chant de la Création et, en retour, la Terre le gratifie de sa fécondité.

Au-dessus est représenté un autre chemin, le chemin de la surface, la voie de ceux qui ne savent plus prier ni méditer. Elle est figurée par une rangée de cinq petits bonshommes. Ils sont debout sur une ligne qui est comme en suspens, coupée des profondeurs fécondes de la Terre. Leurs têtes sont coiffées de drôles de petits chapeaux, qui signifient qu'ils ne sont plus reliés au Ciel, à l'écoute des Paroles du Créateur. En outre, leurs têtes ne sont pas attachées à leur corps. Elles flottent à quelques centimètres, autonomes... Pour les Hopis, cela symbolise une humanité dont l'intellect est tout-puissant, mais qui ne peut produire que des êtres coupés d'eux-mêmes, et qui ne savent que penser. Des êtres qui n'ont plus de corps pour célébrer la vie, ni de cœur pour aimer. Des êtres ivres de pouvoir, qui ont oublié que la vocation de l'être humain est d'unir le Ciel et la Terre.

La voie de la surface se termine par des zigzags qui mènent au vide. C'est la voie de la destruction. Si l'humanité emprunte cette voie, dit la prophétie hopie, alors il faut une Purification.

Mon grand-père, Lololma, pense que nous sommes entrés dans les jours de Purification.

Tous les Hopis pensent ainsi.

53

Washington, sous-sol de la Maison Blanche

James Bosman ouvrit un œil, et se redressa dans un sursaut. Quelle heure était-il ? Il alluma la lumière. Huit heures. Il aurait voulu se lever plus tôt, mais il n'avait pu trouver le sommeil que tard dans la nuit, et s'était enfoncé au petit matin dans une torpeur de plomb dont il avait du mal à émerger. Comme si sa conscience était loin derrière ses yeux, tout au fond de son crâne, empêtrée dans une bouillie compacte.

Nom de Dieu, réveille-toi !

Et pour quoi faire ? répondit une voix dans sa tête. Qu'est-ce que le colonel Bosman peut bien faire aujourd'hui ? Personne ne lui demande rien. Il n'a prise sur rien. Pourquoi ne pas dormir ?

Le colonel laissa sa nuque retomber comme un poids mort sur le maigre oreiller. C'était vrai. Tout semblait désormais se dérouler sans lui.

Merritt avait d'autres équipes, dont il ne lui avait pas dit un mot. Bosman s'en doutait depuis un bon moment. Le vieux l'avait confirmé durant la réunion de la veille.

« Nous avons des équipes plus opérationnelles... »

Qu'est-ce que ça pouvait bien vouloir dire ?

« Plus opérationnelles... »

Et pourquoi le général s'était-il laissé convaincre aussi facilement par les théories de Doubletour ? Entre les deux hommes, il y avait moins de points communs qu'entre une langouste et un ours polaire. Ils ne parlaient pas la même langue. Ils ne vivaient pas dans le même monde. Ils n'appartenaient pas à la même espèce...

Merritt...

Doubletour...

Bosman se laissait glisser dans une douce vapeur de sommeil. Le monde pouvait tourner sans lui... Et c'était si bon, de s'abandonner.

411

Quand le colonel Bosman se réveilla, son réveil marquait dix heures quinze. Il se sentait bien. Ses idées étaient claires. Il avait compris.

Pourquoi le général Merritt avait-il adhéré si facilement aux idées de Doubletour ?

Parce que c'étaient les seules qui lui permettaient d'avoir encore un ennemi.

Troisième partie

54

Le colonel Bosman exerçait un effort sur ses paupières pour qu'elles demeurent mi-closes, et donnent à son visage un air de tranquillité souveraine. Il s'efforçait aussi de serrer la mâchoire pour que sa bouche exprime assurance et volonté. Mais sa bouche avait une irrésistible tendance à s'arrondir, ses yeux à s'écarquiller.

Devant lui se remplissait l'immense salle des Congrès. Bosman promenait son regard sur les rangées de sièges, tentant de dénombrer les places assises. Cette pièce peut contenir mille personnes, au moins, songea-t-il.

Une nouvelle fois, il ne comprenait plus rien. Mais le général Merritt l'avait assis à un endroit où le colonel n'avait aucune envie de manifester sa perplexité. Sur la tribune, à sa droite. À deux places du Président. Et en compagnie d'une demi-douzaine d'autres types qu'il ne connaissait pas, et qui avaient des têtes inquiétantes.

La salle était déjà pleine aux deux tiers, et continuait à se remplir. Des regards se posaient parfois sur lui, furtivement. D'où pouvaient venir tous ces gens ?

Le bunker sous la Maison Blanche était conçu pour abriter quelques dizaines de personnes tout au plus... Or ils étaient des centaines, des hommes et des femmes, mais une majorité d'hommes. Bosman scrutait l'assistance, cherchant des visages connus. Au fond de la salle, seul sur son rang, un gros type se grattait furieusement sous les bras. Il reconnut Doubletour. Curieusement, il se sentit rasséréné. Quelqu'un de familier... Dans ce monde qui prenait un malin plaisir à lui devenir chaque jour plus étranger, même si c'était la tête de ce drôle de type, elle lui était un réconfort.

Puis il aperçut Greg, à côté de sa femme. Une rangée devant l'écologiste. Pas très loin, Basler, Rosenqvist et

Barkwell, et leurs équipes. Et Norman Prescot. Et à côté d'eux, les membres de leurs familles, ceux du moins qu'on avait pu sauver.

Bosman prit une profonde inspiration. Il avait craint, quelques instants, d'avoir été mis à l'écart de tous ceux qui lui étaient familiers. Merritt l'avait convoqué, à six heures du matin, dans une salle du bunker souterrain qu'il ne connaissait pas. Il ne lui avait pas fourni la moindre indication, et le colonel s'était perdu dix fois dans des dédales de couloirs que n'éclairaient que quelques pâles veilleuses. Il avait croisé trois quidams en combinaison qui se ressemblaient bizarrement et lui avaient donné des indications contradictoires. Au bout de longues minutes, il avait poussé une porte. Merritt était là.

— Vous êtes en retard, colonel.

Il n'avait rien répondu, ce qui avait eu l'air de satisfaire le vieux, qui s'était tourné vers une espèce de tableau de bord dont il avait manipulé quelques boutons.

Un pan de mur avait coulissé, sans un bruit.

Derrière, un ascenseur.

Bosman avait compris que celui-ci non plus ne montait nulle part. Qu'il était fait pour descendre. Et que son supérieur, qui affichait sur ce qui lui servait de visage un petit air de satisfaction repue, avait encore des trucs insensés à lui faire découvrir.

L'ascenseur était descendu. Longtemps. Vite. À quelle profondeur sous la terre pouvaient-ils être ? Le colonel n'en avait pas la moindre idée. Il y avait sous la Maison Blanche un bunker souterrain antiatomique, antisismique, antibactériologique, constitué d'une réplique exacte des locaux de l'aile ouest, d'installations scientifiques de pointe et d'une série de chambres et de dortoirs. Et sous ce bunker... Bosman découvrait qu'il y en avait un autre, plus vaste, occupé par des personnes très affairées qu'il n'avait jamais vues, et qui semblaient poursuivre des buts précis dont il ignorait tout.

Ce deuxième bunker abritait cette immense salle de conférences qui finissait de se remplir, et contenait à présent un bon millier de personnes.

Le colonel, face à tous ces regards braqués sur lui, s'efforça

416

de se redresser et de prendre l'air détendu de celui qui maîtrise la situation. Il plissa légèrement les yeux et prit une longue inspiration. Mais la tête alors lui tourna. Une sensation d'écœurement envahissait sa gorge, avec une forte odeur de gin et de sueur rance.

C'était Merritt, penché sur lui, sa bouche à toucher son oreille gauche. La voix rauque du général fit vibrer son tympan :

— Vous regardez. Vous écoutez. Vous apprenez.

Péniblement le colonel tourna la tête vers son supérieur, mais celui-ci s'était écarté et regardait droit devant lui. Puis le général tapota de l'index sur le micro posé devant lui. Le bruit sonore, un peu saturé, envahit la salle et l'assistance se tut immédiatement. Bosman regarda la table devant laquelle il était assis. De tous les hommes qui avaient été invités à y prendre place, il était le seul à ne pas avoir de micro.

Merritt prit la parole :

— Monsieur le Président... Mesdames et messieurs... merci à tous pour votre présence et votre ponctualité. Aujourd'hui est un jour particulier. J'ai la conviction que dans quelques dizaines, ou centaines d'années, quand les historiens évoqueront les temps tragiques qui sont les nôtres, et les incroyables bouleversements de la vie humaine que nous connaissons, ils considéreront ce jour comme le premier d'un Nouvel Âge. Le jour Un.

Merritt parlait sans notes et déjà, son auditoire était captivé.

— C'est la première fois, en effet, que sont rassemblés, dans une même salle, les hommes et les femmes qui sont appelés à constituer le pôle de résistance numéro un de l'Humanité et son Poste de commandement dans la guerre la plus terrible qu'elle ait jamais eu à connaître au cours de son histoire. Je ne doute pas que vous ayez tous conscience de la mission qui est la nôtre, et que vous soyez décidés à tout donner pour l'accomplir. Mesdames, messieurs, nous sommes des survivants et, à travers nous, c'est le destin de l'Humanité qui se joue.

Merritt baissa la voix et rapprocha sa bouche du micro. Sa

417

technique était rodée. La voix qui emplissait la salle était devenue grave, profonde, intérieure :

— Et je sais que, quelque part, les milliards d'hommes, de femmes, d'enfants qui nous ont quittés, nous regardent maintenant, nous qui avons le privilège redoutable de leur avoir survécu, ils nous regardent et ils nous disent : « Tenez-bon ! Ne baissez pas la garde ! Pour nous, pour les générations futures, et pour l'Humanité, créée par Dieu avec la grandiose mission de posséder la Terre, de toutes vos forces résistez ! Faites la guerre ! Vainquez ! »

Une salve d'applaudissements s'éleva brutalement de la salle. Il y avait des cris. Dans les premiers rangs, Bosman voyait des larmes couler le long des visages. La plupart de ces hommes et de ces femmes avaient perdu la quasi-totalité de leur famille, souvent mari, femme ou enfants... des survivants... Bosman n'avait pas de famille ni d'ami à pleurer, mais il lui semblait comprendre la douleur de ces gens, et la haine qui parfois déformait leurs traits.

Merritt leva une main.

— Merci. Au nom de l'être humain, dont le salut repose entre nos mains, merci. Permettez-moi, dans un premier temps, de vous présenter les uns aux autres. Vous venez de différents horizons, il est bon que vous puissiez vous familiariser les uns avec les autres, apprendre à vous connaître. Et former une équipe. Unie, soudée... Nous devons devenir des frères !

Les applaudissements recommencèrent, mais Merritt les arrêta d'un geste.

— Il y a d'abord parmi vous toutes les personnes qui appartiennent aux équipes présidentielles. Beaucoup d'entre vous l'ignorent, nous sommes ici sous la Maison Blanche. Au-dessus de nos têtes existe un autre bunker, qui reproduit à l'identique les principales installations opérationnelles de la présidence. Le président Harton l'occupe, ainsi que ses conseillers militaires et scientifiques et leurs équipes. Je vais demander à toutes ces personnes de se lever.

Aussitôt, dans l'assistance, quelques personnes furent

debout, suivies par d'autres. Une centaine en tout. Les personnes restées assises se mirent à applaudir.

— Parmi vous, reprit Merritt, l'immense majorité provient d'un autre bunker, situé sous le Pentagone. Comme celui de la Maison Blanche, celui-là existe depuis une trentaine d'années, et il a été récemment réaménagé pour présenter toutes les garanties de sécurité. La différence, c'est qu'il est beaucoup plus grand. Un millier de personnes peuvent y être installées. Vous y êtes actuellement neuf cent treize exactement. Ce bunker a été conçu pour abriter une réplique de tous les dispositifs stratégiques essentiels à la survie des États-Unis d'Amérique en cas de destruction nucléaire de toutes les installations à l'air libre. Les personnes issues du Pentagone ont inauguré aujourd'hui même notre navette souterraine. Celle-ci peut acheminer deux cents personnes en un voyage. Le tunnel souterrain qu'elle emprunte, et dont la construction est achevée depuis trois jours seulement, est conçu aux mêmes normes de sécurité que les bunkers qu'il relie. Il existe ainsi un lien entre le lieu où les décisions continueront de se prendre et le lieu qui se chargera de les faire appliquer.

Merritt marqua un temps.

— Un lien entre la tête et le corps, reprit-il un ton plus bas, de la Nouvelle Humanité.

La salle se remit à applaudir et, cette fois, le général laissa faire. Il prit un verre posé devant lui et le remplit du contenu d'une bouteille d'eau minérale. Bosman sentit une drôle d'odeur flotter jusqu'à ses narines, et se demanda fugitivement si le liquide transparent qui miroitait dans son enveloppe de plastique était bien ce qu'il semblait être. Merritt reposa son verre. Les masses de chair qui composaient sa face s'étaient légèrement empourprées.

— Toutes les personnes ici présentes ont pour caractéristique d'avoir fait l'objet d'une sélection extrêmement serrée. Il s'agissait d'avoir les meilleurs, d'une part dans toutes les spécialités stratégiques, d'autre part pour toutes les tâches opérationnelles. Vous êtes les meilleurs. Les meilleurs chercheurs, les meilleurs ingénieurs, les meilleurs ouvriers, les meilleurs soldats. Depuis plusieurs semaines, nous avons constamment anticipé sur les événements. Très tôt, nous avons envisagé la possibilité que l'offensive ennemie nous confronte à la question de la survie de l'Humanité. Il ne fallait pas faire de sentiment. Mesdames, messieurs, si vous avez survécu, c'est qu'on vous a choisis. Si on vous a choisis, c'est que vous pouvez servir.

Le général se tut. Les visages étaient graves. On sentait chez ces hommes et ces femmes une détermination sans faille, celle de tout donner. Celle de ceux qui ont tout perdu.

— Et vous allez servir, je vous le promets. Car la terrible déroute qu'a connue l'Humanité depuis quelques semaines ne signifie nullement que tout est fini. Si nous avons perdu une bataille, nous n'avons pas perdu la guerre. En réalité, la guerre ne fait que commencer ! Mesdames, messieurs, nous avons un projet. Nous allons mettre en œuvre ce projet. Et nous vaincrons ! Car l'intelligence est de notre côté. La conscience est de notre côté. La raison est de notre côté !

En un instant, toute la salle fut debout, remplie du crépitement soutenu des applaudissements. Bosman aurait voulu se lever lui aussi mais, à la tribune, personne ne l'avait fait, et il se contenta d'applaudir avec les autres. Au bout d'un assez long moment, Merritt leva la main. Les applaudissements cessèrent, tout le monde se rassit.

— Mes chers amis, reprit-il d'une voix marquée par l'émotion, avant de vous dévoiler les grandes lignes de notre projet, j'aimerais d'abord vous communiquer un état de la situation en surface.

Le général marqua un temps. Les regards étaient remplis d'angoisse.

— D'abord, je dois vous dire qu'au-dessus de nos têtes Washington n'existe plus. Une épidémie ravageait la ville depuis cinq jours. Hier, un séisme d'une magnitude de 8,8 a détruit entièrement les trois quarts de la cité. À l'heure qu'il est, il n'y a plus de survivants. Notre capitale était un des derniers bastions urbains encore debout. Sa chute est une terrible nouvelle. Mais nous nous y attendions. Nous y étions préparés. Et je crois, aussi tristes soyons-nous, qu'il y a dans cette nouvelle des raisons d'espérer, des raisons de croire en la victoire finale des forces humaines. En effet... mesdames et messieurs, le séisme de Washington a donné la preuve que nos installations sont d'une fiabilité absolue, et que nos forces sont protégées. Le dispositif antisismique a montré son efficacité : nous n'avons pas senti la moindre secousse. La Terre peut trembler, la Terre peut se déchirer, nous sommes à l'abri. Notre technologie nous garde. Nous pouvons préparer la riposte.

Le général remplit à nouveau son verre, et le vida d'un trait. Puis il lâcha un long soupir de satisfaction proche du râle.

— Deuxième point, continuait-il déjà. La situation globale. Mesdames, messieurs, elle est terrible. Nous filmons par satellite, en temps réel, l'évolution des événements. C'est à l'heure actuelle tout ce que nous pouvons faire : assister au désastre. Les centres urbains de plus de cent mille habitants sont tous détruits. Tout regroupement humain de plus de mille personnes est voué à l'anéantissement dans un délai de deux à trois jours, à cause de la prolifération des virus tueurs. Dans ces conditions, la survie n'est possible que pour des groupuscules isolés, harcelés par les bêtes sauvages, et ne pouvant s'alimenter sans danger que lorsqu'ils disposent de leur propre nourriture sous forme de conserves. À l'heure qu'il est, la population américaine est probablement anéantie dans une proportion de quatre-vingt-dix-neuf pour cent. Dans deux à trois semaines, la survie en surface relèvera de l'exception.

Dans la salle, le silence était lourd, oppressant, épais. Des larmes coulaient le long de certains visages, mais tous affichaient, mâchoires serrées, la même détermination.

— Dans le reste du monde... nous sommes en liaison par satellite avec trois capitales, où des installations souterraines de défense ont pu être disposées : Paris, Londres, Pékin. Nous ne pouvons rien faire d'autre actuellement que d'échanger des informations. Peut-être à terme des technologies... Mais j'ai peu d'espoir. La situation en Europe et en Chine, ainsi que dans le monde entier, est conforme à celle que nous connaissons. La survie en surface est impossible. Or je crains fort que les bunkers où sont abrités nos interlocuteurs n'aient pas la fiabilité requise pour garantir la survie à long terme de leurs occupants. Dans les trois villes que j'ai citées, la situation est similaire. Le gouvernement et le gros de l'état-major militaire se sont réfugiés dans un abri antiatomique souterrain. Mais ils n'ont pas su, comme nous, anticiper ni s'organiser. Ils disposent de la force nucléaire, mais ils n'ont pas d'installations scientifiques. Et leur subsistance, contrairement à la nôtre, n'est assurée qu'à la mesure des denrées périssables dont ils disposent. En outre, leurs dispositifs antisismiques sont insuffisants. Plusieurs secousses les ont déjà fortement ébranlés. Ils ne tiendront pas longtemps. Très bientôt, je le crains, nous serons les derniers, les seuls à porter la responsabilité de l'avenir du genre humain.

Merritt s'interrompit à nouveau. Bosman eut brusquement l'impression d'étouffer, et s'aperçut qu'il ne respirait plus. Il aspira une large bouffée d'oxygène. Un court instant, il se sentit mieux, mais la salle autour de lui se mit tout à coup à tourner. Il ferma les yeux quelques secondes. Des taches blanches, de toutes les tailles, dansaient allégrement dans le noir sous ses paupières. Une douleur, au-dessus de son œil droit, précise, minutieuse, s'intensifiait. Il aurait voulu s'allonger. Dormir. Se reposer, longtemps, de cette réalité qu'aucun de ses cauchemars n'aurait osé concevoir. Il rouvrit les yeux.

À sa gauche, Merritt buvait encore.

Puis il reprit son discours.

— Cette responsabilité, immense, grandiose, je sais que chacun d'entre vous l'accepte et saura l'assumer, quel qu'en soit le prix. Et je veux maintenant vous parler du Projet.

Le général approcha la main d'un clavier d'ordinateur posé devant lui et pianota sur les touches. Un écran blanc apparut. Les lumières dans la salle s'atténuaient lentement. Progressivement, des lettres géantes se peignaient sur l'écran :

Phase 1 : Survie.

Phase 2 : Déluge de Feu.

La salle fut tout entière plongée dans les ténèbres. Bosman eut l'impression bizarre qu'il faisait soudain plus froid. Il n'y avait plus que ces lettres sur l'écran, qui nimbaient la tribune d'une lumière blafarde. Puis la voix de Merritt :

— Phase 1 : Survie. Il s'agit pour l'humanité de créer des

conditions de sécurité maximales, et de survie à long terme. Il s'agit d'abord d'être à l'abri de toute forme de menace. Or vous le savez : tout ce qui vit est une menace. Il y a donc une exigence d'isolement. Il s'agit pour l'être humain de se couper de tout contact avec toute autre espèce vivante. La chose est facile quand il s'agit d'organismes à notre échelle. La difficulté croît à mesure que la taille de l'ennemi diminue. Quand il s'agit de micro-organismes (virus, bactéries...), la tâche exige une technologie de pointe, et une rigueur absolue dans son application. Aussi vais-je maintenant laisser la parole à des personnes capables de vous donner des explications plus techniques. Les hommes qui sont à mes côtés, à l'exception du colonel Bosman qui me seconde, sont tous des scientifiques de très haut niveau, et ont la particularité d'avoir consacré leur carrière à des recherches ultrasecrètes. D'abord le professeur Clarke De Ville, spécialiste de la guerre bactériologique.

Un type d'une cinquantaine d'années, à la voix terne et au teint jaune, se mit à expliquer dans le détail les différentes techniques d'isolation bactériologique qui protégeaient les occupants du bunker de toute forme de contamination. Bosman comprit qu'il serait soumis, comme les autres, à des examens réguliers visant à contrôler chaque paramètre de son métabolisme, et que les manques liés à la destruction des micro-organismes jouant un rôle dans la survie de l'être humain seraient compensés par l'ingestion quotidienne de préparations chimiques sophistiquées.

Le bourdonnement sourd qui emplissait la salle cessa soudain : le type avait cessé de parler. Bosman vit le visage chafouin du petit homme s'éloigner lentement du micro, et le haut de son corps s'affaisser doucement contre le dossier de son siège. La dernière phrase qu'il avait prononcée résonnait encore dans sa tête : « Nous avons donc réussi à créer les conditions d'un isolement biologique total. »

Merritt reprit la parole :

— Je devine la question que vous ne manquez pas de vous poser : la nourriture... Nous avons entreposé assez de vivres pour tenir, tous autant que nous sommes, environ six mois. Mais après ?

Le général sembla sourire.

— Là encore, nous avons tout prévu. Permettez-moi de vous montrer quelques images.

Merritt tapota sur son clavier. Les images d'un film apparurent sur l'écran.

— Le professeur Damon Greenaway, spécialiste de biologie végétale, va vous les commenter.

Des espèces de serres s'étendaient à perte de vue, baignées d'une lumière blanchâtre et trop vive, un peu éblouissante... Sur les côtés, des hommes en combinaison noire circulaient autour d'une plate-forme immense, recouverte de plantes.

La voix de Greenaway emplit la salle :

— Le problème que nous avions, commença le biologiste avec un accent légèrement traînant, c'est qu'une isolation biologique totale implique de couper tout contact avec la terre, vu que la terre n'est pas un milieu stérile. C'est un réservoir de germes et de toutes sortes de saloperies. Il n'était pas question d'utiliser de la terre dans nos cultures. Nous avons donc choisi une méthode qui nous permet de cultiver ce que nous voulons, sans recourir à la terre. Toute la végétation que vous voyez là, c'est ce qu'on appelle des cultures hydroponiques. C'est la perfection : il n'y a pas de sol ! Ces plantes reposent sur un matériel inerte. Totalement stérilisé bien entendu. Alors vous vous demandez : comment ces plantes se nourrissent-elles ?

Bosman devinait que ce type avait sur le visage un sourire content de lui.

— C'est simple, leurs racines sont plongées dans un liquide nourricier : de l'eau, plus tous les nutriments dont la plante a besoin, azote, phosphore, oligoéléments, fer en particulier... Nous contrôlons totalement tout ce que la plante absorbe et tout ce qu'elle rejette. Pas une molécule, pas un atome de ces végétaux n'échappe à notre contrôle. En outre, il y a une petite curiosité supplémentaire. Ceux d'entre vous qui connaissent un peu les plantes reconnaîtront sans difficulté les cultures à l'écran. Du soja, n'est-ce pas ?...

Le biologiste émit un petit rire.

— Eh bien non ! Ce n'est pas du soja. C'est de la Pan-

Nutrine. Ça ressemble toujours à du soja, mais génétiquement, ça n'est plus exactement du soja, parce que nous avons pratiqué quelques petites manipulations en introduisant trois gènes étrangers dans les chromosomes de cette plante. Le général Merritt m'a demandé de ne pas faire trop technique alors je vais être bref. Cette plante est un aliment à peu près complet sur le plan nutritionnel. Un être humain qui en absorberait une quantité donnée chaque jour, à l'exclusion de toute autre nourriture, recevrait l'ensemble des nutriments nécessaires à la survie et à la bonne santé de son organisme. C'est pourquoi nous avons baptisé cette petite merveille de plante : Pan-Nutrine. Et je vais vous faire une confidence...

Il marqua une pause, ménageant son petit effet.

— Nous travaillons sur une petite manipulation sympathique qui aura pour effet de donner à ce végétal des vertus euphorisantes. La Pan-Nutrine, la subsistance et le bonheur en prime !

Ce type avait dans la voix des intonations qui trahissaient une absolue satisfaction, un bonheur total d'être soi qui semblait à Bosman le comble de l'obscénité. Et la douleur qui transperçait son crâne devenait à chaque seconde plus difficilement supportable.

— En somme, concluait l'autre, nous avons réussi à fabriquer un aliment complet, et absolument sans risque, parce que nous contrôlons toute la chaîne, et qu'aucune mutation génétique spontanée ne peut nous échapper.

— Et j'ajoute, articula Merritt avec une fermeté réjouie, que la probabilité d'une telle mutation spontanée me semble extrêmement faible, voire nulle. Pour des raisons de fond. Nous croyons qu'une plante cultivée dans des conditions totalement stériles, sans aucun lien avec aucune autre forme vivante, et entièrement coupée de la terre, n'a aucune raison de fabriquer des mutations offensives à l'encontre de l'homme. C'est comme un soldat coupé de ses troupes et de son commandement : il n'est plus dangereux. Ces plantes que vous voyez ne sont pas des produits de la terre. Elles sont des fabrications de l'homme. Elles appartiennent à l'homme.

Toute la salle se mit une nouvelle fois à applaudir. Merritt leva la main et le silence se fit.

— Vous le comprenez, la phase 1 de notre projet est une phase défensive, une phase de repli. Il s'agit de mettre l'Humanité à l'abri de tout ce qui la menace, c'est-à-dire à l'abri de tout ce qui n'est pas humain. Aujourd'hui nous pouvons le dire : nous sommes à l'abri. D'ici trois mois, les produits alimentaires que nous allons fabriquer à partir de la Pan-Nutrine commenceront à vous être distribués. Dès lors, nous combinerons les deux facteurs clés de notre survie à long terme : isolement total et autonomie absolue. Pour la première fois dans l'Histoire, l'Humanité sera entièrement autosuffisante.

Merritt fit une courte pause pour siffler le fond de son verre. Puis il approcha son visage du micro.

— Alors, énonça-t-il en détachant ses mots, nous serons prêts pour la phase offensive de notre projet. La phase 2 : le Déluge de Feu.

55

Washington, bunker souterrain, salle des Congrès

Un murmure s'éleva de l'assistance : le général venait de réapparaître, suivi des scientifiques et de Bosman. Chacun regagnait sa place. Un imperceptible mouvement parcourait toute la salle, comme une fièvre. Greg lui-même sentait des impatiences frémir dans ses jambes, la nervosité lui agacer les tripes.

Le Déluge de Feu...

Au moment d'aborder la deuxième phase de son plan, Merritt avait décrété une pause. La tribune s'était vidée. La pause avait duré. Longtemps. Autour de Greg et Mary les gens s'agitaient, inquiets, désorientés par la brutale absence du général. La plupart d'entre eux semblaient prêts à mourir pour lui dans la minute, tant il avait su leur donner, à l'heure où tout semblait perdu, quelque chose à quoi s'accrocher. Des raisons d'espérer.

Greg, lui, ne savait quoi penser.

À côté de lui, depuis le début de la conférence, Mary demeurait comme étrangère à ce qui se déroulait. Elle n'avait pas applaudi avec les autres, elle ne partageait pas leurs émotions. Un bref instant, Greg avait cru la voir pleurer.

Que savait-elle entendre, dans le projet de ces hommes, qui pouvait la rendre aussi profondément triste ? Voyait-elle une autre solution ? Une autre voie ? Elle gardait le silence. Et ce silence plongeait Greg dans les abîmes du doute et l'empêchait de s'abandonner à cet enthousiasme si puissant qui unissait les autres. Et à l'espoir, ce réconfort.

Et pourtant... Merritt, en fin de compte, n'avait-il pas tout compris plus tôt que tout le monde ? Sans lui, à l'heure qu'il était, toutes les personnes présentes seraient probablement mortes... Y compris lui-même. Y compris Mary. Le plan de Merritt et de ses hommes de l'ombre n'était-il pas la seule chance pour l'Humanité de survivre à long terme ?

Le brouhaha qui emplissait la salle s'était tu à l'arrivée du général. Il reprit la parole :

— Abordons maintenant, si vous le voulez bien, la phase offensive de notre plan. La phase de reconquête. Quand nous avons été confrontés à des épidémies localisées, nous avons appliqué une méthode assez efficace, du moins lorsqu'elle était employée à temps : la cautérisation. Nous n'avons pas révélé au public en quoi consistait cette méthode, mais il y a eu des fuites. D'autant que c'est une technique assez simple : une bombe à mélange air-carburant. On la largue sur la zone. En explosant, elle aspire tout l'oxygène de l'air, et elle vaporise tout dans un rayon de deux kilomètres. Ça détruit tout ce qui vit, micro-organismes compris. Eh bien, mesdames et messieurs, la phase 2 de notre plan, que nous avons baptisée Déluge de Feu, est relativement simple.

Merritt fit une courte pause.

— Nous allons, dit-il lentement, cautériser la Terre.

Il y eut un silence, lourd comme le plomb. Greg avait du mal à respirer. Son regard se posa sur Bosman, assis à côté du général. Visiblement, il apprenait le plan de son supérieur en même temps que l'assistance.

Cautériser la Terre... Qu'est-ce que ça pouvait bien vouloir dire ?

— Évidemment, poursuivit le général, c'est une opération techniquement plus complexe que celle que je viens de vous expliquer. Aussi, je vais laisser la parole au professeur John Warson, spécialiste de la guerre nucléaire.

À l'extrême gauche de la tribune, un grand type au visage émacié rapprocha sa chaise de la table. Un toussotement résonna dans la salle de conférences. Puis il se mit à parler, d'une voix neutre et détachée.

— Mesdames et messieurs, il s'agit de déclencher deux attaques nucléaires massives, de l'ordre de dix à quinze mille mégatonnes, l'une dans l'hémisphère Sud, l'autre dans l'hémisphère Nord. Nous disposons pour cela d'une technologie ultrasecrète, qui multiplie considérablement la puissance de feu dont notre pays disposait officiellement. Ce sont des armes au plasma, c'est-à-dire des bombes qui provoquent non plus des processus d'interaction entre deux noyaux, comme les armes nucléaires classiques, mais des processus mettant en jeu un grand nombre de noyaux, dans de la matière hypercondensée. Je m'explique : quand un engin stratégique « normal » développe une puissance de un à dix mégatonnes, notre petit bijou fait plus de mille mégatonnes. Les bombes explosent dans le sol, ou à proximité immédiate du sol. Tout ceci n'est pas difficile. Nous avons les moyens de le faire dans la minute. Simplement, il s'agit de calculer la manière optimale de larguer ces bombes, ainsi que le meilleur endroit pour le faire. Je pense que dans deux à trois semaines, nous serons prêts.

Greg jeta un coup d'œil à Mary. Elle avait les yeux fermés. Son visage, totalement lisse, ne trahissait rien d'autre qu'une absolue concentration.

— Nous avons modélisé les conséquences d'une telle attaque. D'abord, cela provoque des ascendances de cinq cents kilomètres à l'heure, qui ont pour effet de transporter à une douzaine de kilomètres d'altitude, c'est-à-dire dans la stratosphère, une énorme masse de poussière. Celle-ci, en quelques heures, se répand et recouvre absolument toute la Terre. La conséquence, c'est une diminution de la lumière tout à fait considérable. À peu près d'un facteur 400. La nuit complète. Sur les deux hémisphères.

Un bref sourire parut sur le visage du physicien, puis s'effaça. Son ton demeurait monocorde :

— Première conséquence de cet obscurcissement : la photosynthèse est totalement interrompue. Pendant un mois et demi ou deux mois... Ça suffit largement pour détruire toutes les plantes. Définitivement. Deuxième conséquence : la nuit nucléaire provoque une chute de température. De l'ordre de 25 °C en moyenne... Dans les régions continentales, ça peut largement atteindre les 40 °C, voire plus. Évidemment, aucun animal ne peut survivre dans ces conditions. D'autant que la température ne recommencera à grimper, et qui plus est lentement, qu'au bout de deux mois environ. Donc, plus d'animaux.

Greg agrippa plus fermement l'accoudoir de son siège. Une

sensation d'étourdissement le gagnait progressivement, contre laquelle il aurait voulu lutter.

— Reste le cas, poursuivait le scientifique, des micro-organismes. Qui constituent en fait la menace la plus sérieuse pour la survie de l'Humanité à long terme. L'opération Déluge de Feu règle également le problème ! D'abord, la puissance des explosions entraîne une vitrification du sol sur de très vastes étendues. Tous les micro-organismes y sont détruits. Ensuite, le brassage de l'atmosphère consécutif aux explosions nucléaires a pour effet d'emporter un pourcentage important de bactéries à très haute altitude, où elles sont tuées par les rayonnements ultraviolets. Enfin, les effets conjugués des explosions et des incendies gigantesques qui ne manqueront pas d'en découler auront pour conséquence d'expédier en haute atmosphère des masses importantes d'oxyde d'azote. Qui vont détruire la couche d'ozone ! Résultat : les micro-organismes survivants, ainsi que la vie planctonique dans les océans, seront totalement détruits par les rayonnements ultraviolets !

L'orateur se redressa en une pose triomphale.

— À ce moment-là, mesdames et messieurs, nous aurons définitivement éliminé toute forme de vie de cette planète... à l'exception de nous-mêmes, bien entendu ! Et des formes de vie que nous déciderons de créer...

Dans la salle, tout le monde semblait pétrifié, comme si le temps s'était arrêté. Greg avait l'impression de vivre la scène à distance, dans une bulle d'engourdissement qui l'isolait du monde. Puis une voix chuchota dans son oreille, c'était Doubletour, assis la rangée derrière lui :

— ... des fous... des fous incompétents... les rayonnements ultraviolets stimulent au contraire le transfert de gènes entre bactéries, et...

Soudain, un vacarme assourdissant fit taire l'écologiste. Comme obéissant à un invisible signal, toute la salle s'était mise à applaudir et à hurler de joie.

Par grappes entières, les gens se levaient. Les applaudissements redoublaient.

Mary, les yeux toujours fermés, comme en prière, ne bougeait pas.

Greg eut envie de suivre le mouvement, de se lever. Mais quelque chose le retenait. Quelques secondes passèrent encore. Le vacarme des cris résonnait dans sa tête. Greg et Mary étaient les seuls à demeurer assis. Quelques personnes se retournaient sur eux.

La voix de Merritt résonna soudain, et les exclamations cessèrent. Tout le monde se rasseyait.

— Mes amis, l'opération Déluge de Feu a un but, un seul : faire de la Terre un simple sol. Un plancher inerte, totalement stérilisé. Sur lequel, à l'air libre, une Humanité nouvelle pourra naître, et se développer. Car, une fois que la guerre aura pris fin, après la victoire finale des forces humaines, débutera une autre phase : celle de la Reconquête ! Pour l'Humanité s'ouvrira un Nouvel Âge, dont le destin nous a désignés comme les pères fondateurs. Et je ne voudrais pas terminer cette réunion, sans vous donner un bref aperçu de cet avenir dont nous pouvons déjà rêver, et que nous commencerons à bâtir sitôt que Dieu nous aura donné la victoire !

Le général but quelques gorgées d'eau, s'essuya les lèvres avec le dos de sa main, et reprit son discours :

— Je vais laisser une nouvelle fois la parole à un éminent scientifique, le professeur Gene Babbelmann, spécialiste de technologie génétique, qui va vous exposer brièvement notre projet à long terme.

À l'extrême droite de la tribune, un homme sans âge, le nez chaussé d'épaisses lunettes, se leva.

— Mesdames et messieurs, dit-il, vous n'ignorez pas que nous appartenons tous ici, comme tous les êtres humains depuis des milliers d'années, à une seule et même espèce, *Homo sapiens sapiens*. Avant nous, d'autres espèces d'hommes ont existé. Certains sont nos ancêtres, d'autres nos cousins. *Homo erectus, Homo habilis, Homo neanderthalensis...* Chacune, à un moment de son histoire, s'est éteinte et a laissé place à une espèce meilleure, plus adaptée. Nous, *Homo sapiens sapiens*, sommes la dernière en date. Cela signifie-t-il que nous soyons l'ultime espèce humaine ? Certes non !

Il fut secoué d'un rire étrange, qui cessa brusquement.

— En fait, jusqu'à aujourd'hui, le passage d'une espèce à l'autre s'est produit de manière, je dirais, naturelle... L'homme de Néandertal n'a pas choisi de s'éteindre et de disparaître à jamais de la surface de la Terre. Il a subi le processus. *Homo sapiens sapiens* n'a pas choisi d'être le plus apte et de s'imposer. Mais aujourd'hui... il en va autrement...

Le petit rire résonna dans la salle à travers le micro, et un frisson glacé parcourut l'échine de Greg.

— Aujourd'hui, *Homo sapiens sapiens*, dont nous sommes les derniers représentants, est parvenu à un tel degré de puissance technologique qu'il maîtrise tous les processus qui permettent la fabrication d'un homme nouveau. C'est pourquoi je suis en mesure de vous annoncer...

Le scientifique, courbé vers son micro, émit un petit claquement de langue.

— Je suis en mesure de vous annoncer l'avènement, dans les cinq prochaines années, d'une nouvelle espèce d'êtres humains. Nous l'appellerons *Homo transgenicus*.

— Je crois qu'il est bon, dit le général Merritt, de vous révéler ce qui fut un des secrets d'État les mieux gardés, et qui n'a désormais aucune raison de le demeurer. Le département de la Défense américain, lors de la guerre froide, a constitué une Agence nationale pour le développement des technologies stratégiques, que j'ai eu l'honneur de diriger pendant dix ans. Les chercheurs assis à cette tribune, ainsi que plusieurs dizaines de scientifiques présents parmi vous, dans cette salle, appartiennent à cette Agence. Nous avions des hommes à nous dans toutes les universités américaines, dont la tâche était de recruter les meilleurs étudiants. Notre budget était suffisant pour nous donner des arguments auxquels peu savaient résister. Nous donnions à nos chercheurs une couverture professionnelle à l'abri de tout soupçon. Même leurs proches ne devaient pas soupçonner la nature de leur travail. Qui était de développer, dans le plus grand secret, toutes les technologies présentant, ou pouvant présenter un jour, un intérêt stratégique. Nos chercheurs avaient un budget de fonctionnement, tiré de fonds secrets, à peu près illimité. Ils n'avaient de comptes à rendre à personne, ce qui les mettait à l'abri des scrupules éthiques, et leur permettait de faire l'économie des lourdes procédures de validation en vigueur dans les milieux de la recherche officielle. Ce qui explique que nous ayons pris sur celle-ci dix ou vingt ans d'avance ! Le bunker souterrain et ses dispositifs antisismiques et antibactériologiques procèdent directement des découvertes réalisées dans le cadre de l'Agence. Comme l'invention de la Pan-Nutrine. Et celle de l'arme au plasma. Comme enfin les découvertes en génie génétique que le professeur Babbelmann va vous exposer.

Le petit homme aux énormes lunettes approcha sa bouche du micro.

— Il s'agit de modifier des cellules germinales humaines, en transférant des gènes dans l'œuf fécondé. On modifie ainsi à notre convenance le patrimoine génétique d'un individu, je dis bien : à notre convenance ! Car nous avons mis au point une technique remarquablement souple. Il s'agit d'ajouter à l'œuf, non pas directement des gènes, mais un chromosome artificiel. Pourquoi ? Pour servir de support ! On greffe de nouveaux gènes sur ce chromosome... et on a la possibilité, sur un seul individu ou sur plusieurs générations, de tester différentes modifications. Il suffit, sur l'ADN du chromosome artificiel, de retirer une séquence, et de la remplacer par un nouveau gène. Et ce, jusqu'à obtention du résultat voulu.

Les enceintes résonnèrent à nouveau du petit rire, qui finit en léger toussotement.

— *Homo transgenicus* est l'espèce qui nous remplacera. Un être humain qui nous surpassera en taille, en force et en intelligence. Un être humain qui ne connaîtra plus aucune maladie génétique. Ni asthme ni diabète... ni cancer ! Un être humain qui vivra dans un milieu totalement exempt de micro-organismes parasites. Un être humain qui ne connaîtra plus la maladie. Un être humain dont le vieillissement sera contrôlé, et considérablement ralenti. Un être humain enfin, qui mourra quand il l'aura décidé, à cent vingt ou cent trente ans, juste en s'endormant. Un être humain ? Non. Un être surhumain !

L'assistance se mit à hurler des acclamations. Merritt reprit la parole.

— Mes amis, articula-t-il d'une voix forte, mes amis !

Le silence se fit.

— Mes amis, dès à présent nous pouvons fermer les yeux et rêver le monde de demain. Dans le monde de demain, l'homme ne rencontrera plus rien qui lui soit étranger. Il sera chez lui partout, il contrôlera tout, il sera le maître de tout ! Maîtres de la naissance, maîtres de la mort, nous serons véritablement maîtres et possesseurs de la nature. Regardant autour de nous, nous ne verrons rien que nous n'ayons créé. L'Homme, créateur de toutes choses... créateur de lui-même ! L'Homme, créateur de l'Homme !

Toute la salle, d'un seul mouvement, fut à nouveau debout, communiant dans une folle ferveur. De toutes les poitrines s'élevait une seule clameur, les regards étaient braqués sur la silhouette immobile de Merritt. Greg eut envie de se lever. Mary était toujours assise. Il résista et se retourna, cherchant des yeux des visages familiers. Il aperçut Doubletour. Fuyant son regard, celui-ci, comme les autres, était debout et frappait dans ses mains. Seul, Prescot, un peu plus loin, restait assis. Les yeux fermés, perdu dans ses pensées, il était comme étranger à tout.

Alors le général se leva, les bras dressés en signe de victoire, et la folie fut à son comble. Des vagues de fièvre traversaient la foule, Greg les sentait qui le traversaient, comme des courants d'énergie pure. C'était une électricité qui parcourait son corps, des millions d'impulsions fourmillant sous sa peau... Et son corps se tendait pour qu'il se lève avec les autres, un cri, né de l'orage collectif, se formait dans sa gorge. Il esquissa un mouvement, effleurant le bras de Mary pour l'entraîner. D'un geste, elle se dégagea, sans un regard pour lui.

Ce fut soudain trop douloureux. Dans le corps de Greg, trop d'énergie s'accumulait, retenue, bloquée. Pourquoi Mary et lui n'étaient-ils pas debout avec les autres ? Ils étaient trop petits, au milieu de cette forêt hurlante et dressée. Leurs voisins immédiats leur jetaient de furtifs coups d'œil. Certains s'arrêtaient même d'applaudir pour les observer, le regard inquisiteur, agressif. Greg voulut disparaître. Il était l'étranger, le renégat, le traître, celui qu'un groupe doit tuer s'il veut vivre.

Il fallait qu'il se lève.

Mais en même temps, il sentait que s'il se levait, à cet instant précis, il coupait pour toujours un invisible lien qui le reliait à Mary. La laissant absolument, définitivement seule. C'était un déchirement de tout son être.

C'était mourir.

Greg demeura assis.

Alors Mary lui prit la main.

Immédiatement, quelque chose se détendit en lui. Une sensation de force l'envahissait lentement, depuis le bas du ventre jusqu'au cœur de la poitrine, et remontait à son visage comme un éclat de rire sauvage. Il eut un instant l'impression de contempler la scène depuis le plafond de la salle. Et tout apparaissait dans une impitoyable clarté. Il comprenait.

C'était une énorme farce qui se déroulait sous lui, comme au ralenti.

Une assemblée de pantins.

Tous ces hommes étaient mus par des forces dont ils ne savaient rien, ivres d'une puissance qui n'était que l'envers de leur peur. Et c'était la mécanique implacable de la peur qui les menait, selon des lois dont ils n'étaient que les jouets sans pouvoir ni conscience. Ils se nourrissaient chacun du commun chaos où leur sentiment d'être quelqu'un prenait racine. À cette nuit sans nom des profondeurs, amas de larmes non pleurées, grouillement de haine inassouvie, magma de terreurs étouffées, leur aveuglement consenti offrait une voie, comme à la lave une faiblesse dans l'écorce de la Terre. Le néant se frayait un passage à travers l'inconscience. Et la foule hurlante n'avait plus rien d'humain. Elle n'était qu'un canal offert aux forces de la mort.

Greg avait compris pourquoi Mary pleurait.

Les acclamations avaient cessé. Tout le monde s'était rassis. Il y avait dans la salle un silence profond, auquel tous semblaient communier. Cela dura quelques secondes. Greg n'avait pas lâché la main de Mary.

Greg et Mary n'étaient qu'en apparence avec les autres. Une bulle d'énergie les isolait des forces dont l'assemblée se nourrissait. C'était pour Greg une joie, profonde. Et le sentiment, terrible, qu'à l'intérieur de lui, un pas avait été fait dans l'insondable. Dans l'inconnu. Et que cette solitude, il faudrait l'assumer.

Merritt parla :

— Mes chers amis. Mes frères humains...

Sa voix était profonde et remplie d'émotion.

— Je voudrais vous remercier, au nom de toute notre équipe, pour votre soutien, votre enthousiasme, et l'énergie que vous nous donnez. Ensemble, nous vaincrons. Ensemble, nous bâtirons l'homme nouveau, sur une Terre nouvelle. Cela n'ira pas sans larmes ni sacrifices, mais nous y sommes tous prêts. Merci.

Il fit une courte pause. Rien ne vint troubler le recueillement de l'assemblée.

— Avant de clore cette réunion, je voudrais laisser une dernière fois la parole au professeur Babbelmann, qui a une communication d'ordre pratique à vous faire.

— En effet, général. Mesdames et messieurs, j'aurais besoin d'un certain nombre de volontaires, hommes et femmes, pour quelques expériences... Absolument sans danger, je le précise. Et du plus haut intérêt pour notre projet. Si vous permettez, je vais vous en dire deux mots...

Le chercheur fit entendre à nouveau le gloussement spasmodique qui semblait être sa manière de rire. Mais cette fois le rire ne s'arrêta pas au bout de quelques secondes.

Il durait.

On aurait dit qu'il ne pouvait plus le contrôler. Tout son corps en était secoué, à tel point que son voisin immédiat s'était penché vers lui. Le rire, progressivement, se transformait en une quinte de toux irrépressible, de plus en plus aiguë, et qui ne cessait pas.

Greg vit le haut de son corps, secoué de soubresauts, s'incliner lentement vers la table, et sa bouche s'approcher du micro. Ce n'était plus de la toux, mais le vacarme saturé d'une éructation qui jaillissait des haut-parleurs et se muait progressivement en un râle de bête.

Puis ce fut le silence.

Le corps du chercheur reposait, affaissé sur la table. Autour se pressaient ses confrères, puis Merritt qui se frayait un passage. Devant Greg on s'était levé pour mieux voir. Il se leva aussi. À la tribune quelqu'un agitait les bras à l'adresse du général. C'était un signe d'impuissance.

Une rumeur parcourait les rangs comme un mauvais vent, refluant jusqu'à Greg et Mary, les dépassant vers l'arrière de la salle. Il est mort. Le type est mort.

56

Merritt, le front inondé de sueur, claquait des ordres secs, d'une voix un peu plus rauque qu'à l'accoutumée.

— Sortez le corps par les coulisses. Évacuez-moi cette salle.

Tout le monde obéissait. Même Harton suivait le mouvement. Il n'avait pas prononcé un seul mot durant la réunion, qui avait été d'un bout à l'autre un show de Merritt, dirigé par Merritt... Et, maintenant, le président des États-Unis d'Amérique (mais ces mots avaient-ils encore un sens ?) obéissait comme un caporal aux ordres aboyés par son conseiller...

Bosman assistait à la scène comme dans un rêve. Sa migraine avait laissé place à une impression de brouillard épais, cotonneux, qui semblait le protéger.

Tout le monde s'agitait. Il y avait des cris. Un service d'ordre jailli de nulle part s'évertuait à contenir des mouvements de foule vaguement chaotiques. On se pressait pour voir. Vérifier l'incroyable. D'autres reculaient en désordre, sans doute mus par la crainte d'un impossible virus.

Impossible...

De quoi ce type est-il mort ?

Cette question agitait les centaines de personnes présentes, cette question dont l'enjeu était leur propre survie.

Il était théoriquement impossible qu'un micro-organisme ait pu résister au traitement de choc imposé à tous les entrants dans le bunker. Impossible aussi qu'un virus ou une bactérie puisse s'infiltrer depuis l'extérieur. Alors ?

Sans doute une simple crise cardiaque... On pouvait bien mourir, après tout, sans qu'aucune cause extérieure ne s'en mêle. Mourir, comme on dit, de mort naturelle...

Tandis que la salle se vidait lentement, les hommes de la tribune, suivant le mort porté par deux soldats, s'éclipsaient par les coulisses.

Bosman suivit le mouvement.

Autour de Greg, la foule était parcourue de courants telle une mer battue par des vents contraires. Des gens se croisaient, dans les allées ou sur un même rang, les uns voulant se rapprocher de la tribune, les autres s'efforçant de refluer vers l'arrière de la salle, conformément aux ordres martelés au micro.

Greg se dit qu'il était plus raisonnable de se frayer un chemin vers une des sorties. Il se tourna vers Mary. Elle ne pleurait plus. Arrivée dans l'allée, la jeune femme prit la direction de la tribune.

— Où vas-tu ? lui demanda-t-il.

Elle le regarda brièvement dans les yeux. Il n'y avait aucune émotion sur son visage, juste une absolue détermination.

Agir.

Elle reprit son chemin.

Greg lui emboîta le pas.

Mary jouait des coudes pour s'approcher de l'estrade. Tout le monde en refluait mais elle avançait, fluide et légère. On aurait dit qu'elle utilisait en ondoyant les mouvements mêmes qui semblaient s'opposer à sa progression. Greg profitait de son sillage.

Au pied de la tribune, deux soldats en armes lui barraient la route. Mary dit quelques mots dans l'oreille de l'un d'eux. Le soldat s'écarta. L'autre eut un regard interrogateur vers son collègue. Puis s'écarta également.

Mary monta à la tribune.

Qui était maintenant vide.

Greg aperçut Bosman avant qu'il ne disparaisse par une porte sombre. Mary pressa le pas. Dans le brouhaha, elle avait dû héler le colonel sans que Greg ne l'entende, car celui-ci s'était retourné. Il lui tenait la porte, l'invitant à passer. Apercevant Greg, il lui fit signe de les suivre.

Bosman referma la porte sur Greg et Mary. La zone dans laquelle il les avait laissés pénétrer était strictement réservée à l'encadrement.

Qu'est-ce qui m'a pris ? se demanda-t-il... Pourquoi est-ce que je les ai fait entrer ?

Ils se trouvaient dans une grande pièce remplie d'ordinateurs. On avait étendu le mort sur un bureau, des hommes s'affairaient autour de lui. Un peu plus loin, Merritt était debout, silencieux, pensif, le Président à ses côtés.

Mary, suivie de son mari, se dirigea vers eux.

Il était trop tard pour les retenir.

— Monsieur, il faut absolument que je vous parle.

Mary avait prononcé ces mots à l'adresse du vieux général avec une assurance tranquille. Celui-ci leva un sourcil.

— Puis-je savoir ce que vous foutez ici ?

— Je veux vous expliquer pourquoi je ne suis pas tombée malade à l'hôpital. Pourquoi le virus ne m'a pas contaminée.

— Madame, vous êtes ici dans une zone strictement interdite. Dehors !

Merritt avait parlé avec une totale désinvolture, qui était la forme la plus meurtrière du mépris, mais Mary n'avait pas bronché. On aurait dit que rien ne pouvait la blesser.

— Monsieur, dit-elle en désignant le cadavre du scientifique, cet homme est mort. D'autres vont suivre. Il est important que vous m'écoutiez.

Merritt se tourna vers elle avec brusquerie, et se mit à détailler sa silhouette, ses yeux plissés brillaient d'une lueur lubrique.

— Ma petite, articula-t-il, votre organisme est passionnant à plus d'un titre, j'en conviens aisément. Maintenant, pour me parler de votre cas, ce n'est pas vous que j'ai envie d'entendre. Ce sont les scientifiques qui ont pour tâche de vous examiner.

— Ils ne trouveront rien.

— Dans ce cas, lâcha le général d'un ton glacial, votre utilité sur cette base sera à reconsidérer.

La menace était limpide et Greg frémit. Mary répliqua immédiatement :

— Vos méthodes nous mènent à la catastrophe. Vous prétendez vouloir la survie du genre humain, mais vous allez causer la mort de tous.

Mary désigna le mort.

— Cet homme en témoigne. Il faut que vous entendiez ce que j'ai à vous dire.

Merritt, la mâchoire serrée, le regard assassin, s'approcha de Mary. Son visage était à quelques centimètres du sien.

— Madame, martela-t-il en détachant ses mots, je ne connais rien d'intelligent qui soit jamais sorti de la bouche d'une femme, à part ma bite.

Elle soutint son regard.

— Si votre intelligence était placée moins bas, vous n'auriez pas si peur d'écouter une femme.

Il y eut un silence. Le général, qui avait reculé d'un pas, la regardait, comme pétrifié. Durant quelques secondes, il eut l'air d'un boxeur sonné, saoulé de coups, qui hésite à tomber. Puis il se reprit. Une haine totale, durcissant ses traits, donna soudain à son visage une sorte de cohérence.

— Puisque vous avez l'air tellement spirituelle, ma petite, siffla-t-il, rappelez-vous qui commande ici. J'ai le pouvoir de vous faire mettre à mort quand bon me semble, alors ne croisez plus ma route.

Le général s'était déjà détourné de Mary quand une voix retentit dans le dos de Greg :

— Non, général. Je ne crois pas que vous ayez ce pouvoir...

C'était Harton.

— Nous sommes toujours dans un pays qui s'appelle les États-Unis d'Amérique, poursuivait ce dernier, et il se trouve que j'en suis le président. J'aimerais, général Merritt, que vous ne l'oubliiez plus...

Le Président se tourna vers Mary.

— Passez me voir dans une heure, madame. Dans mon bureau. Je désire vous entendre.

57

Bureau de Merritt

Bosman avait pris place dans le fauteuil, conformément à l'ordre de son supérieur. Mais celui-ci n'était pas allé s'asseoir derrière son large bureau, comme à l'accoutumée. Il s'était d'abord servi un généreux verre de gin, puis s'était effondré sur le canapé de cuir. Derrière le colonel. Qui avait hésité un moment, puis s'était résolu à faire pivoter son siège, afin de se retrouver face au vieux général.

Celui-ci n'avait pas bronché.

Il regardait dans le vide, humant les vapeurs d'alcool émanant de son verre, qu'il tenait serré de ses deux mains contre son visage. Les yeux brillants, il était affaissé, comme écrasé par une immense fatigue. Bosman ne l'avait jamais vu comme ça.

Merritt avait vieilli.

Comme s'il était soudain devenu vulnérable.

Le silence dura longtemps. Le colonel ne bougeait pas. Il attendait.

Puis la voix de Merritt retentit, un peu sourde :

— Cette femme...

Il avait prononcé ces deux mots, les yeux à demi fermés, comme on conjure un danger mortel.

— Savez-vous, colonel, pour quelle raison vous étiez assis à mes côtés durant cette conférence ?

Bosman secoua la tête.

— Vous voyez, mon vieux, le monde manque d'hommes. Cruellement. Nous venons d'assister à la mort d'une civilisation. Passionnant, non ? Et pourquoi est-elle morte, cette civilisation ? Je vais vous le dire, moi. Elle est morte parce qu'il n'y avait plus d'hommes. Elle est morte par manque de couilles.

Le général vida son verre. Peu à peu, il semblait reprendre du poil de la bête.

— Vous savez, mon vieux, je crois en Dieu, moi. Je crois

en la Providence. Je ne crois pas au hasard. Ce n'est pas un hasard, ni le résultat de je ne sais quelles lois, si l'être humain a presque totalement disparu de la surface de la Terre. C'est une décision de la Providence divine. La plus sage des décisions ! Ce monde allait à sa perte. Il fallait un grand coup de balai. Et Dieu, Lui, il a des couilles ! Quand c'est nécessaire, il tranche ! Et ça fait mal...

Merritt eut un ricanement rauque.

— On était en train de nous fabriquer un monde de gonzesses. Un monde de pédés. Un monde où l'opinion d'une femme était écoutée avec une espèce de dévotion, un monde où les hommes devaient penser comme des femmes, ressentir comme des femmes, agir comme des femmes, pour avoir une petite chance d'être excusés de ne pas en être une ! Vous croyez que ça pouvait durer comme ça ? Non !

Bosman, qui avait allongé les jambes, les replia brusquement sous lui. Son supérieur s'était levé d'un coup, pour se servir un second verre au bar. Puis son verre à la main, il regagna le canapé, pour y enfoncer de nouveau sa lourde masse.

— Et ce n'est pas un hasard, poursuivit-il, si vous et moi, nous nous retrouvons maintenant dans la situation où nous sommes. Avec la responsabilité, grandiose et terrible, de conduire la nouvelle Humanité vers sa destinée.

Merritt leva les yeux vers le colonel.

— Nous avons été choisis, mon vieux.

Bosman ne trouva rien à répondre. Où ce type voulait-il en venir ?

Le général, après une nouvelle gorgée de gin, reprenait la parole :

— Vous savez, mon petit James — vous permettez que je vous appelle James ? — eh bien ça va peut-être vous surprendre... J'ai de l'affection pour vous. Oui...

L'air méditatif, il fit une nouvelle pause.

— Je ne suis plus tout jeune. Il m'a été confié une mission : assurer la transition, d'un monde à l'autre... Cette mission, je suis en train de l'accomplir. Et je le ferai jusqu'au bout de mes forces. C'est un boulot d'homme...

Le général, les yeux dans le vague, se tut un instant. Il aspira une longue gorgée de gin, puis soupira.

— La démocratie... Pfff ! Regardez-moi ce Harton. Ce type n'a jamais eu qu'un seul talent : faire le beau. Dans une démocratie, ça suffit pour accéder au pouvoir. Avoir des dents bien blanches, un sourire de pédé, susurrer des gentillesses devant les caméras... Je vais vous dire, moi. Un type qui n'a jamais risqué sa peau sous les balles, un type qui n'a jamais tué un homme ne mérite pas le pouvoir. Parce qu'il ne sait pas ce que c'est que la vie.

Bosman vivait cette scène comme à distance. Son supérieur lui apparaissait petit, comme dans le lointain, et ses paroles lui arrivaient en perçant un brouillard épais de sons confus et mélangés...

— Vous êtes jeune, mon petit James... Vous avez l'avenir devant vous. Vous êtes l'avenir. Et je sais ce que vous désirez. Plus que tout...

Le général se tourna vers lui et planta ses yeux dans les siens.

—... Être un homme, n'est-ce pas ? Un homme !

Bosman sursauta. Il avait répété ce dernier mot presque en criant.

— Depuis le début, je vous observe. Je vous connais, vous savez... Vous n'êtes jamais allé au combat, mon petit. Jamais. Et ça vous travaille, non ? Vous aimeriez savoir. Qu'est-ce que ça fait d'entendre les balles siffler à ses oreilles, qu'est-ce que ça fait de sentir sa chair traversée par un éclat d'obus... Qu'est-ce que ça fait de sentir la lame de son couteau s'enfoncer dans la gorge de l'ennemi ?

Bosman sentit son ventre se serrer. Un instant, l'image de son père l'avait traversé. Petit con, j'ai fait la guerre moi. Disait-il. Quand le petit James n'obéissait pas assez vite, ou quand il avait un avis...

— Je vais faire de vous un homme, mon petit James. Un vrai. Vous êtes intelligent. Il vous manque juste une paire de couilles inexorable.

Inexorable ? Une paire de couilles inexorable ? Qu'est-ce que ça pouvait bien vouloir dire ? Le vieux avait bien dû ingurgiter un litre de gin depuis le début de l'après-midi, c'était un miracle qu'il ne soit pas déjà tombé raide mort. Merritt se rapprocha soudain de lui, et posa sa main sur son genou gauche.

— Mon petit James, je vais vous faire un aveu. Je vous aime comme un fils.

Bosman était pétrifié. Il entendit des dents claquer. C'étaient les siennes. Il serra les mâchoires.

— Un jour, continuait l'autre sans enlever sa main, je ne serai plus là. Vous poursuivrez mon œuvre. Oui...

Le général, enfin, libéra le genou de Bosman. Pour mieux lui attraper la joue. Pinçant la chair entre deux doigts, il entreprit de lui secouer vigoureusement le visage, d'un geste qu'il voulait sans doute affectueux.

— Colonel Bosman, soufflait-il dans son oreille, un jour vous me succéderez !

Puis il le lâcha.

Bosman recommença à respirer. Merritt, affaissé de nouveau dans le profond canapé, prit un cigare au fond de sa poche, et désigna d'un claquement de doigts le bureau derrière le colonel. Celui-ci se retourna. Un briquet y était posé. Il se leva, prit le briquet et présenta la flamme à son supérieur. Celui-ci tira quelques bouffées. Bosman se rassit.

Un moment plus tard, l'autre reprit la parole :

— Mais d'abord...

Il soupira.

— D'abord, il va falloir régler notre problème.

Le général, sans se lever, s'empara d'une télécommande posée sur un guéridon et l'actionna en direction du mur en face de lui. Une partie coulissa, laissant apparaître un large écran de télévision.

— Et notre problème, marmonnait le général, évidemment c'est une gonzesse.

L'écran montrait un bureau que Bosman n'eut aucun mal à reconnaître. C'était le Bureau ovale, le bureau du Président.

Celui-ci apparut à gauche de l'écran, suivi d'une femme.

Bosman reconnut Mary.

445

— Vous voyez mon vieux, dit joyeusement Merritt, cet imbécile de Harton n'est pas informé de toutes mes petites astuces...

Puis il monta le son.

58

Bureau ovale

Mary s'était assise dans un confortable canapé de cuir, pendant que le Président s'affairait au bar, préparant des boissons.

Il y avait dans son cœur une insondable tristesse.

Poussée par une impulsion qui venait du plus profond d'elle-même, elle avait décidé d'agir. De parler. De témoigner de la certitude intime qui habitait son âme, de cette force joyeuse qui était un oui total, absolu. Un oui à la vie. Une paix.

Elle aurait tant voulu partager cette paix.

Mais elle se sentait terriblement impuissante. Ce bunker était bâti par la peur, habité par elle.

Mary sentait les forces de la peur. Elles étaient presque palpables quoique immatérielles, c'était une vibration basse, sombre, envahissante... Elle-même n'avait pas peur. Mais elle n'était pas plus forte que la peur des hommes.

C'était comme si la jeune femme sentait l'inanité de son action, presque l'incongruité de son existence même dans ce monde souterrain. Ce monde d'hommes. Ce monde sourd.

Le général Merritt était sourd. Pour ne pas sentir le fond de terreurs qui hantait son âme, il avait besoin de se faire croire qu'il maîtrisait les choses. Qu'il était tout-puissant. Les hommes autour de lui croyaient à ce mensonge. Car il les rassurait. Tous étaient coupés d'eux-mêmes, et nourrissaient un mirage collectif qu'ils croyaient d'autant plus réel qu'il était mieux partagé. Tous étaient prêts à mourir, et plus encore à tuer, pour protéger leur illusion. Il n'y avait rien à faire.

Mary vit flotter dans sa mémoire l'image de Diego. Diego qui patiemment l'avait préparée, guidée, éveillée.

« Vous aurez peut-être la possibilité de servir... »

Était-ce là sa dernière épreuve ? Accepter de ne servir à rien. Accepter le triomphe des forces de la peur, voir le néant dévorer les ultimes étincelles de la vie. Et ne rien pouvoir faire...

— Vous semblez bien songeuse...

Le Président avait deux verres à la main. Il s'assit sur le canapé à côté d'elle.

— Je ressens de la tristesse, monsieur le Président.

— Oh, je vous en prie, dit celui-ci en se rapprochant légèrement d'elle, appelez-moi Clint.

Il lui tendit un verre. C'était un alcool fort.

— Au salut de l'Humanité, proclama-t-il... Et à votre beauté !

Mary leva son verre avec lui.

— Qu'est-ce qui vous rend triste, Mary ? demanda Harton.

— La folie des hommes...

— Que voulez-vous dire ?

— Vous étiez à la tribune. Vous avez entendu comme moi. Ce projet...

Le Président posa la main sur l'épaule de Mary d'un geste protecteur.

— Mary, qu'est-ce qui vous semble fou dans ce projet ? Vous connaissez notre situation... Pensez-vous qu'il faille nous résigner à voir l'Humanité disparaître ?

Mary plongea ses yeux dans ceux de Harton.

— C'est dans le cœur de l'homme que je ne me résigne pas à voir l'Humanité disparaître.

Le Président la regarda quelques secondes. Il avait l'air touché. Puis il lui prit la main et approcha son visage très près du sien.

— Mary, souffla-t-il, je voudrais tant vous rendre la joie de vivre. Vous n'êtes pas une femme comme les autres...

La jeune femme retira doucement sa main.

— Alors avec moi, ne soyez pas un homme comme les autres, monsieur le Président.

— Cet imbécile de Harton n'a jamais pu résister à un cul...

Merritt se pencha vers le colonel.

— Vous voyez, mon petit James, poursuivit-il, si cette pétasse était un thon, elle ne serait pas dangereuse.

— Un thon ? répéta Bosman.

— Oui, une mocheté, quoi... Les gonzesses ne sont un problème que lorsqu'elles nous font bander. Parce qu'alors, nous avons une fâcheuse tendance à leur inventer de l'intelligence...

Bosman eut envie de frapper Merritt. Mais il garda les yeux rivés sur l'écran de télé. Le Président et la femme de Greg gardaient le silence. La caméra, fixe, filmait un plan large, et leurs expressions n'étaient pas très nettes, mais une émotion semblait circuler entre eux deux. Mary regardait le Président. Celui-ci, songeur, allumait une cigarette. Elle l'avait ramené sur terre avec un mélange de douceur et de fermeté qui enthousiasmait le colonel. Harton, même s'il n'avait su voir en elle qu'un objet de désir, avait raison sur le fond : elle n'était pas comme les autres. Il émanait d'elle une infinie douceur, qui donnait l'impression paradoxale d'une puissance irrésistible. Quand cette femme voulait quelque chose... Elle avait une manière de vous regarder qui vous laissait totalement nu, dans l'incapacité de cacher ni défendre quoi que ce soit. Et sans force à lui opposer.

— Mary, écoutez-moi, dit le Président. Je voudrais que vous me pardonniez. Je me suis comporté avec vous comme avec... Comme si je... comme si je ne vous voyais pas réellement.

— Et maintenant, vous me voyez ?

— Oui... Je crois.

— Et que voyez-vous ?

— Je vois une femme qui m'a ému, il y a une heure, et impressionné... Une femme que j'ai envie d'entendre. Vous aviez des choses à dire au général Merritt.

Mary le regarda quelques instants.

Cet homme, songeait-elle, est capable d'entendre. Mais elle avait un mauvais pressentiment. Quelque chose pesait sur eux, là, maintenant, quelque chose d'indéfinissable et de dangereux. Comme une fatalité.

L'ombre de la mort.

Fallait-il qu'elle parle ? Fallait-il qu'elle agisse ? C'était comme traverser un voile imperceptible, qui menait à l'inéluctable. Pour la première fois depuis la prodigieuse transformation que tout son être avait connue, Mary se sentait comme abandonnée. Il n'y avait plus cette force joyeuse qui la menait, sans qu'elle ait à intervenir ni à penser.

Rien n'était là pour la guider, la prendre par la main. Elle était seule.

Alors soudain, quelque chose en elle s'éclaira.

Sa métamorphose, c'était comme une seconde naissance...

D'abord, elle s'était retrouvée nue dans la terre et l'eau. Il avait fallu des mains d'hommes — celles de Greg ! — pour la prendre et lui donner des soins. Dans l'avion qui la ramenait chez elle, elle était semblable au nouveau-né : totalement dépendante, sans force propre. Puis elle avait été comme une enfant. Guidée par une voix ferme et rassurante, qui la menait là où elle devait être. C'était à Fort Detrick, quand ces hommes voulaient la tuer. Elle se laissait conduire, sans rien savoir ni penser, et tous ses actes avaient la force de l'évidence. C'était merveilleux. Mais c'était fini. Désormais, il lui fallait être une adulte. Trouver en elle-même les actes et les directions. Intégrer cette profonde et mystérieuse sagesse qui l'avait d'abord guidée comme de plus loin qu'elle-même.

Le Président ne cessait de regarder Mary, avec, dans les yeux, une perplexité, comme s'il cherchait à déchiffrer une énigme.

— Monsieur, dit-elle.

— Oui ?

— J'aimerais savoir le sens que vous donnez à tout ce qui est arrivé.

Harton eut un temps d'hésitation.

— Eh bien... Je crois, effectivement, que c'est une sorte de guerre... L'être humain est menacé de disparition. La Terre le rejette.

— La Terre nous fait la guerre ?

— En quelque sorte...

— Croyez-vous que la Terre ait une volonté, une conscience ? Une âme ?

— Une âme... je ne sais pas... Je me représente quelque chose de sombre, d'obscur... de malveillant.

— Que voulez-vous dire ?

— L'Enfer est sous la terre, dans les entrailles de la Terre. C'est le repaire de Satan. Je crois que nous avons affaire à une offensive des forces du Mal. Et nous devons résister de toutes nos forces !

— De quelle manière ?

— En fermant toutes les portes. En ne nous laissant plus corrompre, ou menacer, par tout ce qui vient de la Terre. En nous protégeant, sur tous les plans.

Harton regarda la jeune femme.

— Vous me faites parler... Mais c'est vous que je voudrais entendre. Vous aviez des choses à dire, n'est-ce pas ?

— Je vous en prie, répondez encore à mes questions.

Le Président prit un air résigné.

— Je suis votre serviteur...

— Vous dites qu'il nous faut nous fermer à tout ce qui vient de la Terre. Mais notre corps n'est-il pas fait de terre ?

Harton eut une moue de dégoût.

— C'est pourquoi il nous rabaisse et nous avilit.

Il fit une courte pause.

— J'ai bien souvent maudit ce corps, murmura-t-il, et ses instincts auxquels je ne suis pas capable de résister.

— Vous n'êtes pas votre corps ? demanda doucement Mary.

— Non ! Je subis mon corps. Il est ou fatigué ou excité, toujours tendu, agité de pulsions désordonnées... Il n'obéit pas à ma volonté. C'est un chaos de forces obscures. Ce n'est pas moi.

— Mais qu'est-ce qui est « vous », alors ?

— Ma pensée, ma volonté. Mon âme.

— Votre âme est en guerre contre votre corps ?

— Oui ! Il en a toujours été ainsi.

Mary garda le silence quelques instants. Elle sentait que cet homme était prêt à s'ouvrir. Mais elle avait toujours ce terrible pressentiment. Devait-elle parler ? La mort était au-dessus d'eux.

Puis elle se décida. Brusquement, tout était évident. La vérité est Vie. Le chemin du mensonge et de l'occultation mène à coup sûr à la mort, une mort bien plus terrible que celle du corps. La mort de l'esprit. La mort de l'être. Si cet homme laissait son cœur s'ouvrir, c'est qu'au plus profond de lui-même il avait faim des paroles de Mary. Elle les lui devait, quel qu'en fût le prix.

— Monsieur, dit-elle, vous vouliez m'entendre... mais je crois que tout est dit.

— Je ne comprends pas.

— Vous dites que l'homme est en guerre contre la Terre... Alors cela veut dire que l'homme est en guerre contre son propre corps ! Car notre corps est une partie de la Terre. Il obéit aux lois de la Terre. En réalité, l'homme est en guerre contre lui-même.

Le Président haussa les sourcils. Une grimace de perplexité se peignait sur son visage. On aurait dit qu'il faisait un énorme effort pour comprendre, mais qu'une force adverse en lui s'opposait à la compréhension. Au bout de quelques secondes, il demanda :

— Mary, je vous en prie, soyez plus claire. Où voulez-vous en venir ?

La jeune femme sourit doucement.

— C'est très simple, monsieur. Si vraiment la Terre est en guerre contre nous, si la Terre nous rejette, alors notre propre corps est en guerre contre nous. Notre propre corps nous rejette.

Harton sembla parcouru d'un long frisson glacé. Mais il gardait les sourcils froncés, comme si son intelligence refusait encore d'entendre ce que sa chair ressentait déjà.

— Je... Je ne comprends pas bien.

— Monsieur le Président, un homme est mort aujourd'hui. Ce que j'ai à vous dire, c'est que d'autres vont suivre très bientôt. Désormais, c'est à l'intérieur de l'homme que se joue cette guerre. C'est en nous que la Terre et l'Esprit se font la guerre. L'homme ne peut pas être vainqueur. Il ne peut que mourir.

— Cette femme est une intellectuelle, dit Merritt. Ce sont les pires... Regardez-moi ce grand imbécile, il est là, la langue

pendante, en train d'avaler toutes les inepties qu'elle lui sert...
Vous voyez, mon petit James, retenez bien la leçon : si Harton
avait réussi à la sauter, il ne se serait pas senti obligé de
l'écouter.

Le général sortit de sa poche un téléphone mobile et tapa
un numéro.

— Et nous, poursuivit-il d'un air songeur, nous ne serions
pas obligés d'employer la manière forte...

Merritt attendit trois secondes la voix de son correspondant.

— Jackson ? On applique le plan. Tout de suite, oui. Je
vous rejoins.

Puis il se leva.

— Colonel, vous restez ici. Vous observez. Vous apprenez.

Bosman regarda sortir le général sans dire un mot. Un sentiment d'angoisse lui étreignait le cœur. Il connaissait le
commandant Jackson. C'était un fidèle de Merritt, spécialiste
des missions secrètes.

Et du sale boulot.

Le commandant Jackson était un tueur.

Harton prit une longue inspiration.

— Mais alors..., murmura-t-il... Nous sommes perdus. Il
n'y a rien à faire.

— Si, monsieur le Président, dit tranquillement Mary.

— Mais alors quoi ?

Il avait presque hurlé.

Mary lui sourit.

— La paix.

— La paix ? Que voulez-vous dire ?

— Il faut que chacun d'entre nous fasse la paix à l'intérieur
de lui-même.

— Qu'est-ce que ça veut dire ?

— Nous sommes faits de terre. Notre corps sera rendu à
la Terre. Cela, nous ne l'acceptons pas. Nous voudrions posséder notre propre vie. Ne jamais mourir. Et nous disons non.
Non à la Terre d'où nous sommes issus. Non à la vie. Non à
nous-mêmes. Et nous construisons toute une civilisation, qui

est fondée sur ce refus. Sur cette peur. Nous devenons savants, nous devenons puissants, dans un seul but : arracher à la Terre les secrets de la vie, devenir maîtres de la vie. Alors, et sans même nous en apercevoir, nous sommes en guerre. En guerre contre nous-mêmes.

— Mais que peut-on faire ?

— Apprendre à dire oui.

— Concrètement, au nom du Ciel ! Qu'est-ce que ça veut dire ?

— D'abord, stopper le projet du général Merritt.

— C'est notre seul espoir !

— Alors acceptons de perdre espoir. Car celui-ci nous mène à la mort.

Le Président se prit la tête entre les mains. Son corps semblait soudain envahi par une immense fatigue.

Au bout de quelques instants, Mary dit doucement :

— L'être humain doit apprendre à accueillir la vie. Il doit apprendre à aimer la terre dont il est fait. L'humanité doit se reconstruire. Mais sur des bases de vie.

Harton leva la tête et regarda la jeune femme.

— Mais comment ?

— Il faut cesser de nous protéger.

— Que voulez-vous dire ?

— Sortir.

— À la surface ? Mais c'est la mort !

— Beaucoup mourront, peut-être. Mais d'autres vivront. Et tous auront fait le choix de la vie. Et non celui de la survie. Le choix de la survie est celui de la mort. Vous connaissez cette phrase : « Celui qui veut sauver sa vie la perdra ; celui qui veut la perdre la sauvera » ? C'est une loi de la vie.

Le Président ouvrit la bouche pour répondre, mais il n'eut pas le temps de le faire. Une voix forte avait retenti dans leur dos :

— ... Et nous allons la mettre immédiatement en application ! Un seul geste et vous êtes refroidis dans la seconde.

À l'entrée de la large pièce, cinq hommes pointaient sur eux des fusils-mitrailleurs.

— Qu'est-ce que ça signifie ? cria le Président.

Le premier des soldats posa sur la tempe de Harton le canon de son arme.

— Vous fermez votre gueule, proféra-t-il d'une voix calme et glacée. Et vous allez vous asseoir à votre bureau.

Le dos légèrement voûté, le Président obtempéra.

Puis tout alla très vite.

Le militaire, qui portait les galons d'un commandant, se glissa derrière Harton, posa deux doigts sur sa gorge, en un point précis. Celui-ci s'affaissa, évanoui. Puis le type tira de sa poche un petit revolver, qu'il tenait serré dans un grand mouchoir blanc. Il glissa le revolver dans la main droite de Harton. Délicatement, il souleva l'avant-bras du Président et, de son autre main, saisit ses cheveux pour redresser sa tête. Le canon du revolver était posé sur la tempe de Harton.

Il y eut un coup de feu.

Le commandant reposa doucement la tête du Président contre le bois du bureau. Une flaque de sang épaisse et sombre se répandait lentement.

Mary détourna les yeux.

Une prière montait de son cœur. Silencieuse. De tout son être recueilli, elle accompagnait l'homme qui mourait. Cet homme dont la présence était là, diffuse. Légère. Il s'en allait le cœur ouvert. Très vite, il s'éleva, et bientôt Mary ne le sentit plus. Une joie paisible la remplissait.

Elle savait qu'il avait dit oui.

Un autre homme entra dans la pièce. Mary se retourna.

Merritt.

Il tenait dans sa main une feuille de papier qu'il lui présenta :

« J'ai compris que je ne pouvais plus vivre. Je demande pardon à tous ceux qui m'aimaient. À tous, je dis adieu.

Clint Fitzgerald Harton. »

Le général posa la feuille sur le bureau du Président et se tourna vers la jeune femme.

— C'est vous que j'aurais dû tuer. Et j'y aurais pris du plaisir, croyez-moi. Mais cet imbécile m'aurait causé des

455

ennuis. Je vous laisse avec votre conscience. Cet homme est mort à cause de vous.

— Cet homme est beaucoup moins mort que vous, répondit Mary.

Le visage de Merritt fut déformé par un rictus de haine.

— Ma petite, personne ne comprend vos élucubrations. Mais vous avez une espèce de charme un peu évanescent qui incline les faibles à y chercher du sens.

Il désigna le cadavre de Harton.

— Je ne suis pas sûr que vous leur portiez chance. Réfléchissez-y, s'il vous prend l'envie de raconter ce que vous venez de voir.

Merritt fit un signe aux cinq militaires, qui sortirent du Bureau ovale. Il leur emboîta le pas.

— Pourquoi me laissez-vous en vie ? demanda Mary.

Le général stoppa sa marche et se retourna lentement. Il avait dans le regard une lueur de joie mauvaise.

— Pourquoi vous tuer ? Vous n'êtes plus dangereuse. Vous l'étiez quand le chef vous écoutait. À présent...

Merritt la toisa quelques secondes.

— Le chef, c'est moi.

Il fit demi-tour.

— Et j'aime que mes ennemis voient ma victoire, dit-il en quittant la pièce.

Dans le bureau du général Merritt, James Bosman ne regardait plus l'écran. Il avait posé les mains sur ses yeux.

Il pleurait.

À mesure qu'il laissait couler ses larmes, un autre sentiment grandissait en lui, emplissant sa poitrine d'une énergie qu'il ne connaissait pas.

Une colère, terrible.

Au bout de quelques minutes, il se leva et sortit.

59

Laboratoire de microbiologie

Le professeur Barkwell leva les yeux de son microscope. Toutes les analyses concordaient.

Il avait compris.

Il savait de quoi ce type était mort.

Et c'était terrifiant.

Il se leva et fit quelques pas dans la pièce carrelée de blanc. Il n'y avait aucune pensée dans son cerveau, juste un vide que ses défenses mentales parvenaient encore à maintenir pour lui éviter de réaliser vraiment. Puis le flot des pensées rompit cette digue trop fragile.

Toujours debout, il se prit la tête entre les mains.

Que peut-on faire, nom de Dieu ? Que peut-on faire ?

L'image de Doubletour traversa son esprit.

Il faut que je l'appelle...

À ce moment le téléphone sonna.

— On a encore du travail pour vous, mon vieux. Trois autres morts. Plus une douzaine de malades. Des cas sérieux...

Il faut que je me lève, pensa Aimé Doubletour.

Mais son corps était une masse pesante. Inerte. C'était comme si le mettre en mouvement demandait une dépense d'énergie trop importante.

Et dans son lit, il était si bien. Quelle heure pouvait-il être ? Il aurait fallu qu'il tourne la tête sur le côté, pour que le petit réveil posé sur sa table de chevet rentre dans son champ de vision...

Rien que d'y penser, ça l'épuisait d'avance.

Les yeux fixés sur le plafond, Doubletour écoutait sa respiration. Un peu sifflante. Il était bien. Il y avait juste une petite inquiétude.

Est-ce que je ne suis pas malade ?

Mais au fond il était bien.

C'était ça qui le rendait malade.

Depuis quelques jours, une douce quiétude envahissait son âme, une torpeur tranquille engourdissait son corps. Dans ce bunker souterrain, coupé de toute vie, coupé de son histoire et de son passé, c'était comme si rien ne pouvait l'atteindre. On ne lui demandait rien. Personne n'avait rien à faire des petites théories d'Aimé Doubletour. Les autorités l'avaient appelé parce qu'elles ne comprenaient rien à la situation. Elles n'y comprenaient toujours rien. Mais on ne lui demandait plus rien.

En fait, c'était clair. Ce général Merritt l'avait utilisé. Devant le Président, il l'avait laissé développer ses idées, il avait même fait mine d'en être surpris. De le contredire.

Puis, en un éclair, il les avait récupérées.

Les idées d'Aimé Doubletour étaient fondées sur le respect de la Terre et l'amour de la vie. Le général Merritt, d'un tour de magie noire, en avait fait des instruments de mort... au service de sa folie.

Doubletour ferma les yeux. Un sentiment de désespoir le gagnait, le sentiment de l'inutilité totale de toute action. Y compris lever un doigt, remuer une paupière, bouger de son lit... Et ça n'avait aucune importance. Car il était bien.

Est-ce qu'il n'était pas malade ?

Ne fallait-il pas être profondément malade pour éprouver un tel sentiment de bien-être, enfermé dans une minuscule chambre sans confort, dans un bunker hermétiquement clos, à jamais coupé de ce qu'il aimait : marcher sur de la terre humide, se baigner dans l'eau d'un lac, étreindre un arbre entre ses bras...

Et sa mère qui était morte...

Doubletour se prit la tête entre les mains.

Sa mère ne pouvait pas ne pas être morte. Il n'y avait plus de survivants en surface. Sa mère était morte.

Et lui n'arrivait pas à éprouver le moindre sentiment !

Ça n'était qu'une idée abstraite, une image sans netteté. Le visage de sa mère, ses yeux si souvent tristes et chargés de tendres reproches, sa voix douce et teintée d'amertume... Il

aimait sa mère. Il aurait tout donné pour elle. Et maintenant...
il savait qu'il ne la reverrait jamais.

Pire encore, qu'elle était morte, sans doute, dans de terribles souffrances, seule, désespérée.

À l'appeler peut-être...

Aimé sondait sans répit la moindre sensation de son corps alangui, cherchant désespérément la moindre esquisse du début d'une douleur, d'un remords ou d'un regret. Mais rien.

Il n'était qu'indifférence.

— Je suis un monstre, murmura-t-il.

Il ferma de nouveau les yeux.

Il était si bien.

La sonnerie du téléphone, brutale, tira Doubletour du sommeil où il s'était laissé délicieusement glisser.

Il tenta de rouler sur le côté pour attraper le combiné posé sur la table de chevet. D'un œil entrouvert, il voyait tâtonner ses doigts, cherchant à saisir le fil.

La sonnerie, stridente, persistait.

Puis le téléphone fut dans sa main, sans qu'il comprenne comment.

— Doubletour... Vous dormiez ? C'est Barkwell.

— Je savais que ça vous intéresserait...

Aimé, les yeux posés sur le microscope, ne répondit rien.

Il fallait d'abord qu'il reprenne ses esprits.

Toutes ses théories se trouvaient confirmées. D'une manière éclatante.

Ce qu'il voyait dans ce microscope était sa victoire. Mais également le signe qu'il n'aurait peut-être que peu de temps pour la fêter. Car la menace était effrayante.

— Qu'est-ce que vous en pensez ? reprit Barkwell.

Doubletour regarda le chercheur dans les yeux.

— Ce type est mort attaqué par son propre organisme...

60

Chambre de Greg et Mary, samedi 12 juillet

Greg avait mal au ventre. Une douleur lancinante le lançait par vagues successives, avec de brefs répits, comme si ses entrailles étaient tenaillées par une mâchoire acérée, incisive, insistante.

Cela faisait cinq jours que le Président avait été tué et, depuis cinq jours, Mary et lui n'étaient sortis de leur chambre que pour les repas.

En fait, les conversations n'avaient que peu d'intérêt.

La mort de ce Babbelmann avait défrayé la chronique les deux premiers jours. On ne parlait que de ça. Les gens avaient peur. De quoi était-il mort ? Était-on menacé ? Puis Merritt avait lâché des nouvelles rassurantes. Il était mort de sa belle mort. Rupture d'anévrisme. D'un coup, il n'avait plus été question de ce type. Il avait suffi qu'un nom puisse être posé sur ce qui l'avait tué. « Rupture d'anévrisme. » Telle une incantation magique, la formule avait dissipé les peurs, et anéanti tout intérêt pour Babbelmann.

Ensuite, les conversations s'étaient pour ainsi dire vidées de toute substance. Au début, pour faire connaissance, on se présentait : sa profession, un peu de son histoire. Il était question de la vie d'avant.

Une fois, un type s'était mis à parler de sa femme et de ses gosses. À un moment, il s'était écroulé en larmes, le front contre la table. Deux autres types s'étaient mis à pleurer. Deux gars de la sécurité les avaient emmenés, tous les trois, doucement.

Le lendemain, ils étaient réapparus. Ils avaient aux lèvres un sourire persistant, et leur regard brillait.

On évitait de parler de la vie d'avant.

Bien sûr, il était question de l'avenir. Du Projet. Mais à part ressasser les visions de Merritt et de ses acolytes, il n'y avait pas grand-chose à dire, et la conversation s'épuisait vite.

Un informaticien, une fois, avait émis quelques critiques sur l'organisation de la base souterraine. Rien de bien méchant mais, le lendemain, le type n'était pas à table à sa place habituelle, et on ne l'avait pas revu. Autour de Greg et Mary, personne n'avait jamais plus parlé négativement de quoi que ce fût.

La douleur, qui s'était calmée quelques minutes, tordit à nouveau les intestins de Greg, qui posa une main sur son ventre.

C'était de l'angoisse.

Une peur diffuse, un mal-être sans objet. Il aurait voulu agir, faire quelque chose... Mais il n'y avait rien à faire. Ses compétences n'avaient aucune utilité particulière sur la base. Savoir pourquoi les animaux avaient modifié leurs comportements n'avait plus aucune importance. Plus tard, lui avait-on dit, nous aurons besoin de vous... Plus tard... En attendant, personne ne lui demandait rien. Et le bunker n'était pas organisé pour le loisir. La salle de conférences, au début, avait bien servi de salle de cinéma, une importante vidéothèque avait été prévue, avec tous les succès hollywoodiens des dernières années, de quoi tenir plusieurs mois sans voir deux fois le même film et le premier soir, la salle était comble. Mais, pendant le film, Greg s'était senti très mal et il n'était pas allé à la séance du lendemain.

Puis les séances avaient été supprimées.

Le bruit courait que deux types s'étaient suicidés à la suite d'une projection. Tous ces films montraient un monde qui n'était plus. C'était trop douloureux de voir une ville debout, des gens attablés à la terrasse d'un café, ou marchant dans un sous-bois nimbé d'une vraie lumière de printemps... Il ne fallait pas ressasser de vieilles images, mais regarder devant soi. Le passé n'était plus qu'un poids. Il fallait l'oublier.

Mais l'avenir était si incertain qu'il était impossible de se le représenter.

Quant au présent...

Greg grimaça de douleur, en même temps qu'un violent élancement lui perçait l'estomac.

Mary s'approcha de lui et posa une main sur son ventre.

Aussitôt, il se sentit mieux. La main de Mary, douce et chaude, irradiait dans sa chair un bien-être serein.

Au bout d'une minute, apaisé, il leva les yeux vers elle.

— Comment fais-tu pour avoir l'air si joyeuse ? lui demanda-t-il.

— C'est que je le suis !

Greg secoua la tête. En lui, l'admiration se disputait à l'incompréhension.

— Comment peux-tu être joyeuse ?

— Qu'est-ce qui peut s'y opposer ?

— Tu dis que le monde qui t'environne est contraire à tout ce que tu es. Et tout ce que tu aimais a disparu. Tu as voulu agir, tu as parlé au Président. Et on l'a assassiné sous tes yeux. Merritt te surveille, tu es réduite à l'impuissance...

— Mais quel rapport avec la joie ?

— Tu as échoué, Mary...

— Oui, mais j'ai tout donné. Tout ce que je suis, je l'ai proposé. Je l'ai offert. Si le monde n'en a pas voulu, qu'est-ce que j'y peux ?

— Tu t'en fous ?

Le visage de la jeune femme redevint grave.

— Oh non ! De tout mon cœur, je prie pour que l'Humanité choisisse la vie. Mais j'accepte mes limites. C'est pourquoi je suis dans la joie. Et puis tu sais...

Elle sourit à nouveau, mystérieusement. Greg l'interrogea du regard.

— J'ai semé. Je ne connais pas les fruits. Mais une petite voix en moi me dit qu'ils seront beaux.

Il y eut un silence puis on frappa à la porte. Mary se leva pour ouvrir.

Greg entendit une voix un peu étouffée. C'était Doubletour.

— Mary, bredouillait-il, je... excusez-moi, je ne voudrais pas vous déranger mais... je voudrais vous parler... en privé si possible.

Mary s'effaça pour le laisser entrer, tout en adressant un coup d'œil complice à Greg. Bosman, déjà, à deux reprises, et Rosenqvist, une fois, étaient venus s'entretenir avec Mary. À chaque fois, il avait dû s'éclipser.

— Si cette chambre devient un confessionnal, maugréa-t-il.

Il fit un signe amical à Doubletour et sortit.

Norman Prescot tapa du poing sur son bureau.

La réponse était là, quelque part, tout près. Elle flottait dans l'air comme une brise légère, et Norman tendait la main, avide de la saisir. Mais il n'agrippait que du vide.

Elle le narguait.

Et lui n'en dormait plus.

Il existait une explication à tous ces phénomènes, une explication simple. Mais qui exigeait de voir la Terre, et ses comportements, sous un jour entièrement nouveau. C'était là la difficulté.

Il fallait apprendre à ne plus savoir.

Or Norman avait passé sa vie à savoir. C'était son métier. Son université le payait pour transmettre et augmenter la masse du savoir humain. Il s'agissait de s'appuyer sur le travail de ses prédécesseurs, comme sur des fondations intangibles, et d'apporter sa propre pierre. D'autres ensuite, sur cette pierre, poseraient la leur... Et le mur du savoir s'élèverait, toujours plus haut.

Être chercheur demandait beaucoup d'humilité.

En tant qu'individu, on n'était rien. Juste celui qui pose une pierre, perdue dans la masse, une pierre qu'un autre aurait pu tout aussi bien poser...

Mais il y avait, pour compenser, la fierté de cette œuvre collective, qui défiait le ciel, l'édifice illimité du savoir humain. La fierté d'être un être humain.

Le problème, c'est que chaque pierre du savoir devait s'appuyer sur toutes celles qui avaient été posées avant elle. Interdiction de remettre en question les soubassements de l'édifice. On pouvait infléchir quelque peu la direction. Mais toujours en s'appuyant, avec la déférence d'usage, sur les maîtres du passé.

Il était impossible de concevoir quelque chose de réellement nouveau.

Quelle blague...

Du nouveau, il y en avait, ô combien ! La réalité avait, en quelques semaines, balayé non seulement tous les modèles par lesquels on croyait la penser, mais également toutes les institutions qui permettaient de le faire... La civilisation moderne, et son projet de savoir et de domination, avait été anéantie... L'Université avait disparu, et avec elle l'immense majorité des chercheurs.

Et malgré cela, le professeur Prescot demeurait un universitaire !

Il lui était impossible d'abandonner le savoir sur lequel il avait bâti sa carrière. Il n'y arrivait pas. Ce savoir, auquel il n'avait jamais cru, et dont la fausseté s'était révélée de la manière la plus éclatante, ce savoir mort le hantait toujours, pareil à la persistance pathologique d'une image rétinienne, dont on sait que ce n'est pas le monde, mais qui empêche de voir le monde.

Et la réponse était là, dissimulée derrière ce fantôme.

Elle se moquait de lui...

Norman se leva d'un geste brusque, repoussant sa chaise qui tomba loin de lui.

— Nom de Dieu ! hurla-t-il.

Il fallait qu'il trouve.

Il le fallait.

Mary attendait patiemment. Assis en face d'elle, Double-tour semblait troublé. Des pensées se bousculaient dans sa tête et ridaient son front, mais c'était comme si ses lèvres se pinçaient pour qu'aucun son ne sorte de sa bouche.

— Vous avez peur ? demanda Mary.

— Non ! protesta l'autre. Enfin... je me sens un peu tendu... En fait, j'ai un peu peur, oui...

— De quoi ?

— ... Eh bien... Je me trouve un peu stupide. Je me retrouve devant vous, et je ne sais même pas vraiment pourquoi... C'est juste que je me suis dit...

L'écologiste s'essuya le front, où perlaient de minuscules gouttes de sueur.

— Je me suis dit que vous pourriez peut-être m'aider...

— En quoi puis-je vous aider ?

— Je ne sais pas... À y voir plus clair... C'est idiot.

Mary lui sourit.

— Qu'est-ce qui est idiot ?

— En vous regardant, j'ai eu l'impression, comment dire ? — qu'il y avait quelque chose en vous... qui comprenait les choses. Et j'ai en moi des questions... difficiles.

— On peut toujours essayer ! dit joyeusement Mary. Quelles sont ces questions ?

— Vous avez assisté à la réunion dans le Bureau ovale. J'ai exposé mes idées. Il y avait très longtemps que j'attendais ce moment. J'ai cru qu'enfin mon heure était venue, et que ma vie allait prendre un sens. Faire comprendre, aux plus hautes autorités, que l'humanité faisait fausse route, qu'il fallait changer la vision de l'homme et son rapport à la Nature... Et au lieu de ça...

Doubletour essuya furtivement une larme sur sa joue.

— ... c'est le contraire qui s'est produit. Ce sont mes idées qui ont permis au général Merritt de faire triompher son point de vue ! J'ai joué un rôle, oui ! Mais un rôle de mort...

L'écologiste, d'un geste tremblant, sortit un mouchoir de sa poche et se moucha bruyamment.

— Je ne comprends pas comment mes idées ont pu être utilisées pour servir l'opposé de tout ce que j'aime... De tout ce que je suis...

L'écologiste tapa du poing sur la table.

— Je le hais ! hurla-t-il.

Mary regardait l'homme assis en face d'elle. Sa colère était immense. Mais elle n'était que la surface d'un océan de tristesse dans lequel il n'avait jamais voulu plonger. Peut-être est-il temps, songea-t-elle... Elle avait l'intuition que la vie travaillait cet homme, douloureusement, afin qu'il consente à cette exploration. Afin qu'il se rejoigne, au centre de lui-même. C'était un combat, qui se menait en lui, et Mary sentait en son cœur une grande compassion.

Doubletour, les yeux brillants, regardait Mary comme s'il cherchait en elle un reflet de lui-même.

— Il y a autre chose, souffla-t-il d'une voix presque inaudible...

Mary attendait, à l'écoute : Doubletour semblait hésiter.

— C'est quelque chose qui est classé ultraconfidentiel. Je n'ai pas le droit de... de vous mettre en danger.

— Je n'ai pas peur, dit Mary.

L'écologiste la regarda longuement. Puis il reprit la parole :

— Il y a une maladie. Une maladie mortelle. Ou plutôt, ce n'est pas une maladie...

Doubletour grinça d'un rire désespéré.

— Ils ont cru qu'il suffisait d'isoler l'homme de toute autre forme de vie... que la santé c'était ça, qu'on ne pouvait plus tomber malade... Quelle ironie !

Il demeura silencieux quelques instants. Mary attendait.

— Vous vous souvenez, dans le Bureau ovale... J'ai parlé des mitochondries.

— Oui, je m'en souviens... Ce sont ces petites... je ne sais pas trop quoi, qui font respirer nos cellules, c'est ça ? et qui sont les lointaines descendantes de bactéries...

— Tout à fait ! Sans les mitochondries, nous ne pourrions pas vivre. En fait, ces bactéries, qui sont leurs ancêtres, étaient de terribles prédatrices. Elles attaquaient d'autres bactéries pour les dévorer de l'intérieur. Le problème, c'est que, si elles tuaient leur proie, elles mouraient avec elles. Pourtant certaines parvenaient à les envahir, à s'en nourrir, sans les tuer ! Leur hôte résistait. Avec le temps, une coopération s'installait. La bactérie prédatrice, suite à des mutations, finissait par être non seulement inoffensive, mais utile à son hôte ! Peu à peu, sur des centaines de millions d'années, les deux finissaient par former un seul organisme. Ainsi, chacune de nos cellules est le lieu d'une coexistence pacifique entre deux camps qui, jadis, se sont mené une guerre terrible !

Mary comprenait. Ce qu'elle pressentait depuis des jours se produisait. C'était inéluctable.

— Et cette paix, murmura-t-elle, est fragile...

— Terriblement fragile... Et toujours de courte durée. On sait depuis longtemps déjà que c'est par les mitochondries que passe la programmation de la mort cellulaire. Quand une cellule meurt, c'est que les mitochondries qu'elle abrite se sont mises à l'empoisonner ! Elles fabriquent des radicaux libres oxygénés, substance mortelle pour la cellule. Tout se passe comme si, au bout d'un certain temps, elles retrouvaient leur atavisme de prédateur ! Leur instinct ancestral de tueur se réveille. Et les fragiles alliances qui constituent nos cellules se brisent. Voilà pourquoi nous vieillissons, et voilà pourquoi nous mourons.

Mary demeura songeuse quelques instants.

— Un être vivant est un miracle éphémère, dit-elle. Quelques instants de paix, que l'âme vole au chaos et à la guerre...

Elle regarda Doubletour dans les yeux.

— Et maintenant il y a la guerre... Dans le corps de l'homme, à l'intérieur même de ses cellules... La maladie, c'est cela, n'est-ce pas ?

— Oui... Nos propres corps nous font la guerre. Depuis la mort spectaculaire de Babbelmann, il y a eu une quinzaine de nouveaux décès. On a mis un peu de temps à comprendre. Il n'y a aucun virus, aucune bactérie. Ce sont les mitochondries, avec un inexplicable ensemble, qui se mettent à agresser leurs cellules hôtes. Et ce, dans l'organisme tout entier. Cela produit l'équivalent d'un vieillissement accéléré, mais sans les signes extérieurs du vieillissement, qui n'ont pas le temps de se manifester. Il y a un affaiblissement, mais c'est souvent le seul symptôme. Cela prend quelques jours. Puis la personne meurt, brusquement.

Il y eut un silence assez long. Puis Mary dit :

— Si j'ai bien compris votre vision des choses, tout cela ne devrait pas trop vous surprendre, n'est-ce pas ?

— Non, en effet...

— Alors... qu'est-ce qui vous rend si perplexe ? Qu'est-ce que vous ne comprenez pas ?

Une ombre de terreur fugitive traversa le regard de l'écologiste. Il mit quelques secondes avant de répondre :

— Ce que je ne comprends pas..., dit-il d'une voix sans timbre.

Un rictus désespéré déformait son visage.

— ... c'est pourquoi *moi* ? Pourquoi suis-je atteint par cette maladie ?

Norman Prescot s'approcha du placard. Il avait faim. Il devait lui rester un bout de pain dans un coin. Et un œuf... Machinalement, il ouvrit le placard et entreprit de fouiller dedans. Sa pensée, indifférente à ses gestes, comme devenue indépendante de lui, continuait de tourner à la vitesse d'un moteur emballé.

Il y avait au moins une chose dont il était désormais certain : le modèle gradualiste était faux. La Terre n'était pas un système stable. Périodiquement, elle était soumise à de fortes perturbations qui affectaient brutalement et dans des proportions importantes l'ensemble de la croûte terrestre. Cela entraînait des conséquences majeures sur le relief, sans doute le climat, peut-être même la position des continents. Norman était convaincu qu'une telle période géologique débutait.

Mais de quelle sorte de perturbations s'agissait-il ? Quelles en étaient les causes ?

Il mordit dans la tranche de pain, sortit le dernier œuf de sa boîte en carton et se dirigea vers le four à micro-ondes.

Les ultimes données dont il disposait confirmaient au moins une chose : le mouvement des plaques lithosphériques était en train de s'accélérer. De nouvelles failles se formaient. Et personne ne pouvait prédire les conséquences, sur quelques dizaines d'années, d'un tel phénomène.

Norman posa sa main au-dessus de son œil gauche. Il avait un début de migraine. La faim, peut-être... Il déposa l'œuf dans le four à micro-ondes, et régla sur une minute.

Restait à comprendre. Quels étaient les mécanismes à l'œuvre dans ses profondeurs, pour qu'à intervalles plus ou moins réguliers la Terre soit soumise à des cataclysmes assez puissants pour remodeler sa surface ? Telle était la question. Quant à la réponse...

Un bruit bizarre attira l'attention de Norman, venu du four à micro-ondes. Il tendit la main pour stopper la cuisson. Mais il n'en eut pas le temps. Un éclair de lumière blanche l'aveugla, accompagné d'une brutale explosion qui souffla sur lui des matières molles.

Le four à micro-ondes.

Qu'est-ce qui...

Toute la pièce s'était soudain mise à trembler, tandis qu'un vacarme brutal, assourdissant l'emplissait. Norman, sans réfléchir, se précipita sous la table pour s'abriter.

Il savait que c'était un séisme.

Un séisme suffisamment puissant pour mettre à mal le dispositif antisismique de la base.

Il se boucha les oreilles et ferma les yeux.

Quand Aimé Doubletour sortit de la chambre de Mary, il se sentait calme, et comme renouvelé. Il avait compris.

Cette femme est une magicienne, pensa-t-il. Elle lui avait juste posé des questions. Inlassablement. Que répondait-il ? Il avait oublié. Il ne se souvenait pas davantage des questions qu'elle lui avait posées. Plus elle le questionnait, plus un brouillard semblait monter depuis ses profondeurs, envahissant sa tête et noyant son cerveau. À un moment, il n'y avait plus de pensées. Un silence, vertigineux.

Il était question de la Terre, et du désir... De la femme...

Brusquement, il avait compris pourquoi ses idées avaient pu servir au projet monstrueux du général Merritt. Et pourquoi il était malade.

C'était si simple ! Comment avait-il pu ignorer si longtemps sa propre vérité ? À présent, c'était comme si elle lui crevait les yeux.

Aimé, qui avait marché dans les couloirs obscurs, perdu dans ses pensées, se retrouva devant la porte de sa chambre. Il l'ouvrit et entra.

La vérité...

Aimé Doubletour croyait aimer la Terre, il croyait aimer la vie. Il ne voyait pas que son cœur était rempli de colère. Colère contre les femmes, mais c'était d'abord une colère contre son propre désir. Contre le désir.

Toute la Terre est Désir.

Voilà ce qui lui était apparu, en un éclair, après une question de Mary.

Toute la Terre, vivante, frémissante, animée, respire de désir, et ce désir est sa vie-même.

En colère contre son désir, Aimé refusait en lui-même la manifestation la plus précieuse de cette vie qu'il croyait aimer. Refusant la chair, c'était la vie de la Terre qu'il combattait en lui-même.

Il était en guerre. Comme tous les autres.

Voilà pourquoi il était malade. Son corps était le théâtre de cette guerre. Tout simplement.

Et voilà pourquoi, également, Merritt avait pu se servir de lui.

Approchant du miroir, il contempla son visage durant quelques instants. Il avait envie de rire. Tout était si clair. Il se voyait, tel qu'il était. Mais il n'éprouvait aucune amertume, aucun dégoût de soi.

Aimé Doubletour était semblable au général Merritt.

Ils avaient toujours été dans deux camps différents, mais ils menaient la même guerre. C'était une guerre contre soi-même. C'était une guerre contre la vie. Bien sûr, l'écologiste avait passé sa vie à prêcher la paix, le général à faire la guerre. Tout les opposait. Mais c'était la même colère qui les menait. Et qui les unissait.

C'est parce que Aimé Doubletour et le général Merritt étaient profondément identiques que l'action de l'écologiste, qu'il croyait consacrée à la paix, avait servi la guerre. Le plus fort l'avait emporté, tout simplement. Merritt était beaucoup plus fort que Doubletour.

Mais ils étaient semblables.

Aimé, les yeux rivés sur son reflet, voyait ses larmes couler.

Soudain, il y eut un grondement sourd, qui semblait monter des entrailles de la Terre.

Et le sol se mit à trembler.

Quand il rouvrit les yeux, Norman Prescot se trouvait au milieu d'un désordre indescriptible. Le four à micro-ondes avait atterri à cinquante centimètres de sa jambe gauche. Le placard, arraché du mur, avait volé à l'autre bout de la pièce, le lit était renversé contre la table sous laquelle il s'était abrité.

Bon réflexe, pensa-t-il.

Épars sur le sol, des vêtements, des livres et des papiers, du verre brisé...

Norman posa la main sur sa joue. Le long de son visage coulait un enduit visqueux, et il eut peur d'être blessé. Mais il n'avait mal nulle part, et un coup d'œil sur sa blouse le convainquit qu'il s'agissait de l'œuf. Qui avait également repeint le mur derrière lui.

La porte du four à micro-ondes était à moitié arrachée, et Norman se souvint. Juste avant que la terre ne tremble, il y avait eu cette explosion...

Bizarre, se dit-il.

Assis sous la table qui lui avait probablement sauvé la vie, il soupira. Il n'avait pas envie de se relever tout de suite. Dans sa tête, un peu malgré lui, se bousculaient des hypothèses. Il voyait sa pensée fonctionner, dans une lucidité inhabituelle, presque hypnotique.

C'était étrange.

Sa pensée se polarisait sur l'explosion du four à micro-ondes...

Qu'est-ce qui a bien pu se passer avec cet œuf ?

Il y eut soudain comme un éclair, et Norman éclata de rire.

Il avait compris.

Il savait pourquoi l'œuf avait explosé. Mais ça, il s'en foutait complètement.

Car il avait la réponse.

La Terre... L'œuf...

En un instant, tout était devenu parfaitement clair.

Alors Norman se rendit compte qu'il n'y avait pas de quoi rire, et il ferma les yeux.

— Nous sommes perdus, murmura-t-il.

61

Journal de David Barnes
Date : Je ne sais plus. J'ai arrêté de compter les jours

À quoi bon écrire encore ? Qu'est-ce qui me pousse à noircir cette page si blanche dans le soleil brûlant ? Le reste de mon journal est perdu, irrévocablement, depuis que la batterie de mon ordinateur a rendu son dernier soupir. Je n'avais rien imprimé. Et je n'ai pas de regrets. J'avais commencé à écrire pour me trouver. Je me suis trouvé, mais je ne crois pas que l'écriture ait joué le moindre rôle. Alors pourquoi continuer ? Je ne sais pas. Je le fais, simplement, mû par un désir dont j'ignore le sens...

C'est peut-être en cela que je me suis trouvé.

Je suis capable, à présent, de me laisser mouvoir par les profondeurs de mon être, je n'ai plus besoin pour agir de justifications, ni de savoir où cela me mène. J'agis, c'est tout. J'assiste à l'action dont je suis l'acteur. Souvent, je comprends. Mais plus tard.

C'est être libre, m'a dit Lololma. Tu apprends la liberté, David.

Au fond, je me suis donné beaucoup trop d'importance. J'ai cru pouvoir jouer un rôle, servir à quelque chose. Combattre, à moi seul, les forces de la mort, les forces de la nuit qui gouvernaient le monde. Être un héros.

Quelle blague !

En réalité, je n'ai fait que m'enfler, me gonfler. David Barnes, le grand journaliste, ce chevalier de la transparence, en croisade solitaire contre l'armée du mensonge... Au bout du compte, ma petite échappée personnelle, dans un contexte de fin du monde, n'a pas eu plus d'effets qu'un caillou jeté dans l'océan une nuit de tempête !

Et c'est bien comme ça.

Ce n'étaient pas les fruits grandioses que j'attendais de mes gesticulations qui pouvaient donner un sens à ma vie. Aujourd'hui, ma vie a un sens. Simplement, parce que j'ai accepté de ne rien contrôler.

J'ai accepté ma mort.

Je crois que c'est arrivé en une nuit. Durant mon sommeil. Il y a trois jours. Après une longue discussion avec Lololma.

J'ai été réveillé par la lumière de l'aube. Tout était plus clair, plus lumineux, plus net. J'avais la sensation d'être moi-même transparent, léger, comme si mon corps était fait de l'air que je respirais. Il y avait une paix. J'étais ouvert à tout.

Bien sûr, cette sensation n'a pas duré. Le soir, la densité d'avant était un peu revenue. Mon corps était à nouveau rempli de mille petites tensions qui étaient autant de refus d'être en vie, et que ma chair, au long de mon histoire, avait enregistrés... Quelque chose avait changé, pourtant. Une conscience, nouvelle, était née. J'étais devenu capable de voir. Et d'accepter ce que je vois.

Je vois un peuple qui meurt. Mon peuple. Je me vois mourir avec lui. Une voix en moi hurle que c'est injuste. Et pourtant, je crois que j'accepte.

Nous avons eu hier des nouvelles des villages de la deuxième mesa : Mishongnovi, Shipaulovi n'existent plus. Leurs habitants sont morts. La maladie. À Shongopavi, il n'y a plus que sept personnes, six hommes et une femme. Tous malades.

Nous n'avons aucune nouvelle de la première mesa.

Ici, à Oraibi, nous sommes encore une trentaine. Nous luttons. Un temps, la tentation s'est insinuée dans nos cœurs de tout laisser tomber. De ne plus nous défendre. À quoi bon ? Puisque l'issue est inéluctable. Mais Lololma a parlé. Il nous a fait comprendre à quel point la conscience humaine était importante pour accompagner le Grand Passage. « Prions et méditons sans cesse, nous a-t-il dit, chantons le chant de la Création. Glorifions l'Esprit Infini. Aussi longtemps qu'il nous l'est demandé, nous devons être les Veilleurs. Ceux dont la conscience relie le Ciel et la Terre, et préserve le monde de la destruction. »

Je n'ai pas vraiment compris ses paroles. Et je sais que peu les ont comprises. Mais tous, nous avons repris la lutte, avec une intensité nouvelle. Sans relâche, nous entretenons l'immense brasier que nous avons disposé autour d'Oraibi, et qui nous protège des bêtes sauvages. Nous avons fini d'édifier le campement de toile qui nous abrite tous la nuit, et diminue le danger des tremblements de terre. Quant à la maladie... Nous ne pouvons rien contre l'affaiblissement qui s'empare de nos corps, ralentit nos mouvements, et nous englue dans une torpeur à laquelle il semble doux de s'abandonner. Mais nul n'y cède. Nous travaillons aux tâches communes, jusqu'à nos dernières forces, et quand nous ne travaillons pas, nous descendons dans les kivas pour nous y relier au Créateur, et relier à travers nous ce monde qui meurt, à sa Source de Vie.

« Pourquoi les Hopis meurent-ils ? »

Telle est la question que j'ai posée à mon grand-père, il y a trois jours. Il m'a regardé, les yeux amusés, comme on regarde un très petit enfant, et je crois que j'ai rougi.

« Et pourquoi ne mourraient-ils pas ? » s'est-il exclamé.

J'ai mis un peu de temps avant de répondre :

« N'ont-ils pas pris la Voie sacrée ? Ne chantent-ils pas le chant de la Création ? Ils respectent la Terre, ils prient le Ciel...

— Cela dispense-t-il de mourir ? »

Je me suis tu quelques instants. Les pensées dansaient dans ma tête une infernale sarabande. Une voix me disait de ne plus poser de questions. Mais j'ai quand même repris la parole :

« Je croyais que ce monde mourait parce que l'homme s'est écarté de la Voie juste... De la Voie de la Paix. Les Hopis ne sont-ils pas un peuple de paix ?

— C'est l'Humanité qui est malade, a répondu mon grand-père. Les Hopis ne sont-ils pas humains ? »

Je me suis entêté :

« Les Hopis ne sont-ils pas différents du reste des hommes ? »

Alors Lololma s'est mis en colère.

« *Ne comprends-tu pas, a-t-il crié, que l'Humanité est Une ? Et que nous sommes tous responsables de tout ?* »

Puis il s'est adouci. Il m'a regardé, de ses yeux noirs et brûlants. Je me suis senti aimé.

« *C'est un grand renouvellement, a-t-il ajouté. Seuls quelques Élus survivront. Ils seront la nouvelle fondation, le sol du Cinquième Monde.* »

Il a fermé les yeux.

« *Est-il meilleur de survivre ou de ne pas survivre ? a-t-il murmuré. Qui le sait ? Il est bon que chacun soit à sa place.* »

Il m'a regardé de nouveau.

« *Peut-être y aura-t-il des Élus chez les Hopis, David... Ou peut-être pas... Qui le sait ?* »

Il m'a souri, une lueur un peu sarcastique dans les yeux.

« *Mais celui qui espère être Élu peut être certain qu'il ne le sera pas !* »

Pendant quelques secondes, je suis resté la bouche ouverte. Je devais avoir l'air très bête.

Puis j'ai ri avec lui.

Bien sûr, au fond de moi, quelque part où je ne regardais pas, j'avais espéré être un Élu. J'avais espéré ne pas mourir. J'ai cru, durant quelque temps, qu'en liant mon destin à celui du peuple de ma mère, je pourrais échapper à la destruction qui frappe le monde humain. J'étais aveugle.

Voir est un chemin.

Accepter ce qui est, ce qui se donne, ce qui advient. Sans condition. Sans détourner le regard, sans laisser ses yeux fabriquer des mirages pour éloigner ce qui dérange.

Voir est mon chemin.

Que c'est un chemin difficile !

62

Chambre du colonel Bosman

La lumière du néon éclairait la chambre d'une lumière trop vive, et James Bosman l'éteignit. Une simple veilleuse pouvait suffire. Il s'assit sur la chaise de son bureau, attentif à ce que son dos restât bien droit. Il n'avait pas sommeil, et quelque chose en lui désirait veiller, malgré la fatigue croissante qui gagnait son corps affaibli.

Il était malade.

Tout le monde était malade. C'était à peu près certain. Et ceux qui ne l'étaient pas encore ne perdaient rien pour attendre.

En réalité, on ne pouvait avoir aucune certitude à ce sujet puisque les installations médicales qui permettaient de faire les analyses nécessaires avaient été détruites par le séisme. Mais la quantité de types qui avalaient leur bulletin de naissance suffisait à laisser penser que la maladie n'était pas disposée à épargner grand monde.

Et certainement pas le colonel Bosman.

En fait, faute d'analyses, il ne pouvait pas en être sûr. Cette fatigue qui le gagnait d'heure en heure, cet affaiblissement de tout son être n'était peut-être pas dû à la maladie... Le manque de sommeil peut-être. Il se trouvait juste que les gars qui claquaient commençaient tous par éprouver une grande fatigue, par se sentir tout faibles... Puis on les retrouvait, glacés, sentant déjà, tassés dans un coin de leur chambre, ou en travers d'un couloir obscur... Trois équipes parcouraient sans arrêt les zones de nuit du bunker, avec pour seule mission de récolter des macchabées et de les emporter au crématoire avant qu'ils n'empestent un site habité.

Dans la zone de jour, c'était différent. On pouvait y faire le ménage au fur et à mesure. De toute manière, on y mourait à un rythme moins soutenu. La mortalité dans la zone de jour était nettement moindre que dans la zone de nuit. Phénomène bizarre. Lié, peut-être, à la suractivité démentielle que s'imposaient les « clairs », comme on appelait les gars qui y travaillaient. Ça devait les maintenir sous tension un peu plus longtemps que les « nocturnes », comme on nommait ceux qui étaient cantonnés dans la zone de nuit.

Depuis que le séisme avait enfoncé un côté du bunker sur plusieurs mètres, et détruit le principal générateur d'électricité, contraignant à un sévère rationnement de lumière et d'énergie, la base était divisée en deux parties. La zone de jour avait été délimitée en fonction des besoins stratégiques immédiats de l'humanité. Elle incluait les sites et les personnels impliqués soit dans la survie des habitants du bunker (sécurité, services d'hygiène et de santé, nutrition...), soit dans l'élaboration du Projet (les équipes de Merritt). C'est-à-dire dix à quinze pour cent de la population. L'activité dans la zone de jour était continue, la lumière jamais éteinte. Le personnel actif avait le droit théorique de prendre du repos « la nuit », c'est-à-dire huit heures par tranches de vingt-quatre heures. Mais ils préféraient rester à travailler, s'écroulant parfois sur une chaise ou dans un coin de leur bureau, comateux d'être allés au-delà de leurs forces... Les clairs, d'une manière générale, ne voulaient plus se retirer dans la zone de nuit. Ça les angoissait, apparemment, de se retrouver au milieu des nocturnes.

Ce qui se comprenait assez bien : la zone de nuit était absolument dépourvue de lumière comme de chauffage. On fabriquait des torches, mais en nombre très insuffisant pour les besoins de tous. Alors les nocturnes passaient les heures roulés dans plusieurs couvertures, à gémir leur ennui et à tenter de ne pas devenir fous. Les uns, collés en grappe autour d'une torche dans une salle commune, psalmodiaient en tremblant de vieilles chansons militaires... D'autres, terrifiés par le noir, barricadaient leur chambre et, blottis dans un coin, s'efforçaient de rythmer l'interminable écoulement d'un temps sans repère en se parlant d'une chambre à l'autre, en tapant sur les murs et les canalisations, avec un objet métallique, parfois leur propre tête... D'autres s'aventuraient, solitaires, dans les longs couloirs de ténèbres, se cognant aux parois et poussant de loin en loin quelque hurlement de bête... Beaucoup mouraient, comme si c'était la voie la plus sûre pour s'arracher à l'enfer.

Voilà pourquoi ceux du jour préféraient rester travailler plutôt que de fréquenter les taupes, ou les morts-vivants, comme ils les appelaient... Un fossé se creusait ainsi entre les deux parties du bunker. Un fossé d'incompréhension, bientôt de haine, qui gagnait tout le monde. Merritt compris. « Ils ont peur dans le noir ? avait-il grommelé. Ce ne sont plus des gosses tout de même ! » Mais le général, lui-même, ne se risquait plus dans la zone de nuit. « Je n'ai pas besoin de dormir, moi », disait-il, les yeux de plus en plus brillants, le teint de plus en plus cireux. Merritt était toujours précédé et suivi d'une atmosphère alcoolisée qui aurait suffi à donner le tournis à plus d'un pilier de bar, mais le colonel avait l'intuition que son supérieur, qui fréquentait les toilettes à des intervalles trop réguliers pour être honnêtes, carburait désormais à des substances par rapport auxquelles le gin qui irriguait ses vieilles artères avait l'innocence du lait pour nourrissons...

Apparemment, il n'était pas le seul. Les gars de la zone de jour avaient tous le même regard un peu trop fixe, souligné par des cernes qu'on aurait dit dessinés au charbon de bois... Et le même sourire halluciné.

Bosman, lui, ne prenait rien.

Il voulait demeurer conscient. Jusqu'au bout. De plus en plus conscient.

Depuis un temps qu'il ne se donnait plus la peine de décompter, le colonel se partageait entre la zone de jour et la zone de nuit.

Au milieu des nocturnes, il employait l'autorité que lui conférait son rang, ainsi que sa proximité connue avec le général, pour tenter de maintenir un semblant de discipline, et de contenir le chaos qui menaçait à tout instant d'engloutir les esprits. Il organisait la distribution des torches, imposait tant bien que mal quelques travaux d'utilité collective... L'action gardait vivantes, dans ces âmes en perdition, quelques lueurs d'éveil qui permettaient à certains de ne pas sombrer.

Parmi les clairs, Bosman se contentait d'observer. Merritt

était toujours satisfait de faire de lui le témoin privilégié de ses activités. Lui ne disait rien. Son supérieur n'avait pas la moindre idée de ce qu'il pensait ou ressentait.

Les clairs s'activaient dans une atmosphère de tension proche de l'hystérie. Ils ne se parlaient pas, ils se hurlaient des ordres et des consignes, se jetaient des insultes à la gueule et parfois se frappaient, sans raison particulière, juste comme un exutoire à leur rage affolée de contrôler les événements. Deux types étaient morts, suite à des pétages de plombs porteurs de trop d'exubérance... On avait calmé les trucideurs, deux jours de sommeil artificiel, une petite camisole chimique... Et on les avait remis dans le circuit.

— Tout cela n'est pas grave, avait dit Merritt. Ça prouve qu'ils sont vivants...

En quoi ces pantins mus par la terreur, abrutis par la drogue, étaient-ils plus vivants que ces nocturnes qu'ils écrasaient de leur souverain mépris ?

Ils ont tous également peur de vivre, avait dit Mary.

Se tendre, ou bien se résigner... Les deux faces du même refus de la vie. Les clairs s'assommaient de drogues, et de l'ivresse d'une illusoire puissance. Quant aux nocturnes, la plupart se laissaient sombrer dans une tiédeur hébétée, désespérée, qui n'était pas une acceptation de la mort à laquelle ils s'abandonnaient, mais le simple refus de la sentir approcher. Clairs ou nocturnes, ils s'anesthésiaient tous, et se coupaient d'eux-mêmes. Ainsi, peu à peu, ce n'était plus la spontanéité vivante de leur désir qui les menait, mais des forces sans âme, des mécaniques aveugles et sourdes.

Cela, Mary le lui avait fait comprendre.

Peu de temps après la mort du Président, il avait rendu visite à la jeune femme. Il était mû par le profond désir que cette femme le regarde, qu'elle lui parle. Mary l'avait écouté. Elle avait prononcé quelques paroles aussi, des paroles qui l'avaient ébranlé dans ses tréfonds, et que sa mémoire n'avait pu retenir. Les mots de cette femme semblaient venir de plus loin qu'elle. Ils ne laissaient pas intact. Et depuis qu'il allait la voir, il n'était plus le même. Il désirait vivre, à présent. Il désirait se faire confiance.

Il n'avait plus peur.

Juste après sa deuxième entrevue avec Mary, Merritt l'avait convoqué pour lui demander ce qu'il allait foutre chez elle. Évidemment, elle était sous surveillance.

— Méfiez-vous, mon petit James, cette femme est une sorcière, lui avait-il dit.

Bosman avait planté là son supérieur, sans un mot.

Il savait que l'autre avait tout pouvoir sur lui. Tout pouvoir sur sa vie. Mais il n'avait pas peur. Il avait juste quitté la pièce. Merritt n'avait pas réagi.

Et à présent, il n'avait pas peur de cette faiblesse qui d'heure en heure semblait gagner son organisme. Il n'avait pas peur de mourir.

Il ne tenait à rien.

Mais il avait un désir. Être lui-même. Seulement lui-même.

Bosman sourit. Son corps était épuisé, mais il y avait une légèreté, une douceur dans la pénombre de la pièce.

Il alla s'allonger sur son lit, et ferma les yeux. Il avait besoin de dormir.

Au moment où l'engourdissement du sommeil commençait à gagner tout son corps, un bruit sec et insistant le fit sursauter.

— Oui ?

Une voix étouffée retentit faiblement depuis l'autre côté de la porte.

— C'est Rosenqvist, colonel. Peter Basler ne va pas bien. Pas bien du tout. On est tous auprès de lui et on se demandait si...

Bosman se redressa d'un coup.

— J'arrive, dit-il.

63

Chambre de Peter Basler

La flamme qui brûlait derrière eux projetait des ombres tremblotantes sur le lit de Peter et sur le mur. Mary avait réussi à apporter une torche, le bien le plus rare et le plus précieux dans la zone de nuit, et c'était important. Important de voir le visage de Peter. Tant qu'un souffle de vie habitait encore sa chair.

Greg tenait la main de son ami. Imperceptiblement, le contact de cette main se faisait plus ténu, comme si elle se vidait lentement de la présence qui l'habitait. Il s'en allait. Greg aurait voulu l'accompagner sur ce chemin, mais c'était impossible. Peter le savait aussi. Les yeux fermés, les joues creusées, il semblait concentré sur son seul souffle, absorbé par l'urgence de vivre absolument ces instants. Plus tôt il avait dit à Greg, par de subtiles pressions de la main, qu'il lui était présent malgré son corps inanimé. Désormais, il n'était plus tourné que vers le mystère de sa destination. Déjà seul.

Greg jeta un œil autour de lui. James venait d'entrer, suivi de Rosenqvist, et cela le réjouit. Il y avait Mary, très près de lui, et Doubletour, un peu en retrait. Prescot et Barkwell étaient là aussi.

Greg ferma les yeux un court instant. Pour eux tous, à l'exception de Mary, ce moment avait la saveur terrifiante d'une manière de répétition générale. Car tous, à l'exception de Mary, étaient atteints du même mal qui emportait Peter. Ce mal qui les emporterait, sauf un miracle, sous très peu de jours.

Lui-même était malade. Il le savait. Depuis un temps difficile à évaluer, son corps se laissait gagner par une langueur, un affaiblissement qui était le symptôme principal, et indubitable, de la maladie mitochondriale. Cette maladie, tous en étaient atteints, ou finiraient par l'être.

Greg regarda sa femme. Comment pouvait-elle respirer une telle sérénité ? On aurait dit que rien ne pouvait entamer ce noyau de joie pure qui constituait son âme. Elle savait, pourtant, que Greg était malade. Et Greg ne pouvait douter un seul instant de son amour. Il était aimé d'elle comme aucun homme ne l'avait peut-être jamais été. Totalement. Sans condition.

Mary l'aimait. Elle savait qu'il allait mourir.

Et elle était là, recueillie, paupières mi-closes, le dos souple et droit, avec sur le visage l'expression d'une confiance inaltérable en la vie.

« Il y a encore un espoir », telle était la phrase qu'elle répétait sans se lasser dès qu'on l'interrogeait.

Elle n'en disait pas plus.

Un espoir...

Soudain quelque chose changea dans l'atmosphère de la pièce. Les ombres sur le mur se mirent à onduler légèrement. La flamme de la torche frémissait, hésitant à s'éteindre, comme sous l'effet d'un souffle imperceptible mais puissant. Un froid bizarre sembla glisser le long de l'échine de Greg, ce fut très rapide.

Greg regarda Peter. La main de son ami dans la sienne n'était plus qu'un objet sans vigueur, et son visage était figé.

Mary, à ses côtés, posa la main sur le bras de Greg. Elle avait les yeux fermés, ses lèvres bougeaient légèrement, comme si elle priait. Bosman, sur sa gauche, s'était approché.

Peter est mort.

Il y avait dans la chambre glaciale un silence recueilli, comme si chacun avait senti que c'était fini. Greg, étrangement, ne se sentait pas triste.

Adieu, murmura-t-il.

Une larme coula lentement le long de sa joue. Mary lui tenait la main. Le temps était comme arrêté.

Combien de temps s'était-il écoulé depuis que Peter avait rendu son dernier soupir ? Personne n'avait quitté la pièce. Tous s'étaient regroupés, serrés les uns contre les autres pour avoir moins froid, dans la lueur insuffisante de la torche qui se consumait. Personne ne parlait. Il y avait dans cette chambre mortuaire un recueillement proche de la paix. La présence de Peter était là, diffuse, sans lien avec ce corps déserté reposant sur le lit, et chacun se taisait comme pour percevoir encore cette présence, avant qu'elle ne s'échappe. Greg, épuisé mais étrangement calme, entendait dans son esprit les mots s'organiser en de fugaces prières, et il les laissait monter, sans intervenir. Comme si seule une prière pouvait encore accompagner Peter, sur le chemin qu'il parcourait, désormais seul.

Jusqu'au bout, son ami était demeuré le même. De tout son être, révolté.

« On m'a volé mon univers », lui avait-il dit quelques jours plus tôt.

Peter s'était bâti une conception du monde, et c'était comme s'il y vivait. Lorsque le monde avait cessé d'y ressembler, il n'avait pu l'accepter. La vie défiait son savoir ? C'était la vie qui avait tort. Peu à peu, il s'était replié sur sa rage. Il avait en mourant l'expression d'un enfant qu'on a trahi.

Greg se tourna vers Mary. Les yeux fermés, elle rayonnait de force aimante. Immobile, droite, et si belle d'être simplement là.

Greg s'aperçut que des regards étaient posés sur elle. Celui de James, celui de Doubletour... des regards purs, et sans calcul, des regards qui questionnaient simplement.

Insensiblement, l'attention de chacun semblait attiré vers elle. Comme si, dans le silence unissant ces consciences, la présence recueillie de Mary était un centre.

Il y avait une attente : elle allait parler.

Alors Greg s'aperçut qu'il attendait, lui aussi. Mary avait rouvert les yeux. Au bout de quelques secondes, elle prit la parole :

— Vous êtes tous très fatigués, et je vous sens désespérés...

Les mots de Mary étaient accueillis par une immense attention.

— Moi, je voudrais vous dire un espoir.

Tous les visages la scrutaient, cherchant à percer son mystère.

— Êtes-vous prêts à l'entendre ?

Rosenqvist intervint.

— Mary, où que je regarde, je ne vois rien qui puisse me rassurer. Si vous voyez un motif d'espoir, je vous en prie dites-le nous !

— Espérer n'a rien de rassurant. Il est parfois plus facile de désespérer...

Sur les visages, Greg lisait une perplexité comparable à la sienne.

— Ici, la vie n'est pas possible, dit Mary. Notre espoir, le seul, c'est de quitter ce bunker. Remonter à l'air libre.

— C'est du suicide ! cria une voix.

C'était Barkwell.

— On ne peut pas faire une chose pareille, poursuivait celui-ci. Nous sommes en milieu stérile. Comprenez-vous ? Nous n'avons plus de système immunitaire ! Si nous remontons à la surface, c'est la mort assurée dans la minute. Nos défenses étaient déjà totalement insuffisantes face aux nouveaux virus. Et maintenant, nous n'avons même plus de défenses !

— Professeur Barkwell, dit Mary, comment expliquez-vous que j'aie survécu au virus de l'hôpital de Fort Detrick ?

Le chercheur hésita.

— Je ne l'explique pas. Nous avons fait tous les examens possibles, mais...

— Je vais vous dire, dit-elle en s'adressant à tous, pourquoi je ne suis pas malade.

Il y eut un silence.

— Je ne suis pas malade, parce que je suis en paix. Et je suis en paix parce que je ne me défends pas.

Sur tous les visages se lisait une même incompréhension.

— Je vous en prie, soyez plus claire, dit Barkwell.

— Regardez ce bunker. Nous avons coupé tous les liens qui nous unissent à la Terre. Nous croyons ainsi être en sécurité, éloigner le danger de mort... Quelle ironie ! Ces liens qui nous unissent à la Terre, l'interaction de notre corps avec tout ce qui vit, c'est notre vie même ! Et c'est cela que nous détruisons, en croyant nous défendre. Nous sommes en guerre contre la vie.

— Mais nous nous défendons contre une menace qui est bien réelle !

— Oui. Mais c'est notre peur qui l'a fabriquée. C'est notre peur qui la nourrit. Sortir, c'est lâcher cette peur. Être en paix, c'est cela : accepter d'appartenir à la Terre.

— Tout ceci est très beau, dit Barkwell, mais qu'est-ce qui peut raisonnablement nous faire croire que nous n'allons pas mourir à l'instant même où nous mettrons le nez à l'extérieur de la zone stérile ?

— Qu'est-ce qui pouvait raisonnablement vous faire croire que je survivrais au virus de Fort Detrick ?

— Qu'est-ce qui me garantit que mon organisme va réagir de la même manière que le vôtre ?

Mary, d'une manière totalement inattendue, éclata de rire.

— Mais absolument rien ! Rien ne vous le garantit !

Barkwell, désarçonné, garda le silence quelques secondes. Puis il fronça les sourcils et secoua la tête.

— Mary, j'ai beaucoup de respect pour vous. Mais je suis un scientifique, vous comprenez. J'ai besoin de preuves.

Une ombre de tristesse passa sur le visage de la jeune femme.

— Voilà donc à quoi vous sert la science... Vous ne voulez des preuves que pour avoir des garanties.

Barkwell eut un geste de colère.

— Je veux des preuves parce que je crois en la science, un point c'est tout ! Et la solution que vous proposez est contraire à tout ce que je sais.

Alors une voix se fit entendre, sourde et fatiguée.

— Barkwell, regardez-moi... Regardez-vous.

C'était Prescot. Son visage était amaigri, son regard luisait de fièvre.

— Nous sommes malades, épuisés... finis. On nous a choisis... pour notre science, parce qu'on croyait... que c'était le savoir qui allait sauver l'Humanité. Et nous sommes tous en train de crever !... Notre savoir ne nous sauve pas. Alors moi... j'ai envie d'écouter Mary.

Barkwell ouvrit la bouche comme s'il allait répondre. Mais il garda le silence.

Au bout d'un temps, Mary reprit la parole :

— Ne croyez pas que je méprise la science. Moi aussi, je suis une scientifique. Mais l'anthropologie est une science un peu particulière. Pour connaître un peuple, il faut vivre avec lui, comme lui. Et cela exige de lâcher tous ses repères, d'aller vers ce qu'on ne sait pas. Connaître, pour nous, ce n'est pas transformer le monde, ni être capable de le prévoir. Connaître, c'est se laisser transformer par l'inconnu. Au contact de l'autre, de l'étranger, c'est accepter de découvrir en soi l'inattendu. Or moi ce que je crois...

Mary fit une courte pause.

— ... c'est qu'il n'y a que ça, désormais, qui peut nous sauver : accepter de nous confier à ce que nous ne connaissons pas. C'est le choix de la vie.

Elle avait prononcé ces derniers mots avec une telle ferveur que le silence qui suivit ressemblait à une prière. Greg sentait que quelque chose en lui déposait les armes. Dans cette pièce de plus en plus obscure où reposait un mort, un calme s'était installé. Une tristesse profonde était là. Mais les pensées s'étaient tues. Et Greg avait envie de croire en Mary.

— La maladie, reprit-elle, c'est votre corps en guerre. Les parties qui vous composent ne coopèrent plus. C'est de cela dont vous mourez. De n'être plus un. Or moi je veux vous dire...

Elle s'interrompit un instant.

— ... Ce qui en vous fait l'unité, c'est l'âme. Une âme vivante. Une âme vibrante. Choisir la vie, c'est choisir ce qui nous fait vibrer. À chaque instant, nous sommes devant ce choix. Mais trop souvent nous choisissons ce qui nous rassure. Ce qui nous éteint. Et notre âme s'affaiblit. Elle ne vibre plus. Elle n'aspire plus qu'à l'extinction de toute sensation, elle gémit sa peur de la vie. Elle se retire. Notre chair n'est plus habitée de cette présence vibrante qui lui confère son unité, son harmonie... Et sa beauté. Et notre âme, incapable de vivre, ne sait plus que savoir. Et moins elle est vivante, plus elle est avide de la Toute-Puissance que lui confère son savoir. Alors ce corps qu'elle ne sait plus vivifier, cette chair désertée qui n'est plus qu'un objet mort, elle en fait l'objet de son savoir, et l'instrument de sa Toute-Puissance. Elle asservit la chair, elle asservit la Terre dans le but dérisoire de ne jamais mourir... Et la Terre, pillée, violée, la Terre souffrante que l'âme a rejetée, la rejette à son tour. C'est la guerre. Mais c'est une guerre d'amour. Car en nous, la Matière et l'Esprit, de toutes leurs forces, aspirent à s'unir. Et dans une guerre d'amour...

Un sourire flotta sur le visage de Mary. La torche était presque éteinte, mais une étrange lumière nimbait l'atmosphère.

— ... dans une guerre d'amour, dit Mary, la seule victoire, c'est de se rendre.

Puis elle se tut.

Mais on aurait dit que tous l'écoutaient encore. Comme si chacun sentait que les paroles de Mary étaient une nourriture pour des espaces d'eux-mêmes qu'ils ne connaissaient pas. Et comme on avait écouté ses paroles, on écoutait à présent le silence de Mary.

Au bout d'un long moment, Prescot parla :

— Mary, je suis très touché par tout ce que vous avez dit. Pour moi, il est trop tard... Mais j'aurais aimé...

Il s'interrompit, l'air épuisé.

— ... j'aurais aimé, poursuivit-il, partager votre espoir.

Il vacilla légèrement. Greg eut peur qu'il s'écroule, évanoui. Il semblait juste chercher ses mots.

— En fait, reprit-il, en tant que géophysicien, il y a un point où je peux confirmer une de vos intuitions... C'est quand vous dites... que nous n'avons aucune chance de survivre dans ce bunker. J'ai maintenant une petite idée de ce qui se passe. Je crois... que tout va empirer. Notre bunker ne résistera pas à la prochaine secousse.

Prescot entreprit péniblement de se lever. Il avait à la main un dossier qu'il tendit à Bosman.

— Voilà, dit-il, j'ai... consigné ici mes conclusions personnelles à ce sujet, d'une manière aussi claire que possible pour des... non-spécialistes. Je serais heureux... que vous en fassiez la lecture, colonel.

Il se tourna vers Mary.

— Je voudrais ajouter... Vous avez dit de si belles choses... mais je crains que... malheureusement...

Prescot, debout, les mains tremblantes, sembla un instant sur le point de s'effondrer, et Greg eut un geste pour le soutenir. Mais l'autre se reprit.

— Le séisme, articula-t-il... a totalement détruit les deux niveaux les plus proches de la surface. Il n'y a plus que des décombres. Et pour les traverser il... faudrait entreprendre des travaux gigantesques... des travaux qui détruiraient l'isolation biologique... Et donc...

Prescot reprit son souffle.

— Je crois que quitter le bunker est actuellement impossible.

D'un pas vacillant, le chercheur se dirigea vers la porte.

— Je suis désolé... Je vous dis adieu... Adieu.

64

Le compte rendu de Prescot

Comme j'avais tenté de m'en expliquer lors d'une réunion interdisciplinaire, j'ai depuis très longtemps l'intuition que l'histoire de la Terre est rythmée, périodiquement, par des cataclysmes d'une ampleur considérable, aptes à remodeler sa physionomie, et aussi à provoquer de gigantesques extinctions d'espèces... et de civilisations.

Dès le début des événements, j'ai senti que nous assistions aux prémices d'une telle catastrophe. Et qu'il fallait s'attendre à des bouleversements comparables à ceux décrits par le Déluge rapporté par la Bible, et par de nombreuses autres traditions humaines.

Mais je n'imaginais pas que le cataclysme géologique, dont j'avais envisagé la possibilité, serait lié à d'autres phénomènes aussi nouveaux qu'incompréhensibles, et ne relevant pas de ma discipline : modifications comportementales de certains animaux, mutations virales et bactériennes, mutations végétales... Depuis, sur cette question, j'ai construit un embryon d'hypothèse, bien trop vague et trop générale encore pour être scientifique, mais que je vais quand même vous soumettre. Ma vie est finie, je n'irai pas plus loin dans mes recherches. Je veux seulement vous dire où j'en suis arrivé. Pour ceux qui me survivront, si Dieu le veut.

Je voudrais dire ici que j'aime la science. Et que je crois en la science. Ma vocation était d'être un chercheur. Trop longtemps, je n'ai su être qu'un savant. Savoir est le sommeil de l'intelligence. La véritable science, elle, est une aventure. Elle exige que nous soyons capables de ne plus rien savoir, afin de nous ouvrir au mystère du monde. Car le monde est bien plus vaste que notre savoir.

Depuis notre entrée dans le bunker, mon équipe et moi-même, malgré le désintérêt total des autorités, avons poursuivi les recherches. Elles n'ont pas été infructueuses.

Nous disposons depuis quelques années d'un Système de positionnement global fonctionnant par satellite, et qui permet de situer avec une précision presque absolue tout point à la surface de la Terre. En étu-

diant les derniers résultats disponibles (les stations situées à l'étranger avaient cessé d'émettre avant notre entrée dans le bunker), nous avons fait une découverte spectaculaire.

Le rayon de la Terre a connu une brutale augmentation (d'une centaine de mètres environ), et donc avec lui la circonférence de la Terre. Ce qui veut dire que le globe terrestre s'est dilaté.

Nous ignorons, faute de mesures plus récentes, si le phénomène se poursuit. Mais nous avons au moins une certitude : les bouleversements sismiques qui affectent notre planète sont directement causés par cet accroissement de rayon. Nous ne comprenions pas pourquoi la Terre tremblait loin des frontières entre les plaques tectoniques. Je peux désormais affirmer que l'accroissement du rayon de la Terre entraîne de gigantesques fissurations de l'écorce terrestre, qui se fracture soit sur des lignes de failles anciennes, soit même dans des zones « solides » des plaques lithosphériques.

Or l'activité sismique est en augmentation constante.

Nos observations par photo-satellite nous montrent de fréquentes apparitions de magma à la surface du sol. Les séismes sont de plus en plus fréquents et de plus en plus brutaux.

Je crois que le bunker, bâti selon une estimation des risques sismiques très sous-évaluée, ne résistera pas à l'augmentation inexorable de l'activité sismique que nous sommes en train de constater.

À quoi peut être dû cet accroissement du rayon terrestre ? il m'est naturellement impossible de le dire avec certitude. Mais je peux proposer une hypothèse.

Nous savons que le noyau de la Terre contient des éléments radioactifs : du thorium et de l'uranium, et aussi en très petite quantité, du plutonium.

On peut faire l'hypothèse que ces éléments radioactifs, plus denses que les métaux qui composent le noyau, ont tendance à migrer, sous l'effet de leur attraction mutuelle, vers le centre du noyau.

Le plutonium, plus dense, va se réunir vers le centre, entouré par de l'uranium — ce qui réalise la configuration que l'on produit dans les surgénérateurs, avec des conditions de pression analogues à celles qui sont nécessaires à une explosion nucléaire artificielle.

Dans ce cas de figure, il est donc possible que soient réunies, au centre du noyau terrestre, les conditions d'une gigantesque explosion nucléaire.

Celle-ci, à cause de l'onde de choc produite, pourrait entraîner l'augmentation du rayon de la Terre que nous avons constatée, et les phénomènes sismiques qui en découlent.

J'ajoute qu'une telle explosion, impliquant des quantités de matière radioactive considérables en valeur absolue, entraînerait l'émission dans l'atmosphère et dans les eaux de grandes quantités de gaz radioactif. Or on a effectivement constaté, depuis le début de la crise, une importante augmentation de la radioactivité atmosphérique.

Cette radioactivité anormale peut-elle avoir une influence sur les comportements animaux, ou entraîner modifications génétiques et mutations sur des micro-organismes ou des végétaux ? Ce n'est pas ma spécialité, je ne puis donc que poser la question à des personnes plus compétentes que moi.

Ceux qui m'ont entendu lors de la fameuse réunion interdisciplinaire savent que je me suis intéressé aux extraordinaires cimetières de mammouths en Sibérie... et que je fais l'hypothèse qu'une énorme vague de transport, capable de remonter les continents sur des centaines de kilomètres, est à l'origine de leur mort et de leur congélation.

À partir des événements récents et des explications que j'en ai proposées, je crois pouvoir modéliser les conditions de possibilité d'un tel cataclysme, qui ne sont pas sans rapport avec notre situation.

L'inspiration m'en est venue grâce à un petit incident dont j'ai été victime, à cause de ma distraction. J'ai voulu faire cuire un œuf dans mon four à micro-ondes, et celui-ci a subi une explosion qui aurait été assez impressionnante, si elle n'avait été immédiatement suivie par le séisme qui a ébranlé la base.

La conjonction de ces deux événements a produit dans mon esprit la lumière.

La Terre est semblable à un œuf.

Un œuf est composé de deux masses visqueuses, le jaune et le blanc, de densités inégales, et séparées par une fine membrane.

Voulant expliquer l'explosion du four, j'ai imaginé que le champ électromagnétique pouvait mettre en rotation rapide le contenu de l'œuf, et que la rupture de la membrane séparant les deux substances pouvait provoquer leur mélange instantané, et produire ainsi un brutal dégagement d'énergie...

Je pense à présent que cette hypothèse est probablement fausse... mais elle m'a donné la réponse à la question que je me posais.

La Terre est composée aux trois quarts par deux substances de densités inégales, le noyau et la mésosphère. Ces deux substances sont en contact, mais les profils sismiques montrent qu'elles ne se mélangent pas. Je crois qu'une explosion nucléaire au niveau de la graine est susceptible d'entraîner un brassage entre les matières du noyau et celles de la mésosphère.

Il suffit d'une très petite zone de brassage pour engendrer des conséquences affectant le globe terrestre dans sa totalité. En effet, une zone brassée, par suite de l'augmentation de son inertie, sera entraînée par un mouvement de rotation dans le sens inverse du sens de rotation de la planète. Ce faisant, elle entraînera dans son mouvement des quantités de plus en plus grandes de matière.

Conséquence : un freinage brutal de la rotation de la Terre.

Du point de vue d'un observateur humain, l'impression sera de voir le soleil arrêter sa course, voire de la reprendre ensuite pour un temps dans la direction inverse.

Par l'effet de la force d'inertie, les océans vont alors déferler sur les terres, d'ouest en est, sous la forme d'une énorme vague capable d'envahir les continents sur des centaines de kilomètres, et d'emporter tout ce qui est situé à moins de cinq ou six cents mètres d'altitude.

Les conséquences climatiques seront tout aussi spectaculaires : gigantesques ouragans se déplaçant d'ouest en est, remontées de poussières dans l'atmosphère... le tout entraînant un obscurcissement de l'atmosphère, donc un important refroidissement du climat.

Les tourbillons dus au brassage du noyau et de la mésosphère peuvent s'arrêter d'eux-mêmes en quelques heures, mais ce n'est qu'une supposition. À ce moment, la rotation de la Terre reprendrait progressivement son cours normal. Et les eaux envahiraient de nouveau les terres, cette fois d'est en ouest.

Je suis intimement convaincu que ces événements se sont déjà produits à de nombreuses reprises au cours de l'histoire de la Terre — et que des hommes en ont été témoins au moins une fois.

Je suis intimement convaincu que ces événements sont en train de se produire à nouveau, et que le cataclysme final est imminent.

Ensuite, la vie reprendra son cours.

Les ruines de nos imposantes cités seront enfouies sous quelques mètres de boue. Notre bunker aura vraisemblablement été sinon broyé, du moins suffisamment secoué pour que la survie y soit impossible.

Sur le territoire américain, nous savons que la survie en surface est *actuellement exceptionnelle. Ailleurs dans le monde, la situation est vraisemblablement similaire. Nous pouvons admettre la possibilité d'une auto-immunité à tous les nouveaux virus, puisque Mme Mary Thomas en donne apparemment un exemple. D'autres personnes sont peut-être dans ce cas. Si elles ont survécu aux bêtes sauvages et aux séismes, il leur faudra échapper au cataclysme à venir et à ses conséquences sur les conditions de vie.*

Des hommes ont survécu au précédent déluge, et la race humaine s'est perpétuée. En sera-t-il de même cette fois ? Cela ne dépend désormais plus que du hasard.

Si j'avais eu le courage de parler plus tôt, bien avant le début des événements... peut-être l'humanité aurait-elle pu se préparer à la crise. Mais qui m'aurait cru ?

S'il lisait ces lignes, le général Merritt me ferait emprisonner ou tuer pour défaitisme.

Je m'en moque.

Au moment où vous achevez cette lecture, je suis déjà mort. J'en ai décidé ainsi.

Mettre fin à mes jours est la dernière chose que je maîtrise encore. Je vous dis adieu.

Bosman posa sur son support la torche aux trois quarts éteinte, grâce à laquelle il avait pu faire la lecture du rapport de Norman Prescot. Il ne cachait pas son émotion, et Greg sentait dans la pénombre que tout le monde était ému comme lui.

Puis le colonel prit la parole.

— Je ne sais pas ce qu'il y a de vrai dans les théories du professeur Prescot. Ce dossier renferme une trentaine de pages de pièces jointes, qui contiennent des données apparemment très techniques pour étayer ses affirmations. Je le laisse à votre disposition, pour ceux qui désirent en savoir plus. Mais ce que je peux dire en tout cas...

Il s'interrompit, et regarda furtivement en direction de Mary.

— ... c'est qu'il n'a pas tout à fait raison sur un point. Il est vrai qu'il est actuellement impossible de sortir de ce bunker par les issues qui nous y ont amenés, mais, à votre demande, madame, j'ai étudié attentivement les plans de notre abri. Il y a une autre issue.

Il fit une courte pause.

— C'est un très long boyau souterrain, reprit-il, conçu pour permettre la fuite d'un petit nombre de personnes au cas où le bunker serait pris par l'ennemi. Il débouche dans les faubourgs de Washington. Malheureusement...

Le regard du colonel fit le tour de l'assemblée.

— ... Il est impossible d'être sûr qu'il ne débouche pas sur une zone obstruée par des décombres.

— C'est donc le temps de la décision, dit Mary.

On entendit un grésillement, comme le grincement des élytres d'un insecte. La torche achevait de se consumer. La lumière, déjà faible, déclina très vite. Puis ce fut le noir complet. Alors la voix de Mary se fit à nouveau entendre :

— La mienne est prise, dit-elle. Je vais sortir d'ici.

Greg se sentit frémir depuis la plante des pieds jusqu'au sommet du crâne. Sa respiration, comme empêchée par un poids dans la poitrine, était haletante. Il attendait. Personne ne disait rien.

— Qui m'accompagne ? demanda Mary.

65

Greg sentit le sol rouler sous son pied et il se retrouva à terre, avec une forte douleur au coude. Il jeta un œil vers Mary, qui ouvrait la marche, une torche allumée dans la main droite. Celle-ci se retourna à demi.

— Ça ira ? dit-elle.

Son ton était froid.

Greg se releva péniblement, sans répondre. Il avait mal. C'était la troisième fois qu'il tombait.

Mary reprit sa marche.

Greg serra les poings. Elle donnait l'impression de se foutre éperdument de ce qu'il pouvait ressentir, de sa fatigue et de ses blessures. Une chute lui avait éclaté la pommette, il avait le goût du sang dans la bouche...

Il était épuisé.

Cela faisait des heures, impossibles à chiffrer, qu'ils remontaient le boyau souterrain, encombré de roches de toutes tailles qui rendaient la progression pénible, il fallait parfois escalader des éboulis de plusieurs mètres, des pierres se détachaient sans cesse de la paroi, et rien ne disait qu'ils n'allaient pas être arrêtés définitivement par un amas de pierres impossible à franchir...

Et Mary, impassible, qui continuait sa marche, indifférente à tout...

Évidemment, elle n'était pas malade, elle.

Mais qu'est-ce qu'il foutait là ?

En train de suivre sa femme comme un petit chien, simplement parce qu'elle avait dit que c'était ça qu'il fallait faire, et Greg, un peu subjugué, bien obéissant, avait dit : Bon d'accord c'est comme tu voudras, je te suis, montre-moi la voie...

Qu'est-ce qui lui avait pris ?

Après la question de Mary, dans les ténèbres de la chambre de Peter — qui m'accompagne ? —, il y avait eu un long silence. Très long. Puis un bruit de froissement, suivi de pas furtifs. Puis d'autres. Un par un, tous étaient sortis de la pièce. À l'exception de James.

Et de lui, évidemment.

Comment Greg aurait-il pu laisser Mary ?

Puis, il avait dit à Mary : Moi, je t'accompagne.

Pourquoi avait-il dit ça ?

N'y avait-il pas moyen de parler avec elle ? De la raisonner ? Elle s'était mis une idée en tête, mais il y avait peut-être moyen de discuter, de lui demander un peu plus de garanties, d'arguments solides... De lui montrer qu'on était peut-être plus en sécurité dans le bunker, que les théories de Prescot étaient sans doute fausses, qu'il y avait deux douzaines de chercheurs de pointe qui s'agitaient dans tous les sens pour trouver une parade à la maladie, et qu'ils allaient peut-être en trouver une, après tout. Nom de Dieu, ça n'était pas complètement impossible !

Greg laissa échapper un gémissement, qu'il étouffa aussitôt. Mary s'était arrêtée brusquement. Devant elle, dans la lueur fragile de la torche, une épaisse muraille de roche barrait le chemin.

Si c'est bloqué on est morts, pensa Greg.

Bosman les avait avertis clairement : une fois engagé dans le souterrain, il était impossible de revenir en arrière. Pour sortir de la base, ils avaient dû emprunter un sas d'isolation biologique, qui ne fonctionnait qu'une fois, et dans un seul sens. Quand Mary avait ouvert, selon les instructions du colonel, la triple porte qui débouchait dans le couloir souterrain, le sas avait cessé d'être isolé biologiquement. Il était impossible de pénétrer à nouveau dans le bunker, ni d'en sortir, sans le contaminer.

— Il y a un passage, dit Mary. Étroit, mais...

Greg laissa échapper un long soupir.

Étrangement, il ne ressentait pas seulement du soulagement. Il y avait aussi en lui une voix qui suggérait patiemment que la meilleure solution serait d'être définitivement bloqué là, de s'asseoir, et d'attendre la mort tranquillement, en douceur, en tenant la main de Mary. S'endormir... Ne plus souffrir.

Greg, à la suite de Mary, se mit à escalader péniblement l'amas de rocailles. Sans lumière, il assurait ses prises un peu au hasard, et des arêtes tranchantes lui entaillaient les mains. Sa tête heurta une saillie qu'il n'avait pas vue. Soudain sous son pied droit la pierre se déroba, et il chuta lourdement. Il resta allongé sur le sol quelques instants. Il avait eu l'heureux réflexe de se protéger la tête avec les avant-bras, et il n'était pas sonné, mais une douleur à hurler tordait son coude déjà blessé.

Il serra les dents.

Toujours à terre, il observait la lueur de la torche de Mary, qui éclairait faiblement la voûte depuis l'autre côté du tas de roches.

Elle ne disait pas un mot. Elle aurait pu s'inquiéter de son sort, lui demander s'il allait bien, elle l'avait tout de même entendu tomber ! Comment pouvait-elle être sûre qu'il n'était pas mort, la tête éclatée sur un coin de rocher ?

Il se releva, la rage au cœur, et réentreprit l'escalade dans l'obscurité.

Mary, de l'autre côté, était debout à l'attendre.

— On fait une pause, dit-il en décrochant son sac à dos.

— Pas question. Il faut avancer.

Elle reprit sa progression.

— Je suis épuisé, moi ! J'en peux plus !

Mary fit demi-tour. Sur son visage, agité d'ombres tremblantes, il y avait une expression terrible.

— Arrête ton jeu, Greg. C'est un homme que je veux. Pas un petit morveux gémissant dans mes jambes.

Elle se retourna et repartit de plus belle.

Greg, immobile, était comme foudroyé. Une décharge de haine pure, de total mépris venait de le frapper en plein cœur. Un bref instant, ses jambes semblèrent ne plus vouloir le porter, mais une colère immense montait dans sa poitrine et il poussa un cri de rage.

Le boyau formait un coude. Mary avait disparu à sa vue.

Greg s'élança pour la rattraper.

Elle avait pris dix mètres d'avance. Étouffant de colère, il se frayait un chemin entre les blocs de roche. Il peinait pour tenir le rythme imposé par Mary. Celle-ci, légère et féline, semblait glisser sur les obstacles, indifférente à tout.

Étrangère à tout.

Elle avait deux autres torches dans son sac à dos, et des vivres pour deux. Greg, hors de souffle, se pressait derrière elle. Était-elle capable de l'abandonner, sans nourriture et sans lumière ? Elle ne le regardait plus que comme un objet sans intérêt, un poids qu'il fallait traîner, lui qui avait été le seul à la suivre, dans son entreprise totalement insensée !

Folle... Elle était devenue folle.

Il faudrait un miracle pour qu'ils ne se retrouvent pas bloqués au milieu de ce souterrain.

Et s'ils arrivaient au bout, un autre miracle pour que la sortie ne soit pas obstruée par des décombres.

Et s'ils arrivaient à sortir, un miracle encore pour que Greg, ou même Mary ne soient pas victimes d'un de ces foutus virus, qui étaient sans doute déjà en train de se reproduire joyeusement dans son organisme depuis qu'ils avaient quitté la zone d'isolation biologique !

Et s'ils survivaient à tout ça, ce serait pour avoir le plaisir de contempler aux premières loges le splendide feu d'artifice préparé par Merritt et ses psychotiques en blouse blanche, et d'être transformés en chaleur et lumière avec tout ce qui vivait à la surface de la Terre...

Il n'y avait pas une chance sur un million pour qu'ils s'en sortent !

Et rien ne semblait pouvoir perturber l'assurance de Mary.

Même James l'avait mise en garde. Juste avant leurs adieux, il avait évoqué le Déluge de Feu.

— Qu'est-ce qui vous fait croire qu'il n'aura pas lieu ?

Mary l'avait regardé.

— Ce que je lis dans votre cœur.

Qu'avait-elle voulu dire ?

Est-ce qu'elle avait seulement voulu dire quelque chose ?

La colère avait reflué, Greg était à nouveau fatigué, trop fatigué pour chercher à comprendre.

Chambre de Bosman

Sur les combinaisons réglementaires portées par tous les habitants du bunker, au niveau du cœur, était apposé un grand écusson, qui affichait les galons et la fonction de chacun, et que Bosman avait entrepris de découper soigneusement. Il le jeta à la poubelle.

Il n'était plus colonel.

Il était juste James Bosman.

Après le départ de Greg et Mary, il avait regagné sa chambre dans la zone de jour. Longuement, il s'était regardé dans le miroir. Les paroles de la jeune femme résonnaient dans sa tête : « Ce que je lis dans votre cœur... »

Soudain, tout avait été clair. Il voyait qui il était.

Il ouvrit une armoire et en sortit son arme de service, qu'il chargea.

Désormais, il irait où son cœur le menait.

Bosman frappa à la porte du bureau de Merritt. La voix rauque et avinée lui dit d'entrer.

— Ah mon petit, justement je pensais à vous...

Le général avait sur son bureau une bouteille de gin à moitié vide qu'il porta à ses lèvres. Il buvait à longs traits, sans se soucier de son vis-à-vis qui attendait. Puis le vieil ivrogne posa la bouteille, et regarda Bosman d'un air interrogateur.

— Monsieur, dit celui-ci, je dois vous dire mon désaccord profond avec tout ce que vous êtes, et avec tout ce que vous projetez de réaliser. Nous n'avons rien en commun, et j'ai décidé de m'opposer à vous, et de vous empêcher, autant qu'il m'est possible, de mener à bien votre projet.

La mâchoire inférieure de Merritt s'affaissa. Puis la carcasse du vieux fut secouée par ce qui pouvait ressembler à un rire.

— Mon petit, vous êtes épuisé. Allez dormir un peu.

Bosman fit le tour du bureau et saisit l'autre par le col.

— C'est vous qui êtes fini, dit-il tranquillement. Dorénavant c'est moi qui prends les choses en main.

Le général le regarda avec un éclair de haine.

— Vous n'êtes jamais allé au combat, Bosman.

Celui-ci lui sourit.

— Vous connaissez mon point faible, monsieur. Mais vous faites erreur sur un point.

Il sortit son arme et la posa sur le front du général.

— Je *suis* au combat.

Des heures, des heures... plus rien ne mesurait le temps.

Des pas, des milliers de pas... Greg marchait, les yeux rivés sur le halo de lumière projeté par la torche de Mary. Il se laissait diriger, presque mécaniquement, comme si quelque invisible fil reliait ses yeux à la flamme, et l'entraînait sans que sa volonté ne jouât le moindre rôle.

Depuis combien de temps marchait-il, remontant la pente de plus en plus raide, et semée d'obstacles de plus en plus nombreux ?

Il était bien au-delà de ses forces.

Il marchait, contournant des blocs, trébuchant sur des pierres. Souvent, il fallait grimper, escalader. Greg n'en avait pas la force, et pourtant son corps le faisait, tel un somnambule, voué à une seule cause : suivre Mary. Ne pas la perdre.

Dans son esprit embrumé, les pensées et les sons passaient. Il n'avait pas la force mentale de les retenir, ni de les élaborer. Il y avait juste le bruit des pierres sous ses pas, qui résonnait sur les parois étroites de l'interminable couloir. Il y avait son corps, qui n'était plus que douleur. Il y avait la lumière qui le guidait.

Et les paroles de Mary.

À un moment, il n'avançait plus qu'en titubant, et son cœur avait presque renoncé. Alors, loin devant lui, Mary s'était mise à parler. Instinctivement, il avait pressé le pas, réduisant la distance qui se creusait entre eux.

Au début, il ne la comprenait pas, il lui semblait qu'elle parlait une langue très ancienne, et connue d'elle seule. Une langue que seule une femme aurait le droit d'entendre et de parler. Et il s'était mis à marcher au rythme de ses mots.

Peu à peu, la voix de Mary pénétrait en lui, l'emplissant d'une énergie nouvelle. Marcher encore était possible. Cela avait du sens. Un sens qu'il n'aurait su dire, mais que les paroles de Mary déposaient au fond de lui.

Lui donnant la force de continuer.

Soudain, quelque chose changea dans l'atmosphère.

Mary parlait encore. Mais depuis quelques instants, sa voix parvenait à Greg plus faiblement.

De plus en plus faiblement.

Elle semblait avoir forcé l'allure. Sa silhouette, peu à peu, diminuait dans le halo de lumière mouvante.

Il voulut marcher plus vite.

Mais son corps ne répondait pas.

Ses jambes acceptaient à grand-peine de faire un pas, un autre pas, encore un autre.

Lentement.

Trop lentement.

La marche était une mécanique qui ne concernait plus que le bas de son corps, et que sa volonté ne maîtrisait plus.

Un ressort qu'on aurait remonté... et qui arriverait à bout de course.

Et Mary s'éloignait.

Est-ce que tu sens, Greg, que la Terre vit en toi ?

L'écho de sa voix résonnait encore dans le souterrain sombre. Mais Mary s'était tue.

Greg avait du mal à respirer. L'ombre de Mary, silencieuse, progressait, loin devant lui, dans les reflets dansants de la flamme au-dessus d'elle. Il se sentait de plus en plus lourd.

Il voulut presser le pas.

Impossible.

L'air était plus dense, il entrait difficilement dans ses narines et semblait lui résister. Une inertie pénétrait tous ses membres. Et l'immobilisait.

Ses jambes refusaient d'avancer.

Il voulut crier.

Aucun son ne sortit de sa bouche.

L'obscurité gagnait le souterrain. Greg voyait la lumière de la torche, au loin. Mais elle n'était plus qu'un point.

Puis Mary disparut.

Il était dans les ténèbres.

Seul.

— Qu'est-ce que vous allez faire ? Colonel, répondez-moi, nom de Dieu. Qu'est-ce que vous allez faire ?

Bosman tenait Merritt par le col, sans répondre à ses questions. Il pressa de manière plus insistante le canon de son fusil-mitrailleur entre les omoplates du planton qui essayait d'ouvrir la porte du P.C. nucléaire, et celle-ci s'ouvrit. Il poussa le vieux dans la salle.

Derrière lui, dans le couloir, il sentait la présence du commando : une douzaine d'hommes, tous prêts à mourir pour Merritt. Sans compter ceux qui avaient pris position autour de la zone, prêts à intervenir.

Il s'en foutait. Il savait que, dans l'immédiat, ils ne feraient rien. Bosman, après s'être emparé de Merritt, avait d'abord dévalisé l'arsenal. Tout son corps était bardé d'explosifs, et les gars savaient que si une seule de leurs balles avait le malheur de l'atteindre, tout serait pulvérisé sur dix mètres à la ronde. Leur général compris.

Lequel n'en avait aucune envie.

En fait, le vieux pétait de trouille.

Un moment, il avait même tenté de le prendre par les sentiments. « Un vieil homme comme moi, mon petit James, vous n'allez pas me faire du mal », il avait gémi. Bosman l'avait regardé, cherchant à percer cette énigme. Était-ce une simple stratégie ? Mais le corps de Merritt dégageait une odeur rance qui était celle de la peur. La seule sincérité de cet homme était olfactive.

James poussa vivement le planton hors de la salle et fit jouer les sécurités de la porte blindée. Il était tranquille pour une petite heure. Il prit une cordelette et ligota Merritt à un pylône en acier.

— Répondez-moi, gémit le vieux... Qu'est-ce que vous allez faire ?

— Vous savez très bien ce que je vais faire.

Bosman ouvrit un sac rempli d'explosifs et entreprit de les répartir dans le P.C. nucléaire. Il y avait là de quoi faire sauter la moitié du bunker, mais pourquoi lésiner ? Il voulait être sûr. Sûr que le général n'aurait plus jamais aucun moyen de se soulager de sa folie sur la terre entière.

— James, regardez-moi...

Le ton de Merritt était suppliant.

— Vous êtes en train de faire une bêtise, mon petit. Nous sommes des hommes vous et moi. Des hommes... Je l'ai toujours su ! Faites un choix d'homme. Ne détruisez pas cette œuvre. J'y ai mis toute ma détermination. Tout ce que je suis ! L'Humanité a toujours désiré ça, tous ses efforts ont toujours tendu vers ça. Régner... Nous allons régner, mon petit ! Vous et moi ! James... James ! Mon fils...

Bosman, sans un regard pour l'autre, finissait de poser les explosifs.

— Colonel !!!

Merritt avait poussé un hurlement de bête, et Bosman se tourna vers lui.

— Je vous ordonne, vous entendez, je vous ordonne de me détacher immédiatement !

Le général se débattait comme un dément, et son visage virait au rouge brique.

— Détachez-moi !!!

Le hurlement s'acheva en sanglot. Secoué par un hoquet, le corps du vieillard s'était recroquevillé sur lui-même. Il pleurait.

Bosman embrassa la salle du regard. Il n'avait plus qu'à actionner la mise à feu du dispositif, et tout serait pulvérisé.

— Un homme, gémissait Merritt. Un homme... Est-ce que vous savez ce que c'est qu'un homme ?

Bosman ressentait un sentiment qui l'écœurait un peu : de la pitié. Il aurait voulu détourner le regard de ce spectacle, mais quelque chose en lui voulait voir jusqu'au bout.

— Un homme, nom de Dieu ! Un homme...

Le vieillard n'était plus qu'une masse de chair inerte et flasque, agitée de soubresauts mécaniques. Fasciné, Bosman regardait. Ainsi, cet homme si sûr de lui, capable d'en imposer aux plus puissants de ce monde... c'était là sa vérité. Comme si c'était son uniforme, à la manière d'une carapace, qui l'avait toujours maintenu debout.

Bosman sourit.

— Vous savez que vous me rappelez mon père ? dit-il.

Greg était assis. Seul. Dans les ténèbres absolues où il était plongé, il n'avait pour compagnie que l'égouttement d'une rigole d'eau, quelque part sur sa gauche. Et le son de sa respiration, courte, hachée, la dureté de la pierre sous ses fesses...

Et l'angoisse.

Celle-ci était une plaie grandissant dans son ventre, jusqu'à se confondre avec tout son être. Il n'y avait plus Greg Thomas. Il y avait les ténèbres, sourdes, oppressantes.

Et il y avait l'angoisse.

Le désespoir. Mary l'avait abandonné.

Pourquoi ?

Peut-être révélait-elle sa vérité : elle ne l'avait jamais aimé.

Il l'avait senti parfois, que tout n'était qu'une comédie, les mains de sa mère occupées sur son corps à lui prodiguer des soins, tandis que son esprit vaquait à tout autre chose, les mains de Mary sur son corps mais à quoi pensait-elle, à ce moment précis, quand elle lui faisait l'amour, où était Mary quand il croyait posséder son corps ?

Elle faisait semblant. Pour cacher autre chose. Sa vérité, secrète, inaccessible... Cette vérité que les femmes connaissent.

L'amour n'existe pas.

L'amour n'existe pas !

Il montait dans les ténèbres une bouffée de rage pure, et qui se dilatait, envahissant l'Univers entier, un hurlement cosmique qui déchirait la nuit sans limites.

Rien n'existe ! Tout n'est qu'une farce, une gigantesque bouffonnerie, je ne suis rien — il n'y a rien. Je ne suis Rien !

Je te hais, hurla Greg de toutes ses forces. Je te hais !

Mais personne n'était là pour être haï. Que lui-même. Lui-même qui n'était que haine.

Il y eut un rire dans le silence, qui se propagea dans tous les lieux, dans tous les temps... Un rire d'éternité. Le grand rire de celui qui comprend.

Voilà la vie ! Voilà cette comédie cosmique, inventée par un fou qui n'existe pas !

Et voilà Moi ! Moi moi moi moi ! Moi !!!

Moi...

Le mot était vide. Tout était vide.

Ce corps qui avait été celui de Greg était vide et s'affaissait doucement vers le sol. Il n'y avait qu'à se laisser glisser.

Mourir.

Tout était prêt. Il était maître des événements. Les autres ne pouvaient rien, du moins pas avant un bon moment. La porte du P.C. était en acier blindé. La seule possibilité qu'ils avaient, c'était de tenter de l'endormir avec un gaz en même temps que son prisonnier, en utilisant un orifice d'aération... Il fallait juste rester vigilant.

Bosman était vigilant.

À la première alerte, il était prêt à déclencher la mise à feu de son dispositif.

Il était prêt à mourir.

Simplement, il avait envie de réfléchir un peu. N'y avait-il pas une autre solution ?

Car il n'avait pas envie de mourir.

Cela faisait trop peu de temps qu'il ressentait cette énergie puissante et délicieuse parcourir sa chair, irriguer son être, trop peu de temps qu'il se sentait vivant.

Le visage de Mary traversa sa pensée.

Une âme vivante. Une âme vibrante. Il savait, maintenant.

Il était enfin lui-même, et c'était comme des retrouvailles avec un ami qu'on croyait mort. Ou bien qui était mort...

Y avait-il une autre solution ?

Il pouvait tenter de forcer le passage, se servant de Merritt comme otage et bouclier, et faire sauter le P.C. nucléaire à bonne distance... Ensuite, il s'agirait de fuir par le souterrain, sur les traces de Greg et Mary.

Comme il serait bon de les retrouver, songea-t-il... Il aurait aimé parler avec Greg, plus qu'il n'avait pu le faire.

Ils n'avaient jamais eu l'occasion, en fait, de se parler, ils n'avaient jamais pu prendre le temps d'échanger, de se connaître... Et pourtant... C'était étrange. Ils avaient été amis. Il le sentait, en un lieu de lui-même inaccessible au doute. Amis par des gestes. Amis par des regards.

Et lorsqu'ils s'étaient dit adieu, ils s'étaient vraiment vus.

— Merci, James, avait dit Greg en posant la main sur son épaule.

Et face à face, dans le regard qu'ils avaient échangé, il y avait l'intimité, l'estime et la fraternité de deux êtres qui se connaissent.

Bosman soupira.

Était-il possible de retrouver Greg et Mary ?

Soudain, un long gémissement se fit entendre, et il se redressa d'un coup. C'était Merritt, toujours attaché, qui dans un nouvel accès de révolte, luttait faiblement contre ses liens. Il avait le regard fou.

Arrête de rêver, se dit James. C'est impossible.

S'il quittait le P.C., un type un peu malin pouvait désamorcer son dispositif avant qu'il ait pu se mettre à l'abri et le faire exploser. Ce risque, Bosman ne voulait pas le courir. Il voulait réduire à néant le projet de Merritt. Le Déluge de Feu n'aurait pas lieu.

Il se tourna vers son supérieur. Celui-ci, immobile à nouveau, semblait épuisé. Vieux. Infiniment vieux.

— Vous aviez raison, monsieur, dit Bosman. C'est un lien très fort qui nous unit. Nous allons mourir ensemble.

Puis il pressa sur le détonateur.

66

Le bruit des gouttes. Le rythme d'une respiration.

Rien d'autre. Juste un espace immense, dans les ténèbres, où se détachent le bruit de l'eau, le bruit du souffle...

Une conscience. Sans limites. Un vide qui accueille.

Greg sait que le bruit de l'eau cessera, et le son de cette respiration. Il sait qu'il va mourir.

Il sourit.

Ou peut-être est-il déjà mort ?

À quoi reconnaît-on qu'on est mort ?

Le bruit des gouttes... Est-ce lui-même ? Le son de sa respiration ? Est-ce lui ?

Est-ce là ce qu'on a appelé — Greg ?

Greg n'existe pas.

Un rire se détache sur le silence, et disparaît aussitôt.

Greg n'a jamais existé ! Et c'est tellement doux. Tellement léger !

Mary...

Ainsi, c'est cela qu'elle a compris. Un peu plus tôt que Greg. Faut-il qu'elle l'ait aimé, d'un amour attentif et pur, pour le laisser ainsi faire son expérience ! Seul.

Cette expérience du rien, cette expérience du vide qui est le fond sans fond de tout, inépuisable source, ouverte à l'infini, de toute naissance et de toute mort, de toute forme et de tout instant... Cette expérience qu'il avait approchée, dans son coma, et qu'il n'avait pu vivre, car il n'avait pas su renoncer à lui-même. Greg, alors, avait connu, déjà, la vacuité de tout, mais attaché encore à l'illusion d'être quelqu'un. Et cela, c'était l'Enfer. Il avait fallu Mary, la présence de Mary, pour l'en délivrer.

Mais là... Elle avait su le laisser seul.

Faut-il que Mary l'ait aimé, pour le laisser ainsi mourir...

Car Greg est mort.

Mais il y a de la vie.

Il y a la Vie.

Est-ce que tu sens, Greg, que la Terre vit en toi ?

Oui, dit Greg.

Il y a, partout, la sensation d'une douceur puissante. La Terre désire. La Terre est désir. Et la Terre demande que ce corps se relève.

Le corps dit oui.

Il y a une force, suffisante. Il est possible d'avancer, dans cet étroit boyau, malgré l'obscurité. Les mains frôlent les parois humides. Les mains guident les pas. Et les pas se succèdent, l'un après l'autre, lentement.

Les jambes sont légères, elles s'enroulent autour des obstacles invisibles avec une prudente sagesse. Un pas après l'autre. Calmement.

Pourquoi avancer ? Pourquoi ne pas demeurer là ?

Parce qu'un désir le demande.

La Terre est désir, et la Terre respire dans la chair de Greg. La Terre appelle cette chair. À la surface. À l'air libre. Cette chair veut respirer l'air du matin. Cette chair veut sentir la chair de Mary.

— Greg ?

C'est la voix de Mary !

Un pas, encore un autre. Il y a de la lumière. Là-bas. Loin. Une ombre se dessine. Elle vient vers lui.

Mary. Elle se rapproche.

Greg éclate de rire quand Mary l'enlace.

Elle savait.

Son corps est chaud contre le sien.

Elle savait, en le laissant dans les ténèbres, qu'ils n'étaient qu'à quelques mètres de leur but.

67

Journal de David Barnes
Sans date

Lololma est mort hier soir. Je lui ai fermé les yeux.
« L'Esprit se retire », a-t-il dit.
Il rayonnait de joie.

L'Esprit se retire...
Lololma voyait l'Humanité comme un seul Grand Esprit,
divin, créateur. Celui-ci s'unit à la Terre, sous une multitude
de formes différentes. Chaque forme est un être humain.
Ou plutôt — un essai d'être humain...
« Le Ciel et la Terre s'efforcent de fabriquer l'Homme, m'a-
t-il dit un jour. Chacun de nous est une tentative d'Être
humain. Certaines sont plus réussies que d'autres », a-t-il
ajouté avec un sourire.
Un Être humain... Je crois que, pour lui, cela voulait dire
un être où s'unissent le Ciel et la Terre, en des noces de joie.
Un être où la Terre est rendue spirituelle, sous la forme d'une
chair qui danse, invente et célèbre la Vie. Un être où l'Esprit
devient charnel, et peut agir et créer.
Un Être humain.
Le Ciel et la Terre. Une seule chair.
Lololma voyait l'Histoire du monde comme un gigantesque
processus cosmique de désir et de fécondité. Un processus
qui se joue en l'homme. Au cœur même de notre être, au
cœur même de nos cellules.
« Ne vois-tu pas, me disait-il, que toute la matière n'aspire
qu'à une seule chose : être unie à l'Esprit ? Cela ne peut s'ac-
complir qu'en l'homme. C'est pourquoi chaque atome de la
Terre n'aspire qu'à une seule chose : devenir humain. La plus
petite molécule de ton corps, parce qu'elle vit dans un corps
humain, peut rencontrer l'Esprit ! Et elle est en fête ! Ne sens-
tu pas, David, que ton corps est en fête ? »

Un jour, je lui ai demandé : « Mais alors, quand je mange une plante, ou un animal, j'accomplis son désir le plus profond ?

— Oui, a-t-il répondu d'un air grave. Si tu le manges avec conscience. Sinon, tu dilapides le don de la Vie.

— Alors, pourquoi les Hopis s'excusent-ils auprès du lapin, avant de le tuer pour le manger ? Ils lui rendent plutôt un grand service.

— Le plus grand des services ! a souri Lololma. Le rêve le plus profond du lapin est d'être mangé par l'homme. Mais le lapin ne le sait pas. Car, pour que s'accomplisse son désir le plus profond, il doit renoncer à sa forme de lapin. Et en tant que lapin, il n'en a pas envie. »

Nous avons partagé un long silence. Puis il a ajouté :

« Ne sommes-nous pas un peu dans la situation du lapin ? »

Trois nuits avant la mort de Lololma, j'ai fait un rêve étrange.

Je marchais dans le désert, au côté de mon père, quand une femme apparut. D'une beauté à couper le souffle, elle rayonnait d'une lumière surnaturelle. Elle avançait dans notre direction. Ses pieds ne touchaient pas le sol.

Elle était toute proche de nous, et mon père la désirait. Il tendit la main pour la toucher. Il y eut un vent soudain, et une nuée l'enveloppa. Puis la nuée se retira en tourbillonnant. De mon père ne restait qu'un tas d'ossements desséchés.

« N'aie pas peur, me dit la femme. Tu dois devenir une prière vivante. »

Puis elle chanta le plus beau chant qu'il m'ait été donné d'entendre.

Au moment de partir, elle me dit :

« Je suis l'Âme de la Terre. Et tu me verras de tes yeux d'homme. »

Puis elle s'éleva dans le Ciel. Ce n'était plus une femme, mais un jeune bison, très beau, totalement blanc et lumineux.

« Ainsi, tu es vraiment devenu un Indien, m'a dit Lololma. Sais-tu que le rêve de la Femme-Bison Blanc hante l'âme indienne depuis des générations ? »

Il est resté songeur quelques instants.

« "Tu me verras de tes yeux d'homme..." Elle a dit cela. »
Il a posé sa main sur mon bras.

« Tu seras témoin du Grand Passage, David. Et tu peux être une conscience pour la nouvelle humanité. Ne t'égare pas. Et n'oublie jamais. Une prière vivante. Une prière vivante... »

Juste avant de mourir, il m'a dit :

« Peut-être un jour te sera-t-il donné de rencontrer une femme. Une femme de chair et de sang mais, au fond de son cœur, elle aura la beauté de la Femme-Bison Blanc. Ouvre les yeux. Ne la manque pas. C'est elle qui te guidera. »

Nous ne sommes plus que cinq. Il y a Andrew et moi. Et trois femmes, dont l'une n'a pas douze ans. Nous nous relayons pour prier jour et nuit. Nous sommes tous en bonne santé.

68

C'est ici, avait-elle dit, et il y avait eu comme un sentiment d'évidence.

Ils avaient posé leur sac. Le chemin, pour un temps du moins, s'arrêtait là.

C'était une petite montagne, plantée de conifères, qui s'élevait à quelques centaines de mètres d'altitude. Non loin du sommet, une grotte s'enfonçait dans la roche en formant un coude. Un excellent abri.

Greg fit quelques pas dehors. C'était l'aube. Dans l'air déjà tiède, une brise légère caressait son visage. La nature était pleine d'amitié. Des énergies puissantes montaient de la Terre, Greg les sentait couler vers le ciel à travers tout son corps.

Il était en excellente santé.

Mary ne s'était pas trompée. Ils étaient là depuis six jours, et Greg avait refait ses forces.

Quand ils étaient sortis du boyau souterrain, il était presque mort d'épuisement. La maladie rongeait sa chair. Bien sûr, à l'intérieur, il était radicalement transformé. Mais son corps avait mis du temps pour se laisser gagner par cette vie nouvelle.

Il avait d'abord dormi, sans arrêt, deux jours et deux nuits.

Puis Mary avait dit : « Il faut se mettre en route. »

Avec peine, il s'était levé.

Ils avaient marché, côte à côte, durant cinq jours. Au début, ils traversaient des ruines. Les faubourgs de Washington, entièrement détruits. Des cadavres, décomposés sous le soleil. Parfois, dans une maison encore debout, ils trouvaient des stocks de conserves et les empilaient dans leurs sacs à dos. Il fallait pouvoir tenir le plus longtemps possible.

Puis les zones urbaines s'étaient espacées. Ils avaient traversé une forêt. Ils croisaient des petits animaux, qui ne semblaient pas s'intéresser à eux. Quelques chiens, qui suivaient des odeurs, cherchaient leur pitance, indifférents.

Ensuite, ils avaient traversé des zones agricoles. Dans les

champs poussaient des récoltes, qui ne seraient jamais récoltées. C'était une terre dessinée par l'homme, façonnée par l'homme, semée par l'homme. Mais où l'homme était absent.

Ils avaient continué à marcher.

Mary voulait une montagne.

— Je crois que Prescot ne s'est pas trompé, avait-elle dit.

— Pourquoi ? avait demandé Greg.

— Parce que ça a du sens, avait répondu Mary.

Greg avait vécu une transformation totale. Il comprenait, à présent, ce que disait Mary, après son Éveil :

« Je ne peux plus avoir peur.

Je ne suis plus Mary. »

Tout cela, pour Greg, était devenu parfaitement clair. Car il le vivait.

Mais il y avait quelque chose qu'il ne partageait pas avec Mary. Sa compréhension. Elle savait lire le sens. La vie, disait-elle, lui apparaissait lumineuse, et pleine de sens.

Il l'avait questionnée :

— Pourquoi ne suis-je pas capable de partager cette compréhension dont tu parles ?

— L'Éveil est une seconde naissance, avait-elle répondu. Ce n'est pas une fin, c'est un commencement. C'est juste ce qui rend possible un être humain. Après... il faut grandir, chacun selon la nécessité de son être.

Elle avait réfléchi quelques instants.

— Tu sais, au fond, j'ai toujours cherché le sens. Même si je n'en avais pas conscience, mon âme a toujours été à l'écoute, en désir de sens. Et à présent, j'entends un peu. Je suis ouverte, de plus en plus, au Mystère de tout. Et le Mystère m'éclaire. Mais toi, ton désir le plus profond... il n'est sans doute pas le même. Et ce désir n'appartient qu'à toi...

Elle avait souri.

— Laisse-toi grandir, Greg... Laisse grandir ton désir.

Devant lui s'étendait la vallée. Au milieu des bois et des champs serpentait une route, et les façades d'une petite agglomération luisaient dans le soleil levant, comme si la vie humaine y frémissait encore.

Qui est Greg ? se demanda-t-il...

Il se sentait comme un acteur, prêt à donner chair à son personnage, à le jouer de tout son cœur — et qui attendrait seulement qu'on veuille bien lui communiquer le scénario. Quelle que soit l'histoire, il l'acceptait d'avance. Il se vivait dans une ouverture totale, une potentialité illimitée. Greg pouvait être tout. Mais il n'était encore rien. Autrefois, il camouflait ce rien derrière un « moi », une personnalité à laquelle il s'identifiait d'autant plus qu'il sentait confusément qu'elle n'était que pure construction pour masquer le vide. À présent, il pouvait accueillir ce vide. Mais il sentait qu'un personnage nommé Greg était appelé à s'y mouvoir et s'y déployer.

Et il le désirait.

Parce que ce personnage ne serait semblable à aucun autre. « Greg » était un événement unique, à chaque instant singulier, que tout l'univers appelait de ses vœux.

Le rôle de ma vie, pensa-t-il avec un sourire. Un rôle que personne ne pouvait jouer à sa place.

Au fond ce que Greg et Mary partageaient désormais, c'était seulement ce qu'ils avaient perdu. Les chaînes dont ils étaient délivrés. Ils s'aimaient, et l'amour circulait entre eux sans que rien ne puisse s'y opposer. Mais Greg avait l'impression qu'elle et lui devenaient plus différents à chaque instant.

Cette différence, autrefois, leur faisait peur. Ils se la dissimulaient, finement, tendrement, se façonnant chacun, sans en être conscient, conformément à l'autre. Car, alors, la différence les aurait séparés. Ils n'auraient pu supporter l'inaltérable solitude qui en est la compagne. Mais depuis, Greg et Mary avaient su traverser la solitude. Chacun de son côté.

À présent, leur différence était source de joie. La joie de se voir l'un l'autre en un incessant renouvellement de soi.

Greg se retourna. Mary sortait de la caverne.

— J'ai faim, dit-elle.

Elle avait dans la main une boîte de haricots et deux cuillères. Ils s'assirent sur un rocher surplombant la vallée. Le soleil se levait. La vue était superbe. Ils mangeaient de bon appétit. La nature s'éveillait autour d'eux, il passait dans la terre comme un frisson de plaisir. Des oiseaux, des insectes sillonnaient joyeusement l'air limpide. Il y avait une paix, vivante, animée.

Soudain, quelque chose changea subtilement dans l'atmosphère et le visage de Mary devint grave.

— C'est maintenant, dit-elle.

Autour d'eux, d'un coup tout s'était tu. Des nuées d'oiseaux s'envolèrent des arbres, en même temps que jaillissaient d'une forêt en contrebas des cris d'effroi.

Mary entraîna Greg quelques mètres plus haut, sur un petit plateau herbeux.

— Couchons-nous sur le sol.

Alors, dans un fracas d'épouvante, la terre se mit brutalement à trembler.

C'était d'une violence hallucinante. Le corps de Greg était secoué dans tous les sens, dix fois jeté en l'air puis giflé par le sol, ballotté, désarticulé, comme si la terre tentait de se débarrasser de lui, de le jeter loin d'elle dans un abîme sans fond. La douleur était terrible.

Le silence revint.

— Mary ?

— Je suis là.

Se relevant à demi, il l'aperçut à quelques mètres de lui. Sonnée, elle tentait de se redresser. Mais il la voyait mal. L'atmosphère semblait devenir de plus en plus obscure et Greg, en plissant les yeux, se demanda s'il n'avait pas pris un mauvais coup sur la tête.

Mary, fascinée, regardait vers la vallée.

— Le soleil se couche, dit-elle.

C'était comme un rêve. La vallée plongeait inexorablement dans l'ombre. Une immense lueur rougeoyante embrasait le ciel.

Le soleil était en train de se coucher ! À l'endroit même où il venait de se lever, quelques minutes plus tôt. À l'est.

Derrière eux la montagne grondait. Un vent puissant se levait, semblant la frapper sur son autre versant, depuis l'ouest. Mary se mit à courir vers un petit sentier, qui conduisait au sommet de la montagne, quelques dizaines de mètres plus haut. Greg la suivit.

— Regarde ! cria Mary pour couvrir le hurlement du vent.

À l'opposé du lieu où le soleil était en train de disparaître, un mur d'ombre et de nuit recouvrant tout l'horizon montait lentement, inexorablement. C'était un front de nuages, noirs et bas jusqu'à toucher la terre, qui dévorait le ciel et avançait vers eux.

L'ouragan.

Greg prit Mary par la main et l'entraîna en contrebas. Le vent, hurlant telle une bête, menaçait de les arracher du sol.

— Dans la grotte ! cria-t-il.

Pliés en deux pour se protéger de la tempête, Greg et Mary, luttant contre les rafales, gagnèrent l'entrée de la caverne. Soudain, l'attention de Greg fut attirée par un son. Grave, profond. Démesurément puissant. Un grondement qui enflait, couvrant le vacarme du vent. Un grondement qui venait de l'est.

Greg tourna la tête.

Ce qu'il vit le pétrifia.

Couvrant la terre à perte de vue, une mer sombre, immense, implacable, progressait dans la vallée. Les habitations étaient emportées, les forêts englouties. Sur la gauche, à quelques kilomètres, une colline fut recouverte un instant par l'énorme vague, qui à son sommet fit gicler des gerbes jusqu'au ciel. Et, tandis que la gigantesque et folle marée poursuivait sa course vers l'intérieur des terres, la colline n'était plus qu'un morceau d'île au milieu d'un océan sans fin d'eau noirâtre et boueuse.

La mer fut bientôt à leurs pieds. Elle attaquait les flancs de la montagne où ils avaient trouvé refuge. C'était une énorme masse bouillonnante, mêlée de terre et de débris, qui remontait tel un torrent la pente en rugissant, arrachant les arbres, submergeant les rochers.

Quelques dizaines de mètres sous eux, l'eau s'arrêta. Puis elle reflua.

La mer, charriant tous les décombres de la vie des hommes, poursuivait son avancée derrière eux.

Greg et Mary pénétrèrent dans la grotte.

Épilogue

L'ouragan dura plus d'un jour et demi. Le vent s'engouffrait en hurlant jusqu'au fond de la grotte, les pierres et les objets volaient. Greg et Mary étaient blottis l'un contre l'autre.

Il y eut encore des ténèbres durant une semaine. Une pluie épaisse et terreuse tombait sans discontinuer d'un ciel de plomb. Puis la pluie cessa. Et l'obscurité se mit à diminuer.

Un jour, Greg vit un bout de ciel bleu. Le soir même, tout était dégagé. Le soleil avait repris sa course. Une course bizarre, un peu décalée. Mais il se levait à l'est et se couchait à l'ouest.

En bas, dans la vallée, les villes et les villages, les forêts et les champs avaient disparu. La mer avait reflué, laissant derrière elle une épaisseur de boue sombre et grise qui recouvrait tout.

Quelques jours plus tard, des reflets bleu-gris miroitaient dans la lumière du jour. C'était de l'herbe qui poussait déjà, sur ces boues salines et très fertiles.

— Les ruines de nos cités sont englouties dans ce mélange de terre et d'eau, dit un jour Mary. Dans quelques millénaires, il n'en restera rien. Du sable. La Terre a tout effacé.

— Pourquoi ? demanda Greg.

— Humain, dit Mary... Cela vient de « humus », la terre. Comme le mot « humilité ». L'humilité, c'est pour l'homme se souvenir qu'il est fait de terre, et qu'il sera rendu à la terre. S'il l'oublie... la Terre, un jour, le lui rappelle...

Ils vécurent plusieurs semaines dans la grotte. Greg apprenait à chasser. À sa grande surprise, cela lui était facile. Il s'était fabriqué une fronde et posait des collets. Il avait pris quelques lapins. Il aimait parcourir la montagne, tous les sens en alerte, communiant dans une symphonie de sons, d'odeurs, de couleurs, avec la vibration profonde de la vie. Il reprenait contact avec un instinct sauvage, qu'il avait enfoui depuis son enfance sous une pellicule étanche de civilité.

Ils se nourrissaient aussi de tiges de joncs, d'oignons sauvages et de noisettes, de mûres, d'airelles et de raisin sauvage.

Un soir, Mary dit : il faut partir. Il y a d'autres survivants. Nous devons les trouver. Il nous faut rebâtir une communauté humaine.

— Pourquoi maintenant ? demanda Greg.

— Nous avons refait nos forces, et appris notre nouvelle vie. Plus rien ne nous désire ici. Et puis...

Elle prit un air mystérieux.

— Dans trois ou quatre mois, je ne suis pas sûre d'être capable de marcher comme aujourd'hui... tu comprends ?

Greg avait très bien compris, mais il secoua la tête.

Elle sourit.

— J'attends un enfant de toi, Greg.

Il attira Mary contre lui et la serra très fort.

Dans leurs cœurs qui battaient ensemble, il y avait la joie des commencements.

REMERCIEMENTS

À Christophe Bouquerel, Françoise Chaffanel, Francis Esménard, Thérèse Lauriol, Frédéric Marquet, Jean-Louis Servan-Schreiber, Marc de Smedt, Antoine Trémolières.
Et à Elisabeth Marquet.

Transcontinental
IMPRESSION
IMPRIMERIE GAGNÉ

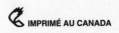

IMPRIMÉ AU CANADA